Tina N. Martin
Schattenschwester

Tina N. Martin

Schattenschwester

Thriller

Deutsch von Leena Flegler

blanvalet

Die Originalausgabe erschien 2023 unter dem Titel »Sorgsystern«
bei Bokförlaget Polaris, Stockholm.

Der Verlag behält sich die Verwertung der urheberrechtlich
geschützten Inhalte dieses Werkes für Zwecke des Text- und
Data-Minings nach § 44 b UrhG ausdrücklich vor.
Jegliche unbefugte Nutzung ist hiermit ausgeschlossen.

Penguin Random House Verlagsgruppe FSC® N001967

1. Auflage 2025
Copyright der Originalausgabe © 2023 by Tina N. Martin
and Bokförlaget Polaris 2021 in agreement
with Politiken Literary Agency
Copyright der deutschsprachigen Ausgabe © 2024 by Blanvalet
in der Penguin Random House Verlagsgruppe GmbH,
Neumarkter Straße 28, 81673 München
produktsicherheit@penguinrandomhouse.de
(Vorstehende Angaben sind zugleich
Pflichtinformationen nach GPSR)

Redaktion: Ingola Lammers
Umschlaggestaltung und -motiv: www.buerosued.de
BL · Herstellung: DiMo
Satz: Buch-Werkstatt GmbH, Bad Aibling
Druck und Bindung: GGP Media GmbH, Pößneck
Printed in Germany
ISBN 978-3-7341-1382-6
www.blanvalet.de

*Remember who gave you silence
when all you needed was love*

Elvira Lind hat beschlossen zu sterben. Der Gedanke ist ihr über die Jahre öfter gekommen und jedes Mal wieder verflogen, doch nach sechs Monaten innerhalb geschlossener Mauern und hinter vergitterten Türen steht ihr Entschluss fest. Heute ist es so weit: Sie will das Bettlaken durch den Gittereinsatz in der Tür schlingen, hat schon kontrolliert, ob es hält, und sichergestellt, dass die Tür ihr Gewicht tragen kann, obwohl sie derzeit mehr wiegt denn je.

Im Grunde hätte sie sich bereits tags zuvor umbringen können, doch sie wollte ein letztes Mal das befreiende Gefühl des Einschlafens erleben und das Grauen verspüren, an einem weiteren Tag aufzuwachen, an einem letzten Morgen voller Panik angesichts ihrer Lage, einfach um sich selbst davon zu überzeugen, dass der Tod die einzig richtige Entscheidung ist. Endlich hat ihre Lebensangst ein Ende. Elvira hat nie verstanden, warum es Todesangst heißt, wenn es doch das Leben ist, das einem Angst macht.

Eine Kindheitserinnerung flackert auf, in der ihre Mutter eine Rolle spielt. Elvira versucht, sie festzuhalten, kann sie aber nicht vollends greifen und ärgert sich, als die Erinnerung ihr prompt wieder entgleitet. Von allen Dingen, die sie im Leben vermisst hat, macht dies ihr den größten Kummer: keine Mutter gehabt zu haben, die gesund, stark und liebevoll war. Elvira weiß natürlich, dass ihre Mutter krank war, dass das Problem in ihrem Kopf steckte und all die Unzulänglichkeiten nur darauf zurückzuführen waren. Dass die blöde Kuh vom Jugendamt nur deshalb der Ansicht war, Elvira könne nicht zu Hause wohnen bleiben. Kranke Mütter verlieren das Sorgerecht für ihre Kinder, während Väter mit allem davonkommen.

Elvira hat oft darüber nachgedacht, wie es hätte werden können, wenn ihre Mutter nicht krank gewesen wäre. Womöglich hätte sie Zimtschnecken gebacken, sie vom Hort abgeholt, zum Fußballtraining und zu Freundinnen gefahren, an Elviras Geburtstagen Luftballons aufgeblasen. Ohne die Krankheit hätte sie Elvira die Haare geflochten, ihr im Sommer die verschrammten Knie verpflastert, im Dezember mit ihr zusammen den Weihnachtsbaum geschmückt, Sahnebonbons gekocht und Geschenke eingepackt. Doch nichts dergleichen hat ihre Mutter gemacht. Weil sie krank war, im Kopf und in der Seele.

Elvira stemmt die Hände auf die Matratze und steht auf. Ihr Bauch sieht aus wie ein Wasserball, die Haut ist gerissen. Immer noch sechs Wochen Schwangerschaft. Es zieht im Kreuz, wenn sie sich bewegt. Gestern hatte sie eine Zwischenblutung und musste heulen, weil die nicht früher eingesetzt hatte. Sie hatte lange gehofft, eine Fehlgeburt zu erleiden, am Ende jedoch einsehen müssen, dass es dazu nicht kommen würde. Elvira weiß genau, dass sie nicht Mutter werden kann, nicht Mutter werden *darf*. Sie darf nicht riskieren, dass ihr Kind ähnlich aufwachsen muss wie sie selbst. Außerdem sitzt sie hinter Gittern, innerhalb geschlossener Mauern in klammen Räumen tief unter der Erde. Hier unten kann doch kein Mensch als Elternteil funktionieren – ganz gleich, ob man krank in der Seele ist oder nicht.

Noch ist es Nacht, noch ist keine Klaviermusik aus den Lautsprechern gekommen. Der Schein der gedimmten

Lampe draußen im Aufenthaltsraum fällt durch die Gittertür und wirft ein verzerrtes Schattennetz auf den Steinboden. Elviras Zimmer ist klein und kühl, es gibt ein Bett, eine Toilette und ein Waschbecken aus Edelstahl, nichts weiter. Elvira weiß, dass die Tür abgeschlossen ist, aber das macht nichts. Man kann sich trotzdem ganz hervorragend daran erhängen.

Sie dreht sich um und will gerade das Laken abziehen, als sich etwas tief in ihrem Innern verkrampft. Schon in der nächsten Sekunde rauscht das Fruchtwasser aus ihr hinaus. Sie ist verdattert und fasziniert zugleich: Es ist so viel, dass es vom Boden bis hoch zu den Oberschenkeln zurückspritzt. Als sich die erste Wehe in ihr Kreuz krallt, schlägt die Faszination um in Panik. Die Schmerzen sind übermächtig und kommen nicht annähernd so zögerlich, wie es in dem Geburtsratgeber stand, der auf dem Boden neben ihrem Bett liegt. Elvira gerät ins Wanken, muss sich an der Wand abstützen, und allmählich dämmert ihr, dass Eile geboten ist. Sie muss sofort das Laken aufhängen, durchs Gitter ziehen, erst einen ordentlichen Knoten und darunter eine ausreichend große Schlinge binden.

Sie beugt sich vor, bekommt das Laken jedoch nicht mehr zu fassen, weil bereits die nächste Wehe einsetzt – so heftig, dass ihre Knie weich werden. Elvira sinkt laut stöhnend zu Boden, und ihr kommen die Tränen. Das hätte nicht passieren dürfen, sie kann dieses Kind nicht gebären, es muss in ihr sterben.

Sie schließt die Augen und versucht, alle Kraft zusammenzunehmen. Will aufstehen und das Laken abziehen, ehe die nächste Wehe kommt. Den Schmerzen die Stirn bieten und spüren, wie sie wieder verebben, und dann sofort die Tür in Angriff nehmen. Vielleicht schafft sie den

Knoten, bevor die nächste Wehe einsetzt – die wird sie an der Tür über sich ergehen lassen, den Schmerz ertragen und dann die Schlinge binden. Drei Schmerzenswellen, schlimmstenfalls vier, so viel muss sie noch aushalten, dann ist es ausgestanden, und sie darf wieder schlafen: mit dem Laken um den Hals und dem ungeborenen Kind für alle Ewigkeit in ihrem Bauch.

Unwillkürlich schießt ihr durch den Kopf, wie ungewohnt es sich anfühlt, einen echten Plan zu haben, als auch schon die nächste Wehe einsetzt – und das mit solcher Wucht, dass ihr schwarz vor Augen wird. Es ist fast, als krampfte ihr ganzer Leib. Ihr Rücken zwingt sie, sich hintüberzustrecken. Elvira presst die Augen zu, versucht, die Sekunden zu zählen, doch der Schmerz ist unerbittlich. Stöhnend legt sie sich auf die Seite, und dann schreit sie den Irrsinn, der sich immer fester um ihr Kreuz und um ihren Bauch legt, hemmungslos hinaus. Kaum dass die Welle zu verebben beginnt, rollt die nächste heran – sie kommen so schnell hintereinander, dass es nicht mehr zu ertragen ist. Es zerreißt sie, und es fühlt sich an, als würde ihr Rücken schier explodieren. Elvira hört sich selbst schreien und beißt sich in die Wangen, bis die Haut komplett wund ist.

Zwei weitere Wellen, und sie kann dem Druck nicht länger standhalten. Sie stößt einen Schrei aus, bei dem ihre Stimme bricht, irgendwas passiert mit ihren Beinen, sie zittern unkontrolliert. Stöhnend wälzt sie sich auf den Rücken, legt die Hände unter die Oberschenkel und zieht die Knie an. Übelkeit steigt in ihr auf, und sie fühlt sich, als würden ihr die Augen aus dem Schädel platzen. Sie dreht den Kopf zur Seite, kotzt auf den Boden, heult und würgt. Stirbt sie jetzt? Auch gut, das wollte sie ohnehin.

Es folgen mehrere merkwürdige Minuten der Stille; Elvira liegt auf dem Steinboden auf dem Rücken, atmet durch den Mund, schließt die Augen, und ihr dämmert, dass es keinen Zweck mehr hat zu kämpfen. Die Zimmerdecke scheint Wellen zu schlagen, die Wände wölben sich, und sie ahnt, dass jetzt das Kind kommen wird. Sie hofft nur, dass es tot zur Welt kommt und dass es schnell geht.

Als die Schmerzen abermals einsetzen, fühlen sie sich anders an. Das Krampfen tut nicht mehr ganz so weh wie zuvor, mit einem Mal scheint ihr Körper zu funktionieren, er presst wie von selbst nach unten, scheint ganz von allein zu wissen, was er tun muss. Elvira greift erneut unter ihre Schenkel und zieht das Kinn in Richtung Brustkorb. Sie will schreien, kann aber nicht mehr, ihr Mund öffnet sich nicht, ihr ganzes Gesicht zieht sich zusammen. Sie schreit durch die Nase, und es ist, als würde ihr Unterleib in Flammen stehen. Bei der nächsten Wehe verliert sie die Kontrolle, spürt, wie ihr Unterleib zerreißt, als der Kopf des Kindes aus ihr herausgleitet. Es geht zu schnell – eine Geburt soll bis zu einem ganzen Tag andauern, wenn es das erste Kind ist, so steht es in ihrem Buch. Elvira wird das Buch in Fetzen reißen, sobald diese Hölle ausgestanden ist. Sie ist siebzehn und liegt mutterseelenallein auf einem Steinboden. Eingesperrt und mit Lebensangst.

Als sich die nächste Wehe anbahnt, holt sie tief Luft. Die Schmerzen lodern, und über die Tränen hinweg stöhnt sie laut auf, als der kleine Körper aus ihr hinausgleitet. Dann urplötzlich entspannt sie sich, obwohl ihr Unterleib immer noch schmerzt wie eine klaffende Wunde. Elvira schließt die Augen, lässt ihre Beine los, lehnt sich zurück und gestattet sich einen Moment der Ruhe auf dem kalten Boden.

Herr im Himmel.

Es ist vorbei.

Sie möchte nur einen Augenblick lang durchatmen, ehe sie sich wieder ihrem Tod widmen will. Dem Laken um ihren Hals. Es ist lange her, seit sie sich etwas so sehr gewünscht hat.

Ein Gurgeln zwischen ihren Beinen. Es klingt kümmerlich und schwach. Langsam schlägt Elvira die Augen auf, überlegt kurz, liegen zu bleiben, stemmt sich dann aber unter enormen Mühen schwerfällig hoch.

Bereits im nächsten Moment hört alles um sie herum auf zu existieren. Zwischen Elviras Beinen liegt ein kleines Mädchen: nackt und schrumpelig, mit vollem Haarschopf und zugekniffenen Augen. Die dünnen Ärmchen bewegen sich langsam, die Fäuste sind geballt, die Haut ist glitschig und flammend rot. Es ist, als würde das Herz in Elviras Brust explodieren. Nie zuvor hat sie etwas Schöneres gesehen.

Sie streckt sich nach dem Mädchen aus, schiebt ihm die Hände ungeschickt unter den Rücken, und ihre Arme zittern, als sie den kleinen Körper hochhebt. Sie ist übervorsichtig, als bestünde das Mädchen aus feinstem Glas. Als sie es sich an die Brust legt, fängt die Kleine an zu schreien. Erst ist es ein zittriger Laut, doch sowie die Lunge sich füllt, wird er stärker. Elvira schluchzt vor Erleichterung, neigt den Kopf und schmiegt ihre Wange an den kleinen Scheitel. Sie atmet den süßwarmen Duft der frisch geborenen Haut ein. Dieser Duft ist das Herrlichste, was sie je erlebt hat.

Dann kommt die Erkenntnis – glasklar und mit einer Überzeugungskraft, die Elvira nie für möglich gehalten hätte: Sie wird eine gesunde Mutter sein, eine liebevolle Mutter, eine, die der Kleinen den Weg weisen, sie lieben und sich um sie kümmern wird. Eine ganz andere Mutter, als ihre eigene es gewesen ist.

Elvira neigt erneut den Kopf, schnuppert an den Haaren ihres Babys und spürt, wie ihr die Tränen kommen. Diesmal jedoch vor Glück. Elvira Lind ist jetzt Mutter, und sie wird all dies hier überleben.

Im nächsten Moment erklingt aus den Lautsprechern Klaviermusik.

Drei Jahre später

Samstag, 20. August 2022

Vera Bengtsson hat feuerrote Haare bis zur Taille und die Ohren voller Piercings. An ihrer linken Hand fehlt ein Finger, so ist sie zur Welt gekommen, wurde in ihrer Kindheit oft dafür gehänselt und hat trotzdem ein Selbstbewusstsein wie vom anderen Stern. Vielleicht liegt es daran, dass ihre Mutter ihr eingebläut hat, dass Vera ganz einfach besser ist als alle anderen. Oder dass ihr Vater ihr beigebracht hat, dass jeder da draußen, der anders denkt, ein kompletter Idiot ist.

Vera steht auf dem breiten Kiesweg vor der Överluleå-Kirche in Boden. Sie hat ihre Kamera vor sich, das schwarze Stativ ist in der Augustsonne heiß geworden. Sie beugt sich vor und kneift ein Auge zu.

»Wenn ihr euch ein bisschen näher zusammenstellen könntet ... Ja, genau so, und jetzt die Hand auf den Rücken der Braut – und den Brautstrauß frontaler ... Genau so! So ist es perfekt!«

Sie betrachtet sie durch den Sucher. Himmel, was für ein hässliches Paar. Dass zwei Minuspersonen zueinanderfinden ... Wie passiert so etwas? Gibt ein hässlicher Mensch eine Anzeige auf, in der er nach einem anderen hässlichen Menschen sucht? Oder finden die sich andernorts – etwa wie in einer Kneipe, in die nur *ugly people* reingelassen werden?

»Wahnsinn, wie toll ihr ausseht! Das schönste Paar aller Zeiten!«

Auf ihren lauten Ruf hin lächeln die zwei Hässlichkeiten in die Kamera, was alles noch viel schlimmer macht.

»Nicht die Augen zusammenkneifen! Ich mache jetzt mehrere Fotos – und nicht den Strauß bewegen!«

Die Kamera löst mehrmals aus. Vera schießt immer mehr Bilder, als sie benötigt, damit ihre Auftraggeber das Gefühl haben, dass sie etwas für ihr Geld kriegen. Sie selbst weiß genau, welche Fotos sie am Ende nehmen wird. Das ist ihr im selben Moment klar, wo sie auf den Auslöser drückt. Vera ist einfach zu gut für diesen Job, um ein Sicherheitsnetz aus zighundert Bildern zu brauchen, die sie ja doch nur retuschieren müsste. Allerdings ist sie auch klug genug, ihrer Kundschaft zu geben, was diese glaubt haben zu wollen.

»Ich gehe jetzt ein Stück zurück, damit auch die ganze Kirche mit drauf ist. Ihr könnt kurz entspannen, wenn ihr wollt.«

Vorsichtig hebt sie das heiße Stativ hoch und macht ein paar Schritte über den Kiesweg. Die Sonne steht hoch am Himmel. Vera hätte sich den Nacken eincremen müssen, die Haut brennt bereits. Sie stellt das Stativ ab und wirft einen Blick durch den Sucher, stellt die richtige Brennweite ein und hebt dann die Hand, um das Brautpaar auf sich aufmerksam zu machen.

»Okay, ihr Lieben, weiter geht's! Die Blumen bitte nach vorn!«

Natürlich wollen sie traditionelle Hochzeitsbilder. Ein paar Nahaufnahmen und einige mit der ganzen prächtigen Kirche im Hintergrund. Auf der Vordertreppe, Ganzkörperansicht. So unfassbar langweilig. Kein Aas wird sich diese Fotos je wieder ansehen wollen. Hinausgeworfenes Geld – für das Brautpaar, aber immerhin landet es direkt in Veras Tasche.

Ein Stück entfernt stehen die Hochzeitsgäste auf dem Rasen und lächeln verzückt. Unter Garantie werden sie gleich in einem langweiligen Landgasthof essen, und zwar trockenes Schweinefilet mit Kartoffelgratin, dazu Wein aus dem Karton in zu kleinen Gläsern. Billige Servietten und Kerzen in hässlichen Glas-Teelichthaltern von Ikea.

»Noch ein paar allerletzte ... Könntet ihr vielleicht doch mal die Arme zu einer Siegergeste hochnehmen? Gegen Ende noch ein bisschen lockerer, dachte ich mir?«

Das Brautpaar wechselt einen Blick, ehe der Bräutigam in Veras Richtung knapp den Kopf schüttelt. Nee, das hässliche Langweilerpärchen will natürlich nur hässliche Langweilerbilder. Tja, dann gibt es davon eben noch ein paar mehr.

Vera schießt noch eine Handvoll Fotos, klappt das Kameradisplay aus und hält die Hand gegen die Sonne über die Augen. Wenn sie noch ein bisschen rückwärtsgeht und die Kamera anwinkelt, kriegt sie den Turm und den Himmel mit drauf. Das wäre eine interessante Serie, wenn die weiße Kirche aus dem harten Kiesweg in das ewige Blau emporzuwachsen scheint.

Sie nimmt das Stativ erneut hoch, geht ein paar Meter rückwärts und bleibt dann stehen. Sie richtet die Kamera neu aus und winkt dem Brautpaar auf der breiten Vordertreppe zu. Der Bräutigam blinzelt unsicher in die Kamera. Seine schiefen Eckzähne sehen nun wirklich nicht vorteilhaft aus, aber zum Glück sind sie aus dieser Entfernung auf den Fotos nicht zu erkennen.

Vera schießt weiter Bilder und will eben dem Brautpaar zurufen, dass sie sich aufrechter hinstellen sollen, als von oben ein Schrei ertönt. In der nächsten Sekunde zieht hinter den Brautleuten ein blauschwarzer Streifen vorbei. Instinktiv weiß Vera, dass da ein Mensch abgestürzt ist, und sie kann den Gedanken in ihrem Kopf nicht mal mehr fertig denken, als auch schon der erwartete dumpfe Aufprall ertönt. Es klingt, als wäre ein großer Stein auf Asphalt gedonnert, gefolgt von einem feucht-peitschenden Geräusch.

Langsam richtet Vera sich auf. Sie sieht dem Bräutigam in die Augen. Sein Lächeln ist wie weggefegt, und seine Lider flattern wie in Zeitlupe, bevor er sich umdreht. Im nächsten Moment gerät er ins Taumeln, streckt die Arme aus und tastet nach seiner frisch angetrauten Ehefrau. Vera folgt dem Paar mit dem Blick, als sie zur Seite ausweichen, und sieht, dass sie drauf und dran sind, die Treppe runterzustolpern. Die Braut schlägt die Hände vors Gesicht und ruft den Namen ihres Mannes. Einer der Gäste auf dem Rasen kreischt auf, vielleicht sind es auch mehrere, Vera kann die Geräusche nicht mehr unterscheiden. Das Brautpaar rennt an ihr vorbei, die Braut heult, und das Gesicht des Bräutigams ist so kreideweiß wie das Kleid seiner Frau.

Vera geht in die entgegengesetzte Richtung. Langsam schreitet sie den Kiesweg hoch und lässt dabei die Frau auf der Kirchentreppe nicht aus den Augen. Es ist, als stünde die Zeit still.

Erst als Vera an der Treppe angelangt ist, bleibt sie stehen und legt die Hand an das schwarze Treppengeländer. Das Bein der Frau ist in einem unnatürlichen Winkel verdreht, es ist eindeutig unterhalb des Kniegelenks gebrochen. Der Kopf ist zerschmettert und hat eine merkwürdige Form angenommen. Dunkles Blut ergießt sich über die Steintreppe, Schwarz, vermischt mit etwas anderem, das vage an graugelblichen Brei erinnert. Die Augen starren Vera direkt ins Gesicht. Ihr wird schwindlig, und sie klammert sich am Handlauf fest, während sie sich gleichzeitig darauf konzentriert, tief in den Bauch zu atmen. Der Anblick ist faszinierend. Am liebsten würde sie sich ihre Kamera holen. Sie weiß allerdings, dass ihr das die soziale Norm verbietet.

Immer noch schreien mehrere Hochzeitsgäste, irgendwer heult laut, ein anderer kotzt. Vera hört das Würgen wie in Zeitlupe, sämtliche Geräusche sind verzerrt und lang gezogen, wie lautmalerische Pinselstriche. Ein Mann brüllt, jemand möge einen Rettungswagen rufen.

Vera zwingt sich, den Blick von der Toten loszureißen. Langsam lässt sie ihn an der Kirche hinauf in Richtung des hohen Turms wandern. Dort oben hängen schwarz und solide inmitten von Weiß die Kirchenglocken. Von dort ist die Frau gekommen. Sie muss direkt vor dem massiven Glockenwerk gestanden haben, bevor sie durch die Luft und dann in die Unendlichkeit geflogen ist. Vera könnte nicht sagen, wie viel Zeit vergeht, doch irgendwann fangen die riesigen Glocken an, sich zu bewegen. Erst quälend langsam – ein träger Start –, doch dann hört man das Gottesläuten in ganz Boden. Oben im Turm ist niemand zu sehen. Die Glocken schwingen nur schwer und erhaben hin und her, der Klang legt sich über Veras Ohren und ertränkt das Heulen der Hochzeitsgesellschaft.

Calle Brandt steigt aus dem Wagen. Die Sonne steht immer noch hoch am Himmel. Er hält sich die Hand über die Augen, als er sich umsieht. Vor ihm erstreckt sich der Kirchhof mit akkurat gemähten Rasenflächen und ordentlich geharkten Kieswegen. In geraden Reihen stehen grauschwarze Steine mit eingemeißelten Buchstaben, Worte des Gedenkens an verstorbene Angehörige, Namen schmerzlich vermisster sowie vergessener Menschen, darunter bestimmt auch der eine oder andere, der seinen Tod als Erleichterung empfunden hat. An diesem Ort hat es zumeist ein Ende. Mal abgesehen von der Trauer und dem Verlust.

Er schließt den Wagen ab und hält auf das Tor im Eisenzaun zu. *Dagny Haraldsson*, steht auf dem Stein direkt hinter dem Tor. *Hier ruhen fleißige Hände.* Die arme Dagny – haben sie wirklich bloß ihre Flossen verbuddelt? Unwillkürlich fragt sich Calle, wo bitte schön der Rest der Dame begraben liegt.

Er folgt dem Kiesweg durch den südlichen Teil des Friedhofs und kommt an ein paar flachen roten Gebäuden vorbei. Der Eingang des Gemeindehauses ist mit Blumen und Ballons dekoriert, und vor der abgetretenen Vordertreppe stehen ein paar handgezimmerte Bänke. Eine Taube stakst hinauf in Richtung Waldrand. Am hinteren Ende des Wäldchens schließt sich das Seeufer an.

Die Kirche steht auf dem Grat einer lang gezogenen Anhöhe. Weiß verputzte Wände, das Dach teerschwarz und eine Treppe, die annähernd doppelt so breit ist wie das Kirchenportal. Es riecht nach frisch gemähtem Gras und sonnenheißem Asphalt. Dieser Sommer ist der wärmste seit Jahren.

Es sind bereits mehrere Streifen vor Ort, und die Kollegen sperren die Umgebung ab. Unten am Gehweg jenseits des Zauns haben sich ein paar Schaulustige versammelt, doch noch legt niemand die Geschmacklosigkeit an den Tag und will näher herankommen.

Calle hebt das blau-weiße Flatterband an, das zwischen ein paar Stangen gespannt wurde, und nickt einer jungen Kollegin mit Hijab zu, ehe er das letzte Stück auf die Kirchentreppe zugeht. Es ist wirklich brutal warm für Ende August und fast südländisch schwül. Vor der Treppe steht Mikael Malm, der bei ihnen nur Malmen heißt. Hoch konzentriert beäugt er sein Team aus der forensischen Abteilung, das langsam und methodisch die unmittelbare Umgebung absucht. Sie fotografieren mehr oder weniger alles, vermessen und sichern Finger- und Fußabdrücke und legen Platten an Stellen aus, wo die Ermittler sich frei bewegen dürfen. Calle bleibt neben Malmen stehen. Wie immer zeichnet sich eine tiefe Kummerfalte zwischen den Augenbrauen des Kollegen ab.

»Hej.«

Malmen dreht sich zu ihm um und sieht Calle überrascht an.

»Calle? Willkommen zurück!«

Calle steht breitbeinig da und hat die Arme vor der Brust verschränkt. Seine bunten Unterarmtattoos wirken in der starken Sonne ausgebleicht. Er ärgert sich, dass er keine leichteren Schuhe angezogen hat. Bei rund dreißig Grad sind Schnürstiefel keine gute Idee.

»Darf ich es mir schon genauer ansehen?«

Malmen bedeutet ihm vorzugehen, und gemeinsam steigen sie die Treppe hinauf, bleiben aber auf der vorletzten Stufe stehen.

»Das sieht ja mal nach Bruchlandung aus ...«

Als Malmen die Hände in den unteren Rücken stemmt, raschelt sein weißer Overall.

»Wenn sie nicht schon vor dem Absturz tot war, dann war sie es in dem Moment, als sie hier aufgeschlagen ist. Ist wohl nicht zu übersehen, dass der Kopf das meiste abbekommen hat.«

Einer von Malmens Spurentechnikern legt weitere Platten vor Calle hin, auf die er sich stellen kann, ohne Spuren zu verunreinigen. Calle macht einen Schritt nach vorn.

Die Frau ist jung, allerhöchstens fünfundzwanzig. Sie ist schlank, ohne dürr zu sein, hat lange blonde Haare, die mit rotschwarzem Blut und Gehirnmasse verschmiert sind. Sie sieht aus, als wäre sie einem Horrorfilm entsprungen, findet Calle. Die Augen sind weit aufgerissen, nur sehen sie nichts mehr. Die Haut auf Armen und Beinen ist unfassbar hell, das Gesicht fast durchscheinend. Brächte man sie in einen abgedunkelten Raum, wäre sie womöglich selbstleuchtend.

»Die ist ja noch blasser als ich, verdammt!«

Malmen streift die Frau mit dem Blick.

»Sie ist wirklich ungewöhnlich blass, muss ich auch sagen. Mein erster Gedanke war Albinismus, aber die Körperbehaarung ist pigmentiert, insofern kann ich Albinismus ausschließen.«

Calle neigt den Kopf leicht zur Seite und betrachtet

den Kopf der Frau. Ja, das Haar ist hellblond, aber nicht weiß.

»Und die Todesursache dürfte der Sturz sein, ja?«

»Davon gehen wir aus, zumindest fürs Erste. Aber diesbezüglich hat Svetlana das letzte Wort.«

Langsam lässt Calle den Blick über die Frau wandern. Sowohl in den Haaren als auch auf der Haut fängt das Blut bereits an zu gerinnen. Bestimmt beschleunigt die Wärme den Prozess. Sie trägt ein hellblaues Nachthemd. Ein BH-Träger ist über ihre Schulter gerutscht. An den Füßen trägt sie schwarze Sandalen mit breiten Riemchen. Irgendwie sehen sie unmodisch aus. Und schläft man wirklich mit BH? Calle nimmt sich vor, Siv danach zu fragen.

»Anzeichen von Gewalt?«

»Wir haben nichts dergleichen feststellen können.«

Calle legt den Kopf in den Nacken und sieht zum Kirchturm hoch.

»Und von dort ist sie abgestürzt?«

»Ja.«

»Wart ihr schon oben?«

»Ja, im Turm sind wir fertig. Er ist immer noch abgesperrt, aber ihr dürft auch ohne Platten rein.«

Calle sieht wieder die Tote an.

»Wisst ihr schon etwas über sie?«

»Im Augenblick nicht. Sie wurde noch nicht identifiziert. Unterm Strich sieht es derzeit so aus, als wäre sie vom Turm gestürzt, sofort gestorben – also wie gesagt, falls sie nicht schon zuvor tot war. Sie ist jung, ungewöhnlich blass und für einen Kirchenbesuch ziemlich komisch gekleidet. Mehr hab ich derzeit nicht, aber wir arbeiten weiter, so schnell wir können.«

Calle zieht seinen T-Shirt-Kragen vom Hals.

»Verdammt, ist das warm …«
»Hat Idun noch frei?«
»Morgen noch. Am Montag ist sie wieder da. Ich gehe dann mal hoch, wenn du nichts weiter hinzuzufügen hast?«
Malmen stemmt erneut die Hände in die Hüften. Der weiße Vliesstoff-Overall rutscht ein Stück hoch, und Calle sieht die helle Hose, die Malmen darunter trägt.
»An sich nicht … Der Schädel ist aufgeplatzt, das Genick ohne Zweifel gebrochen. Darauf würde ich Gift nehmen, sogar ohne zuvor Svetlanas Meinung gehört zu haben.«
»Siv hat erzählt, sie sei während einer Hochzeit hier runtergerauscht – vor den Augen der Gäste. Außerdem sei die Kirche für jeden zugänglich gewesen, der an einem Samstag wie diesem eine Kirche besichtigen will. Der Notruf kam vor einer knappen Stunde, und wir wissen noch nicht, wer alles vor Ort war.«
Malmen kommt nicht mehr zu einer Antwort, weil eine Stimme von hinten sie unterbricht.
»Darüber wüsste ich halbwegs Bescheid.«
Calle dreht sich um. Auf dem Kiesweg vor der Kirchentreppe steht die Polizistin mit Hijab.
»Entschuldigung?«
Die Frau strafft die Schultern und sieht Calle ins Gesicht.
»Ich war mit der ersten Streife vor Ort und habe eine Liste derjenigen erstellt, die sowohl drinnen als auch draußen vor der Kirche waren. Die Liste ist überschaubar. Kann ich Ihnen gern schicken.«
»Das wäre toll. Und Sie sind …?«
»Fatima Behran.«

»Die Liste nehme ich gern. Ich lasse Ihnen meine E-Mail-Adresse zukommen.«

Sie nickt militärisch knapp.

Calle dreht sich wieder zu Malmen um.

»Ich gehe jetzt hoch. Stehst du mit Svetlana in Kontakt?«

»Sie braucht noch ein bisschen. Ich soll ihr schreiben, sobald die Leiche von hier abtransportiert wird.«

In der Kirche ist es merklich kühler als draußen. Calle seufzt erleichtert, als er den Eingangsbereich betritt. Hinter einer Zwischentür liegen der riesige Altarraum und stumme Bankreihen aus Nussbaumholz. Ganz vorn zur Rechten befinden sich ein halbkreisförmiger Altar sowie ein steinernes Taufbecken, darüber an der Wand hängt unter der himmelhohen Decke, an ein Holzkreuz genagelt, der leidende Jesus. Calle sieht ihm ins Gesicht, das er aufgrund der Schmerzen verzerrt, die er angeblich um der Menschheit willen erduldet. Calle glaubt nicht an Gott, das war schon als Kind so, trotzdem hat er Respekt vor dem Glauben anderer Menschen, auch wenn er nicht begreift, wie man sein Geld oder seine Zeit einem solchen Hirngespinst widmen kann.

Eine Bewegung ein Stück entfernt erregt seine Aufmerksamkeit. Der Pfarrer. Er steht von einer Kirchenbank auf und kommt auf Calle zu.

»Guten Tag. Mein Name ist Valdemar Niska.«

Der Pfarrer ist sichtlich betagt, hat das Rentenalter zweifellos schon länger hinter sich. Er schüttelt mit beiden Händen und merkwürdig weichem Druck Calles Hand.

»Ich bin Calle Brandt und Ermittler im Dezernat für Kapitalverbrechen.«

Valdemar verschränkt die Hände über dem Bauch – eine Geste, die nach Calles Dafürhalten als Berufskrankheit durchgehen dürfte und von Jahren im Dienst des Herrn herrührt.

»Wir hier in der Kirche sind angesichts dieses Vorfalls natürlich zutiefst betroffen. Es ist traurig und erschütternd.«

»Wissen Sie, wer die Frau war?«

Valdemar schüttelt den Kopf.

»Ich habe sie noch nie gesehen. Das arme Mädchen.«

»Waren Sie draußen, als sie vom Turm gestürzt ist?«

»Ich war in der Sakristei und habe mich umgezogen. Ich hatte eben erst das Brautpaar gesegnet, das draußen auf der Treppe stand. Dann habe ich den Schrei gehört und bin nach draußen gerannt. Jetzt hab ich ein schlechtes Gewissen – ich könnte wichtige Spuren zerstört haben. Ich hab durchs Fenster gesehen, wie Ihre Kollegen auf der Treppe alles mit kleinen Pinselchen abfahren.«

»Ich glaube nicht, dass das so wesentlich ist ... Wichtiger wäre der Kirchturm, weil sie von dort abgestürzt ist. Waren Sie auch oben?«

Valdemar hebt beide Hände. Am linken Ringfinger trägt er einen dicken Siegelring.

»Nein, nein, absolut nicht! Ich habe den Notruf gewählt, bin nach draußen gelaufen und habe versucht, das Brautpaar und die Gäste zu trösten. Ich wusste gar nicht, was ich machen sollte – was vielleicht komisch klingt, weil ich mit Krisen doch eigentlich vertraut sein sollte. Aber dass jemand hier in der Kirche zu Tode kommt ... Darauf war ich nicht vorbereitet, das muss ich zugeben.«

Calle kneift misstrauisch die Augen zusammen, obwohl er weiß, dass er es besser bleiben lassen sollte.

»Trotzdem wirken Sie ziemlich gelassen.«

Valdemar zuckt leicht mit den Schultern.

»Es ist meine Aufgabe, Ruhe zu bewahren.«
»Wie viele Kirchenbedienstete waren denn vor Ort?«
»Nur ich. Der Organist war schon weg, immerhin ist heute Samstag, sogar für uns, die wir am Wochenende arbeiten.«

Er lächelt schief.

»Kein Hausmeister oder so was in der Art?«

Calle dämmert, dass er nicht sonderlich gut darüber Bescheid weiß, wer alles in einer Kirche arbeitet.

»Nur ich. Und die Hochzeitsgesellschaft.«
»Andere Besucher, die nicht zu der Gesellschaft gehörten?«

Valdemar schüttelt bedächtig den Kopf.

»Ich glaube nicht … Außer der Frau auf der Treppe natürlich. Ich meine, die hat nicht zum Brautpaar gehört.«
»Und Sie haben nicht gesehen, wie sie den Turm hochgestiegen ist?«

Neuerliches Kopfschütteln.

»Es kann natürlich sein, dass sie bei den Gästen gesessen hatte und ich deshalb nicht weiter darüber nachgedacht habe, insofern weiß ich es nicht, aber da kann das Brautpaar besser Auskunft geben.«

»Wie komme ich denn hoch auf den Turm?«

Valdemar dreht sich in Richtung Altar.

»Die Tür dort vorne rechts, neben der kleineren Orgel. Die linke führt in die Sakristei und ins Büro.«

»Und ist die Tür normalerweise verschlossen?«

»Normalerweise schon. Der Schlüssel hängt an der Wand neben meiner Bürotür. Als ich mich dort umgezogen habe, stand die linke Tür offen.«

»Ich gehe mich mal oben umsehen. Könnten Sie bitte unterdessen hier warten?«

Zögernd zeigt Valdemar zum Ausgang.

»Wenn Sie erlauben, würde ich mich gern weiter um die Brautleute kümmern. Ich könnte dort nützlich sein, glaube ich, und es fühlt sich gut an, zu helfen – oder es zumindest zu versuchen.«

Calle gibt grünes Licht und geht dann auf die Tür zu, hinter der eine Treppe hoch in den Kirchturm führt.

Sowie er die Tür aufschiebt, schlägt ihm warme Sommerluft entgegen. Leise seufzend macht er sich an den Aufstieg. Die Treppe ist steil und will kein Ende nehmen, trotzdem kommt Calle nicht nennenswert außer Atem. Die Reha in allen Ehren, aber das, was er heimlich nebenher betreibt, scheint weitaus bessere Ergebnisse zu erzielen: Er geht laufen wie ein Besessener. Er befolgt zwar artig den Rat des Physiotherapeuten und macht seine Übungen, aber auf die Laufrunden, sowohl draußen als auch in der Halle, kann und will er nicht verzichten. Nur ins Hermelin geht er nicht, in das Fitnessstudio, in dem Idun und er sonst immer trainiert haben. Sie wäre stinksauer, wenn er dort auftauchen würde, und Calle weiß, dass sie die Anweisungen gelesen hat, die zu Hause an seinem Kühlschrank hängen. Als Idun dort gestanden und den Zettel studiert hat, hat er sich sofort darüber geärgert. Dass sie aber auch ständig kontrollieren und den Zeigefinger heben muss, damit er auch ja nicht mehr Sport treibt als erlaubt! Als würde *sie* es anders machen, wenn sie angeschossen worden wäre. Idun war nicht mal die Hälfte von Calles Zeit krankgeschrieben, deshalb sollte sie besser den Mund halten – oder ihn ermutigen. Aber natürlich tut sie das nicht, weil sie sich Sorgen um ihn macht, und zwar so große, dass er jetzt sogar den Mitgliedsbeitrag für ein zweites Fitnessstudio hinblättern muss, nur um ihr aus dem Weg zu gehen.

Er erreicht den oberen Absatz. Die Tür nach draußen steht offen, es riecht nach Sommerblüte. Calle tritt über die Schwelle und stellt erleichtert fest, dass das Dach den nötigen Schatten wirft. Links an der Außenmauer hängt ein Blechschrank, der mit einem Vorhängeschloss gesichert ist. Bestimmt verbirgt sich darin die elektrische Anlage, die die Kirchenglocken steuert. Es sind zwei, die aussehen wie gigantische rabenschwarze Gaumensegel. Wenn die jetzt loslegten, würde Calle wohl für alle Zeiten sein Gehör einbüßen.

Von hier oben kann er die komplette Innenstadt überblicken. Das Hotel Bodensia überragt die Wohnhäuser und Ladengeschäfte. Die Fenster dort sehen im gleißenden Sonnenlicht aus, als wären sie weiß lackiert.

Langsam geht er am Geländer entlang, das rechtwinklig um die Glocken verläuft. Er kann nichts Auffälliges entdecken.

»Von hier muss sie abgestürzt sein.«

Obwohl er allein oben ist, spricht er es laut aus.

Dann hat er die Vorderseite erreicht, lehnt sich ein Stück vor und sieht nach unten. Die Brüstung ist überraschend niedrig.

Direkt unter ihm liegt die Tote. Malmens Spurentechniker huschen um die Leiche herum, pinseln, fotografieren, machen sich Notizen. Womöglich hat sie sich umgebracht? Ehe er weiterermitteln kann, muss Calle herausfinden, wer sie war. Er will zuallererst die Hochzeitsgesellschaft befragen, ahnt aber schon, dass er so nicht weiterkommt. Es hätte längst die Runde gemacht, wenn die Tote zu den Brautleuten gehört hätte. Schritt zwei wäre, die Rechtsmedizinerin mit der Identifizierung zu beauftragen. Der Zahnstatus wäre das Einfachste – oder der Daumenabdruck, vorausgesetzt, die Frau hatte einen schwedischen Pass.

Er blickt hinüber zu den Leuten, die sich dem Anlass zu Ehren in Schale geworfen haben und jetzt nervös auf dem Kiesweg im Schatten der Birken stehen. Mehrere weinen, eine ältere Dame sitzt, an den schwarzen Eisenzaun gelehnt, am Boden, ein jüngerer Mann fächelt ihr mit einem Strohhut Luft zu. Eine graue Katze huscht hinter dem Zaun vorbei, springt über die niedrige Hecke zum dahinterliegenden roten Gebäude und verschwindet um die Ecke. Svetlana wird die Tote identifizieren, da ist Calle sich sicher.

Er wirft einen Blick auf sein Handy. Er will Idun anrufen, obwohl sie immer noch Urlaub hat, und wenn Siv richtigliegt, dann dürfte Idun mit dieser Ermittlung auch absolut nichts zu tun haben wollen – zumindest nicht vor kommenden Montag. Aber das ist Calle natürlich egal.

Emma kauert auf dem Fensterbrett. Sie hat den Kopf so weit gedreht, wie es nur geht, und presst die Wange gegen die Scheibe, um zu sehen, was drüben bei der Kirche vor sich geht. Das Glas fühlt sich kühl auf ihrer Haut an.

Hinter ihr tritt Kajsa ungeduldig von einem Bein aufs andere.

»Kannst du mal rutschen? Verdammt, Emma, ich will auch etwas sehen!«

Kajsa spricht so leise, dass Emma einfach so tun kann, als hätte sie nichts gehört. Sie weiß, dass Kajsa sich nur zu fluchen traut, solange Joanna nicht in der Nähe ist. Eigentlich ist Kajsa ein Feigling, vierzehn, und damit drei ganze Jahre jünger als Emma, Joanna und Agnes. Sie würde es nie wagen, ausfällig zu werden, obwohl sie Emma körperlich überlegen ist.

»Willst du Prügel, oder was? Rutsch mal, hab ich gesagt!«

Kajsa klingt richtig verärgert, doch Emma antwortet, als hätte sie abermals nichts gehört.

»Da stehen mehrere Streifenwagen. Sie haben auf dem Gehweg geparkt. Und sie haben dieses Plastikband aufgehängt, auf dem *Polizei* steht. Das kann ich von hier aus zwar nicht lesen, aber ich weiß, dass das draufsteht, das hab ich so schon im Fernsehen gesehen.«

Um ganz ehrlich zu sein, hat sie es auch schon in der Realität gesehen, aber das erzählt sie Kajsa natürlich nicht.

»Mann, Emma, du bist nicht die Einzige, die etwas sehen will!«

Sie hört Kajsa an, dass sie drauf und dran ist, zu heulen. Emma gibt nach und rutscht von der Fensterbank. Sie hat alles gesehen, was sie sehen konnte. Außerdem braucht Kajsa jetzt wirklich keine Szene zu machen – weil Auffallen mit das Letzte ist, was Emma will.

»So, du bist dran.«

Sie schiebt sich an Kajsa vorbei, überlegt flüchtig, sich an den Esstisch zu setzen, will dann jedoch kurz allein sein. Ungelenk klettert Kajsa auf die Fensterbank. Unter ihrem Gewicht knarzt das Holz.

»Ich sehe die Streifenwagen! Sind das viele!«

Emma geht in Richtung Glaskasten, in dem Knut sitzt und auf seinen Bildschirm glotzt. Joanna behauptet gern, dass er sich Pornos ansehe, dabei glaubt Emma eher, dass er Berichte schreibt und notiert, wie der Vormittag war und welche lästigen Vorkommnisse es gab. Bestimmt soll er auch über die positiven Vorkommnisse schreiben, aber wenn man bedenkt, wie der Vormittag bislang verlaufen ist, dürfte ihm dahingehend nicht allzu viel einfallen.

Es hatte schon vor dem Frühstück angefangen. Joanna war in der Waschküche ausgerastet – weshalb, weiß Emma nicht, und genau genommen ist heute nicht einmal Joannas Waschtag. Doch innerhalb von Sekunden hat sie sowohl Kajsa vors Schienbein getreten als auch versucht, Beata eine Kopfnuss zu verpassen. So ist das mit Joanna: binnen eines Wimpernschlags von null auf hundert, ohne dass irgendwer sich erklären könnte, warum. Und weil Knut heute Dienst hat, ist Joanna prompt in der Iso gelandet. Dort sitzt sie seither fest, und Beata sitzt vor der Tür und bewacht die stinkwütende Joanna, die erst gestern verkündet hat, dass sie sich umbringen will, sobald sie die Gelegenheit dazu hat. Typisch Knut, dass er die Überwachung nicht selbst übernimmt. Er steckt die Mädchen oft in die Iso, aber aufpassen darf dann jemand anders.

Emma klopft vorsichtig an die Fensterscheibe. Nicht weil sie will, sondern weil sie ahnt, dass sie es tun sollte. Es ist schließlich normal, ungewöhnliche Vorgänge drüben an der Kirche zu erwähnen, und Emma will, dass die anderen glauben, sie wäre normal, weil das Normale am wenigsten auffällt.

Knut blickt auf und sieht sie irritiert an.

»Da stehen Streifenwagen vor der Kirche.«

Er zuckt mit den Schultern.

»Und? Das hat ja wohl nichts mit uns zu tun.«

Durch die Glasscheibe klingt seine Stimme gedämpft. Bevor Emma mehr sagen kann, fuchtelt er mit der Hand in ihre Richtung. Die Jugendlichen dürfen das Glas nicht berühren, weder anklopfen noch dagegenschlagen oder treten. Auch nicht ablecken – das weiß Emma, weil Joanna jedes Mal, wenn sie es ausprobiert, Ärger bekommt.

Emma geht weiter, in ihr Zimmer. Von hinten hört sie, dass Kajsa irgendwas von einem Leichenwagen sagt, aber Emma ist das inzwischen egal. Sie hat vor, sich heute vorbildlich zu verhalten, damit sie am Abend im Aufenthaltsraum sitzen und Nachrichten gucken darf. Da erzählt ein Reporter alles, was die Allgemeinheit wissen muss, und mehr braucht auch eine Bewohnerin des Bodengården nicht zu wissen. Ihre Welt ist mehr oder weniger von der Realität dort draußen abgekoppelt. Besser, man schert sich um nichts und konzentriert sich darauf, den Tag zu überstehen und das Beste aus dem Hier und Jetzt zu machen. Man streitet so wenig wie möglich, hält die Füße still, sitzt seine Zeit ab und fällt nicht weiter auf. Darin ist Emma gut – sie hält sich im Hintergrund und sitzt alles aus. Das haben Molly und sie in der Kindheit regelrecht trainiert. Wenn man Emma fragen würde, dann ist sie eine Expertin darin, unter dem Radar zu fliegen – eine unschätzbar wertvolle Fähigkeit, wenn man im Bodengården untergebracht ist.

Boden 2005

Die Zwillingsschwestern Molly und Emma kommen wenige Minuten nach Mitternacht zur Welt. Es ist Januar und brutal kalt draußen, doch im Kreißsaal in Sunderby ist es warm, die Beleuchtung gedimmt, die drei Hebammen und zwei Krankenschwestern lächeln, und der Vater ist drauf und dran, in den letzten quälenden Minuten, in denen er die schweißnasse Hand der Mutter hält, ohnmächtig zu werden.

Molly kommt als Erste: Begleitet von einem lang gezogenen Schrei, gleitet sie heraus – ein schmieriges, pummeliges Bündel mit rotem Mund und bläulich schrumpeliger Haut. Eine Hebamme legt sie der Mutter an die Brust und verkündet: ein properes Mädchen, es wiege sicher vier Kilo. Die Mutter ist überwältigt und kann überhaupt nicht fassen, was ihr gerade widerfährt. Der Vater steht neben ihr und starrt seine erstgeborene Tochter an. Er traut sich kaum noch zu atmen, hat Todesangst, auch nur einen winzigen Augenblick zu verpassen.

Fünf Minuten lang darf sich die Mutter ausruhen. Dann setzen erneut die Presswehen ein, und diesmal sind lediglich zwei nötig, bis das zweite Mädchen zwischen den ermatteten Beinen hervorschlüpft. Emma atmet nicht. Die Hebamme rubbelt sie grob mit einem Frotteehandtuch ab, und nach einer gefühlten Ewigkeit ist endlich ein Wimmern zu hören. Emma ist klein. Sie wird neben ihre fünf

Minuten ältere Schwester gelegt, hat nicht genug Kraft, um zu schreien, kann aber immerhin hinreichend selbstständig atmen. Die Mutter weint, möglicherweise teils überwältigt von Liebe, eher aber vor Erleichterung. Der Vater traut sich zu guter Letzt auszuatmen. Seine Mädchen sind da, eins davon mopsig und eines dünn, das eine normal groß, das zweite winzig. Zwillinge, Schwestern. Das Leben kann so herrlich sein.

Nach einer ersten Untersuchung bekommt die Mutter beide Babys wieder an die Brust gelegt und wird mit einer weichen Decke zugedeckt. Dann verlässt das Klinikpersonal den Raum. Zurück bleibt die kleine Familie, die eben noch aus zwei Menschen bestand, von nun an jedoch ein Quartett ist. Auf einen Schlag verdoppelt.

Der Vater versucht zu sprechen. Mit einem dicken Kloß im Hals bringt er flüsternd sein unbeschreibliches Glück zum Ausdruck. Die Mutter lächelt ermattet, sagt, dass sie müde sei und schlafen wolle. Begreift hier denn niemand, wie unendlich sie zu bemitleiden ist? Der Vater ist verwirrt, als sie die Zwillinge wieder abgeben will, als sie sie abermals wiegen und vermessen lassen möchte. Denn vielleicht seien die Zahlen ja falsch gewesen. Ob der Unterschied wirklich so groß sein könne? Außerdem will die Mutter duschen. Einen Moment lang allein vor sich hin weinen. Warum sind die Mädchen so unterschiedlich groß? Hat das eine sich alle Nahrung geschnappt? Außerdem hasst die Mutter ihren Körper. In der Schwangerschaft ist sie aus dem Leim gegangen, ist von innen heraus angeschwollen, hat hängende Brüste bekommen, einen schwabbeligen Bauch und Oberschenkel so dick wie Baumstämme. Sie riecht selbst, dass sie nach Schweiß stinkt, will sich die Zähne putzen und saubere Sachen anziehen, ihre eigenen Sachen anstelle des entwürdigenden, billigen Baumwoll-Krankenhauskittels.

Molly wimmert an ihrer Brust, tritt mit den Füßen in den schwammigen Bauch der Mutter. Gierig reißt sie den kleinen Mund auf, will augenblicklich Milch. Emma liegt still daneben und atmet flach, will gar nichts zu sich nehmen. Wird die Kleine zur anderen aufschließen, oder bleibt das jetzt so? Und weshalb steht der Vater da und hat nur Augen für die Babys, obwohl er deren Mutter doch viel mehr lieben sollte? Schließlich war sie es, die heute um ihr Leben gekämpft hat.

Der Vater weint schon wieder und streichelt die Stirn der Mutter. Als hätte er ihre Gedanken gelesen, flüstert er ihr zärtlich zu, dass er sie und die Mädchen liebe – fast als würde er versuchen, ihr diplomatisch zu verstehen zu geben, dass seine Liebe von nun an auf drei verteilt sei. Die Mutter hingegen weiß, dass sie den verlogenen Worten nicht trauen darf. Sie schließt die Augen, lächelt, flüstert das Gleiche zurück, spürt aber, wie etwas in ihr für alle Zeiten zerbricht. Sie hat das Siegerpodest räumen müssen.

Das Klingeln kommt von weit her. Idun Lind hat tief geschlafen und geträumt. Ihr Körper ist bleischwer, sie bekommt die Augen nicht auf und entscheidet schlaftrunken, dass der Anruf auf der Mailbox landen soll. Es ist Sonntag, offiziell ihr letzter Urlaubstag, und sie hat nicht vor, an diesem Tag früh aufzustehen.

Das Klingeln verstummt. Idun ist drauf und dran, wieder in den Tiefschlaf abzugleiten, als ihr Handy abermals klingelt. Sie seufzt, zwingt sich, die Augen aufzuschlagen, spürt Tareqs Hand auf ihrer Brust. Sie legt ihre Hand obenauf und dreht den Kopf in seine Richtung. Sein dichter Bart streift weich ihre Wange.

»Da ruft jemand an ...«

Sie sagt es so leise, dass sie es selbst kaum hört. Tareq schläft weiter und atmet lautlos an ihrer Schläfe. Das Handy verstummt, und Idun denkt kurz darüber nach, sich wieder umzudrehen, als es schon wieder losgeht.

»Verdammt noch mal ...«

Sie schlägt die Decke zurück und schiebt die Beine über die Bettkante. Sie hat nur eine Unterhose an und zittert an der kühlen Luft, greift nach Tareqs weißem Hemd, das über der Stuhllehne liegt, knöpft zwei Knöpfe zu, zieht ihr Haargummi vom Handgelenk und bindet sich einen zerzausten Dutt. Die Müdigkeit macht sie träge, das Handy hört auf zu klingeln, klingelt dann aber sofort wieder los.

Das Geräusch kommt aus ihrer Tasche. Sie beugt sich nach unten, wühlt herzhaft gähnend in der Tasche herum, ertastet das Handy und wirft einen Blick aufs Display.

Sie seufzt und geht ran.

»Du weißt genau, dass ich noch Urlaub habe.«

Sie lässt sich schwer auf den Boden sinken, schließt die Augen und presst die Finger der freien Hand auf ihre Lider. Der Fußboden ist kalt, und sie kriegt Gänsehaut an den Beinen. Durch den Spalt zwischen den Vorhängen kann sie sehen, dass die Sonne gerade erst aufgeht. Es ist unmenschlich früh. Trotzdem klingt Calle hellwach.

»Heute noch, stimmt. Aber ich dachte, du könntest vielleicht trotzdem einen Tag früher zurückfliegen.«

Idun massiert sich die Wangen.

»Warum sollte ich?«

Sie hört ihn durchs Handy atmen.

»Ich war gestern in einer Kirche.«

»Dann hast du zu Gott gefunden? Gratuliere. Okay, wenn ich mich wieder schlafen lege?«

Calle antwortet nicht sofort, und Idun denkt darüber nach, einfach aufzulegen.

»Ich war beruflich dort. Wir haben eine Leiche am Hals.«

»Ach.«

Durchs Handy hört sie entfernte Sirenen. Sie wundert sich kurz, warum Calle an einem Sonntag ernsthaft so früh bei der Arbeit ist, bringt es aber nicht fertig, zu fragen. Im Grunde ist es ihr auch egal.

»Möglicherweise ein Selbstmord, aber wir gehen wie immer erst mal von einem Verbrechen aus.«

Idun muss einen Seufzer unterdrücken. Warum erzählt Calle ihr das, obwohl sie das übliche Vorgehen doch in- und auswendig kennt?

Sie friert, steht auf, setzt sich in den braunen Ledersessel am Fenster. Sie gähnt und zieht sich die Zierdecke von der Armlehne über die Beine. Tareq liegt immer noch im Bett und schläft, sein Gesicht ist entspannt, der Mund halb offen. Sein schwarzer Bart ist wirklich wahnsinnig dicht, damit kann Calle nicht mithalten.

»Raus mit der Sprache. Ich bin zu müde, um Fragen zu stellen.«

Sie will nichts lieber, als zurück unter die Decke zu kriechen, und ist insgeheim enttäuscht, dass die Müdigkeit zu verfliegen droht.

»Es ist halb drei Uhr morgens – ich weiß, das ist früh, aber wenn du den ersten Flieger kriegen willst, musst du in einer Stunde los nach Arlanda. Die Schlangen an der Security sollen ja die Hölle sein.«

Idun will bereits protestieren, als Calle auch schon weiterspricht.

»Ich weiß, du bist bei Tareq. Siv hat geplaudert, nach zwei Gläsern Wein hat sie gesungen wie eine Lerche. Schön für dich, Idun – und wie ist er so, privat?«

»Ich lege jetzt auf.«

»Schon gut, schon gut!«

Sie kann Calle anhören, dass er grinst. Dann klingt er sofort wieder ernst.

»Eine junge Frau ist während einer Hochzeit hier vom Kirchturm gestürzt. Oder besser gesagt: direkt anschließend. Das Brautpaar stand noch auf der Kirchentreppe und hat Fotos gemacht, als das Mädchen von oben runtergesegelt kam. Aus der Höhe ein brutaler Aufprall. Wir sprechen von einem geplatzten Schädel und überall Gehirnmasse – sogar auf dem Brautkleid.«

Idun schließt erneut die Augen. Sieht Bodens große Kirche vor sich. Auf dem dortigen Friedhof liegt ihre Mutter begraben. Ihre kleine Schwester Mika und ihr Vater gehen manchmal hin, zünden eine Kerze an und bringen Blumen. Sie selbst war seit der Beerdigung nicht mehr dort.

»Wie alt war sie? Polizeibekannt?«

Sie kann es nicht lassen, spürt, dass etwas erwacht, was zuvor in ihr geschlummert hat. Calles Stimme verändert sich, klingt jetzt fast demütig.

»Svetlana hat sie spätnachts identifiziert. Sie war zwanzig, gehörte nicht zur Hochzeitsgesellschaft, das haben wir schon sichergestellt. Trotzdem war sie vor Ort – und jetzt stellt sich natürlich die Frage, wie sie hoch auf den Glockenturm kam. Der war am Samstag aus unerfindlichen Gründen nicht abgeschlossen. Der Schlüssel hängt normalerweise im Flur neben dem Pfarrbüro, deshalb könnte die Frau ihn selbst geholt haben; das wissen wir noch nicht. Aber niemand hat sie in der Kirche gesehen. Vielleicht war sie schon länger oben im Turm – schon bevor die Hochzeit begonnen hat. Tja, und jetzt dachte ich mir, dass wir beide diesen Fragen nachgehen könnten. Du bist ja bekanntermaßen der analytischste Kopf im ganzen Revier.«

Idun massiert sich die Nasenwurzel. Gott, was erzählt er denn da? Das sind eindeutig zu viele Infos so früh am Sonntagmorgen.

»Dann soll ich jetzt meinen Urlaub abbrechen, um Fragen zu klären, die du mindestens genauso gut klären kannst? Ich weiß ehrlich gesagt nicht, ob ich dazu Lust habe.«

»Lass die Schmeicheleien. Wir wissen beide, dass du die Beste in ganz Nordschweden bist. Du bist sogar mir einen Hauch überlegen.«

Tareq bewegt sich im Schlaf. Idun sieht zu, wie er sich

umdreht und ihr den Rücken zukehrt. Sie muss schlucken, als sie die Brandmale auf seinem Rücken sieht. Auf der Schulter hat er eine zerklüftete Narbe von einer lange verheilten Schussverletzung.

Sie räuspert sich leise.

»Wenn ich ehrlich sein soll, wollte ich Anders schon anrufen und ihm sagen, dass ich noch eine Woche wegbleiben will. Ich hab noch jede Menge Resturlaub. Die Personalabteilung liegt mir deshalb seit Jahresbeginn in den Ohren – und Anders im Übrigen auch. Die Gewerkschaft mag es gar nicht, wenn man Urlaubstage vor sich herschiebt.«

Es knistert in der Leitung. Idun ahnt, dass Calle in diesem Moment abwinkt, auf diese abfällige Art, die er immer an den Tag legt, wenn ihm etwas nicht passt.

»Iddan, du kannst deinen Urlaub jetzt nicht verlängern. Ich hab jetzt schon zwei Wochen ohne dich hinter mir – weißt du überhaupt, wie ätzend das ist? Siv gibt sich alle Mühe, damit es hier glattläuft, aber Berichte schreiben und Strategiesitzungen, das ist einfach so verdammt langweilig. Komm nach Hause! Tareq kannst du doch auch an Weihnachten vögeln.«

Idun schüttelt den Kopf, auch wenn Calle es nicht sehen kann. Sie hat nicht vor, ihr Privatleben mit ihm auszudiskutieren.

»Arbeitest du in Teilzeit, so wie der Physiotherapeut es dir empfohlen hat?«

Calle lacht so laut, dass Idun das Handy vom Ohr weghalten muss.

»Teilzeit? Spinnst du? Ich arbeite doppelte Vollzeit! Calle *fucking* Brandt liegt doch nicht auf der faulen Haut!«

Sie will gerade antworten, als sie sieht, dass Tareq aufgewacht ist. Er liegt jetzt auf dem Rücken, hat einen Arm hinter dem Kopf verschränkt und sieht sie verschlafen an. Als sie seinen Blick erwidert, lächelt er sie durch seinen Bart hindurch verpennt an.

»Tut mir leid, Calle. Ich verstehe schon, dass du mich vermisst, aber ich will noch eine Woche hier in Stockholm bleiben. Wir sehen uns nächsten Montag – und ich mach es sogar wieder gut, indem ich richtig früh da bin. Was meinst du – sollen wir den Herbst mit einer gemeinsamen Joggingrunde einläuten?«

»Dann entscheidest du dich allen Ernstes für Tareq statt für mich?«

Calle klingt pseudobeleidigt. Tareq zieht an seiner Bettdecke, und sie rutscht ihm von der Hüfte. Idun hätte auch so gewusst, dass er nackt geschlafen hat.

»Genau das.«

Sie schließt kurz die Augen. Als sie sie wieder aufschlägt, hat Tareq die Decke komplett beiseitegeschoben. Ihr läuft ein wohliger Schauder über Arme und Nacken.

»Und es gibt nichts, was ich noch sagen kann, damit du es dir doch noch anders überlegst?«

»Tschüss, Calle. Wir sehen uns in einer Woche!«

Sie hat fast aufgelegt, als sie gerade noch hört, dass er mit ernster Stimme weiterspricht.

»Auch nicht, wenn ich dir erzähle, dass es sich bei der Toten um Elvira Lind handelt?«

Idun erstarrt. Calles Aussage klingt seltsam lang gezogen, und in ihrem Kopf beginnt es, zu rauschen. Unwillkürlich kommen ihr alte Erinnerungen.

»Was hast du gerade gesagt?«

»Ich hab gesagt, dass es sich bei der Toten leider um Elvira Lind handelt.«

Idun schwirrt der Kopf so sehr, dass es in den Schläfen brennt. Schlagartig fühlt sie sich verraten. Jahrelang hatte sie den Deckel darauf, und trotzdem droht es darunter jetzt wieder zu brodeln.

»Warum hast du das denn nicht gleich gesagt?«

Mit einiger Mühe reißt sie sich zusammen. Sie hört, wie Calle zögert, und wundert sich. Dass Calle Brandt zaudert, sieht ihm nicht ähnlich.

»Weil du dir die Vorgeschichte nicht neutral angehört hättest. Weil sogar *du* voreingenommen gewesen wärst, ganz egal, wie verdammt gut du ansonsten bist, Iddan.«

Sie antwortet nicht. Ihr ist natürlich klar, dass er recht hat. Gewisse Dinge muss man sich erst unvoreingenommen anhören, ganz gleich, wie es hinterher aussieht, wenn man das große Ganze vor sich hat. Trotzdem fühlt sie sich hintergangen.

Tareq stemmt sich im Bett hoch. Die Energie im Zimmer hat sich verändert, und er sieht sie fragend an. Beschämt erwidert sie seinen Blick und steht vom Sessel auf.

»Buch mir den ersten Flug.«

»Hat Siv schon erledigt. Er geht um 6.00 Uhr ab Arlanda.«

Idun hält Ausschau nach ihrer Jeans.

»Ich brauche auch ein Taxi ...«

Am Fußende des Bettes liegt ein Klamottenhaufen.

»Kommt in einer Dreiviertelstunde. Du kannst also noch eine Runde vögeln oder wahlweise frühstücken.«

Idun legt auf und wirft das Handy in ihre Tasche. Bekümmert sieht sie Tareq an.

»Ich muss nach Hause. Tut mir leid.«

Er sieht sie aus seinen dunklen Augen an. Idun spürt, wie der Boden unter ihr ins Wanken gerät. Sie ist drauf und dran, diesem Mann zu verfallen, obwohl sie genau das partout nicht will.

Tareq gähnt hinter vorgehaltener Hand.

»Ruf an, wenn du Hilfe brauchst. Luleå ist ja nur einen kurzen Flug entfernt.«

Sie zieht sein Hemd wieder aus und steht nur in Unterhose vor ihm.

»Ich springe nur noch schnell unter die Dusche.«

Er legt sich wieder hin, verschränkt erneut den Arm im Nacken.

»Mach das. Ich koche in der Zwischenzeit Kaffee.«

Boden 2010

Das kleine Kinderzimmer liegt im Dunkeln. Erst als die Eltern die Tür einen Spalt weit aufschieben, fällt ein Streifen Licht hinein. Schon in der nächsten Sekunde singen sie ein Geburtstagslied. Molly wacht als Erste auf und stemmt sich hoch. Ihre Haare sind vollkommen zerzaust. Von ihrem Nachthemd hat sich in der Nacht ein Knopf losgemacht und ist zwischen den Laken verschwunden. Sie reibt sich die Augen und lacht ihre Eltern, die mit Geschenken in den Händen am Fußende stehen, übers ganze Gesicht an. Im benachbarten Bett wälzt sich Emma verschlafen herum. Sie gähnt, streckt sich und setzt sich langsam auf. Ihr rosa Schlafanzugoberteil ist über den Bauch hochgerutscht. Sie kneift die Augen zusammen, sieht zu Molly und gluckst vergnügt.

»Dass ihr schon fünf ganze Jahre alt seid!«, sagt ihr Papa. »Eine ganze Handvoll Jahre! Da fragt man sich, wo die Zeit geblieben ist.«

Noch im Bett öffnen sie die Geschenke. In den ersten beiden sind Kleider – eins in Lila für Molly, eins in Rosa für Emma. Sie tragen beide fast ausschließlich Kleidungsstücke in ihren jeweiligen Lieblingsfarben. In den anderen Päckchen stecken Krönchen, Buntstifte, Malbücher und Sprungseile. Das letzte ist eins für sie beide zusammen: Es ist groß, schwer und hoch spannend. Es ist ein Puppenhaus, mit einem dunkelrosa Dach und lila Wänden. Die beiden Mädchen quietschen begeistert auf. Molly streicht mit der Hand über die Wände. Die Oberfläche fühlt sich unter ihren Fingern hubbelig an. Papa faltet das Geschenkpapier zusammen, während Mama sich auf die Bettkante setzt.

»Das hab ich entdeckt, als ich in Göteborg war. Ich dachte mir, ihr könntet es auf die Kommode unter dem Fenster stellen. Das würde doch toll aussehen? Ist eure Mama nicht nett?«

Emma kann den Blick nicht von ihrem Puppenhaus losreißen. Sie untersucht jedes einzelne Zimmer, tastet über das kleine Miniatursofa. Der rosa Plüschstoff ist watteweich.

»Wir könnten noch Fimo kaufen und Essen für die Puppen basteln. Köttbullar, Spaghetti und vielleicht eine Torte?«

Molly legt sich wieder ins Bett. Sie sieht Emma an, die immer noch das Puppenhaus bestaunt.

»Können wir auch Tiere basteln? Eine Katze und einen Hund?«

Molly will immer, dass sie Tiere spielen: dass Emma und sie entweder Hunde, Katzen oder Pferde sind. Auch wenn sie malt, dann immer nur verschiedene Tiere.

Ihre Mutter lächelt milde.

»Können wir. Wir kaufen Fimo in Naturfarben, damit die Tiere die richtigen Farben haben.«

Ihr Vater nimmt seine Kamera hoch und stellt sich vor den Kleiderschrank, um ein Foto von den Geburtstagskindern zu schießen.

»Rutscht mal zusammen, damit Papa ein richtig gutes Bild von euch machen kann!«

Die Zwillinge tun wie geheißen, setzen sich nebeneinander aufs Bett und lächeln in die Kamera. Mama kommt näher, hockt sich vor die Mädchen, zieht sich den Bademantel eng um den Oberkörper und lächelt ebenfalls. Papa guckt durch den Sucher und sagt dann mit seiner sanftesten Stimme: »Du verdeckst die Geburtstagskinder. Magst du nicht bitte ein Stück zur Seite rücken?«

Doch Mama rührt sich keinen Millimeter. Sie lächelt einfach weiter, faucht aber durch die zusammengebissenen Zähne: »Mach jetzt das Foto, damit wir irgendwann auch noch frühstücken können.«

Papa drückt auf den Auslöser. Ein halbes Jahr später sucht Mama genau dieses Bild als Titelbild für ein Fotobuch aus, das Oma geschenkt bekommen soll. Emmas und Mollys Arme und Beine sind zwar zu sehen, ihre Gesichter jedoch sind vom in den Bademantel gehüllten Oberkörper ihrer Mutter verdeckt.

Svetlana Moritz, die Rechtsmedizinerin, bedenkt Idun mit ihrem typisch schroffen Blick.

»Ist das wirklich so gut, dass du an diesem Fall mitarbeitest?«

Sie hat einen starken russischen Zungenschlag. Idun sieht ihr ins Gesicht und konzentriert sich darauf, ihrem Blick standzuhalten. Sie weiß genau, dass Anders die gleiche Frage stellen wird und sie deshalb so ehrlich sein sollte wie nur möglich – allerdings ohne die ganze Wahrheit zu erzählen.

»Wir hatten keinen Kontakt. Meine und Elviras Mutter waren Schwestern, allerdings haben sie sich schon in der Jugend zerstritten. Ich habe Elvira überhaupt nur ein paarmal getroffen, als sie noch klein war, besser kannten wir uns nicht. Meine Tante war jünger als meine Mutter und hat Elvira erst spät bekommen. Wir sind uns nicht mehr begegnet, seit Elvira ungefähr drei Jahre alt war.«

Womöglich eine etwas zu umständliche Antwort.

Calle steht neben Idun und sagt kein Wort. Idun weiß, dass es ihm schwerfällt, all dies auch nur annähernd nachzuvollziehen. Bei der Arbeit ist man im Dienst, da stellt man sein Privatleben zurück, das ist Calles Überzeugung. Allerdings weiß Idun auch, dass selbst er tief in seinem Innern Svetlana recht gibt: Man sollte nicht in einem Fall ermitteln, in den die eigene Verwandtschaft verwickelt ist. Andererseits ist das Opfer in diesem Fall allenfalls auf dem Papier mit Idun verwandt.

Sie beschließt, das Thema zu wechseln und zugleich die Stimmung zu lockern.

»Warten wir einfach ab, was Anders dazu sagt. Aber jetzt bin ich hier, und Calle und ich hören uns gern an, was du uns zu berichten hast.«

Svetlana scheint sich damit zufriedenzugeben. Sie mischt sich auch sonst nicht in ihre Ermittlungen ein. Schweigend wendet sie sich der Leiche zu, die hinter ihr auf dem Sektionstisch liegt. Idun und Calle machen einen Schritt darauf zu und stellen sich Svetlana gegenüber auf die andere Seite des Tisches.

Die bleiche Haut ist in klinisch weißes Licht getaucht. Es riecht nach Desinfektionsmittel. Idun reißt sich zusammen, spürt aber, wie ihre Hand anfängt zu zittern. Sie schiebt sie in die Hosentasche, damit die anderen es nicht sehen.

»Euer Opfer heißt Elvira Lind und ist zwanzig Jahre alt geworden. Todesursache ist ein Sturz aus großer Höhe. Sie war auf der Stelle tot, hat sich in derselben Sekunde, als sie auf dem Treppenabsatz aufgeschlagen ist, das Genick gebrochen. Sie hat nichts gespürt.«

Letzteres fügt Svetlana fast schon fürsorglich hinzu, was Idun nicht behagt. Verkniffen sieht sie Svetlana an.

»Ich bin als Kommissarin hier, nicht als Elviras Cousine.«

Svetlana zuckt nicht mit der Wimper.

»Dass man Teile seiner Persönlichkeit ausblenden kann, das können auch nur Schweden denken.«

Idun reagiert nicht darauf, aber in ihr rührt sich etwas. Im Frühjahr haben Svetlana und sie sich bei einer Fortbildung zum Thema häusliche Gewalt getroffen; in der Pause landeten sie nebeneinander in der Kaffeeschlange, und hinter ihnen kommentierten ein paar Polizeiermittler die völkerrechtswidrige russische Invasion in der Ukraine. Zum ersten Mal überhaupt zeigte Svetlana Gefühle, als sie Idun leise ein einziges Sätzchen zuflüsterte – so leise, dass die Männer hinter ihnen sie unter Garantie nicht hören konnten.

»Putin ist ein Despot, *pust' on gorit w adu*!«

Noch ehe Idun etwas erwidern konnte, hatten sie das Kaffeebüfett erreicht.

»Elvira Lind ist unnatürlich blass. Ihre Haut weist so gut wie keine Pigmentierung auf, trotzdem hat sie nicht an Albinismus gelitten. Sie hat Farbe sowohl in den Haaren als auch in den Iris. Scham- und Achselbehaarung sind normal dunkel, daher wäre meine Vermutung, dass sie über lange Zeit kein Sonnenlicht abbekommen hat. Ich würde auf mehrere Jahre tippen, aber mit Gewissheit kann ich es nicht sagen.«

Sowohl Idun als auch Calle runzeln die Stirn.

»Sie hat *über Jahre* kein Sonnenlicht abgekriegt?«

»Wenn man bedenkt, dass sie offenbar die Anlage für Pigmentierung hat und trotzdem so blass ist, wäre dies meine Vermutung, ja.«

Calle verschränkt die Arme vor der Brust.

»Wie duckt man sich denn bitte schön mehrere Jahre lang vor der Sonne weg? Hat sie sich in ihrer Wohnung verbarrikadiert, oder was?«

Svetlana sieht ihn ernst an.

»Das weiß ich nicht. Wo Elvira Lind in den letzten Jahren gesteckt hat, müsst ihr schon selbst herausfinden. Ich erzähle euch nur, was mir der Körper verrät.«

Weder Idun noch Calle äußert sich dazu.

»Sie hat vor geraumer Zeit ein Kind zur Welt gebracht. Die Gebärmutter hat wieder ihre normale Größe angenommen, und sie hatte unmittelbar vor ihrem Tod einen Eisprung. Insofern schätze ich, dass sie zumindest abgestillt hat, sofern sie überhaupt gestillt hat – das kann ich nicht sagen.«

Auch wenn sie sich zusammenreißen sollte, klappt Idun die Kinnlade runter.

»Elvira ist Mutter?«

Svetlana zuckt mit den Schultern.

»Ob sie Mutter ist, weiß ich nicht. Ich sage nur, dass sie ein Kind zur Welt gebracht hat.«

Idun beißt sich auf die Zunge. Sie weiß nur zu gut, dass Svetlana nicht gern unterbrochen wird. Außerdem dämmert ihr soeben, dass sie gefühlsmäßig anscheinend doch nicht ganz unbeteiligt ist, jetzt, da ihre Cousine auf dem Stahltisch vor ihr liegt. Sie muss besser aufpassen, sonst lässt Anders sie im Leben nicht an diesem Fall mitarbeiten.

»Elvira hat vaginal entbunden und sich dabei Geburtsverletzungen zugezogen, sowohl im Bindegewebe als auch in der darunterliegenden Muskulatur, die unsäglich schlecht vernäht wurde. Die Verletzungen waren so schwerwiegend, dass die Versorgung weitaus umfangreicher hätte sein müssen. Irgendwer hat versucht, sie wieder zusammenzuflicken, und Teile der Schleimhaut wurden auch akzeptabel versorgt, andere hingegen dermaßen schlecht, dass dies unmöglich in der Obhut unseres Gesundheitssystems passiert sein kann.«

Idun muss sich zusammenreißen, um nicht sofort Rückfragen zu stellen. Svetlana, die anscheinend Antennen hat, seufzt lautstark.

»Sie hat nicht im Krankenhaus entbunden. Ich habe ihre Gesundheitsakte bereits überprüft. Allerdings hat das Narbengewebe Zeit gehabt, wieder weicher zu werden – was wiederum bedeutet, dass die Geburt nicht erst gestern stattgefunden hat. Zumindest das kann ich mit Gewissheit sagen. Sie liegt mindestens zwei Jahre zurück. Genauer lässt sich der Zeitpunkt nicht bestimmen. Es gibt wie gesagt keine Daten zu Geburt und Mutterschaft, und es ist beim Meldeamt auch kein Kind registriert – ein weiterer wasserdichter Hinweis darauf, dass die Geburt nicht in einer Gesundheitseinrichtung stattgefunden hat. Das Kind könnte natürlich eine Totgeburt gewesen sein, aber selbst da wäre es registriert worden. Allerdings wisst ihr das ja selbst. Und man sagt ›wasserdicht‹, oder?«

Calle brummelt beifällig.

Idun hat das Gefühl, dass sie dringend nachdenken muss. Selbst wenn Elvira beispielsweise unter einer geschützten Identität gelebt hat, hätte das Kind sowohl in ihren Unterlagen als auch beim Meldeamt verzeichnet sein müssen, da hat Svetlana völlig recht. Wenn jedoch weder das eine noch das andere der Fall ist, dann muss das Kind außerhalb des Gesundheitswesens zur Welt gekommen sein – doch wer hätte dann Elviras Verletzungen versorgt? Und wo hat sie all die Jahre gesteckt? Vielleicht war sie drogenabhängig? Oder das Kind kam tatsächlich tot zur Welt oder ist kurz nach der Entbindung gestorben? Elvira wuchs in chaotischen Verhältnissen auf, und Iduns Tante war nicht nur alleinerziehend, sondern überdies psychisch krank – eine Krankheit, die der Familie im Übrigen in den Genen liegt …

»Gibt es Hinweise auf eine Abhängigkeit? Drogen oder …«

Svetlana schüttelt den Kopf.

»Nein.«

Elviras Vater starb, als sie noch klein war, und Elvira war schon als Kind eine Unruhestifterin. Rauchte bereits in der Mittelstufe, trieb sich spätabends herum, geriet innerhalb wie außerhalb der Schule immer wieder in Konflikte. Mitunter musste die Polizei sie einkassieren, und Anzeigen beim Jugendamt waren die Regel. Als Teenager verschwand sie manchmal tagelang, vor allem wenn Maj, ihre Mutter, eine ihrer schlimmeren Phasen hatte und Tabletten nahm. Iduns Mutter versuchte damals noch, ihrer kleinen Schwester zu helfen, allerdings reichte angesichts der Schwierigkeiten, in die Iduns großer Bruder Nore geraten war, die Kraft irgendwann nicht mehr aus – womöglich hauptsächlich, weil sie nichts dagegen unternahm, außer die ach so überlebenswichtige Fassade der heilen Familie zu wahren. All das hat Iduns Vater ihr erzählt. In ihrer Kindheit wussten weder Idun noch ihre kleine Schwester Mika mehr, als dass ihre Mutter und Maj seit Jahren zerstritten waren.

Svetlana reißt Idun aus den Gedanken.

»Viel mehr kann ich nicht hinzufügen. Elvira hatte keinerlei illegale Substanzen im Blut, keine Einstichnarben, keinerlei Anzeichen von Gewalt – auch nicht von sexualisierter Gewalt. Sie ist mit leerem Magen gestorben, war aber nicht unterernährt. Die Zähne sind nicht gerade in gutem Zustand, sie hatte ein paar kariöse Stellen, die wehgetan haben müssen. Allerdings gibt es aus den vergangenen drei Jahren keinerlei Dokumente, weder zahnärztliche noch sonstige. Es ist, als hätte sie sich in dieser Zeit verkrochen und keinen Kontakt mehr gehabt zu Behörden – oder wie gesagt mit Sonne. Aber mit Gewissheit kann ich das nicht sagen. Abgesehen davon ist es euer Job, dies herauszufinden, insofern ...«

Sie verstummt. Idun und Calle warten geduldig ab.

»Noch Fragen?«

Endlich.

»Kann man die Pigmentierung der Haut vermessen, um in etwa zu wissen, wann sie zuletzt an der Sonne war?«

Die Frage hat Idun gestellt.

»Nein.«

»Kann man das irgendwie anders herausfinden?«

»Nein.«

Doch diesmal führt Svetlana ihre Antwort aus.

»Elvira hat sich sowohl die Finger- als auch die Fußnägel geschnitten. Auf der Kopfhaut habe ich Shampooreste gefunden, sie hat also nachweislich Körperhygiene betrieben. Die Zähne hat sie sich geputzt – allerdings hatte sie wie erwähnt ein paar Zahnlöcher. Die Beine sind behaart, rasiert hat sie sich also nicht. Vielleicht wollte sie das nicht, so etwas ist heutzutage ja schwer zu sagen. Die Feministinnen sind ja allmählich endlich ganz meiner Meinung, was diese verrückte glatte Haut an gewissen Körperstellen angeht.«

Sie legt eine kleine Kunstpause ein.

»Noch weitere Fragen?«

Calle reckt jäh das Kinn vor.

»Dann haben wir es also mit einer blassen jungen Frau zu tun, die sich das Genick gebrochen hat. Sie hat ein Kind gekriegt, aber keine Sonne abbekommen, hat geduscht und sich die Zähne geputzt, war aber nie beim Arzt. Haarige Beine hat sie auch – und keinerlei Anzeichen von Gewalt. Die Geburtsverletzungen waren schwerwiegend und sind nur unzureichend behandelt worden. Und wo ihr Kind ist und ob es noch lebt, wissen wir ebenso wenig.«

Svetlana sieht ihn schweigend an.
»Das ist wirklich alles, was wir haben?«
Die Rechtsmedizinerin nickt. Calle seufzt.
»Das ist nicht viel, muss ich sagen.«
»*Da.*«
Idun und Calle mustern erneut Elviras Gesicht. Es sieht aus, als würde sie schlafen.
»Na dann«, sagte Svetlana. »Ich würde mich dann jetzt anderen Aufgaben zuwenden. Ich maile euch morgen den fertigen Bericht, den schreibe ich heute wohl nicht mehr – wenn es nicht ganz dringend nötig ist …?«
Idun versichert ihr, dass tags darauf vollkommen ausreicht.

Es ist halb sieben am Morgen. Idun und Calle sitzen im Besprechungsraum. Beide sind nach dem gestrigen Abend, an dem sie noch spät dagesessen und in allen möglichen und unmöglichen Datenbanken nach Elvira Lind gesucht haben, fix und fertig. Sie haben sogar das Internet im Allgemeinen und die Flashback-Website im Besonderen durchforstet, Letztere allerdings ergebnislos. Der Thread zu einer Toten auf der Kirchentreppe bestand zwar aus weit über zweihundert Kommentaren, doch nichts davon war für die Polizei relevant.

Obwohl es so früh ist, steht die Luft im Gebäude. Calle stöhnt laut.

»Gottverdammt, kann irgendwer mal die Lüftung reparieren?«

Idun nimmt ein paar Schlucke aus ihrer Wasserflasche, als Calle auch schon fortfährt.

»Ernsthaft – die Menschheit fliegt zum Mond und zurück, kann aber keine anständige Lüftung bauen. Siv hat das schon hundertmal moniert.«

Er sieht Idun finster an, als wäre die stickige Luft deren Schuld. Sie schraubt ihre Flasche zu und wischt sich mit dem Handrücken über den Mund.

»Du weißt doch, wie es ist. In der Polizeibehörde mahlen die Mühlen noch langsamer als anderswo.«

Calle verzieht das Gesicht und verschränkt die Hände

hinterm Kopf. Die bunten Tattoos erstrecken sich bis über die Unterarme. Er will gerade etwas erwidern, als die Tür aufgeht und Anders Eriksson und Siv Liv eintreten.

»Idun! Willkommen zurück. Wie war's in Stockholm?« Anders tätschelt ihr im Vorbeigehen die Schulter. Siv lächelt sie so herzlich an, dass Idun fast gerührt ist.

»Schön war's. Ich hab mich erholt und bin wieder fit für die Arbeit.«

Calle grinst theatralisch.

»Hattest du nicht eine weitere Urlaubswoche erwähnt?«

Anders sieht Calle an, als hätte der soeben etwas vollkommen Haarsträubendes gesagt. Idun winkt ab.

»Die hatte ich angedacht, bis uns dieser Fall hier in den Schoß gefallen ist. Der nächste Urlaub muss also ein bisschen warten.«

Anders sieht sie weiterhin besorgt an, als er sich ihr gegenüber hinsetzt, sagt aber nichts. Siv schiebt jedem von ihnen einen schwarzen Hefter zu.

»Bereit für die erste Besprechung der Woche?« Sie nimmt die Brille herunter, die in ihren kurzen Haaren gesteckt hat, und zwinkert Idun zu. »Cool, dass du wieder da bist. Dann legen wir los.«

Alle am Tisch schlagen ihren Hefter auf. Zuoberst liegt ein Foto von Elvira. Iduns Magen zieht sich zusammen, als sie Elvira in die ernsten Augen sieht. Sie erkennt darin ihre eigenen und die von Mika wieder.

»Hier sehen wir die Hauptperson unserer Ermittlung vor uns: Elvira Lind. Zum Zeitpunkt ihres Todes zwanzig und vor drei Jahren als vermisst gemeldet, als sie aus einer geschlossenen Therapieunterkunft in der Bodener Innenstadt abgehauen ist. Der sogenannte Bodengården liegt, wie ihr sicher wisst, gerade mal knapp einhundert

Meter von der Kirche entfernt, vor der sie am Samstag tot aufgefunden wurde.«

Siv blickt auf, um sicherzustellen, dass alle ihr zuhören.

»Nach Elviras Verschwinden hat die Polizei zunächst nach ihr gesucht. Üblicherweise halten sich Jugendliche eine Zeit lang erfolgreich versteckt, tauchen dann aber wieder auf. In Elviras Fall hat dies sage und schreibe drei Jahre gedauert.«

Siv holt tief Luft, doch bevor sie fortfahren kann, geht Calle dazwischen.

»Diese verdammte Hitze hier drin macht mich wahnsinnig. Siv, kann die Lüftung wirklich nicht repariert werden?«

Siv sieht ihn über ihr Brillengestell hinweg an.

»Ich habe seit Mittwoch dreimal bei der Haustechnik angerufen und mich beschwert. Heute Morgen habe ich dort damit gedroht, den Arbeitsschutz zu informieren. Mal sehen, ob das hilft.«

Sie wendet sich wieder ihrem Fall zu.

»Bevor Elvira im Bodengården untergebracht wurde, hatte sie schon andere Heime hinter sich. Ihr Vater starb, als sie noch klein war, die Mutter war mit der Erziehung überfordert. Trotzdem war Elvira schon volle dreizehn, als sie endlich anderweitig untergebracht wurde. Sie war zuvor bereits mehrmals durch gewalttätiges Verhalten aufgefallen – und die Mutter durch ihre Unfähigkeit, sich um ihre Tochter zu kümmern.«

Siv verstummt für ein paar Sekunden und sieht hastig zu Idun hoch.

»Elvira war Einzelkind. Der Mutter, die nachweislich psychisch erkrankt ist, wurde am Ende das Sorgerecht entzogen. Sie heißt Maj und wohnt in einer Sozialwohnung. Über die Zeit, die Elvira in verschiedenen Heimen zugebracht hat, ist einiges dokumentiert. Es scheint mit ihr tatsächlich bergauf zu gehen, als sie im Bodengården unterkommt; sie ist zwar immer noch instabil und wird gelegentlich handgreiflich, sowohl gegenüber anderen Bewohnerinnen als auch gegenüber dem Personal, aber sie hat eine Therapie begonnen, hat Freundinnen gefunden und schlägt sich in den Monaten, in denen sie dort wohnt, halbwegs gut in der Schule. Der Bodengården unterhält eine eigene Schule, die in unmittelbarer Nachbarschaft zur Unterkunft liegt. Auf dem Weg dorthin ist sie dann aber auch verschwunden.«

»Gab es Zeugen ihres Verschwindens?«, fragt Idun.

Siv blättert in ihrem Hefter – garantiert unnötigerweise.

»Ja und nein … Elvira ist von ihrem üblichen Weg abgewichen, und zwar indem sie noch mal zur Unterkunft zurücklief. Eine Zeugin hat sie dort reingehen sehen – ab da jedoch verläuft sich die Spur. Es gibt einen ausführlichen Bericht von dem Tag, den ihr ganz hinten in eurem Hefter findet.«

Idun blättert in den Unterlagen, überlegt es sich dann aber anders und dreht sich zu Anders Eriksson um. Der Chef der Abteilung für Kapitalverbrechen trägt Jeans und ein ausgewaschenes T-Shirt sowie an den Füßen schwarze Strümpfe in Sandalen. Er hat seine braunen Haare mal wieder nicht zu einer Frisur bändigen können.

»Wir brauchen Zugang zu ihrer Gesundheitsakte. Und wir müssen mit dem Personal und den Mitbewohnerinnen im Bodengården reden. Die Frage ist allerdings, ob dort überhaupt noch jemand aus der Zeit wohnt, in der Elvira verschwunden ist.«

Anders will gerade den Mund aufmachen, als Siv an seiner Stelle antwortet.

»Das Personal ist dasselbe, die Bewohnerinnen sind neu – mal abgesehen von einem einzigen Mädchen, dessen Aufenthalt sich ein paar wenige Wochen mit Elvira überschnitten hat. Wenn ihr glaubt, dass es wichtig sein könnte, können wir natürlich versuchen, diejenigen ausfindig zu machen, die vor drei Jahren dort gewohnt haben.«

Idun nickt.

»Wir fangen erst mal mit dem Personal an und sehen dann weiter.«

Calle streckt auf seinem Platz neben Idun den Rücken durch.

»Finde ich auch. Wir fangen an dem Ort an, an dem das arme Ding zuletzt gesehen wurde – also im Bodengården.«

Idun sieht erneut zu Siv.

»Diese Kirche ... Wissen wir, ob Elvira eine Verbindung dorthin hatte?«

Diesmal antwortet Calle.

»Vom Kirchenpersonal hat niemand sie wiedererkannt, die hatten sie dort noch nie gesehen. Ob sie gläubig war, wissen wir natürlich nicht. Ich dachte, vielleicht könntest du diese Frage beantworten?«

Idun schluckt lautlos. Allmählich muss sie die Karten auf den Tisch legen.

Bedächtig wendet sie sich zu Anders um.

»Elvira ist meine Cousine. Unsere Mütter sind Schwestern. Oder *waren* Schwestern, sollte ich wohl besser sagen.«

Anders sieht sie aufmerksam an.

»Das weiß ich schon. Das wissen wir alle.«

Idun wartet ab. Und dann stellt Anders eine einzige Frage.

»Könnte das ein Problem für dich werden?«

Sie tut so, als müsste sie erst überlegen.

»Nein.« Sie gibt sich alle Mühe, klar verständlich und zugleich entspannt zu antworten. »Ich habe meine Tante nur ein paarmal im Leben getroffen, und zwar ausschließlich als Kind. Sie und meine Mutter hatten sich zerstritten. Sie haben den Kontakt quasi eingestellt, als meine Tante noch im Teenageralter war – zwischen den beiden war ein ziemlich großer Altersunterschied. Ich kannte Elvira so gut wie nicht, weder damals noch heute. Im Übrigen weißt du genau, dass ihr mich bei dieser Ermittlung braucht.«

Letzteres klingt trotziger als beabsichtigt. Calle lehnt sich vor.

»Idun hat recht, wir brauchen ihre analytische Herangehensweise. Außerdem könnte Elviras Tod immer noch ein Selbstmord gewesen sein. In diesem Fall wären wir in ein, zwei Tagen damit fertig. Sollen wir wirklich Ressourcen verschwenden, indem wir einen Ermittler von außen hinzuziehen? Und unter welchem Stein würdest du diese Ressourcen hervorzaubern?«

Anders zieht vielsagend eine Augenbraue hoch.

»Du musst mich nicht erst überreden, Calle. Idun ist mit im Boot, zumindest für den Anfang.« Er sieht zu Idun, ehe er fortfährt: »Hoffentlich ist dieses Unglück schnell aus der Welt geräumt. Im Hinblick auf Elviras Background wäre es ja nicht mal weit hergeholt, wenn sie sich umgebracht hätte. Aber abgesehen davon ist das Ganze natürlich tragisch.«

Idun verdreht die Augen, weil Letzteres nur an sie gerichtet war, bereut es dann aber sofort. Sie weiß schließlich, dass Anders es lediglich gut mit ihr meint.

»Ich will kein Mitleid von euch. Wenn ich an diesem Fall

mitarbeiten soll, dann behandelt mich gefälligst nicht so, als wäre gerade meine Cousine gestorben, ist das klar?«

Sie steht auf, spürt, dass ihr T-Shirt am Rücken klebt.

»Dann legen wir jetzt los. Ich hab meinen Urlaub nicht abgebrochen, um hier herumzusitzen und in der Wärme Höllenqualen zu erleiden.«

Calle gluckst in sich hinein und steht ebenfalls auf.

»Siv hat mit dem Arbeitsschutz gedroht ... Wetten, das komplette Gebäude ist kalt wie eine Leichenhalle, noch bevor dieser Montag vorbei ist?«

Boden 2012

Emma und Molly sitzen zu Hause auf Stühlen im Flur. Heute ist ihr erster Schultag, endlich dürfen sie in eine richtige Schule gehen.

Sie tragen beide Kleider, Emma in Rosa, Molly in Lila. An den Füßen haben sie die braunen Sommersandalen, die Mama ihnen schon Anfang Mai gekauft hat, die sie bisher jedoch kaum tragen durften. Oma seufzt immer in Mamas Richtung und sagt, dass sie zwei *Kinder* habe, keine Ausstellungshündchen. Emma und Molly wissen nicht recht, was das heißen soll, aber sie können Mama ansehen, dass es nichts Gutes bedeutet. Sie streiten sich oft, Oma und Mama. Leise, fast lautlos, aber so, dass man es merkt.

»Lass mal deinen linken Zopf sehen.«

Mama schiebt die Hand unter Emmas Kinn und drückt es zur Seite, um die Frisur zu begutachten.

»Das muss reichen. Aber denkt daran: Heute werden keine Faxen gemacht. Der erste Eindruck ist wichtig, versteht ihr, was ich sage?«

Die Zwillinge nicken synchron. Sie wissen, dass das wichtig ist. Seit jeher.

Mama sieht Molly lange an, erst ins Gesicht, dann auf den Bauch. Eine Kummerfalte zeichnet sich zwischen ihren Augenbrauen ab.

»Und du, kleiner Süßzahn, hast im Sommer ordentlich zugenommen.«

Mama sagt es mit neutraler Stimme. Dann kneift sie Molly sanft in die Wange und schnalzt mit der Zunge.

»Eine Portion in der Schulkantine muss reichen. Und keine belegten Brote. Von Brot wird man nur dick und fett.«

Dann droht sie im Spaß mit dem Zeigefinger. Die Zwillinge lachen artig.

»Meine Goldstücke, ihr tut doch, was Mama sagt?«

Sie bleckt die Zähne beim Lächeln. Molly nickt hektisch, und sicherheitshalber zieht Emma den Bauch ein und nickt ebenfalls.

Sie parken vor dem Schulhof, als gleichzeitig der gelbe Schulbus vorfährt. Kinder strömen heraus. Emma folgt ihnen mit dem Blick, entdeckt Samantha und Engla aus der Vorschule, die Hand in Hand in Richtung Schultor gehen. Sie drehen sich um und winken Emma zu, die immer noch im Auto sitzt. Verhalten winkt sie zurück.

Mama sieht die Zwillinge im Rückspiegel an.

»Wenn ihr reingeht, nehmt ihr die Strickpullis aus euren Rucksäcken. Ihr legt sie in eure Fächer – *ordentlich!* –, damit sie schön glatt bleiben. Ein Strickpulli wird *nicht* an den Haken gehängt, sonst leiern die Maschen aus, ist das klar?«

Emma saugt die Wangen ein und macht einen extralangen Hals. Mama dreht sich um und lächelt die beiden auf dem Rücksitz an.

»Meine Süßen! Die Schönsten an der ganzen Schule! Niemand sonst ist so hübsch wie ihr!«

Emma und Molly sehen einander an, lächeln und beugen sich vor, um sich von Mama zu verabschieden.

»Nicht! Keine Umarmung! Ich hab doch gesagt: Vorsicht mit den Zöpfen!«

Sie nehmen ihre Rucksäcke und steigen aus. Mama winkt ihnen nach, dann fährt sie weiter.

Ihre Lehrerin heißt Lisbeth. Sie hat kurze braune Haare und eine große Brille. Ihr Mund sieht fröhlich aus und das Gesicht freundlich. Sie erzählt der Klasse, sie sei verheiratet und habe vier erwachsene Kinder. Als sie außerdem erwähnt, dass sie zwei Hunde hat, horcht Molly auf. Tiere sind das Beste auf der ganzen Welt. Molly will immer nur Filme sehen, die von Tieren handeln, am liebsten in Zeichentrick, aber Spielfilme gehen auch. Jede Woche fährt Papa mit ihnen in die Bibliothek, wo sie sich für die kommende Woche je ein Buch aussuchen dürfen, das vorgelesen wird. Emma wechselt gern ab, nimmt lieber gruselige Geschichten, entweder über Geister oder Zombies oder Hexen. Molly leiht sich ausschließlich Tierbücher aus, aber die dürfen dann von Hunden und Katzen, Pferden oder Vögeln, Spinnen oder Reptilien handeln. Solange Tiere eine Rolle spielen, ist sie glücklich.

Die Kinder sitzen jeweils zu zweit in den Reihen. Emma hat Glück und darf neben Molly sitzen, verspürt allerdings ein Flattern im Bauch, als Lisbeth verkündet, dass sie einmal im Monat durchwechseln würden. Anschließend geht die Lehrerin durch die Reihen. Jedes Kind darf eine Geschichte erzählen, die im Sommer toll war, und ein Ereignis, das hoffentlich in diesem Jahr eintreten wird. Es dauert ewig, und die Mitschülerinnen und Mitschüler fangen irgendwann an, auf ihren Stühlen hin und her zu rutschen. Emma und Molly sehen einander verstohlen an. Molly streckt Emma die Zunge raus und schielt. Emma muss ein Kichern unterdrücken, damit die Lehrerin nichts mitbekommt.

Als Emma an der Reihe ist, erzählt sie, dass sie im Sommer oft schwimmen war und hofft, dass sie in diesem Jahr einen Zombieangriff erlebt, allerdings natürlich nur mit netten Zombies. Die Lehrerin lacht und meint, dass sie es in so einem Fall ebenfalls lieber mit netten Zombies zu tun bekäme. Molly erzählt auch, dass sie im Sommer schwimmen war und dass sie *hofft, hofft, hofft*, dass Emma und sie zu Weihnachten einen Welpen geschenkt bekommen.

Als der Gong zur Mittagspause ertönt, gehen sie im Gänsemarsch in die Schulkantine. Es gibt Hühnchen und Reis, nicht gerade das Leibgericht der Zwillinge, deshalb bitten sie beide um eine kleine Portion. Emma holt Milch für sie beide, und als sie zurück an den Tisch kommt, entdeckt sie, dass vor Molly zwei belegte Brote liegen, eines davon mit einer dünnen Schicht Butter – so dünn, dass sie kaum zu sehen ist. Verschämt sieht Molly zu Emma hoch. Dann nimmt sie einen winzigen Bissen.

»Verrat mich nicht.«

Emma sieht Molly ins besorgte Gesicht und schüttelt nur knapp den Kopf, ehe sie sich das zweite Brot nimmt und hineinbeißt. Sie würde Molly niemals verpetzen. Die Brote sind ihr Geheimnis. Zum Glück kann man ja seinen Bauch einziehen, solange Mama in der Nähe ist.

Als aus den Lautsprechern das Klavierstück erklingt, weiß Agnes, dass in vier Minuten die Deckenbeleuchtung angeht. Sie dreht sich auf die Seite und atmet angestrengt in ihr Kissen, um nicht zu weinen – vergeblich. Ihr kommen die Tränen, wie jeden Morgen, ohne Ausnahme.

Heute ist Montag. Agnes ist jetzt seit achtundfünfzig Tagen hier, hat seit Tag eins mitgezählt und wird das auch weiterhin tun, bis sie endlich freikommt oder bis sie stirbt. Es gibt nur mehr wenig, worüber sie die Kontrolle hat, und zu wissen, wie viele Tage bereits verstrichen sind, fühlt sich lebenswichtig an. Es ist schon bemerkenswert, wie es sich manchmal entwickelt – ausgerechnet für sie, die sie im Großen und Ganzen nie auch nur irgendwas im Leben als wichtig empfunden hat.

Die Klavierklänge schweben durch die Luft. Immer dasselbe Stück, dieselbe traurige Melodie, an jedem neuen Morgen. Hier unten gibt es kein Tageslicht, deshalb ist Agnes trotz allem dankbar für die Musik. Wie sonst sollte sie wissen, dass es an der Zeit ist aufzustehen oder sich schlafen zu legen?

Sie schlägt die Augen auf und atmet bedächtig durch die Nase, nimmt den Geruch der Feuchtigkeit wahr und einen Hauch Lehm. Ihr Bauch fühlt sich bucklig und unschön an, sie presst die Hand unter den Nabel und konzentriert sich auf einen Punkt in ihrer Mitte. Wie konnte es so weit kommen? Warum muss sie dies hier miterleben? Sie ahnt, dass es mit ihrer Schwangerschaft zu tun hat.

Elvira hatte ebenfalls ein Kind zur Welt gebracht, lange bevor Agnes hier landete – laut Elvira war das drei Jahre her. Innerhalb dieser Mauern wurde sie Mutter, nachdem sie zuvor monatelang weggesperrt gewesen war. Sobald Agnes darüber nachdenkt, läuft es ihr eiskalt den Rücken hinunter. Ihr schnürt sich der Hals zu, und die Gedanken vernebeln. Muss sie den gleichen Weg gehen?

Sie will schreien, weiß aber, dass sie es besser nicht tut. Die Angst fühlt sich an wie ein Stein, der dauerhaft in ihrem Magen liegt – ein kompakter Brocken aus Angst. Agnes und Elvira haben sich einmal darüber unterhalten, dass sie von hier abhauen könnten, doch Mutter hat es gehört und wurde unsagbar wütend. Mit ihrer rauen Stimme kreischte sie dermaßen grässliche Sachen, dass Agnes nächtelang nicht schlafen konnte. Zutiefst verängstigt lag sie wach und lauschte auf Geräusche von draußen aus dem Tunnel. Erst als sie das Klavierstück aus den Lautsprechern hörte, traute sie sich wieder durchzuatmen und schlief später am Tag zumindest ein paar Stündchen auf dem Sofa. Elvira war unterdessen die ganze Zeit wach. Sie hatte nie solche Angst wie Agnes, legte mehr oder weniger allem und jedem gegenüber diese gewisse Gleichgültigkeit an den Tag. Diese bemerkenswerte Gelassenheit. Das war doch unnatürlich – als scherte sie sich kein bisschen mehr darum, was noch alles passieren könnte. Agnes hat sich öfter gedacht, dass es womöglich genau so war: dass Elvira ganz einfach aufgehört hatte, sich um *irgendetwas* zu scheren. Womöglich wird das so nach drei Jahren Gefangenschaft.

Das Klavierstück geht zu Ende, und die Deckenlampe flackert auf. In der Sekunde, ehe es so weit ist, schließt Agnes die Augen. Sie will ihr Kind nicht hier gebären, eigentlich will sie überhaupt nicht gebären, der Plan war eigentlich die ganze Zeit, abtreiben zu lassen. Agnes war sogar schon aus dem Bodengården abgehauen und hatte im Krankenhaus einen Termin gemacht. Bis zu dem Termin wollte sie sich ein paar Tage lang verstecken, klaute einer alten Frau das Portemonnaie aus dem Rollator, als die Alte gerade nicht aufpasste. Die Hunderter reichten für ein paar Mahlzeiten und den Busfahrschein zum Krankenhaus. An die Busfahrt selbst kann sich Agnes nicht mehr erinnern. Sie muss den falschen Bus genommen oder jemanden getroffen haben, der es auf sie abgesehen hatte – der ihr vielleicht schon aufgelauert hatte, während sie zum Busbahnhof gelaufen war.

Sie hat geträumt, dass sie aus dem Bus ausgestiegen ist. Dass sie sich die Kapuze übergezogen hat, durch den Eingang des Krankenhauses marschiert ist und den Aufzug nach oben genommen hat. Sie weiß, dass es so nicht passiert ist, weil sie keinerlei Erinnerungen mehr daran hat, sosehr sie sich auch bemüht. Es ist alles sehr komisch. Als hätte der Aufzug aus ihrem Traum sie verschluckt und hier wieder ausgespuckt.

Hier hat ausgerechnet Elvira sie unter ihre Fittiche genommen und dafür gesorgt, dass sie die erste Zeit überlebt hat. Doch seit vorgestern ist Elvira verschwunden. Agnes hat keine Ahnung, wie sie dies hier allein überstehen soll, das schafft sie nie im Leben.

»Guten Morgen, Agnes.«

Die Stimme ist verzerrt und klingt metallisch, hat eine eigenartige Tiefe, die kommt und geht – fast als gehörte sie mal zu einer Frau, mal zu einem Mann. Agnes kneift die Augen zu, so fest sie kann. Ihr ganzes Gesicht verspannt sich.

»Guten Morgen, Mutter.«

Unter der Bettdecke zeigt sie dem Lautsprecher heimlich den Stinkefinger. Am liebsten würde sie schreien, dass das Miststück verrecken soll – dass Agnes sie eigenhändig erwürgen wird, sobald sie auch nur die Gelegenheit dazu hat. Erst will sie ihr die Zunge rausschneiden und dann sämtliche Scheißvergewaltiger der Welt mit ihr machen lassen, was sie wollen. So wie es mit Kajsa passiert ist, als die noch klein war. Trotzdem hält Agnes den Mund, weil sie sich schmerzhaft bewusst ist, dass alles andere zu einer Bestrafung führen würde. Elvira hat es ihr erzählt. Sie hat von der Hundeleine mit Strom erzählt, die wie Feuer um ihren Hals gebrannt hat, sodass ihr ganzer Körper nur mehr damit gerechnet hat, dass ihm ein langsamer, qualvoller Erstickungstod droht. Agnes will das nicht erleben. Niemals. Deshalb hält sie lieber den Mund.

Es knistert im Lautsprecher. Die Deckenlampe flackert noch immer.

»Dein Frühstück steht bereit.«

Ein Klicklaut, als die Gittertür zu Agnes' Zimmer aufgeht. Dann ist die metallische Stimme weg. Agnes schiebt ihre Decke beiseite, ihr Körper fühlt sich apathisch an, ihr Kopf breiig. Die Luft ist kühl, obwohl es August ist. Knut mault immer, dass seine bescheuerten Lunchpakete im Spätsommer matschig werden – die Hühnerbrust fängt an zu schwitzen, und der Salat wird schlapp. Als wäre irgendwas davon für sein Training relevant. Die Steroide haben ihn doch sowieso aufgebläht wie einen Kampfhund. Agnes hat Knut immer gehasst. Doch jetzt vermisst sie sogar ihn. Das hätte ihr vor zwei Monaten niemand geglaubt.

Sie zieht ihr Nachthemd hoch, klemmt es sich unters Kinn, schiebt die Unterhose runter und setzt sich auf die Kloschüssel aus Metall. Die Brille fühlt sich an ihren Schenkeln eisig an, und der Urin platscht auf den Stahl. Sie wischt sich mit ein wenig Klopapier ab, weiß, dass sie damit besser sparsam sein sollte. Dann wäscht sie sich ausgiebig die Hände in dem kleinen Waschbecken und weicht ihrem Blick im Spiegel aus. Sie ahnt, dass sie bleich und käsig aussieht und ihre Stirn mit Pickeln übersät ist. Die waren in der Neunten endlich verschwunden – und kamen plötzlich wieder, als sie schwanger wurde. In einer Zeitschrift für frischgebackene Mütter hat sie gelesen, dass Haare und Haut in der Schwangerschaft oft großartig aussehen. Agnes selbst ist bloß wieder picklig und hässlich geworden.

Sie flicht sich die Haare und wäscht sich unter den Armen. Deo gibt es nicht, aber immerhin haben sie Zahnpasta und Shampoo bekommen, Flüssigseife und Hautcreme, die sogar unparfümiert und bio ist, als würde Mutter sich trotz allem irgendwie um sie sorgen.

Als Agnes ihre Morgentoilette beendet hat, tritt sie hinaus in den Aufenthaltsraum. Rechts hinter einem deckenhohen Gitter erstreckt sich ein unterirdischer Durchgang. Die Tür dort ist immer verschlossen, genau wie derzeit die äußere Luke der Durchreiche. Agnes muss es nicht einmal austesten. Es ist auch so klar, weil die innere Luke offen steht.

Ganz hinten im Aufenthaltsraum steht ein älteres Ecksofa. Der braune Bezugsstoff ist knotig, trotzdem ist das Sofa an sich bequem. Agnes und Elvira haben dort immer die Abende verbracht. Leise unterhielten sie sich über Gott und die Welt, über ihre Träume und Pläne, von hier zu verschwinden, und darüber, wie das Leben wohl aussehen könnte, wenn sie eine zweite Chance bekämen.

Sie stellten sich vor, wie anders alles wäre, was sie tun und wie sie wohnen würden. Sie würden für immer zusammenhalten und Freundinnen bleiben, ganz gleich, was die Zukunft brächte. Manchmal schlossen sie die Augen und taten so, als wären sie bereits draußen, als würden sie an einem warmen Strand sitzen, am salzigen Meer, als würden sie gutes Essen und günstige Drinks zu sich nehmen. Nach ein paar Wochen fingen sie an, über die Vergangenheit zu sprechen. Erst zögerlich, aber dann doch immer öfter, je mehr Zeit verstrich. Elvira erzählte von ihrer kranken Mutter, die ihre Tochter weder lieben noch sich um sie kümmern konnte, und von ihrem Vater, der bereits aufgegeben hatte, noch bevor Elvira überhaupt zur Welt gekommen war. Agnes hörte ihr konzentriert zu. Insgeheim fand sie, dass es traumhaft klang, eine Mutter zu haben, die sich nicht kümmerte. Sie selbst war mit einem alleinerziehenden Vater aufgewachsen, der sich bei allem und bei noch viel mehr eingemischt hatte. Er war so aufdringlich gewesen, dass er sogar bei Agnes geschlafen hatte, wobei vieles passiert war, von dem sie nie jemandem erzählt hatte, nicht mal Mona, ihrer Therapeutin. Möglicherweise hatte sie es auch deshalb verschwiegen, weil Kajsas Erzählungen noch viel schlimmer gewesen waren, vielleicht aber auch nur, weil Agnes nicht darüber reden *konnte*. Sie war elf, als sie in ihre erste Pflegefamilie gekommen war, und vierzehn, als sie sich erstmals prostituierte, zuletzt in der Stockholmer Einrichtung, für einen mageren Joint als Bezahlung. Dieses letzte Mal bereut sie am allermeisten – nicht weil es jemand vom Personal war, sondern weil er sie geschwängert hat.

Rechts vom Sofa steht der Esstisch mit vier Stühlen aus vergilbtem Kiefernholz. Als sie Elviras leeren Platz vor sich sieht, kommen ihr erneut die Tränen. Sie hatten einander geschworen, immer zusammenzuhalten, doch als der Strom ausfiel, ging nur Elviras Tür auf; sie kämpften gemeinsam, zerrten und rissen und kreischten, traten gegen Agnes' Tür, aber die rührte sich nicht. Mutter brüllte so laut durch die Lautsprecher, dass ihnen die Ohren klingelten, trotzdem weigerte Elvira sich, aufzugeben. Mit schmerzverzerrtem Gesicht sah sie Agnes in die Augen.

»Ich komm zurück und hol dich hier raus, Ehrenwort!«

Agnes schluchzte so sehr, dass sie kein Wort herausbrachte. Durchs Gitter berührten sich ihre Finger – und dann rannte Elvira allein los durch den Aufenthaltsraum. Agnes presste sich gegen das Gitter, konnte aber von ihrem Standpunkt aus nicht sehen, wie Elvira entkam. Das Einzige, was sie hören konnte, war die sich öffnende Tür, gefolgt von schnellen Schritten, die durch den Tunnel verschwanden. Erst als die Schritte verklungen waren, ließ Agnes sich resigniert auf den Boden sinken und schickte ein stummes Gebet an einen Gott, an den sie nicht glaubte.

Jetzt, zwei Tage später, dämmert ihr, dass die Freiheit der einen zugleich die Einsamkeit der anderen bedeutet hat. Sie ist fest davon überzeugt, dass Elvira entkommen ist. Sie *muss* entkommen sein, sie *muss* einfach eine Möglichkeit gefunden haben, Hilfe zu rufen. War doch so?

Mutter war wegen des Ausbruchversuchs, wie sie es nannte, rasend vor Wut, weigerte sich jedoch, Agnes zu erzählen, wo Elvira inzwischen steckte. Erst einen Tag später bekam Agnes wieder Essen durch die Durchreiche – nur des Kindes wegen, da war Mutter deutlich.

»Das Kleine hat nichts Schlimmes getan«, sagte sie mit ihrer metallisch scheppernden Stimme, die in Agnes' Ohren nur nach Verachtung klang.

In der Durchreiche steht ihr Frühstückskorb. Die innere Luke steht offen, während die äußere verriegelt und verrammelt ist. Gleichzeitig gehen die beiden Luken nicht auf, das weiß Agnes, sie hat es zigmal überprüft.

Sie geht ein paar Schritte und nimmt den Korb hoch. Stellt ihn auf den Tisch und wirft mit einem enttäuschten Seufzer einen Blick hinein. Dickmilch und Müsli, schon wieder. Langweiliges Müsli mit Nüssen, Samen und Beeren. Außerdem eine Thermoskanne mit Tee und zwei unreife Bananen.

Agnes isst Müsli mit Dickmilch, trinkt den Tee, spart sich das Obst jedoch für später auf. Als sie fertig ist, spült sie den Teller und ihren Becher in dem kleinen Spülbecken in der Küchenecke ab, legt alles zurück in den Korb, stellt ihn in die Schleuse und schließt die innere Luke. Mit einem leisen Klicken rastet die Falle ein, dann vergehen ein paar Sekunden, ehe Agnes das Surren hört, mit dem der Riegel sperrt. Ein paar Sekunden nachdem das innere Surren verstummt ist, setzt das äußere ein. Ein Durchgang ist verschlossen, während der hintere jetzt aufgeht. Die nachgeschaltete Verriegelung versperrt Agnes den Weg in die Freiheit.

Auf dem Rückweg in ihr Zimmer späht sie hoch zu dem Lautsprecher unter der Decke. Sie weiß, was gleich kommt, und ganz wie erwartet knackt es von oben. Agnes schließt die Augen, verschränkt die Hände und presst sie sich vor die Brust. Die Angst legt sich wie ein Eisenring um Rippen und Hals, ist eiskalt und hart wie ein Panzer.

»Danke für das Frühstück, Mutter.«

Abermals knackt es, dann die metallische Antwort.

»Bitte, Agnes. Bitte.«

Auf dem letzten Kilometer gibt Idun noch einmal zusätzlich Gas. Die Sohlen ihrer Laufschuhe klatschen auf den Asphalt, und sie hat die Kreuzung eben erreicht, als ihre Smartwatch in schneller Folge dreimal piept. Zehn anstrengende Kilometer, und zwar mit katastrophalem Minutendurchschnitt.

Sie stützt sich an einem Birkenstamm ab und versucht, durch ein paar tiefe Atemzüge ihren Puls runterzuzwingen. Es ist, als würde ihr Körper gegen sie arbeiten – alles fühlt sich verkehrt an: das Tempo, ihre Kondition und der Drive, der sich nicht recht einstellen will.

Sie wischt sich den Schweiß von der Stirn, greift mit der Hand um den Spann, dehnt ihr Bein, zieht die Ferse bis hoch an den Hintern. Sie spürt den Widerstand im vorderen Oberschenkel, atmet aus, entspannt die Hüfte. Das Dehnen im Anschluss ist immer das Beste, auch wenn sie und Calle sich beim Training jedes Mal uneins sind, ob es nun wirklich notwendig ist oder nicht.

Es ist bereits spät am Nachmittag – oder früher Abend, wie man's nimmt. Idun stellt sich aufs andere Bein. Zwei Frauen mit Kinderwagen durchqueren den Spielplatz auf der anderen Straßenseite. Sie gehen zügig, keuchen beim Reden. Idun ist nicht die Einzige, deren Kondition zu wünschen übrig lässt. Vielleicht liegt es an diesem Sommer mit Tareq? Idun hat sich eindeutig zu viel Entspannung gegönnt, das weiß sie. Nie zuvor hat sie während eines Urlaubs so viel geschlafen. Lange Spaziergänge, nur ein bisschen Hanteltraining im Fitnessstudio, stundenlange Abendessen auf Tareqs kleinem Balkon mit Ausblick über Södermalm. Als ihre Mutter starb und Nore vollends durchdrehte, hat Idun sich geschworen, nie wieder jemanden so nah an sich heranzulassen. Sie war fest davon überzeugt, dass Mika und Papa ihr reichen würden – was seither auch immer der Fall war. Bis Tareq auftauchte.

Grillgeruch weht aus dem Wohnviertel hinter dem Spielplatz zu ihr herüber. Gegenüber auf der anderen Straßenseite liegt auch der Supermarkt. Der Parkplatz ist fast bis auf den letzten Platz voll. Idun beendet ihr Stretching, beeilen muss sie sich nicht; für den Abend hat sie, abgesehen von einem Stück Lachs mit Spargel und Kirschtomaten aus dem Ofen, keine weiteren Pläne. Sie sieht sich um, ehe sie die Straße überquert, eilt über den Parkplatz und hinein in den Supermarkt. Dort sind Zitronen und Limetten zu sommerlichen Stapeln aufgeschichtet, und sofort bekommt sie Lust auf die Zitronensoße, die sie gemeinsam gegessen haben. Sie zückt ihr Handy, um Tareq nach dem Rezept zu fragen, hält dann aber abrupt inne. Irgendwas hat sich verändert – das Gefühl hatte sie auch schon während des Rückflugs aus Stockholm. Vermutlich die Ahnung, dass ihr Zuhause nicht richtig mit ihrem Sommerabenteuer zusammenpasst.

Sie schnaubt und schiebt den Gedanken weit von sich weg. Sommerabenteuer? Was für ein schmieriges Wort. Calle würde sich totlachen. Trotzdem fühlt es sich an, als wären da zwei Stimmen in ihrem Kopf: Die eine ermahnt sie dazu, sich auf all das zu fokussieren, was sich entwickelt hat. Der Sommer mit Tareq war fantastisch gewesen, alles andere wäre glatt gelogen. *Trau dich, Idun. Allein zu leben, wie du es machst, kann doch nicht alles im Leben sein.* Die andere Stimme hält dagegen. Erinnert sie daran, was Verrat bedeuten kann. Wie schmerzhaft eine zerbrechende Beziehung ist und dass sie sich auf niemanden verlassen darf.

Trotzdem ...

Immerhin geht es um Tareq. Um den Mann, der einen tieferen Blick und stärkere Arme hat als alle anderen, die Idun je kennengelernt hat.

Sie ruft seinen Namen in der Kontaktliste auf. Zögert noch kurz, ehe sie auf den grünen Hörer drückt. Mit dem Handy zwischen Schulter und Ohr sucht sie ein paar Tomaten aus, legt Limetten und Basilikum in ihren Einkaufskorb. Es tutet, einmal, zwei-, drei-, vier-, fünfmal. Womöglich hat er gerade zu tun.

Sie dreht sich um und will sich gerade nach Spargel umsehen, als sie *ihn* entdeckt. Er steht mit seiner Wartenummer in der Hand und vollkommen leblosem Gesichtsausdruck vor der Fleischtheke. Idun erstarrt, reißt sich dann aber zusammen und duckt sich hinter die Gemüseauslage. Eilig legt sie auf und schiebt ihr Handy in die Gesäßtasche ihrer Laufhose. Sie weiß selbst nicht, warum, aber es fühlt sich schlichtweg unmöglich an, auf Robban zuzugehen. Unter gar keinen Umständen will sie mit ihm sprechen, sie will ihn nicht fragen müssen, wie es ihm geht, will nicht einmal Blickkontakt.

Robban gehört quasi zur Familie. Mika und er waren eine halbe Ewigkeit zusammen, und Idun liebt ihn wie einen Bruder. Beide – sowohl Mika als auch er – sind völlig normal und freundlich. Sozial kompetent, lustig, großzügig, gesprächig und bodenständig. Trotzdem haben sie sich getrennt – das stabilste Paar, das Idun je erlebt hat. Mika und Robban sind der lebende Beweis dafür, dass selbst das Beste, das Liebenswerteste auf der Welt irgendwann zerbricht.

Erst als Robban an der Reihe ist und die Frau an der Fleischtheke auf sich aufmerksam macht, traut Idun sich, an ihm vorbeizuschleichen. Sie richtet den Blick zu Boden, eilt an dem Regal mit reihenweise Essig und Öl vorbei, vergisst, dass sie selbst noch eine Flasche Balsamico bräuchte, und hält auf direktem Weg auf die Kassen zu. Ihr Puls galoppiert. Eine Selbstbedienungskasse ist frei. Idun zieht ihre Einkäufe über den Scanner, denkt nicht daran, eine Tüte dazuzulegen, und muss jetzt Tomaten, Basilikum und die Limetten den ganzen Weg nach Hause balancieren. Sie kommt sich vor wie ein geprügelter Hund. Warum ist sie denn dermaßen feige? Warum hätte sie Robbans Blick nicht ertragen? Immerhin hat Mika ihn aus freien Stücken verlassen: weil Robban kein Kind wollte, was wiederum Mikas sehnlichster Wunsch ist. Ihre Trennung hat mit Idun gar nichts zu tun. Trotzdem erträgt sie es nicht, mit ihm zu reden. Ihn zu umarmen und ihm zu erzählen, wie es ist: dass sie ihn vermisst und es grässlich findet, dass das mit ihm und Mika nicht hingehauen hat.

Erst als sie zu Hause den Schlüssel ins Schloss schiebt, fällt ihr ein, dass sie den Lachs vergessen hat. Sie seufzt, betritt mit ihren Einkäufen den Flur, kann jetzt nicht mehr zurücklaufen, will Robban und ihren Dämonen nicht begegnen. Sie hat noch Hühnchen im Tiefkühlfach. Dann gibt es eben das.

Als das Handy in ihrer Gesäßtasche klingelt, zuckt sie zusammen. Dann seufzt sie, peinlich berührt angesichts ihrer Reaktion. *Gott, reiß dich zusammen.* Sie legt die Tomaten und Limetten auf das weiße Sideboard, nimmt ihr Handy heraus, sieht Tareqs Namen im Display – und stockt. Es klingelt und klingelt. Idun hält den Atem an und weiß instinktiv, dass sie jetzt nicht ans Telefon gehen kann. Irgendetwas hat sich soeben verändert, binnen eines Wimpernschlags.

Als das Klingeln aufhört und Tareqs Name als verpasster Anruf auf dem Display stehen bleibt, schließt sie die Augen und wartet auf die Enttäuschung. Sie ist überrascht, als es sich fast nach Erleichterung anfühlt.

Boden 2012

Es ist die vorletzte Oktoberwoche. In der vergangenen Nacht ist der erste Schnee gefallen, die Rasenflächen sind steif gefroren, und die Birken kämpfen tapfer um jedes letzte Blatt. In zwei Monaten wird in ganz Norrbotten meterhoch Schnee liegen, und es wird eisig werden: Anfang Januar fällt das Thermometer auf knapp dreißig Grad unter null. Da backt Mama eigenes Brot, quirlt warme Milch zum Frühstück auf und packt ihnen Bananen statt Äpfel als Pausensnack ein.

Emma und Molly haben sich auf den Heimweg gemacht. Sie haben bei Oma übernachtet, in dem knarzenden Haus, in dem es nach Zimtschnecken und Seife riecht. Oma ist irgendwie rau, auf ihre ureigene Art, sie macht um sich selbst nicht viel Aufhebens, sagt eigentlich insgesamt nicht viel und scheint fast nichts zu brauchen. Doch sie nimmt die Mädchen oft in den Arm, streicht ihnen über die Haare, die sie bei ihr nie zu Zöpfen flechten müssen – erst kurz bevor die zwei wieder nach Hause müssen. Oma setzt ihnen zum Frühstück weiche Fladen mit Schinken vor, backt am Nachmittag Beerenkuchen und findet, dass Kleidung dazu da ist, dass man darin spielen kann. Im Kleiderschrank, hinter den Leinentischtüchern und der Bettwäsche, versteckt sie je einen Jogginganzug für die Zwillinge. Die Sachen sind eine Nummer zu groß – perfekt, um kuschelig zu sein. Und sie haben Flecken, die nicht mehr rausgehen, weil sie auf Bäume geklettert und durchs Unterholz gestreift sind. Aber das ist egal, sagt Oma, weil die Sachen ja so ihrem Zweck dienen.

Oma ist oft sauer auf Mama, allerdings wissen die Zwillinge nicht, warum. Molly hat Oma mal nach dem Grund gefragt, aber Oma hat daraufhin nur etwas Unverständliches gemurmelt – dass Mama wie deren zum Glück verstorbener Vater sei, so sei es nun mal. Mama und Oma streiten nie laut, aber es liegt immer Anspannung in der Luft. Papa sieht dann die Zwillinge an und verdreht die Augen – natürlich nur, solange Mama und Oma es nicht sehen. Er hält sich im Hintergrund und nickt nur, wenn Mama ihn anspricht, was grundsätzlich eher selten vorkommt. Einmal hat Oma vor sich hin gemurmelt, dass der Vater der Mädchen ein Speichellecker sei. Emma und Molly war natürlich nicht klar, was genau das bedeuten sollte, aber sie konnten Oma ansehen, dass es nichts Gutes war.

Jetzt sind sie also auf dem Heimweg und pflügen durch den frisch gefallenen Schnee. Es knirscht unter ihren Sohlen. Der Weg ist nicht besonders glatt, sodass sie ihr Tempo halten können. Oma muss Mama immer anrufen, wenn die Mädchen losgehen, damit Mama weiß, dass sie sich ans Fenster stellen und auf sie warten kann. Zwanzig Minuten dürfen sie brauchen, sonst wird Mama unruhig und fürchtet, dass irgendein ekliger Typ sich die Mädchen geschnappt haben könnte. Emma und Molly wissen, was ein ekliger Typ ist. Mama hat es ihnen so eindringlich erklärt, dass sie in der darauffolgenden Woche zusammen in Mollys Bett schlafen mussten. Anschließend haben sie nie wieder mit Fremden gesprochen. Eine Ausnahme sind alte Damen, die wie Oma aussehen, was Oma ihnen sogar empfohlen hat: »Wenn ihr mal Hilfe von einer fremden Person braucht, dann sucht euch jemanden, der so aussieht wie ich.«

Sie kommen an dem kleinen Ica-Supermarkt vorbei. Orangerote Plakate werben für Fleischwurst und Schweinefilet. Ein anderes besagt, dass es an der Zeit sei, einen Weihnachtsbaum vorzubestellen. Nur noch acht Wochen bis Heiligabend – und siebeneinhalb bis zu den Weihnachtsferien!

Sie gehen weiter. Es schneit die ganze Zeit, große Flocken rieseln von oben herab. Emma reißt den Mund weit auf, streckt die Zunge raus und fängt ein paar Flocken auf, obwohl Mama gesagt hat, dass man davon Würmer im Bauch bekommt. Emma glaubt einfach nicht, dass das stimmt, das müsste man doch sehen, wenn in so einer Flocke ein Wurm drin wäre. Und wie soll der Wurm überhaupt vom Himmel kommen? Hat der auf einer Wolke gelegen und nur darauf gewartet, auf einer Schneeflocke runter zur Erde zu segeln?

Als Molly anfängt zu schreien, erschrickt Emma so sehr, dass sie sich auf die Zunge beißt. Der Geschmack von Blut breitet sich in ihrem Mund aus, und sie presst sich den Fäustling an die Lippen, damit es nicht so wehtut.

»Warum schreist du denn so?«

Sie sieht Molly wütend an, doch ihre Wut ist so schnell verflogen, wie sie aufgeflammt ist: Molly steht am Straßengraben und sieht mit ihrem panischen Blick, dem weit offenen Mund und den gemusterten Fäustlingen, die sie auf ihre Wangen presst, vollkommen verstört aus.

»Der Arme!«

Sie kreischt so laut, dass Emma sie ermahnen muss.

»Molly, nicht so laut, das hören doch sonst alle!«

Dann folgt sie Mollys Blick, um zu sehen, was ihre Schwester dermaßen erschüttert hat.

Im Straßengraben liegt ein verletzter Vogel. Eine Elster, schwarz mit weißen Stellen. Sie lebt, allerdings atmet sie schwer. Der kleine Schnabel schnappt nach Luft, und der Körper, der seitlich im Pulverschnee liegt, zittert wie Espenlaub.

»Wir müssen ihm helfen!«

Molly weint bereits. Wenn es um Tiere geht, passiert das immer von einer Sekunde auf die andere. Emma, die genau weiß, dass ihre Schwester mal Tierärztin werden will, fühlt sich selbst nicht annähernd berufen, sich um den verletzten Vogel zu kümmern.

»Der könnte krank sein. Ich weiß wirklich nicht, ob wir den anfassen sollten.«

In ihrem Kopf hallt die Stimme ihrer Mutter wider: Vogelgrippe, Salmonellen und wie das alles heißt. Emma kann sich nicht an alle Krankheiten erinnern, die Tiere haben können, aber Mama wird jedes Mal wütend, wenn Molly auch nur eine Feder berührt, die irgendwo am Boden liegt. Einmal, als sie einen überfahrenen Igel mit nach Hause gebracht hatte, hat Mama Mollys Hände so lange abgeschrubbt, bis die oberste Hautschicht an den Fingerkuppen weg war.

»Aber wir müssen ihm helfen! Er ist verletzt!«

Inzwischen heult Molly hemmungslos. Sie steigt in den Straßengraben, der unter der dünnen Schneeschicht glitschig ist, rutscht aus, muss hektisch mit den Armen rudern, um das Gleichgewicht zu halten, und es gelingt ihr gerade so, auf den Beinen zu bleiben. Sie schlittert ein Stück, bis sie wieder festen Halt unter den Füßen hat und sich aufrichten kann. Wenigstens hat sie sich nicht wehgetan. Sie klopft sich nur ein bisschen Schnee von der Hose und konzentriert sich wieder auf die Elster.

»Was machen wir denn jetzt?«

Sie klingt furchtbar beunruhigt. Emma sieht sich um, hält Ausschau nach einer Frau, die wie Oma aussieht, aber natürlich ist keine da. Um diese Zeit ist überhaupt kaum noch jemand draußen, die Sonne geht bereits unter, Mama steht garantiert schon am Fenster und wartet.

»Wir müssen weiter, sonst kommen wir noch zu spät.«

Doch auf diesem Ohr ist Molly taub.

»Bist du verrückt? Wir können die Kleine doch nicht hier liegen lassen!«

Na, prost Mahlzeit. Jetzt ist aus der Elster eine *Kleine* geworden.

Emma versucht es anders.

»Wir begraben sie. Aber es muss schnell gehen.«

Molly dreht sich zu ihr um. Der Zorn in ihrem Blick lodert dermaßen, dass Emma zurückzuckt.

»Wir können doch keinen lebendigen Vogel begraben!«

Und dann strömen erneut die Tränen. Emma ahnt, dass sie diesmal eher vor Wut als von der Trauer kommen.

»Braucht ihr Hilfe, Mädels?«

Eine Stimme von hinten. Emma dreht sich um. Direkt hinter ihnen hat ein Auto gehalten. Sie hat es nicht einmal kommen hören, weil sie so sehr auf Mollys Geheule konzentriert war.

Es ist ein alter Volvo, rot und rostig, verbeult mit jaulendem Motor. Am Steuer sitzt ein Mann, der älter als Papa ist, aber jünger als Opa. Er hat einen Bart und graue Augen und lächelt Emma mit schiefen Zähnen und Hoffnung im Blick an.

»Na?«

Emmas Magen krampft sich zusammen. Sie sieht aus den Augenwinkeln, dass auch Molly jetzt wie erstarrt dasteht. Sie hat sich die Fäustlinge abgezogen und hält sie in der Hand.

»Was, na?«

Emma versucht, pampig zu klingen, aber es gelingt ihr nur mäßig. Der Mann sieht ihr direkt ins Gesicht.

»Hilfe? Braucht ihr Hilfe?«

Emma will gerade Nein sagen, als plötzlich Mollys Stimme aus dem Straßengraben dringt.

»Hier liegt ein Vogel! Er ist verletzt!«

Emma beißt sich in die Wange. *Halt den Mund, Molly! Du weißt doch, dass wir mit Fremden nicht reden dürfen!*

Der Mann schaltet den Motor ab und steigt aus. Emma bekommt fast keine Luft mehr.

»Molly ...«

Sie versucht, ihrer Schwester etwas zuzuflüstern, doch ihre Stimme ist nur in ihrem Kopf zu hören. Der Mann tritt dichter an den Straßengraben heran und wirft einen Blick nach unten.

»Ach, verdammt ... Der ist angefahren worden.«

Molly hat mittlerweile aufgehört zu weinen. Ihre Hände krallen sich in ihre Fäustlinge, und unverwandt starrt sie den Vogel an.

»Ich glaub, der stirbt ... Soll ich euch vielleicht nach Hause fahren?«

Etwas in seiner Stimme hat sich verändert. Als wären die Wörter irgendwie aufgeladen.

»Wir dürfen nicht mit Leuten mitfahren, die wir nicht kennen.«

Emma flüstert immer noch, aber diesmal kann man sie zumindest hören. Der Mann blickt nach wie vor auf die sterbende Elster hinab.

»Ich heiße Kent. Damit hätten wir uns genau genommen gerade miteinander bekannt gemacht.«

Emma späht zu Molly. Ihre Blicke treffen sich, und durch die Macht der Gedanken versucht Emma, Molly klarzumachen, dass sie sofort aus dem Straßengraben kommen muss.

»Woher wissen Sie, dass er angefahren wurde?«

Mollys Stimme klingt piepsig. Kent zuckt mit den Schultern.

»Ich mag Tiere. Hab über die Jahre einer Menge Tieren geholfen. Dass der Vogel angefahren wurde, sehe ich auf den ersten Blick. Er hat innere Verletzungen, deshalb atmet er auch so schwer.«

Er nickt in Richtung der Elster, die im Schnee immer noch nach Luft schnappt. Mollys Kinn fängt erneut an zu zittern.

»Und kann man ihn retten?«

Emma schluckt lautlos, als sie Mollys Frage hört. Sie selbst will nur noch weg von hier. Ihre Mutter dürfte inzwischen hoch alarmiert sein, und was, wenn sie sich auf den Weg macht, um die Zwillinge zu suchen, und sie dabei erwischt, wie sie mit einem Fremden reden – obendrein einem Mann mit Auto?

»Wir können es ja versuchen. Ich nehm ihn mit zu mir. Ich bin wie gesagt ziemlich geübt darin, Tieren zu helfen. Er soll sich unter der Wärmelampe in meiner Garage ein bisschen erholen, und wir päppeln ihn mit einer Pipette auf.«

Emma hat keine Ahnung, was eine Pipette ist. Allerdings steht sie dermaßen unter Strom, dass ihr der Hals wehtut. Erneut wirft sie Molly einen vielsagenden Blick zu – sie muss doch begreifen, wie besorgt ihre Schwester ist? Langsam kommt sie aus dem Straßengraben, doch weil der Hang glitschig ist, muss sie die Fäustlinge wieder anziehen und auf allen vieren rauskriechen. Kent reicht ihr die Hand, um ihr hochzuhelfen, doch Molly tut so, als hätte sie es nicht gesehen. Sie schafft es aus eigener Kraft, dann klatscht sie in die Hände, um den Schnee abzuklopfen, und stellt sich so nah neben Emma, dass sich ihre Schultern berühren. Der Vogel liegt immer noch im Straßengraben. Er atmet inzwischen hektischer, womöglich ist das Ende nah.

»Wir müssen jetzt gehen«, sagt Emma laut und nachdrücklicher als beabsichtigt. Wie auf ein Kommando wirbeln die Mädchen herum und rennen los. Der Weg fühlt sich inzwischen rutschig an, es schneit immer noch, und die kalte Luft schmerzt in der Lunge. Sie rennen, so schnell sie nur können. Molly weint wieder, Emma packt ihre Hand, es wird zwar schwieriger, so zu rennen, aber sie will Molly festhalten und spüren, dass sie gemeinsam vor Kent und dem Vogel und dem Auto davonlaufen.

Erst als sie ihr Wohnviertel erreicht haben, bleiben sie stehen und sehen sich angespannt um. Keine Spur von dem roten Volvo oder von Kent. Sie spähen in sämtliche Richtungen, um sich zu vergewissern, dass er auch ja nicht in einer Seitenstraße geparkt hat, doch um sie herum ist alles zu stummer Frostigkeit erstarrt. Die einzigen Fahrzeuge in Sicht parken in den Auffahrten der Häuser. Ansonsten ist der Oktoberabend nur weiß, reglos und still.

»Pfui, war der eklig!«

Emma stößt die Wörter einzeln aus. Und wie immer vergleicht Molly Menschen mit Tieren.

»Er war eine Schlange, eine Giftschlange. Was erzählen wir denn jetzt Mama?«

Emma presst die Lippen zusammen, ehe sie antwortet.

»Wir erzählen es so wahr wie möglich: dass wir einen Vogel gefunden haben, den wir retten wollten, aber wir haben ihn nicht angefasst, weil Mama doch immer sagt, dass Vögel krank sein können. Also haben wir ihm nur ein Lied gesungen und dabei die Zeit vergessen. Und dann entschuldigen wir uns und sagen, dass wir sie lieb haben und dass es schön ist, wieder zu Hause zu sein. Das hört sie gern. Dass wir lieber bei ihr sind als bei Oma. So sagen wir es.«

Molly nickt, sieht aber zugleich verwirrt aus.

»Dabei sind wir doch in Wahrheit lieber bei Oma?«

Emma nimmt erneut deren Hand.

»Ich weiß, aber das erzählen wir Mama doch nicht! Komm jetzt!«

Sie rennen den restlichen Weg nach Hause. Als sie an der Tür angelangt sind, kommt Mama ihnen schon entgegen. In ihrem Gesicht mischt sich Sorge mit Erleichterung. Alles, was sie sich zurechtgelegt haben, platzt hektisch aus Emma heraus, und Mama beruhigt sich zusehends. Es hilft, wenn sie sagen, was sie hören will – dass sie sich nach Hause zurückgesehnt haben, dass sie sich nach Mama und Papa gesehnt haben.

Emma und Molly sind sieben. Obwohl sie so jung sind, haben sie die Spielregeln bereits gut verinnerlicht.

Emma breitet den Überwurf über ihrem Bett aus. Das Bett ist an der Wand festgeschraubt, genau wie ihr Schreibtisch, das Regal und der Kleiderschrank. Das einzige bewegliche Möbelstück in ihrem Zimmer ist der Schreibtischstuhl aus Plastik. Den darf Emma benutzen, weil sie nicht selbstmordgefährdet ist. Und was sollte man mit dem auch anstellen? Ihn fressen, oder was? Kajsas und Joannas Stühle sind am Boden festgeschraubt: der von Kajsa, weil sie schon mehrere Versuche hinter sich hat, und der von Joanna, weil sie so oft versucht, andere zu verletzen, hauptsächlich Leute vom Personal.

Emma wirft einen Blick auf die Uhr über der Tür. Die Zeit vergeht morgens unendlich langsam. Sie hat bereits geduscht, ist die Einzige hier in der Einrichtung, die das täglich macht – die anderen versuchen, sich davor wegzuducken, sooft es nur geht. Mona sagt gern mal, dass es ein Zeichen von geistiger Gesundheit sei, wenn man sich um seinen Körper kümmere. Doch Emma duscht nicht, weil sie gesund sein will. Sie duscht, um Konflikten aus dem Weg zu gehen.

Jetzt liegt sie auf ihrem Bett und wartet darauf, dass es Frühstück gibt. Noch zehn Minuten. Sie weiß bereits jetzt, dass Kajsa und Joanna spät dran sein werden, und versteht nicht, wie die beiden morgens so lange brauchen können. Eine Erinnerung an ihre Oma flackert auf, die ihnen schroff und doch umsichtig und ohne ein überflüssiges Wort angeboten hat, bei ihr zu wohnen, als es zu Hause unerträglich wurde. Manchmal, wenn sie Sommerferien hatten, konnten die Zwillinge sogar mitten in der Nacht zu Oma radeln. Auf dem Küchentisch ließen sie dann einen Zettel für ihre Eltern liegen, damit sie wussten, wo die Schwestern hingefahren waren. Die immer gleichen fröhlichen Zeilen: irgendwas darüber, dass Mama und Papa so ein bisschen Zeit für sich hätten, während die Schwestern es sich drüben bei Oma gemütlich machten. Hübsch verpackte Lügen, die aber wunderbar ins Familienbild passten.

Jahre später war Mona die Erste überhaupt, die den Finger in die Wunde legte.

»Du bist mit einer kranken Mutter aufgewachsen, Emma. Du bist nicht verantwortlich für ihr Verhalten und ihre Unterlassungen. Was mit Molly passiert ist, war nicht deine Schuld. Verstehst du, was ich da sage? Es war nicht deine Schuld.«

Emma saß stocksteif da und hörte Mona reden, ohne richtig hinzuhören; sie wusste längst, dass es nicht ihre Schuld gewesen war, sondern die der Bestie, der Wölfin im Schafspelz. Aber das war egal. Es tat kein bisschen weniger weh, nur weil man die Schuld dort verortete, wo sie hingehörte.

Während Mona weiterredete, sah Emma aus dem Fenster und gab sich alle Mühe, gleichgültig dreinzublicken. Doch in ihr loderte es, und es loderte schon, solange sie denken konnte. Die Flammen nährten sich aus der Frage, die Emma sich tagtäglich stellt, seit sie in jener Januarnacht an Mollys Krankenbett saß: *Was kann man tun, damit die Welt frei von Bestien wird?* Die Wahrheit ist eben auch, dass exakt diese Frage Emma letztlich in den Bodengården gebracht hat.

Beatas Ruf aus der Küche reißt sie aus den Gedanken. Zeit fürs Frühstück. Emma setzt sich auf, kurz dreht sich alles, und sie bleibt auf der Bettkante sitzen, bis sich der Schwindel wieder gelegt hat. Die Schulkrankenschwester meint, der Schwindel rühre von den Ängsten her. Dabei weiß Emma es besser: Er kommt mit den Flammen, ist wie eine innere Verlängerung des Feuers, das sie äußerlich verletzt hat.

Als es sich nicht mehr dreht, streckt sie sich nach der Cortisoncreme auf dem Fensterbrett aus. Mit sanften Bewegungen cremt sie sich die Haut auf Handrücken und Unterarmen ein, massiert die harten Narben, ehe sie die dünnen Ärmel bis hinunter zu den Fingerknöcheln zieht.

Sie betritt den Flur und geht an Kajsas Zimmer vorbei, und ihre Kehle schnürt sich zusammen, als sie Agnes' geschlossene Zimmertür sieht. Seit Agnes weg ist, ist hier alles noch viel trauriger geworden.

Drüben an der Spüle der Küchenzeile steht Beata vor dem Toaster. Sie trägt Jeans und eine dünne Bluse und hat die braunen Haare zu einem Knoten gebunden. Als Emma gerade erst im Bodengården eingezogen war, dauerte es Monate, ehe sie Beatas Spezies identifiziert hatte: Denn Beata ist ein Chamäleon, sie kann sich ihrer Umgebung perfekt anpassen. Anfangs war Emma nicht wohl bei der Vorstellung, nie zu wissen, woran sie bei Beata war, und ständig auf der Hut sein zu müssen. Mit der Zeit wurde es einfacher, weil Emma sich anscheinend irgendwie zu deren Liebling entwickelt hat, ohne zu wissen, warum. Und es ist auch nicht so, dass Beata fies zu den anderen wäre, kein bisschen. Trotzdem ist sie zu Emma immer besonders nett und lässt ihr so einiges durchgehen, wofür die anderen bestraft werden. Weil das gut zu Emmas Strategie passt, hat sie es hingenommen, ohne es weiter zu hinterfragen. Und deshalb hat sie schlussendlich auch beschlossen, dass Beata eine Kängurumutter sein soll: Kängurus tragen ihre Jungen in ihrem Bauchbeutel liebevoll mit sich herum – allerdings nie allzu viele auf einmal.

Im selben Moment, da Emma sich hinsetzt, springen zwei Scheiben Brot aus dem Toaster. Beata verbrennt sich die Finger, als sie sie herausnimmt, und pustet sich über die Fingerkuppen. Dann sieht sie Emma an.

»Wie geht's mit dem Jucken?«

Emma zuckt mit den Schultern.

»Hab mich eingeschmiert.«

Beata hält ihr den Brotkorb hin.

»Eingecremt, meinst du.«

Sie lächelt Emma an und wackelt mit den Augenbrauen. Emma erwidert das Lächeln nicht. Sie nimmt sich beide Brotscheiben auf einmal, obwohl man das eigentlich nicht darf. Im Bodengården nimmt man sich lediglich eine Scheibe und die zweite erst, wenn man die erste aufgegessen hat. Als wären sie hier fünf Jahre alt.

Beata streckt die Hand nach dem Saft aus und schenkt Emma ein. Im selben Moment kommt Joanna um den Glaskasten herumgeschlendert. Sie ist die Größte hier in der Abteilung, fast einen ganzen Kopf größer als Emma, obwohl sie beide gleich alt sind. Doch Joanna hat breite Schultern, blau gefärbte Haare und ein Gesicht, bei dem man auf den ersten Blick erst mal Angst bekommt. In ihren Augen ist die Härte am deutlichsten zu sehen: Stählern und mit einer bodenlosen Tiefe sprechen sie ein vernichtendes Urteil und drohen mitunter auch mit Gewalt.

Emma weiß, dass es in Joannas Gerichtsverhandlung teils um Missbrauch ging, aber wie ernst es war, könnte sie nicht sagen.

Heute trägt Joanna zerrissene Jeans und ein T-Shirt mit Löchern, das sie genau so gekauft hat. Wie immer sitzt die Sicherheitsnadel in ihrer linken Augenbraue, und das Make-up ist schwarz und verwischt. Joanna ist einer jener Teenager, auf die Erwachsene mit Ekel hinabblicken, weil sie vermutlich glauben, sie sollten sich eindeutig mehr um ihr Äußeres kümmern. Auf den ersten Blick mag Joanna abgerissen wirken, Emma weiß aber, dass sie sich trotzdem große Mühe mit ihrem Äußeren gibt. Wie jeder, der sich die Haare färbt und sich piercen lässt und neue Klamotten kauft, die schon im Laden zerrissen sind. Es soll bloß so aussehen, als wäre das erst mit der Zeit passiert.

Mit einem lauten Plumps lässt Joanna sich auf ihren Stuhl fallen, ehe ihr Blick an Emmas Teller hängen bleibt und sie sofort das Kinn nach vorn reckt.

»He, was soll das? Kriegt Emma jetzt zwei Brote, verfickte Scheiße noch mal?«

Beata sieht Joanna an. Ihr Gesicht ist entspannt, trotzdem merkt Emma ihr die Verärgerung an.

»Das hab ich nicht gesehen. Emma, du weißt, dass du dir nur eine nehmen sollst. Ich wüsste es sehr zu schätzen, wenn du das nicht noch mal machen würdest.«

Sie sagt es mit neutraler Stimme. Joanna schmollt und greift so übertrieben patzig nach der Milch, dass sie beinahe überschwappt.

»Und wo ist der Kakao?«

»Du weißt, dass wir hier unter der Woche nur Milch, Saft oder Tee trinken.«

Joanna brummelt in sich hinein.

»Blöde Kuh. Echt noch schlimmer als Hitler.«

Sie hebt die Hand an ihre Augenbraue. Mit Daumen und Zeigefinger schiebt sie die Sicherheitsnadel vor und zurück.

»Hat das eigentlich wehgetan, als du das hast machen lassen?«

Die Frage hat Emma ihr schon mal gestellt. Joanna sieht sie finster an.

»Wie Hölle.«

Kajsa trottet herein. Schwer lässt sie sich auf den Stuhl neben Emma fallen. Sie sieht verheult aus. Auf dem Nasenflügel glänzt immer noch Rotz. Beata hält ihr den Brotkorb hin.

»Kein guter Morgen?«

Kajsa wischt sich den Rotz mit dem Handrücken weg und streift ihn an ihrer Jogginghose ab. Sie hat ordentlich Übergewicht. Die Bündchen ihres riesigen Hoodies schnüren sich in ihre Handgelenke. Ihr Haaransatz ist schweißnass, vereinzelte Strähnen kleben an ihren Schläfen.

»Es ist so verdammt warm, ich halte das nicht aus.«

Sie keucht es regelrecht aus und schluchzt auf, als sie sich nach der Butter ausstreckt und ihr Brot dick beschmiert.

»Friss weniger, dann wird dir auch nicht so warm.«

Natürlich muss Joanna es kommentieren. Kajsa wird knallrot im Gesicht und schlägt den Blick nieder. Beata antwortet an ihrer Stelle.

»Wir kommentieren hier nicht das Essverhalten und die Figur der anderen.«

Ihre Stimme klingt inzwischen messerscharf, und ihr Blick ist hart. Trotzdem zuckt Joanna nur nonchalant mit den Schultern und beißt in ihr Brot.

Beata dreht sich wieder zu Kajsa um.

»Du könntest dir vielleicht etwas Leichteres anziehen? Weil es heute doch so warm ist.«

»Ich kann diese Scheißhemdchen nicht tragen«, platzt es aus Kajsa heraus. »Das weißt du genau.«

Sie schreit fast, und im nächsten Moment strömen die Tränen. Kajsa schlägt die Hände vors Gesicht und schnieft. Joanna sieht ihr interessiert zu. Was für eine Show – und das schon beim Frühstück.

»Du brauchst ja kein Hemdchen zu nehmen. Nimm ein normales T-Shirt, allein das würde schon einen Unterschied machen.«

Kajsa verzieht das Gesicht und beißt in ihr Brot. Ihre Lippen werden von der Butter schmierig. Zittrig schüttelt sie den Kopf.

Der Rest des Frühstücks verläuft schweigend. Emma trinkt ihr Saftglas aus und steht auf. Sie nimmt Teller und Glas, kommt aber nicht einmal mehr bis zur Spüle, als Joanna loslegt.

»Ich fass es verdammt noch mal nicht, wie du hier landen konntest, Emma-Schlemma. Du wäschst dich, willst dich nicht umbringen, du streitest nicht. Du isst normal, duschst und räumst verdammt noch mal sogar den Tisch hinter dir auf. Und dann immer so freundlich zu allen! Warum wohnst du gottverdammt noch mal in einem scheißverfickten Heim? Sind das die Narben an deinen Händen? Hast du irgendwen abgefackelt, oder was?«

Sie sieht Emma herausfordernd an.

»Hör auf zu fluchen, Joanna.«

Joanna faucht Beata an, allerdings ohne Emma aus den Augen zu lassen.

»Halt die Fresse, Hitler. Na, Emma? Du mit deinen narbigen Armen – warum bist du hier? Ist das ein schwanzgroßes Selbstverletzungsding, oder woran liegt's?«

Emma stellt ihren Teller in die Spülmaschine. Unterdessen wird Beata merklich wütender.

»Joanna. Du nennst mich nicht Hitler. Und wir fragen hier auch nicht nach dem Background der anderen. Wenn jemand darüber reden will, dann freiwillig, aber wenn nicht, dann geht es niemanden etwas an. Du kennst die Regeln, und jetzt will ich, dass du Ruhe gibst. Ich sage es nicht noch einmal.«

Joanna murmelt in sich hinein, tut aber wie geheißen. Sie weiß nur zu gut, dass selbst Beatas Geduld Grenzen hat, auch wenn diese wesentlich großzügiger verlaufen als die von Knut.

Beleidigt schweigend verdrückt sie ihr Brot. Emma schiebt den Geschirrspüler zu und dreht sich halb zu den anderen um.

»Los, sonst kommen wir noch zu spät.«

Beata wirft einen Blick auf ihre Armbanduhr.

»Emma hat recht, wir müssen uns allmählich beeilen. Stellt die Teller in die Spülmaschine und geht Zähne putzen. In zehn Minuten geht's rüber in die Schule. Heute bin ich als Begleitung eingeteilt.«

Joanna bleibt seelenruhig am Frühstückstisch sitzen. Sie zieht die Sicherheitsnadel in ihrer Augenbraue langsam vor und zurück und sieht Emma aufmerksam an, als die am Tisch vorbei in Richtung Flur geht. So leise, dass Beata es nicht hören kann, flüstert sie ihr zu: »Ich finde heraus, warum du hier bist, Emma-Schlemma, darauf kannst du Gift nehmen.«

Der Bodengården ist ein Gebäudekomplex aus mehreren roten Flachbauten, die ein Viereck innerhalb einer zwei Meter hohen Umzäunung bilden. Der Rasen vor der Zufahrt ist jetzt im Spätsommer gelbbraun vertrocknet. Zwei Holzbänke stehen dort, dazwischen ein Mülleimer aus Eisen mitsamt Zigarettensammler. Trotzdem liegen jede Menge Kippen am Boden.

Idun und Calle bleiben noch einen Moment lang im Auto sitzen. Calle hat am Gehweg gehalten, lässt allerdings den Motor laufen, damit die Klimaanlage weiter funktioniert. Idun sieht durch die Windschutzscheibe. Das Schulgebäude liegt halb verdeckt hinter dem einstöckigen Gebäude direkt vor ihnen. An den Komplex schließt sich ein Wäldchen an, allerdings ist es nicht sonderlich groß. Über die Kuppe hinweg zweihundert Meter weiter liegt der See und am Ufer eine stillgelegte Militäranlage, die man früher im Rahmen von Führungen besichtigen konnte, aber selbst diese Art Nutzung gibt es nicht mehr, vermutlich mangels Besuchern.

»Kennst du dich mit diesen Heimen aus?«

»Nicht persönlich. Du?«

Idun muss selbst grinsen, als sie die Gegenfrage stellt. Sie weiß ohnehin, was Calle antworten wird. Er schnaubt leise in sich hinein.

»Wahrscheinlich wäre früher niemand überrascht gewesen, wenn ich zwangseingewiesen worden wäre. Allerdings hat meine Mutter es irgendwann geschafft, sogar mir ein paar Manieren beizubringen. Wer hätte das von mir als Teenager gedacht?«

Idun muss lachen. Barbro Brandt hat ihr mal erzählt, dass sie vor Erleichterung fast einen Herzanfall bekommen hätte, als Calle erzählt habe, dass er sich an der Polizeischule bewerben wolle. Sie selbst sei seit seinem sechsten Lebensjahr fest davon überzeugt gewesen, dass er sich eher einer kriminellen Bande anschließen werde. *Mein kleiner Mafioso*, habe sie ihn während seiner Jugend genannt.

»Man könnte also behaupten, dass deine Mutter deine persönliche Erziehungsanstalt war.«

Idun sieht, wie Calle feuchte Augen bekommt.

»Das wäre nicht mal übertrieben. Meine Mutter hat für mich letztlich den Unterschied zwischen Leben und Tod ausgemacht.«

Sie steigen aus. Die Överluleå-Kirche thront auf einer Anhöhe an einer fast unendlich langen Birkenallee rechter Hand. Die Kirchenmauern flirren wie Schnee im gleißenden Sonnenlicht.

Sie gehen am Zaun entlang um den Bodengården herum. Idun hat per SMS den Zugangscode für das Eingangstor erhalten. Die Sonne spiegelt sich in den schmutzigen Fenstern, sodass sie unmöglich ausmachen können, was dahinter vor sich geht.

Sie steuern die Haustür an. Abermals tippt Idun den Sicherheitscode ein, zieht die Tür auf und lässt Calle den Vortritt. Sie befinden sich in einer Art Schleuse; das Fenster in der Innentür scheint aus Panzerglas zu bestehen. Hier ist der Code ein anderer, und sie müssen auf einen Klingelknopf drücken. Eine knappe Minute später taucht auf der anderen Seite eine Frau mit rabenschwarzen kurzen Haaren und roter Brille auf. Sie trägt eine schwarze Bluse und eine schwarze Lederhose, hat knallroten Lippenstift aufgelegt, der exakt zur Farbe der Brille passt, hinter der sie die Augen zusammenkneift, als sie eine Schlüsselkarte durch den Kartenleser zieht. Es piept, und sie drückt die Tür auf.

»Hallo und willkommen. Sie sind von der Polizei, ja?«

Sie spricht laut und deutlich. Ein schwacher Parfümduft umweht sie.

»Das ist richtig. Idun Lind und Calle Brandt von der Kripo Luleå.«

Sie geben einander die Hand. Die Frau hält die Tür mit dem Fuß für sie auf.

»Ich heiße Viveca Eriksson und bin die Leiterin des Bodengården. Ihre Kollegin Siv hat angerufen und mich ins Bild gesetzt. Ich gebe gern mein Bestes, um all Ihre Fragen zu beantworten.«

Mit einer eleganten Geste gibt sie ihnen zu verstehen, dass sie ihr folgen sollen. Sie trägt einen Ring mit einem schwarzen Stein. Obwohl Viveca von Haus aus groß ist, hat sie sich für unfassbar hohe Absätze entschieden.

Sie gehen über einen schmalen Flur mit schmutzig weißen Wänden und braunen Türen. Ein laienhaftes Landschaftsbild und eine schnörkelige Bildunterschrift in Blau heißen sie im Bodengården willkommen. Idun mutmaßt, dass das Bild von Mittelstufenschülern gemalt worden ist.

Viveca Eriksson fehlen noch knapp fünf Jahre bis zur Rente. Trotzdem geht sie mit langen, schnellen Schritten vor ihnen her, spricht mit fester Stimme und strahlt eine Energie aus, die sich zumindest auf den ersten Blick in ihrem Bekleidungsstil widerspiegelt. Körpersprache und

Bewegungen sind geradeheraus und unmissverständlich. Der Bodengården ist eindeutig ihr Territorium.

Am Ende des Flurs verweist sie die Besucher in ein Büro mit hellen Möbeln und feuerfesten Gardinen. Im Fenster steht eine Reihe billiger Plastikpflanzen in weißen Blumentöpfen voller Kunsterde. Idun und Calle lassen sich auf den Besucherstühlen nieder, Viveca nimmt den Schreibtischstuhl. Auf dem Schreibtisch steht ein älteres Foto zweier Teenager, die wie ihre Mutter in Schwarz gekleidet sind.

Idun kommt direkt zur Sache.

»Wir sind wegen Elvira Lind gekommen.«

Vivecas Blick ist hellwach.

»Verstehe. Ich hatte die Leitung noch nicht übernommen, als Elvira von hier verschwunden ist, aber ich bin mit der Angelegenheit natürlich vertraut. Also – weil sie schon so lange verschwunden ist. Sie wollen andeuten, dass Sie sie gefunden haben?«

Idun beantwortet die Frage nicht.

»Wer war denn stattdessen Leitung zum Zeitpunkt ihres Verschwindens?«

Viveca rückt ihre rote Brille zurecht. Ihre Fingernägel sind kurz geschnitten und schwarz lackiert.

»Egon Markström. Er ist leider vor einem knappen Jahr verstorben – an den Folgen einer Hirnblutung. Ich habe seinen Posten übernommen.«

»Sie haben damals nicht in anderer Position hier gearbeitet?«

»Nein, ich war damals in einer Therapie-Einrichtung in Piteå angestellt.«

Viveca atmet sichtlich erleichtert durch.

»Trotzdem ist es natürlich wunderbar, dass Elvira wieder aufgetaucht ist. Wo steckt sie denn derzeit?«

Idun lehnt sich auf ihrem Stuhl zurück. Calle antwortet an ihrer Stelle.

»In einer Kühlkammer in der Leichenhalle in Sunderby.«

Viveca blinzelt.

»Was soll das heißen?«

»Elvira Lind ist tot.«

Als Viveca die Augen aufreißt, glätten sich gleichzeitig die Runzeln um ihren Mund.

»Sie ist ... verstorben?«

Idun muss sich zusammenreißen, um nicht die Augen zusammenzukneifen.

»Ja. Leider wurde sie tot aufgefunden.«

Viveca ballt die Faust und presst sie sich in die Halsgrube. Ihre Bluse verzieht sich über der Brust.

»Das ist ja grässlich! Sobald wir hier fertig sind, rufe ich das hiesige Krisenteam zusammen. So etwas ist eine ernste Sache.«

Der Klassiker.

»Und wie ist sie ... gestorben?«

Idun atmet tief ein. Calle und sie wissen natürlich, dass der Sturz bereits durch die Gazetten geht, und gewisse Einzelheiten können sie garantiert nicht mehr allzu lange geheim halten.

»Sie wurde vor der Kirche dort gegenüber gefunden.«

Die Verblüffung in Vivecas Gesicht scheint echt zu sein.

»Hier? Vor unserer Kirche?«

Idun wartet ab.

»Dann war Elvira der Grund, warum dort am Wochenende so viel Polizei unterwegs war?«

»Leider können wir über gewisse Einzelheiten nicht sprechen, aber wir sind hier, um uns mit denen zu unterhalten, die Elvira noch kannten, ehe sie von hier verschwunden ist.«

Die Heimleiterin scheint sich zu sammeln. Beidhändig rückt sie ihre Brille zurecht.

»Rein theoretisch wohnt sie ja immer noch hier … Die Meldung besteht nämlich weiter, auch wenn Jugendliche von hier ausbüxen. Aber es muss doch noch andere geben, die sie seither gesehen haben?«

»Die Letzten, von denen wir mit Sicherheit wissen, dass sie sie gesehen haben, gehören zum hiesigen Personal und zu den Bewohnerinnen. Dies ist die letzte Spur, die wir von ihr haben – auch wenn sie schon ein paar Jährchen alt ist.«

Viveca sagt eine Zeit lang nichts. Irgendwann geht es mit Calles Geduld zur Neige.

»Gibt's hier noch irgendwen, der Elvira gekannt haben müsste?«

Nachdenklich nickt Viveca.

»Ja, doch. Ja. Beata und Knut, die beide in Vollzeit in der Mädchenabteilung arbeiten. Lassen Sie mich kurz nachdenken … Nein … In der Jungsabteilung sind alle erst später dazugestoßen. Mona, unsere Psychologin, kannte Elvira natürlich am besten. Sie arbeitet immer noch hier, ist aber derzeit verreist.«

»Beruflich oder …?«

»Nein, sie hat Urlaub genommen, ich meine, für irgendein Kirchentreffen.«

Die rockige Heimleiterin spricht mittlerweile langsamer, bedächtiger.

»Welche Bewohnerinnen Elvira kannten, kann ich Ihnen spontan nicht sagen. Möglich, dass Emma sie noch gekannt hat.«

Sie denkt kurz nach, spricht weiter.

»Emma wohnt hier seit … Da muss ich überlegen …

seit drei Jahren. Aber ich weiß gerade nicht, ob sie herkam, kurz bevor oder kurz nachdem Elvira abgehauen ist ... aber ... Doch, das muss direkt im Anschluss gewesen sein ... glaube ich.«

»Wir würden uns gern auch mit Emma unterhalten.«

»Die ist im Augenblick in der Schule. Sie kommen in einer knappen Stunde zum Mittagessen zurück, da können Sie mit ihr sprechen. Ich muss nur den Lehrern Bescheid geben, dass sie dem Nachmittagsunterricht fernbleibt.«

Sie verstummt und blickt auf. Ihr Kajal ist blau, wie aus den Achtzigern.

»Das wäre gut. Also könnten wir uns erst mit Beata und Knut unterhalten und anschließend mit Emma? Denn Erstere haben doch bestimmt gerade Zeit, oder?«

Viveca steht auf und nickt so nachdrücklich wie ein kleines Kind, das soeben eine Standpauke überstanden hat.

»Absolut. Natürlich haben sie Zeit für Sie. Kommen Sie, wir gehen rüber in die Abteilung. Wenn die Jugendlichen in der Schule sind, ist es dort ruhig. Ich kann unterdessen ja hierher zurückkommen und ein paar Anrufe tätigen, wie gesagt, um das Krisenteam zusammenzurufen. Möchten Sie einzeln mit Beata und Knut reden oder zusammen?«

Sie steht bereits in der Bürotür. Idun und Calle stehen auf.

»Wir können gern mit beiden gleichzeitig sprechen.«

Viveca nickt beifällig, lässt hinter Calle, der zuletzt kommt, die Tür ins Schloss gleiten und schließt ab. Idun fällt auf, dass die wohlmanikürten Hände zittern. Letzteres hat Viveca anscheinend ebenfalls bemerkt.

»Sie müssen entschuldigen, aber das hier fühlt sich

wirklich ein wenig unangenehm an. Es ist ein paar Jahre her, dass Elvira verschwunden ist, aber dass sie jetzt tot aufgefunden wurde, ist wirklich fürchterlich. Das arme Mädchen!«

Sie gehen in Richtung Abteilung. Viveca hört gar nicht mehr auf zu reden.

»Ich habe mit solchen Jugendlichen ja jetzt schon mein ganzes Berufsleben lang zu tun. Jeder Verlust ist einer zu viel. Das arme, arme Ding – so depressiv zu sein, dass man keinen anderen Ausweg mehr sieht … Das ist auch ein Scheitern für uns hier im Bodengården. Das Wohlergehen der Jugendlichen ist schließlich unsere oberste Priorität. Wir wollen, dass sie wieder auf die Füße kommen und sich gut entwickeln – und *leben,* natürlich!«

Viveca tupft sich mit dem Zeigefinger die Augenwinkel ab. Weder Idun noch Calle äußert sich. Sie haben mit keiner Silbe erwähnt, wie Elvira gestorben ist.

Sie gehen hinter Viveca her auf die Abteilungstür zu.

»Galt Elvira als selbstmordgefährdet, während sie hier gewohnt hat?«

Viveca dreht sich nach hinten um. Idun kann ihr ansehen, dass sie in ihrem Gedächtnis kramt.

»Das weiß ich nicht, weil ich ja wie gesagt noch nicht hier gearbeitet habe, aber es sieht ja leider so aus, als wäre sie es zumindest *geworden* … Traurig ist es allemal. Ungeheuer traurig.«

Idun erwidert nichts mehr darauf. Sie sieht zu Calle, der dasselbe zu denken scheint wie sie: Sie wissen nicht, ob Elvira sich umgebracht oder ob ihr jemand die Entscheidung abgenommen hat. Nichtsdestoweniger spannend, dass Viveca sich diesbezüglich sicher zu sein scheint.

Viveca legt die Hand an die Klinke, drückt sie aber nicht hinunter. Stattdessen dreht sie sich halb zu den Ermittlern um.

»Sie müssen verstehen, dass hier bei uns keine normalen Jugendlichen wohnen. Es dauert ewig, bis man in einer geschlossenen intensivtherapeutischen Jugendhilfeeinrichtung landet. Bis dahin hat die Gesellschaft alles für sie getan, was in ihrer Macht stand.«

Idun spürt, wie sich etwas in ihr verfinstert, sagt aber nicht, was sie über Vivecas »alles, was in ihrer Macht stand« in Wahrheit denkt.

»Hier werden Maßnahmen durchgeführt, die jeweils individuell auf die Bedürfnisse der Jugendlichen abgestimmt sind, und es ist unser Auftrag, das Ganze hinter verschlossenen Türen auszuführen. Jeder, der zu uns kommt, stammt aus dysfunktionalen Verhältnissen, hat in der Regel schon mehrere Pflegefamilien hinter sich, aber nirgends Wurzeln schlagen können. Wir haben es hier mit pathologischen Fällen zu tun – mit Gewalttätigkeit, mit Delikten in unterschiedlicher Ausprägung, teils mit Schwerverbrechen. Sämtliche Jugendlichen haben mindestens ein Gerichtsverfahren hinter sich, und alle haben sie ein schweres Päckchen zu tragen. Zudem will keiner von ihnen hier sein … außer Emma womöglich.«

Sie verstummt abrupt, bestimmt weil ihr dämmert, dass

sie soeben eine Grenze überschritten hat, was ihre Schweigepflicht betrifft. Idun hebt beschwichtigend die Hand.

»Wenn sich zeigen sollte, dass Elvira einem Verbrechen ausgesetzt war, werden wir einen Durchsuchungsbeschluss beantragen, und der dürfte auch die Schweigeverpflichtung berühren. Aber so weit sind wir noch nicht. Im Augenblick möchten wir uns bloß mit allen unterhalten, die Elvira gekannt haben könnten.«

Mit einem flüchtigen Griff an die Schläfe schiebt Viveca ihre Brille höher.

»Die Einzige, die sie gekannt haben *könnte*, ist Emma. Die allermeisten bleiben zwischen ein paar Monaten und einem, vielleicht zwei, allenfalls drei Jahren hier. Das Längste, was ich je erlebt habe, waren sieben Jahre, aber das war eindeutig eine Ausnahme. Die Unterbringung wird halbjährlich vom Jugendamt überprüft, und wenn nichts weiter vorfällt, bleibt niemand länger als zwei Jahre. Aber natürlich kommt auch so etwas vor.«

»Wie in Emmas Fall?«

»Genau.«

»Mit ihr würden wir gern nach dem Mittagessen reden, wie Sie es vorgeschlagen haben.«

Viveca sieht Idun durch die Brille an. Erst jetzt sieht Idun, dass sie über einem Auge einen winzigen bogenförmigen Bluterguss hat. Er sieht sogar halbwegs frisch aus.

»Das lässt sich natürlich einrichten. Aber entweder ich selbst oder jemand anders aus dem Team müsste bitte dabei sein. Emma darf sich gern aussuchen, wer das sein soll.«

Darauf antwortet Idun nicht. Sie weiß, dass sie einen richterlichen Beschluss bräuchten, um ein Einzelgespräch mit einer Minderjährigen in staatlicher Obhut zu führen, was Viveca ebenfalls bewusst sein dürfte.

»Wie alt ist Emma eigentlich?«
»Siebzehn.«
Mit ihrer Schlüsselkarte öffnet Viveca die Tür. Im Gegensatz zum Personalbereich sind die Verschlussanlagen hier neueren Datums.
Sie betreten die Mädchenabteilung. Ein heller Flur mit Fenstern zur Linken und ein paar Türen zur Rechten führt sie in eine Art Aufenthaltsraum, in dem sich eine Küchenecke befindet, ein länglicher alter Kiefernholzesstisch und dazu passende Stühle. Jenseits eines halbhohen Raumteilers stehen zwei Sessel und ein aus der Mode gekommenes Ecksofa. Ein Fernseher samt vorgehängter Plexiglasscheibe ist an der Wand montiert. Im Fenster stehen hässliche Kunstpflanzen, Gardinen gibt es nicht. Idun fällt auf, dass es auch keine Rollläden gibt, stattdessen gelb gestreifte fleckige Außenmarkisen ein gutes Stück oberhalb der Fenster. Nirgends Teppiche, keine Bilder an den Wänden. Es ist, als wäre der Raum möbliert, ohne möbliert zu sein.
In der Mitte befindet sich eine Art Bürokubus aus Sicherheitsglas. Darin stehen ein Schreibtisch mit Rechnern, zwei Schreibtischstühle und mehrere niedrige Aktenschränkchen, die schon bessere Tage gesehen haben.
»Die Jugendlichen nennen es ›Glaskasten‹. Da darf nur das Personal rein.«
Sie umrunden die verglaste Vorderfront. Viveca erzählt von der Einrichtung, Informationen, die Idun und Calle schon bekannt sind – dass der Bodengården als quadratische Anlage aus einstöckigen Gebäuden geplant worden sei. Sie zählt auf, welche Abteilung sich in welchem Gebäude befindet, dass es zwei Abteilungen für weibliche und zwei für männliche Jugendliche gebe, dass aber je

eine davon derzeit renoviert werde und deshalb geschlossen sei – ein Wasserschaden, der im vergangenen Winter entstanden sei und erst behoben werden müsse, ehe die Häuser wieder bewohnbar wären.

»Heißt das, die beiden übrigen Abteilungen sind überbelegt?«

»In der Geschlossenen gibt es keine Überbelegung. Aber sechs Mädchen und sechs Jungen sind vorübergehend in Heimen auf dem Land untergebracht worden. Bis auf Weiteres haben wir vier Plätze je Abteilung, die auf beide Geschlechter gleich verteilt sind.«

Sie sagt es, als würde sie eine Infobroschüre vorlesen, ehe sie eine Geste in Richtung Sofa macht.

»Setzen Sie sich doch, dann hole ich Beata und Knut. Die beiden sind um diese Zeit normalerweise in der Waschküche zugange.«

Idun und Calle setzen sich. Das Ledersofa fühlt sich spürbar kühl auf der Haut an, und dankbar legt Idun die Hände flach auf den Bezug. Viveca verschwindet in den Flur.

»Du bist aber still«, stellt Idun leise fest.

Calle sieht sie an und verzieht das Gesicht.

»Ich hab nun mal nichts zu sagen. Du machst das schon ganz gut allein.«

Er legt einen Fuß übers Knie und lehnt sich zurück.

»Außerdem gehe ich bei dieser Hitze kaputt. Sollen wir heute Nachmittag schwimmen gehen? Es ist einfach zu warm, um zu laufen. Oder willst du lieber ein bisschen Hanteltraining machen?«

Idun kommt nicht mehr dazu, zu antworten, weil Viveca zurück ist und zwei Personen im Schlepptau hat. Sie stellen sich vor, ehe sie sich alle um den niedrigen Couchtisch versammeln. Beata dürfte um die vierzig sein, hat die braunen Haare zu einem tiefen Knoten im Nacken zusammengebunden, und ihr Blick ist wachsam. Sie ist ungeschminkt, trägt eine Bluse und eine ausnehmend unschicke Hose. Idun muss unwillkürlich an Freikirche denken und schämt sich sofort, weil sie so vorurteilsbehaftet ist.

Knut sieht ein wenig jünger aus, vielleicht gerade einmal dreißig. Er ist muskulös, verfügt aber über ein charakteristisches Unterfettpolster – zweifellos hat er als Jugendlicher Steroide genommen, womöglich auch noch als junger Erwachsener. Er ist glatt rasiert, das Gesicht entspannt, und auf den Wangen sieht man verheilte Aknenarben. Er trägt Jeans und ein teures Markenshirt.

»Wir sind hier, weil wir im Todesfall Elvira Lind ermitteln.«

Die Frau, die sich ihnen als Beata vorgestellt hat, führt wie in Zeitlupe die Fingerspitzen an den Mund, doch im Gegensatz zu ihrer Chefin wirkt sie nicht übermäßig überrascht.

»Wir haben es geahnt ... Ist doch so, Knut?«, flüstert sie, und der Muskelmann neben ihr nickt knapp. Seine Schultern sind verhältnismäßig breit, der Nacken ein klassischer Stiernacken. Die Aknenarben scheinen tief zu sein, was durch langjährigen Anabolikamissbrauch passieren kann, wie Idun weiß. Von frischer Akne kann jedoch keine Rede sein, und die Haut an den Armen zieht Falten. Er muss eine Zeit lang wesentlich kräftiger gewesen sein als heute, sprich: hat mit den Mittelchen aufgehört. Idun muss sich zusammenreißen, damit ihre Vorurteile sie nicht zu falschen Schlüssen verleiten. Immerhin wirkt sein Blick intelligent, was man nicht allzu oft bei Männern sieht, die Steroide in sich hineinpumpen.

Idun will gerade ihre erste Frage stellen, als er ihr zuvorkommt.

»War das Elvira da draußen vor der Kirche?«

Beata atmet scharf ein.

»Wirklich tragisch, finden wir beide. Als Viveca erzählt hat, dass Sie gekommen sind, um über Elvira zu reden, wussten wir sofort Bescheid.«

Sie nickt in Richtung ihres stiernackigen Kollegen. Der erwidert die Geste nicht. Viveca sitzt unterdessen stumm auf ihrem Stuhl am Esstisch. Ihre Lederhose kneift an den Oberschenkeln.

»Sie haben beide zum Zeitpunkt von Elviras Verschwinden schon hier gearbeitet?«

Beata sieht Knut an, antwortet dann aber selbst.

»Ich hatte damals frei, aber Knut war im Dienst.«

Die nächste Frage richtet Idun direkt an Beatas Kollegen.

»Können Sie uns bitte erzählen, woran Sie sich von jenem Tag noch erinnern?«

Knut beugt sich vor. Er sitzt breitbeinig auf dem Sessel, faltet die Hände und stützt die Ellenbogen auf die Knie. Die Haltung erinnert Idun ein wenig an diejenige, die Calle gern einnimmt.

»Das ist jetzt drei Jahre her, trotzdem weiß ich das alles noch, als wäre es gestern gewesen.«

Er klingt ein wenig heiser, auf diese leicht verletzliche Art, die bessere Rocksänger haben.

»Es war Montag, wir hatten gefrühstückt und waren auf dem Weg nach drüben zur Schule. Das ist nicht weit – das Schulgebäude liegt gleich da drüben.«

Er zeigt nach rechts, und Idun schießt durch den Kopf, dass er schon jetzt mehr gesprochen hat, als sie erwartet hätte.

»Unterwegs hat Elvira festgestellt, dass sie etwas vergessen hatte – was das war, weiß ich nicht mehr, aber sie wollte zurücklaufen und es sich holen. Ich hab erst Nein gesagt, weil wir sonst zu spät gekommen wären, aber sie hat hoch und heilig versprochen, sich zu beeilen. Am Ende habe ich es ihr erlaubt. Elvira hat sonst nie Schwierigkeiten gemacht, auch wenn sie hier und da zu Tätlichkeiten geneigt hat, wenn sie wütend war. Aber an diesem Morgen war sie die Ruhe selbst. Und ich nehme an, dass ich damals auch noch nachsichtiger war, als ich heutzutage bin.«

Er schnaubt leise, vermutlich über sich selbst.

»Ich bin also auf dem Rasen zwischen Wohnhaus und Schule stehen geblieben, habe die Gruppe beaufsichtigt, die zur Schule sollte, und gleichzeitig Elvira hinterhergesehen, die zurück in die Einrichtung lief. Die Gruppe stellte sich in die Schleuse und wartete auf die Visite, während Elvira in Richtung Schlafräume verschwand, zumindest hat Mona das damals gesagt.«

»Visite?«

Knut knetet sich die Hände.

»Die Jugendlichen werden bei jedem Hauswechsel durchsucht, in der Schule genau wie in der Unterkunft, und zwar jedes Mal.«

»Und wer durchsucht sie?«

»Das Schulpersonal oder das Personal im Wohnhaus.«

»Was erwarten Sie denn bei der Visite zu finden?«

Er zuckt mit den Schultern.

»Eine Gabel, ein Messer – solche Sachen. Die Person, die für die Mahlzeit zuständig ist, zählt zwar anschließend das Besteck durch, aber es passiert schon mal, dass etwas verschwindet.«

»Was die Jugendlichen dann als Waffe einsetzen könnten?«

»Genau.«

»Dann war Mona also im Wohnhaus, als Elvira zurückkam, um sich zu holen, was sie zuvor vergessen hatte?«

»Japp. Mona ist unsere Psychologin, sie hat schon damals hier gearbeitet. Im Nachhinein meinte sie, Elvira hätte irgendwie unruhig gewirkt. Mona hat sie gefragt, wie es ihr gehe, und Elvira hat wohl ziemlich gestresst geantwortet, sie habe etwas vergessen. Als Mona in Richtung Glaskasten ging, lief Elvira erneut an ihr vorbei, und zwar in Richtung Ausgang, was komisch war. Sie hätte es in so kurzer Zeit gar nicht bis in ihr Zimmer und wieder zurück geschafft. Die Sache ist allerdings die ... Sie ist draußen nie aufgetaucht. Ich weiß das genau, weil ich draußen auf dem Rasen auf sie gewartet habe.«

»Was ist anschließend passiert?«

Knut zuckt mit den Schultern.

»Sie ist verschwunden. Ich bin ins Wohnhaus zurückgekehrt, nachdem die anderen durch die Schleuse in die Schule gegangen waren. Mona saß immer noch im Glaskasten, und wir waren vollkommen irritiert. Wenn Elvira durch den Ausgang gekommen wäre, hätte ich sie sehen müssen, und wenn sie zurück in die Abteilung gelaufen wäre, hätte Mona sie gesehen. Uns war klar, dass sie abgehauen war, aber wir hatten keine Ahnung, wie. Es ist ein Rätsel, über das ich seither immer wieder nachgegrübelt habe.«

Erstmals während der Unterhaltung ergreift Calle das Wort.

»Weil es Sie beunruhigt hat?«

»Wie bitte?«

»Haben Sie darüber nachgegrübelt, weil Sie sich Sorgen gemacht haben?«

Knut sieht ihn leicht abschätzig an.

»Ich habe darüber nachgegrübelt, weil es dem Kind irgendwie geglückt war, auszubrechen. Und das stört mich nun mal.«

Dem Kind? Elvira war siebzehn, als sie verschwand. Idun hat fast den Eindruck, als würde Knut das Vorkommnis persönlich nehmen. Als würde er sich eher darüber ärgern, dass eine Jugendliche ihn überlistet hatte, als über das Verschwinden an sich.

Idun sieht Viveca an.

»Wir müssten bitte auch mit Mona sprechen.«

Die Heimleiterin nickt.

»Natürlich.«

»Am liebsten noch heute.«

Sie nickt erneut.

»Ich schaue mal, ob ich sie erreichen kann, aber ich glaube, sie kommt erst morgen wieder nach Hause.«

Sie steht auf und lässt Calle und Idun mit Beata und Knut allein.

Calle entscheidet sich für eine andere Vorgehensweise.

»Erzählen Sie uns von Elvira – von Ihrem persönlichen Gesamteindruck.«

»Was genau meinen Sie?«

Knut klingt exakt so skeptisch, wie er es Iduns Eindruck zufolge sein dürfte.

»Wie sie so war, was sie mochte, warum sie hier gewohnt hat. Solche Sachen.«

Beata beißt sich auf die Unterlippe. Knut sieht sie auffordernd an. Anscheinend soll sie die Fragen beantworten, was sie zu guter Letzt auch tut.

»Elvira war ... hat oft aggressive Verhaltensweisen an den Tag gelegt. Sie war nicht dauerhaft wütend, nein, aber leicht aus der Fassung zu bringen. Sie hat viel mit den anderen Bewohnerinnen gestritten. Sie hatte natürlich auch gute Seiten – das trifft auf alle zu, die hier unterkommen.«

»In meiner Gegenwart war sie ruhiger.«

Nun mischt sich Knut doch ein. Beata quittiert es mit fünf Sekunden Schweigen, ehe sie fortfährt.

»Elvira hat mit Erwachsenen schlechte Erfahrungen gemacht, wie alle unsere Jugendlichen. Sie hat niemandem vertraut und war sehr darauf bedacht, bei mehr oder weniger allen auf Distanz zu bleiben. Ich weiß, dass sie sich nie geliebt gefühlt hat, weder als Kind noch als Teenager.«

»Das hat sie gesagt?«

»Ja, hat sie.«

»Ihnen gegenüber?«

»Ja.«

Idun denkt kurz darüber nach.

»Was glauben Sie, woran lag das? Genauer?«

Beata wackelt leicht mit dem Kopf.

»Das kann Mona bestimmt besser beantworten. Ich nehme an, dass die beiden in der Therapie darüber gesprochen haben. Aber ich glaube, dass es im Großen und Ganzen ähnlich ist wie bei allen anderen hier – da gibt es nur graduelle Unterschiede. Elvira war verletzt, diese Verletzung hat tiefe Wurzeln geschlagen, und sie hat sie in eine Art Schutzschild umfunktioniert. In aller Regel sind derlei Verletzungen, die auf mangelndem Vertrauen beruhen, schon von klein auf angelegt. Das hat mit Eltern zu tun, die nicht lieben können.«

Knut schnaubt.

»Nur dass wir das nicht mit Sicherheit wissen, Beata. Ich glaube, du gehst gerade ein bisschen weit.«

Beata verstummt, scheint um die richtigen Worte zu ringen.

»Der Zorn, den sie in sich tragen, ist oft reiner Selbstschutz. Das ist dir doch wohl klar, Knut?«

Er antwortet nicht. Idun hakt nach.

»Selbstschutz wogegen?«

Beata sieht Idun traurig an.

»Gegen die Erwachsenenwelt.«

»Wer sonst hat in der Zeit hier gewohnt?«

»In Elviras Abteilung noch drei weitere Mädchen. In den letzten Wochen kam Emma – die beiden haben sich vielleicht einen Monat oder so überschnitten, genau weiß ich es nicht mehr. Dann war da noch Sally, die im darauffolgenden Winter in ein Heim in Göteborg umgezogen ist. Von dort wurde sie entlassen – ich glaube, das war im Frühjahr des folgenden Jahres. Anschließend wohnte sie einige Monate lang in einer Pflegefamilie, ist dann aber wegen Drogendelikten verurteilt worden. Seither sitzt sie im Gefängnis. In einem für Erwachsene, weil sie inzwischen zweiundzwanzig ist.«

Idun wartet auf die Fortsetzung.

»Und dann war da Meja-Maria. Aber die lebt nicht mehr.«

»Wann ist sie gestorben?«

»Ein halbes Jahr nach Elviras Verschwinden. Sie hat sich in dem Wohnheim erhängt, in das sie einzog, nachdem sie hier entlassen wurde. Irgendwo in Värmland, glaube ich.«

Idun kann sich noch daran erinnern. In den Medien ging es hoch her – eine Fünfzehnjährige, die erst in einer geschlossenen Jugendhilfeeinrichtung und dann im betreuten Wohnen untergebracht worden war. Mit der Meldung ging die deutliche und durchaus berechtigte Kritik an den Interventionsmöglichkeiten der Behörden einher, und wie so oft waren Gesetzesreformen gefordert worden. Idun wagt zu bezweifeln, dass sich seither viel getan hat.

»Wollen Sie zu dem Fall etwas sagen, Knut?«

Der Muskelmann seufzt irritiert angesichts von Iduns Aufforderung und streicht sich über den rasierten Schädel. Eine gut zehn Zentimeter lange Narbe verläuft diagonal über seinen Scheitel.

»Was sollte ich dazu sagen wollen?«

»Sind Sie hinsichtlich Elviras Problematik der gleichen Meinung wie Beata?«

»Keine Ahnung ... Elvira hat durch Erwachsene missbräuchliche Erfahrungen gemacht, insofern kann das schon sein ... Trotzdem glaube ich, dass die Jugendlichen, die hier landen, ihre Chancen oftmals nicht nutzen. Sie übernehmen nicht die Verantwortung für ihr Leben, werden straffällig, gewalttätig und alles Mögliche. Da muss man damit rechnen, dass man mit Sanktionen belegt wird – so funktioniert unsere Gesellschaft nun mal, und damit müssen sie dann auch leben. Ich sage das jetzt nicht, um gemein zu sein – aber hinter verschlossenen Türen sind sie sowohl vor anderen als auch vor sich selbst geschützt. Erst da kann die Rehabilitation wirklich beginnen.«

Er erwidert Beatas Blick und streicht sich erneut über den Kopf. Ihm ist offenkundig bewusst, dass sie beide unterschiedlicher Meinung sind, aber vermutlich stört ihn das nicht im Geringsten.

»Zugegeben, für Elvira war es womöglich schwieriger als für andere. Sie hatte mehrmals versucht, von hier auszubrechen, und ist dafür jedes Mal in der Iso gelandet.«

»Iso?«

»In der Einzelunterbringung. Die Jugendlichen nennen es Iso, für Isolation.«

»Und wie oft war Elvira in der Iso?«

Knuts Blick flackert leicht. Schau einer an. Anscheinend öfter, als er gern zugeben will.

»Weiß nicht, aber womöglich häufiger als andere.«

Idun kann Beata ansehen, dass auch sie ihre Ansichten darüber hat, was Knut soeben erzählt, und nimmt sich vor, bei nächster Gelegenheit unter vier Augen mit Beata darüber zu sprechen.

»Was ist im Anschluss an Elviras Verschwinden passiert? Also, unmittelbar danach?«

Knut bläst die Wangen auf und stößt einen tiefen Seufzer aus.

»Wir hier in der Unterkunft haben eine knappe Stunde lang nach ihr gesucht und dann die Polizei eingeschaltet. Elvira hatte wie gesagt schon mehrere Ausbruchversuche auf dem Kerbholz, und in einigen Fällen konnte sie sich sogar ein paar Tage lang versteckt halten. Manchmal kam sie freiwillig zurück, manchmal wurde sie in der Innenstadt aufgegriffen – bei einem Fest oder im Bus. Einmal hat sie den Zug nach Haparanda genommen und ist erst an der finnischen Grenze geschnappt worden. Unter der Personennummer ist die gerichtlich angeordnete Unterbringung vermerkt, und als sie an der Grenze ihre Papiere kontrolliert haben, haben sie sie direkt einkassiert.«

»Dann hat sie immer ihre echte Personennummer angegeben?«

»Japp.«

»Hatten die Ausbruchsversuche Konsequenzen?«

Beata räuspert sich leise.

»Wir haben dafür festgelegte Regeln. Da geht es um gestrichene Privilegien, beispielsweise dass die Jugendlichen nicht mehr mit einkaufen gehen dürfen oder einige Wochen lang keine Süßigkeiten mehr zugeteilt bekommen.«

Calle ist sichtlich verdattert.

»Süßigkeiten? Sie bestrafen straffällige Jugendliche, indem Sie ihnen die *Süßigkeiten* streichen?«

Beata bedenkt ihn mit einem langen Blick.

»An Orten wie diesem hier sind die Süßigkeiten, die sie samstags bekommen, das Highlight der Woche. Der Lichtblick im Leben. Ich schwöre Ihnen, das ist eine schmerzliche Maßnahme.«

Calle sieht aus, als würde er Beata für geistig umnachtet halten. Idun bringt das Gespräch wieder in die Spur.

»Welche Konsequenzen hatte insbesondere der Fluchtversuch nach Finnland?«

Sie kann Beata ansehen, dass sie nicht vorhat, die Frage zu beantworten. Nach einer Weile sieht Knut ein, dass er übernehmen muss.

»An dem entsprechenden Nachmittag war ich im Dienst. Sie kam natürlich in die Iso. Sich ins Ausland abzusetzen – da kennt der Staat kein Pardon.«

»Wie lange?«

»Wie lange was?«

»Wie lange war sie isoliert?«

»Das weiß ich nicht mehr genau. Aber eine Weile.«

Beata starrt auf ihre Hände hinunter, und Idun wartet stumm ab. Sie hat das bestimmte Gefühl, dass Knut nicht die ganze Wahrheit sagt, kommt aber nicht mehr dazu, nachzuhaken, weil die Tür zum Flur aufgeht und Viveca zurückkommt.

»Ich habe gerade mit Mona telefoniert. Sie liegt krank im Bett, ist anscheinend nie zu diesem Christentreffen gefahren, oder wie das heißt. Aber sie hat den Ernst der Lage erkannt und versprochen, sich bei Ihnen zu melden, sobald sie wieder auf den Beinen ist.«

Viveca kneift hinter ihren Brillengläsern die Augen zusammen. Beata starrt noch immer nach unten, Knut streicht sich erneut über den kahlen Kopf und zieht mit den Fingerspitzen die Narbe nach.

»Ansonsten könnten Sie natürlich auch mit Mona telefonieren ...«, fährt Viveca fort.

»Wir treffen sie gern persönlich, sobald sie wieder gesund ist.«

»Abgemacht. Aber dann ist jetzt Emma dran, ja? Beata holt sie aus der Schule ab, einverstanden?«

Letzteres ist an Beata gerichtet, die augenblicklich aufsteht. Ohne sich noch einmal umzudrehen, verlässt sie den Raum, um die einzige Bewohnerin des Bodengården abzuholen, die am Tag von Elviras Verschwinden bereits hier gewohnt hat.

Boden 2013

Ende November ist der Termin für das halbjährliche Entwicklungsgespräch. Papa muss arbeiten und kann nicht mitgehen, deshalb fährt Mama allein mit den Zwillingen zur Schule. Mama ist gut gelaunt, sie singt die Lieder im Autoradio mit und verkündet fröhlich, dass sie gespannt ist, zu hören, wie es für ihre Lieblingsmädchen in der Schule so läuft.

Mollys Gespräch steht als Erstes an. Emma sitzt unterdessen im Flur vor dem Klassenzimmer auf einer der roten Bänke unter den Fenstern. Es riecht nach Pappkarton, Staub und klammer Wolle. Der Boden ist mit schwarzen Steinplatten gefliest. Mehrere sind gesprungen, aus den Fugen breiten sich fadendünne Risse aus.

Über der Tür zum Klassenzimmer hängt eine Uhr. Jedes Gespräch dauert zwanzig Minuten, doch Mollys Gespräch scheint sich hinzuziehen. Der Sekundenzeiger bewegt sich unendlich langsam, und Emma wird allmählich warm. Sie zieht ihre rosa Strickjacke aus. Erst als die zwanzig Minuten sich annähernd verdoppelt haben, geht die Tür auf. Molly kommt raus, und Emma sieht sofort, dass sie geweint hat. Ihre Wangen sind aufgedunsen, die Augen gerötet, sie presst die zitternden Lippen zusammen. Emma schluckt. Es zerreißt ihr immer das Herz, wenn Molly traurig ist. Molly, die so viel stiller ist als Emma, obwohl sie unter vier Augen so viel zu erzählen hat. Jetzt steht sie verheult und erschöpft vor ihr. Emma will schon auf sie zugehen und sie in den Arm nehmen, als ihre Mutter im Türrahmen auftaucht.

»Komm rein, Emma. Wir haben nur noch wenige Minuten, dann ist schon das nächste Kind dran.«

Sie tut wie geheißen, eilt ins Klassenzimmer und schafft es gerade so im Vorbeigehen, Molly flüchtig am Arm zu berühren.

Emma setzt sich an ihren Platz, die Lehrerin sitzt ihr gegenüber. Sie lächelt Emma an, doch das Lächeln reicht nicht bis zu ihren Augen.

»Hej, Emma. Entschuldige bitte, dass wir dich haben warten lassen.«

Mama setzt sich auf den Stuhl an der Seite. Ihre Verärgerung ist deutlich zu spüren, hängt wie Nebel im ganzen Raum, legt sich über die Bankreihen und die Bilder an den Wänden und das gleißend weiß schimmernde Whiteboard.

»Dann fangen wir mal an … Es wird ein kurzes Gespräch, und wir versuchen, so effizient wie möglich zu sein.«

Die Lehrerin gibt sich alle Mühe, beschwingt zu klingen. Sie ist wie ein Waldkaninchen, sagt Molly immer: flauschig, flink und hoch aufmerksam.

»Du bist gut in der Schule, Emma. Du kommst in sämtlichen Fächern gut klar, besonders in Schwedisch und Englisch. Du hast ein Ohr für Sprachen.«

Die Mutter nickt Emma knapp zu.

»Wie schön, dass es hier zumindest für eine von euch halbwegs läuft.«

Emma ist verwirrt, und die Lehrerin hüstelt.

»Es läuft für beide gut, nur sind sie eben derzeit in verschiedenen Phasen. Aber jetzt geht es um dich, Emma.«

Sie lächelt Emma neuerlich an, woraufhin deren Mutter schnaubt.

»Wie Sie selbst gesagt haben, haben wir nicht mehr viel Zeit. Gibt es irgendein Problem bei Emma – irgendwas, was *nicht* funktioniert?«

Die Lehrerin blickt auf ihre Unterlagen hinab und schüttelt den Kopf.

»Für Emma läuft alles bestens. Sie kommt in den Fächern gut klar, hat Freunde und ist in der Klassengemeinschaft beliebt. Wie fühlst du dich selbst, Emma? Wie erlebst du deinen Alltag hier in der Schule?«

Doch ihre Mutter hebt bereits die Hand.

»Ich setze dem Ganzen jetzt ein Ende. Wir sind nicht hier, um über Wohlbefinden zu reden. Emma, wie schätzt du es ein, wie Molly in der Schule funktioniert?«

Die Mutter hat ihre Aufmerksamkeit jetzt voll und ganz auf Emma gerichtet, die deren Frage jedoch nicht versteht.

»Wie – funktioniert?«

»Beantworte einfach meine Frage. Wie funktioniert Molly in der Schule?«

Emma fühlt sich, als läge ihr ein Stein im Magen.

»Gut ...?«

»Gut?! Eure Lehrerin hat soeben erzählt, dass Molly geistesabwesend wirkt. Dass sie sich nicht auf den Unterricht konzentriert. Dann hast du also das Gefühl, dass das anders ist?«

Emma weiß nicht, was sie darauf erwidern soll. Sie überlegt fieberhaft und versucht, eine Antwort zu formulieren, die ihre Mutter hören wollen könnte, allerdings will ihr nichts einfallen, weil sie verwirrt ist und unter Strom steht und keine Ahnung hat, was gerade richtig und was verkehrt wäre.

»Ich weiß nicht …«

Sie klingt piepsig, obwohl ihr vollkommen klar ist, dass ihre Mutter es nicht ausstehen kann, wenn sie so redet. Emma spürt, wie sich ihre Kehle zusammenschnürt. Die Lehrerin legt ihre Unterlagen auf den Tisch – und zwar mit der beschriebenen Seite nach unten, damit Emma und ihre Mutter nicht lesen können, was da steht.

»Wenn Sie bitte entschuldigen würden, aber wir reden jetzt über Emma. Mollys Termin ist vorbei, und ich spreche grundsätzlich nicht über Schüler oder Schülerinnen, wenn andere anwesend sind, ob nun Geschwister oder nicht.«

Mama klatscht zweimal scharf in die Hände. Die Lehrerin macht verdattert den Mund zu.

»Wir reden jetzt über Molly! Über meine Tochter, Emmas Schwester! Das ist keine *andere Schülerin.*«

Die letzten beiden Wörter spricht sie mit verstellter Stimme aus – betont kindisch. Das Gesicht der Lehrerin versteinert.

»Dieses Entwicklungsgespräch handelt von Emma, darauf muss ich wirklich bestehen.«

Emmas Mutter kneift die Augen zusammen, wie immer, kurz bevor die Hölle losbricht. Instinktiv zieht Emma den Kopf ein – und sieht, dass die Lehrerin es sofort bemerkt.

»Ich habe das Gefühl, dass Emma diese Unterhaltung als unangenehm empfindet, wir …«

Weiter kommt sie nicht. Emmas Mutter steht so abrupt von ihrem Stuhl auf, dass er rückwärtskippt und hart auf dem Boden aufschlägt.

»Diese Unterhaltung ist ihr kein bisschen unangenehm! *Mir* ist es unangenehm! *Mir!*«

Sie schreit, dass die Speicheltröpfchen nur so fliegen.

Einzelne landen auf Mollys Tisch und sehen aus wie winzige erhöhte Beulen. Emma hält sich die Ohren zu. Sie schämt sich ganz fürchterlich, will nicht, dass Mama vor anderen ausrastet. Die Lehrerin sieht sie mit weit offenen Augen und zusammengepressten Lippen an.

»Es ist *Ihr* Job, dafür zu sorgen, dass es in der Schule funktioniert! *Ihr* Job!«, kreischt Emmas Mutter ungeniert weiter.

Als sie Luft holt, um neu anzusetzen, geht die Lehrerin dazwischen, was Emmas Mutter leicht aus dem Konzept zu bringen scheint.

»Ich habe Ihnen doch gerade erklärt, dass es für Molly gut läuft, dass sie aber ein klein wenig extra Unterstützung und Zeit benötigt. Wie schon gesagt: Das ist alles, *nur nicht alarmierend*. Ehrlich gesagt weiß ich nicht, warum Sie sich gerade so aufregen.«

Emmas Mutter sieht aus, als hätte die Lehrerin ihr ins Gesicht geschlagen. Sie reißt ihre Handtasche an sich, die sie auf dem Tisch abgelegt hat, und wirbelt zu Emma herum.

»Wir gehen!«

Emma steht auf. Sie traut sich nicht, ihre Lehrerin anzusehen. Gemeinsam mit ihrer Mutter verlässt sie das Klassenzimmer. Molly sitzt draußen auf der Bank. Sie weint immer noch – stille, stumme Tränen. Garantiert hat sie die Schreierei durch die geschlossene Tür gehört.

Auf dem Heimweg sagt ihre Mutter kein Wort. Kein einziges Wort. Die ganze Fahrt über hält sie das Lenkrad krampfhaft umklammert und den Blick unverwandt auf die verschneite Straße gerichtet. Die Stimmung ist gruselig, die Luft zu schwer zum Atmen. Emma hat Bauchweh. Sie hält Mollys Hand fest umklammert und spürt die Panik ihrer Schwester schier durch die Haut.

Zu Hause essen sie schweigend zu Abend. Der Vater kommt erst nach Hause, als die Mädchen bereits ins Bett gehen sollen, und aus dem gemeinsamen Kinderzimmer hören sie, wie ihre Eltern sich in der Küche leise unterhalten.

In den darauffolgenden zwei Wochen spricht die Mutter nicht mehr mit Molly. Sie richtet kein einziges Wort mehr an sie, während sie sich Emma gegenüber komplett normal verhält. Wenn Molly etwas zu ihr sagt, antwortet sie nicht. Die einzige Ausnahme ist, wenn Molly eine Frage stellt, auf die ihre Mutter mit Ja oder Nein antworten kann. Da besteht die Antwort aus einem angedeuteten stummen Nicken oder einem wortlosen Kopfschütteln.

Vierzehn Tage. So lange dauert das erstickende Schweigen. Das Gefühl, wertlos zu sein, hält bei Molly allerdings weit länger an.

Vera Bengtssons großes Arbeitszimmer ist ein einziges Durcheinander. Den Schreibtisch hat sie geerbt, er ist braun, abgenutzt, mit gedrechselten Beinen und tonnenschweren Schubladen. Er steht vor dem größten Fenster des Raums, durch das man in den Park sehen kann, den die Säufer der Stadt zu ihrem Sommerdomizil erkoren haben. Von ihrem Arbeitsplatz aus sieht Vera sie unten auf den Parkbänken vor dem grauen Brunnen sitzen – einer neben dem anderen, alle mit stark geröteten Gesichtern, was eher am Inhalt der Flaschen denn an der brennenden Spätsommersonne liegt.

Vera sitzt vor ihrem Laptop. Sie fährt mit dem Mauszeiger über den Bildschirm, während sie gleichzeitig eine Schale Dickmilch auf ihrem Schoß balanciert. Das Retuschieren ist immer das Langweiligste, aber auch das Wesentliche an ihren Jobs, gerade wenn die Motive auf ihren Fotos einiges zu wünschen übrig lassen.

Sie versucht, an der Helligkeit zu drehen, doch so gefällt ihr die Farbe des Himmels nicht. Sie zieht den Regler wieder nach unten und neigt den Kopf leicht zur Seite. Egal, was sie macht, das Ergebnis stimmt einfach nicht. Entweder nehmen die Gesichter des Brautpaars eine unnatürliche Farbe an – oder der Himmel wird zu blass. Persönlich mag sie Hochzeitsfotos am liebsten, wenn sie bei Regenwetter entstehen: Ein grauer Himmel unterstreicht die Farben, vertieft das Spektrum, während die Sonne fast alles zur Unkenntlichkeit ausbleicht.

Sie schiebt sich den Löffel in den Mund und lauscht dem Knacken der Müsliflocken zwischen ihren Zähnen. Es ist zu warm, um sich etwas zu kochen.

Sie klickt das Foto auf dem Bildschirm weg und stattdessen den Ordner mit den Bildern an, auf denen die Kirche im Ganzen zu sehen ist. Hier sind die Farben besser, und das hässliche Brautpaar steht ein gutes Stück weg, sodass sie nicht ganz so grässlich aussehen wie auf den Nahaufnahmen. Das ist gut, hiermit kann sie arbeiten.

Sie stellt die Müslischale beiseite und zoomt eins der Bilder größer, während draußen im Park die Säufer grölen. Vera konzentriert sich auf den Bildschirm. Auf zwei der Fotos hat der Bräutigam die Augen geschlossen. Papierkorb. Kapieren die Leute denn nicht, dass sie beim Fotografiertwerden *in die Kamera gucken* müssen?

Ihr Rechner vermeldet eine Nachricht. Sie überfliegt den kurzen Text – eine Anfrage für eine Taufe im Herbst. Sie markiert die E-Mail als ungelesen. Darauf wird sie später antworten, will die Fotos des hässlichen Brautpaars erst fertig machen, bevor sie sich auf den nächsten Job einlässt. Sie scrollt erneut durch die Bilderliste – bis zu den letzten Fotos, die sie geschossen hat, kurz bevor dieses arme Mädchen vom Turm gestürzt ist. Diese letzten Fotos sind in der Schärfe erbärmlich, Konturen und Farben verschwimmen, und Vera kneift die Augen zusammen. Die Kirche ist verdammt hoch. Klar, dass bei dem Sturz der Kopf der Frau aufgeplatzt ist, das war sofort zu hören, weil es bei ihrem Aufprall leicht nach einem Platschen klang.

Sie spreizt den Zeigefinger von der Maus ab, beugt sich vor und starrt den Monitor an. Auf ein paar Bildern ist jemand oben auf dem Turm zu sehen. Sie kneift die Augen so angestrengt zusammen, dass ihr die Schläfen wehtun. Sie vergrößert das erste Bild, doch es wird zu unscharf, als dass man irgendetwas erkennen könnte. Sie stellt die ursprüngliche Größe wieder her und klickt das nächste Bild an. Obwohl auch dieses leicht unscharf ist, ist deutlich zu sehen, dass das Mädchen oben im Turm steht. Sie scheint sich halb nach außen gewandt über das Geländer zu beugen. Vera schießt durch den Kopf, dass sie seitwärts gesprungen sein muss – wie eigenartig. Wer bitte schön bringt sich um, indem er seitlich abspringt?

Sie klickt das Foto weg, geht zwei Dateien zurück, klickt erneut das erste an. Es füllt den Bildschirm, ist immer noch verschwommener als das vorige, aber auch hier ist die junge Frau eindeutig zu erkennen: Sie steht oben im Turm, diesmal aber mit dem Rücken zur Kamera. Das blaue Nachthemd hat keine klaren Konturen. Vera versucht, das Bild nur ein klein wenig zu vergrößern. Und da steht jemand hinter der Frau. Definitiv. Erneut beugt Vera sich vor, um besser zu sehen, obwohl sie insgeheim weiß, dass es nichts hilft. Das Foto ist einfach zu unscharf, allerdings stehen dort ohne jeden Zweifel zwei Personen auf dem Turm: Jemand steht hinter der Frau, die gleich sterben wird. Wie zur Hölle konnte ihr das am Vorabend entgehen, obwohl sie doch ewig dagesessen und den Bildschirm angestarrt hat?

Auf dem nächsten Bild hält die zweite Person die Hände nach vorn, in Richtung des Mädchens, das gleich fallen wird. Vera ist sich ihrer Sache sicher, auch wenn die Hände eher wie zwei verschwommene Flecken aussehen. Das Gesicht ist nicht zu erkennen. Die Haare sehen kurz aus, womöglich blond, schwer zu sagen, weil die Belichtung so schlecht ist. Alles verschwimmt – die Bewegungen, die Entfernung, die mangelhafte Tiefenschärfe, all das führt zu einem einzigen Pixelbrei. Vera weiß lediglich mit Gewissheit, dass die junge Frau, die vom Turm gestürzt ist, nicht allein dort oben war. Die Frage ist nur, ob die zweite Person sie zu retten versuchte oder sie gestoßen hat. Vera schluckt. Sie weiß selbst, dass sie eine blühende Fantasie hat, außerdem neigt sie dazu, immer vom Schlimmsten auszugehen. Vielleicht hat sie aber auch gerade den Beweis vor sich, dass es kein Unglück, sondern Mord war. Sie ahnt, dass sie sich bei der Polizei melden sollte, will nur erst duschen und auf die Tauf-E-Mail antworten. Noch so ein schrumpeliges Baby, das sie fotografieren soll – es gibt einfach keine süßen Babys, sosehr die Eltern ihre eigenen kreischenden Abkömmlinge vergöttern mögen. Aber damit verdient Vera nun mal ihr Geld, und deshalb kann sie genauso gut zusagen und dokumentieren, wie irgendein Kind im Beisein einer sterbenslangweiligen Gesellschaft getauft wird.

Idun und Calle sind auf dem Sofa im Aufenthaltsraum sitzen geblieben. Ihnen gegenüber sitzt inzwischen Emma, siebzehn, auch wenn sie ein gutes Stück jünger aussieht, klein und zierlich, lange dunkle Haare und riesige Augen, wie ein Rehkitz. Die Beine hat sie untergezogen. Die Schulterpartie sieht angespannt aus, nervös ringt sie die Hände und knibbelt an ihren Fingerkuppen. Trotzdem hat sie einen wachen Blick, fast als wäre sie nicht annähernd so nervös, wie sie nach außen hin wirken will.

Neben Emma auf dem zweiten Sessel sitzt Beata. Sie strahlt Ruhe aus, auch wenn sich ein harter Zug um ihren Mund gelegt hat. Calle sitzt breitbeinig da, lehnt sich leicht vor, hat die Unterarme auf die Knie gestützt und die Hände wie zum Gebet verschränkt. Sein Bart sieht über den blassen Wangen flammend orange aus. Sie haben sich darauf verständigt, dass Idun dieses Gespräch übernimmt, und sie will vorsichtig vorgehen. Laut Viveca hat Emma gegenüber Erwachsenen ein Vertrauensproblem, genau wie die anderen Jugendlichen im Bodengården auch.

»Danke, dass du dich zu diesem Gespräch bereit erklärt hast. Wenn es irgendwas gibt, was sich nicht gut für dich anfühlt, kannst du es einfach sagen, okay?«

Zögerlich erwidert Emma Iduns Blick und reagiert mit einem knappen Nicken.

»Wir würden uns gern über Elvira Lind unterhalten. Kanntest du sie?«

Emma kneift sich in die Fingerkuppen. Idun lässt ihr die Zeit, die sie braucht.

»Sie hat hier gewohnt, als ich eingezogen bin.«

Emma spricht leise und zögert erneut, ehe sie fortfährt.

»Ich war vielleicht gerade einen Monat hier, als sie verschwunden ist.«

»Dann wohnst du hier jetzt seit drei Jahren.«

Emma späht zu Beata, bis die schließlich antwortet: »Das stimmt, Emma wohnt seither hier, und darüber sind wir sehr froh. Es ist eine Freude, sie hier zu haben.«

Es juckt Idun in den Fingern, Beata Fragen zu stellen, von denen sie weiß, dass die sie ihr nicht beantworten darf, weil sie fürs Erste keinen richterlichen Beschluss vorweisen können, der besagt, dass die Schweigepflicht aufgehoben ist. Idun hofft, dass sie diesen Beschluss bald bekommen.

»Hast du Elvira denn kennengelernt?«

Emma zuckt mit den Schultern.

»Ein bisschen.«

»Inwieweit?«

»Sie hat manchmal mit mir gesprochen.«

»Und worüber habt ihr gesprochen?«

Emma sieht erneut zu Beata, die aufmunternd lächelt.

»Über nichts Besonderes. Elvira war oft ziemlich ... wütend. Ich hab mich meistens zurückgehalten.«

»War sie auf dich wütend?«

Kopfschütteln.

»War sie handgreiflich?«

»Nein.«

Die Sonne fällt durchs Fenster und bringt Emmas Haare zum Leuchten.

»Aber Elvira war wütend?«
»Ja.«
»Auf wen war sie wütend?«
»Das weiß ich nicht.«
»Hast du irgendeine Vermutung, warum Elvira von hier abgehauen sein könnte?«
Sie reagiert erneut mit einem Schulterzucken. Idun findet, es kommt ein wenig zu schnell.
»Hast du eine Ahnung, wohin sie gegangen sein könnte?«
Keine Reaktion. Idun dämmert, dass sie mit Ja-oder-Nein-Fragen nicht weiterkommt.
»Erzähl mal ein bisschen von ihr. Ganz egal, was.«
Emma blickt auf ihre Hände hinab. Wo die Handrücken ansetzen, kann Idun verhärtete, erhabene Narben sehen. Sie scheinen von einer Verbrennung zu stammen.
»Was genau meinen Sie?«
Idun macht eine Geste, woraufhin Emma aufblickt.
»Erzähl uns etwas von Elvira, von dem du glaubst, dass wir es noch nicht wissen. Etwas, was wir deiner Einschätzung nach garantiert nicht wissen können.«
»Da kann ich nichts sagen. So gut kannten wir uns nicht.«
»Wie gesagt, ganz egal, was. Wir haben es nicht eilig.«
Die Stille ist erdrückend, doch am Ende zeigt sie die gewünschte Wirkung: Emma windet sich.
»Keine Ahnung ...«
Idun bleibt reglos sitzen.
»Ich weiß nicht, ob das gut ist, wenn ich ...«
Sie verstummt. Idun ermuntert sie.
»Wenn du was?«
Beata verändert ihre Sitzposition. Idun beeilt sich, einem Einwurf ihrerseits zuvorzukommen.

»Du unterliegst nicht der Schweigepflicht, Emma. Du darfst uns erzählen, was immer du willst.«

Verwundert sieht Emma sie an. Mist, das Mädchen hat anscheinend überhaupt nicht über die Schweigepflicht nachgedacht.

»Was immer du uns erzählst, könnte für Calle und mich relevant sein. Wir sind auf Elviras Seite, und wir haben mit diesem Gespräch nur ihr Bestes im Sinn.«

Emma sieht skeptisch aus, womöglich sogar misstrauisch.

»Aber Elvira ist doch tot?«

Idun setzt sich gerade hin.

»Tot? Wie kommst du darauf?«

»Ich bin doch nicht blöd. Ich hab den Leichenwagen vor der Kirche gesehen.«

Idun will gerade etwas erwidern, als Emma weiterspricht.

»Mir ist klar, dass der wegen Elvira da war. Sie brauchen nicht so zu tun, als wäre es anders.«

Idun kann Beata ansehen, dass ihr soeben dämmert, dass sie verloren haben: Emma weiß, warum die Polizei gekommen ist und warum sie Fragen nach Elvira stellt.

»Was weißt du über Elvira, was wir nicht wissen?«, wiederholt Idun. »Fühlt es sich vielleicht besser für dich an, wenn Beata nicht dabei ist, während du es uns erzählst?«

Aus den Augenwinkeln sieht sie, wie Beata erstarrt. Für den Bruchteil einer Sekunde reißt Emma die Augen auf und sieht Idun durchdringend an. *Bingo.* Eine Erwachsene, die eine andere Erwachsene ausschließt, hat anscheinend einen Hauch Vertrauen verdient.

Calle nickt Beata stumm zu, die sich von ihrem Sessel erhebt. Sie legt Emma vorsichtig eine Hand auf die Schulter.

»Ich bin draußen, falls du mich brauchst. Ich bin immer an deiner Seite.«

Idun sieht ihr nicht hinterher, als Beata das Zimmer verlässt, sondern hält Blickkontakt mit Emma, während sie gleichzeitig versucht, entspannt auszusehen. Die Stille, die folgt, kaum dass Beata hinaus auf den Flur verschwunden ist, ist fast mit den Händen zu greifen. Emma starrt erneut auf ihre Hände hinab, die an ihrer Hose zupfen.

»Hilf uns, Emma. Hilf mir, Elvira zu helfen.«

Emma blickt wieder auf. Ihr Blick ist hellwach, allerdings kann Idun ihr die Zweifel immer noch ansehen. Sie lässt sich Zeit mit der Antwort, und am Ende ist es ein Flüstern.

»Elvira war schwanger, als sie verschwunden ist.«

Idun versucht, sich nichts anmerken zu lassen, spürt aber, wie auch Calle spürt, dass sich die Energie im Raum verändert hat.

»Verstehe. Gut, dass du uns das erzählst. Weißt du, wer der Vater war?«

Zaudern.

»Sie war mit Danne zusammen.«

»Danne?«

Emma schluckt tonlos.

»Der hat auch hier gewohnt, in der Jungsabteilung. Er war so alt wie sie, und sie waren zusammen, zumindest hat Elvira das erzählt.«

Das Mädchen spricht jetzt in längeren Sätzen. Idun tut so, als müsste sie erst kurz überlegen; sie will verhindern, dass allzu deutlich wird, dass diese Information in höchstem Maß interessant sein dürfte.

»Wohnt Danne immer noch hier im Bodengården?«

Emma schüttelt den Kopf.

»Elvira war schon ein paar Monate weg, als er ausgezogen ist. Hier bleiben nicht alle ewig.«
Weg. Nicht verschwunden.
»Wie hast du erfahren, dass Elvira schwanger war?«
»Das hat sie erzählt.«
»Dir oder jemand anderem?«
Emma beißt sich auf die Unterlippe.
»Mir.«
»Was glaubst du: Warum hat sie es dir erzählt?«
»Weiß nicht. Sie hat es eines Abends einfach gesagt, als wir vor dem Fernseher saßen.«
»Weißt du, ob es noch jemand anders wusste?«
»*Was* wusste?«
»Dass Elvira schwanger war.«
»Nein … also … Ich glaube nicht. Ein paar Tage später ist sie verschwunden, vielleicht eine Woche oder zwei später, ich weiß es nicht mehr genau.«
Idun nickt. Es ist jetzt wichtig, Emma das Gefühl zu geben, dass sie sich auf das, was Idun sagt, verlassen kann.
»Wie lange waren Elvira und Danne denn zusammen?«
»Das weiß ich nicht, tut mir leid.«
»Das muss dir nicht leidtun. Weißt du, wie Elvira schwanger werden konnte?«
Emma runzelt die Stirn, und Idun muss unwillkürlich lachen.
»Ich meine, wie sie die Gelegenheit hatten, unter sich zu sein.«
Als der Groschen fällt, muss Emma ihrerseits lächeln, wenn auch nur minimal.
»Sie waren in der Schule auf dem Klo, haben sich im Unterricht zu einer bestimmten Uhrzeit verabredet.«
Idun ist beeindruckt.

»Clever.«

Emma zuckt nicht mit der Wimper.

»Weißt du noch mehr über Elvira? Mehr als dass sie hier wohnte, schwanger wurde und verschwand?«

Emma schüttelt den Kopf.

»Kannst du dich noch an den Tag erinnern, an dem sie verschwunden ist? Wenn wir es richtig verstanden haben, dann war das auf dem Weg rüber zur Schule.«

»Darüber weiß ich nichts. An dem Tag war ich nicht dabei.«

»An dem Tag bist du nicht in die Schule gegangen?«

Neuerliches Kopfschütteln.

»Ich war hier, in meinem Zimmer, weil ich krank war. Mona war bei mir, und Knut hat die anderen rübergebracht.«

Idun atmet lautlos ein und aus. Elvira verschwand aus dem Wohnhaus, in dem Emma krank in ihrem Bett lag und wo Mona unterdessen im Glaskasten saß, den die Jugendlichen nicht betreten dürfen. Kann das ein Zufall gewesen sein? Idun glaubt nicht an Zufälle. Trotzdem muss sie jetzt die Füße still halten, um das bisschen Vertrauen, das Emma gefasst zu haben scheint, nicht aufs Spiel zu setzen.

»Danke, Emma, dass du dich mit uns unterhalten wolltest. Calle und ich wissen das sehr zu schätzen.«

Idun sieht Emma unverwandt an, Calle nickt beifällig und ringt sich sogar ein Lächeln ab. Emma sitzt reglos auf ihrem Sessel.

»Das war doch Elvira, die da gestorben ist?«

Idun wählt ihre Antwort mit Bedacht.

»Das können wir derzeit leider weder bestätigen noch dementieren.«

Emma lehnt sich zurück und schlingt die Arme um die angezogenen Knie. Es ist offensichtlich, dass sie sich wieder in sich zurückzieht. Ein falscher Schritt, und Idun hat Emmas Vertrauen verspielt. Sie hat oft mit Jugendlichen gesprochen, und hier und da ist es ihr gelungen, sie ins Vertrauen zu ziehen – selbst Jugendliche, die sonst niemandem über den Weg getraut haben. Sie nimmt sich fest vor, dass es ihr diesmal wieder gelingen wird, denn das Mädchen vor ihr weiß eindeutig mehr, als es vorgibt zu wissen. Da ist sich Idun ganz sicher.

Agnes zieht den Finger über ihren Teller. Es gab Fisch und Kartoffeln zum Mittagessen, dazu Erbsen und Remoulade. Joanna hasst Fisch. Beata sagt immer, dass *hassen* eine zu starke Vokabel für etwas sei, was man nicht möge, aber es ist nun mal eine Vokabel, die Joanna oft benutzt, mitunter sogar mit dem Hinweis, dass Mona behauptet habe, alle Gefühle hätten ihre Berechtigung. Nur scheint Joanna so vieles in diesem Leben zu hassen, dass sie unter Garantie manchmal nur um des Hassens willen hasst.

Agnes schiebt ihren Teller von sich weg. Sie lehnt sich auf ihrem Stuhl zurück und schließt die Augen. Die Einsamkeit ist schwer zu ertragen, deshalb ruft sie sich ihre Freundinnen ins Gedächtnis. Joanna, die wütend ist. Kajsa, die heult und in der Gruppentherapie von den Übergriffen erzählt, denen sie als kleines Kind ausgesetzt war. Agnes ist dann immer angewidert, aber in der Gruppe muss sie die Fassade wahren. Zumindest fühlt es sich so an. Sie sitzen in einem Kreis, jede auf einem Stuhl, und die Regel lautet: der Reihe nach. Mona ruft sie reihum auf und lauscht jedem verdammten Wort, das gesprochen wird. Agnes kann Mona nicht leiden. Sie ist genauso falsch wie Beata, die tut doch nur so, als wollte sie den Mädchen helfen, dabei ist das hier in Wahrheit nur ein Job für sie, ihr Lebensunterhalt. Da ist Knut schon besser, der ist wenigstens ehrlich.

Als ihr Emma in den Sinn kommt, schlägt Agnes die Augen wieder auf. Sofort hat sie wieder diesen Kloß im Hals, obwohl sie einander nicht einmal nahestehen. Aber von allen hier im Bodengården ist Emma diejenige, an die Agnes sich am liebsten wendet – zwar nicht in der Realität, aber in Gedanken. Emma mit den langen braunen Haaren und den großen Augen. Die irgendwie immer nur stumm danebensitzt und zuhört, sodass sie sich irgendwann fast schon unsichtbar anfühlt. Emma verschmilzt förmlich mit den Wänden, als gehörte sie zum Inventar, als wäre sie immer schon da gewesen und würde es für immer bleiben. Emma ist schon ein komischer Vogel. Das hat Beata mal gesagt – und dass Emma eine besondere Art habe, durchs Leben zu flattern. Agnes weiß noch, dass Emmas Blick in diesem Moment eine gewisse Schärfe annahm, die ganz tief drin saß, wie eine Scherbe irgendwo ganz hinten in den Augen. Agnes weiß auch noch, dass ihr das damals Angst gemacht hat.

Joanna ist diejenige, die hier für die meiste Spannung sorgt, im Guten wie im Schlechten. Die flucht und tobt und droht und brüllt und ständig in der Iso landet. Von außen betrachtet, ist sie die Wütendste von ihnen allen, doch in Monas Blick ist auch noch etwas anderes zu erahnen. Emma hat es zuerst bemerkt. Sie hat es gesehen und für sich behalten – bis zu jenem Tag, an dem sowohl Kajsa als auch Joanna Fieber hatten, im Bett lagen und nur Agnes und Emma zu Abend aßen. Knut hatte Dienst, und wie so oft saß er nicht zusammen mit ihnen am Tisch, so wie Beata es macht. Knut schaufelte sein Essen in sich hinein, stellte den Teller weg und gab vor, dringend zurück in den Glaskasten zu müssen, um Berichte zu schreiben. Was Agnes nur recht war, weil Emma und sie so allein am

Tisch sitzen und reden konnten. Wenn Beata Dienst hat, ist das anders: Da müssen sie spielen und sich unterhalten, und weiß der Geier, was nicht alles. Das ist manchmal sogar okay, aber am besten ist, wenn die Erwachsenen nicht dabei sind. Deshalb war es auch so gut, dass Knut an dem Abend arbeiten musste, als Emma es gesagt hat. Leise natürlich, damit er es auch garantiert nicht hörte. Und auch erst, nachdem Agnes das Gespräch eröffnet hatte.

»Wie gut, endlich mal einen Abend lang nicht mit Joanna streiten zu müssen.«

Emma sah Agnes an, antwortete aber nicht.

»Wie kann man nur so wütend sein? Sie glaubt ja wohl, dass sie hier über alles und jeden bestimmen kann.«

Emma murmelte irgendwas in sich hinein. Agnes musste sich anstrengen, um überhaupt etwas zu hören.

»Was hast du gesagt?«

Emma flüsterte wieder, allerdings ein bisschen lauter.

»Ich glaube, dass Joanna in Wahrheit gar nicht so wütend ist.«

»Nicht? Und warum tobt sie hier dann die ganze Zeit nur herum?«

Emma spähte zum Glaskasten, wie um sich zu vergewissern, dass Knut immer noch dort drin saß.

»Ich glaube, dass sie in Wahrheit bloß Angst hat.«

Agnes konnte es kaum glauben.

»Angst? Wie kommst du denn darauf?«

Emma nestelte an dem hässlichen Tischläufer herum, den Beata aufgedeckt hatte.

»Sie klingt immer tough, aber in Wahrheit ist sie kein bisschen tougher als wir anderen, ganz im Gegenteil.«

»Wovon redest du, Emma, verdammt?«

»Psst, nicht so laut!«

Agnes sah sich um. Im Glaskasten saß Knut vor seinem Computer. In so einer Situation wackelte Joanna gern mit den Augenbrauen und behauptete, dass er sich Pornos ansähe.

»Ich hab es Mona in der Therapie angesehen. So, wie sie Joanna anguckt – die weiß mehr über sie. Da ist irgendwas, was Mona spüren kann.«

Emma sprach langsam und leise, wie um sicherzustellen, dass Agnes ihr folgen und niemand sonst sie hören konnte.

Agnes mag Emma. Von Anfang an, obwohl es verdammt schwer ist, an Emma heranzukommen. Außerdem tut sie ihr leid, weil sie diese Narben an den Armen hat. Jedes Mal, wenn Agnes fragt, antwortet Emma, dass sie nicht wehtäten, dabei weiß Agnes genau, dass das nicht stimmt. Sie hat gesehen, wie Emma die Luft anhält, wenn sie sich mit dieser weißen Stinkecreme einschmiert.

»Was soll das heißen – dass du es Mona ansehen kannst?«

Emma zog die Beine an, setzte die Füße auf die Stuhlkante und schlang die Arme um die Knie, als würde sie es plötzlich bereuen, dass sie überhaupt etwas gesagt hat.

»Ich meine ... dass Joanna hauptsächlich wütend *klingt*. Aber im Innern ist sie ein Tropfen im Meer. Ein Seufzer im Weltall.«

»Ein Furz im Weltall, so heißt das doch?«

Dann dieser ungewöhnliche, aber vielsagende Blick von Emma. Der erwachsener ist als die Blicke der anderen und vor dem Agnes immer zurückzuckt.

»Okay, okay, ich hab's kapiert. Aber wieso ist das wichtig? Ich hab trotzdem Schiss vor ihr.«

Emmas Stirn legte sich in tiefe Falten.

»Du hast *Schiss* vor ihr?«

Höhnisches Lachen von Agnes, das genauso unsicher klang, wie sie sich fühlte.

»Na klar, verdammt, hab ich Schiss vor ihr! Und du auch, wenn du mal darüber nachdenkst.«

Darauf erwiderte Emma nichts. Stumm saß sie auf ihrem Stuhl und nestelte weiter an dem hässlichen Tischläufer.

Es knistert in den Lautsprechern. Das Geräusch reißt Agnes aus ihren Gedanken.

»Hat das Essen geschmeckt?«

Die Metallstimme. Agnes hasst sie mehr als alles andere auf der Welt, mehr als Beata und Mona und Joanna zusammengenommen.

»Ja. Danke für das Essen, Mutter.«

Stirb, alte Hexe! Stirb einfach endlich!

»Es wird Zeit für deinen Spaziergang.«

Agnes steht von ihrem Stuhl auf.

»Ich muss erst noch aufs Klo.«

»Bitte, Agnes. Bitte.«

Wieder knackt es in den Lautsprechern. Agnes geht in Richtung ihres Zimmers. Tränen brennen hinter ihren Lidern, vor Wut und Erniedrigung und alledem, was in ihr brodelt. Sie vermisst Elvira, hat Mutter mehrmals nach ihr gefragt, aber immer nur nichtssagende Antworten gekriegt. *Mach dir um sie keine Sorgen, es geht ihr gut. Mach dir keine Gedanken.*

Agnes schämt sich jedes Mal. Weil sie sich gar keine Sorgen um Elvira macht. Sondern um sich selbst.

Sie hat gerade die Spülung betätigt und sich die Hände gewaschen, als sie es spürt. Sie steht vor dem Waschbecken, trocknet sich die Hände an dem kleinen Handtuch ab, als es plötzlich kommt – und ihr die Luft wegbleibt, alle Gedanken verstummen, die ganze Welt sich nur mehr auf ihr Inneres ausrichtet.

Ein Tritt. Der erste Tritt ihres Babys.

Und dann rollt die Realität über sie hinweg. Agnes ist eingesperrt und schwanger. Sie muss sich mit beiden Händen an der Wand abstützen, um nicht in die Knie zu gehen. Elvira ist weg, sie hat Agnes allein hier zurückgelassen. Am liebsten würde sie sich irgendwo verkriechen und sterben – oder gleich hier auf der Stelle, auf dem Fliesenboden. Einfach für immer einschlafen und all dies hinter sich lassen. In ein Leben danach übergleiten, wenn es so etwas denn gibt. Aber so funktioniert es nicht. Sie hat nicht einmal Zeit, zu sterben, weil es jetzt an der Zeit ist für Agnes' täglichen verdammten Scheißspaziergang.

So hat es Mutter beschlossen.

Und Mutter bestimmt.

Boden 2015

Emma und Molly sitzen in ihrem Zimmer auf dem Fußboden um ihr neues Barbiehaus herum, ein rosa-lila Gebilde aus Kunststoff mit kleinen weißen Schiebetürchen und Stoffwimpeln an zwei Ecktürmchen. Die Zwillinge haben es bereits am Morgen von ihren Eltern geschenkt bekommen – mitsamt Frühstück im Bett und Geburtstagsständchen. Am Nachmittag kam ihre Oma vorbei, schenkte ihnen zwei neue Barbiepuppen, einen Barbiehund und ein Barbiepferd. Ihre Mutter zeigte Oma das neue Barbiehaus, das viel zu viel gekostet habe, aber das seien ihr ihre Lieblingsmädchen allemal wert. Oma nickte, fand das Barbiehaus wunderschön, und der Hund passe doch perfekt hinein, während das Pferd besser davor stehen bleibe. Es sei schließlich ein Barbie- und kein Pippi-Langstrumpf-Haus.

Oma blieb noch zum Kaffee. Mama hatte Himbeertorte mit Marzipanrosen gebacken, natürlich in den Lieblingsfarben der Zwillinge, laut Papa die beste Torte, die er je gegessen habe. Sogar Oma nahm sich zwei Stücke. Es war richtig schön – bis die Geburtstagsfeier zur Sprache kam.

Oma brachte das Thema auf.

»Und wann ist die Geburtstagsfeier mit euren Freundinnen?«

Emma und Molly sahen einander an. Am Ende antwortete Molly.

»Wir machen keine.«

Oma runzelte verwundert die Stirn.

»Keine Geburtstagsfeier?«

Molly zuckte mit den Schultern, doch bevor sie noch mehr sagen konnte, ging ihre Mutter dazwischen.

»Die Mädchen laden ein paar Freundinnen zum Abendessen ein. In diesem Jahr lassen wir die Zuckerschlacht bleiben, dafür sind sie allmählich zu groß.«

Omas Stirn sah aus, als würde ein Marionettenspieler daran Fäden ziehen.

»Zu groß? Sie sind gerade zehn geworden. Natürlich muss man da Zucker essen!«

Die Mutter nahm einen kleinen Schluck Kaffee.

»Sie wollen aber ein Abendessen. Tacos. Und ich dachte mir, zum Nachtisch gibt es Obstsalat.«

Darauf erwiderte Oma nichts mehr, aber ihr Schweigen sagte alles. Die Mutter trank ihre Kaffeetasse aus und stand auf, um die Teller abzuräumen. Anscheinend war der Geburtstagskaffee hiermit vorbei. Der Vater nahm eilig die Torte hoch, schlug sie vorsichtig in Frischhaltefolie ein und stellte sie zuoberst in den Kühlschrank. Oma wandte sich an die Zwillinge und lächelte so breit, dass ihre Lachfältchen sich bis über die Schläfen zogen.

»Ich hoffe, ihr hattet einen schönen Geburtstag, meine Süßen! Das Barbiehaus ist wirklich hinreißend. Hoffentlich fühlt sich der Hund darin pudelwohl und das Pferd draußen auch!«

Dann gab sie ihnen einen Kuss auf den Scheitel, winkte den Eltern knapp zu, verließ die Küche und rief noch, dass sie allein rausfände.

Und jetzt sitzen die Mädchen auf dem Fußboden und

spielen mit ihren neuen Spielsachen. Emma will gerade ihre Barbie umziehen, als die Tür aufgeht.

»Es ist gleich Zeit, schlafen zu gehen.«

Die Stimme der Mutter ist weich. Sie setzt sich an Emmas Bettkante und betrachtet das Haus.

»Gefällt es euch?«

Die Zwillinge nicken.

»Das Haus war das beste Geschenk von allen«, sagt Molly, und die Mutter lächelt.

»Dann waren nicht der Hund und das Pferd am besten?«

»Nein.«

Molly schüttelt den Kopf. Sie stellt die Spielzeugtiere beiseite und nimmt eine der Barbiepuppen hoch.

Die Mutter kneift die Augen zusammen.

»Ihr müsst meine Geschenke nicht am besten finden. Es ist schon okay, wenn ihr findet, dass Omas Geschenke besser waren, wenn ihr das denkt.«

Emma sitzt schräg zu ihrer Mutter und kann deshalb unbemerkt zu Molly spähen. Ihre Schwester konzentriert sich voll und ganz auf die Barbiekleider.

»Aber das Haus *ist* das Beste.«

Molly spricht so leise, dass sie kaum zu verstehen ist. Emma hält den Atem an und dreht sich langsam um. Als sie den Blick ihrer Mutter auffängt, sieht sie, dass er stählern ist.

»Und es muss teuer gewesen sein.«

Langsam neigt die Mutter den Kopf zur Seite.

»Was?«

Mollys Schultern sacken nach unten. Sie ist jetzt voll und ganz darauf fixiert, Kleider auszuwählen.

»Das Haus. Das muss sehr, sehr, sehr teuer gewesen sein.«

Emma steht auf, geht auf ihre Mutter zu, schlingt ihr die Arme um den Hals und drückt sich an sie.

»Du bist die Beste! Du und Papa!«

Die Mutter erwidert die Umarmung mit einem lockeren Arm um Emmas Rücken.

»Wenn ihr mich verlasst, dann bringe ich mich um.«

Sie sagt es in normalem Plauderton, in Emmas dichte Haare hinein. Emma umarmt ihre Mutter weiter.

»Wir verlassen dich nie im Leben. Du bist doch unsere Mama, die beste Mama, die es gibt.«

Inzwischen ist Molly ebenfalls aufgestanden. Sie tritt auf Emma und ihre Mutter zu und umarmt sie beide. So steht das Trio immer noch da, als der Vater einige Zeit später den Kopf zur Tür hereinsteckt.

»Was macht ihr denn hier?«

Er klingt fröhlich und verwundert. Die Mutter schiebt ihre Mädchen von sich weg, sieht ihren Ehemann an und lächelt müde.

»Wir reden über die Geschenke. Ich fand den Hund und das Pferd von Oma ja ganz wunderbar!«

Molly streicht ihrer Mutter über den Arm, sieht ihren Vater aber nicht an. Emma hingegen dreht sich zu ihm um.

»Die waren super. Aber das Haus ist das Beste von allem.«

In der Tür lächelt der Vater sie an.

»Schön, dass ihr einen so netten Geburtstag hattet. Aber jetzt müsst ihr wirklich ins Bett!«

Im Bad putzen die Zwillinge sich die Zähne und ziehen ihre Nachthemden an. Normalerweise liegen sie noch eine Weile da und flüstern, bevor sie einschlafen, doch an diesem Abend liegen sie stumm in der Dunkelheit. Auf dem Fußboden zwischen ihren Betten steht das Barbiehaus. Davor stehen ein Pferd und ein Hund. Letztere sind das Beste, was Molly je geschenkt bekommen hat, aber das würde sie niemals jemandem erzählen, nicht einmal Emma. Andererseits ist das auch gar nicht nötig. Weil Emma das natürlich längst weiß.

Idun sitzt am Schreibtisch in ihrem Dienstzimmer, während sich Calle am Fenster mit einem Sushi-Flyer frenetisch, wenn auch vergeblich Luft zufächelt. Anders steht neben ihm und kämpft mit der Fensterschließe.

»Die sitzt vielleicht fest …!«

Siv, die auf der anderen Seite des Schreibtischs auf dem Besucherstuhl sitzt, sieht Anders resigniert bei seinem erfolglosen Versuch zu, das Fenster zu öffnen.

»Es soll heute noch ein Techniker kommen und sich die Lüftung ansehen. Ich war überdeutlich, dass das jetzt umgehend passieren muss, am liebsten schon gestern.«

Anders gibt auf. Calle zerknüllt den Sushi-Flyer in der Faust und wirft ihn in hohem Boden von sich. Als er tatsächlich im Papierkorb hinter Iduns Schreibtisch landet, ballt Calle die Siegerfaust.

»Setzt euch. Dann können wir endlich anfangen.«

Calle und Anders tun, was Siv sagt, Anders lässt sich auf das Sofa an der Wand fallen, Calle nimmt den freien Besucherstuhl. Idun nickt Siv zu, die die Brille von der Stirn nimmt und auf der Nasenspitze zurechtrückt.

»Ich hab zwei Sachen für euch: zum Ersten eine Hochzeitsfotografin, die noch heute Abend vorbeikommen will …«

»Eine Hochzeitsfotografin?«

Siv sieht zu Anders auf dem Sofa. Seine Stirn ist schweißglänzend.

»Anscheinend hat sie vor der Kirche Fotos geschossen, die für uns interessant sein könnten.«

Idun beugt sich über ihren Schreibtisch, überlegt es sich anders und lehnt sich wieder zurück. Sie fühlt sich komisch, fast wie bei einer Mischung aus Muskelkater und Fieber.

»Inwiefern interessant?«

»Auf einigen soll Elvira zu sehen sein, kurz bevor sie vom Turm stürzt.«

Idun klappt die Kinnlade runter.

»Wie bitte? Haben wir die Fotos schon hier?«

Siv schüttelt den Kopf.

»*Nope*. Die Fotografin hat von unterwegs angerufen, sie kommt nach ihrem derzeitigen Auftrag vorbei und bringt das Material mit. Ich hab ihr gesagt, dass wir es lieber sofort haben würden, aber anscheinend ist sie ausgerechnet heute in Finnland, wollte sich aber direkt nach unserem Telefonat ins Auto setzen. Sie weiß, wie wichtig es für uns ist, das Material umgehend zu sichten, deshalb kommt sie auch so schnell wie möglich, will nur kurz zu Hause vorbeischneien und ihren Rechner holen.«

»Sollen wir nicht stattdessen zu ihr fahren? Und sie bei sich zu Hause treffen?«

Idun sieht Calle an. Er wackelt nachdenklich mit dem Kopf.

»Sollten wir wahrscheinlich.«

Siv hebt die Hand, um ihm Einhalt zu gebieten.

»Dafür habt ihr gar keine Zeit. Zuhören jetzt, ich hab noch mehr für euch.«

Die anderen verstummen.

»Es fehlt ein weiteres Mädchen aus dem Bodengården.«

Schlagartig verändert sich die Stimmung im Raum.

Idun schießt auf ihrem Stuhl nach vorn, und diesmal ignoriert sie das Ziehen in den Muskeln.

»Was soll das heißen?«

Siv schiebt sich die Brille in die Stirn.

»Agnes Backe. Sie ist vor knapp zwei Monaten verschwunden, ist während eines Einkaufsausflugs zu dem großen Coop-Markt urplötzlich abgetaucht.«

Idun geht schier in die Luft.

»Verdammt noch mal! Warum erfahren wir das erst jetzt?«

Die anderen sehen sie verwundert an. Siv schlägt eine nüchterne Tonlage an.

»Weil wir hier von einer geschlossenen intensivtherapeutischen Jugendhilfeeinrichtung sprechen. Du weißt ebenso gut wie ich, dass Jugendliche von dort am häufigsten abhauen – und dass diejenigen, die von dort ausbrechen, nicht allzu weit oben auf der Prio-Liste stehen.«

Doch Idun ist richtig sauer.

»Trotzdem! Die hätten doch wohl etwas sagen müssen? Wir waren doch gerade erst persönlich dort!«

Calle pflichtet ihr bei.

»Iddan hat recht. Ist doch bekloppt, dass wir das jetzt erst erfahren. Das grenzt doch an Sabotage! Lustig übrigens, Idun fluchen zu hören.«

Siv brummelt in sich hinein.

»Lustig? So kann man's auch nennen … Anfangs hat die Polizei übrigens noch nach Agnes gesucht, ging aber davon aus, dass sie aus freien Stücken abgetaucht war. Und wir wissen alle, dass sie üblicherweise wieder auftauchen. Diese Jugendlichen können sich nicht lange versteckt halten.«

Idun massiert sich den Hals.

»Schon, aber … Wir reden hier von derselben Einrichtung, aus der vor drei Jahren Elvira verschwunden ist – und die ist gerade erst tot auf einer Kirchentreppe aufgetaucht. Wo sie sich in der Zwischenzeit aufgehalten hat, wissen wir nicht, deshalb ist das Verschwinden eines weiteren Mädchens doch wohl eine höchst wichtige Information. Wie konnten die Heimleiterin und das Personal uns das verheimlichen? Nicht mal Emma hat diese Agnes erwähnt!«

Sie hält inne und reißt sich zusammen. Es ist schließlich nicht Sivs Schuld, dass sie erst jetzt von der vermissten Jugendlichen erfahren. Und Idun und Calle sind ja selbst schuld: Sie hätten sich nur ins Polizeiregister einloggen und die Einrichtung aufrufen müssen. Stattdessen haben sie sich den halben Vortag damit beschäftigt, sich nach Elvira zu erkundigen, und ihre übrige wache Zeit hat Idun damit zugebracht, darüber nachzudenken, was sie bei ihrem nächsten Telefonat zu Tareq sagen soll.

Calle verschränkt die Hände im Nacken und lehnt den Kopf zurück.

»Aber okay, jetzt wissen wir ja Bescheid. Dann nehmen wir das in unsere Überlegungen mit auf. Dass diese Agnes ebenfalls vermisst wird, muss ja gar nichts bedeuten. Siv hat schon recht, dort hauen sie alle naselang ab. Aber gibt es denn grundsätzlich Infos zu dieser Agnes Backe?«

Letzteres ist an Siv gerichtet, die in ihrem Notizblock rückwärtsblättert.

»Die Jugendlichen, die sich unter der Woche gut benehmen, dürfen samstags Süßigkeiten einkaufen gehen – und zwar nach Geschlechtern getrennt und unter Aufsicht im nächsten Supermarkt, also im großen Innenstadt-Coop. Auf dem Rückweg zur Einrichtung ist Agnes abgehauen: durch ein Gebüsch links vom Gehweg und um das dahinterliegende Wohnhaus herum. Jemand vom Personal ist ihr hinterhergerannt, so wie es die Regeln im Bodengården vorschreiben. Die anderen haben die Unterkunft und die Kollegen aus der Jungenabteilung informiert, die mitsuchen sollten. Nach einer Stunde wurde die Polizei gerufen – streng nach Protokoll. Der Polizeibericht ist sogar ziemlich ausführlich.«

Calle schiebt seinen Kopf so weit zurück, dass sich Falten an seinem Hals bilden.

»Wie lange haben sie nach Agnes gesucht?«

»Die Polizei, meinst du?«

Er nickt, und Sivs Blick verfinstert sich.

»Ein paar Tage. Diese Jugendlichen haben, wie ihr ja selbst wisst, in dieser Gesellschaft nicht gerade oberste Priorität.«

Idun schluckt tonlos. Siv hat wie immer recht: Wenn Kinder aus funktionierenden Familien verschwinden, ist innerhalb der Polizeibehörden im Grunde nichts anderes mehr wichtig. Doch wenn es sich um ein Kind aus einer staatlichen Einrichtung handelt, sieht es ein wenig anders aus.

Sie lenkt das Gespräch in eine andere Richtung, teils aus Wut, teils womöglich auch aus Scham.

»Ich verstehe immer noch nicht, warum beispielsweise Emma mit keiner Silbe erwähnt hat, dass noch ein anderes Mädchen vermisst wird. Wir müssen noch mal mit der Einrichtung sprechen. Was wissen wir noch über Agnes? Wer ist sie? Besteht eine Verbindung zu Elvira?«

Siv zieht erneut ihren Block zurate.

»Agnes ist siebzehn und hat ein schweres Päckchen zu tragen. Ihre Eltern waren drogenabhängig. Das Jugendamt hat sie ihnen weggenommen, als sie zwölf Jahre alt war.

Damals hat sie bereits selbst gekifft, ist in der Schule oft in Konflikte geraten und mitunter gewalttätig geworden, hat Schlägereien mit gleichaltrigen und älteren Mitschülerinnen und Mitschülern und mit Lehren angezettelt. In der Neunten hat sie ihren Sportlehrer gebissen, als der ihr mitteilte, sie drohe durchzufallen. Die Verletzung musste ärztlich versorgt werden.«

»Da muss sie ja ordentlich Biss gehabt haben!«

Siv geht über Calles Einwurf hinweg.

»Aus den Unterlagen des Jugendamts geht hervor, dass ein zweiter Lehrer sie damals in den Schwitzkasten nehmen musste, damit sie vom ersten abließ. Dort in der Sporthalle hat es sich mächtig hochgeschaukelt, aber sie hatte eben bereits eine Historie, vor allem was Gewalt gegen Gleichaltrige anging. Es gab auch ein paar Vandalismusvorfälle, unter anderem im Gruppenraum in der Schule, den sie kreuz und quer besprüht hat. Und sie hat die Leitungen im Werkraum sabotiert, sodass einer der Werklehrer an der Bandsäge einen ordentlichen Schlag abbekommen hat. Dafür wurde sie wegen Körperverletzung angezeigt.«

Siv holt tief Luft, ehe sie fortfährt.

»Außerdem hat sie diverse Handtaschendiebstähle verübt, Autoscheiben eingeschlagen und Ladendiebstahl begangen. Zwei Fälle von leichter Körperverletzung. Aber wie dem auch sei – nachdem Agnes ihren Lehrer gebissen hatte, kam die Pflegefamilie zu dem Schluss, dass sie sie nicht länger bei sich behalten konnte. Das Familiengericht war der gleichen Meinung und hat Agnes in einer geschlossenen Jugendhilfeeinrichtung untergebracht – zunächst in Stockholm, dann hier in Boden. Davor hat sie noch das Lager ihrer alten Schule anzünden können, wobei zum Glück niemand zu Schaden kam.«

»Warum kam sie zuerst nach Stockholm?«

»Agnes stammt ursprünglich aus Sundsvall. Die Jugendlichen werden selten in der Nähe ihrer Heimatstadt untergebracht. Von den Pflegeeltern in Sundsvall zog sie also in eine Einrichtung in Stockholm. Warum sie von dort weiterverlegt wurde, weiß ich nicht, aber ich habe die Nummer der Einrichtung hier, falls ihr dort anrufen wollt. Anders hat Sandberg noch nicht erreicht, aber die jüngsten Vorkommnisse dürften für einen richterlichen Beschluss ausreichen, mit dem ihr Zugang zu den Akten des Mädchens bekommt – besonders nachdem auch Elvira aus dem Bodengården verschwunden und jetzt in unmittelbarer Nachbarschaft auf dieser Treppe zu Tode gekommen ist. Ich kann mir nicht vorstellen, dass das nicht ausreicht, um die Schweigepflicht sowohl in ihrem als auch in Agnes' Fall aufzuheben.«

»Mailst du Calle und mir die Nummer? Also, die der Stockholmer Einrichtung?«

Siv schlägt ihren Block zu.

»Ich schicke sie euch per SMS. Sobald Sandberg den Beschluss unterschreibt, könnt ihr dort anrufen.«

Anders zückt sein Handy.

»Ich rufe ihn sofort noch mal an. Den Beschluss haben wir quasi schon in der Tasche.«

Idun dreht sich zu Calle um.

»Wir teilen uns auf. Willst du in Stockholm anrufen oder im Fall Agnes weiterforschen?«

Calle muss eine halbe Sekunde nachdenken.

»Du machst den Anruf. Während wir auf die Fotografin warten, gehe ich unsere Datenbanken durch. Wir reden in meinem Dienstzimmer mit der Fotografin. Komm einfach rüber, sobald Siv Bescheid gibt, dass sie da ist.«

Kajsa nimmt ihren Teller hoch und leckt die letzten Soßenreste ab. Angeekelt rümpft Joanna die Nase. Es ist nicht zu übersehen, dass sie sich zusammenreißen muss, um nichts zu sagen, aber sie scheint Beatas Ermahnungen beim Frühstück zu Anfang der Woche noch frisch in Erinnerung zu haben.

»Schade – also, dass nicht schon Wochenende ist. Dann hätten wir noch einen Nachtisch bekommen.«

Kajsa klingt aufrichtig betrübt. Emma dreht ihr Wasserglas hin und her und späht zu Joanna. Die kann sich eindeutig kaum noch beherrschen. Und dann kommt es, wie es kommen muss.

»Ich fasse es verdammt noch mal nicht, wie viel du in dich reinstopfen kannst.«

Kajsas Unterlippe fängt an zu zittern, aber noch heult sie nicht.

Beata kommt mit einem Tablett an den Tisch. Sie sieht erschöpft aus, lächelt die Mädchen aber an.

»Wenn alle mit anpacken, könnt ihr noch fernsehen. Und ich könnte noch Obstsalat machen, wenn ihr Lust darauf hättet?«

An der Spüle stößt Knut einen lauten Seufzer aus. Beata tut so, als hätte sie nichts gehört.

Kajsa blickt hoffnungsvoll auf.

»Gibt's auch Sahne?«

»Heute nicht, Süße.«

Joanna grinst Kajsa abschätzig an und schiebt ihren Teller von sich weg. Selbstredend wird sie sich am Tischabräumen nicht beteiligen. Emma, die gern die Nachrichten sehen will, streckt sich nach Joannas Teller aus.

»Ich nehme ihn dir ab.«

»Danke, Emma. Dann bekommen du, Kajsa und ich gleich Obstsalat vor dem Fernseher.«

Joanna brummelt in sich hinein und nimmt sich Kajsas Teller. Das Trio deckt den Tisch ab und stellt alles in den Geschirrspüler. Knut nimmt den überquellenden Komposteimer aus der Halterung und wirft Beata einen säuerlichen Blick zu.

»Ich bringe den schnell raus.«

Emma findet, dass er einem Büffel ähnelt: groß und stark, aber irgendwie doch mit weichem Pelz; er ist ein Ungetüm, allerdings nicht gemein, zumindest nicht tief im Innern. Knut macht einen aufrichtigen Eindruck, so büffelig und schroff er sein mag. Aber was aufrichtig ist, ist auch berechenbar. Und klug ist er ebenfalls, obwohl man es ihm nicht gerade auf den ersten Blick ansieht.

Beata wischt den Kühlschrank aus. Mit quälend langsamen Bewegungen wischt Kajsa den Tisch ab, während Emma zwei Töpfe spült. Joanna wartet, bis Beata fertig ist, und stellt Butter und Milch zurück in den Kühlschrank.

Als Emma sich umdreht, um zu fragen, ob die anderen fertig sind, zuckt sie zusammen. Am Esstisch steht Viveca. Emma hat sie gar nicht kommen hören.

»Wie hilfsbereit ihr seid!«

Sie lächelt, und hinter der roten Brille bilden sich Runzeln um ihre Augen. Beata sieht ihre Chefin zufrieden an.

»Sie sind wirklich klasse, diese drei. Deshalb gibt es jetzt auch Obstsalat und Fernsehen.«

Viveca fährt mit dem Finger über den Esstisch, um Kajsas Bemühungen zu kontrollieren.

»Ich sehe schon, hier ist alles ordentlich und sauber. Schön zu sehen, Mädchen. Ich bin bereits auf dem Heimweg, wollte aber noch kurz vorbeischauen und euch einen angenehmen Abend wünschen.«

Viveca trägt Lederschuhe mit hohen Absätzen, wodurch ihre ohnehin schon hoch aufgeschossene Gestalt noch größer wirkt. Ihre kurzen Haare sind rabenschwarz, genau wie die Fingernägel. Sie sieht aus, als wäre sie im späten Teenageralter hängen geblieben, obwohl sie Anfang sechzig sein dürfte. Joanna nennt sie Hardrock-Oma, aber Emma findet, das passt nicht richtig. Genau wie Knut wirkt auch Viveca aufrichtig. Sie hat einen ganz und gar eigenen Stil, allerdings ohne sich irgendwie jünger zu machen. Womit Viveca eine Elefantin wäre. Nicht weil sie so groß ist, sondern weil sie sie selbst ist. In sich ruhend, ausgeglichen. Sie hält sich kerzengerade, bewegt sich selbstsicher, manchmal schneller und manchmal langsamer, und sie ist fast immer in Schwarz gekleidet, obwohl sie in Emmas Augen komplett grau ist. In Grau-Nuancen liegt eine Menge Sicherheit.

»Ich hab dir gerade Unterlagen auf den Schreibtisch gelegt. Könntest du noch einen Blick darauf werfen, bevor du gehst?«

Beata wringt den Lappen aus und hängt ihn an seinen Platz neben der Spüle.

»Klar, guck ich mir gleich an.«

In Beatas Stimme klingt eine gewisse Distanziertheit mit. Viveca rückt ihre Brille zurecht. Emma späht auf deren Ring, der zu groß wirkt; es kann doch nicht angenehm sein, diesen Riesenklunker am Finger zu tragen.

Anscheinend hat Viveca Emmas Blick bemerkt.

»Toll, oder? Den habe ich mir in den USA gekauft.«

Emma antwortet nicht. Entspannt stemmt Viveca die Hände in die Hüften. Ihre Bluse klafft über der Brust ein Stück auf, darunter ist ein hautfarbener BH zu erahnen.

»Tschüss dann, Mädels, und habt einen schönen Abend. Wenn ihr so putzt und schrubbt, habt ihr euch den auch redlich verdient.«

Sie zwinkert noch, so wie sie es im Kinderfernsehen machen, dann macht sie kehrt und geht. Die harten Absätze verschwinden rhythmisch klackernd über den Flur.

Emma, Joanna und Kajsa haben sich gerade auf dem Sofa niedergelassen, als Beatas Pager Alarm schlägt. Alle, die im Bodengården arbeiten, tragen einen tragbaren Alarm am Gürtel. Er löst mindestens einmal am Tag aus, meist weil irgendein Jugendlicher versucht auszubrechen oder sich einen Jux mit einem Fehlalarm erlaubt. Wenn man nur nah genug an die Betreuer herankommt und flinke Finger hat, geht das ganz leicht. Für die Jugendlichen stellt so ein Alarm eine willkommene Unterbrechung im Alltag dar – das Personal zu beobachten, wie es völlig umsonst jemandem zu Hilfe eilt.

Knut, der sich schon in den Glaskasten zurückgezogen hat, steht auf, doch Beata gibt ihm mit einer Geste zu verstehen, dass sie sich darum kümmert. Er setzt sich wieder und wirft einen Kontrollblick in Richtung der drei Mädchen auf dem Sofa, die Beata amüsiert hinterherblicken, als diese in Richtung Jungsabteilung verschwindet.

»Was glaubt ihr? Fehlalarm oder Fluchtversuch?«

Joanna klingt richtiggehend beschwingt. Anscheinend

hofft sie, dass jemand ausgebüxt und die Lage ernst ist – in einer Art anarchischem Protest gegen die Obrigkeit und aus Solidarität mit sämtlichen Mitbewohnerinnen und Mitbewohnern aus dieser Einrichtung, auch wenn eine Einzelperson der Anlass ist.

Emma späht in Knuts Richtung. Er ist wieder auf seinen Bildschirm konzentriert. Joanna schnaubt und brummt – wie immer –, dass er sich garantiert Pornos ansehe. In der verdammt langen Zeit, die er im Glaskasten sitze, könne er doch unmöglich ihre Akten befüllen. Weder Emma noch Kajsa können darauf reagieren, als sie auch schon fortfährt: »Ich hab übrigens was für euch. Aber ihr müsst aussehen, als würden wir über das Fernsehprogramm reden. Wenn Knut uns erwischt, landen wir alle in der Iso.«

Nervös nestelt Kajsa an ihrem Fingernagel. Sie hat sich wirklich null unter Kontrolle. Emma hält den Blick fest auf den Schuldirektor gerichtet, der im Fernsehen spricht. Sie hat nicht vor, in der Iso zu landen, hat dort nie gesessen und will auch, dass das so bleibt. Emma ist so etwas wie eine Expertin darin, *nicht* in Schwierigkeiten zu geraten. Eigentlich möchte sie sich nicht mal anhören, was Joanna ihnen erzählen will – Joanna zieht Ärger förmlich an, sowohl auf sich selbst als auch auf andere.

»Ich hab ein geheimes Zimmer gefunden.«

Joanna klingt, als wäre es *die* Entdeckung des Jahres. Kajsa rutscht nervös hin und her. Emma zuckt nicht mit der Wimper, sieht bloß weiter zu dem jungen Reporter, der jetzt vor einem denkmalgeschützten Wohnhaus steht, in das ein Pkw reingefahren ist.

»Guck mich nicht an, Kajsa, guck zum Fernseher!«, zischt Joanna sie an.

Kajsa gehorcht.

»Ich hatte vorgestern Waschtag und war in der Waschküche, als der Hausmeister kam. Ihr wisst doch noch, dass Beata den Trockenschrank gemeldet hat? Der nicht mehr funktioniert hat?«

Emma muss einen Seufzer unterdrücken. Sollen sie jetzt ernsthaft ihren freien Abend damit zubringen, über einen kaputten Trockenschrank zu reden?

»Der Typ hat den Schrank zur Seite gerückt und mit den Kabeln oder so rumgemacht – und da hab ich es gesehen. Dahinter ist ein Raum! Scheiße, ist das krank, oder was?«

Letzteres flüstert sie dermaßen aufgeregt, dass sowohl Kajsa als auch Emma sie ansehen. Wütend zischt sie die beiden an, dass sie wieder zum Fernseher gucken sollen. In den Nachrichten geht es um irgendeine Technikmesse in Japan.

»Wir machen es folgendermaßen: Heute Abend *benehmen* sich alle. Und ich meine damit *alle*. Heute kommt niemand in die Iso.«

Als würde jemals eine andere außer ihr selbst dort landen. Okay, manchmal Kajsa, aber das ist inzwischen echt selten.

»Wir gehen ins Bett, und dann warten wir zwei Stunden. Heute Nacht hat Knut Dienst, da sitzt er im Glaskasten und guckt Pornos. Wir treffen uns in der Waschküche. Denkt daran, dass die Außentür alarmgesichert ist – die wird nicht berührt! Zieht Socken an, aber keine Schuhe. Wenn euch irgendwer auf dem Weg dorthin hört, sind wir geliefert, und ich hab nicht vor, für irgendwen anderen die Suppe auszulöffeln, kapiert?«

Kajsa nickt hektisch. Emma hat das Gefühl, dass sie über all das erst nachdenken muss, doch dann redet Joanna auch schon weiter.

»Und habt eine verdammt gute Erklärung parat, warum ihr mitten in der Nacht auf den Beinen seid! Wenn Knut euch erwischt, müsst ihr es erklären können, und keiner darf die Erklärung der anderen kennen, damit wir nicht alle dieselbe haben. Habt ihr das verstanden?«

Emma und Kajsa nicken stumm in Richtung Fernseher. Insgeheim muss Emma sich eingestehen, dass sie neugierig geworden ist. Natürlich weiß sie, dass Joanna kein Geheimzimmer gefunden hat – aber irgendwas ist da im Busch. Die Frage ist nur: Will sie mit hineingezogen werden?

Kajsa kratzt sich an der Wange.

»Was soll das denn für ein Zimmer sein? Und was machen wir da?«

Immer diese Unsicherheit. Joanna winkt abfällig ab.

»Das wird das Abenteuer unseres Lebens. Scheiße, Mädels – ich hab den Freiheitsraum gefunden!«

Emma will schon die Augen verdrehen, lässt es dann aber bleiben. Im Fernsehen fängt die Wiederholung von *Allsång på Skansen* an. Sanna Nielsen rauscht in einem rosa Ballkleid, das aussieht wie die Knallbonbons, die sie in der Unterstufe gebastelt haben, auf die große Solliden-Gesangsbühne.

»Wenn ihr in die Waschküche kommt, zeig ich's euch. Zieht eine lange Hose an. Dort, wo wir hingehen, ist es ziemlich dreckig.«

Emmas Magen zieht sich zusammen. Sie spürt, wie das mulmige Gefühl sich nach oben fortsetzt – wie leichte Übelkeit, vermischt mit Kohlensäure. Sie mag nichts Verbotenes tun, sie will nicht in Ungnade fallen, weder bei Knut noch bei Beata. Ganz besonders nicht bei Beata. Sie und Mona sind die einzigen Erwachsenen, denen Emma vertraut, außerdem sind sie immer nett zu ihr.

Kajsa knabbert hektisch an ihrem Zeigefingernagel.

»Aber was machen wir denn hinter dem Trockenschrank? Und was soll das sein – ein Freiheitsraum?«

Sie klingt so nervös, wie sie sich unter Garantie fühlt. Joanna späht zum Glaskasten, ehe sie antwortet. Emma schießt durch den Kopf, dass Kajsa wirklich ein bisschen beschränkt ist. Da ist kein Geheimzimmer, Joanna redet Unsinn, sie hat etwas ganz anderes im Sinn.

»Kapierst du es immer noch nicht, du Vollidiotin? Wir reden dort über Elviras Tod!«

Emma blinzelt. Das Knallbonbonkleid auf der Mattscheibe bekommt Gesellschaft von einem Typen in einem goldenen Anzug. Gemeinsam singen sie den Auftakt zum ersten Song, und am unteren Bildrand wird der Text eingeblendet, sodass auch die Zuschauer zu Hause auf dem Sofa mitsingen können.

Die Mädchen warten, bis die Sendung zu Ende ist. Niemand von ihnen sagt mehr etwas, alle hängen ihren Gedanken nach. Als es Punkt neun Uhr ist, klopft Knut von innen an den Glaskasten. Die Mädchen drehen sich zu ihm um, und er gibt ihnen mit einer Geste zu verstehen, dass es an der Zeit für sie ist, in die Falle zu gehen, wie er es gern formuliert. Ein bescheuerter Ausdruck, wenn auch passend für diese Einrichtung.

Joanna zeigt ihm den Stinkefinger und steht auf. Emma klopft ein Sofakissen auf, Kajsa stöhnt laut vernehmlich. Dann zischt Joanna ihnen abermals mit zusammengebissenen Zähnen zu: »Zwei Stunden nach Zapfenstreich. Wenn ihr zu spät kommt, war's das für euch.«

Man hört ihr an, dass sie es ernst meint. Sie hat eine einmalige Einladung ausgesprochen und fordert ein, dass die Einladung befolgt wird. Emma späht zur Wanduhr. Noch eine Stunde, bis das Licht ausgeht. Drei Stunden bis zu ihrem Treffen in der Waschküche. Noch hat sie Zeit, zu überlegen, ob sie dabei sein will oder nicht.

Boden 2015

An Heiligabend wacht Emma zuerst auf. Sie reibt sich die Augen, spürt ein Flirren im Bauch und nimmt den Duft von Milchreis wahr, der vom Erdgeschoss heraufweht. Auf der anderen Seite des Zimmers liegt Molly in ihrem Bett. Sie liegt auf der Seite, hat die Decke bis unters Kinn gezogen und Emma den Rücken zugedreht.

Leise steht Emma auf. Als sie ans Fenster schleicht, schlingt sich das Nachthemd um ihre Beine. Der Fußboden ist morgens kalt, und sie zittert, als sie die Vorhänge aufzieht. In der Nacht ist Schnee gefallen. Der Garten vor dem Fenster ist funkelnd weiß. Drüben am Vogelhäuschen hüpfen ein paar Gimpel herum und fliegen zwischen den großen Birken und der ovalen Kunststoffkuppel mit Sonnenblumenkernen hektisch auf und ab.

»Fröhliche Weihnachten.«

Emma dreht sich um. Molly blickt zu ihr her.

»Fröhliche Weihnachten, Molly.«

»Hat es noch mehr geschneit?«

»Ja.«

Sie eilt auf Mollys Bett zu, zieht ihr Nachthemd ein Stück hoch, damit es sich nicht noch einmal verwickelt, und krabbelt neben ihrer Schwester ins Bett. Molly rutscht zur Seite, damit Emma Platz hat, wirft die Decke über sie beide – und kreischt auf.

»Aaaaah! Deine Füße sind eisig!«

Die Zimmertür geht auf, und ihr Vater schaut herein.
»Fröhliche Weihnachten, ihr Schlafmützen!«
Er lächelt die beiden Mädchen in Mollys Bett an.
»Bereit fürs Frühstück?«
Die Treppe knarzt, als sie nach unten gehen. Der Vater hat Musik angemacht, weihnachtliche Klänge wehen durchs Erdgeschoss. Der Weihnachtsbaum brennt, und darunter liegt ein Berg aus Geschenken. In der Küche hat die Mutter das Frühstück vorbereitet.
»Fröhliche Weihnachten, meine Süßen!«
Die Familie lässt sich am Küchentisch nieder, isst Milchreis und Vollkornbrot mit Eiersalat. Die Einzige, die darauf besteht, langweilige Dickmilch zu löffeln, noch dazu ohne Müsli, ist Molly. Ihr Vater kleckert Kaffee auf das rote Tischtuch, und Oma ruft sogar gleich zweimal an, um sich zu vergewissern, dass sie nicht doch noch zu Ica fahren muss, bevor der Supermarkt schließt. Das sei nicht nötig, sagt die Mutter, es sei alles da für ein perfektes Weihnachtsfest.
Nach dem Frühstück machen Emma und Molly sich fertig: Molly duscht so lange, dass Emma schon anfängt, sich insgeheim zu ärgern. Sie klopft an die Badezimmertür und ruft, dass Molly doch irgendwann mal fertig werden müsse. Als Emma endlich an der Reihe ist, hat Molly sich bereits angezogen: einen roten Strickpulli in Übergröße und eine weite schwarze Hose. Sie flicht sich die Haare, trägt ein wenig Gloss auf die Lippen auf und summt leise die Weihnachtslieder aus dem Erdgeschoss mit. Emma zieht ihr Weihnachtskleid an: ein Kleid aus grüner Baumwolle mit schmalen Trägern und weit schwingendem Rock. Am liebsten würde sie dazu Absatzschuhe tragen, weil sie es doof findet, dass Molly einige Zentimeter

größer ist als sie, aber das lässt ihre Mutter nicht zu. Sie will nicht, dass ihr Parkett schwarze Streifen kriegt, es ist schließlich gerade erst frisch aufbereitet worden.

Oma kommt pünktlich, kurz bevor der traditionelle Donald-Duck-Weihnachtsfilm im Fernsehen beginnt. Sie umarmt die Eltern der Zwillinge flüchtig, Emma und Molly dafür umso ausgiebiger. Sie hat einen Jutesack voller Geschenke dabei – und seufzt theatralisch, als sie den Geschenkeberg unter dem Weihnachtsbaum entdeckt.

»Da hätte ich euch ja gar nichts kaufen müssen! Hier gibt es ja schon Geschenke zuhauf!«

Sie trinken Glögg und essen Pfefferkuchen – alle außer Molly, die sich lieber eine Orange nimmt. Als ihre Mutter in die Küche geht, um die Kartoffeln aufzusetzen, geht Oma ihr hinterher, um zu helfen. Es dauert nicht lange, und ihre verärgerten Stimmen dringen ins Wohnzimmer. Der Vater massiert sich die Stirn und stellt den Fernseher lauter. Als das nicht hilft, singt er sogar das Mäuselied mit, und Emma und Molly tun es ihm gleich, hauptsächlich damit ihr Vater denkt, dass das Mitsingen geholfen hat.

Dann gibt es Weihnachtsessen. Die Mutter hat das Kinn vorgereckt und schweigt. Emma weiß genau, dass sie sie jetzt nicht ignorieren darf: Ihre Gefühlslage muss mit verständnisvollen Blicken quittiert werden. Wenn sie schlechte Laune hat, dürfen die anderen das mit keiner Silbe kommentieren, trotzdem muss man ihr zeigen, dass man für sie Verständnis hat. Der Vater lobt Omas Lachs und dann eilig auch Mamas eingelegten Hering. Molly stochert auf ihrem Teller herum, die Mutter tadelt sie dafür, und Molly nimmt einen Bissen Grünkohl. Oma streicht Emma über die Wange und sagt, dass ihr Kleid eine tolle Farbe habe, sieht Molly an und fragt, ob der Pulli so kuschelig sei, wie er aussehe.

»Ich weiß noch, dass ihr als kleine Mädchen immer nur Rosa und Lila anziehen wolltet. Aus der Phase seid ihr eindeutig herausgewachsen.«

Die Mutter legt ihr Besteck beiseite und schiebt den Teller von sich weg. Es fühlt sich an, als wäre die Luft elektrisch. Sie hat mittlerweile nur noch selten Ausraster, viel häufiger herrscht jetzt erdrückende Stille, die für eine unbehagliche Stimmung im ganzen Zimmer sorgt und Emma das Gefühl gibt, als würde sie barfuß über Glasscherben laufen. »Eure Mama ist ein emotionales Minenfeld«, hat Oma einmal gesagt, als sie und Mama gestritten hatten. Erst ein halbes Jahr später hat Emma verstanden, was ein Minenfeld ist – als sie in den Kindernachrichten einen Beitrag über ein Kriegsgebiet gesehen hat.

Oma hat Mandelreisbrei als Nachtisch vorbereitet. Er ist süß und wahnsinnig lecker. Emma nimmt sich zwei Portionen, während Molly abwinkt: Sie sei bereits zu satt. Als Oma sie bekümmert ansieht, nimmt sie sich stattdessen noch eine Orangenspalte. Emma findet wirklich, dass Molly spinnt. Wie sehr kann ein Mensch Orangen mögen?

Um sieben Uhr ist Bescherung. Molly und Emma bekommen zig Geschenke, für die sie sich begeistern, und endlich sieht auch ihre Mutter ein wenig fröhlicher aus. Der Vater bietet ihr und Oma ein Glas Portwein an, dann tanzen sie albern um den Weihnachtsbaum, bis Mama und Oma laut lachen. Oma hat den Zwillingen je eine Halskette geschenkt, aus Silber, mit einem Anhänger in Form eines S. Die Mutter runzelt die Stirn.

»Ein S? Wofür steht das denn?«

Oma sieht die Mädchen liebevoll an.

»S für Schwestern. Eine Erinnerung daran, dass ihr zwei für alle Zeiten zusammenhaltet.«

Sie zwinkert Emma und Molly zu. Die beiden bedanken sich für den Schmuck, legen ihn an, und Emma braucht die Hilfe ihres Vaters mit der Schließe. Die Mutter nimmt einen Schluck Wein.

»Das sind sehr hübsche Ketten.«

Es klingt, als hätte sie Gift getrunken. Emma tut so, als hätte sie es nicht gehört, und konzentriert sich stattdessen aufs nächste Geschenk. Es ist von ihren Eltern und enthält ein neues Nachthemd: knöchellang und rosa mit einem weiten Halsausschnitt und langen Ärmeln. Emma lächelt ihre Mutter an und beteuert, wie gut es ihr gefalle. Sie traut sich nicht, zu sagen, dass es stimmt: dass sie der rosa Phase entwachsen ist. Molly bekommt ebenfalls ein Nachthemd, in Lila, und auch sie lächelt breit. Emma findet, dass die Wangen ihrer Schwester in letzter Zeit anders aussehen, irgendwie kantiger. Oma sagt zu alldem kein Wort, stellt bloß ihr Weinglas ab und geht in die Küche. Als sie zurückkommt, hat sie eine Schale mit Süßigkeiten dabei. Der Vater nimmt sich zwei Pralinen, die Mutter schüttelt bloß den Kopf und murmelt, sie wolle ja nicht dick werden. Emma liebt ihre Oma und nimmt sich einen Schaumwichtel, obwohl sie in Wahrheit gar keine Lust darauf hat. Molly lehnt ab: Sie sei immer noch pappsatt vom Essen. Oma streicht ihr mit der Hand über den Zopf und flüstert, Grünkohl mache aber auch richtig satt.

Emma packt das nächste Geschenk aus: ein Tagebuch mit rosa Umschlag, ebenfalls von den Eltern. Als sie es auf den Couchtisch legt, sieht sie, dass Molly auch eins bekommen hat, nur eben in Lila. Mit warmer Stimme sagt Oma, dass man Weihnachtsgeschenke auch umtauschen könne, wenn sie einem nicht gefielen, es sei besser, sie gegen etwas einzutauschen, was man wirklich möge. Die

Mutter knallt ihr Weinglas auf den Tisch. Die Ketten umzutauschen, funktioniere ja wohl nicht mehr, die Mädchen hätten sie schließlich schon angelegt. Man könne nichts umtauschen, was man schon benutzt habe. Oma reagiert nicht darauf, späht nur vielsagend in Richtung der Nachthemden. Emma schluckt trocken. Die Luft ist wieder aufgeladen und schwer zu atmen. Der Vater steht auf und verkündet, dass es an der Zeit für den Kaffee sei. Molly streckt sich nach dem nächsten Geschenk aus, Emma sucht ihres aus dem Stapel, findet es und dreht sich zu Molly um.

»Sollen wir es gleichzeitig aufmachen?«

Molly nickt. Sie guckt traurig, und ihre Lippen sind blass.

»Klar, können wir machen.«

Solveig Andersson geht erst nach dem fünften Klingeln ran. Idun stellt sich vor und schildert ihr Anliegen. Solveig summt in den Hörer und antwortet schleppend.

»Ach ja ... Ich hab schon eine Mail von Ihrer Kollegin gekriegt. Siv Liv, glaube ich ... Dann schauen wir doch mal ...«

Das schleppende Tempo sorgt dafür, dass Idun sich auf ihrem Schreibtischstuhl zusammenreißen muss.

»Siv müsste erst kürzlich eine weitere E-Mail geschrieben haben, samt richterlichem Beschluss über die Entbindung von der Schweigepflicht.«

Anders hat Sandberg endlich erreicht. Der Beschluss ist vor einer Viertelstunde eingegangen.

Solveig schweigt so lange, dass Idun nicht mehr sicher ist, ob sie überhaupt noch dran ist.

»Hallo?«

Solveig summt erneut.

»Ich bin noch da ... lese nur gerade die E-Mail ...«

Sekunden verstreichen quälend langsam. Eine Fliege surrt am Fenster, fliegt auf der verzweifelten Suche nach einem Ausweg ein ums andere Mal gegen die Scheibe. Idun folgt ihr mit dem Blick, während sie darauf wartet, dass die Leiterin der Einrichtung in Stockholm die Nachricht gelesen hat, die besagt, dass sie zu Agnes Backes Fall Auskunft zu geben habe.

Am anderen Ende summt Solveig wieder.

»So, jetzt. Also dann. Was genau möchten Sie wissen?«

Idun streckt sich nach einem Stift aus.

»Alles.«

Solveig summt wieder. Das Summen nervt.

»Agnes hat acht Monate lang bei uns gewohnt. Anfangs war sie wahnsinnig anstrengend. Sie hatte in Sachen Vandalismus und Gewalt schon eine längere Historie, hatte in ihrer Schule einen Lehrer gebissen und wurde unter anderem wegen dieses Vorfalls bei uns untergebracht.«

Diese Infos hat Idun schon, aber das kann Solveig natürlich nicht wissen.

»Wie hat sich Agnes bei Ihnen verhalten?«

Darüber muss die Leiterin der Einrichtung anscheinend erst nachdenken. Vielleicht muss sie auch überlegen, was genau sie erzählt. Idun weiß, dass man nicht automatisch freundlich gesinnt ist, wenn die Polizei um Mitarbeit bittet, nur weil man selbst in einer staatlichen Institution arbeitet.

»Durchwachsen … Agnes war, soweit ich informiert bin, nicht suizidal, aber aufbrausend und gewalttätig. Bereits in der Einschulungswoche wussten wir, dass sie eine Herausforderung werden würde.«

»In der Einschulungswoche?«

Wieder das Summen. Unwillkürlich muss Idun an eine Massenveranstaltung der Hare-Krishna-Bewegung denken.

»Die Einschulungswoche umfasst die ersten sieben Tage nach Zuzug in die Einrichtung.«

Ach? Eine Woche hat sieben Tage? Ist ja ein Ding.

»Da bleibt der oder die Jugendliche die ganze Zeit in der Unterkunft, nimmt weder an externen Aktivitäten teil, noch geht er oder sie zur Schule.«

Idun macht sich eine Notiz, während Solveig – träge wie eh und je – weiterspricht.

»Und in der ganzen Zeit steht den Jugendlichen ein Betreuer zur Seite. Wir gehen die Regeln und Routinen durch und zeigen ihnen die Einrichtung. Sie haben Termine mit dem Psychologen und dem Gesundheitspersonal, und in der ersten Woche ist meist noch jemand vom Jugendamt dabei. Nicht rund um die Uhr, aber auf jeden Fall eine Zeit lang. In Agnes' Fall war es ein bisschen weniger.«

Idun hält mit dem Stift inne.

»Warum weniger?«

Solveig seufzt – und selbst ihr Seufzer klingt vage gesummt.

»Covid ... Die Sachbearbeiterin vom Jugendamt hatte an Agnes' zweitem Tag einen positiven Coronatest, wenn ich mich recht erinnere.«

»Und hat jemand anders übernommen?«

»Nein.«

»Warum nicht?«

»Tja, ich nehme an, dass niemand sonst Zeit hatte. Das Jugendamt Sundsvall ist wohl genauso überlastet wie alle anderen auch.«

Oder sie bringen es dort nicht fertig, ausnahmsweise mal nach Stockholm zu fahren, was ebenfalls ein Grund gewesen sein könnte, warum Agnes' Einschulungswoche ohne Begleitung des heimischen Jugendamts vonstattenging.

»Nachdem die erste Woche ausgestanden war, wie lief es für Agnes weiter?«

Neuerliches Summen. Für Idun eindeutig irgendein Tic. Gibt es denn niemanden in Solveig Anderssons Nähe, der ihr sagen könnte, dass sie damit aufhören muss?

»Es lief wie üblich: an manchen Tagen besser als an anderen, und manchmal war es der reinste Weltuntergang. Agnes ging zwar zur Schule, war aber weiterhin auf Krawall gebürstet. Wir mussten ihr nonstop einen Betreuer zur Seite stellen. Ohne Sonderaufsicht ging es nicht. Erst nach und nach hat sie sich halbwegs beruhigt. Nach knapp zwei Monaten lief es dann besser.«

»Inwiefern?«

Diesmal lässt Solveig das Summen tatsächlich bleiben.

»Agnes durfte mit zum Einkaufen und hat manchmal sogar zusammen mit dem Personal gekocht. Und sie saß abends im Fernsehraum. An manchen Tagen war sie richtig umgänglich. Sie ist blitzgescheit und lustig – es gibt also jenseits aller Wut noch eine andere Seite an ihr.«

Idun schreibt so hektisch mit, dass ihr die Hand wehtut.

»Warum ist sie dann nicht bei Ihnen geblieben?«

Die Antwort kommt ein wenig zu verzögert.

»Der Grund, warum sie verlegt wurde, war … dass sie mit Drogen erwischt wurde.«

»In der Unterkunft?«

»Ja, mit Hasch. Es steckte in ihrem Kissen, wir haben es bei einer Routinekontrolle gefunden, während sie in der Schule war.«

»Und was hat Agnes dazu gesagt?«

Solveig scheint nachzudenken.

»Sie wirkte ziemlich gleichgültig.«

»Und hat sie erklärt, wie sie an die Drogen gekommen ist?«

Neuerliches Summen.

»Keine ihrer Erklärungen hat der Wahrheit entsprochen. Diese Jugendlichen sind irgendwann *Profis* darin, uns zu belügen.«

Solveig betont die *Profis* nachdrücklich.

»Was waren die Konsequenzen?«
»Die Verlegung natürlich. Sie kam in den Norden.«
Solveig ist deutlich anzuhören, dass Nordschweden für sie einer Strafe gleichkommt.
»Es schien Agnes vollkommen egal zu sein. Sie hat nicht mit der Wimper gezuckt, als sie Bescheid bekam, dass sie verlegt werden sollte. Ich weiß noch, dass sie krank war, als sie die Nachricht erhielt. Das kann natürlich dazu beigetragen haben, dass sie es halbwegs ruhig aufnahm.«
»Was hatte sie denn?«
»Magen-Darm oder eine Art Lebensmittelvergiftung. Ihr war übel, deshalb war sie auch nicht in der Schule. Aber nachdem die Sachbearbeiterin extra aus Sundsvall angereist war, haben wir das Gespräch trotzdem durchgeführt.«
»Das Gespräch über die Verlegung?«
»Ja, genau.«
»Und das hat sie gleichgültig über sich ergehen lassen?«
»Sie schien damit kein Problem zu haben, nein.«
»Und ist das eine normale Reaktion unter den Jugendlichen?«
Solveig muss erneut überlegen – natürlich begleitet von ausgiebigem Summen.
»Eigentlich nicht. Jetzt, da Sie es sagen, klingt es eindeutig bemerkenswert. Damals habe ich nicht groß darüber nachgedacht. Aber ja, man kann wohl sagen, dass Agnes den Bescheid sehr viel gelassener entgegengenommen hat, als es bei anderen der Fall gewesen wäre. Normalerweise reagieren die Jugendlichen mit Wut oder Trauer. In der Regel möchten sie lieber hierbleiben.«
Letzteres stößt Idun leicht auf.
»Hatte sie da bereits erfahren, dass sie ausgerechnet nach Boden verlegt werden sollte?«

Diesmal hält Idun sich das Telefon vom Ohr weg, als das Summen einsetzt. Sie erträgt es nicht mehr.

»Die Jugendlichen erfahren nie im Vorhinein, wo genau sie hinkommen. Das erzählen wir ihnen erst während der Fahrt.«

Idun schließt die Augen. Meint Solveig damit allen Ernstes, dass sie ein krankes Mädchen in ein Auto verfrachtet haben und ihr dann erst erzählt haben, wohin sie unterwegs war?

»Dann wusste Agnes nicht, was sie erwartet? Wer entscheidet, dass man so vorgeht?«

Man. Nicht *Sie*. Solveig Andersson soll nicht in die Defensive geraten.

»Das ist eine reine Sicherheitsmaßnahme.«

»Sicherheit für wen?«

»Dabei geht es um Drohungen gegen die Jugendlichen selbst.«

»Was für Drohungen sollten das sein?«

Solveig denkt unfassbar lange nach. Idun sieht zu der Fliege, die sich inzwischen am Fensterrahmen niedergelassen hat. Frenetisch putzt sie sich mit den Hinterbeinen die Flügel.

»Es ist ganz wesentlich für die Jugendlichen, sich von gewissen vorangegangenen Kontakten fernzuhalten, weil ein Teil davon zu ihrem Nachteil sein und die Rehabilitation erschweren könnte.«

»Dann wissen diejenigen, die bei Ihnen wohnen, auch nicht, dass Agnes nach Boden gezogen ist?«

»Genau so soll es sein. Nun weiß ich nicht, ob Agnes Zugang zu sozialen Netzwerken hat, seit sie im Norden wohnt – das entscheidet die zuständige Einrichtung von Fall zu Fall. Aber sofern sie Zugang hat, könnte sie den

Kontakt mit ihren früheren Mitbewohnerinnen und Mitbewohnern bei uns aufrechterhalten haben.«

Diesmal ist Idun an der Reihe nachzudenken. Sie macht sich eine knappe Notiz. Das muss sie bei ihrem nächsten Besuch im Bodengården abklären.

»Ich nehme an, dass Sie bei Agnes einen Drogentest durchgeführt haben? Weil Sie ja Cannabis bei ihr gefunden hatten.«

»Natürlich.«

»Und das Ergebnis war ...?«

Solveig seufzt leise.

»Positiv.«

»Wie kann sie an das Cannabis gekommen sein?«

»Bitte?«

»Wie ist Agnes an Drogen gekommen, während sie in einer geschlossenen Einrichtung wohnte?«

»Das wissen wir nicht.«

»Sie haben keine Ahnung, wie einer Ihrer Schützlinge an Drogen herankam?«

Die Antwort klingt leicht säuerlich.

»Wie gesagt: Nein, wir wissen es nicht.«

Idun schließt die Augen und kneift sich in die Nasenwurzel. Dann beschließt sie, die Bombe platzen zu lassen.

»Agnes ist aus dem Bodengården verschwunden. Sie gilt seit rund zwei Monaten als vermisst.«

Solveig hüstelt leise, natürlich gefolgt von einem Summen.

»Ich habe es mir fast gedacht, als ich die E-Mail Ihrer Kollegin gelesen habe. Wenn diese Jugendlichen ins Visier der Polizei geraten, dann sind sie entweder straffällig geworden oder ausgebüxt. Glauben Sie, dass sie unterwegs nach Stockholm sein könnte?«

Idun blinzelt. Auf diese Frage war sie nicht vorbereitet.

»Wir glauben gar nichts. Hätte sie Ihrer Ansicht nach einen Grund, zu Ihnen zu reisen?«

»Keine Ahnung. Wenn den Jugendlichen ein Ausbruch gelingt, dann halten sie sich üblicherweise so lange wie nur irgend möglich versteckt. Manchmal wenden sie sich dabei an alte Freunde, manchmal an neue Bekanntschaften.«

»Hatte Agnes Kontakt zu ihren leiblichen Eltern, während sie bei Ihnen untergebracht war?«

»Nein. Soweit ich es verstanden habe, war der Kontakt bereits abgebrochen, als sie in ihrer ersten Pflegefamilie unterkam. Die Mutter lebt nicht mehr, und der Vater ist drogenabhängig. Unseres Wissens gibt es keinerlei Geschwister oder andere Angehörige.«

Unsagbar traurig.

»Gibt es noch etwas, was Sie mir zu Agnes erzählen könnten? Was immer Ihnen da einfallen mag.«

Neuerliches Summen dringt an Iduns Ohr.

»Ich fürchte, nein. Agnes war ein verkorkstes Mädchen mit einem verkorksten Background und einer verkorksten Gegenwart. In etwa wie die meisten hier.«

»Wenn Ihnen noch etwas einfallen sollte, rufen Sie mich gern an. Ganz gleich, wie nebensächlich es sein mag.«

Solveigs Reaktion entspricht nicht dem, womit Idun gerechnet hat.

»Warum bemühen Sie sich so sehr, sie zu finden? Diese Jugendlichen brechen doch ständig aus, aber tauchen so gut wie immer wieder auf.«

Idun schluckt. Sie muss an Elvira denken, die ebenfalls aus der Unterkunft entkommen war und die niemand rechtzeitig wiedergefunden hat. Allerdings stellt sich natürlich die Frage, wie gründlich die Kollegen nach ihr gesucht haben. Drei Jahre später stürzt sie aus einem Kirchturm auf eine Steintreppe. Der Schädel platzt, und Gehirnmasse spritzt bis über die Beine eines frisch vermählten Brautpaars. Solveig Andersson hat sicher recht, wenn sie sagt, dass die Jugendlichen früher oder später auftauchen – auf welche Weise auch immer. Nur will Idun Agnes lieber lebend wiedersehen.

Ihre Antwort klingt trotz allem nüchterner.

»Es ist nun mal unser Job, Agnes zu finden.«

Solveig will wohl gerade erneut anfangen zu summen, überlegt es sich dann aber in letzter Sekunde anders. Idun entschlüpft ein erleichterter Seufzer.

»Verstehe. Dann drücke ich Ihnen die Daumen.«

Vera Bengtsson sieht wirklich verboten aus: Die roten Haare hat sie sich zu einem unordentlichen Dutt zusammengebunden, sie ist ungeschminkt, und die Ohren hängen voller Metall. Sie trägt eine weite Hose und einen transparenten Kaftan einer teuren Marke, durch den Stoff ist ein Spitzen-BH zu erahnen. Ihr Blick ist misstrauisch, und sie presst die Lippen zusammen, was auf Calle einen wütenden Eindruck macht – mal abgesehen davon, dass er sie extrem attraktiv findet.

Sie sagt Ja zu einem Kaffee. Schwarz, ohne Zucker, und sie kippt die erste Tasse förmlich in sich hinein. Mit den Fingerspitzen tupft sie sich die Mundwinkel ab. Ein breiter Goldring glänzt an ihrem Mittelfinger. Darunter ist ansatzweise die Tätowierung eines schwarzen Blattes zu erkennen. Mit trockener Stimme fragt sie, ob sie noch einen Kaffee bekommen könne. Fasziniert nickt Calle, ehe er in die Kaffeeküche eilt, um Nachschub zu holen. Auf dem Rückweg geht er extrem langsam, um nicht zu kleckern. Sein Kopf fühlt sich komisch an, als hätte er zu wenig geschlafen, obwohl es in der vergangenen Nacht mehr als ausreichend war.

Als er sein Dienstzimmer betritt, sitzt Idun hinter seinem Schreibtisch. Sie hält einen USB-Stick in der Hand und spricht in vertraulichem Tonfall mit Vera, die sich ein Stück über die Tischplatte beugt. Calle drückt der üppig gepiercten Fotografin ihren Kaffeebecher in die Hand.

»Und ich kriege keinen?«

Er lässt sich auf dem zweiten Stuhl nieder und lächelt Idun gekünstelt an.

»Nein. Und jetzt bin ich auch genug gelaufen.«

Vera sieht Idun amüsiert an. Die zwei scheinen in der kurzen Zeit einen Draht zueinander gefunden zu haben.

Idun schiebt Calles Laptop ein Stück auf ihn zu.

»Logg dich mal ein, damit wir uns die Bilder ansehen können.«

Er tut wie geheißen. Idun hält ihm den USB-Stick hin, er schiebt ihn seitlich in den Rechner und klickt den Ordner an. Unzählige Bilddateien werden angezeigt. Idun zieht ihren Stuhl ein Stück näher an Calle heran und sieht konzentriert zu, wie er wahllos drauflosscrollt. Einen Moment später blickt er zu Vera hoch.

»Irgendeins, das Sie besonders interessant fanden?«

Vera kippt den zweiten Becher Kaffee in sich hinein. Calle sieht bereits vor sich, wie er ihr den dritten holen geht.

»Scrollen Sie mal zu Bild einhundertsechsunddreißig. Das und die folgenden dürften Leute wie Sie interessieren.«

Idun neigt den Kopf leicht zur Seite.

»Leute wie uns?«

»Die einen Mord untersuchen.«

Mit geübten Bewegungen scrollt Calle die Liste hinunter, entdeckt Nummer einhundertsechsunddreißig und ruft das Foto auf. Er und Idun sehen es sich genau an. Ihre Köpfe sind so nah beieinander, dass sie sich fast an der Wange berühren. Nach ein paar langen Sekunden späht Calle zu Idun hinüber und ist überrascht, als sie die Luft anhält.

Er sieht zu Vera.

»Und die haben Sie alle geschossen?«

Sie nickt.

»Haben Sie die irgendwie retuschiert?«

Sie schüttelt den Kopf.

»Dann ist jedes der Bilder auf dem Stick ein Original?«

Vera Bengtssons Blick sagt alles: Sind Sie ein bisschen schwer von Begriff, oder stellen Sie mir hier gerade ein und dieselbe Frage auf unterschiedliche Weise?

Calle gibt sich mit dem Blick zufrieden.

»Wir müssten den Stick bitte hierbehalten.«

»Klar.«

»Sie dürfen die Bilder niemandem zeigen. Technisch betrachtet sind sie hiermit beschlagnahmt, und damit machen Sie sich strafbar, wenn Sie außerhalb dieser vier Wände jemand Unbeteiligtem Zugang dazu ermöglichen.«

Vera verzieht das Gesicht.

»Sie brauchen mir nicht zu drohen. Die Bilder sind alles andere als beschlagnahmt, ich kenne die Rechtslage und weiß, was Urheberrechte sind. Aber ich verstehe schon, dass sie jetzt bei einer Mordermittlung herangezogen werden, insofern: Nein, ich werde sie niemandem zeigen.«

Verdammte Hacke, Vera Bengtsson ist sowohl attraktiv als auch clever.

Idun beugt sich erneut vor zum Monitor und vergrößert das nächste Bild.

»Kann man hier etwas an der Schärfe machen?«

Veras Antwort hat einen vielsagenden Unterton.

»Keine Ahnung, ob Sie Techniker haben, die so etwas können ... Aber ich bin ja durchaus gern behilflich und hab schon mal ein paar Ausschnitte vergrößert.«

Sie nimmt ihren Rucksack vom Fußboden und zieht

eine Mappe heraus, die sie Calle überreicht. Ihre Fingernägel sind akkurat in einem schrillen Grün lackiert.

»Besser ging es nicht. Bitte sehr. Kann ich jetzt gehen? Ich hab bis Feierabend noch echt viel zu tun.«

Calle sieht sie an.

»Was denn?«

Sie steht auf und schultert ihren Rucksack.

»Ich war in Finnland auf einer Hochzeit. Superlangweilig als Job, aber nette Feier, insofern dürfte das eine oder andere Foto bestimmt gut geworden sein.«

Calle lehnt sich auf seinem Stuhl zurück.

»Wenn Sie sogar aus dem Ausland gebucht werden, müssen Sie ja ziemlich gut sein. Wie kommt es dann, dass die Fotos der Kirche so unscharf sind?«

Vera schnaubt.

»Ich hatte ja nicht vor, die Vorkommnisse oben auf dem Turm zu fotografieren. Sonst wären sie messerscharf gewesen. Ich hab nur ein paarmal extra auf den Auslöser gedrückt, damit das Brautpaar denkt, dass ich mein Geld wert bin.«

Calle pfeift leise durch die Zähne.

»Interessante Ausrede für einen mäßigen Job. Vielleicht sollten wir Sie anstellen?«

Er muss einfach provozieren, doch Vera Bengtsson scheint eine Frau zu sein, die damit gut umgehen kann. Er würde sie nur zu gern wiedersehen.

Die Fotografin wendet sich zur Tür und antwortet nonchalant über die Schulter, ehe sie auf den Flur und in Richtung Aufzug verschwindet: »Wenn Ihre Techniker die Hilfe einer der Besten ihres Faches brauchen, melden Sie sich. Und wenn ich dann Zeit und Lust habe, bin ich gern behilflich.«

Auf der Personaltoilette beugt Idun sich über das Waschbecken. Sie lässt kaltes Wasser in die offenen Hände laufen und spritzt es sich ins Gesicht, hält den Atem an und wiederholt die Prozedur zwei weitere Male. Die Müdigkeit sitzt ihr so tief in den Knochen, dass ihr ganz mulmig ist. Ihr Kopf ist vernebelt, die Gedanken sind träge, ein Gefühl, das ihr überhaupt nicht behagt. Erst dachte sie, dass sie den üblichen Nach-Urlaubs-Blues hätte, dann, dass sie sich vielleicht einen Sommerinfekt eingehandelt hat. Seit gestern denkt sie darüber nach, ob es eine beginnende Depression sein könnte – ein Gedanke, der sie fast zerreißt, so weit sie ihn auch von sich wegzuschieben versucht. Wie Tante Maj zu werden, war immer ihre größte Sorge. Weil die Disposition nun mal in der Familie liegt.

Das Handy vibriert in ihrer Jeanstasche. Sie weiß, ohne hinzusehen, dass es Calle ist. Er und Siv fragen sich bestimmt schon, wo sie so lange steckt. Sie verlässt die Toilette, lehnt sich auf dem Flur gegen die Wand und nimmt das Handy zur Hand. Doch es ist Tareq. Schlagartig verspürt sie Schwindel. Im selben Moment, da sie die Augen schließt, kann sie den Duft seiner Haut riechen. Seinen Bart an ihrer Wange spüren, die Narbe unter ihren Fingerkuppen, sobald sie ihm federleicht über den Rücken streicht.

Sie schlägt die Augen auf und drückt das Klingeln weg, nicht aber den Anruf. Dann schiebt sie sich das Handy wieder in die Tasche. Sie will ihn tags darauf zurückrufen, gerade kann sie nicht reden, sie hat derzeit nicht genug Energie für Job *und* Privatleben, auch wenn es bloß ein kurzes Telefonat geworden wäre. Außerdem hat sie sich immer noch nicht final entschieden, was sie ihm eigentlich sagen will.

In seinem Dienstzimmer stehen Calle und Siv Schulter an Schulter nebeneinander am Schreibtisch. Vor ihnen liegen Veras Fotos. Die zwei blicken nicht einmal auf, als Idun wieder zu ihnen stößt. Sie stellt sich auf die andere Tischseite und sieht die Fotos kopfüber vor sich liegen.

»Ist das wirklich die beste Auflösung, die wir kriegen konnten?«

Man kann Calle anhören, wie enttäuscht er ist. Siv schnalzt mit der Zunge.

»Malmens Leute haben ihr Bestes gegeben, mehr war nicht drin. Einige Fotos sind einen Hauch besser geworden, als die Fotografin es hinbekommen hat – immerhin etwas, würde ich sagen.«

Sie greift nach dem Foto, das mittig liegt und am interessantesten für sie sein dürfte. Idun nickt darauf hinab.

»Die Person, die sich da über das Geländer beugt, ist Elvira, daran besteht wohl kein Zweifel.«

Sie hält den Blick fest auf ihre – gelinde gesagt verschwommene – Cousine gerichtet. Aus den Augenwinkeln bekommt sie mit, wie Siv sie ansieht.

»Auf den anderen Bildern sieht es aus, als würde sie rückwärtsgewandt dastehen. Als würde sie sich zurücklehnen.«

Idun nimmt eins der anderen Bilder zur Hand. Der obere Teil ist wahnsinnig unscharf, und selbst das Brautpaar auf der Treppe ist nicht deutlich zu erkennen.

Siv und Calle betrachten das Bild ebenfalls.

»Du hast recht, Iddan, ich bin ganz deiner Meinung: Elvira lehnt sich nach hinten. Wer zu Hölle macht so was – in dieser Höhe?«

Idun streicht mit dem Finger über Elviras Silhouette.

»Und da steht, wie wir schon festgestellt haben, jemand hinter ihr.«

Calle und Siv beugen sich näher heran. Idun nimmt einen Kugelschreiber aus dem Stifthalter und tippt mit der Spitze auf eine Stelle hinter Elvira.

»Da, seht ihr das? Das dort ist ein Arm, hier die Hand, auch wenn sie komisch abgewinkelt aussieht. Ich nehme an, das hat mit der Unschärfe zu tun, aber es sieht ein bisschen so aus, als würde die Person im Hintergrund winken, findet ihr nicht?«

Siv beugt sich darüber und gerät in Calles Sichtfeld.

»Verdammt, du hast recht ... Und seht ihr die andere Hand? Die hier ausgestreckt ist? Seht ihr das?«

Siv nimmt Idun den Stift ab und tippt ein Stück höher auf das Foto – was nicht nötig wäre. Idun und Calle haben es auch schon gesehen.

»Winkt die Person? Oder fuchtelt sie? Wirklich schwer zu sagen. Scheibenhonig, dass das nicht schärfer ging!«

Insgeheim muss Idun über Sivs Variante des Kraftausdrucks grinsen. Siv selbst fährt mit der Hand über die übrigen Bilder. Auf allen ist die Kirche zu sehen – samt Brautpaar, das auf der Steintreppe steht. Die weiße Mauer im Hintergrund erstreckt sich bis ganz oben. Das schwarze, spitz zulaufende Turmdach scheint in den Sommerhimmel zu zeigen.

»Komisch, dass die zwei Personen nur auf einigen Bildern zu sehen sind. Wie viel Zeit ist denn zwischen den Fotos vergangen?«

Idun geht die Zeitangaben – winzige rote Ziffern – an der unteren Kante der Fotos durch.

»Zwischen diesem hier und dem nächsten sind es siebenundzwanzig Sekunden ... Fünfundsechzig bis zum übernächsten.«

»Dann hat die Fotografin innerhalb von knapp zwei Minuten nur ein einziges Bild geschossen?«, wundert sich Siv. »Und das ist dann so verschwommen? Ist das nicht merkwürdig?«

»Sie hat ja nur noch so getan.«

»So getan?«

»Vera hat noch ein paar Extrafotos geschossen, damit ihre Kunden das Gefühl hätten, sie würden für ihr Geld mehr bekommen. Diese Fotos waren nie dafür gedacht, entwickelt zu werden.«

Die Verwunderung steht Siv ins Gesicht geschrieben.

»Zumindest hat sie das erzählt, als wir mit ihr gesprochen haben.«

Siv pfeift leise durch die Zähne.

»Ziemlich gewieft. Und gut für uns. Ein unscharfes Bild ist immer noch besser als gar keins.«

Idun muss ein Gähnen unterdrücken. Sie hat keine Ahnung, was mit ihr los ist. Vielleicht sollte sie mal wieder mit ihrem Vater bolzen gehen – oder zumindest beim Arzt vorbeischauen. Führt nicht irgendein Mangel zu Müdigkeit? Vitaminmangel? Es muss ja nicht gleich eine beginnende Depression sein. Calle sieht sie an und runzelt leicht besorgt die Stirn. Idun tut so, als hätte sie es nicht bemerkt, und gibt sich Mühe, aufmerksam dreinzublicken. Nach ein paar Sekunden wendet Calle sich wieder den Fotos zu.

»Dann müssen Iddan und ich also mit dieser Bildqualität arbeiten. Hast du übrigens sonst noch etwas von Malmen gehört?«

Die Frage ist an Siv gerichtet.

»Sie gehen die Fotos weiter durch und geben natürlich ihr Bestes, um noch mehr rauszuholen, aber allzu große Hoffnungen sollten wir uns nicht machen.«

Calle verschränkt die Arme vor der Brust.

»Okay. Ehrlich gesagt kommen wir damit aber ja schon einen guten Schritt weiter. Darin sind wir uns doch einig?«

Er knufft Idun leicht gegen die Schulter. Die nickt nachdrücklich.

»Dies hier ist soeben eine Mordermittlung geworden.«

Siv legt die Fingerkuppen aufeinander und tippt sich an die Lippen. Sie sieht noch eine Zeit lang auf die Fotos hinab.

»Aber ist das nicht ein bisschen zu dünn? Malmens Leute können vermutlich nicht weiter an der Schärfe drehen oder an den Pixeln, oder wie das heißt. Trotzdem ist Fakt, dass hiermit im Raum steht, dass Elvira gestoßen wurde – man winkt ja nicht jemandem zu, der sich rückwärtslehnt? Auch da sind wir uns einig, oder?«

Idun greift den Ball auf.

»Wenn die Person im Hintergrund versucht hätte, Elvira zu helfen, dann hätte sie vermutlich entweder Abstand gehalten oder sich vorsichtig genähert – mit ausgestreckten Armen, als Geste der Hilfe. Aber seht ihr die Körperhaltung? Die Person ist Elvira zugewandt, der Oberkörper nach vorn gelehnt, während die Schultern nach hinten gezogen sind, das sieht man an diesen Konturen hier, wenn ihr sie mit der dahinterliegenden Turmmauer vergleicht.«

Calle und Siv beugen sich erneut über den Schreibtisch. Siv nimmt ihre Brille ab und kneift die Augen zusammen.

»Stimmt ... Die Person sieht eindeutig so aus, als würde sie das arme Mädchen vor sich herschubsen.«

Idun schiebt die Hände in die Taschen.

»Wir können uns da zwar nicht sicher sein – aber doch, die Bewegung ist die gleiche wie bei einem Stoß. Ich glaube, dass Elvira über das Geländer geschubst wurde. Gestoßen, getrieben – wie immer man es nennen will.«

Calle pfeift leise durch die Zähne.

»Und in dem Fall haben wir ein Foto ihres Mörders ...«

Idun fängt seinen Blick auf.

»Wir ermitteln im Fall Elvira. Trotzdem muss uns auch weiterhin interessieren, dass Agnes aus der Einrichtung verschwunden ist.«

Siv schiebt ihren Block in die Tasche.

»Ich muss zu einer Besprechung. Aber gute Arbeit, ihr beiden! Ruft an, wenn irgendwas ist.«

Sie verlässt das Zimmer. Idun dreht sich zu Calle um.

»Ich muss etwas essen, mir ist schon ganz schwummrig. Ich hole mir ein Sandwich aus dem Automaten im zweiten Stock. Willst du auch eins?«

Calle schüttelt den Kopf.

»Ich war heute Morgen trainieren und hab unten an der Ecke gefrühstückt, aber danke.«

Auf dem Weg zum Aufzug klingelt Iduns Handy erneut. Sie zieht es aus der Tasche. Es ist wieder Tareq. Diesmal schiebt sie das Handy klingelnd in ihre Gesäßtasche zurück. Sie hat ein mulmiges Gefühl im Bauch und muss erneut gähnen. Gott, sie ist fix und fertig ... Hoffentlich kann sie später am Abend schlafen.

Zwei Stunden nachdem das Licht ausgegangen ist, steht Emma auf, schlüpft in eine Jogginghose und ihren dünnen Baumwollpulli und zieht die Ärmel lang, damit ihre Narben verdeckt sind. Eigentlich ist es zu warm für Socken, aber Joanna meinte, damit wären ihre Schritte weniger zu hören. Emma tut oft, was Joanna sagt – nicht weil Joanna immer recht hätte, sondern weil so am wenigsten Ärger entsteht.

Sie bindet sich die Haare hoch und schleicht zur Tür. Kein Licht, sonst würde sie sofort erwischt werden. Knut mag ein fauler Hund und mit sich selbst beschäftigt sein, aber er findet gern Gründe, ein, zwei Jugendliche in die Iso zu stecken – und dass sie ihre Zimmer mitten in der Nacht verlassen, um sich heimlich zu treffen, wäre eindeutig ein guter Grund, das ist klar, ohne dass Emma auch nur darüber nachdenken müsste.

Vorsichtig zieht sie die Tür einen Spaltbreit auf. Der Flur ist dunkel und menschenleer. Nur vom Aufenthaltsraum fällt schwaches Licht über den grauen Boden. Knut muss den Fernseher angelassen, aber den Ton abgeschaltet haben, Letzteres vermutlich, um zu hören, wenn jemand wach wird und auf und ab geht. Er ist nicht so dumm, wie man annehmen könnte, trotz seiner Angebermuskeln.

Von ihrer Tür aus kann sie Kajsas abgewetzte Zimmertür sehen. Sie ist an-, aber nicht ganz zugezogen. Dann hat

Kajsa sie nicht ganz zugemacht, damit keiner hört, wenn sie sie aufzieht. Das wiederum überrascht Emma. Kajsa ist nicht die hellste Birne im Leuchter, wie Joanna es ausdrückt, wenn sie mal gute Laune hat. Emma selbst hat immer völlig nüchtern angenommen, dass Kajsa ein bisschen dusselig ist, weil das Leben ihr übel mitgespielt hat. So ist das, wenn man Jahr für Jahr kleingemacht wird, bis man fast komplett verschwindet.

Emma weiß nicht, wie lange sie schon dasteht, als plötzlich Kajsas Tür aufgeht. Nur ein paar Zentimeter, aber die reichen aus, damit die beiden Blickkontakt aufnehmen. Sofort schlägt ihr das Herz bis zum Hals, und intuitiv weiß Emma, dass sie eine Entscheidung gefällt hat. Sie will mit in die Waschküche gehen, obwohl das ihren Prinzipien widerspricht. Sie übertritt damit eine Grenze, sowohl die der Einrichtung als auch ihre eigene. Letzteres macht ihr am meisten Angst.

Sie legt die Hände an die Tür. Lautlos gleitet sie auf. Kajsas Tür knarzt umso mehr. Emma sieht die Angst in deren Blick, und im nächsten Moment stehen Tränen in den gestressten Augen. Emma ahnt, dass Kajsa drauf und dran ist, in Panik zu geraten. Eilig tritt sie hinaus auf den Flur, sieht Kajsa die ganze Zeit über in die Augen und legt dann den Zeigefinger an die Lippen. Kajsa sieht unschlüssig ihre Zimmertür an. Sie passt nicht durch den Spalt, den sie bereits aufgezogen hat, muss die Tür noch ein Stück weiter aufmachen. Emma hält die Hände hoch, um Kajsa zu beruhigen, teils aber auch, um ihr zu verstehen zu geben, dass sie jetzt irre vorsichtig sein müssen. Wenn Knut kommt, sind sie beide dran.

Kajsas Hände zittern, als sie ihre Zimmertür vorsichtig aufschiebt, doch die Mädchen haben Glück, diesmal knarzt nichts. Als die Tür weit genug offen steht, dass Kajsa hindurchschlüpfen kann, spürt Emma, wie ihr vor Erleichterung fast schwindlig wird.

Kajsa watschelt auf Emma zu. Sie geht immer ein bisschen wie ein Pinguin, Stirn und Wangen schimmern, entweder von der Wärme, vor Angst oder beidem. Emma nimmt ihre warme, feuchte Hand, und auf leisen Sohlen schleichen sie den Flur entlang. Als sie die Waschküche erreichen, steht die Tür sperrangelweit offen, und Joanna wartet vor dem Trockenschrank. Emmas Herz setzt für einen Schlag aus. Was sie hier tun, ist doch der reinste Irrsinn.

Sie ziehen die Tür hinter sich zu und schleichen auf Joanna zu. Hier drinnen ist es warm. Trocken und warm.

»Ihr seid pünktlich. Gut gemacht, ihr Luschen.«

Joanna flüstert so leise, dass sie kaum zu verstehen ist. Unsicher tapst Kajsa von einem Fuß auf den anderen.

»Was ich euch jetzt zeige, ist verdammt noch mal mein Geheimnis. Wenn ihr das herumerzählt, werde ich zwangsverlegt, kapiert ihr das?«

Emma will antworten, kann aber nicht. Es ist, als steckte ein Korken in ihrem Hals. Sie ist kein Fan von Joanna, aber sie will auch nicht, dass sie aus dem Bodengården ausziehen muss. Das Leben ist wesentlich angenehmer, solange klar ist, mit wem man es hier zu tun hat. Wenn eine verschwindet, kommt eine andere, und wer weiß, was man sich da einhandelt.

Joanna dreht sich zum Trockenschrank um. Sie geht auf die Zehenspitzen, legt die Hände an die Oberkante und fängt an, den Schrank mit kleinen Seitwärtsbewegungen nach vorn zu kippeln. Das dünne Blech knackst. Emma hält die Luft an. Über ihnen surrt die Klimaanlage. Emma hofft inständig, dass sie das Knacksen übertönt.

Joanna ist stark. Nach einer Weile hat sie den kompletten Trockenschrank fast einen halben Meter weit zur Seite geruckt. Zufrieden macht sie einen Schritt rückwärts und stemmt die Hände in die Hüften.

»Na also.«

Sie flüstert genauso leise wie zuvor, allerdings ist sie leicht außer Atem. Dort, wo der Schrank stand, liegt ein weiß lackiertes Blech auf der Wand auf, das in den Ecken verschraubt ist.

Ratlos sehen sie Joanna an.

»Emma geht voran, dann Kajsa, dann ich. Okay? Ich ziehe die Luke hinter uns zu.«

Emma klappt die Kinnlade runter, Kajsa ebenso. Joanna seufzt, als wären die beiden die blödesten Idioten auf der ganzen Welt. Sie tritt ans Waschbecken und nimmt ihren Rucksack zur Hand, den sie dort deponiert hat. Emma kennt diesen Rucksack. Er ist schwarz mit einem aufgenähten schwarzen Band-Logo. Joanna behauptet, sie habe den Aufnäher von Steve Harris persönlich bekommen, dem Bassisten von Iron Maiden, während einer After-Show-Party in London, bei der Joanna zu den VIP-Gästen gehört habe. Natürlich weiß Emma, dass das erstunken und erlogen ist. Joanna hat sich den Rucksack entweder so gekauft oder gestohlen. Sie war nie in London und hat auch nie jemanden aus einer Metal-Band getroffen.

Joanna schultert den Rucksack.

»Da drin ist es natürlich scheißdunkel, aber ich hab eine Taschenlampe dabei. Stellt euch gleich rechts hinter die Luke, da ist ein Absatz. Und keine großen Schritte, sonst kracht ihr die Treppe runter.«

Kajsa sieht aus, als würde sie jeden Moment anfangen zu heulen. Emma denkt darüber nach, sie erneut an der

Hand zu nehmen, lässt es diesmal aber bleiben. Mona hat recht, Kajsa muss sich endlich zusammenreißen und im Alltag mehr Selbstvertrauen entwickeln. Sie ist wahnsinnig unsicher und schreckhaft und hat Angst vor allem und jedem. Kajsa wirkt überhaupt nur dann ruhiger, wenn Knut in der Nähe ist, was komisch ist, wenn man bedenkt, dass er sie ein paarmal vollkommen grundlos in die Iso gesteckt hat. Einmal hat er sie auch im Besprechungsraum eingesperrt. Dort musste sie die ganze Nacht über sitzen, weil diese Art von Isolation Knut den ganzen Berichtskram erspart. Agnes glaubt, dass die Vier-Stunden-Regel gar nirgends mehr befolgt wird. In Stockholm musste sie manchmal bis zu fünfzehn Stunden lang in der Iso sitzen. Die Vier-Stunden-Regel habe das Personal dort umgesetzt, indem es Agnes für etwa eine Viertelstunde rausgeholt und wieder reingeworfen habe. Erst hat Emma geglaubt, sie würde übertreiben, doch nach der Art zu urteilen, wie sie es sagte, war es womöglich tatsächlich wahr: Denn Agnes spie regelrecht, dass Knut ein gerissener Teufel sei, der das System zu seinem Vorteil ausnutze. Kajsa sah immer traurig aus, wenn Agnes so etwas sagte. Manchmal denkt Emma bei sich, dass Knut für Kajsa auf merkwürdige Weise eine Art Vaterfigur sein könnte. Mona hat den Begriff in der Therapie benutzt, allerdings natürlich eher allgemein. Sie meint, dass eine Person, der erwachsene Vorbilder fehlen, nicht selten selbst welche auswählt, sowohl in der Jugend als auch später im Erwachsenenleben. Vielleicht tut die vierzehnjährige Kajsa ja genau das, wenn sie sich an Knut hält: Sie sucht sich ein männliches Vorbild. Einmal hat Joanna ihn gefragt, ob er und Kajsa in Wahrheit zusammen seien, aber da wurde Knut dermaßen wütend, dass sogar Joanna ausnahmsweise den Mund hielt. Anschließend, nachdem Knut erst rumgebrüllt und Joanna alles Mögliche entgegengeschleudert hatte und dann in den Personalraum gestürmt war, wies Beata sie darauf hin, dass derlei Aussagen kränkend seien und dass Knut im Bodengården arbeite, um den Mädchen ein besseres Leben zu ermöglichen. Emma konnte Beata zwar ansehen, dass sie selbst nicht recht daran glaubte, was sie da sagte, aber Einwände erhob sie natürlich nicht. Stattdessen spähte sie zu der untypisch stillen Joanna und nahm den Augenblick in sich auf. Außergewöhnliche Momente sind dazu da, wahrgenommen zu werden. Das hat Molly immer gesagt.

Joanna fängt an, die Schrauben in den unteren Ecken loszuschrauben. Sie sitzen nicht fest, die Köpfe ragen bereits ein paar Millimeter aus der Wand. Es geht anscheinend kinderleicht, und im Handumdrehen hält Joanna die ersten zwei Schrauben in der Hand. Sie greift um das Blech und zieht es von der Wand weg. Dahinter ist es kohlrabenschwarz. Joanna sieht Emma und Kajsa an. Kurz scheint sie mit sich zu ringen.

»Wir machen es, wie ich gesagt habe: Emma, du gehst als Erste. Kriech da rein und stell dich an die Seite, aber so leise du kannst!«

Sie faucht eher, als dass sie flüstert. Emma will dort nicht reinkriechen, gleichzeitig ist ihre Neugier übermächtig. Das Spannendste, was sonst im Bodengården passiert, ist ein flüchtiger Jugendlicher oder ein Fehlalarm. Eine geheime Luke in der Waschküche ist überaus verlockend, obwohl sie sich selbst und Molly geschworen hat, nie wieder in irgendeinem Zusammenhang aufzufallen.

Emma will gerade einen Schritt nach vorn machen, als Kajsa sie am Arm packt.

»Wir wissen doch gar nicht, was da drin ist!«

Hinter ihren Worten sind die Tränen bereits zu erahnen. Joanna verdreht die Augen.

»Ich weiß es aber. Ich war da jetzt schon öfter drin, verdammt.«

Emma sieht Joanna an, dass sie lügt. Trotzdem legt sie beschwichtigend die Hand an Kajsas Arm und will gerade etwas sagen, als Joanna ihr zuvorkommt.

»Außerdem erwischt Knut uns sonst noch. Wir müssen zurück sein, bevor er seine Runde dreht!«

Emma drückt Kajsas Arm.

»Ich gehe vor und warte da drin auf dich, okay?«

Kajsa antwortet nicht, aber Emma kann sehen, dass sie mitmachen wird. Kajsa vertraut Emma – ihr mehr als Joanna.

Emma beugt sich vor und versucht, durch die Luke irgendetwas zu erkennen. Dahinter ist es pechschwarz. Sie sieht hoch zu Joanna, die neben ihr steht, und will gerade etwas zur Sicherheit sagen, als Joanna den Kopf schüttelt.

»Ich komme mit der Taschenlampe sofort hinterher. Geh jetzt, sonst müssen wir abbrechen. Verdammt, seid nicht so trödelig!«

Emma gibt klein bei. Vorsichtig setzt sie den Fuß durch die Öffnung und auf den Absatz dahinter. Sie tastet sich kurz vor. Der Boden dahinter ist stabil. Feuchte Luft schlägt ihr entgegen. Es riecht nach Lehm und Rost. Sie nimmt die Arme hoch und stemmt sie von unten gegen die Luke, die schwerer ist als gedacht; Emma schiebt sie noch ein Stück höher und spürt, dass auch Joanna mit anpackt.

Dann schlüpft sie mit dem Oberkörper durch das Loch. Der schwache Schein aus der Waschküche reicht kaum weiter als bis zu der Öffnung, allerdings ahnt sie, dass der Boden dahinter aus einem dunklen Material besteht und irgendwie gemustert ist. Sie legt die Hände darauf, spürt die Kälte unter den Handflächen, zieht vorsichtig das zweite Bein nach und befindet sich nun komplett jenseits der Wand. Ihr Herz hämmert. Es ist zu dunkel, als dass sie irgendwas sehen könnte. Und es klingt komisch – gedämpft und schneidend gleichzeitig. Die Feuchtigkeit ist deutlich spürbar, und Emma erschaudert.

Sie nimmt die Hände über Kopf, damit sie nirgends anstößt, und richtet sich behutsam auf. Ihr ist ganz leicht schwindlig, und sie hat Schwierigkeiten, zu atmen, weiß aber, dass das bloß an der Angst liegt. Nach einer Weile treten Konturen in der Dunkelheit hervor. Wände aus blankem Fels, ein Muster unter den Füßen, das sich zu beiden Seiten ausbreitet. Schräg vor ihr scheint eine Treppe nach unten zu führen. Sie will gerade einen Schritt zur Seite machen, als sie Kajsas gestresste Stimme hört.

»Ich pass da nicht durch!«

Joannas Antwort hallt von den Wänden wider.

»Dann zieh den Bauch ein, Fettie!«

Emma ballt die Fäuste. Schlimm genug, dass Joanna Kajsa Fettie nennt, aber jetzt ist sie auch noch so verärgert, dass sie zu laut spricht. Wenn Knut sie jetzt erwischt, wird seine Wut keine Grenzen mehr kennen.

Emma dreht sich um und sieht Kajsas Kopf durch die Luke ragen. Sie hat die Hände auf den Boden gestemmt, schnieft, es sei kalt, ehe sie schwer auf die Unterarme runtergeht und versucht, ihren restlichen Körper durch die Luke zu quetschen. Emma beugt sich vor und packt sie bei den Schultern. Auf der anderen Seite erhascht sie einen Blick auf Joanna, die sich ihrerseits vorbeugt, um von hinten zu schieben. Gemeinsam geben sie alles, damit Kajsa es durch die Öffnung schafft. Kajsa stöhnt laut, versucht, mit den Händen einen Halt zu finden, bekommt endlich etwas zu fassen und zieht sich herein. Sie landet plump vor Emmas Füßen. Als sie sich aufrichtet, hört Emma sie schluchzen.

»Ich hasse sie!«

Abermals versucht Emma, sich umzusehen. Sie befinden sich in einer Art Berg – und sie weiß, dass die Schmalseite des Bodengården tatsächlich an eine Felswand herangebaut wurde. Angeblich hat sich vor ein paar Jahren ein Jugendlicher vom südlichen Hang gestürzt und ist im Wasser unten ertrunken. Todessee nennen sie ihn, oder Selbstmördersee. Beatas Blick verfinstert sich immer, wenn die Mädchen davon sprechen, dabei hat sie den Vorfall nie bestätigt oder dementiert. Außerdem heißt es, der Junge von damals würde jetzt hier herumspuken, hier in der Einrichtung, und nett sei er nicht.

Emma dreht sich wieder um und macht einen vorsichtigen Schritt in Richtung Treppe. Weiter kommt sie nicht, als es hinter ihr klappert. Die Angst schlägt ein wie ein Projektil. Hat Joanna sie in eine Falle gelockt? Ist die Luke jetzt zu, schraubt sie sie gerade von außen fest? Emma holt Luft, um etwas zu sagen, als ein lang gezogenes Kratzen ertönt. Im nächsten Moment geht die Luke wieder weiter auf, und Joanna taucht darin auf. Als hätte sie nie etwas anderes getan, schlüpft sie geschmeidig hindurch, rappelt sich hoch und wischt sich die Hand am Hosenbein ab. Dann erst lässt sie die Luke vollends los, und schlagartig wird es stockdunkel.

»So.«

Joanna klingt zufrieden. Kajsa schluchzt. Wie so viele Male zuvor schießt Emma durch den Kopf, dass sie noch nie einen Menschen erlebt hat, der mehr Tränen produziert. Sie hört eher, als dass sie sieht, wie Joanna ihren Rucksack absetzt und darin herumwühlt. Emma ahnt, dass sie die Taschenlampe sucht, und in der Sekunde darauf begeht Joanna den Fehler und richtet sie auf ihr eigenes Gesicht, drückt auf den Knopf, blendet sich selbst und zuckt heftig zusammen.

»Scheiße, jetzt seh ich nichts mehr ...«

Sie verzieht das Gesicht und kneift die Augen zu. Der Lichtkegel wirft merkwürdige Schatten über ihr Gesicht, ihr Kinn sieht unnatürlich groß aus, die Wangen scheinen direkt in die Stirn überzugehen. Kajsa fängt an zu schwanken, und Emma muss durchgreifen, damit sie nicht auffliegen.

»Psst, Knut kann dich hören!«

Obwohl sie flüstert, hört sie ihr Echo. Joanna reibt sich übers Gesicht und richtet die Taschenlampe zu Boden. Unter ihnen glitzert ein Gitter wie ein nasses Spinnennetz.

»So, und jetzt zeig ich euch etwas. Ihr werdet Augen machen.«

Kajsa greift nach Emmas Hand, und Emma spürt, wie Kajsa zittert. Die Decke ist niedrig. Wenn sie die Hand ausstreckt, berührt sie den kalten Stein. Der Absatz ist breiter, als es zunächst den Anschein hatte, trotzdem ist die Dunkelheit vor ihnen bedrückend. Links neben ihr setzt die Treppe an. Die hat sie schon erahnt, noch ehe Joanna die Taschenlampe angeknipst hat, doch erst jetzt sieht Emma, wie steil sie ist. Das Geländer sieht aus, als wäre es aus Eisen, ist flach und stellenweise verrostet, allerdings nicht annähernd so sehr wie die Treppenstufen.

»Ich will da nicht runter ...«

»Reiß dich zusammen, Fettie. Kapierst du nicht, was das

für eine Sensation ist? Endlich passiert hier mal was. Du solltest dankbar sein.«

»Aber wenn Knut uns erwischt ...«

Erneut fängt Kajsa an zu weinen. Emma drückt deren Hand.

»Leuchte mal da runter, damit wir sehen, wo wir hinmüssen.«

Joanna richtet die Taschenlampe neu aus. Emma geht näher, während Kajsa bleibt, wo sie ist, sodass sie beide die Arme ausstrecken müssen.

»Das geht aber ordentlich runter ...«

Emma späht hinab zum unteren Treppenabsatz. Dort erstreckt sich ein Steinboden. Eine Art Flur scheint nach links um eine Ecke herum zu verschwinden.

»Gehen wir?«

Die Frage kommt von Joanna. Emma dreht sich zu Kajsa um.

»Du hältst dich einfach die ganze Zeit dicht hinter mir.«

Kajsas Augen sind bereits rot unterlaufen, und ihr Kinn bebt. Joanna macht einen Schritt vor.

»Komm, du bist doch ein mutiges Fettie – komm schon! Wir müssen in einer Dreiviertelstunde zurück in unseren Zimmern sein.«

Sie legt die freie Hand an den abblätternden Handlauf, nimmt die erste Stufe und dreht sich noch einmal nach hinten um.

»Nach heute Abend werdet ihr den Bodengården noch ein bisschen besser leiden können, das verspreche ich euch.«

Boden 2017

Im Winter beobachten sie an Oma die ersten Anzeichen von Verwirrtheit. Erst sind es Kleinigkeiten, zum Beispiel vergisst sie die Zeit, findet die richtigen Worte nicht oder weiß kurz nicht mehr, welcher Tag gerade ist. Allerdings geht es schnell, und als sie in einer eiskalten Februarnacht orientierungslos in der Innenstadt aufgegriffen wird, schalten sie den Sozialdienst ein. Es folgen mehrere anstrengende Wochen und der Umzug in ein Heim für Demenzerkrankte. Oma ist fix und fertig, weint in klareren Augenblicken wie ein Kind, weil sie da begreift, was mit ihr passieren wird. An anderen Tagen ist sie fast apathisch, erkennt weder die Zwillinge noch deren Mutter wieder. Die ist untröstlich, meint, dass sie selbst am schlimmsten dran sei, weil sie schließlich ihre Mutter verliere. Oma dürfte ziemlich bald alles vergessen haben. Lebend tot nennt sie es mit einer Mischung aus Weinen und Ekel in der Stimme.

Die ganze Aufregung sorgt dafür, dass Emma erst im Frühjahr bemerkt, dass mit Molly etwas nicht stimmt. Jeden Morgen – egal, ob unter der Woche oder am Wochenende – steht Molly zwei Stunden vor allen anderen auf und geht ewig spazieren. Manchmal schläft Emma noch, wenn Molly wiederkommt, bei anderen Gelegenheiten wacht sie auf, sobald Molly sich aus ihrem Zimmer schleicht, und kann nicht mehr einschlafen. Dann liegt sie wach und wartet, lauscht in die Dunkelheit, hört irgendwann, wie Molly zurückkommt. Emma horcht auf Geräusche, hört Molly ins Bad gehen und duschen. Molly kann Stunden in der Dusche verbringen, aber unter der Woche ist sie immer fertig, bevor ihre Eltern aufwachen. Manchmal kocht sie ihnen dann Kaffee, schließt die Augen und lächelt, wenn ihre Mutter sie umarmt und dafür lobt, dass sie morgens bereits so fit ist. Der Vater deckt den Frühstückstisch – solange Emma denken kann, immer das Gleiche: Vollkornbrot, Eier, Salatblätter. Kaffee und Tee, Dickmilch für Molly, die nichts anderes mehr isst. Sie nimmt nie Müsli dazu, trinkt Tee statt Saft, sitzt mit angezogenen Beinen am Tisch, hat einen weiten Pulli an und friert trotz alledem. Emma hat ein komisches Gefühl, eine Mischung aus Beklemmung und Sorge. Sie weiß nicht, an wen sie sich wenden soll, kann mit niemandem reden. Zu ihren Eltern kann sie nichts sagen, und Oma ist unterwegs in eine Welt, zu der Emma keinen Zutritt hat.

Natürlich versucht sie, mit Molly zu reden, aber die reagiert immer nur, indem sie dichtmacht, indem sie sich von Emma abwendet und kein Wort mehr sagt. Diese Distanz ist schwer erträglich. Emma braucht ihre Schwester, sie muss sich sicher sein können, dass sie da ist, im Mittelpunkt ihres Lebens wie in der Peripherie, nah und fern zugleich. Deshalb hört Emma irgendwann auf zu fragen. Damit Molly sich nicht weiter von ihr zurückzieht.

Gerade sind die Zwillinge auf dem Weg zur Schule, ein Fußmarsch von knapp zwanzig Minuten. Es ist April, der Schnee schmilzt bereits, die Straße ist frei, nur auf den Gehwegen ist noch die eine oder andere vereiste Stelle. Emma hat ihre Übergangsjacke an. Morgens ist es immer noch kalt, aber rund um die Mittagszeit reicht eine dünnere Jacke oder ein Strickpulli vollkommen aus. Molly hingegen besteht weiterhin auf ihrer dicksten Daunenjacke, dazu trägt sie einen breiten Schal und eine gefütterte Mütze.

Emma sieht sie von der Seite an.

»Ist dir nicht warm?«

Molly schüttelt den Kopf. Emma beißt sich auf die Lippe, schweigt eine Zeit lang, dann gibt sie sich einen Ruck.

»Ich hab Angst, Molly.«

Molly bleibt stehen. Sie sieht Emma mit wässrigem Blick an, und die mustert verstohlen deren Gesicht. Irgendwas ist passiert, das ist in der grellen Frühlingssonne deutlich zu sehen: Die Augen sind eingesunken, die Wangenknochen so scharfkantig, dass die Haut darüber doch wehtun muss. Die Lippen sind schmal und trocken.

»Ich glaube, du bist drauf und dran, zu verschwinden.«

Es klingt ungelenk. Molly tritt auf der Stelle. Ihre Wangen sind bläulich, und Emma ahnt, dass ihre Schwester friert, will sie am liebsten in die Arme schließen und nie wieder loslassen.

»Ich geh schon nicht weg.«

Molly sagt es mit lebloser Stimme. Emma würde am liebsten losheulen. Wo soll sie sich hinwenden? Wer soll ihr helfen, Molly zu retten?

Langsam gehen sie weiter. Es ist, als hätte Molly nicht mal mehr die Kraft, wieder loszugehen. Sie kommen zu spät zur Schule. Ihre Mutter wird durchdrehen, wenn sie es erfährt. Doch ausgerechnet heute ist es Emma egal. Erstmals in ihrem zwölfjährigen Leben dämmert ihr, dass nichts von Dauer ist. Irgendwas steht ihr bevor. Molly droht ihr zu entgleiten, in einen Nebel, der so dicht ist, dass Emma sie aus dem Blick verlieren wird. Sie muss Hilfe organisieren, nur wie? Das Wichtigste in ihrer Familie war immer der Anschein, den sie nach außen erweckt haben. Das, was andere sehen. Was signalisiert, dass alles genau so läuft, wie es laufen sollte. Die Erkenntnis stürzt Emma in einen Konflikt, und sie hat Gewissensbisse, weiß nicht, wie sie all das, was sie gelernt hat, mit dem Umstand vereinbaren soll, dass Molly kurz davor ist kaputtzugehen. Denn wie ruft man um Hilfe, wenn nach außen hin nichts und niemand kaputtgehen darf?

Joanna, Kajsa und Emma gehen langsam die knarrende Treppe hinunter. Sie wackelt mehr als gedacht, und sie müssen sich am rostigen Handlauf festhalten. An einer Stelle scheint sie sich fast aus der Wandhalterung zu lösen, alle drei geraten ins Wanken, und Kajsa stößt einen verängstigten Quietscher aus.

Als sie den unteren Absatz erreichen, bleiben sie in Dreiecksformation stehen. Rücken an Rücken, als würden sie eine Verteidigungsallianz gegen potenzielle Gefahren bilden, die hier unten im Dunkeln lauern. Sie befinden sich in einer Art Zwischenraum mit niedriger Decke und Felswänden. Es riecht abgestanden, ein wenig seltsam, fast wie Kompost und verrottetes Gemüse. Selbst die Geräusche sind komisch, gedrückter, als gäbe es keinen Ausweg und als müssten sie sich nach innen wenden. Man hört den eigenen Atem, als wäre der Mund plötzlich näher an die Ohren herangerutscht.

Rechter Hand befindet sich eine verriegelte Tür aus massivem Metall. Sie hat einen runden Handlauf, so einen, wie man ihn aus U-Boot-Filmen kennt und der nie aufgeht, wenn er am dringendsten aufgehen müsste. Direkt vor ihnen – blanker Fels. Er ist stellenweise ölig, hier und da zeichnen sich regenbogenbunte Kreise ab. Emma findet, dass das schön aussieht, wie auf Asphalt, wenn man an einem Sommerabend mit dem Auto durch Regen fährt.

Joanna streift die verschlossene Tür mit der Taschenlampe und fährt dann weiter die ölige Felswand ab. Links von der rostigen Treppe hält sie mit dem Lichtkegel inne. Das Licht fällt in einen Tunnel und verliert über dem Boden an Stärke. Vor ihnen liegt ein Durchgang mit Gewölbedecke, der um eine Kurve verschwindet.

»Da können wir nicht rein«, sagt Emma.

Die beiden anderen sind spürbar verdattert. Emma führt sonst nie das Kommando. Kajsa nickt nachdrücklich, während Joanna natürlich dagegenhält.

»Wir können aber auch nicht zurückgehen und *nicht* herausfinden, was sich dahinten befindet. Reißt euch zusammen, verdammt!«

Da ist Wut in ihrer Stimme. Kajsa schlägt prompt die Hände vors Gesicht.

»Ich hab aber Angst ...«

Obwohl die Hände ihre Stimme zu einem einzigen breiigen Gemurmel dämpfen, hören sie, dass Kajsa erneut angefangen hat zu weinen. Joanna seufzt laut.

»Du hast immer Angst. Oder dir ist warm. Oder du bist feige. Dann geht halt zurück, wenn ihr wollt, mir doch egal. Ich hab jedenfalls nicht vor, den Schwanz einzuziehen.«

Joanna richtet die Taschenlampe erneut auf den Tunnel. Er sieht aus, als wäre er aus dem Fels herausgeschlagen worden. Unter der Gewölbedecke verlaufen Stromkabel, und über den Kabeln sitzen im Halbmeterabstand kleine Porzellangebilde. So etwas hat Emma schon mal gesehen, sie weiß nicht mehr genau, wo, aber sie glaubt, es war in ihrer Kindheit. Vielleicht in Omas Keller?

»Also?«

Emma räuspert sich.

»Ich würde ja mitgehen und mal sehen, wo das hinführt – aber dann gehen wir sofort wieder hoch und sind rechtzeitig vor Knuts Runde zurück.«

Emma sagt es mit so fester Stimme wie nur irgend möglich. Joanna schürzt zufrieden die Lippen, und endlich nimmt Kajsa die Hände wieder runter.

»Aber ich hab so Schiss …«

Joanna knufft sie in die Schulter. Es sieht netter aus, als es womöglich gemeint war.

»Hast du doch immer.«

Dann setzt sie sich in Bewegung. Sie hält die Taschenlampe fest in der Hand und fährt mit dem Lichtkegel Boden und Wände ab. Der Durchgang fühlt sich beengt an; wenn die Wände jetzt einstürzten, würden sie sterben, so viel ist sicher. Emma hat die Fäuste geballt und sich vor den Bauch gepresst, drückt sie unter die unterste Rippe, um ihre Besorgnis in Schach zu halten. Die Mischung aus Angst und Neugier fühlt sich merkwürdig an.

Joanna geht vorneweg. Emma spürt Kajsas Bewegungen hinter sich und ihre warme Atemluft im Nacken. Sie wünschte sich, Agnes wäre jetzt hier. Sie war im Vergleich zu Kajsa und Joanna immer schwerer zu greifen – aber genau deshalb konnte Emma sie so gut leiden. Sie weiß, dass Agnes mehrere Einbrüche und Tätlichkeiten auf dem Kerbholz hat. Für Letzteres ist sie im Bodengården gelandet – sie, die zwei Monate zuvor verschwunden ist. Das Personal ist felsenfest davon überzeugt, dass Agnes abgehauen ist. So dumm, dass es kracht, hätte Oma gesagt, denn Emma weiß genau, dass Agnes nicht abgehauen ist. Ein paar Tage vorher war da etwas in ihrem Blick, als hätten die Augen sich plötzlich verändert, nur ein klein wenig, aber hinreichend, sodass ein aufmerksames Gegenüber es erkennen konnte. Und Emma ist immer aufmerksam. Sie hat gesehen, dass Agnes nicht die Flucht im Blick hatte. Das war nicht die Aussicht, von hier wegzukommen, kein Hauch von Erkenntnis, dass es irgendwo einen Ausweg gäbe. Nein, sie hat in Agnes' Augen die Panik gesehen, reine, blanke, bodenlose Panik, und die flackert nicht auf, wenn die Freiheit winkt. Eine Panik, wie man sie empfindet, wenn man kurz davor ist, etwas Schreckliches zu erleben. Emma weiß das mit Sicherheit. Weil sie diese Panik selbst erlebt hat.

Die Mädchen erreichen einen weiteren schmalen Durchgangsraum im Tunnel. Vor ihnen befindet sich eine zweite Metalltür. Sie war mal weiß lackiert, inzwischen blättert die Farbe ab. Lange Streifen des grauen Untergrunds sind zwischen den weißen Flächen zu sehen.
»Die Tür ist zu und garantiert alarmgesichert.«
Auf Kajsas Einwurf reagiert Joanna wütend.
»Hör endlich auf, du blöde Kuh. Ich weiß, wo wir langgehen, ich hab das schon ausgecheckt. Die Tür ist verdammt noch mal *nicht* alarmgesichert.«
Emma kann hören, dass sie lügt. Sie war nie hier, und sie weiß auch nicht, ob die Tür alarmgesichert ist oder nicht. Trotzdem sagt Emma kein Wort. Besser, Kajsa soll denken, dass Joanna alles im Griff hat.
Joanna legt die Hände an das Rad. Es bewegt sich, und nach ein paar Umdrehungen kann sie die Tür aufdrücken. Sie ist schwer, und Joanna muss erneut beide Hände und ihr volles Gewicht einsetzen, deshalb hat sie Emma die Taschenlampe in die Hand gedrückt.
»Scheiße, was die wiegt!«
Kajsas Hände schnellen an ihren Hals. Es sieht aus, als versuchte sie, eine unsichtbare Schlinge locker zu ziehen. Emma weiß, dass das die Angst ist. Mona hat in der Therapie darüber geredet.
»Ich will nicht mehr mitmachen.«

Joanna setzt einen Fuß auf die andere Seite der auffällig hohen Schwelle.

»Dann geh zurück. Aber du hältst die Klappe und erzählst niemandem, wo wir sind.«

Kajsa tritt von einem Fuß auf den anderen. Emma weiß, dass sie sich niemals trauen würde, allein in die Unterkunft zurückzukehren.

»Joanna geht zuerst, dann du, dann ich, okay?«

Joanna streckt die Hand aus, und Emma gibt ihr die Taschenlampe zurück.

Sie stehen erneut in einem Raum. Der Lichtkegel wandert langsam über die Wände. Der Raum ist kleiner als erwartet, auch hier sind Boden und Wände aus Stein, allerdings ist die Decke ein wenig höher als zuvor im Tunnel. An zwei der Wände stehen Stockbetten aus schwarzem Metall mit dünnen blau karierten Matratzen. Nirgends Decken oder Kissen, der Matratzenbezug ist zerschlissen und hat unzählige Löcher. Eins der oberen Betten ist leer. Die altertümlichen schwarzen Gurte, auf denen die Matratze liegen müsste, schimmern im Schein der Taschenlampe.

Mitten im Raum steht ein grün lackierter Holztisch. Er scheint zur Seite zu kippeln, weil ein Bein kürzer ist als die anderen. Vier Stühle sind daruntergeschoben. Nachdem Joanna mit der Taschenlampe ein paarmal den Raum abgesucht hat, zieht sie einen der Stühle hervor.

»Wir setzen uns besser hierhin. Die Betten fühlen sich eklig an.«

Sie setzt sich, hält die Taschenlampe in einer Hand und hebt die andere an die Augenbraue. Dann zieht sie die Sicherheitsnadel vor und zurück. Auch Emma und Kajsa setzen sich. Kajsa scheint sich beruhigt zu haben. Fast schon fasziniert, sieht sie sich um.

»Was ist das hier?«

»Ein Schutzraum, kapierst du das nicht? Hier soll man sich verkriechen, wenn die Russen angreifen.«

Emma beißt die Zähne zusammen. Joanna erzählt Märchen, wie immer. Das hier ist ein ganz piepnormaler Bunker, der vor zig Jahren von der Armee in den Berg gesprengt wurde. Emma hat in der Schule davon gehört, und im vergangenen Jahr haben sie einen Ausflug ins Armeemuseum gemacht. Einen Teil der alten Bunkeranlagen kann man sogar besichtigen, was die kleine Klasse aus dem Bodengården wahnsinnig gern gemacht hätte, aber ihr trockener Sozialkundelehrer meinte nur, das sei nicht möglich, *solche* Ausflüge erlaube das Regelwerk des Bodengården nicht. Was Emma sogar verstehen konnte. Außer ihr sind alle versessen darauf, das Weite zu suchen, träumen davon, die Flucht zu ergreifen, und wenn es nur für ein paar wenige Stunden ist. Sie selbst hat keine derartigen Pläne. Der Bodengården ist ihr sicherer Hafen, den darf sie nicht verlassen, das würde Molly ihr niemals verzeihen. Denn in Freiheit hat Emma keine Kontrolle über sich.

»Dann haben wir hier jetzt unsere Treffen.«

Joanna sieht die anderen triumphal an.

»Was denn für Treffen?«

»Unsere Geheimtreffen natürlich.«

Emma friert ein wenig. Sie schlingt sich die Arme um den Leib, um sich aufzuwärmen.

»Was für Geheimtreffen?«

Kajsas Stimme zittert. Auf der Tischplatte bleiben ihre Handabdrücke als feuchter Nebel zurück.

»Na, man kann hier unten doch wohl sagen, was man will, oder?«

Joanna rollt die Taschenlampe ein paar Zentimeter über die Tischplatte. Die Stockbetten fangen einen Teil des Lichts auf und werfen groteske Schatten über die Felswände.

»Wir bilden eine Geheimtruppe.«

»Was?«

Anscheinend ist dies die cleverste Frage, die Kajsa einfallen will. Emma geht dazwischen.

»Jetzt sag schon, was du hier unten vorhast, Joanna, dann müssen wir nicht raten.«

»Wir schmieden einen Pakt. Einen scheißheimlichen Pakt.«

Kajsa grinst kindisch.

»Einen Pakt, au ja – als wären wir beste Freundinnen. Du redest ja schon verdammt noch mal wie Mona!«

Joanna bleibt vor Überraschung der Mund offen stehen, und selbst Emma reißt die Augen auf. Im nächsten Moment brechen alle drei in Gelächter aus. Es ist befreiend – Emma spürt, wie der Knoten in ihrem Bauch sich allmählich zu lockern beginnt. Joanna ist kein bisschen wie Mona, die ruhige Psychologin mit den krausen Locken und den kindischen Klamotten, die immer zu allem, was man antwortet, Ja sagt und behauptet, dass man ein Recht auf gewisse Gefühle habe, aber auch die Verantwortung für seine Handlungen. Oft konzentriert sich Mona darauf, dass die Mädchen eine stärkere Verbindung zueinander aufbauen sollen, dass sie sich mit denen zusammentun sollen, die sie mögen, und Nein zu Leuten sagen, mit denen es ihnen nicht gut geht. Das Problem ist nur, dass das schwer umsetzbar ist, wenn man in einer Einrichtung wie dem Bodengården wohnt. Die Auswahl ist da aus naheliegenden Gründen minimal. Und auf Abstand zum Personal zu gehen, funktioniert eben nicht, selbst wenn man es wollte. Doch Mona hat zumindest dahingehend recht, dass Emma, Joanna und Kajsa zusammenhalten sollten. Agnes natürlich auch – also, bis zum Zeitpunkt ihres Verschwindens. Allerdings sind sie sich nur zu sehr dessen bewusst, dass ihre Freundschaft nur darauf beruht, dass sie hier Mitbewohnerinnen sind. Draußen im echten Leben hätten sie niemals Kontakt miteinander, würden einander womöglich nicht einmal angucken.

»Aber wir reden doch schon in der Therapie? Ich verstehe nicht, was ...«

Kajsa ist schon wieder völlig *lost*. Doch diesmal verdreht Joanna weder die Augen, noch seufzt sie.

»Ich weiß. Aber hier reden wir über andere Dinge – über Sachen, die wir in der *fucking* Therapie nie aussprechen würden. In einer Untergrundtruppe geht es nur um das Beste vom Besten.«

»Untergrundtruppe?«

Es ist Emmas erste direkte Nachfrage. Joanna antwortet nicht.

»Wir reden darüber, wen wir vögeln wollen und so – oder wenn wir eine gute Stelle entdeckt haben, wo man heimlich rauchen kann.«

Außer Joanna raucht keine von ihnen. Und mit wem sollten sie auch Sex haben?

»Und dann lästern wir. Scheiße, wie wir hier lästern können!«

Kajsas Widerspenstigkeit wirkt plötzlich wie eine logische Folge.

»Worüber denn? Wir haben doch gar nichts, worüber wir lästern könnten.«

Auch darauf erwidert Joanna nichts. Bekümmert dreht Kajsa sich zu Emma um.

»Verstehst du, was wir hier machen sollen?«

Ihr Kinn fängt erneut an zu zittern. Emma nickt widerwillig, sie versteht leider nur allzu gut, was Joanna hier vorhat.

Emma formuliert es, so klar sie nur kann.

»Sie will, dass wir über die Sachen reden, über die wir sonst nie reden. Sie will unsere Geheimnisse hören, über die wir nicht mal in der Therapie sprechen und über die wir eigentlich auch gar nicht sprechen wollen.«

»Bingo, du Genie. Und? Bist du dabei, Fettie?«

Letzteres ist an Kajsa gerichtet, die trotz allem nickt, obwohl klar ist, dass sie es immer noch nicht begriffen hat.

»Und wie nennen wir uns?«

Nervös ringt sie die Hände. Joanna runzelt die Stirn.

»Nennen?«

Kajsa lächelt verunsichert.

»Na ja, so eine Geheimtruppe muss doch einen Namen haben.«

»Untergrundtruppe – Scheiße, hast du nicht zugehört? Das hab ich doch schon gesagt!«

Kajsa ist schon wieder den Tränen nah. Joanna legt den Kopf theatralisch resigniert auf die Tischplatte.

»Dann schlag etwas anderes vor. Wir müssen auch gar keinen Namen haben, aber wenn, dann soll es Scheiße noch mal ein guter sein. Der zu uns passt. Agnes soll auch dabei sein, wird ja auch Zeit, dass die Schlampe zurückkommt.«

Einen Augenblick lang sitzen sie schweigend da.

»JEKA vielleicht?«

Tatsächlich ist es Kajsa, die mit dem Vorschlag kommt.

»Also, nach unseren Namen – Joanna, Emma, Kajsa und Agnes.« Sie kratzt sich am Unterarm. »Oder KEJA?«
Joanna schnaubt, dass der Speichel stiebt.
»Bist du fünf, oder was? Wenn wir schon einen Gruppennamen haben, dann doch wohl nicht das Blödeste, was einem einfällt.«
Kajsa sieht beschämt aus. Es vergeht einige Zeit, in der die drei nachdenken.
»Schwesternschaft«, sagt Emma schließlich. »Wir nennen uns Schwesternschaft.«
Joanna sieht aus, als würde sie über Emmas Vorschlag nachgrübeln. Dann nickt sie bedächtig.
»Scheiße, Emma-Schlemma, gar keine blöde Idee. Schwestern sind immer noch besser als Freundinnen, als wären wir so was wie Bewohnerschwestern.«
Kajsa nickt ebenfalls, wenn auch ein wenig vorsichtiger als Joanna.
»Ja, das nehmen wir.«
Emma sieht Joanna an.
»Aber dann erzähl uns jetzt, worüber wir bei unseren Treffen reden sollen. Was genau willst du wissen?«
Joanna kneift die Augen zusammen.
»Was wollt ihr denn über mich wissen?«
Kajsa zuckt mit den Schultern. Emma verschränkt die Hände auf dem Schoß, damit die anderen nicht sehen, wie sie zittern.
»Du hast das hier doch eingefädelt. Erzähl, was du wissen willst, damit wir entscheiden können, ob wir dabei sein wollen oder nicht.«
Darauf nickt Kajsa umso nachdrücklicher. Emma ahnt, dass sie Joanna womöglich fast so weit hat – dass sie nun gezwungen ist, zuzugeben, wozu dieser Geheimtrupp in

Wahrheit gut sein soll. Doch Joanna ist nicht dumm, sie weicht der Aufforderung aus, und zwar, indem sie ihnen auch noch ein Leckerli hinhält.

»Wir machen es so: Ich fange an und erzähle etwas Spannendes von mir, und dann sehen wir ja, ob ihr dabeibleiben wollt. Was meint ihr, verdammte Schwesternschlampen?«

Sie grinst so breit, dass Kajsa sogar anfängt zu lachen.

»Einverstanden. Oder, Emma? Damit sind wir doch einverstanden?«

Sowohl Joanna als auch Kajsa sehen Emma auffordernd an. Als sie sich Zeit mit der Antwort lässt, runzelt Kajsa besorgt die Stirn. Joanna sitzt reglos da und sieht Emma neutral an. Instinktiv weiß Emma, dass dies eine Falle ist. Kajsa ist bereits hineingetappt, und auch Emma kommt aus der Nummer nicht mehr hinaus – oder vielleicht doch, aber dann dürfte es turbulent werden, und Emma mag es nicht, wenn es um sie herum turbulent wird.

Sie nickt. Okay. Indem Joanna anfängt, erkauft Emma sich ein wenig Zeit, die vielleicht ausreicht, um eine Wahrheit zu erdichten, eine, die die anderen vielleicht sogar schlucken.

»Okay, Joanna, schieß los.«

Begeistert klatscht Kajsa in die Hände. Joanna sieht die beiden ernst an.

»Dann seid ihr dabei? Ganz sicher?«

Emma atmet tief durch die Nase ein.

»Wir sind dabei.«

Joanna schlägt so fest mit der Faust auf die Tischplatte, dass die anderen auf ihren wackligen Stühlen zusammenzucken.

»Na also! Damit ist die Schwesternschaft offiziell gegründet. Allerdings müssen wir jetzt wieder hoch, bevor Knut seine Runde dreht.«

Joanna steht auf. Emma fängt ihren Blick auf, und es läuft ihr eiskalt den Rücken hinunter. Jetzt muss sie genau nachdenken und sich eine Lüge zurechtlegen, die wahrheitsgetreu klingt. Nur Mona kennt die Wahrheit, und Emma weiß, dass die anderen Mädchen sie hassen würden, wenn sie ebenfalls davon erführen. Nicht dass das Emma wichtig wäre. Leute dürfen mögen und nicht mögen, wen sie wollen. Aber sie würde die Blicke nicht ertragen. Die angeekelten, angewiderten und herablassend-mitleidigen Blicke, mit denen sie sie bedenken würden.

Das arme Mädchen – was sie mit Tieren macht! Armes, armes Mädchen!

Irgendwann nach Mitternacht steht Idun auf. Sie kann so nicht schlafen, alles klebt in der Wärme, das offene Schlafzimmerfenster beschert ihr auch keine nennenswerte Abkühlung. Sie streckt sich nach ihrem Handy aus. Keine verpassten Anrufe. Idun versucht, in sich hineinzuhorchen und festzustellen, ob sie eher enttäuscht oder erleichtert ist, kommt aber zu keinem Schluss, ist zu müde, um klar zu denken. Sie hat seit einer Woche nicht mehr richtig geschlafen. Es ist jetzt ein Jahr her, dass Calle ins Gesicht geschossen wurde, damals, als Idun ihn allein hoch in den ersten Stock bei den Vendels gehen ließ. Im Nachklapp zwang Anders sie zu einem Termin beim Polizeipsychologen. Der Typ war wahnsinnig langweilig – laut ihrem Vater ein bewusst eingesetztes Mittel, allerdings war Idun vom ersten Moment an davon überzeugt, dass das Verhalten im Fall dieses Mannes vollkommen natürlich war. Er hatte einen weißen Bart, trockene Augen, trug einen grauen Pullunder und eine braune Hose. Saß mit offener Körpersprache ganz entspannt in seinem Sessel. Das zottelige Schaffell juckte in Iduns Rücken.

Eingangs handelten die Fragen von Calle. Danach von Iduns Überlegungen zu all dem, was vorgefallen war. Mit der Zeit schlugen sie eine andere Richtung ein, da ging es um Iduns Berufswahl und irgendwann um ihre Kindheit und Jugend. An diesem Punkt zog Idun die Reißleine. In diesem Bereich hatte der alte Psychologe nichts mehr zu suchen. Dass Iduns Mutter Krebs bekam und starb, hatte nichts mit Calles kaputt geschossener Wange zu tun. Das hat Idun dem Alten im Pullunder auch so gesagt, woraufhin er langsam nickte und fragte, was Idun dabei empfinde. *Scheiß doch drauf*, hätte sie gern erwidert, ließ es dann aber bleiben. Stattdessen stand sie auf, ließ das Schaffell und den grauen Alten und seine Idiotenfragen hinter sich. Sobald sie draußen war, schrieb sie Anders, dass jetzt Schluss sei mit den Therapiestunden. Wenn er damit ein Problem habe, solle er sie eben rauswerfen. Anschließend fuhr sie auf direktem Weg ins Fitnessstudio und stemmte Gewichte, bis die Muskulatur im Schultergürtel ihr zubrüllte, sie möge endlich damit aufhören.

Idun will nicht über ihre Kindheit und Jugend reden. Sie hat darüber bis zum Erbrechen nachgegrübelt, hat unzählige schlaflose Nächte hinter sich, bis sie einfach nicht mehr konnte. Auf eigene Faust hat sie sich über Herrschaftstechniken schlaugemacht, weiß, dass auch Schweigen eine Antwort ist und dass die Unfähigkeit, zu lieben, nicht unbedingt selbst gewählt sein muss. Drei Geschwister können mit ein und denselben Eltern aufwachsen und sich trotzdem fühlen, als hätten sie in unterschiedlichen Familien gelebt. Und auf gewisse Fragen gibt es einfach keine Antworten – weil die Person, die die Antwort gehabt hätte, nun mal nicht mehr am Leben ist.

Idun steht auf und geht ins Bad. Sie pinkelt, wäscht sich die Hände und zieht ihren Bademantel an. Ihr ist zugleich kalt und warm, irgendwie fühlt sie sich nicht gut, ahnt, dass sie etwas zu sich nehmen sollte. Aus dem Kühlschrank nimmt sie zwei gekochte Eier und isst sie mit etwas Kaviarcreme. Dankbar nimmt sie zur Kenntnis, dass das mulmige Gefühl nachlässt. Sie ist wahnsinnig müde, hat sich anscheinend irgendeine Schlafstörung eingehandelt. Sie erstarrt, als ihr eine Erinnerung an Majs Diagnose in den Sinn kommt. Ihre Mutter hat vor zig Jahren einmal erwähnt, Majs Krankheit habe damit begonnen, dass sie aufhörte zu schlafen.

Idun bleibt am Küchentisch sitzen. Die Nacht draußen ist pechschwarz, die Wärme in der Küche fast noch schlimmer als in ihrem Schlafzimmer. Was, wenn sie drauf und dran ist, ernsthaft zu erkranken – auf die gleiche Art wie ihre Tante Maj? Vielleicht fängt es bei ihr gerade an?

»Wer glaubt, dass er krank ist, ist es fast nie – es sind diejenigen, die glauben, dass sie gesund sind, die tatsächlich krank sind« – so hat es ihr Vater mal zusammengefasst, als Mama gerade gestorben war und Mika sich plötzlich nur noch mit Krankheiten und der beängstigenden Option, dass diese erblich sein könnten, auseinandersetzte. Idun selbst hat darüber nie nachgedacht. Doch urplötzlich ist der Gedanke da – wie eine dünne Eisschicht, die sich über ihre Haut gelegt hat.

Sie schließt die Augen, schüttelt den Kopf, nötigt sich, über etwas anderes nachzudenken.

Tareq. Sie will nicht mit ihm zusammenleben. Der Sommer war der beste, den sie seit Langem erlebt hat, alles andere wäre gelogen. Aber alles, was schön ist, hat auch ein Ende. Wird hässlich, geht ein, erstickt. Das gilt auch für vieles, von dem man bislang geglaubt hat, dass es ewig halten würden, wo sich dann aber zeigt, dass alles nichts weiter als hübsche Fassade war. Und manchmal geht etwas auch richtig kaputt. Das Solide, Wahre, von dem alle Welt geglaubt hat, dass es alle Zeit überdauern würde. Mika und Robban sind dafür doch das beste Beispiel. Idun hat immer geglaubt, dass die beiden für immer zusammenbleiben würden – und trotzdem sind sie auseinandergedriftet.

Das kann Idun sich nicht leisten. Dieses Auseinanderdriften, das ist nichts für sie. Da ist es besser, dass sie gleich zu Beginn auf Abstand geht. Da gilt es, zu wissen, wann es an der Zeit ist, zu gehen. Man kann auch aufhören, wenn es gerade am schönsten ist; Idun weiß nicht mehr, wer das mal gesagt hat, Calle vielleicht oder möglicherweise auch Siv. Jedenfalls nicht Anders.

Tareq Shaheen. Auch Gutes geht vorbei. Idun weiß, dass sie an diesem Punkt angelangt ist, es ist ihr wie Schuppen von den Augen gefallen, als sie sich im Ica-Supermarkt in der Gemüseabteilung vor Robban weggeduckt hat.

Das Sommermärchen ist zu Ende.

Boden 2017

Eines späten Abends im Oktober fällt das Leben in sich zusammen. Es ist Freitag, die Familie hat gerade zu Abend gegessen, die Eltern decken den Küchentisch ab. Emma sitzt auf dem Sofa im Wohnzimmer. Sie muss pinkeln, schafft es aber gerade nicht aufzustehen – und natürlich musste Molly nach dem Essen sofort duschen. Sie duscht in letzter Zeit immer öfter, wäscht sich zweimal am Tag die Haare, und obendrein zieht sie immer weitere Klamotten an – schlabbrige Hosen und riesige Pullis. Wickelt sich Schals um den Hals, die sie nicht einmal während des Unterrichts abnimmt.

In halb liegender Position zappt Emma durch die Sender. Sie muss wahnsinnig dringend aufs Klo. Nachrichten flackern an ihr vorüber, dann eine Kochsendung. Im Vierten redet eine Sexologin unfassbar langsam über Sex im Alter. Auf dem nächsten Sender wird ein pickliger Rapper zu seinen Texten über die Legalisierung von Drogen interviewt.

Irgendwann kann Emma nicht länger an sich halten. Sie kneift die Beine zusammen, stellt den Fernseher leiser und lauscht in Richtung Flur. Aus dem Bad ist kein Mucks zu hören. Dann muss Molly jetzt fertig sein.

Emma eilt in den Flur, kommt an dem halbhohen Raumteiler und dem weißen Sideboard mit den Familienfotos vorbei. Ihre Blase ist drauf und dran, zu platzen, als sie die Badezimmertür aufmacht.

Molly kauert auf Knien vor der Toilette. Sie hat nur eine Unterhose und ein Unterhemd an. Raum und Zeit stehen still, und ohne dass sie es merkt, hört Emma auf zu atmen. Molly blickt mit Panik im Blick zu Emma auf, steht auf, reißt das Handtuch vom Haken und hält es vor sich. Aber es ist zu spät, Emma hat alles gesehen: den abgemagerten Körper, an dem die Wirbel wie spitze Buckel aus dem Rücken ragen. Das Schlüsselbein, das so scharfkantig ist, dass es Löcher in die dünne Haut bohren könnte – dafür wäre nur eine hektische Bewegung vonnöten.

Im vergeblichen Versuch, ihre Schwester zu schonen, schlägt Emma den Blick nieder und sieht gerade noch, dass deren dürre Knie dem Plastikskelett ähneln, das in der Schule im Bioraum in der Ecke steht. Sie muss etwas anderes ansehen, zwingt sich, in Richtung der Duschkabine in der Ecke zu blicken, besinnt sich und sieht Molly direkt ins Gesicht. Stumm stehen sie sich gegenüber. Starren einander an und wissen beide, dass dieser Moment unwiederbringlich ist. Irgendwas geht kaputt, vielleicht nur für diesen Augenblick, womöglich aber auch für immer.

Emma fängt an zu weinen. Tonlos. Stumme Tränen laufen ihr über die Wangen. Molly presst die Lippen zusammen, neigt den Kopf leicht seitlich und flüstert etwas, was Emma nicht versteht. Draußen in der Küche ist eine Bewegung zu hören, dann Schritte. Emma hört ihren Vater näher kommen, dreht sich nach ihm um, sieht seinen fragenden Blick, hört ihn sagen, dass Popcorn für sie auf dem Herd stehe. Wie im Vorbeigehen legt er die Hand an die Klinke und wirft einen flüchtigen Blick ins Bad.

Emma rauscht alles Blut aus dem Kopf. Sie sieht, wie Molly die Augen schließt, ihr Vater die Hand vor den Mund schlägt, und erst jetzt sieht Emma auch, dass Mollys Arme voller Schnittwunden sind. Wütend rote Striemen, die über die blasse Haut laufen. Die Handgelenke sind dünn wie die eines Kleinkinds. Das Badezimmer ist schlagartig luftleer, Emma kann nicht mehr, sie muss raus und überlässt ihrem Vater das Feld. Sie weiß, dass sie hiermit einen Verrat an Molly begeht. Trotzdem huscht sie aus der Tür, sieht noch, wie ihre Mutter aus der Küche kommt, den ratlosen Blick, der schlagartig beunruhigt ist, kaum dass sie den Gesichtsausdruck ihres Mannes sieht. Der Schrei ist kurz und schrill, als auch sie zu guter Letzt ins Bad schaut.

Der Rettungswagen fährt durch den Oktoberabend davon. Ihre Mutter ist mitgefahren, Emma und ihr Vater fahren im Auto hinterher. Leuchtend gelbes Laub wirbelt am Straßenrand auf. Emma sitzt auf dem Beifahrersitz und wirft ihrem Vater einen verstohlenen Blick zu. Er sieht verkniffen aus, seine Augen sind vor Entsetzen weit aufgerissen, die Fingerknöchel am Lenkrad sind weiß. Emma ahnt, dass er in Wahrheit das Leben und nicht das Lenkrad umklammert. Er umklammert Molly, umklammert sie alle.

»Das wird Mama nicht überleben. Sie wird sich die Schuld geben.«

Er sagt es ganz leise, und Emma nickt. Auf komische Weise handelt immer alles von ihrer Mutter, auf die eine oder andere Art.

Dann stehen sie vor dem breiten Glaseingang der Notaufnahme. Ihr Vater drückt auf den Schalter neben der Tür, und durch den Lautsprecher ist die Stimme eines Pflegers zu hören. Emmas Vater räuspert sich und sagt, seine Tochter sei soeben mit dem Rettungswagen gekommen. Die Tür surrt auf, die beiden werden eingelassen und landen in einer Art Schleuse mit einem Lüftungssystem, das bestimmt lauter brummt, als es sollte. Es riecht nach Plastik und Putzmitteln. Emmas Mund ist wie ausgedörrt, pinkeln muss sie allerdings nicht mehr, obwohl sie sich gar nicht daran erinnern kann, dass sie vor der Abfahrt noch auf dem Klo gewesen wäre. Was, wenn sie sich in die Hose gemacht hat? Sie tastet verstohlen über ihre Schenkel, die aber trocken sind.

Die innere Tür wird ihnen von einem Mann im Arztkittel aufgemacht. Sein Blick und seine Stimme sind freundlich, als er die beiden auffordert, ihm zu folgen. Sie werden in ein Wartezimmer verwiesen und haben sich kaum auf die hässlichen Stühle gesetzt, als die Mutter dazustößt. Ihr Blick wirkt gehetzt, und krampfhaft hält sie Mollys Jacke in der Hand.

»Die haben sie mit in ein Zimmer genommen. Ich wollte mitgehen, soll aber hier warten. Wie können die mir das antun? Ich bin doch ihre Mutter!«

Emmas Vater steht auf, legt seine Hände auf ihre Schultern und versucht, ihren Blick aufzufangen.

»Die wollen sie bestimmt erst mal untersuchen, damit sie die richtigen Maßnahmen ergreifen. Dann holen sie uns dazu.«

»Aber ich bin ihre Mutter! Was soll denn jetzt werden? Wie soll sie denn am Montag wieder in die Schule gehen?«

Der Vater schüttelt vorsichtig den Kopf.

»Ich glaube nicht, dass Molly am Montag wieder zur Schule gehen kann.«

Sie starrt ihn an.

»Was sollen die Leute denken? Eine Tochter mit so einem Selbstverletzungsverhalten, oder wie das heißt – was sollen wir ihnen denn erzählen? Dass unsere Tochter ein Knochengerüst ist, das sich ritzt? Oh Gott!«

Letzteres schreit sie regelrecht, und Emma versucht zu schlucken, schafft es aber nicht. Ihr Körper fühlt sich an wie ein einziges schwarzes Loch. Erstmals in ihrem Leben pfeift Emma darauf, was mit ihrer Mutter ist. Das Einzige, was jetzt noch zählt, ist Molly, aber das darf ihre Mutter natürlich nicht wissen – nicht mal ahnen. Deshalb bleibt Emma auf Abstand, schiebt alles von sich weg, lässt das schwarze Loch ins Unermessliche wachsen.

Am Ende kommt ein Arzt zu ihnen, stellt sich vor, ohne dass Emma hören würde, was er sagt; er sieht bekümmert aus und fragt Emmas Eltern, ob sie einzeln mit ihm reden wollen. Ihre Mutter weint immer noch. Ihr Vater sieht Emma an und schüttelt den Kopf. Emma und Molly seien Zwillinge, sie könnten das Gespräch gern gemeinsam führen.

Der Arzt klingt nüchtern. Molly sei krank, schwer krank. Sie wiege so wenig, dass sie per Magensonde ernährt werden müsse. Emma schließt die Augen und saugt jedes Wort in sich auf. Der Arzt fragt, wie lange es Molly bereits so schlecht gehe, wie lange dieser Zustand schon anhalte, ihre Eltern wissen es nicht, und Emma kann sich nicht mehr genau erinnern; alles verschwimmt zu einem grauen Nebel, Wochen werden zu Monaten und Monate zu Jahren. Was ist heute überhaupt für ein Tag? Ist es Sommer oder Winter?

Ihre Mutter stellt dem Arzt tausend Fragen. Ob sie schuld daran sei, dass es Molly so schlecht gehe. Ob sie irgendwas anders hätte machen müssen. Ob Molly die beste Versorgung bekomme, wie genau sie es hier mit der Schweigepflicht nähmen. Ob sie irgendwas über Mollys Zustand herumerzählten. Ob auf der Station ein Fotoverbot herrsche. Auf welche Station Molly überhaupt komme.

Als der Arzt antwortet, dass es die Kinder- und Jugendpsychiatrie werde, lässt sie sich schwer auf ihren Stuhl fallen. Sie presst die Hand vor die Brust und starrt blicklos vor sich hin. Ihr Ehemann setzt sich neben sie und streicht ihr über den Rücken. Er versichert ihr ein ums andere Mal, dass alles gut werde. Gut für wen, fragt sich Emma, für Molly oder für ihre Mutter?

Nach dem Gespräch mit dem Arzt dürfen sie endlich zu ihr. Molly liegt in einem Einzelzimmer und sieht in ihrem Bett unter der viel zu großen Bettdecke aus wie ein lebendes Skelett. Es ist, als würde Emma die kranke Molly erstmals bewusst ansehen.

Ihre Mutter rennt auf sie zu, umklammert Mollys Hand und flüstert, dass sie bald wieder heimkommen werde.

»Denk jetzt nur daran, dass du nicht mit den Schwestern und Pflegern hier redest. Psychologen sind besser – die wissen besser Bescheid und sind auch gewissenhafter, was die Schweigepflicht angeht. Man muss sich auch nicht kränker machen, als man ist. Gut, wenn man den Kopf oben hält. Positive Gedanken können Wunder bewirken, mein Liebling.«

Mollys Blick ist schläfrig. Ein dünner Plastikschlauch steckt in ihrer Nase. Emma ahnt, dass er in den Magen führt, dass dort hindurch die Nahrung fließt.

Emma steht schräg hinter ihren Eltern. Sie will nicht auf Molly zugehen, nicht solange ihre Eltern auch da sind. Der Arzt kommt dazu und sagt, dass sie soeben erste Laborergebnisse bekommen hätten. Er würde jetzt doch gern mit den Eltern allein sprechen.

Als sie gegangen sind und die Tür hinter sich zugemacht haben, lässt Emma langsam alle Luft aus der Lunge entweichen. Dann geht sie langsam auf das Krankenbett zu, wartet, bis Molly sie bemerkt hat, und setzt sich vorsichtig auf deren Bettkante. Mit halb geöffneten Lidern sieht Molly zu ihr hoch. Emma weiß nicht, ob sie bloß müde ist oder ob sie womöglich Medikamente bekommen hat.

»Siehst du, wer ich bin?«

Molly antwortet nicht, nickt aber langsam. Eine Träne rinnt ihr über die Wange.

Emma schüttelt den Kopf.

»Mir war nicht klar, dass du *so* krank bist ...«

Sie muss sich zusammenreißen, um nicht zu heulen. Molly muss auch so schon mit allem klarkommen, mit ihrer Krankheit und ihren Gefühlen und den Gefühlen ihrer Mutter, die wichtiger sind als die Gefühle von allen anderen. Deshalb muss Emma jetzt stark sein, sowohl um ihrer selbst als auch um Mollys willen.

»Aber ich weiß, dass du wieder gesund wirst.«

Sie beißt sich auf die Lippe und tätschelt Molly leicht die Hand. Molly schließt die Augen. Ein schwaches Lächeln, zumindest wenn man genau hinsieht. Und das tut Emma. Die ganze Zeit über sieht sie ganz genau hin, damit ihr nicht das Geringste in Mollys Gesicht entgeht.

»Ich dachte, die Badezimmertür wäre abgeschlossen ...«

Molly öffnet dabei nicht mal die Augen.

»Blöd, dass ich nicht abgeschlossen hatte, dann wäre ich jetzt nicht hier.«

Emma schluckt, um nicht loszuheulen. Es dauert fast eine geschlagene Minute, bis sie sich wieder unter Kontrolle hat und sprechen kann.

»Ich bin froh, dass wir jetzt hier sind.«

Langsam schlägt Molly die Augen wieder auf. Sie sieht Emma mit verschleiertem Blick an. Emma presst ein aufmunterndes Lächeln hervor.

»Sonst hätte ich dich vielleicht verloren.«

Und in diesem Moment zerreißt es sie. Sie beugt sich vor, legt die Wange an Mollys knochiges Gesicht und lässt die Tränen fließen.

Es ist halb zehn Uhr vormittags, und im selben Moment, da Calle aussteigt, klebt sein T-Shirt an seinem Körper. Er ächzt laut, als sie die Straße zum Bodengården überqueren.

»Dass es so gottverdammt warm sein muss, während man Dienst hat!«

Idun nickt beifällig. Die drückende Hitze ist wahnsinnig anstrengend.

In Vivecas Büro ist es wesentlich kühler. Die funktionierende Klimaanlage brummt unter der Zimmerdecke, während ein tragbares Gerät unter dem Fenster zusätzlich kühle Luft über den Fußboden weht. Calle könnte sich vorstellen, hier den ganzen Tag zu bleiben, vielleicht sogar hier zu übernachten.

»Knut kommt gleich, er muss nur noch eine Sache in der Abteilung fertig machen. Ich habe Beata gebeten, in den Personalraum nebenan zu kommen, ich hoffe, das ist für Sie okay?«

»Ich setze mich mit Knut zusammen«, sagt Calle, »und Idun spricht mit Beata. Wir müssen auch mit den anderen Mädchen aus der Abteilung reden, gern gleich im Anschluss, sobald wir hier fertig sind.«

»Natürlich, das lässt sich einrichten. Soll ich Sie ins Zimmer nebenan begleiten?«

Letzteres ist an Idun gerichtet, die bereits mit der Hand an der Klinke an der Tür steht.

»Danke, das finde ich auch allein.«

Sie verlässt Vivecas Arbeitszimmer, und Calle und die Leiterin der Einrichtung setzen sich. Viveca hat bereits eine Kaffeekanne, Kaffeetassen und eine Schale mit Pfefferkuchen bereitgestellt.

»Sie müssen verzeihen, aber mehr konnte ich im Personalraum nicht finden.«

Sie lächelt Calle entschuldigend an, der sowohl den Kaffee als auch die weihnachtlichen Backwaren ablehnt. Er schlägt sein Bein über, und die Bewegung zieht im Gesäßmuskel.

»Was sind das für Leute, die in derlei geschlossenen Jugendhilfeeinrichtungen arbeiten?«

Er formuliert es wie allgemeinen Small Talk, während sie auf Knut warten. Viveca fährt sich durch das kurze Haar. Statt Lederhose trägt sie heute eine grüne Anzughose, dazu einen schwarzen Pullover mit Nieten auf den Schultern.

»Was meinen Sie damit?«

»Einfach ganz allgemein: Wer bewirbt sich für Jobs in staatlichen Jugendeinrichtungen?«

Viveca denkt kurz darüber nach.

»Das ist ganz unterschiedlich, würde ich sagen. Soziologen ebenso wie Beschäftigungstherapeuten, aber auch Sozialpädagogen und Verhaltenstherapeuten. Menschen, die zuvor in anderen Bereichen tätig waren und Erfahrung in der Jugendarbeit haben.«

»Dann haben alle ein entsprechendes Studium absolviert?«

»Teils ist das Abitur der höchste Bildungsabschluss. Wir haben beispielsweise auch Therapieassistenzen hier, aber sie alle bekommen bei uns noch eine Grundausbildung.

In einer geschlossenen Einrichtung zu arbeiten, erfordert nicht nur Fachkenntnisse, sondern darüber hinaus auch ein hohes Maß an Sicherheitsbewusstsein.«

»Darf man hier arbeiten, wenn man vorbestraft ist?«

Viveca sieht ihn misstrauisch an.

»Wie meinen Sie das?«

»Darf man hier arbeiten, wenn man selbst schon mal straffällig geworden ist und verurteilt wurde?«

»Ja ... sofern man seine Strafe verbüßt hat und seither genügend Zeit vergangen ist. Sicher, so ist nun mal die Gesetzeslage.«

»Mehrere Jugendliche haben Drogenprobleme, wenn sie hierherkommen, nicht wahr?«

Viveca verschränkt die Hände auf dem Schoß. Inzwischen scheint sie zu ahnen, worauf Calle hinauswill.

»Das ist richtig, ja.«

»Dann könnte es theoretisch passieren, dass sie von Leuten betreut werden, die selbst eine mehr oder weniger lange Missbrauchshistorie haben?«

»Na ja ... aber ...«

»Könnte das Personal theoretisch bereits für Drogendelikte verurteilt worden sein? Oder für den Missbrauch von Steroiden?«

Hinter ihren Brillengläsern kneift Viveca die Augen zusammen.

»Die Gesetze mache nun mal nicht ich.«

Ganz bewusst erwidert Calle darauf erst mal nichts.

»Aber ja. Wenn man seine Strafe verbüßt hat, darf man auch mit einer solchen Historie in einer staatlichen Jugendhilfeeinrichtung arbeiten.«

Calle legt eine Hand auf sein Knie.

»Dann betreuen ehemalige Drogenabhängige heutige

Drogenabhängige. Auch wenn wir wissen, dass beispielsweise Cannabis mitunter zu einer lebenslangen verminderten Funktionsfähigkeit führt, was unter anderem das kritische Denkvermögen, um nicht zu sagen die mentale Entwicklung betrifft.«

Vivecas Gesichtsausdruck verdüstert sich. Sie will gerade antworten, als die Tür aufgeht. Ohne anzuklopfen, tritt Knut ein. Er hebt die Hand zu einem wortlosen Gruß in Calles Richtung, beäugt seine verkniffene Chefin und setzt sich entspannt auf den freien Besucherstuhl, greift unmittelbar zu und nimmt sich vier Pfefferkuchen, ehe er sich Kaffee eingießt. Er tunkt den ersten Pfefferkuchen in den Kaffee und schiebt ihn sich im Ganzen in den Mund.

»Sie wollten mit mir sprechen?«

Langsam nimmt er einen Schluck Kaffee. Calle lässt ihn nicht aus den Augen. Er selbst hätte gern ein Wasser gehabt. Oder ein kaltes Bier. Und Urlaub hätte er auch gern, und zwar in Sibirien.

Er sieht wieder zu Viveca.

»Wenn Sie bitte entschuldigen, aber ich würde mich mit Knut gern unter vier Augen unterhalten.«

Sie steht auf und sieht Calle mit eisigem Blick an.

»Natürlich. Dann lasse ich Sie jetzt allein, aber ich bin draußen in der Abteilung, wenn irgendwas sein sollte.«

Sie verlässt den Raum. Hinter ihr gleitet die Tür mit einem langen Ächzen ins Schloss. Calle beugt sich vor, ringt die Hände und stützt dann die Ellenbogen auf die Knie.

»Ich bin eigentlich gar nicht wegen Elvira hier.«

Knut tunkt den zweiten Pfefferkuchen in seinen Kaffee und verschlingt auch diesen mit einem Happs.

»Ich habe ein paar allgemeinere Fragen an Sie. Fangen

wir damit an, dass ich gern wüsste, warum Sie hier arbeiten.«

»Im Bodengården?«

»Ja.«

Knut atmet durch die Nase ein.

»Es ist ein Job.«

»Für den Sie ausgebildet sind?«

»Na ja, nicht direkt. Ich hab am Gymnasium den sozialen Zweig besucht, trotzdem war dies hier nicht gerade mein Traumjob. Aber es ist ein Job, und ich verdiene ordentlich. Insofern ist es schon okay.«

»Dann arbeiten Sie hier nur wegen des Gehalts?«

Knut schnaubt amüsiert.

»Ich verdiene hiermit mein Geld, und die Schichtzulage ist eine nette Sache – lange Tage, aber auch viel Freizeit.«

»Dann arbeiten Sie sowohl tags- als auch nachtsüber?«

»Nur nachts zu arbeiten, ist nichts für mich, aber nur tagsüber gibt weniger Geld.«

»Haben Sie Familie?«

»Eltern und eine Schwester, die in den USA wohnt. Aber wir telefonieren oft.«

»Eigene Kinder?«

»Nein.«

»Partner, Partnerin?«

»Nichts Festes.«

»Was haben Sie gemacht, bevor Sie im Bodengården angefangen haben?«

Knut legt einen nonchalanten Gesichtsausdruck auf.

»Ich hab nicht gesessen, sofern Sie sich das fragen.«

»Aber Sie sind vorbestraft?«

»Bewährungsstrafe. Abgebüßt und vergessen.«

»Wofür sind Sie verurteilt worden?«

Calle fragt, obwohl Siv die Infos längst ausgegraben hat.

»Wegen Besitzes illegaler Substanzen.«

»Steroide?«

»Ja.«

»Haben Sie auch gedealt?«

»Nein.«

»Aber sie eingenommen?«

»Echt jetzt, vergessen Sie's.«

Calle überlegt kurz, aber hauptsächlich, um Knut nervös zu machen.

»Ich wüsste gern mehr über Agnes Backe.«

»Ach. Haben Sie die auch wiedergefunden?«

»Wir haben Agnes nicht wiedergefunden, aber ich bin aufrichtig überrascht, dass Sie sie bei unserem letzten Besuch mit keiner Silbe erwähnt haben.«

Knut ändert seine Sitzposition. Die breiten Schultern wirken so – sofern das überhaupt möglich ist – noch breiter.

»Was soll das heißen?«

»Das soll heißen, was ich gesagt habe: Schon komisch, dass keiner von Ihnen erwähnt hat, dass Agnes verschwunden ist. Eine seit drei Jahren vermisste Jugendliche taucht plötzlich tot auf der Kirchentreppe hier gegenüber auf – aber Sie vergessen komplett, uns zu erzählen, dass noch eine weitere Jugendliche vermisst wird? Was haben Sie als einer der Hauptverantwortlichen zu dieser Sache zu sagen?«

Knuts Körpersprache verändert sich. Er verschränkt die Arme vor der Brust, und sein Blick wird hart.

»Ich bin davon ausgegangen, dass Sie über Agnes' Verschwinden Bescheid wüssten. Wir haben es schließlich noch am selben Tag zur Anzeige gebracht.«

Eine überaus diplomatische Antwort. Stinklangweilig und trotzdem einen Hauch überraschend.

»Ich arbeite im Dezernat für Gewaltverbrechen, wir ermitteln nicht in Fällen ausgebüxter Jugendlicher.«

Calle hört selbst, dass es nach Ausflucht klingt. In den Augen der Allgemeinheit sind sie alle Teil ein und derselben Polizeibehörde, was an und für sich sogar stimmt, nur nicht in dem Maße, wie es sich die Öffentlichkeit vielleicht denkt.

Er beschließt, es anders zu versuchen.

»Hatten Elvira und Agnes Kontakt?«

»Natürlich nicht. Elvira ist vor drei Jahren verschwunden, da war Agnes noch gar nicht hier.«

Das weiß Calle bereits, trotzdem bleibt er bei seiner Stoßrichtung.

»Gibt es über diese Einrichtung hinaus andere Verbindungen zwischen den beiden? Also, mal abgesehen davon, dass beide hier gewohnt haben und von hier verschwunden sind?«

Knut sieht ihn ungerührt an und geht über den verdeckten Vorwurf hinweg.

»Nicht dass ich wüsste.«

»Dann haben wir es also mit zwei Mädchen zu tun, die beide aus dieser Einrichtung verschwunden sind. Eine ist tot aufgefunden worden, während die andere immer noch abgetaucht ist. Und die ansonsten keinerlei Gemeinsamkeiten hatten ...?«

»Die Ausbrüche haben nichts miteinander zu tun, davon bin ich zu einhundert Prozent überzeugt.«

»Mal abgesehen davon, dass beide in Ihren Verantwortungsbereich fielen.«

Knut richtet sich gerade auf.

»Ich finde, das klingt fast, als würden Sie uns irgendetwas vorwerfen.«

Ach, finden Sie?

»Waren Sie im Dienst, als Agnes verschwand?«

»Ja, war ich.«

»Und Sie waren es auch, der mit den Jugendlichen am besagten Abend unterwegs war und zu Coop wollte, oder?«

Knut bemüht sich sichtlich, weiterhin ungerührt zu wirken.

»Auch das stimmt. Sowohl ich als auch Beata haben sie begleitet. Aber wissen Sie was? Diese Jugendlichen hauen von hier ab, sobald sie auch nur die Gelegenheit haben. Sie wollen nicht einmal weit weg. Normalerweise finden wir sie binnen weniger Stunden wieder.«

»Weil Sie ausgiebig nach ihnen suchen?«

»Weil sie aus freien Stücken zurückkommen. Aber ich dachte, es wäre der Job der Polizei, vermisste Personen aufzuspüren?«

Knuts Mundwinkel zuckt. Knut hat recht mit dem, was er sagt, das muss Calle zugeben.

»Erzählen Sie mir, was passiert ist, als Agnes verschwand.«

Knut seufzt.

»Beata und ich waren mit den Jugendlichen auf dem Weg zum Coop-Markt, zu dem großen im Zentrum. Der Weg war völlig unkompliziert, bis eine Motorradgang auftauchte. Die weckten meine Aufmerksamkeit – nur für den Bruchteil einer Sekunde, aber das reichte schon, um kurz abgelenkt zu sein.«

Er verstummt für einen Moment.

»Als ich mich wieder zu den Mädchen umdrehte, fehlte

Agnes. Ich hörte Schritte auf der anderen Seite der Hecke, die den Gehweg von der Wohnanlage linker Hand trennt – diese gelbe an der Jakobsgatan, wenn Sie wissen, welche ich meine.«

»Ich weiß, wovon Sie reden. Ich habe den Bericht zu Agnes' Verschwinden gelesen, will aber gern Ihre Version der Ereignisse hören.«

Version. Nicht *Schilderung,* wie Idun sich lieber ausdrückt.

»Ich bin ihr sofort nachgerannt, aber als ich mich durch die Hecke gezwängt hatte, war sie bereits außer Sicht. Es hätte mehrere Richtungen gegeben, in die ich hätte laufen können, und ich musste mich für eine entscheiden, hab den Kiesweg genommen, der hinter dem Haus entlangführt, aber da war sie nicht. Beata blieb unterdessen mit den anderen auf dem Gehweg stehen und hat aus der Einrichtung Hilfe angefordert.«

Calle wartet geduldig auf die Fortsetzung.

»So lauten die Regeln bei uns: Wenn ein Jugendlicher abhaut, verfolgen wir ihn nur dann, wenn jemand anders vom Personal bei den übrigen Jugendlichen bleiben kann. Wenn man allein ist, bleibt man bei der Gruppe. Ihre Sicherheit ist wichtiger als die Einzelperson, die ausgebüxt ist. Wenn man zu zweit ist, sucht einer, während der andere Verstärkung ruft.«

»Wann haben Sie die Polizei informiert?«

Knut massiert sich den Nacken. Die Bewegung erinnert an jene, die auch Calle gern macht – mit dem Unterschied, dass Knuts Hände groß sind wie Klodeckel.

»Wir haben eine Stunde lang nach ihr gesucht, gemeinsam mit den Kolleginnen und Kollegen aus der Jungsabteilung. Als wir sie nicht finden konnten, haben wir die Polizei informiert. Alles komplett regelgemäß.«

»Was hatten Sie für ein Gefühl dabei, als Agnes verschwand?«

»Gefühl? Wie ich mich hätte fühlen müssen, meinen Sie?«

»Kam es Ihnen wie ein Versagen vor?«

Knut blinzelt ein paarmal.

»Na klar hatten wir versagt. So ist das jedes Mal, wenn sie ausbrechen.«

»Sind diese Ausbrüche im Bodengården normal?«

»Die sind überall normal. Wenn man in einer geschlossenen Einrichtung sitzt, ist das fast wie in einem Gefängnis, nur mit Therapie. Sie büxen regelmäßig aus, aber sich für längere Zeit versteckt zu halten, das schaffen die wenigsten. Bei Elvira war ich ehrlich gestanden verwundert – noch mehr als bei Agnes.«

»Inwiefern?«

Knut zuckt erneut mit den Schultern. Er sieht fast traurig aus.

»Elvira war ... irgendwie weicher. Agnes hat diese gewisse Härte, sie hat ein dickeres Fell. Ich fand von Anfang an, als sie bei uns einzog, dass sie eine war, die ihr Leben auf die Reihe kriegen konnte.«

»Wie kamen Sie darauf?«

»Allein durch ihre Haltung, wie sie sprach, was sie gesagt hat. Und natürlich dadurch, wie sie sich an Emma gehalten hat. Agnes hat sich Emma ausgesucht, saß gern neben ihr, unterhielt sich mit ihr und so weiter. Obwohl Emma selbst meist auf Abstand blieb.«

»Inwieweit blieb Emma auf Abstand?«

Knut lächelt schief.

»Das macht Emma grundsätzlich, mit allen. An das Mädchen kommt keiner heran.«

»Aber Agnes hat es versucht?«
»Ja.«
»Und war sie damit erfolgreich?«
»Mehr oder weniger – in der kurzen Zeit, die sie hier war ... Sie hat es sogar geschafft, Joanna die Stirn zu bieten, hat ihr widersprochen und sich von ihr distanziert. Das macht sonst keine. Ich weiß nicht, ob es daran liegt, dass die anderen es sich nicht zutrauen, oder ob sie schlicht nicht die Kraft dafür haben.«

Calle nickt, um sein Verständnis zu signalisieren. Sobald Knut sich entspannt, sind seine Ausführungen tatsächlich sogar informativ. Und er scheint sich mehr um die Jugendlichen zu sorgen, als er zugeben will.

Calle angelt sein Handy aus der Jeanstasche. Er schickt eine kurze SMS an Idun: Er sei mit Knut fürs Erste fertig, sodass sie sich im Auto treffen könnten, sobald Idun und Beata fertig seien. Dann könnten sie sich über ihre Unterredungen austauschen.

»Gibt es irgendwas im Zusammenhang mit Agnes' Verschwinden, was Sie mir noch nicht erzählt haben?«
»Nein.«
»Irgendwas Wichtiges zu Elvira und Agnes, was Sie noch nicht erwähnt hätten?«
»Nein.«
»Sie wissen, dass es ein Vergehen ist, wenn ein staatlich Bediensteter der Polizei Informationen vorenthält?«

Statt zu antworten, verzieht Knut das Gesicht.

»Ich hab alles gesagt, was es zu sagen gibt. Im Übrigen habe ich damals den Bericht geschrieben. Der ist ausführlich und deckt sämtliche Vorkommnisse ab. Tut mir leid, wenn ich Ihnen nicht weiterhelfen kann, aber es gibt nichts weiter hinzuzufügen, so ist es leider nun mal.«

Calle bedankt sich bei Knut. Der Mann hat recht, bis auf Weiteres kann er hier nichts mehr ausrichten. Sie geben einander die Hand, und Calle verlässt den Raum. Auf dem Weg aus dem Bodengården schießt ihm durch den Kopf, dass Knut von einem mühsam zusammengekleisterten Selbstvertrauen angetrieben ist, das nicht gut zu dem Bild passt, das er von sich selbst zu vermitteln versucht. Knut tritt härter auf, als er tatsächlich ist. Aber warum? Hier liegt doch der Hund begraben, und Calle wittert ein nasses Hundefell schon von Weitem. Hoffentlich weiß Idun zu der Sache irgendwas Nützliches beizutragen.

Der Personalraum im Bodengården ist verhältnismäßig klein. Es gibt einen Dreisitzer in Hellrot, zwei Sessel und eine kleine Kochnische samt Mikrowelle, Kaffeemaschine und einem fleckigen Wasserkocher. Seit Sandbergs Beschluss endlich da ist, haben sich ihre Möglichkeiten, tiefer gehende Befragungen durchzuführen, erheblich verbessert. Das komplette Personal der Einrichtung ist von der Schweigepflicht entbunden worden, und die Ermittlung im Fall Elvira gilt ab sofort als ausgewachsene Mordermittlung.

Idun steht am Fenster des Personalraums und sieht hinüber zur Rückseite der Kirche. Ein Mann kommt auf einem Aufsitzrasenmäher um die Ecke gefahren. Idun schießt gerade noch durch den Kopf, dass der Mann in seiner langen Hose und mit Jacke viel zu warm angezogen ist, als die Tür hinter ihr aufgeht.

»Hallo.«

Beata und Idun setzen sich auf die Sessel.

»Ich habe noch ein paar Fragen, die nach unserer letzten Begegnung aufgekommen sind.«

»Natürlich.«

Idun schlägt ein Bein über das andere, überlegt es sich anders und setzt beide Füße auf dem Boden auf.

»Wie lange arbeiten Sie schon im Bodengården?«

»Ich habe mit achtundzwanzig hier angefangen, das wären dann ... fünfzehn Jahre, du liebe Güte!«

Sie legt die Hand an die Wange und lacht.

»Dann haben Sie hier also schon gearbeitet, bevor Elvira verschwunden ist?«

»Ja.«

»Und ausgerechnet an diesem Tag hatten Sie frei?«

»Schon, aber ich habe natürlich im Nachhinein gehört, was da passiert war.«

Sie seufzt leise auf, ehe sie fortfährt.

»Diese Jugendlichen werden auf so viele Arten enttäuscht: erst vonseiten der Eltern oder alternativen Erziehungsberechtigten, die ihnen am nächsten stehen und doch eigentlich alles für sie tun sollten. Dann von der Schule, vom Betreuungssystem, vom Jugendamt ... und womöglich auch teils von uns hier im Bodengården.«

Sie verstummt.

»Inwiefern glauben Sie, dass Sie sie enttäuschen?«

»Na ja, wenn sie von hier abhauen – wessen Verantwortung ist das dann wohl?«

Idun atmet lautlos durch. Beata hebt hektisch die Hände.

»Sorry, ich will die Schuld gar niemand Speziellem zuschieben! Wir sind alle miteinander für Elviras Verschwinden mitverantwortlich. Ich wollte damit nicht sagen, dass Knut oder Mona eine größere Schuld daran tragen, nur weil ausgerechnet sie am besagten Tag Dienst hatten.«

Idun nickt, obwohl sie anderer Meinung ist. Natürlich tragen diejenigen, die im Dienst sind, die weitaus größere Verantwortung.

»Sie wissen, dass uns ein richterlicher Beschluss zur Entbindung von der Schweigepflicht vorliegt?«

»Viveca hat mir alles gemailt, und ich habe die Unterlagen gelesen.«

»Erzählen Sie mir mehr über Elvira.«

»Was genau wollen Sie wissen?«
»Alles.«
Beata sieht aus dem Fenster.
»Elvira hat im Grunde eine ganz ähnliche Geschichte wie die meisten hier. Sie ist früh in die falschen Kreise geraten, war in kleinkriminelle Vergehen verwickelt, die mit der Zeit eskaliert sind. Ist von Pflegefamilie zu Pflegefamilie durchgereicht worden, bis niemand sie mehr bei sich aufnehmen wollte. Nach einem ernsten Zwischenfall im Zusammenhang mit schwerer Körperverletzung ist sie bei uns gelandet. Normalerweise werden solche Jugendliche in Einrichtungen untergebracht, die weiter entfernt von ihrer Heimatstadt sind, damit sie auch wirklich keinen Umgang mehr mit früheren Bekannten pflegen können. In Elviras Fall wurde es trotz allem Boden ... Allerdings hatte sie auch nichts mit Drogen am Hut, was der wichtigste Marker ist, warum man die Stadt wechselt: einfach um von alten Drogenfreunden wegzukommen.«

Marker? Was für eine merkwürdige Wortwahl.

»Wussten Sie, dass Elvira schwanger war, als sie von hier verschwand?«

»Ja, das wusste ich. Sie hat es mir selbst einige Wochen vor ihrem Verschwinden erzählt. Wir haben damals die halbe Nacht zusammengesessen und darüber geredet.«

»Worüber haben Sie geredet?«

»Über die Schwangerschaft. Wer der Vater war, ob sie überhaupt wüsste, was da mit ihr passierte, und ob Elvira das Kind behalten wollte oder nicht.«

»Und was dachte Elvira darüber?«

»Sie meinte, Danne sei der Vater, dass er das aber nicht wisse und dass sie das Kind behalten wolle.«

»Und wie haben Sie darauf reagiert?«

»Auf welchen Punkt genau?«

»Auf sämtliche Punkte.«

»Wenn ich mich recht erinnere, hatte sie nicht vor, Danne davon zu erzählen. Er ging damals dem Ende seiner Unterbringung hier entgegen, ich weiß es nicht mehr ganz genau, aber ich glaube, er hatte nur noch ein halbes Jahr vor sich, ehe er in eine eigene Wohnung ziehen sollte. Und so kam es dann auch. Er ist hier in der Gegend geblieben, ich sehe ihn manchmal, er scheint sich ganz ordentlich zu schlagen. Dünn und ausgemergelt sieht er aus, allerdings glaube ich nicht, dass er noch Drogen nimmt. Möglicherweise trinkt er ein bisschen zu viel. Ich nehme an, dass er nie von der Schwangerschaft erfahren hat, aber das kann ich natürlich nicht mit Gewissheit sagen. Ich persönlich habe nicht mit ihm gearbeitet, als er noch hier gewohnt hat.«

»Aber Elvira wollte das Kind behalten, da sind Sie sich sicher?«

»Zumindest hat sie das gesagt. Wir haben auch darüber gesprochen, was das für sie bedeuten würde. Man muss sich auch klarmachen, dass diese Jugendlichen oft sehr sprunghaft in ihren Ansichten sind … Aber Elvira wollte das Kind behalten, ja.«

»Was hielten Sie davon?«

Beata zuckt mit den Schultern.

»Mir war klar, dass sie ihr das Kind wegnehmen würden. Man kann nicht in einer geschlossenen Jugendhilfeeinrichtung wohnen und ein Baby haben – das würde das Jugendamt niemals zulassen. Andererseits konnte ich verstehen, dass sie Zeit zum Nachdenken brauchte. Dass sie schwanger war, hatte sie ja gerade erst bemerkt, sodass sie auch noch genug hatte … Also, Zeit zum Nachdenken.«

»Wie meinen Sie das?«

»Na ja, falls sie sich doch für einen Abbruch entschieden hätte. In Schweden kann dieser ja bis zur achtzehnten Schwangerschaftswoche vorgenommen werden, da hatte sich Mona schlaugemacht.«

»Dann wusste Mona also auch über die Schwangerschaft Bescheid?«

»Na klar.«

»Dann haben sie auch über eine Abtreibung gesprochen, also Elvira und Mona?«

»Das weiß ich nicht. Monas Schweigepflicht ist noch umfänglicher als meine, weil sie pflegeverantwortlich ist. Deshalb weiß ich auch nicht, worüber genau sie geredet haben.«

»Und dann ist sie verschwunden.«

Beata nickt niedergeschlagen.

»Ja, ein paar Wochen später.«

»Wusste noch irgendjemand in der Einrichtung von der Schwangerschaft?«

»Vom Personal alle.«

»Ihr damaliger Chef – war der gut?«

Beata wackelt mit dem Kopf hin und her.

»So lala.«

»Was halten Sie von Viveca?«

»Sie ist großartig. Die beste Chefin, die ich je hatte. Ich weiß, dass sie äußerlich tough rüberkommt, aber tief drin hat sie ein großes Herz für unsere Jugendlichen. Hohe Anforderungen und dann noch höher hinaus, so lautet ihr Motto.«

Idun will sich gerade nach Knut erkundigen, als Beata unaufgefordert fortfährt.

»Es ist alles besser geworden, seit Viveca hier angefangen hat. Sie ist warmherzig, empathisch und will nur das Beste, auch fürs Personal. Sie war es auch, die all diese kleinen Projekte zum Thema Teilhabe ins Leben gerufen hat: dass die Jugendlichen in immer größerem Maße dabei sein dürfen, wenn gekocht wird, aber eben auch die gemeinsam genutzten Räume putzen und eigene Waschtage haben. Außerdem verwaltet sie das Budget sehr viel besser, und wir haben viel mehr Möglichkeiten, auch mal etwas Schönes zu machen, wie hier und da Nachtisch kaufen oder einen Film ausleihen.«

Idun nickt. Eis und Filmkomödien bewirken bei kriminellen Jugendlichen ganz bestimmt Wunder.

»Wie ist Ihr Verhältnis zu Mona?«

»Gut. Wir treffen uns manchmal sogar privat, gehen Kaffee trinken oder essen und so.«

»Und Knut?«

»Knut ist auch klasse. Ich weiß, dass er manchmal recht barsch rüberkommt, vermutlich weil er genau das ist ...« Sie lacht. »Aber in Wahrheit ist er wirklich okay. Will auch nur das Beste für die Jugendlichen.«

»Was können Sie mir über Agnes Backe erzählen?«

Beata reibt sich über die Stirn.

»Sagen Sie jetzt nicht, dass sie ... ebenfalls gestorben ist ...?«

Die Frage ist schwer von Sorge.

»Agnes wird nach wie vor vermisst, deshalb gehen wir davon aus, dass sie noch am Leben ist. Aber ich muss zugeben, dass ich mich gewundert habe, als Sie sie beim letzten Mal gar nicht erwähnt haben.«

Beata verschränkt die Finger auf dem Schoß und blickt betreten drein.

»Ich weiß, wir hätten etwas sagen müssen. Aber ich war

so schockiert wegen der Sache mit Elvira, das waren wir alle, da konnte ich kaum noch klar denken.«

Sie holt tief Luft.

»Als wir tags darauf darüber gesprochen haben, hat Knut erwähnt, dass Sie es gewusst haben müssten, weil wir Agnes' Verschwinden ja der Polizei gemeldet hatten.«

Idun erwidert nichts. Aber Knut hat mit der Annahme natürlich recht: Sie hätten es wissen müssen.

»Agnes war Elvira eigentlich gar nicht so unähnlich«, fährt Beata fort. »Wütend, teils gewalttätig, hat niemandem vertraut. Sie konnte sehr offensiv sein und sich gleichzeitig in sich zurückziehen – allerdings auf zornigere Art als Elvira, eindeutig. Ich nehme an, dass Mona mit ihr alle Hände voll zu tun hatte.«

»Wie hat Agnes zusammen mit den anderen Mädchen aus der Gruppe harmoniert? Hatte sie Freundinnen?«

»Sie hat ganz gut harmoniert, fand ich. Sie sind in der Gruppe zu viert – Joanna, Kajsa, Emma und Agnes. Es war deutlich zu sehen, dass Agnes sich an Emma gehalten hat, auch wenn Emma gern mal auf Abstand geht.«

»Und jetzt sind es nur noch drei, weil Agnes fehlt.«

»Sie hat ihren Platz immer noch, weil sie üblicherweise ja wieder auftauchen. Aber ich muss zugeben, dass ich so langsam anfange, daran zu zweifeln.«

»Schon nach zwei Monaten?«

»Wenn sie sich so lange bedeckt halten, wird es üblicherweise etwas Längeres. Nach sechs Monaten räumen wir ihr Zimmer, und jemand anders bekommt den Platz. Agnes ist immer noch im System registriert, wird aber neu platziert, sobald sie wieder auftaucht. Bei uns, wenn ein Platz frei sein sollte, ansonsten irgendwo anders im Land.«

»Und das könnte wo immer sein?«

»Ja, wo auch immer.«

»Sie und Knut waren im Dienst, als sie abgehauen ist.«

»Wir waren unterwegs zum Supermarkt. Eine Gruppe Motorradfahrer fuhr an uns vorbei, und ich meine, Danne wäre einer davon gewesen, was mich kurz abgelenkt hat. Deshalb habe ich auch nicht gleich mitbekommen, wie Agnes durch die Hecke geschlüpft ist. Knut war da aufmerksamer und ist sofort hinterhergerannt. Ich bin den Regeln zufolge bei den anderen geblieben. Trotzdem ist sie uns davongekommen.«

Idun erstarrt. Danne? Derselbe junge Mann, der Elvira geschwängert hatte? War er in der Nähe, als Agnes verschwand? Idun muss sich zusammenreißen, um sich nichts anmerken zu lassen.

»Haben die Motorradfahrer in der Nähe gehalten?«

»Nein, sie sind einfach nur langsam an uns vorbeigefahren, und ich weiß das auch nur noch, weil mir Danne aufgefallen war.«

»Und Sie sind sich sicher, dass er es war?«

»Ja, so gut wie sicher. Er hatte einen Helm auf, aber mit durchsichtigem Visier.«

»Und Knut ist Agnes allein hinterhergelaufen? Während die Motorradfahrer weiterfuhren?«

»Ja.«

Idun lässt einen Moment verstreichen, ehe sie eine andere Richtung einschlägt.

»Sie scheinen sich aufrichtig um die Jugendlichen zu bemühen.«

Beata zuckt mit den Schultern.

»Für mich ist dies hier mehr als nur ein Job. Ich weiß schon, das klingt klischeehaft, aber es ist so was wie eine Berufung.«

»Wie kommt es, dass Sie in einer geschlossenen Einrichtung arbeiten wollten, also, wie hat das angefangen?«
Die Antwort kommt zögerlich.
»Ich weiß, wie es ist, wenn das eigene Leben sich in einen Scherbenhaufen verwandelt.«
»Waren Sie auch eine von diesen Jugendlichen?«
Sie lacht.
»Nein, wirklich nicht.«
Idun wartet die Fortsetzung ab.
»Meine beste Freundin aus Kindertagen ist in einem dysfunktionalen Elternhaus aufgewachsen. Es war so schlimm, dass sie gestorben ist – ein Unglück, das hätte verhindert werden können.«
»Das tut mir leid.«
»Danke. Es ist inzwischen Jahre her, aber das Ereignis hat in mir zweifellos etwas ins Rollen gebracht. Ich will mit dem, was ich tue, etwas bewirken.«
»Und Sie sind von Beruf …?«
»Sozialpädagogin.«
»Was glauben Sie: Wo hat Elvira sich in den vergangenen drei Jahren aufgehalten? Wenn Sie mal spekulieren dürften?«
Idun weiß nur zu gut, dass sie schon jetzt weit über die Grenze dessen, was eine Befragung erlaubt, hinausgegangen ist. Nur sitzt ihr nun mal eine Frau gegenüber, die mit Sicherheit alles gegeben hat, um Elvira zu helfen. Idun hofft, dass Elvira gespürt hat, wie sehr Beata sich um sie bemüht hat, und am Ende das Gefühl hatte, dass sie der Erwachsenenwelt trotz allem nicht vollkommen egal war.
»Ich glaube, dass sie sich versteckt gehalten hat. Sie war mit Danne zusammen – aber ob sie in diesen Jahren bei ihm war, weiß ich natürlich nicht. Er hat ja auch noch

eine ganze Zeit lang hier gewohnt, nachdem sie schon verschwunden war, daher muss sie sich zumindest in der Zwischenzeit irgendwo anders aufgehalten haben. Aber wo das gewesen sein soll? Keine Ahnung. Soweit ich weiß, hatte Elvira dort draußen niemanden mehr – außer ihre kranke Mutter, von der Elvira nichts mehr wissen wollte.«

Beata verstummt. Idun wartet geduldig darauf, dass sie erneut das Wort ergreift. Als es so weit ist, spricht Beata plötzlich ganz leise.

»Ausgerechnet das mit der Schwangerschaft hat mich über die Jahre nicht mehr losgelassen. Ich nehme fast an, dass sie den Abbruch allein durchgezogen hat. Es macht mich ganz fertig, dass niemand an ihrer Seite war. Niemand sollte so etwas allein durchstehen müssen – und außer...«

Iduns Handy vermeldet eine Nachricht. Sie zückt das Gerät, sieht, dass Calle ihr eine SMS geschrieben hat. Sein Gespräch mit Knut ist wohl beendet.

Idun schiebt das Handy zurück in ihre Tasche. Es ist später geworden als gedacht, und eigentlich müssten sie noch mit den Mädchen sprechen, auch wenn Idun klar ist, dass sie sich vielmehr auf Danne konzentrieren sollten, weil der anscheinend sowohl bei Elviras als auch bei Agnes' Verschwinden eine Rolle gespielt hat. Weil Calle mit Sicherheit keine allzu privaten Fragen an Knut gerichtet hat, ist er natürlich schon fertig. Idun schiebt ein leicht beschämtes Gefühl zur Seite. Sie hat schon wieder vergessen, was ihre letzte Frage war, überlegt zwei Sekunden und beschließt dann, alles auf eine Karte zu setzen.

»Elvira hat ihr Kind zur Welt gebracht. Sie ist Mutter geworden, ehe sie starb.«

Beata reißt überrascht die Augen auf und schlägt die Hände vor den Mund.

»Oh Gott.«

Sie keucht leise durch die Finger und starrt Idun unverwandt an.

»Und wo ist das Kind jetzt?«

»Das wissen wir nicht. Aber wir tun alles, was in unserer Macht steht, um es herauszufinden.«

Beata treten Tränen in die Augen.

»Diese Kinder, die von Eltern in die Welt gesetzt werden, die nicht imstande sind, sich um sie zu kümmern … Das macht mich so unendlich traurig.«

Sie braucht einen Moment, um sich zu beruhigen.

»Aber das Kind … Wenn es in einem Krankenhaus zur Welt kam, dann muss es doch irgendwo Unterlagen geben? Und das Personal muss doch mitbekommen haben, dass Elvira von der Polizei gesucht wurde? Ich verstehe das nicht …«

»Mehr darf ich Ihnen leider nicht sagen. Aber wir sind an der Sache dran.«

Idun versucht, ihr schlechtes Gewissen angesichts ihrer Schwatzhaftigkeit zum Schweigen zu bringen. Svetlana hatte schon recht: Sie hätte an diesem Fall nicht mitarbeiten dürfen.

Auf dem Weg zum Auto schießt Idun durch den Kopf, dass Beata sich aufrichtig um die Jugendlichen zu kümmern scheint. Die kollegiale Beziehung zu Mona kam ihr jedoch irgendwie geflunkert vor. Beata hat zu langsam gesprochen, hatte dabei einen flackernden Blick – die beiden Frauen sind ganz gewiss nicht so gute Freundinnen, wie Beata behauptet. Warum sie diesbezüglich gelogen hat, weiß Idun nicht. Vielleicht hat es nichts zu bedeuten. Vielleicht bedeutet es alles.

Agnes sitzt auf dem gemachten Bett. Sie ist hungrig, gelangweilt und fühlt sich unfassbar einsam. Hier unten sind die Nächte am besten: wenn man einfach Stunde um Stunde verschlafen kann und weder denken noch fühlen muss. Sie ist immer noch wütend, wie immer schon, allerdings hat sie nichts mehr, worauf sie ihre Wut richten könnte. Sie kann niemanden anschreien, niemanden schlagen oder treten, nichts ansprühen und in keinen Schuppen einbrechen. Hier ist nicht mal jemand, mit dem sie sich streiten könnte. Seit Elvira weg ist, ist Agnes komplett allein.

Draußen im Aufenthaltsraum gibt es ein Sofa, einen Tisch und vier Stühle. Anfangs war ihr schlagartig schlecht, sobald sie die Stühle auch nur gesehen hat – weil es mehr waren als nur zwei. Hatte Mutter vor, dass Agnes und Elvira noch mehr Gesellschaft bekommen sollten? Jugendliche hier aus der Einrichtung oder andere? Womöglich Fremde, die Elvira und Agnes nie zuvor getroffen hatten? Am liebsten hätte Agnes sich Emma gewünscht – nicht weil sie gewollt hätte, dass Emma ebenfalls eingesperrt würde, sondern weil sie vermutlich die Einzige gewesen wäre, die gewusst hätte, was sie jetzt tun sollten.

Agnes mag Emma. Sie hat es ihr nie gesagt, weil alle, die Agnes je gemocht hat, entweder gestorben sind oder ihr den Rücken gekehrt haben. Daher dachte sie sich, dass es wohl am besten wäre, wenn Emma nichts davon wüsste;

dass sie Emma am besten nur heimlich mögen sollte. Emma strahlt eine Ruhe aus, die Agnes nie zuvor erlebt hat, Ruhe und Stille, und sie hat eine Art, zu reden, die dafür sorgt, dass man sie als klug empfindet – im Unterschied zu Joanna und Kajsa.

Am ersten Tag hier unten war Agnes regelrecht hysterisch. Sie erinnert sich daran nur noch wie durch einen Nebel, Minuten und Stunden türmten sich zu einem Tag auf, waren angefüllt von heilloser Panik. Die Angst fraß Agnes von innen auf. Ein ums andere Mal warf sie sich gegen das Gitter draußen im Aufenthaltsraum, bis sich die Haut von ihren Schultern schälte. Sie schrie so laut, dass die Stimme brach und sie am Ende nur noch ein heiseres Fauchen herausbrachte. Elvira saß stumm auf dem Sofa und sah ihr dabei zu. Ihr Gesichtsausdruck war apathisch, die Arme hatte sie um ihre Beine geschlungen. Agnes wurde wütend auf Elvira, drehte sich nach ihr um und brüllte sie an, sie solle nicht nur glotzen.

»Hilf mir endlich! Elvira, hilf mir!«

Doch Elvira sah Agnes nur traurig an und sagte dann leise, dass es keinen Sinn habe. Die Tür gehe nicht auf, Agnes mühe sich vergebens ab. Von hier kämen sie nicht mehr raus, sosehr sie es auch versuchten. Elvira wusste das, weil sie es bereits jahrelang versucht hatte.

Jeder Wutanfall endete auf die gleiche Weise: Am Ende stand Agnes vor der Gittertür, glitt runter auf den Steinboden und heulte verzweifelt. Der Boden unter ihrem Hintern und den Beinen war kalt, sie bekam Gänsehaut und zitterte. Nach einer Weile stand Elvira auf, nahm die Decke von der Sofalehne, breitete sie über Agnes' Beinen aus und setzte sich zu ihr. Blieb ewig so sitzen, bis Agnes' Tränen versiegten.

»Es hat keinen Zweck, es auch nur zu versuchen, Agnes. Wir kommen hier nicht raus.«

Woraufhin Agnes den Kopf drehte und Elvira ins Gesicht sah.

»Und was machen wir jetzt? Einfach aufgeben oder ...?«

Ihr Gespräch war damit jedes Mal zu Ende. Sie hatten einander nichts mehr zu sagen, weil beide wussten, dass Elvira recht hatte. Wenn Psycho-Mona hier gewesen wäre, hätte sie garantiert etwas Klischeehaftes gesagt nach dem Motto, Agnes liege im Akzeptanzprozess ein wenig zurück. Mona hat oft darüber gesprochen, wie man sich beibringen könne, zu akzeptieren, was man erlebt habe, ohne dass man im selben Atemzug jenem verzeihen müsse, der den Schmerz verursacht habe. Agnes hat Mona vom ersten Moment an gehasst, weil sie so perfekt und reizend und freundlich ist. Aber auch, weil sie Sachen sagte, die Agnes mitten ins Herz trafen. Wörter, die Wurzeln geschlagen und nie wieder losgelassen haben. Wie an dem Tag, als Mona meinte, dass jeder Kindheitstag ohne Umarmung ein Tag mit einem Gefühl der Einsamkeit für den späteren Teenager bedeute. Dass all das zusammenhänge: der Mangel an Liebe und die Heftigkeit des darauffolgenden Zorns. Monas Worte hätten in jedem Löcher gerissen, weil sie so gut wie jedes Mal recht hatte, wie sich zeigen sollte. Und deshalb hasst Agnes sie.

Es knackt in den Lautsprechern. Ihr Körper reagiert umgehend, indem er sich anspannt wie eine Geigensaite.

»Wie fühlst du dich heute, Agnes?«

»Danke, Mutter, ich fühle mich gut.«

Sie schließt die Augen und schluckt, will die Hexe am liebsten zum Teufel schicken, reißt sich aber natürlich zusammen. Die metallische Stimme räuspert sich. Das Geräusch hallt von den Steinwänden wider. Agnes schlägt die Augen auf.

»Wie geht es dir, Mutter?«

»Danke der Nachfrage, gut geht es mir, gut.«

Agnes will dem Lautsprecher am liebsten den Stinkefinger zeigen.

»Es ist Zeit für die Vermessung.«

Ein schwacher Kopfschmerz hinter der Stirn. Vielleicht liegt es daran, dass Agnes sich jedes Mal, wenn sie mit Mutter spricht, dermaßen verspannt. Auch darüber redet Mona in der Therapie – wie Anspannung und Verspannung zu Schmerzen werden können, die wiederum umso mehr Verspannungen und Schmerzen hervorrufen. Ein Teufelskreis, sagt Mona immer. *Was du nicht sagst, Sherlock!*

»Dann fangen wir mal an, kleine Agnes. Dann fangen wir mal an.«

Agnes seufzt und steht auf. Der Boden unter ihren Fußsohlen ist eisig, als sie den Gemeinschaftsraum durchquert und auf die Durchreiche neben der Gittertür zugeht. Sie hat die Form eines Kubus – ein Gebilde aus einem groben Holzrahmen mit dicken Metallschienen ringsum. Die Seiten sind lückenlos verkleidet, Vorder- und Rückseite sind mit einem groben, engmaschigen Gitter versehen, dessen Ränder durch eine Stahlkante verstärkt sind, die in alle Richtungen mit dem Rahmen verschraubt ist. Sowohl die innere als auch die äußere Luke sind mit mechanischen Schlössern versehen, die aussehen wie Scharniere mit einer breiten Schließe, die seitlich in einer Hülse verschwindet. Eine Luke ist immer verschlossen, sprich: Es geht immer nur eine auf einmal auf, und beide werden irgendwie elektronisch verriegelt. Agnes hat versucht zu begreifen, wie das funktioniert, aber sosehr sie die Anordnung auch studiert hat, kapiert sie nicht, wie sie sie austricksen könnte.

Sie geht in die Hocke, spürt, wie es leicht in den Lenden zieht. Das Gitter ist kalt, als sie die Finger hindurchschiebt, um die innere Luke aufzuziehen. Ein Klicken, und sie gleitet auf. Vorsichtig legt Agnes die Kante auf dem Boden ab und streckt sich nach der Kiste dahinter aus. Die Durchreiche ist etwa siebzig mal siebzig Zentimeter groß. Man könnte also problemlos hindurchkriechen, allerdings ist die hintere Luke nun mal verriegelt, sobald die vordere offen steht, trotzdem probiert Agnes es jedes Mal, drückt gegen das hintere Gitter, nur um festzustellen, dass es sich keinen Millimeter bewegen lässt.

Agnes stellt die Kiste auf den Boden und nimmt die Waage heraus. Dann stellt sie sich darauf und hält den Atem an, während die Ziffern auf dem Display aufleuchten.

»Mutter?«

Ein Knacken von der Decke.

»Ja?«

»Siebenundsechzig Kilo.«

Die Stille hält den kühlen Raum wie in einem Klammergriff. Agnes wartet gar nicht erst auf die Antwort, steigt von der Waage und nimmt stattdessen das Maßband zur Hand. Sie geht zum Sofa, legt sich hin, zieht ihr Nachthemd hoch, sodass ihr Bauch entblößt ist. Dies ist der schwerste Teil der Selbstuntersuchung: die Vermessung des Symphysen-Fundus-Abstands. Sie legt das Ende des Maßbands auf Höhe des Schambeins an, zieht das Maßband nach oben bis zu der Stelle, wo, von oben betrachtet, der Bauch ansetzt. Das Sofa juckt in ihrem Rücken, und sie fühlt sich verschwitzt, obwohl der Raum so kalt ist. Sie misst dieselbe Länge wie in der Vorwoche und weiß nicht, ob das gut oder schlecht ist.

»Mutter?«

Wieder das Knacksen. Es gibt kein Geräusch, das Agnes mehr verabscheut.

»Ja?«

»Dasselbe wie letztes Mal.«

Erneut herrscht Stille. Agnes fühlt sich entblößt, wie sie dort auf dem hässlichen Sofa liegt und das Nachthemd sich unter der Brust kräuselt. Als die Stille anhält und im Raum widerhallt, setzt sie sich auf. Das Maßband rutscht ihr aus der Hand, und sie beugt sich hinunter, um es wieder aufzuheben. Plötzlich sieht sie unter dem Sofa etwas schimmern.

Ein Buttermesser.

Agnes blinzelt. Ihr Puls ist bis hoch in den Hals zu spüren, und ihre Gedanken rasen, während der Raum gleichzeitig beginnt, sich zu drehen. Es fühlt sich an, als würde alles Blut aus ihrem Kopf hinausrauschen, ihre Atmung setzt aus, vielleicht ist es auch Agnes selbst, die aufhört zu atmen. Langsam richtet sie sich wieder auf.

Da liegt ein Messer unter dem Sofa. Ein Messer!

Das muss schon ewig dort liegen. Agnes und Elvira haben ihr Besteck immer vollzählig zurückgegeben, es war gar nicht daran zu denken, irgendetwas davon zurückzubehalten. Auch das hat Elvira ausprobieren können, ehe Agnes kam, und Mutter hat sie dafür abgestraft.

Das Maßband zittert in ihrer Hand, als Agnes auf die Gittertür zugeht. Sie legt es zusammen mit der Waage in die Kiste zurück und stellt alles in die Schleuse. Dann bleibt sie auf dem Steinboden stehen, weiß nicht recht, was sie als Nächstes tun soll. Ein Messer. Wie ist das dort hingekommen? Und wozu könnte es nützlich sein?

Es fühlt sich an, als würden ihre Beine sie kaum noch tragen. Ihr Mund ist staubtrocken, es kitzelt im Rachen, sie holt ein paarmal tief Luft, damit sich ihr bedrohlich verengtes Gesichtsfeld wieder weitet.

Es knackst aus dem Lautsprecher, und diesmal zuckt Agnes bei dem Geräusch zusammen.

»Hast du schon in den Becher uriniert?«

Uriniert. Wer bitte schön sagt so was?

»Das mache ich jetzt.«

Neuerlich Schweigen. Agnes beugt sich vor und greift in die Schleuse, nimmt den Plastikbecher heraus, der neben der Kiste stand, und geht damit in ihr Zimmer. Ihre Bewegungen fühlen sich mechanisch an, als würde sie träumen und könnte partout nicht wieder aufwachen. Die Deckenlampen flackern. Das machen sie immer mal wieder, manchmal folgt darauf ein merkwürdiges Knistern, als würde in den Leitungen gleich der Strom zur Neige gehen. Anfangs hatte Agnes noch Angst, dass die Lampen irgendwann ganz ausgehen würden, dass sie gezwungen wäre, komplett im Dunkeln zu leben. Doch die Lampen erholten sich jedes Mal wieder. Das Knistern verschwand, das Flackern stabilisierte sich, und das Licht war zurück. Inzwischen nimmt sie kaum noch zur Kenntnis, wenn es mal passiert, sie hat sich daran gewöhnt, dass das Licht hier und da mal ins Wanken gerät.

Sie zieht ihr Nachthemd hoch und die Unterhose runter. Sie hat Schwierigkeiten, Wasser zu lassen, der Strahl will nicht recht in die Gänge kommen. Sie muss abwechselnd pressen und sich entspannen, aber am Ende bringt sie einen knappen Deziliter zustande. Sie wischt sich ab, pfeift aber darauf, sich die Hände zu waschen, hat weder die

Zeit noch die Muße dafür. Es ist, als hätte sich erfrischender Sauerstoff in ihr Verlies geschlichen.

Da liegt ein Messer unter dem Sofa. Eins, das Mutter anscheinend nicht vermisst.

Agnes eilt auf die Schleuse zu, stellt den Plastikbecher hinein und verschränkt die Hände im Rücken, um einen so entspannten Eindruck wie möglich zu machen. Sie weiß nicht, ob Mutter sie sehen kann, sie glaubt schon, weiß es aber nicht sicher.

»Der Becher steht jetzt in der Schleuse.«

Diesmal hält das Knacksen sekundenlang an.

»Du klingst ein bisschen außer Atem, Agnes.«

In ihrem Kopf setzt ein Pfeifen ein.

»Ich hab mich beeilt.«

Die Stille fühlt sich abschätzig an.

»Du solltest nicht warten«, fügt Agnes eilig hinzu.

Hoffentlich glaubt Mutter ihr.

»Ich will nicht, dass du rennst. Du könntest stolpern.«

Agnes nickt.

»Hast du mich verstanden?«

»Verzeihung. Wird nicht mehr vorkommen.«

»Gut. Dass der SFA unverändert ist, muss nichts bedeuten. Aber ein bisschen ungewöhnlich ist es schon. Du isst doch, wie du sollst – bist du trotzdem hungrig? Willst du größere Portionen? Oder eine weitere Zwischenmahlzeit?«

Agnes spürt, wie der Raum abermals ins Wanken gerät. Sie stützt sich am Gitter ab und atmet ein paarmal tief durch. Da liegt ein Messer unter dem Sofa … Sie weiß nicht, wozu sie es hernehmen will, aber es liegt jedenfalls dort, ein richtiges Messer, aus Metall.

»Könnte ich vielleicht zwischendurch ein bisschen Obst kriegen?«

Sie weiß selbst nicht, warum sie darum bittet, mag Obst nicht besonders, aber etwas anderes fällt ihr nicht ein.

Ein letztes Mal knistert es im Lautsprecher.

»Das lässt sich machen. Aber wenn der SFA weiter unverändert bleibt, müssen wir die Menge erhöhen. Du kannst ja mal überlegen, ob du größere Portionen haben willst oder eine weitere Mahlzeit am Tag.«

Inzwischen dreht sich der Raum so richtig. Agnes gleitet zu Boden, setzt sich vor die Schleuse und schließt die Luke. Dann stützt sie den Kopf in beide Hände und presst die Augen fest zu, sieht bunte Punkte hinter ihren Lidern flimmern. Es surrt, als das Schloss verriegelt. Agnes zählt die Sekunden. Bei dreißig surrt das hintere Schloss auf.

Widerwillig steht sie auf und kehrt in ihr Zimmer zurück, zieht die Tür hinter sich zu und setzt sich auf die Bettkante. Nach einer Weile surrt es erneut, diesmal im Schloss ihrer Zimmertür. Dann sind Schritte draußen im Tunnel zu hören. Im üblichen Tempo, weder langsam noch schnell, immer im selben Tempo. Mutter kommt, um die Kiste zu holen, und zwar ohne dass Agnes sie von ihrem Zimmer aus sehen könnte. Der Winkel ist zu spitz, als dass sie bis zur Schleuse spähen könnte. Aber das macht nichts. Ausgerechnet heute macht ihr das rein gar nichts aus, weil dort unter dem Sofa ein Messer liegt. Ein richtiges Messer, aus Metall.

Agnes legt sich auf die Seite und drückt das Gesicht in ihr Kissen. Die Schritte setzen aus, dann hört sie die Schleuse aufgehen, das Geräusch der Kiste, die herausgehoben wird. Dann verschwinden die Schritte wieder.

Zum ersten Mal, seit Elvira weg ist, verspürt Agnes etwas, was sich entfernt nach Hoffnung anfühlt. Das Gefühl ist schwach, aber es ist da. Eine neue kleine Flamme, die tief in ihr auflodert.

Idun hat auf Mikas Sofa die Beine untergezogen. Die Schwestern haben gemeinsam zu Abend gegessen. Zum Nachtisch gab es Erdbeeren mit leicht aufgeschlagener Hafersahne. Idun kann sich nicht erinnern, wann sie zuletzt so pappsatt war. Es fühlt sich an, als würde sie platzen.

»Schön, dass du den Auflauf mochtest. Ich hatte schon Angst, dass ich ihn versalzen habe.«

Idun sieht Mika an, die in ihrem geblümten Sommerkleid und mit offenen Haaren in der anderen Sofaecke kauert. Im Unterschied zu Iduns glatten blonden Haaren hat Mika die Locken ihrer Mutter geerbt.

»Hast du noch mal mit Robban gesprochen?«

Idun bemüht sich um einen neutralen Tonfall. Sie hat nicht erwähnt, dass sie ihn im Supermarkt gesehen hat, und hat auch nicht vor, irgendetwas zu sagen.

Mika schließt die Augen und streicht sich über die Augenbrauen.

»Er hat gestern angerufen. Ich glaube, er war betrunken.«

Idun verschränkt die Hände auf dem Schoß, überlegt es sich aber sofort wieder anders, als ihr dämmert, dass dies eine typische Geste ihres Vaters ist.

»Ach?«

Eine bessere Reaktion fällt ihr nicht ein. Idun war immer überzeugt davon, dass Mika und Robban ihr Leben lang zusammenhalten würden. Doch jetzt ist es anders gekommen, nur weil Mika Kinder haben will und Robban nicht. Idun weiß, dass sie sich gerade auf dünnem Eis bewegt. Sie liebt ihre Schwester, Mika ist ihr wichtiger als jeder andere Mensch. Aber dass jemand keine Kinder haben will, kann Idun vollkommen verstehen – was Mika wiederum bewusst ist.

»Was wollte er denn?«

Mika streicht den Kleiderstoff über ihren Beinen glatt.

»Keine Ahnung. Er hat geheult und unzusammenhängendes Zeug erzählt. Ich hab ihm gesagt, dass wir reden können, sobald er wieder nüchtern ist.«

»Er hat aber doch kein Alkoholproblem?«

Mika sieht sie scharf an.

»Man kann durchaus mal etwas trinken, ohne gleich Alkoholiker zu sein.«

Idun beißt die Zähne zusammen. So war es doch gar nicht gemeint.

Mika seufzt.

»Tut mir leid. Es ist nur so, dass ich gerade nicht über Robban sprechen kann. Das geht mir alles zu nah. Das machen wir ein andermal. Aber Tareq – wie sieht es eigentlich auf dieser Baustelle aus?«

Idun streckt sich nach einer Erdbeere aus, obwohl sie eigentlich keinen Bissen mehr hinunterkriegt. Tareq ist der Erste und zugleich Letzte, über den sie im Augenblick reden will.

»Wir hatten einen tollen Sommer ...«

Sie will weitersprechen, findet aber nicht die richtigen Worte.

»Und jetzt ist es Herbst, und deshalb kehrst du wieder zurück in ein Leben, das nur aus Arbeit besteht?«

Idun nickt geistesabwesend, während sie gleichzeitig überlegt, was sie eigentlich antworten soll. Mika kann manchmal ein richtiges Biest sein, und dann kommt es vor, dass Idun das Gefühl hat, ihre Schwester, Calle und Siv hätten sich gegen sie verschworen.

»Ganz so ist es ja nun nicht ...«

Oder aber es ist ganz genau so.

»Nee – und wie dann?«

Idun massiert sich die Wangen. Mikas Blick ist durchdringend – und vorwurfsvoll. Plötzlich fühlt Idun sich hundemüde.

»Ich weiß doch auch nicht, Mika ... Ich weiß einfach nicht, wie es ist.«

Doch Iduns kleine Schwester lässt sich nicht so leicht abwimmeln.

»Warum schiebst du die Menschen immer von dir weg? Mal ehrlich, Idun. Tareq sieht gut aus, ist nett und klug. Und ihr habt doch eine gute Zeit miteinander?«

Darauf antwortet Idun nicht.

»Außerdem ist er bei der Polizei, und ihr könnt über die Arbeit reden, so viel ihr nur wollt. Er ist doch genauso ein Workaholic wie du!«

Mika grinst breit, und Idun muss lachen. Gleichzeitig spürt sie ein Ziehen im Hals. Sie hat sich bereits entschieden und weiß, dass sie mit Tareq reden muss, aber es fällt ihr einfach so verdammt schwer, diesen Schritt zu gehen.

Wie immer kann Mika sie lesen wie ein offenes Buch.

»Du solltest vielleicht mal mit jemandem reden.«

Obwohl Mika es watteweich sagt, hat Idun sofort das Gefühl, dass ihre Schwester soeben eine Grenze überschritten hat. Sie steht vom Sofa auf und geht in die Küche. Lässt ewig das Wasser laufen, lehnt an der Spüle und atmet tief in den Bauch. Dann befüllt sie zwei Gläser mit Wasser.

Als sie zurück ins Wohnzimmer kommt, hat Mika ihre Haare hochgezwirbelt. Sie zieht ein Haargummi vom Handgelenk und schlingt es über den unordentlichen Knoten.

»Bin ich zu weit gegangen?«

Idun drückt ihr eins der Wassergläser in die Hand.

»Ein bisschen womöglich.«

Sie setzt sich neben Mika.

»Entschuldige.«

Idun macht eine Geste, die alles bedeuten könnte.

»Ich bin manchmal ein bisschen trampelig, wenn ich traurig bin. Ich wollte dir nicht zu nahe treten.«

Idun nimmt einen Schluck Wasser. Sie ahnt, dass Mika noch mehr auf dem Herzen hat.

»Die Trennung von Robban hat mir das Gefühl gegeben, dass alles irgendwie schiefgeht. Da brodelt es unter der Oberfläche, Idun. Ich muss ziemlich viel an Mama denken ... und an Nore.«

Letzteres sagt sie mit unterdrückter Anspannung in der Stimme. Idun nimmt noch einen Schluck. Sie will nicht über Mama reden, und über Nore erst recht nicht.

Im nächsten Moment hören sie, dass die Wohnungstür aufgeht.

»Hallo?«

Es ist ihr Vater. Idun und Mika bleiben auf dem Sofa sitzen. Nach ein paar Sekunden betritt er das Wohnzimmer. Er trägt eine weiße Leinenhose und ein hellblaues Hemd, seine Wangen sind rosig und sein Blick beschwingt.

»Da schau einer an, meine beiden Lieblingsmädchen! Wann bist du denn zurückgekommen?«

Er macht ein paar Schritte vor und drückt Idun einen Kuss auf den Scheitel. Sie lächelt und drückt seinen Unterarm.

»Am Sonntag. Eine dringende Sache bei der Arbeit.«

Er nickt zerstreut und umarmt Mika.

»Wie immer die Arbeit ... Hier riecht's aber gut! Was habt ihr denn gegessen?«

Er setzt sich neben Mika auf die Sofaarmlehne, tätschelt ihr Knie und nimmt sich eine Erdbeere. Mika folgt jeder seiner Bewegungen mit dem Blick.

»Es ist noch etwas da, wenn du magst. Der Fischauflauf steht auf dem Herd, und im Kühlschrank ist Salat. Aber ich glaube, Idun möchte gern zuallererst hören, wo du heute Abend warst.«

Idun zieht erneut die Beine an und sieht ihren Vater an. Insgeheim ist sie ungeheuer dankbar dafür, dass er Mikas zauderndem Versuch, über Nore zu reden, unterbrochen hat.

Papa knufft Mika in die Seite.

»Bei dir klingt das aber komisch!«

Mika zuckt mit den Schultern.

»Vielleicht weil es komisch *ist*?«

Papa nimmt sich noch eine Erdbeere und setzt sich ans andere Ende des Sofas, wo Idun zuvor gesessen hat.

»Ich habe jemanden kennengelernt.«

Idun klappt fast die Kinnlade herunter, doch dann reißt sie sich zusammen.

»Wie bitte? He, wie toll, Papa!«

Er sieht sie mit leicht zusammengekniffenen Augen an.

»Das klingt ja fast, als würdest du es ehrlich meinen.«

Idun reißt die Hände hoch.

»Warum sollte ich es nicht ehrlich meinen?«

»Ich dachte, ihr zwei wolltet mich für euch allein haben.«

Mika lächelt spitzbübisch.

»Jetzt erzähl uns von Erna!«

Idun lässt ihren Vater nicht aus den Augen. Eine angenehme Wärme breitet sich in ihrer Brust aus.

»Erna?«

Als sie den Gesichtsausdruck ihres Vaters sieht, zieht sich in ihr alles zusammen. Es ist schon Jahre her, dass seine Augen derart geschimmert haben. Er zuckt betont gleichgültig mit den Schultern, doch das Lächeln bleibt.

»Was soll ich sagen? Erna ist Rentnerin, genau wie ich, arbeitet aber ehrenamtlich in einer Flüchtlingshilfsorganisation. Sie war Lehrerin, deshalb gibt sie dort jetzt Sprachunterricht.«

Idun und Mika warten geduldig auf eine Fortsetzung.

»Wir haben uns über gemeinsame Bekannte kennengelernt und bei einem Abendessen nebeneinandergesessen. Es hat direkt klick gemacht. Erna hat den gleichen Humor wie ich – dass es so was gibt! Könnt ihr euch das vorstellen?«

Während ihr Vater die Erdbeeren durchsieht, streckt Idun die Zunge in Mikas Richtung aus. Erst als er sich zwei weitere Erdbeeren genommen hat, redet er weiter.

»Ich weiß ehrlich gesagt nicht, wo das Ganze hinführen wird. Vielleicht muss es ja gar nicht komisch sein, aber wir fühlen uns wohl miteinander. Sie hat einen erwachsenen Sohn und ein dreijähriges Enkelkind.«

Aus den Augenwinkeln sieht Idun, wie Mika schluckt. Sie weiß, dass ihr Vater sich Enkel wünscht, auch wenn er das niemals laut aussprechen würde. Und Mika wünscht sich das Gleiche – und dass das Kind ihres wäre. Idun selbst findet, dass Erna ein wenig wie Tareq ist: ein bisschen zu gut, um wahr zu sein, ein Funken Gold, der glitzert, dann aber aller Wahrscheinlichkeit nach im Dunkeln verglimmt.

»Aber ihr seid jetzt zusammen, oder was?«

Ihr Vater sieht Idun an.

»Laut Mika sollte ich dir jetzt die gleiche Frage stellen, nur über Tareq.«

Er sieht seine ältere Tochter liebevoll an. Idun lehnt sich auf dem Sofa zurück und wischt sich unsichtbaren Schmutz von der Hose.

»Nur dass wir gerade nicht über mich sprechen.«

Mika kratzt sich am Unterarm.

»Dass ich mal der einzige Single hier bin! Wer hätte das gedacht?«

Sowohl Idun als auch ihr Vater hören die Traurigkeit in Mikas Stimme. Idun legt ihr den Arm um die Schultern und zieht sie an sich.

»Wird schon werden, Schwesterchen.«

Doch Mika ist inzwischen den Tränen nahe.

»Ich denke darüber nach, ein Kind zu adoptieren … oder mich künstlich befruchten zu lassen.«

Unwillkürlich zieht Idun die Handbremse.

»Was sagt dir denn, dass du nicht jemand Neuen kennenlernst, in den du dich verliebst und mit dem du Kinder haben kannst? Adoption ist doch wohl ein bisschen dramatisch?«

Es gelingt ihr fast, es zu sagen, ohne vorwurfsvoll zu klingen. Mika wischt sich eine Träne aus dem Augenwinkel.

»Ich liebe Robban. Ich will niemand anders kennenlernen.«

Ihr Vater beugt sich auf seiner Sofaecke vor. Er sagt nichts, sitzt bloß mit offener Körperhaltung da und sieht Mika an. Idun ringt um die richtigen Worte, doch am Ende fällt ihr nur etwas Klischeehaftes ein.

»Das wird schon, du wirst sehen.«

Iduns kleine Schwester schnaubt.

»Meinst du? Und du lernst endlich jemanden kennen und ziehst trotzdem eine Leiche auf einer Kirchentreppe vor!«

Ihr Vater sieht Idun an.

»Dann bist du an dem Fall dran? Darüber stand etwas in der Zeitung.«

Idun seufzt erleichtert auf, weil ihr Vater nicht auf Mikas Anspielung in Sachen Tareq eingeht.

»Hast du schon mit Maj gesprochen?«

Idun schüttelt den Kopf.

»Aber das machen Calle und ich demnächst.«

In der Tasche, die Idun neben das Sofa gestellt hat, klingelt ihr Handy. Das könnte vielleicht Tareq sein, und sie überlegt, in dem Fall womöglich ranzugehen, doch dann steht Calles Namen im Display. Sie haben vor, am Abend noch ein paar Stündchen zu arbeiten, weil Beatas Erwähnung von Danne und der Motorradgang höchst interessant war. Überdies stehen die Gespräche mit den Mädchen aus dem Bodengården aus, aber erst wollen sie sich Danne vorknöpfen.

Calle verzichtet auf Begrüßungsfloskeln.

»Ich hole dich in zehn Minuten ab. Erst reden wir mit Danne, dann mit Maj. Ich habe beide Adressen rausgesucht. Passt das für dich?«

Idun sieht ihren Vater und Mika an.

»Ich bin bei Mika. Hol mich hier ab.«

Sie haben noch drei Stunden, ehe der Augustabend in die Nacht übergeht. Das Haus, das am tiefsten unten im Tal außerhalb von Gamla Sävast liegt, ist älteren Baujahrs, die Fassade großflächig abgeblättert, und mehrere Bohlen scheinen durchgefault zu sein. Der Garten ist überwuchert und ungepflegt, die Auffahrt voller Unrat. Mehrere Autowracks stehen im ungemähten Gras, und hier und da liegen rostige Fahrräder und anderer Metallschrott herum. In Richtung des Baches auf der Rückseite des Hauses steht ein überquellender Container. Ein paar Müllsäcke liegen um einen alten Apfelbaum herum und knistern in der Brise.

Der Spätsommermond ist fast voll und taucht den Hof in einen warmen Lichtschein. Die Vordertreppe hat kein Geländer, und an der Eingangstür gibt es keine Klingel. Mit geballter Faust klopft Calle laut an, und es dauert eine Weile, bis die Tür aufgeht. Eine dichte Wolke aus Zigarettenrauch weht ihnen entgegen. Idun muss sich beherrschen, um vor dem Gestank nicht zurückzuweichen.

»Calle Brandt und Idun Lind. Wir sind von der Polizei und möchten uns gern mit Danne Svärd unterhalten.«

Der junge Mann in der Tür sieht sie mit glasigem Blick an. Er trägt Jeans und ein schmuddeliges T-Shirt mit dem Logo einer Tankstellenkette. Er hält eine Bierdose in der Hand.

»Das bin ich. Was wollen Sie?«

Der Abscheu ist unmittelbar zu spüren und völlig unverblümt. Der junge Mann sieht an ihnen vorbei in Richtung Garage. Calle schiebt seinen Fuß nach vorn, damit der Kerl ihnen nicht die Tür vor der Nase zuschlagen kann.

»Wir möchten uns nur ein wenig unterhalten. Wollen Sie das lieber drinnen oder draußen machen?«

Danne murmelt etwas Unverständliches. Dieser junge Mann ist, wie sie wissen, Gespräche mit der Polizei gewohnt. Ein Blick in ihre Datenbank hat ausgereicht – es gab unzählige Vorfälle. Trotzdem hat er seit seiner Zeit im Bodengården, den er vor knapp drei Jahren verlassen hat, ein Leben in Freiheit geführt.

Ohne zu antworten, dreht Danne ihnen den Rücken zu und watschelt zurück ins Haus. Die beiden Ermittler folgen ihm, ziehen die Eingangstür zu, behalten aber die Schuhe an.

Das Haus bietet einen erbärmlichen Anblick. Es stinkt nach Müll, am Boden liegt haufenweise Schmutzwäsche herum, eine Unterhose hängt über dem Treppengeländer. Idun versucht, nach oben zu spähen, doch die Treppe führt bereits nach wenigen Stufen in die entgegengesetzte Richtung und verstellt ihr den Blick.

Sie betreten die Küche. Hier gibt es weder Teppiche noch Vorhänge, und die Spüle quillt über von schmutzigem Geschirr und leeren Konservendosen. Der Mülleimer liegt umgekippt auf dem Boden. Eine verkalkte Kaffeemaschine steht bedrohlich schief auf einer der alten Herdplatten. Der Küchentisch ist aus Kiefernholz und die Tischplatte allem Anschein nach von Messerspuren durchfurcht.

Danne setzt sich auf einen Küchenstuhl, bietet den beiden Ermittlern jedoch keinen Platz an. Stattdessen seufzt er tief, während er aus der Gesäßtasche eine Schachtel Zigaretten angelt. Auf dem Tisch liegt ein Feuerzeug, er zündet sich eine Zigarette an und nimmt ein paar tiefe Züge. Er bläst Rauchringe aus, die sich ausweiten und in Wohlgefallen auflösen.

»Sie wohnen ja ziemlich großzügig ...«

Danne sieht Calle an, sagt aber nichts.

»Und haben eine Menge Autos draußen stehen.«

Immer noch keine Reaktion.

»Dann sind Sie bestimmt an Autos interessiert. Bin ich ebenfalls. Benutzen Sie die Garage auch als Werkstatt?«

Danne starrt durch den Rauch hindurch. Calle zuckt mit den Schultern.

»Wir müssen auch nicht über Autos reden. Elvira Lind – sagt Ihnen der Name etwas?«

Idun sieht Danne schweigend an. Er selbst sieht nur träge wieder zu Calle.

»Elvira und Sie waren im Bodengården ein Paar.«

Danne scheint kein bisschen interessiert daran zu sein, über seine Jugendflamme zu plaudern. Schweigend nimmt er einen neuerlichen Zug und pustet neue Rauchringe aus. Idun bemerkt, dass seine Hand ganz leicht zittert.

»Und?«

Der Einwortsatz muss wohl als Fortschritt gewertet werden. Danne legt die Hand auf die Tischplatte. Die Asche fällt von der Zigarette.

»Wie sah Ihre Beziehung aus?«

Mit dem Finger schnickt Danne die Asche ab. Der schwarze Rand unter seinem Fingernagel ist unfassbar breit.

»Was wollen Sie hören? Wie sie aussah oder ...?«

Er neigt den Kopf leicht seitlich und sieht Calle an. Er

will ihn anscheinend provozieren. Auf dem Weg hierher haben sie sich darauf geeinigt, dass Calle das Gespräch führen soll, was Idun inzwischen bereut. Sie ist zu müde, um einen Streit zu ertragen. Danne soll einfach ihre Fragen beantworten, dann fahren sie wieder. Sie muss endlich schlafen. Erst trainieren und dann schlafen. Tags darauf will sie Tareq anrufen und ihm eröffnen, zu welchem Schluss sie gekommen ist. Dass sie allein bleiben und keine Beziehung haben möchte.

»Ich frage mich, ob Sie und Elvira eher nur Freunde waren oder ein Liebespaar.«

Danne reibt sich das Kinn an der Schulter.

»Wir haben auf dem Schulklo ein paarmal gevögelt. Keine Ahnung, ob das heißt, dass wir zusammen waren.«

Er nimmt noch einen Zug von seiner Zigarette. Die Glut hat den Filter fast erreicht. Aus den Augenwinkeln sieht Idun, dass Calle die Wangen einsaugt.

»Haben Sie sie geschwängert?«

Verdammt noch mal, Calle!

Danne drückt die Zigarette auf der Tischplatte aus. In dem ohnehin abgenutzten Holz entsteht ein rußschwarzer Kreis.

»Keine Ahnung. Ist schon ein paar Jährchen her, da hab ich Erinnerungslücken.«

»Erinnerungslücken? Weswegen denn das? Infolge von Drogenkonsum?«

Idun rührt sich nicht. Calle hat keine andere Wahl, als diese Marschrichtung fortzuführen, weil Danne ihnen niemals freiwillig Auskunft erteilen wird.

Doch der junge Mann wirkt unbeeindruckt.

»Ich nehme keine Drogen mehr. Aber damals hab ich noch gekifft, und das schlägt einem aufs Gehirn, deshalb ist meine Erinnerung nicht gerade die beste. Nicht dass das irgendwie wichtig wäre.«

Er lacht in sich hinein, zündet sich die nächste Zigarette an, legt den Kopf in den Nacken und bläst Rauch aus. Die Luft in der Küche steht vor Zigarettenqualm. Wenigstens ist der Müllgestank damit halbwegs übertüncht.

»Hat Elvira auch gekifft?«

»Weiß nicht.«

»Haben Sie sie mal rauchen sehen?«

»Weiß nicht.«

Calle verschränkt die Hände.

»Weiß nicht oder will nicht antworten?«

Unverhofft platzt es aus Danne heraus.

»Was soll dieses Scheißgerede? Was weiß ich denn, ob sie geraucht hat? Keine Ahnung! Hat mich damals nicht interessiert, und interessiert mich immer noch nicht, verdammt. Wir waren da eingesperrt. Wissen Sie eigentlich, was das bedeutet?«

Calle wartet ab. Er hat keine Ahnung, was es bedeutet, in einer geschlossenen Einrichtung untergebracht zu werden, aber selbst wenn, hätte er es Danne gegenüber nicht erwähnt. Dies hier ist Dannes Moment, sie wollen an seinen Erinnerungen und Erlebnissen teilhaben.

»Wir waren in diesem verschissenen Höllenhaus eingekerkert, mit Personal, das sich kein bisschen gekümmert hat. Klar gab's Ausnahmen, aber das waren nicht viele. Ich hab mich von den Mädels in Naturalien auszahlen lassen, wenn ich denen Kippen und anderes Zeug besorgt hab. Wir mit Schwänzen mussten halt andere Sachen machen, um an Sachen zu kommen, die wir haben wollten. Ich hab mich halbwegs benommen, um so schnell wie möglich dort wegzukommen – hab bei allen möglichen

Scheißaktivitäten mitgemacht und bin artig in die Schule gegangen. Ich hab nachts geschlafen, hab mein Essen gegessen, war in Gruppen- und Einzeltherapie. Wir haben in der allerersten Woche ein Buch in die Hand gekriegt, das frühere Bewohner über ihre Zeit in der Einrichtung geschrieben haben. Verdammt tragische Geschichten, aber alle liefen auf ein und dasselbe hinaus: *Durchhalten*. Also habe ich durchgehalten.«

Er kratzt sich so fest im Nacken, dass es wehtun muss.

»Ich hab *durchgehalten*, kapiert? Mithilfe von Joints und ein paar Ficks auf dem Schulklo. Elvira war willig, und ich war geil – *end of story*, Scheißbulle.«

Danne redet zu laut und zu schnell, und Idun schießt durch den Kopf, dass er vielleicht ja doch nichts weiter als Alkohol im Blut hat. Der Zigarettenrauch riecht auch nach nichts anderem als Tabak.

»Wann haben Sie den Bodengården verlassen?«

Danne nimmt ein paar hektische Züge, vermutlich nur, um sich wieder zu beruhigen.

»Vor ein paar Jahren. Keine Ahnung, an welchem Tag genau. Seither wohne ich hier, das hier war das Haus meines Opas, ich bin der einzige Enkel und hab's geerbt.«

»Von Ihrem Vater?«

»Der Arsch ist gestorben, ein Jahr bevor ich freikam. Hat sich totgesoffen.«

Seine Augen werden wässrig, was er überdeckt, indem er abermals an seiner Zigarette zieht und dann so tut, als müsste er husten.

»Sorry. Scheißlunge.«

Er ballt die Faust und schlägt sie sich vor die Brust.

»Aber Elvira? Nee, von der weiß ich nichts. Warum fragen Sie?«

Calle sieht ihn unverwandt an.

»Weil sie tot aufgefunden wurde.«

Danne versucht, die Augen aufzureißen, allerdings sieht es eher so aus, als litte er an einer leichten Gesichtslähmung.

»Ach, Scheiße. Dann hat Elvira ausgecheckt ... Damit hab ich nicht gerechnet.«

Erstmals während der Unterredung meldet sich Idun zu Wort. Sie haben sich zwar darauf geeinigt, dass Calle reden soll, aber sie kann es nicht lassen.

»Wie – nicht damit gerechnet?«

Danne sieht sie amüsiert an.

»Da guck, die Braut kann auch reden? Hey, Süße!«

Er zwinkert Idun zu.

»Warum haben Sie nicht damit gerechnet, dass Elvira sterben könnte?«

Danne zuckt mit den Schultern.

»Keine Ahnung. Sie war jung und sogar ziemlich süß, wenn ich mich recht erinnere. Außerdem hat sie die ganze Zeit davon geredet, dass sie sich zusammenreißen will, dass sie wieder Kontakt mit ihrer Mutter aufnehmen und sich irgendwie im Leben zurechtfinden will.«

»Wann hat sie das gesagt?«

Calle wirft Idun einen vielsagenden Blick zu. Geflissentlich ignoriert sie ihn.

»In der Einrichtung, bei unserem letzten Treffen. Also, auf dem Klo, nachdem wir fertig gefickt hatten. Verdammt sexy Mädel. Schade, dass sie gestorben ist.«

»Wissen Sie, ob sie den Kontakt mit ihrer Mutter je wieder aufnehmen konnte?«

»Keine Ahnung. Ich war nur an Sex interessiert, nicht an Elviras Mutter.«

Calle seufzt tonlos in sich hinein. Hauptsächlich wegen Idun, weil die sich nicht an das hält, was sie vereinbart haben. Sie sieht ihn an und nickt vielsagend. Ab sofort hält sie wieder den Mund, oder versucht es zumindest.

»Haben Sie sich auch noch andernorts gesehen? Also, außerhalb des Schulklos?«

Danne massiert sich die schmutzigen Fingerknöchel, ehe er zu Calle aufblickt.

»Na ja, mal durchs Fenster oder so. Aber wir waren nicht zusammen und haben auch keine tieferen Gespräche geführt oder so. Im Bodengården sind Männlein und Weiblein ziemlich strikt getrennt – verdammt langweilig, wenn Sie mich fragen. Aber total verständlich. Immerhin gab's da bei den Jungs den einen oder anderen Gewaltverbrecher. Irgendein Irrer, der für Vergewaltigung einsaß – mit gerade mal fünfzehn!«

Idun nimmt ihr Handy zur Hand und schreibt Siv eine SMS. Sie bittet sie, die übrigen Jungs zu überprüfen, die zur selben Zeit wie Elvira im Bodengården untergebracht waren.

»Googeln Sie jetzt Pornos, oder was?«

Sie schickt die SMS weg und schiebt das Handy in ihre Gesäßtasche.

»Haben Sie Elvira nach ihrem Verschwinden aus dem Bodengården je wiedergesehen?«

Danne leckt sich die Lippen.

»Die ist eines Morgens verschwunden, kurz vor der Schule, mehr weiß ich nicht. Wir haben da nie Einzelheiten zu hören gekriegt. Das Personal wollte uns ja keine Tipps für die Flucht geben, wenn Sie verstehen, was ich meine.«

Er grinst, dass die gelben Zähne blitzen, und zündet sich die dritte Zigarette an. Idun sieht, dass seine linke Hand von Narben überzogen ist. Sie sehen aus wie alte Brandverletzungen und erinnern sie unwillkürlich an Emma.

»Hatte Elvira auch Sex mit anderen?«

»Weiß ich nicht.«

Idun und Calle sehen einander verstohlen an.

»Noch mal zurück zu den Autos ... Sie fahren auch Motorrad, oder? Was denn für eins?«

Calle sagt es fast beiläufig. Idun lässt Danne nicht aus den Augen, doch er sieht einfach nur verdattert aus.

»Motorrad?«

Calle streift sich mit der Hand über den Bart.

»Ich hab derzeit keins. Verdammt ärgerlich. Was ist Ihr Lieblingsmodell?«

Idun weiß, dass Calle nie ein Motorrad besessen hat, wahrscheinlich nicht mal auf einem gesessen hat, seit sein Vater kurz vor Sundsvall mit seiner Yamaha gegen einen Fels gekracht ist, als Calle acht war.

»Ich habe kein Motorrad.«

Es klingt, als würde Danne die Wahrheit sagen. Idun nimmt jede Veränderung in seinem Gesichtsausdruck genau zur Kenntnis. Sofern er lügt, ist er verdammt gut darin.

»Aber Sie sind schon Motorrad gefahren?«

Danne seufzt lang gezogen.

»Als ich noch jünger war.«

»Haben Sie Anfang des Sommers mal eine Tour gemacht, so was wie im Juni?«

Danne runzelt die Stirn.

»Nein. Weil ich keine Maschine habe. Haben Sie irgendwie Probleme mit den Ohren?«

Doch Calle bleibt hartnäckig.

»Wir haben eine Zeugin, die Sie in der Stadt gesehen

hat. Sie sind in der Innenstadt an einer Schülergruppe aus dem Bodengården vorbeigefahren und wurden wiedererkannt.«

Die Verwirrung in Dannes Gesicht ist nicht zu verkennen.

»Keine Ahnung, wovon Sie reden. Ich hab kein verdammtes Motorrad gefahren.«

Calle schiebt leicht das Kinn vor. Idun ahnt, dass er das Gleiche hört wie sie. Danne besteht felsenfest darauf, dass er in diesem Sommer nicht Motorrad gefahren ist. Das könnte natürlich gelogen sein – oder die Erinnerung lässt Danne im Stich. Aber genauso gut könnte es die Wahrheit sein.

Sowohl Idun als auch Calle ahnen, dass sie hier nicht mehr weiterkommen. Sie bedanken sich bei Danne, dass er sich Zeit für sie genommen hat, teilen ihm mit, dass sie allein hinausfänden, und lassen ihn mit der dritten fast fertig gerauchten Zigarette in der Hand an seinem Küchentisch sitzen.

Draußen auf der Vordertreppe schlägt ihnen die drückend warme Spätsommerluft entgegen. Trotzdem fühlt sie sich wohltuend an. Sie gehen über den Schotterweg zurück zu ihrem Wagen und bleiben noch kurz daran angelehnt stehen. Die Landschaft hier draußen ist schon beeindruckend – die endlosen Äcker, die hohen Gräser, der dichte Wald, der direkt an Dannes Grundstück angrenzt.

Idun ergreift als Erste das Wort.

»Fühlt sich nach Sackgasse an.«

Sie blickt empor in den Himmel. Zwei Vögel kreisen über ihnen. Die Flügel schimmern im Mondschein. Idun überlegt, ob die beiden ein Paar sind. Zwei, die sich gefunden haben und für alle Zeit zusammenhalten werden.

»Finde ich auch. Allerdings ist da irgendwas mit der Garage.«

Idun reißt den Blick von den Vögeln los.

»Mit der Garage?«

Calle seufzt.

»Scheiße, Iddan, was ist eigentlich los? Sag jetzt nicht, dass du das nicht mitgekriegt hast.«

Idun hat keine Ahnung, wovon er spricht, und sagt das auch laut. Calle verschränkt die Arme vor der breiten Brust.

»Da bin ich jetzt echt enttäuscht. Mal ernsthaft, was ist los mit dir? Ich hab das doch schon draußen auf der Treppe gesehen, als er mit dem Blick Richtung Garage gezuckt hat. Und dann wieder, als wir darüber gesprochen haben, als ich ihm Fragen gestellt hab – da hat er irgendwie reagiert, keine Ahnung ... Aber irgendwas stimmt da nicht.«

»Und jetzt willst du einen Durchsuchungsbeschluss, oder was?«

Calle schnaubt.

»Den kriegen wir im Leben nicht. Sandberg würde uns für diese vage Spur niemals grünes Licht geben. Aber vielleicht sollten wir trotzdem einen klitzekleinen Blick hineinwerfen ...«

Idun sieht erneut hoch zum Himmel. Das Liebespaar ist verschwunden.

»Ich weiß nicht. Ist das nicht eine ziemlich schwache Grundlage, um schnüffeln zu gehen?«

Calle dreht sich um und trommelt aufs Autodach.

»Als wären wir deinem Bauchgefühl in der Vergangenheit nie nachgegangen. Diesmal ist es eben meins.«

Sie widersteht dem Impuls, die Augen zu schließen.

»Okay, gehen wir schnüffeln. Heute Abend noch, oder ...?«

Sie könnte heulen, so übermüdet ist sie. Calle legt die Hand an die Autotür.

»Später heute Nacht. Wir fahren hier bloß ganz kurz vorbei – nur um uns einen Eindruck zu verschaffen.«

Trotz allem keine ganz blöde Idee, findet Idun – besser, als zu Hause eine weitere schlaflose Nacht zu verbringen, in der sie mit ihren Gedanken allein ist.

»Es muss ja nichts dabei herauskommen. Und es ist ja nicht mal sicher, ob das, was Danne über Elvira erzählt hat, der Wahrheit entspricht. Wir wollen uns ja nicht auf ein von Drogen zerfressenes Erinnerungsvermögen verlassen.«

Idun zieht die Beifahrertür auf.

»Wir probieren es zumindest. Mitternacht, passt das?«

Calle spuckt ins hohe Gras.

»Passt.«

Er will schon einsteigen, hält dann aber inne und sieht über das Wagendach zu ihr rüber.

»Ist alles okay?«

Sie fängt seinen Blick auf.

»Bin nur ein bisschen müde. Wie willst du jetzt weitermachen?«

Calle neigt den Kopf leicht zur Seite, sodass sein Nacken knackst. Dann das Gleiche auf der anderen Seite.

»Wir kommen in der Nacht noch einmal her und sehen uns um. Morgen fahren wir bei Elviras Mutter vorbei. Dieses Gespräch fühlt sich gerade weniger akut an.«

Es klingt nach einer guten Entscheidung. Idun ist ebenfalls der Ansicht, dass sie mit Maj reden sollten. Sie hat sie seit Jahren nicht mehr getroffen. Ihr Vater hatte Maj zu

Mamas Beerdigung eingeladen, aber aufgetaucht ist sie dort nicht.

»Ich fahre, und du gibst Siv Bescheid, wie wir weiter vorgehen. Und dann geht's morgen zu Elviras Mutter. Schreib Siv, dass wir dort gleich frühmorgens zu ihr fahren.«

Sie steigen ein. Calle dreht den Zündschlüssel herum, während Idun sich anschnallt.

»Aber erst fahren wir trainieren. Laufen oder Gewichte? Du darfst es dir aussuchen.«

Idun tut so, als müsste sie sich an der Wange kratzen, und hofft inständig, dass er nicht sieht, dass ihr eine Träne in den Wimpern hängt.

»Gewichte. Meine Schulter zickt.«

Sie weiß auch nicht, warum sie das sagt, es stimmt schließlich nicht. Doch Calle kommentiert es nicht. Schweigend gibt er Gas und fährt los.

Agnes liegt wach in ihrem Bett. Sie weiß, dass es spät ist, weil die Deckenlampe seit Langem erloschen ist und nur noch der schwache Schein der Nachtlampe draußen im Gemeinschaftsraum durch die Gittertür bis in ihr Zimmer fällt. Die Tür ist angelehnt, aber nicht verschlossen, Letzteres ist von Nacht zu Nacht unterschiedlich. Agnes weiß nie, was es diesmal werden wird. Elvira und sie haben mal darüber gesprochen, dass sie es dokumentieren sollten, um ein Muster auszumachen, das sie vielleicht ausnutzen könnten, aber es gab kein Muster. Manchmal schliefen sie hinter verschlossenen Türen ein und wachten hinter offenen Türen auf – oder umgekehrt. Als wäre Mutter nachts wach und würde an den Schlössern herumspielen.

»Die Schleuse ist besser. Du bist immer noch schlank, und wenn es uns gelingt, die aufzukriegen, könntest du dich durch den Tunnel quetschen und Hilfe rufen.«

Agnes protestierte.

»Du bist doch auch schlank, kannst du dich da nicht hindurchquetschen? Du kennst dich doch besser aus.«

Aber Elvira schüttelte bloß den Kopf und meinte, sie wüsste gar nicht, wohin sie sich wenden sollte. Dann strich sie sich mit zitternden Fingern über den Hals, während ihr Blick etwas Gehetztes annahm.

Es ist jetzt fast eine Woche her, dass Elvira verschwunden ist. Und seit gestern gibt es dieses winzige Flämmchen Hoffnung. Weil draußen im Gemeinschaftsraum ein Messer unter dem Sofa liegt. Sie weiß noch nicht, was das mit sich bringt, aber es liegt nun mal da, ein geheimer Schatz, von dem Mutter nichts weiß. Metallmesser sind hart und scharf, und Agnes dürfte es zu einigem anwenden können.

Morgen ist Donnerstag. Das weiß Agnes genau, weil sie fast manisch die Tage mitzählt. Mona meint, ihr Kontrollzwang sei eine natürliche Reaktion auf ihre Kindheit ganz ohne Regeln und Rahmenbedingungen. Wer nie Grenzen habe akzeptieren müssen, suche später im Leben frenetisch danach, ganz gleich, ob man sie vermisse oder nicht. Sagt die Psychotante mit den blonden Locken und der bescheuerten Brille. Manchmal trägt sie eine kleine Brosche auf der Brust, eine Spinne mit Perlchen darauf, unfassbar kindisch. Joanna sagt immer, dass Mona nur Pastellfarben trage, weil sie lesbisch sei. Aber das glaubt Agnes nicht. Stattdessen glaubt sie – wie Emma –, dass Mona sich nur deshalb so anzieht, weil sie nun mal der Ansicht ist, dass es auf die Gesprächstherapie einen positiven Effekt hat. Als würden die Jugendlichen eher über ihre Gefühle reden wollen, weil die Alte gegenüber aussieht wie eine Tüte Süßigkeiten.

Insgeheim glaubt Agnes, dass es Mona in Wahrheit vollkommen egal ist, was die Jugendlichen empfinden. Sie macht bloß ihren Job, diesen verdammten langweiligen Laberjob, der darauf abzielt, dass sie die armen eingesperrten Mädchen hier therapieren: Agnes, die ohne Regeln aufgewachsen ist, dafür aber mit Übergriffen. Joanna, die mit ansehen musste, wie ihre Mutter jahraus, jahrein verprügelt wurde, bis es einmal so schlimm war, dass sie noch auf dem Küchenboden starb, während Joanna neben ihr in der Blutlache saß. Und dann Kajsa. Deren Vater sich absolut nicht so verhielt, wie Väter es tun sollten, der Kajsa sogar an seine Kumpels auslieh, damit die mit ihr machen konnten, was sie wollten. Joanna piesackt Kajsa immer für deren Übergewicht, aber klar wird man fett, wenn man eine Schutzschicht um sein kaputtes Innerstes packen will.

Und dann zu guter Letzt Emma. Das scheue Reh, das von ihnen allen am längsten im Bodengården wohnt. Von der Agnes trotzdem wahnsinnig wenig weiß. In der Gruppentherapie spricht Emma nicht. Oder – doch, sie spricht, aber nie über die Gründe, warum sie in der geschlossenen Einrichtung sitzt. Emma ist ein Rätsel, von dem Agnes weiß, dass Joanna es unbedingt lösen will, hauptsächlich weil sie es nicht erträgt, irgendwem unterlegen zu sein. In Joannas Welt sind Hindernisse dazu da, überwunden zu werden, und Puzzle dazu, dass man sie legt. Mona sagt immer, dass Joanna besser nur mit sich selbst wetteifern solle, dass ihre Aufgabe der Woche darin bestehen solle, ein, zwei persönliche Kämpfe auszutragen und die anderen dabei außen vor zu lassen. Joanna reagiert dann, indem sie ihr den Stinkefinger zeigt, manchmal untermalt sie es auch mit Worten, zum Beispiel dass Mona sie am Arsch lecken oder zur Hölle fahren möge. Hinter der Brille bleibt der Psychologenblick dann trotzdem freundlich, und Mona nickt Joanna aufmunternd zu, ehe sie mit watteweicher Stimme einer anderen das Wort erteilt. Emma sagt manchmal, dass Mona ein Panda sei – süß und nett von außen, aber innen bärenstark. Was das genau bedeuten soll, weiß Agnes nicht, und eigentlich ist es ihr auch egal. Emmas Gerede von Tieren geht ihr ein bisschen auf die Nerven. Trotzdem vermisst sie es gerade, sie vermisst alles am Bodengården. Dass es mal so weit kommen konnte.

Auf ihrem Bett liegend, schließt sie die Augen, um den Schein des Nachtlichts draußen auszublenden. Sie ruft sich die Schleuse in Erinnerung, den Zwischenraum zwischen den Luken, die Anordnung der Schlösser. Wie oft hat sie dieses Surren gehört, als sie die innere Luke zugeschoben hat – und das Klicken, auf das dann ein weiteres metallisches Surren folgte. Nach ein paar Sekunden Stille dann das Gleiche im zweiten Schloss. Sowohl Agnes als auch Elvira haben mehrmals mitgezählt und kamen jedes Mal zum selben Ergebnis: Es dauert dreißig Sekunden von der Verriegelung des ersten Schlosses, bis das zweite aufgeht, und zwar automatisch, das kann nicht von Mutter gesteuert sein, weil es zu genau getimt ist, als dass ein Mensch seine Finger im Spiel hätte, und es ist auch immer gleich, ganz egal welche Luke zuerst aufgeht beziehungsweise schließt.

Agnes ist nicht ganz klar, was das für sie bedeuten könnte, außer dass es vorhersagbar ist. Aber sie ahnt, dass die Vorhersagbarkeit ihr irgendwie in die Karten spielt. Auch darüber hat Mona geredet: darüber, dass die Vorhersagbarkeit Agnes' Freund sei – und somit hat Agnes einen Freund hier unten. Und ausgerechnet Freunde kann sie gerade gut brauchen.

Boden 2017

Emma und Molly sitzen auf einem der Sofas im Spieltherapie-Raum. Der Raum ist riesig und voll mit lustigen Sachen für Kinder jedes Alters. Hier gibt es Tische, an denen man sitzen und zeichnen oder Brettspiele spielen kann, eine Rutsche für die Kleinen und ein gern genutztes Bällebad voller quietschbunter Plastikbälle. Links ist ein abgeschirmter Teil, der als Schlupfwinkel für ältere Kinder und Jugendliche dient, mit einem Fernseher und zwei Spielekonsolen. Zwei Personen arbeiten hier in der Spieltherapie in Vollzeit, auf der Tür zu ihrem Büro neben dem Ausgang stehen ihre Namen und ein handgemaltes Schild mit der Aufschrift OBERARZT.

Im Augenblick ist es ziemlich ruhig. Eine Mutter mit zwei Kindern benutzt das Bällebad. Ein Kind hat eine Sonde in der Nase, genau wie Molly während der ersten Zeit in der Klinik. Jemand vom Personal hat ausnahmsweise die Rutsche mitten ins Bällebad gestellt, und die Kinder quieken jedes Mal, wenn sie rutschen. Die Mutter sieht erschöpft, aber freundlich aus. Emma beäugt sie heimlich.

»Willst du jetzt auch rutschen, oder was?«

Emma dreht den Kopf und sieht, dass Molly sie angrinst. Emma muss selbst lachen.

»Ach was. Wie läuft's mit der Liste?«

Molly streicht sich eine Haarsträhne aus dem Gesicht

und sieht auf den Block auf ihrem Schoß hinab. Sie schreiben gerade eine Packliste für Weihnachten. Mollys Arzt hat grünes Licht für zwei Wochen Auszeit gegeben, und ihre Eltern haben beschlossen, dass sie nach Thailand fliegen. Die Schwestern sind natürlich hellauf begeistert, teils weil sie zwei Wochen lang zusammen sein können, teils aber auch, weil sie noch nie im Ausland waren.

»Und was hast du aufgeschrieben?«

Emma beugt sich vor, um einen Blick auf Mollys Liste zu werfen. Molly hat Stichpunkte gemacht und diese in Klammern ausgeführt.

»Bisher hab ich geschrieben: Badeanzüge (je zwei), Röcke (je drei), Tops und Blusen (je fünf), Strickjacke (je eine), gute Schuhe und Strandkleider (je vier).«

Sie verstummt und kaut auf ihrem Stift.

»Sollen wir auch feine Sachen mitnehmen? Immerhin feiern wir dort sowohl Silvester als auch unseren Geburtstag.«

Molly bedenkt Emmas Vorschlag mit einem Nicken und fügt der Liste feine Kleidung hinzu, je einmal. Die Mutter mit den beiden Kindern verlässt das Bällebad und den Therapieraum. Jemand vom Personal steckt den Kopf aus dem Büro. Er ist jünger als ihr Vater, hat dichtes braunes Haar und freundliche Augen.

»Geht's euch gut, Mädels?«

Emma und Molly winken ihm zu.

»Wollt ihr etwas spielen? Ich bin der Cluedo-König, da gewinne ich immer. Ich will ja nicht angeben, aber ich bin in diesem Jahr tatsächlich noch nicht besiegt worden.«

Molly antwortet.

»Weil du noch nicht gegen uns gespielt hast. Die Superzwillinge gewinnen alles.«

Er pfeift leise durch die Zähne.

»Jetzt fühl ich mich herausgefordert. Sollen wir gleich loslegen?«

Molly wedelt mit ihrem Stift durch die Luft.

»Sorry, keine Zeit. Wir müssen noch die Packliste für unseren Urlaub schreiben.«

Er hebt die Hände zu einer gespielt enttäuschten Geste.

»Ihr setzt die falschen Prioritäten ... Aber okay, dann störe ich nicht weiter. Ruft, wenn ihr es euch anders überlegt.«

Er lässt die Tür angelehnt stehen. Molly dreht sich wieder zu Emma um.

»Eine von den Krankenschwestern meint, dass ich schon einen Tag vor der Abreise nach Hause fahren darf. Könntest du die Liste trotzdem mit heimnehmen und meine Sachen schon mal bereitlegen? Ich mache mir sonst Sorgen, dass nicht alles frisch gewaschen ist.«

Emma legt ihre Hand auf Mollys Arm. Ihre Mutter sagt immer, dass Molly sich keine Sorgen machen dürfe. Widrigkeiten ruhig und methodisch zu meistern, gehöre zum Genesungsprozess.

»Wird schon werden. Ich leg dir die Sachen raus.«

Molly wirft ihr ein dankbares Küsschen zu.

»Wie läuft's daheim?«

Emma starrt auf den Block hinab.

»Gut.«

Molly kneift die Augen zusammen.

»Hör schon auf, mich brauchst du nicht anzulügen. Mich *darfst* du nicht anlügen.«

Sie klingt nachdrücklich, und Emma schluckt tonlos.

»Mama ist eben, wie sie ist. Und Papa auch.«

Molly sitzt reglos da. Sie weiß genau, was Emma meint.

»Die Psychologin sagt, Mama hat einen Kontrollzwang. Und dass sie üben müsste, manchmal ihre Gefühle beiseitezulassen.«

Emma blinzelt.

»Und was soll das heißen?«

»Im Grunde müsste sie lernen, dass sie ihre Gefühle nicht auf alle anderen in der Familie übertragen darf. Und allein damit klarkommen, ohne dass wir anderen ständig wissen müssen, wie sie sich gerade fühlt.«

Emma versteht es immer noch nicht ganz.

»Aber sie sagt doch gar nicht, was sie fühlt.«

Molly reckt ihr Kinn vor.

»Sie spricht es vielleicht nicht aus, aber sie sorgt dafür, dass jeder ständig weiß, was für eine Laune sie gerade hat. Wenn sie verärgert ist, dann darf das niemandem entgehen, oder wenn sie wütend ist oder sich übergangen oder ungerecht behandelt fühlt. Ständig müssen alle auf Zehenspitzen um sie herumschleichen. Die Psychologin nennt das Herrschaftstechnik.«

Emma konzentriert sich auf das, was Molly erzählt, allerdings sind ihr mehrere Begriffe neu. Molly führt es aus.

»Manchmal nennt sie es auch passiv-aggressiv. So richtig hab ich noch nicht begriffen, was der Unterschied ist, aber so sagt sie es jedenfalls.«

Emma zieht auf dem Sofa die Beine unter. Sie friert leicht an den Füßen.

»Und was sagt die Psychologin noch?«

Molly zupft an den Bündchen ihres Hoodies.

»Dass es hauptsächlich Papas Verantwortung wäre, sich um uns und nicht um Mama zu kümmern.«

Emma reißt kurz die Augen auf.

»Und dass ich Glück habe, eine so gute Schwester zu haben. Dass Zwilling zu sein etwas Besonderes ist.«

Emma hat Gänsehaut an den Armen.

»Deine Psychologin hat recht. Allerdings hab ich noch viel mehr Glück, weil ich dich als Schwester habe.«

Sie will Molly am liebsten umarmen, lässt es aber bleiben. Warum, weiß sie selbst nicht genau.

»Das hier hätte ich ohne dich nicht überstanden, Emma.«

Emma schluckt, kann aber nicht verhindern, dass ihr die Tränen kommen. Eilig wischt sie sich mit dem Handrücken über die Augen.

»Thailand wird so was von cool – du und ich, Molly. Und wir gehen nonstop baden!«

Molly lacht.

»Ich weiß! Das Einzige, was ein bisschen anstrengend klingt, ist, dass es für lange Ärmel zu warm wird … und da sieht man die Narben.«

Ihre Stimme droht zu brechen. Emma schüttelt den Kopf.

»Die bleichen in der Sonne aus. Hab ich gegoogelt.«

Molly sieht sie verdattert an.

»Du hast gegoogelt, ob Narben in der Sonne ausbleichen?«

»Nee, ich hab natürlich gegoogelt, was mit Schwestern in der Sonne passiert. Und Google meint, dass die doofere Schwester in der Sonne ausbleicht.«

Molly knufft Emma gegen die Schulter.

»Blöde Gans!«

Emma lacht, hört aber sofort wieder auf, als Molly sich zur Seite lehnt und den Kopf auf ihren Schoß legt. Sie streicht ihr über die Haare und sieht, dass die Wangen ein klein wenig von ihrer einstigen Rundung wiederbekommen haben.

»Du bist meine Lieblingsgans, Emma, das weißt du hoffentlich?«

Emma nickt und kann urplötzlich keinen Mucks mehr sagen. Natürlich weiß sie das.

Idun und Calle parken ein paar Hundert Meter von Dannes Haus entfernt unten an der Straße. Die Nacht ist immer noch warm, obwohl die Sonne schon vor Stunden untergegangen ist.

»Du hast in der Oberschenkelrückseite verdammt viel Druck, muss ich sagen.«

Calle klingt eindeutig beeindruckt. Der Kies knirscht unter ihren Sohlen, als sie auf das Haus zugehen. Hier draußen sind die Wege nicht asphaltiert, diese Gegend unterlag nie der Stadtplanung.

»Ich habe in diesem Sommer ziemlich viel trainiert.«

Calle lässt den Blick über den Acker schweifen, der sich bis runter zum Wasserlauf erstreckt.

»Mit Tareq?«

»Ja.«

Sie kommen an ein paar wilden Himbeersträuchern vorbei. Das Gestrüpp ist so dicht, dass man nicht hindurchsehen kann.

»Habt ihr nur Gewichte trainiert, oder wart ihr auch laufen?«

»Sowohl als auch.«

Calle schiebt die Pulloverärmel hoch, bestimmt weil ihm nach wie vor zu warm ist.

»Und fährst du am Wochenende wieder runter nach Stockholm?«

Die Fragerei hört gar nicht mehr auf.

»Eher nicht.«

Sie haben die Weggabelung erreicht. Idun schickt Siv eine knappe SMS, dass sie jetzt vor Ort und ab sofort auf Sendung sind.

Sie schleichen quer über die Wiese. Hier ist alles zugewachsen und überwuchert, und Idun und Calle müssen im Zickzack gehen. Am Ende haben sie den Waldrand erreicht. Die Kiefern und Fichten stehen hier dicht, tiefer in den Wald hinein herrscht kompakte Dunkelheit, doch der wolkenlose Himmel an diesem Abend sorgt dafür, dass der Mond hell genug scheint, sodass sie sehen können, wo sie ihre Füße hinsetzen. Sie finden den Pfad, der zwar auf keiner Karte verzeichnet war, den sie aber genau hier vermutet haben, weil die Siedlung hier oben durch den Wald mit Sävast zusammenhängt. Sie folgen dem Weg ein paar Hundert Meter, ohne ein Wort zu wechseln. Erst als sie die Anhöhe vor sich sehen, auf der Dannes Haus steht, bleiben sie neben einem großen Findling stehen. Stumm nehmen sie die Stille in sich auf. Die Gegend ist wirklich bildschön. Der schwarze Himmel neigt sich über eine Landschaft, die sich in alle Himmelsrichtungen erstreckt. Das Grundstück ist mehrere Hektar groß, das Gras ungemäht, es gleicht eher Ackerland. Die hohen Gräser wehen in der lauen Spätsommerbrise.

Das Wohnhaus an sich sieht aus dieser Entfernung gar nicht so abgehalftert aus. Heller Rauch steigt aus dem Schornstein. Links steht die Scheune mit einem teils eingefallenen Dach. An der Auffahrt entlang steht eine Reihe Lampen. Ein paar funktionieren nicht, aber die restlichen verbreiten einen warmgelben Schein, der zusammen mit dem Mond weite Teile des Grundstücks erhellt. Die rostigen Autowracks liegen wie braunschwarze Blechhaufen im Gras. Die Garage steht schräg hinter dem Wohnhaus. Im einzigen Fenster ist ein schwacher Lichtschein zu erahnen.

»Wie gehen wir am besten vor?«, fragt Calle leise.

Idun rümpft die Nase, während sie nachdenkt.

»Wir bleiben zusammen. Am besten, wir nähern uns der Garage von hinten, da liegt der Waldrand im Osten direkt hinter uns. Wir könnten da drüben den Hang runtergehen und dann quer durch den Wald wieder verschwinden.«

Sie zeigt nach rechts, und Calle folgt ihrem Fingerzeig.

»Gute Idee. So machen wir es.«

Sie gehen den Hang hinunter. Er ist steil, und Idun streckt die Arme aus, um das Gleichgewicht zu halten. Als sie das untere Ende erreicht haben, verläuft dort ein weiterer Pfad. Er ist schmaler als der vorige, deshalb geht Idun voraneweg. Nach knapp einhundert Metern erreichen sie abermals den Waldrand, und sie müssen sich durch dichtes Heidelbeergestrüpp arbeiten. Calle stolpert fast über eine Grassode, greift nach einem Ast und flucht leise in sich hinein, als sich Kiefernnadeln in seine Hand bohren.

»Verdammt noch mal ...«

Er keucht leise. Idun passt genau auf, wohin sie ihre Schritte setzt.

»Calle, Calle! Hast du gar keine Kondition mehr?«

Dann haben sie das Haus erreicht. Calle signalisiert ihr, dass sie stehen bleiben sollen. Ab sofort wird kein Wort mehr gesprochen. Die Handys der beiden sind stumm gestellt. Siv hält sich bereit und kann, falls nötig, Verstärkung rufen. Dass sie keinen Durchsuchungsbeschluss haben, ist ein wenig heikel, aber so ist es nun mal.

Aus dem Haus vor ihnen ist kein Mucks zu hören. Es

wirkt fast idyllisch, wenn man über den Schrott und die Baufälligkeit hinwegsieht. Mit dem Blick folgt Idun dem Rauch, der aus dem Schornstein gen Himmel aufsteigt, und findet es komisch, dass jemand an einem so warmen Abend ein Feuer im Kamin entzündet.

Erst jetzt entdeckt sie, dass sich hinter der Garage ein Hundezwinger befindet. Zum Glück ist er leer, aber hinter dem Gitter steht ein Wassernapf im Schotter. Sie berührt Calle am Arm, ihre Blicke kreuzen sich, und sie zeigt in Richtung Zwinger. Calle kneift die Augen zusammen und nickt mit zusammengebissenen Zähnen. Wenn hier ein Hund wohnt, könnte es Probleme geben. Sie müssen höllisch aufpassen, dass sie nicht entdeckt werden.

Die Garage ist in ihre Richtung fensterlos. Idun und Calle überqueren die Wiese, ducken sich bis zu der Grenze, die den Hof vom Wald trennt, und es raschelt im hohen Gras. Idun ärgert sich, dass sie eine Jacke angezogen hat. Die Jacke ist zwar dünn, aber trotzdem zu warm.

An der Garagenwand bleiben sie stehen und gehen in die Hocke, atmen lautlos durch den offenen Mund. Es riecht beißend nach Schimmel. Als sie Stimmen von drinnen hören, schließt Idun den Mund.

»Verdammt noch mal, Danne, die könnten jederzeit wiederkommen, kapierst du das nicht?«

Die Stimme ist überraschend gut zu verstehen, auch wenn die Wand sie ein wenig dämpft. Idun erkennt sie nicht wieder, und das Gleiche scheint für Calle zu gelten. Es ist ein Kratzen zu hören, dann Dannes schleppende Stimme.

»Und ist das wichtig? Elvira und ich, das ist ewig her, das geht mich nichts mehr an.«

Der andere hustet.

»Natürlich ist das wichtig! Die könnten wiederkommen und hier rumschnüffeln. Wir müssen sie wegbringen.«

Idun rutscht näher an die Wand heran, verliert kurz das Gleichgewicht und muss sich mit der Hand im Gras abstützen, um nicht umzukippen. Calle sieht sie scharf an. Im Mondlicht sieht sein Gesicht beinahe selbstleuchtend aus, der Bart wirkt heller, als er in Wahrheit ist.

»Jetzt mal ganz ruhig, Jimmy. Sie kommen gar nirgendshin! Die wollten doch bloß über Elvira reden, das hatte mit unserer Sache hier nichts zu tun.«

Danne redet wahnsinnig langsam. Idun nimmt an, dass er high ist. Es folgt längere Stille. Dann wird in der Garage etwas bewegt. Es hört sich an, als würde ein schwerer Gegenstand über den Betonboden gezogen, vielleicht ein Möbelstück. Nach einer Weile verstummt das Geräusch. Als der andere Mann erneut das Wort ergreift, klingt es, als stünde er weiter weg. Die beiden Ermittler legen das Ohr an die Wand, um noch etwas zu verstehen.

»Du spinnst, Danne. Wir müssen sie loswerden! Du weißt, was uns droht, wenn sie uns erwischen!«

Idun fängt Calles Blick auf.

»Und was sollen wir mit ihnen machen? Sie hinten verscharren? Was für eine Scheißverschwendung!«

Idun presst die Lippen zusammen, und Calle runzelt die Stirn. Jimmys gehetzte Stimme kommt wieder näher, nur um sich gleich darauf abermals zu entfernen. Er scheint in der Garage auf und ab zu tigern.

»Natürlich verbuddeln wir sie! Alles andere lohnt doch nicht mehr. Aber jetzt mach endlich, verdammt, Scheißkifferhirn!«

Dannes Protest klingt halbherzig.

»Sag so was nicht. Das ist nicht okay.«

Irgendwer hustet, womöglich Danne. Es zieht in den Schenkeln, und Idun versucht, ein Bein auszustrecken. Calle tut es ihr gleich, gerät ins Wanken und muss sich an der Wand abstützen, um nicht umzufallen. Das Geräusch ist minimal und kaum zu hören, trotzdem bricht im nächsten Moment die Hölle los.

Als der Hund anschlägt, sind Idun und Calle für einen Augenblick wie erstarrt. Das Kläffen kommt aus der Garage, aus dem Bauch des Tiers, und zeugt dumpf davon, dass es eine potenzielle Gefahr gewittert hat. Idun und Calle rühren sich nicht, atmen durch den offenen Mund. Sie versuchen, einander anzusehen, welchen Fluchtweg sie einschlagen sollen. Von drinnen sind aufgeregte Stimmen zu hören, einer der Männer brüllt den Hund an, dass er die Schnauze halten soll, der jedoch kläfft weiter, und plötzlich geht das Kläffen über in ein schmerzhaftes Winseln. Am Ende verstummt der Hund wieder.

»Ach, Scheiße, hast doch nur irgendein Vieh gehört ... und jetzt aus!«

Jimmy klingt wütend. Der Hund knurrt – und winselt abermals laut. Idun und Calle haben die ganze Zeit über Blickkontakt gehalten. Calle nickt, um zu signalisieren, dass sie noch mal davongekommen sind.

Dann ist wieder Jimmys Stimme zu hören.

»Ich lass ihn kurz raus. Dann kann er ein bisschen jagen, was immer da draußen unterwegs war. Wir können ja den Elchstutzen mitnehmen, vielleicht haben wir ja Glück.«

Idun rauscht alles Blut aus dem Kopf. Calles Augen weiten sich für einen Moment. Dann stehen beide in einer einzigen synchronen Bewegung auf.

Sie laufen in Richtung Wald. Beide sind geübte Läufer, deshalb ist das Tempo gleich zu Beginn ordentlich hoch, trotzdem wissen sie, dass sie gegen einen Hund nicht die geringste Chance hätten.

Sie haben rund die halbe Strecke hinter sich gebracht, als hinter ihnen ein Brüllen ertönt. Idun versteht kein Wort, allerdings ahnt sie, dass Jimmy sie soeben entdeckt hat. Am liebsten würde sie sich umdrehen und nachsehen, ob er wirklich ein Jagdgewehr führt, traut sich aber nicht, aus Angst, dass sie langsamer werden könnte. Stattdessen verkürzt sie ihre Schritte, um mehr Tempo zu machen. Sie neigt den Oberkörper vor, zieht die Schultern leicht zurück, während sie gleichzeitig den Brustkorb weit macht, um so tief wie nur möglich in den Bauch zu atmen. Ihr Puls hämmert bis in die Schläfen, die Luft ist schwer und zäh zu atmen, und vor Stress scheint sie kaum noch etwas zu hören – außer Calle, der klingt, als wäre sein Mund nur Millimeter von ihrem Ohr entfernt.

»Wir teilen uns auf!«

Die Worte gleichen einem Startschuss. Idun biegt nach rechts ab und sieht aus den Augenwinkeln, wie Calle nach links zieht. Sie hält den Blick auf die Erde gerichtet, um Grassoden und Löchern auszuweichen. Ihre Beine sind muskulös, aber die Füße tun ihr in den Schuhen weh. Wenn sie Laufschuhe angezogen hätte, wäre sie wesentlich schneller.

Jimmy brüllt wieder etwas, und seiner wütenden Stimme folgt Hundegebell. Idun glaubt, dass das Tier Calle hinterherläuft, könnte es aber nicht mit Gewissheit sagen.

Im selben Moment, da sie den Waldrand erreicht, fällt der erste Schuss. Es klingt nach einer größeren Waffe, nach einem Gewehr. Sie springt über einen Stein und mehrere Grassoden, ahnt, dass sie den Pfad jetzt nicht nehmen darf, dass sie stattdessen im Zickzack durch den Wald rennen muss, damit Jimmy nicht mehr auf sie zielen kann. Ein weiterer Schuss, und sie spürt, wie ihr die Tränen kommen, hauptsächlich aus Angst, aber auch vor Wut. Sie hört das Hundegebell hinter ihr verklingen – dann ist das Tier also tatsächlich Calle nachgelaufen. Hoffentlich weiß er das auch.

Idun rennt quer durch den Wald. Der Grat ist nur ein paar Hundert Meter entfernt, aber auch dorthin darf sie nicht rennen, weil bergauf zu laufen eine blöde Idee ist, wenn man verfolgt wird. Stattdessen biegt sie nach links ab, rennt weiter durch den Wald, atmet durch den Mund und treibt sich an, noch schneller zu werden. Die Milchsäure macht sich bereits in den Muskeln bemerkbar. Scheiße, dass sie noch Gewichte gestemmt haben, ehe sie hergefahren sind – verdammte Scheiße!

Sie schluckt die Wut hinunter, ist trotzdem einen Wimpernschlag lang unaufmerksam und stolpert über einen Ast, stürzt der Länge nach hin, rollt sich im Reisig ab, schlägt sich die Schulter an etwas Hartem und beißt sich fest in die Wange, um nicht vor Schmerzen laut aufzuschreien. Blitzschnell ist sie wieder auf den Beinen und rennt weiter. Das Gekläffe hinter ihr ist nicht mehr zu hören, sie hört fast gar nichts mehr und kann sich jetzt halbwegs sicher sein, dass sie nicht ihr hinterhergejagt sind.

Idun kreuzt einen breiteren Pfad. Er sieht fast aus wie eine Skiloipe, nur ohne Beleuchtung. Auf diesem Untergrund kann sie wieder schneller laufen. Sie folgt dem Pfad ein Stück weit, kommt an einer Art Hütte vorbei, bleibt aber lieber nicht stehen, sieht nur, dass die Hütte aus Altholz besteht. Die Tür hängt schief in den Angeln. Dahinter lauert nur Dunkelheit.

Sie hat das bestimmte Gefühl, dass sie den Pfad verlassen sollte. Hier draußen ist sie zu gut sichtbar. Sie zwingt sich, zwischen die Bäume zu rennen. Äste peitschen ihr ins

Gesicht und zerkratzen sie, und sie kann die Hände nicht schnell genug hochreißen, um sich zu schützen, muss die Arme einsetzen, um ihr Tempo zu halten.

Als der dritte Schuss fällt, spürt sie allen Ernstes einen Luftzug ein Stück von ihrem Kopf entfernt. Eine Kugel zischt an ihr vorbei und verschwindet im Wald, wird gute zwanzig Meter vor ihr von einer breiten Kiefer aufgefangen. Als die Kugel dort einschlägt, hagelt es Splitter. Wie ein Feuerwerk prasselt ihr der Baumstamm entgegen.

Idun wirft sich auf die Erde und kraucht auf allen vieren weiter. Sie erreicht einen größeren Findling und schlüpft drum herum, stemmt sich in sitzende Position und presst den Rücken gegen den Stein. Sie schiebt die Hand unter die Jacke, tastet nach dem Holster, zieht ihre Waffe, hält die Luft an und lädt so lautlos durch, wie sie nur kann, um zu kontrollieren, dass wirklich eine Kugel im Lauf liegt.

Anschließend sitzt sie still da und lauscht in die Dunkelheit. Schweiß läuft ihr über die Schläfen und den Hals, und mit dem Handrücken wischt sie die salzigen Tropfen aus den Augen. Die Geräusche des Waldes vermischen sich mit kompakter Stille. Das Herz hämmert in ihrer Brust.

Sie hält ihre Dienstwaffe mit beiden Händen fest und nötigt sich, langsamer zu atmen. Sie muss ihren Puls runterzwingen, wenn ihre Hände aufhören sollen zu zittern, und sie muss ruhig sein, damit sie anständig zielen kann. Als es auf der anderen Seite des Steins raschelt, schließt sie den Mund. Sie sitzt vollkommen still da, hofft, dass Calle lebt und dass er Verstärkung rufen konnte.

In der darauffolgenden Sekunde kann sie sie hören: Die Schritte nähern sich in einem Halbkreis rechts um den Stein. Langsam rascheln sie durchs Heidelbeerreisig und kommen unbarmherzig näher.

Boden 2017

Der Flug nach Thailand dauert fast zwölf Stunden. Emma und Molly vertreiben sich die Zeit, indem sie sich einen Spielfilm ansehen, Karten spielen und ihren Vater an der Nase kitzeln, kaum dass er eingenickt ist. Ihre Mutter ist vom Essen im Flieger enttäuscht. Sie kramt eine Packung Pringles aus ihrer Tasche und streicht Molly, als diese abwinkt, über die Haare. Außerdem macht sie sich Sorgen, weil Oma in letzter Zeit immer tiefer in die Demenz abgerutscht ist; Emma und Molly vermissen ihre Großmutter, und Molly spricht in der Therapie viel von ihr. Einmal, als ihre Mutter und Oma gestritten hatten, hat Oma gemurmelt, dass Mama so ist, wie sie ist, weil ihr Vater ganz genauso war. Emma und Molly haben ihren Opa nie kennengelernt, ahnen aber, dass er kein netter Mann war. Ihre Mutter wurde als Kind oft geschlagen, und bei ein paar Gelegenheiten hat sie erwähnt, dass sie ihm nie genügt hat. Zu ihrer Psychologin hat Molly gesagt, dass sie sich ganz ähnlich fühle, und hat das auch Emma erzählt – und dass die Antwort der Psychologin gelautet habe, dass sich derlei Defizite der Eltern gar nicht selten vererbten, man sich als Erwachsener jedoch bewusst dafür entscheiden könne, Muster zu durchbrechen. Emma findet das gleichermaßen traurig und hoffnungsvoll.

Als der Flieger in den Sinkflug geht, halten die Zwillinge sich die Nase zu, um den Druckunterschied auszugleichen. Ihre Mutter ermahnt sie, nichts liegen zu lassen, sonst werde es anstrengend für sie, wenn sie den ganzen Urlaub in der Warteschleife der Fluggesellschaft verbringen müssten.

Die Luft in Thailand ist schwül und heiß. Emma und Molly ziehen ihre Strickjacken aus und knoten sie sich um die Taille. Mit dem Taxi brauchen sie fast eine Stunde zu ihrem Hotel, das dermaßen luxuriös ist, dass ihre Mutter glatt ein Tränchen im Augenwinkel hat. Die Rezeptionistin bietet ihnen eisgekühlten Johannisbeersaft an und sagt, dass sie sich gern noch kurz auf der Terrasse oberhalb des Pools hinsetzen mögen. Dort sitzen sie eine Weile und erholen sich vom langen Flug, lassen den Blick über die Anlage schweifen und nehmen die Atmosphäre in sich auf. Der Pool ist riesig, reicht vom Eingangsbereich des Resorts bis zum Restaurant, das inmitten eines prächtigen Gartens liegt. Am kurzen Ende befindet sich eine abgesenkte Bar, zu der man hinschwimmen und seine Bestellung aufgeben kann. Eine Familie mit Kindern sitzt auf gefliesten Barhockern im Wasser. Emma hört, dass sie dänisch sprechen. Hinter der Bar schwanken Palmen in der Brise.

Die Mutter streicht Molly über die Wange.

»Das hier wird uns allen guttun, aber dir womöglich am allermeisten.«

Die Hotelzimmer sind groß, und die Zwillinge bekommen ein eigenes direkt neben dem ihrer Eltern. Sie stellen ihre Koffer ab und kehren dann sofort zum Pool zurück, baden den ganzen Nachmittag und den halben Abend, ehe es Zeit wird, im Hotelrestaurant zu Abend zu essen. Alle vier sind zu müde, um noch in die Stadt zu gehen. Sie verbringen den Abend auf dem Balkon der Eltern, spielen Karten und trinken Saft. Ihr Vater angelt eine Tüte mit Nüssen hervor. Er und ihre Mutter lächeln so breit, dass ihre Augen glitzern, als Molly sich aus freien Stücken eine Nuss nimmt.

Als sie ins Bett gehen, liegen die Zwillinge noch eine Zeit lang wach, obwohl ihnen vor Müdigkeit schier die Augen zufallen. Sie schauen hinaus in die Dunkelheit, lauschen der Klimaanlage, die unter der Decke surrt, und versuchen, zu begreifen, dass sie jetzt mitten im Winter im Warmen sind.

»Ich bin so froh, dass wir hier sind«, flüstert Emma.

Molly rührt sich in ihrem Bett am Fenster.

»Hoffentlich gehen wir morgen runter ans Meer.«

Emma hofft das auch.

»Wenn du fragst, dürfen wir sicher. Mama macht ja gerade ausnahmsweise alles, was du willst.«

Darauf antwortet Molly nicht. Emma glaubt schon, dass ihre Schwester eingeschlafen ist, als Molly zu guter Letzt doch noch etwas sagt.

»Mama macht nie das, was eine von uns will. Sie gibt uns nur das Gefühl, aber in Wahrheit dreht sich alles nur um sie selbst.«

Emma runzelt die Stirn.

»Wie meinst du das?«

Molly seufzt in der Dunkelheit.

»Jetzt tu doch nicht so, als würdest du das nicht verstehen.«

Emma schweigt. Denn natürlich hat Molly recht. Nach einer Weile werden ihre Atemzüge tiefer. Emma liegt auf dem Rücken und lauscht der Atmung ihrer Schwester. Hoffentlich wird dies das beste Weihnachten aller Zeiten, obwohl es das erste ohne Oma ist. Und hoffentlich springen die Probleme, die Oma und Mama hatten, nicht auf Molly über. Emma selbst will keine Kinder, das schwört sie sich hier und jetzt, während sie meilenweit von zu Hause entfernt wach in einem Hotelzimmer liegt.

Idun presst den Schultergürtel gegen den Findling. Sie dreht den Kopf zur Seite, sodass sie in die Richtung sehen kann, aus der sich die Schritte nähern. Sie kann eine Stimme hören, die sich mit Hundegebell vermischt. Als sich ein weiterer Schuss löst, zuckt sie heftig zusammen. Auch dieser Schuss kam aus einiger Entfernung, und es folgt wütendes Gebrüll.

»Er hat den Hund abgeknallt! Der Arsch hat den Hund abgeknallt!«

Es ist Danne, der da aus vollem Hals schreit. Idun schlussfolgert, dass Calle den Schuss abgefeuert haben muss – als auch schon der nächste fällt. In der darauffolgenden Sekunde geht Dannes Gebrüll in panisches Heulen über.

»Jimmy! Er hat mich erwischt! Der Bulle hat mich angeschossen!«

Danne heult wie am Spieß. Idun hört, dass sich irgendwas auf der anderen Seite des Findlings bewegt. Vorsichtig stemmt sie sich hoch – gerade so weit, dass sie sich zur Seite beugen und hinter dem Felsbrocken hervorspähen kann. Ein paar Meter vor ihr steht ein Mann. Er trägt eine Armeehose und eine dünne schwarze Jacke und hat ihr zum Glück den Rücken zugekehrt. Er hält ein Gewehr in der Hand. Sie befinden sich inmitten eines kleinen Wäldchens, trotzdem scheint der Mond überraschend hell durch die Bäume.

»Polizei! Waffe runter!«

Idun richtet sich gerade auf, stellt sich breitbeinig hin, ist voll konzentriert. Sie zielt mit ihrer Dienstwaffe auf den Rücken des Mannes. Er bleibt stehen, dreht nur vorsichtig den Kopf zur Seite. Idun sieht, dass er sie aus den Augenwinkeln mustert.

»Ich schieße, wenn Sie sich umdrehen!«

Sie zielt weiter auf seinen Rücken, sieht dem Mann an, dass er fieberhaft nachdenkt. Dann lässt er sein Gewehr fallen. Es landet im Gestrüpp zu seinen Füßen. Idun kann weder Calle noch Danne sehen, Letzteren jedoch hört sie schreien.

»Gehen Sie jetzt langsam drei Schritte nach links.«

Sie senkt ihre Waffe um ein paar Zentimeter, will das Bein anvisieren, sofern der Mann Anstalten machen sollte zu rennen. Langsam bewegt er sich seitwärts von seinem Elchstutzen auf der Erde weg.

»Scheiße, dann sind Sie von der Polizei?«

»Idun Lind, Gewaltverbrechen. Noch ein Stück.«

Der Mann macht noch zwei Schritte zur Seite und bleibt dann stehen. Die ganze Zeit über hält er die Hände sichtbar über Kopf. Idun hält ihre Pistole im Anschlag.

»Bevor Sie sich umdrehen, will ich wissen, ob Sie noch weitere Waffen führen.«

Er schüttelt den Kopf.

»Dann drehen Sie sich jetzt zu mir um und knöpfen Ihre Jacke auf. Und zwar langsam!«

Der Mann dreht sich um und sieht sie an. Sein Blick ist hellwach, kein bisschen dämmrig wie der von Danne. Sein Bart ist dünn und flaumig, die Haut ledrig, ohne dass er alt aussähe, eher als wäre er wettergegerbt.

»Die Jacke, los!«

Langsam führt er die Hände an den Reißverschluss, zieht ihn auf, streift die Jacke ab und lässt sie ebenfalls zu Boden fallen. Er trägt kein Holster.

»Den Gürtel auch.«

Er schlägt den Blick nieder.

»Ich hab kein Messer oder so, falls Sie das glauben, Süße.«

Idun richtet ihre Waffe neu aus und zielt nun auf seinen Schritt.

»Ziehen Sie den Gürtel heraus.«

Er tut wie geheißen und lächelt provokant, als er ihn auf die Erde fallen lässt.

»Jetzt rutscht mir aber gleich die Hose runter.«

»Wie heißen Sie?«

»Das kann Ihnen egal sein.«

Idun kneift ein Auge zu, um besser zielen zu können.

»Wie bitte?«

Er lacht, allerdings klingt er einen Hauch unsicher.

»Sie sind Polizistin. Sie schießen nicht, solange ich Sie nicht angreife.«

»Aber *ich* schieße.«

Der Mann schwankt leicht und versucht zu sehen, woher Calles Stimme kommt, wird aber von Idun zurechtgewiesen.

»He, he! Hierhergucken!«

Der Mann sieht sie lange an.

»Ich heiße Jimmy.«

»Und wie kommt es, Jimmy, dass Sie einem Polizisten mit einem Elchstutzen hinterherjagen?«

Calle stapft durchs Unterholz. Idun sieht ihn bloß aus den Augenwinkeln. Auch er hält seine Waffe beidhändig und hat sie auf Jimmys Rücken gerichtet.

»Danne ist an einen Baum gefesselt. Ich hab den Notarzt gerufen, er hat einen Schuss ins Bein abgekriegt, blutet ordentlich, wird's aber überleben.«

»Blöde Bullensau! Warum schießen Sie auch auf ihn?«

Idun hört, wie Calle seufzt.

»Ich hab zuallererst mal den Köter erschossen. Anscheinend wollte dein Kumpel sich dafür rächen, weil er sein Gewehr auf mich gerichtet hat. Da hab ich stattdessen ihn angeschossen.«

Er sagt es übertrieben nonchalant. Jimmy sieht Idun mit offenem Mund an.

»Ist Ihr Kollege krank im Kopf oder ...?«

»Ja.«

Aus der Ferne sind bereits Sirenen zu hören.

»Drehen Sie sich um. Wir gehen jetzt zurück zur Garage.«

Sichtlich widerwillig tut Jimmy wie geheißen. Erst jetzt wagt Idun einen Blick in Calles Richtung. Er steht breitbeinig im Gestrüpp. Als er den Kopf dreht, sieht sie, dass er eine Wunde an der Stirn hat. Blut läuft ihm die Wange hinab und tropft auf seine Schulter.

»Ich hab mich mit dem Kopf abgefangen, als ich vom Baum gesprungen bin.«

Er grinst, sodass sich der Bart in alle Richtungen spreizt. Idun ist mitnichten nach Lächeln zumute. Stattdessen sieht sie Jimmy an und hält die Waffe auf ihn gerichtet, als sie das Dickicht durchqueren.

Dann erreichen sie den Waldrand. Auf der Auffahrt zum Wohnhaus fahren soeben ein Rettungswagen und vier Streifenwagen vor. Im Schein der Hofbeleuchtung steigt Siv aus einem der Wagen und fängt sofort an, nach ihnen zu suchen. Sie hält ein Fernglas in der einen und eine Taschenlampe in der anderen Hand.

»Hier sind wir!«

Idun winkt ihr. Sichtlich erleichtert winkt Siv mit beiden Armen über dem Kopf zurück.

Jimmy wird von zwei Kollegen in Empfang genommen und auf die Rückbank eines Streifenwagens bugsiert. Danne hieven sie auf eine Trage und schieben ihn in den Rettungswagen. Er wehrt sich, hat anscheinend sofort Schmerzmittel bekommen. Sein Blick ist – sofern das überhaupt möglich ist – noch benebelter als zuvor. Die löchrige, schmutzige Jeans ist aufgeschnitten, und um seinen Oberschenkel liegt ein dicker Verband.

»Dich verklag ich, Bullenschwein!«

Er lallt unüberhörbar. Calle steckt den Kopf in den Rettungswagen.

»Machen Sie nur. Möchten Sie, dass ich Ihren Hund auch hinter der Garage verscharre, oder wollen Sie das lieber selbst machen?«

Er schlägt die Tür zu, sodass Danne nicht mehr antworten kann. Dann dreht er sich zu Idun um, die neben ihm steht und sich die schmerzende Schulter massiert. Sie nickt in Richtung seiner Stirn.

»Das muss bestimmt genäht werden.«

Weiter kommt sie nicht, weil Siv mit einer Kompresse in der Hand neben ihnen auftaucht.

»Hier. Drück die auf die Wunde. Was ist denn jetzt schon wieder passiert? Ein angeschossener Kiffer, ein Jäger – oder wie immer man diesen Irren dort im Streifenwagen nennen soll. Und du – hast du dich schon wieder im Gesicht verletzt?«

Idun schluckt. Beim letzten Mal war es ihre Schuld, und jedes Mal, wenn sie Calles Narbe sieht, schmerzt es in ihrer Brust. Zum Glück wird die alte Narbe fast komplett von seinem dichten Bart bedeckt. Aber sie ist da, das Ende lugt unter der Bartkante hervor, wie eine ständige Erinnerung daran, was für eine unfähige Kollegin sie damals war.

»Gott, Calle, du blutest immer noch!«

Siv seufzt, als wäre es Calles Schuld, dass er sich die Kompresse nicht ordentlich aufdrückt. Sie winkt einen der Sanitäter heran.

»Flicken Sie den Mann zusammen, bevor Sie den Angeschossenen abtransportieren.«

Der Sani gibt Calle ein Zeichen, dass er die Kompresse runternehmen soll, und untersucht die Wunde eingehend. Calle verzieht das Gesicht, als die latexbekleideten Finger vorsichtig die Wundränder zusammenschieben.

»Das kann man klammern, das muss nicht genäht werden. Kommen Sie, dann kriegen Sie ein Wundnahtpflaster.«

Calle geht hinter dem Sani her zum Rettungswagen, dessen Tür er Danne gerade erst vor der Nase zugeschleudert hat.

»Wir machen das hier draußen. Tackern Sie mich einfach zusammen.«

Idun wendet sich ab – und stößt fast mit Siv zusammen. Sie stehen eindeutig zu dicht beieinander.

»Was ist hier draußen passiert?«, flüstert Siv leise.

Idun massiert sich erneut die Schulter, stellt erleichtert fest, dass nichts gebrochen ist – sicher bloß eine Prellung. Sie setzt Siv über den Hund, der sie gewittert hatte, sowie ihre Flucht ins Bild. Siv sieht sie ernst an.

»Dann hat dieser zweite Verrückte Jagd auf euch gemacht?«

Idun wirft einen Blick zu dem Streifenwagen, in dem Jimmy auf der Rückbank sitzt und sich gegen die Scheibe lehnt.

»Er hat einen Schuss abgefeuert, der ein Stück vor mir in einen Baumstamm eingeschlagen ist.«

Siv beißt die Zähne zusammen und schiebt sich die Brille auf die Stirn.

»Und er hat mit einem *Elchstutzen* auf dich geschossen?«

»Er hat nicht getroffen, nicht mal annähernd, ehrlich. Ich nehme an, das war entweder Absicht – oder er ist ein echt mieser Jäger.«

»Trotzdem versuchte Körperverletzung. Obendrein an einer Polizistin.«

Idun sieht zur Garage.

»Die haben da drin irgendetwas versteckt. Wir haben sie durch die Wand gehört.«

Siv zieht ihr Handy aus der Gesäßtasche.

»Durch die Wand? Die Garagenwand, meinst du?«

Idun nickt.

»Ich organisiere uns einen Durchsuchungsbeschluss, aber ihr könnt natürlich auch sofort reingehen. Nachdem auf euch Jagd gemacht wurde, wird Sandberg uns den Beschluss nicht verweigern.«

Calle kommt aus Richtung Rettungswagen zurückgeschlendert. Er hat eine weiße Kompresse am Kopf, die mit transparentem Tape befestigt wurde, das wiederum so sehr spannt, dass seine Augenbraue aussieht, als zöge er sie verwundert hoch. Idun kann sich das Lachen nicht verkneifen.

»Sieht klasse aus!«

Calle knufft sie in die Seite. Dann legt er ihr den Arm um die Schultern und zieht sie an sich.

»Du hättest mich sehen sollen, als ich kopfüber von diesem Baum gehechtet bin. Du wärst echt stolz gewesen, Iddan.«

Sie teilen Siv mit, dass sie zurück aufs Revier fahren kann, doch ihre Kollegin schüttelt den Kopf. Sie will bleiben, bis sie hier fertig sind.

»Die hatten etwas zu verbergen, sonst hätten sie sich doch nicht verteidigt.«

Calle setzt sich so langsam in Bewegung, als hätte er nicht nur am Kopf, sondern auch noch an anderer Stelle Schmerzen.

»Ich nehme an, die betreiben da drin eine Drogenküche. Wenn die mal nicht jeden Moment in die Luft gehen kann!«

Idun sieht ihm an, dass er es nicht ernst meint. Sie haben beide den Verdacht, dass Agnes sich in der Garage befinden könnte – und dass Elvira womöglich ebenfalls dort war, ehe sie vom Kirchturm gestürzt ist. Danne und Jimmy haben von jemandem gesprochen, den sie verbuddeln wollten – von mehreren Personen.

Das Garagentor ist runtergelassen. Idun beugt sich nach unten, greift nach der Klinke, zieht das Tor auf und wuchtet es das letzte Stück nach oben. Die Leuchtstoffröhren brennen noch, sodass sie vom ersten Moment an einen Überblick haben.

»Ach, Scheiße.«

Calle formuliert es als nachdrückliche Aussage, und Idun nickt.

»Das ist mal eine Überraschung.«

Sie betreten die Garage. Calle gibt den Kollegen mit einer Geste zu verstehen, dass sie draußen bleiben können. Sie brauchen hier keine Verstärkung.

Unter der Decke baumeln drei tote Rentiere. Das eine ist bereits abgehäutet, die anderen beiden noch nicht. Sie sind kürzlich erst erlegt worden, riechen noch nicht – mal abgesehen vom leicht süßlichen Geruch von Blut und Eisen. Die Felle sind noch warm.

»Wilderer. Wie langweilig.«

Calle ist unverkennbar enttäuscht. Idun sieht sich um und schiebt sich vorsichtig an den Renen vorbei, damit ihre Jacke nicht verschmiert.

Die Garage ist überraschend ordentlich. Eine Reihe Schränkchen und Bänke, allerdings nirgends größere Schränke oder Luken im Boden, hinter denen man jugendliche Ausreißerinnen verstecken könnte.

»Wir müssen auch das Haus durchsuchen. Siv ist an unserem Beschluss bereits dran. Aber mal ehrlich, Calle – ich glaube, Danne und Jimmy haben uns wirklich nur wegen der Rentiere verfolgt.«

Sie sieht ihn an. Er kratzt sich vorsichtig an der Kompresse.

»Verdammt. Auf Polizisten schießen, nur weil hier eine Handvoll Rentiere in der Garage baumeln ... Das ist doch irrsinnig!«

Sie will gerade antworten, als Siv den Kopf hereinsteckt.

»Schau einer an. Dann haben wir es mit Wilderern zu tun. Keine vermissten Jugendlichen in Sicht?«

Verkniffen schüttelt Idun den Kopf. Siv gibt ihr ein Zeichen.

»Sandberg hat grünes Licht gegeben. Geht rein, damit wir irgendwann Feierabend machen können.«

Sie zwinkert den beiden zu, die genau wissen, dass Siv es nicht eilig hat: Gründlichkeit ist eine ihrer großen Stärken.

Das Wohnhaus sieht genauso chaotisch aus wie bei ihrem ersten Besuch: überall Müll und Schmutzwäsche, die Küchenanrichte ist allen Ernstes sogar noch überladener als zuvor. Es stinkt nach Zigarettenqualm, Fett und ungewaschenem Menschen.

Idun und Calle gehen die Treppe hoch. Sie ist steil und eng gewunden, trotzdem hat keiner von ihnen Lust, sich an dem schmutzbraunen Handlauf festzuhalten. Calle zieht Latexhandschuhe aus seiner Tasche, drückt Idun ein Paar in die Hand und streift sich selbst das zweite Paar über.

Der erste Stock ist wesentlich beengter als das Erdgeschoss. Sie stehen in einer Art möbliertem Vorraum mit einem schmutzigen Sofa und einem Waffenschrank. Calle rüttelt an der Tür. Der Schrank ist verschlossen.

Sie öffnen die erste Tür zur Linken. Ein Bad mit gelben Wänden und grauschwarzem Boden. In der Ecke befindet sich eine Duschkabine mit kaputter Tür, es tropft aus der Handbrause, und auf dem Boden liegen leere Shampooflaschen herum, teils ohne Verschlusskappe. Idun zieht das Badezimmerschränkchen auf: eine struppige Zahnbürste, ein Kamm und ein halb voller Flakon mit Billigparfüm. Ansonsten ist das Bad leer.

Sie betreten das nächste Zimmer. Es scheint als eine Art Arbeitszimmer für Jäger zu dienen: Auf einem großen Tisch direkt am schlierigen Fenster liegen mehrere Utensilien zur Reinigung von Waffen. Idun wirft einen Blick nach draußen, wo gerade der Rettungswagen davonfährt. Die vier Streifenwagen stehen noch da. An einem lehnt Siv und telefoniert.

Calle macht ein paar Handyfotos von den Gegenständen auf dem Tisch. Er nimmt etwas hoch, was nach einer länglichen Bürste mit gebogenem Griff aussieht, mustert sie eingehend und legt sie wieder zurück. An der Wand hängt ein Kalender aus dem Jahr 2003: halb nackte Frauen, die ihre harten Silikonbrüste hochdrücken oder alternativ die Hände zwischen die Oberschenkel schieben.

»Ein erbärmliches Frauenbild haben sie obendrein … Was für eine Überraschung.«

Als Calle das sagt, steht er hinter Idun. Sie dreht sich um, und sein Gesicht ist ihr plötzlich so nah, dass sie seinen warmen Atem an der Wange spürt.

Sie verlassen das Waffenzimmer und nehmen die nächste Tür. Das Schlafzimmer bietet einen erbärmlichen Anblick: Das Bett ist ungemacht, das Kissen nicht mal bezogen. Eine Vorhangstange ist heruntergekracht, die Jalousien hängen auf halbmast. Der Geruch ist zum Davonlaufen – als hätte ein Bettnässer hier geschlafen oder billigen Wein in den Ecken verschüttet.

Calle geht auf ein windschiefes Bücherregal zu. Auf den Brettern stehen veraltete Lexika, wie sie in den Siebziger- und Achtzigerjahren gedruckt wurden und mit denen eine mittelmäßige Mittelschicht gern ihre Häuser dekorierte. Daneben ein paar gerahmte Fotos, allesamt Außenaufnahmen von einem kleinen Jungen. Man muss kein Genie sein, um zu erkennen, dass es sich bei dem Jungen um Danne handelt. Auf keinem der Fotos ist eine weitere Person zu sehen.

Idun tritt an den Nachttisch, klickt mit dem Fuß auf den Schalter einer Standleuchte, die augenblicklich einen kreisrunden gelben Lichtkegel wirft. Sie zieht die Schublade auf, doch sie ist leer. Sie geht auf die Knie, beugt sich so weit nach unten, dass sie fast mit der Wange den Boden berührt, und späht unters Bett. Unzählige Staubmäuse und ähnlich viele getragene Socken und Unterhosen. Ein gutes Stück zurückversetzt, entdeckt sie eine Stahlkiste. Sie ist armeegrün, hat schmale Griffe, die in die Hände schneiden, wenn man die Kiste zu schwer bepackt.

Sie setzt sich auf und blickt zu Calle, der vom Regal aus zu ihr hersieht.

»Da steht eine Kiste unter dem nicht gerade sauberen Bett ... Lust, da runterzufassen und sie vorzuziehen?«

Ihre Hoffnung ist nicht allzu groß, und Calles Grinsen sagt alles, daher legt Idun sich mit einem theatralischen Seufzer auf den Bauch und schiebt sich unters Bett. Der Boden ist unfassbar dreckig. Sie muss mehrere Niesanfälle unterdrücken und spürt, wie Sand und kleine Steinchen über ihre Handflächen kratzen, als sie die Kiste näher heranzieht. Sie ist leichter als gedacht. Mit nur einem gekrümmten Finger kann sie sie am Griff unter dem Bett hervorziehen. Während sie sich wieder aufrichtet und den Staub von ihren Klamotten klopft, ruckelt Calle daran.

»Die ist leer. Du bist ganz umsonst durch den Dreck gerobbt.«

Er stellt die Kiste aufs Bett, und Idun klappt den Deckel auf. Calle hat *fast* recht, es liegt lediglich ein weißer Umschlag auf dem Kistenboden. Er ist klein, nicht größer als das Kuvert einer handelsüblichen Weihnachtskarte.

Idun zieht es auf und wirft einen Blick hinein. Ein Schwarz-Weiß-Foto und ein gefalteter Zettel. Als sie den Zettel herauszieht, fällt das Foto mit raus, segelt aufs Bett und landet mit dem Bild nach unten auf der Matratze. Idun faltet den Zettel auseinander und liest, während Calle ungeduldig neben ihr steht.

»Und? Was steht da?«

Idun überfliegt den kurzen Text ein zweites Mal und liest ihn dann laut vor.

»*Dannyboy, du wirst Papa. Ich hoffe, du kriegst dein Leben auf die Reihe, denn unser Kind braucht dich. E.*«

Sie liest den Brief abermals vor und sieht dann Calle an. Der zuckt mit den Schultern.

»Schau an. Und von wem ist das Foto?«

Idun nimmt das Bild hoch und dreht es um, damit sie es beide betrachten können. Es ist ein Ultraschallbild, unscharf, mit schiefer Kante. Nirgends ein Hinweis auf eine Klinik, in der der Ultraschall durchgeführt wurde, kein Datum und auch nicht der Name der Mutter.

»Das ist ein Embryo.« Idun runzelt die Stirn. »Merkwürdig. Warum sind denn das Datum und der Name des Krankenhauses weggeschnitten?«

»Was?«

Sie nickt auf das Bild hinab.

»Ich habe so etwas schon öfter gesehen. Normalerweise stehen da der Name der werdenden Mutter, das Datum der Aufnahme und das Krankenhaus, hier oben, in der Ecke.«

Calle schüttelt den Kopf.

»Keine Ahnung. Ich hab noch nie ein Ultraschallbild gesehen. Aber da stand etwas auf der Rückseite.«

Idun dreht das Bild wieder um. Calle hat recht, in winzigen Buchstaben steht etwas in einer Ecke. Idun hält das Bild ins Schummerlicht.

»Elvira Lind, Sunderby 2019.«

Calle verschränkt die Hände im Nacken und schiebt den Kopf nach hinten.

»Also im Krankenhaus Sunderby. Da fahren wir mal hin. Vielleicht erinnert sich auf der Station ja jemand an Elvira.«

Idun reibt sich die Stirn. Irgendwas stimmt damit nicht. Warum hat jemand Elviras Namen weggeschnitten, um ihn dann per Hand auf die Rückseite zu schreiben? Sie kann nicht mehr klar denken, fühlt sich fast, als wäre sie betrunken, ahnt, dass es die Flucht in den Wald war und dass der Schock erst zeitverzögert einsetzt.

»Elvira hat ein Kind bekommen. Dieses Bild ist jedenfalls höchst interessant, und darüber müssen wir natürlich mit Danne reden. Aber weiter kommen wir heute Abend nicht mehr. Ich schlage vor, wir fahren nach Hause und gehen schlafen. Morgen schreiben wir unseren Bericht, und dann knöpfen wir uns Danne vor. Er muss mehr über Elvira wissen, als er uns erzählt hat. Aber jetzt darf er erst mal seinen Rausch ausschlafen – was immer er sich reingepfiffen hat. Wir reden morgen mit ihm. Außerdem mit Maj – und ja, mit dem Sunderby-Personal.«

Sie verstummt und sieht Calle fast flehentlich an. Sie will nur noch schlafen, tief und lange und ohne Unterbrechung. Außerdem will sie Tareq anrufen. Damit sie endlich mit ihrem Leben weitermachen kann.

Calle sieht sie eindringlich an.

»Du siehst blass aus. Du wirst hoffentlich nicht krank?«

Idun schüttelt den Kopf.

»Ist bloß der Kaltstart nach dem Urlaub. Du weißt doch selbst, wie das ist. In ein paar Tagen ist das ausgestanden.«

Calle streift die Latexhandschuhe ab und nickt auf Iduns Haare hinab.

»Du brauchst eine Dusche.«

Gemeinsam verlassen sie Dannes schmutziges Zuhause. Draußen auf der Zufahrt steht noch ein Streifenwagen. Zwei allem Anschein nach gelangweilte Kollegen sitzen vorn. Siv steht immer noch an derselben Stelle wie zuvor und lehnt an der Hintertür. Sie blickt auf, als Idun und Calle durch die Haustür kommen.

»Irgendwas gefunden?«

Als sie näher kommen, sieht sie Idun angewidert an.

»Du hast achtzehn Kilo Staub in den Haaren – da ist ja wohl eine Rundumsanierung fällig. Kommt, wir lassen euch bei eurem Auto unten an der Straße raus.«

Siv zieht die Tür für sie auf und nickt den Kollegen nachdrücklich zu. Dankbar rutschen sie auf die Rückbank.

Erst als Calle sie am Gehweg vor ihrer Wohnung rauslässt, fangen ihre Beine an zu zittern. Im selben Moment, da sie den Schlüssel zu Hause ins Schloss schiebt, kommen ihr die Tränen.

Für Agnes hat dieses derzeitige Gefühl etwas Außerkörperliches – so, wie sich die letzten bebenden Sekunden anfühlen müssen, bevor man stirbt. Alles schwebt, wie Nebel, und ist gleichzeitig glasklar.

Sie hat wahnsinnig Angst, ist aber zugleich felsenfest überzeugt davon, dass sie das Richtige tut: Sie kann nicht länger hier unten bleiben, sie kann sich nicht mit dem Gedanken abfinden, dass sie hier eingesperrt bleibt.

Zigtausend Mal ist Agnes im Kopf Elviras Verschwinden durchgegangen. Sie hat die Augen geschlossen und sich jene Nacht in Erinnerung gerufen, als erst das Licht flackerte, die Lampen knisterten und dann Elviras Tür aufging, während Agnes' Tür verschlossen blieb. Obwohl das gerade mal eine Woche her ist, zweifelt sie bereits an ihren Erinnerungen. War es wirklich so, wie sie es im Kopf hat? War es in dieser Reihenfolge? Was war in jener Nacht anders als sonst, sodass Elvira die Flucht gelang?

Elvira verschwand durch die Tür oder durch die Schleuse – oder auf anderem Weg, nur dass Agnes sich partout nicht vorstellen kann, welcher andere Weg das gewesen sein sollte. In ihren düstersten Stunden hat sie sich vorgestellt, dass Elvira von irgendwem Hilfe hatte, dass irgendwer Elvira vorzog und beide Agnes ganz bewusst zurückgelassen haben. Aber so kann es doch nicht gewesen sein? Elvira hätte Agnes nie so brutal verraten, das würde sie doch niemals tun?

Die Panik in Elviras Blick in jener Nacht hat sich für immer in Agnes' Netzhaut eingebrannt. Der Blick zerschnitt Raum und Zeit und hat in ihrer Erinnerung Wurzeln geschlagen. Die Tür zu Agnes' Zimmer, die sich keinen Millimeter bewegte, obwohl sie beide dagegenhämmerten, -traten und daran zerrten wie verrückt. Elviras Finger, die sich durch das Gitter schoben, Agnes, die ihre darauflegte, ihre Tränen, Elviras geschluchztes Versprechen, wiederzukommen und Agnes hier rauszuholen.

Und dann war sie weg. Agnes presste sich gegen die Tür, um zu sehen, wohin Elvira verschwand, doch von ihrem Standpunkt aus konnte sie nicht bis zur Gitterwand sehen. Sie klammerte sich noch eine Zeit lang an den Gittereinsatz, schluckte die Tränen und Schluchzer hinunter und konzentrierte sich darauf, zu hören, was dort auf der anderen Seite vor sich ging. Es klapperte, polterte, verstummte für ein paar Sekunden, bevor die letzten Geräusche zu hören waren – Elviras Schritte, die sich durch den Tunnel entfernten. Die Erinnerung fühlt sich an wie eine körperliche Wunde, Agnes kann in Gedanken nicht zu jener Nacht zurückkehren, ohne zu heulen.

Nach dem gestrigen Abendessen hat sie eine Weile vor der Schleuse auf dem Boden gelegen. Sie weiß immer noch nicht, ob Mutter es sehen kann, glaubt es aber nicht – zumindest nicht mehr. Tags zuvor hat sie allen Mut zusammengenommen und dem Lautsprecher an der Decke den Stinkefinger gezeigt. Sie stand ewig da, streckte sogar die Zunge raus, riss die Hände hoch und hauchte ein tonloses *Fuck you* nach oben. Mutter kommentierte es nicht, fuhr nur seelenruhig damit fort, Agnes zu fragen, ob sie gut geschlafen habe, ob sie hungrig oder ob ihr übel sei und ob sie das Baby schon treten gespürt habe.

Der Hass in ihr ist vernichtend. Er frisst sie von innen auf, sodass die Selbstmordgedanken jetzt täglich kommen. Sie hasst Mona, kann aber – insgeheim und für sich selbst – anerkennen, dass die Therapie einen gewissen Effekt erzielt hatte: Solange sie hinging, rückten die Selbstmordgedanken in die Ferne. Doch jetzt sind sie wieder da. Und sie sorgen dafür, dass Agnes Mut schöpft, weil sie das Gefühl hat, dass sie nichts mehr zu verlieren hat.

Mehr als eine Stunde lang lag sie am Boden vor der Schleuse und studierte sie eingehend. Die Metallfalle, die vom schmaleren inneren Lukenrahmen hinüber zum größeren äußeren Rahmen reicht. Agnes hat keine Ahnung, wie die Mechanik dahinter funktioniert, aber sie konnte sehen, dass die Falle der einen Luke außerhalb des Rahmens, die zweite Falle innerhalb des Rahmens auflag. Mutter beordert sie immer in ihr Zimmer, sobald die Schleuse in Betrieb genommen werden soll. Elvira hat schon recht früh erzählt, dass es nicht helfe zu trödeln, dann komme das Essen lediglich verspätet.

Als Agnes sich zu guter Letzt vom Boden hochstemmte, taten ihr Schulter und Hüfte weh. Sie ahnte natürlich, dass es ziemlich weit hergeholt war, aber wenn sie die Falle daran hindern könnte, einzurasten, durch eine Art Blockade zwischen Falle und Rahmen, könnte sie womöglich das Schloss manipulieren.

Das Problem war nur, dass Agnes nicht wusste, was sie in das Schloss hineinschieben sollte; es musste etwas Hartes, Kleines sein, etwas Schmales, aber doch fest genug, um die Falle zu blockieren. Also ein Gegenstand aus Metall.

Erst als Mutter die Kiste mit Maßband und Waage in die Durchreiche gestellt hatte, hatte Agnes die zündende Idee. Den Geistesblitz, bei dem ihr die Luft wegblieb, während sie bereits auf der Waage stand und die Ziffern aufflammten. Still nahm sie die Gewichtsanzeige zur Kenntnis, stieg von der Waage, nahm sie hoch und drehte sie um. Als sie auf der Rückseite vier Füßchen aus Metall entdeckte, kannte ihre Freude keine Grenzen mehr. Sie eilte zum Sofa, ging auf alle viere, angelte das Messer darunter hervor. Und dann, Scheiße noch mal – die Klinge passte genau in die Schräubchen, mit denen die Füße montiert waren! Mit zitternden Fingern versuchte sie, das erste herauszudrehen, verkrampfte sich so sehr, dass ihr die Hand wehtat, hielt mitten in der Bewegung inne, als Mutters verzerrte Stimme aus dem Lautsprecher ertönte. Sie fragte, wie viel Agnes wiege – und im selben Moment war Agnes sich vollends sicher, dass Mutter sie nicht sehen konnte.

Agnes hörte auf zu schrauben, riss sich zusammen, sodass ihre Stimme trug, und vermeldete ihr aktuelles Gewicht. Während Mutter den Wert notierte, gab Agnes alles und erstickte einen Jubelschrei, als das Schräubchen endlich nachgab. Sie drehte es heraus und hielt endlich das kleine Füßchen in der Faust, spürte das kalte Metall an ihren Fingern. Mit der freien Hand legte sie die Waage zurück in die Kiste. Jetzt im Nachhinein weiß sie nicht einmal mehr, ob sie ihren Bauch mit dem Maßband vermessen hat – aber sie muss es getan haben, sonst hätte Mutter sie irgendwann dazu aufgefordert. Zitternd stellte sie die Kiste mit Waage und Maßband zurück in die Durchreiche, nahm das Metallfüßchen zwischen Daumen und Zeigefinger – und konnte die Tränen nicht mehr zurückhalten, als es exakt in den Schlitz passte, in den die Falle sonst eingerastet wäre. Sie rannte zurück zum Sofa, schob das Messer darunter, kehrte in ihr Zimmer zurück und legte sich aufs Bett. Und dort hat sie seither gelegen.

Wenn Mutter ihr auf die Schliche kommt, ist alles aus. Da wird Agnes an die Kette gelegt oder Schlimmeres. Doch wenn Mutter ihr *nicht* auf die Schliche kommt, ist alles möglich: Freiheit, das Ende ihres Lebens hinter Gittern und innerhalb geschlossener Mauern.

Agnes weint nicht. Sie lächelt auch nicht. Sie liegt nur reglos da und wartet auf den entscheidenden Moment. Der könnte jetzt sein – oder aber es ist das Ende. Doch ganz gleich, was es ist: Sie will und muss alles auf eine Karte setzen.

Sie schließt die Augen und versucht, sich Emma, Joanna und Kajsa ins Gedächtnis zu rufen. Es funktioniert nicht. Die Einzige, die sie vor sich sieht, ist Elvira. Sie liegt vier Meter unter der Erde, in einem offenen Grab und schaut mit weit aufgerissenen Augen zu Agnes hoch, und ihr Gesichtsausdruck ist ernst, als Elvira immer wieder das Gleiche flüstert.

Du wirst hier unten nicht sterben, Agnes. Du wirst hier unten nicht sterben.

Idun steht unter der heißen Dusche. Sie stützt sich mit beiden Händen an der Wand ab, hat das Kinn an die Brust gezogen und die Augen geschlossen. Sie versucht, sich einzig auf ihre Atmung zu konzentrieren, doch ihre Gedanken wandern in einem fort zu Elvira, zu dem Schuss im Wald und zu dem Ultraschallbild, das sie unter Dannes Bett gefunden haben. Alles dreht sich, unscharfe Erinnerungsfragmente und der Stress der vergangenen Stunden vermischen sich. Auf der Rückseite des Bildes stand, dass es Elviras Kind sei – doch wenn es überlebt hat, muss es irgendwo sein. Nur wo? Und wer kümmert sich darum, jetzt, da Elvira nicht mehr am Leben ist?

Wasserdampf sammelt sich unter der Decke. Das Wasser ist so heiß, dass ihre Haut brennt, doch Idun zwingt sich, stehen zu bleiben. Sie hat leichte Rückenschmerzen, und seit ihrem Sturz im Wald pulsiert die rechte Schulter. Hinter geschlossenen Augenlidern sieht sie Jimmy vor sich, der auf der Rückseite des Findlings mit dem Elchstutzen steht und rasend vor Wut ist, weil Idun ihm auf die Schliche gekommen ist. Sie hätte ihn, wenn nötig, angeschossen – in die Schulter oder ins Bein. Auch in den Kopf, wenn es notwendig gewesen wäre ...

Sie dreht die Wassermenge ein wenig runter und schäumt zweimal die Haare ein. Spült das Shampoo sorgfältig aus, ehe sie sich eine Kur in die Spitzen massiert, sie einwirken lässt und sich unterdessen mit Kokosduschgel einseift. Mehr Nuss traut sie sich nicht. Idun ist von Kindesbeinen an schwer allergisch. Mit Grauen erinnert sie sich an ein Weihnachtsfest, als sie ein Stück Schokolade mit Nüssen gegessen hatte und ihr der Hals binnen Sekunden zuschwoll. Papa rief den Notarzt, Mama kreischte hysterisch, und Mika saß neben Idun, hielt deren Hand, flüsterte ein ums andere Mal, dass alles gut werde – und im Nachhinein bekräftigten die Ärzte, dass es an ein Wunder grenze, dass Idun überlebt habe. Seither hat sie stets einen Adrenalin-Autoinjektor in der Tasche.

Sie duscht abermals Haare und ihren Körper ab und bleibt unter dem Strahl stehen, bis die Haut an ihren Händen schrumpelig ist. Am Ende dämmert ihr, dass es lediglich das Gefühl des Gejagtseins war, das sie von sich hat abwaschen wollen.

Sie stellt das Wasser ab, streckt sich nach ihrem Handtuch aus, hat es sich gerade um den Kopf gewickelt, als ihr Handy im Flur eine Nachricht vermeldet. Sie legt sich das Duschtuch um und verlässt das Bad, erschaudert an der kühleren Luft und rutscht fast aus, weil ihre Füße noch nass sind. Das Handy liegt auf dem Sideboard. Sie hat eine SMS von Mika. Warum ist sie um diese Uhrzeit denn noch wach?

Idun überfliegt die kurze Nachricht. Mika will gar nicht wirklich irgendwas, will nur hören, wie es geht, und über die künstliche Befruchtung sprechen. Ob Idun sich vorstellen könne, Mika zu ihrem Arzttermin zu begleiten. Idun fragt sich, ob Mika getrunken hat. Sonst schreibt man doch nicht so spät? Oder früh, je nachdem, wie man es nimmt. Sie weiß auch nicht, was sie antworten soll. Sie kann jetzt nicht über die Familienplanung ihrer Schwester nachdenken. Das muss warten.

Sie geht zurück ins Bad, bürstet sich die Haare und zieht

ihren Bademantel an. Sie will sich noch Tee machen und ein Butterbrot essen und anschließend ein paar Stündchen schlafen. Künstliche Befruchtung ... Mika hat also ernsthaft vor, allein Kinder zu kriegen, ohne Robban. Idun weiß nicht, was sie davon halten soll, außer dass Mika natürlich tun muss, was am besten für sie ist. Trotzdem kann Idun den Kinderwunsch ihrer Schwester nicht nachempfinden, sie weiß wirklich nicht, was Mika mit einem Kind will. Und dann auch noch allein. Doch es liegt nicht in Iduns Verantwortung, ihr diesen Plan auszureden.

Sie setzt sich mit ihrem Teebecher auf die Couch. Obwohl es warm in der Wohnung ist, streckt sie die Hand nach der Decke in der Sofaecke aus und zieht sie über ihre Beine. Sie lehnt sich zurück, schließt die Augen und versucht, ihre Mundpartie zu entspannen.

Lebe dein Leben so, wie du es willst.
Tu nicht bloß, was andere vermeintlich von dir erwarten.
Und nimm um Himmels willen keine Drogen.

Ein Liedtext aus irgendeiner Kindersendung. Idun weiß nicht einmal, woher sie die Zeilen kennt. Aber wie einfach ist es bitte schön, so zu leben? Sie schlägt die Augen wieder auf, spürt, wie Ärger in ihr aufflammt. Mal abgesehen davon, dass sie müde ist, ist sie überdies traurig und wütend auf Elvira, die gestorben ist. Und auf Maj, die sich nie um sie gekümmert hat. Und auf ihre eigene Mutter, die alles getan hat, um die Fassade zu wahren und Nores Probleme zu vertuschen. Es ist lange her, dass Idun zuletzt an Nore gedacht hat, doch seit Mika ihn erwähnt hat, nagt es an ihr. Die Familie sollte doch das Wichtigste im Leben sein. Zur Hölle mit alledem.

Sie hat den Gedanken kaum fertig gedacht, als das schlechte Gewissen zuschlägt. Mika ist fabelhaft, Papa ebenfalls. Außerdem hat er Erna kennengelernt, obwohl er immer gesagt hat, dass er überhaupt kein Interesse mehr an anderen hat, seit Mama gestorben ist. Mama. Sie fühlt sich in Iduns Kopf an wie Watte, allerdings mit Stacheldraht und dem Geschmack von Verrat versetzt. Es heißt immer, Eltern lieben ihre Kinder alle gleichermaßen, doch Idun weiß nur zu gut, dass das nicht stimmt.

Sie nestelt an ihrem Handy auf dem Schoß herum, surft ein bisschen durch die *Dagens Nyheter*-Nachrichten und scrollt zerstreut durch die Headlines. Das Gleiche mit dem *Svenska Dagbladet*, dem *Aftonbladet* und ein paar Lokalzeitungen. Sie liest einen Artikel nach dem anderen, ohne richtig zur Kenntnis zu nehmen, was da steht.

Nach einer Weile ruft sie ihre Kontaktliste auf, scrollt durch die Namen, kommt zum Buchstaben T und bleibt mit dem Handy in der Hand reglos sitzen. Fünfmal schaltet sich das Display ab, genauso oft weckt sie es wieder aus dem Stand-by-Schlaf. Sie fühlt sich wahnsinnig einsam. Fast im Stich gelassen.

Irgendwann beißt sie sich fest in die Unterlippe, tippt den Kontakt an und hebt das Handy ans Ohr. Sie kann das Pflaster genauso gut jetzt sofort und in einem Ruck abreißen.

Er geht erst nach dem sechsten Klingeln ran.

»Idun?«

Er klingt verschlafen und womöglich auch ein klein bisschen verwundert.

Idun schließt die Augen. Irgendwas verrutscht in ihrer Brust, und für den Bruchteil einer Sekunde glaubt sie, dass sie vielleicht einen Herzinfarkt hat, aber dann räuspert sie sich leise.

»Ich hab gesehen, dass du angerufen hast. Bei der Arbeit war einiges los.«

Ein paar Sekunden verstreichen, bis er sanft antwortet.

»Ihr da oben redet wirklich komisch. Sagt ziemlich wenig und ziemlich viel mit ein und demselben Satz.«

Sein Zungenschlag kommt Idun vor wie Balsam auf ihrer Seele. Sie hört, wie er sich im Bett herumdreht, wie die Bettwäsche raschelt. Dann kommt ihr der Gedanke, dass er womöglich gar nicht allein ist.

»Aber ich bin froh, dass du anrufst.«

Seine Stimme klingt heiser. Idun kann sich ein Lächeln nicht verkneifen und spürt zu ihrer eigenen Überraschung, wie ihr die Tränen kommen. Sie presst sich die Finger der freien Hand auf die Lider.

»Arbeitest du auch wieder?«

Es raschelt erneut in der Leitung. Womöglich schüttelt Tareq den Kopf, oder er nickt.

»Ich hab diese und nächste Woche noch frei. Da hat sich ein bisschen was verschoben, aus diversen Gründen. Erst danach muss ich wieder arbeiten.«

Sie liebt seine Ausdrucksweise. Seine tiefe Stimme, den Akzent, die Art, wie er Konsonanten ausspricht und damit verrät, dass er aus einem anderen Land stammt. Idun ringt eine Weile um die richtigen Worte, findet sie nicht und sagt deshalb etwas komplett anderes als das, was sie sich vorgenommen hat.

»Und was machst du an deinen freien Tagen?«

Er antwortet, als glaubte er allen Ernstes, dass sie die Frage wörtlich gemeint hätte.

»Ich helfe einem Kumpel beim Umzug – oder besser gesagt: beim Packen.«

Idun fällt nichts ein, was sie noch sagen könnte. Nach einiger Zeit ergreift Tareq die Initiative.

»Willst du, dass wir uns treffen? Wenn der Umzug vorbei ist und es bei dir wieder ruhiger zugeht?«

Er fragt ganz entspannt, sodass es wie das Natürlichste der Welt klingt. Idun nickt, schüttelt den Kopf, kriegt kein Wort heraus. Und wieder spürt sie, dass ihr die Tränen kommen. Sie hat eigentlich angerufen, um mit ihm Schluss zu machen, und jetzt weiß sie nicht mehr ein noch aus. Oder vielleicht weiß sie es auch ganz genau.

»Hallo?«

Sie streckt die Beine unter der Decke aus.

»Ich bin noch dran.«

Er wartet schweigend ab.

»Ich hab angerufen, um ...«

Sie findet die richtigen Worte immer noch nicht.

»Es ist echt schwer, wenn ...«

Sie hört ihn am anderen Ende atmen.

»Ich hätte viel früher anrufen müssen. Um dir zu sagen, was ich denke. Oder fühle, heißt das, glaube ich ...«

Gott, was tut sie eigentlich gerade?

»Idun, sag einfach, was du denkst und was du fühlst. Ich höre dir zu.«

Sie vernimmt die Wärme in seiner Stimme, weiß, dass sie sich selbst gerade im freien Fall befindet. Der Kopf sagt das eine, das Herz etwas anderes. Ihr kommt eine Erinnerung an Mama, der Idun nie verzeihen wird.

»Ich will dich treffen. Wenn du willst.«

Inzwischen laufen ihr Tränen über die Wangen. Sie ist nicht mal verwundert, kann sie einfach nicht mehr zurückhalten. Sie schnieft in den Hörer und hört Tareq atmen. Und dann sagt er mit seiner ruhigen, tiefen Stimme etwas ganz anderes.

»Wie läuft's mit dem Fall?«

Sie nickt und wischt sich die Tränen weg.

»Gut. Oder ... Ich weiß nicht. Es ist ein Kind involviert, zumindest sieht es ganz danach aus. Die Tote war jedenfalls zuvor schwanger und hat ein Kind zur Welt gebracht.«

Tareq hört zu, sagt aber nichts, womöglich weil Idun leicht unzusammenhängend vor sich hin schwafelt. Sie reißt sich zusammen, ringt abermals um die richtigen Worte. Ihre Gedanken sind zäh wie Sirup, ihr Kopf völlig erschöpft, und sie hat Kopfschmerzen, von der Stirn bis runter in den Nacken.

»Der Fall hat mich zum Nachdenken gebracht.«

Er wartet stumm ab.

»Elvira ist meine Cousine. Und daher ist ihr Kind ... und ihre Mutter ...«

Wieder kommen ihr stille Tränen. Tareq wartet geduldig ab.

»Und dann ist da noch Mika. Die will ein Kind kriegen, ganz allein.«

Die Tränen legen sich wie ein Deckel über ihre Worte. Tareq räuspert sich.

»Letzteres klingt mir nach einer Herausforderung, zumindest biologisch betrachtet.«

Idun muss trotz der Tränen lachen.

»Mika schafft das, sie hat immer alles geschafft. Und ich begleite sie dabei.«

Ihr schnürt sich der Hals zu, und sie presst sich die Hand vor den Mund.

»Ich drück die Daumen, dass es genau so wird, wie Mika es sich wünscht.«

Idun nickt. Sie fühlt sich wie betäubt, will am liebsten nur noch schlafen, am liebsten im selben Bett wie Tareq.

»Und du, Idun Lind? Was wünschst du dir?«

Sie atmet durch die Nase, tiefe Atemzüge, versucht, dies

hier zu überstehen. Sie ist wütend auf sich, weil sie Tareq in ihr Leben gelassen hat. Wütend und enttäuscht. Wie soll sie auf diese Weise bitte schön den nötigen Abstand zu ihm – und zu sich selbst – halten?

Sie starrt den abgeschalteten Fernseher an, ihr Spiegelbild in dem konturlosen Grau. Ihre Gesichtshaut ist farblos, die Haare ebenfalls.

»Ich wünsch mir, dass du herkommst.« Sie spricht ganz leise. »Hierher, nach Boden. Also, nur wenn du das auch willst, du musst natürlich nicht, und ich versteh schon, wenn das nicht geht oder wenn du nicht willst …«

Sie muss sich schon wieder zusammenreißen, weil sie selbst merkt, wie fahrig sie wird.

Als Tareq antwortet, ist seine Stimme stabil.

»Ich hab später leider schon etwas vor.«

Sie nickt.

»Verstehe.«

»Du weißt schon. Der Umzug.«

Sie hätte nicht fragen dürfen, will auch genau das sagen, holt Luft, und es dauert gerade lange genug, dass er ihr zuvorkommt.

»Dann buche ich den letzten Flieger, okay? Wenn es für die Kommissarin kein Problem darstellt, dass es ein bisschen später wird?«

Letzteres sagt er mit schlecht geschauspielertem norrländischen Zungenschlag. Idun presst die Augen fest zusammen. Und sie lächelt – so breit, dass ihre Wangen wehtun. Die Enttäuschung geht über in Schmetterlinge, und zwar binnen eines Wimpernschlags.

Sie hält das Handy inzwischen mit beiden Händen fest.

»Schon okay, wenn es spät wird. Komm jederzeit.«

Die Arrestzellen in Luleå befinden sich im neunten Stock. Danne ist in einen Vernehmungsraum gebracht worden, sitzt bereits am Tisch und hat die Arme vor der Brust verschränkt. Eine Ferse tippt unablässig auf dem Boden auf, und unter einem Auge zuckt die Haut. Idun ahnt, dass das der Entzug ist – eine Nacht ohne Stoff kann für einen Süchtigen die Hölle sein.

Calle und sie haben sich Danne gegenübergesetzt. Sie haben abgemacht, dass Idun das Gespräch übernimmt, Calle soll lediglich zuhören und beobachten – nicht weil sie denken, dass Danne wahnsinnig gerissen wäre, das sind Drogenkonsumenten nur selten. Aber man kann sich nie sicher sein, deshalb ist es nur gut, wenn sie zu zweit sind.

»Sind Sie hier bislang gut behandelt worden?«

Idun schafft es tatsächlich, aufrichtig interessiert zu klingen. Danne sieht sie säuerlich an.

»Als wär dir das wichtig, Bullenschlampe.«

Er klingt, als hätte er jede Menge Spucke im Mund, was komisch ist, weil der Entzug üblicherweise zu Mundtrockenheit führt.

»Möchten Sie etwas trinken? Kaffee? Oder eine Cola?«

Er sieht sie misstrauisch an.

»Eine Cola.«

Calle kümmert sich darum und verlässt den Raum.

Idun sieht Danne schweigend an. Er tippt weiterhin die ganze Zeit mit der Ferse auf.

»Wir haben Ihr Haus durchsucht. Sie werden wegen Wilderei angeklagt, Jimmy auch.«

Danne macht eine merkwürdige Kopfbewegung, zieht eine Art Kreis durch die Luft. Erst als er den Kopf wieder ruhig hält, fährt Idun fort.

»Allerdings wollen wir mit Ihnen über etwas anderes reden. Wir haben bei Ihnen zu Hause etwas gefunden.«

Calle kommt zurück. Er hat drei Getränke dabei, eine normale Cola und zwei Cola Zero.

»Scheiß doch drauf, was ihr gefunden habt. Darüber könnt ihr gern mit meinem Anwalt sprechen.«

Idun rührt sich nicht. Sie weiß, dass die Wut auf Panik gründet, die zwangsläufig folgt, wenn der Effekt der Drogen verebbt.

»Unter dem Bett in Ihrem Schlafzimmer haben wir eine Metallkiste gefunden. Darin lag ein Foto, ein Ultraschallbild. Sie wissen nicht zufällig, in welchem Krankenhaus das entstanden ist?«

Danne macht seine Cola auf und nimmt ein paar große Schlucke, schluckt zu viel Kohlensäure und muss laut rülpsen. Mit der Faust schlägt er sich hart vor die Brust.

»Keine Ahnung.«

»Aber Sie wussten, dass das Bild in der Kiste lag?«

Er zuckt mit den Schultern.

»Ich möchte gern, dass Sie mir hörbar antworten.«

Danne stellt die Cola auf dem Tisch ab.

»Ja. Ich wusste, dass das Bild da drin lag. Aber was geht euch das an?«

Idun öffnet ihre Cola-Zero-Dose, lässt sie aber dann unangerührt stehen.

»Auf der Rückseite steht, dass das Bild von Elvira ist und dass es 2019 entstanden ist. Was können Sie uns darüber erzählen?«

Erneut zuckt Danne mit den Schultern.

»Gar nichts. Das muss nicht mein Kind gewesen sein. Die hat womöglich mit dem ganzen Bodengården gevögelt.«

Idun nickt bedächtig.

»Kann natürlich sein. Oder aber nur mit Ihnen. Wie sind Sie an das Bild gekommen?«

Danne sieht aus, als hätte er die Frage nicht verstanden.

»Haben Sie das Ultraschallbild von Elvira gekriegt?«

Er nimmt den letzten Schluck Cola und wischt sich ungeschickt mit dem Handrücken über den Mund.

»Das lag irgendwann im Briefkasten. In einem Umschlag.«

»Glauben Sie, dass Elvira es Ihnen geschickt hat?«

Er sieht Idun mit einem Blick an, der alles sagt: *Woher soll ich das wissen, verdammt?*

Idun nimmt die Hände hoch.

»Ich formuliere die Frage anders. Was glauben Sie: Wer hat Ihnen das Bild geschickt?«

»Keine Ahnung.«

Danne streckt die Hand nach Iduns Getränk aus und sieht sie fragend an. Sie nickt, und er nimmt sich die zweite Dose. Calle hat seine immer noch nicht aufgemacht.

»Wussten Sie, dass sie schwanger war, als sie verschwunden ist?«

Danne nimmt ein paar Schlucke.

»Nein.«

»Dann haben Sie es erst durch den Brief mit dem Bild erfahren?«

»Ich brauch 'ne Kippe.«

Er grinst schief. Erst jetzt entdeckt Idun, dass ihm im Oberkiefer ein Schneidezahn fehlt. Sie lehnt sich auf ihrem Stuhl zurück und legt den Arm über die Lehne.

»Ich besorge Ihnen eine ganze Schachtel, wenn Sie uns erzählen, wer Ihnen das Bild geschickt haben könnte.«

Danne reißt den Kopf hoch.

»Was weiß denn ich, verdammte Scheiße? Elvira oder irgendein anderer Schwachkopf. Ich weiß es nicht! Laber nicht so blöd rum!«

Es zischt, als Calle seine Dose öffnet. Als er ein paar Schlucke trinkt, folgte Danne jeder seiner Bewegungen mit dem Blick.

»Also, wie sieht's aus? Zigaretten oder keine Zigaretten?«

Idun legt beide Hände auf die Knie. Danne wirkt hin- und hergerissen, doch am Ende siegt die Nikotinsucht.

»Ich glaub nicht, dass das Elvira war, die das Bild geschickt hat.«

»Und warum nicht?«

»Weil das da auf dem Zettel nicht von ihr stammen kann.«

»Was soll das heißen?«

Danne seufzt laut. Er lässt sich Zeit mit der Antwort.

»Weil da stand: *Dannyboy, du wirst Vater, also reiß dich zusammen.* So was in der Art, genau weiß ich's nicht mehr. Aber das hätte Elvira nie so geschrieben. Und jetzt will ich die Kippen.«

»So stand das da? Wörtlich?«

»Jedenfalls so ungefähr.«

»Und warum kann Elvira das nicht geschrieben haben?«

Erstmals während ihres Gesprächs hält seine Ferse still.

»Weil genau das da stand: *Dannyboy.* Probleme mit den Ohren, oder was?«

Er schüttelt den Kopf und starrt auf seine Hände hinab.

»Wer hat Sie denn so genannt?«
Keine Antwort.
»Danne, Sie müssen mir antworten. Wer hat Sie Dannyboy genannt?«
Danne beißt sich in die Wange. Es dauert fast eine geschlagene Minute, bis er antwortet.
»Meine Mutter.«
Idun nickt.
»Lebt sie noch?«
Er schüttelt den Kopf.
»Sie ist gestorben, als ich elf war.«
Er ringt die Hände im Schoß. Idun stellt fest, dass sein Kinn bebt und er es vertuschen will, indem er sich mit der offenen Hand über den Mund reibt.
»Weiß irgendwer, dass Ihre Mutter Sie immer Dannyboy genannt hat?«
Idun wartet ab, aber Danne schweigt.
»Danne …?«
Er blickt auf und sieht sie hohl an.
»Wer wusste, dass Ihre Mutter Sie Dannyboy genannt hat?«
Er reibt sich erneut den Mund, dann verschränkt er die Finger, reibt die Daumen übereinander. Er sieht von Kopf bis Fuß nervös aus.
»Mona.«
Idun sitzt reglos da. Sie spürt, wie sich Calles Energie verändert. Er ist ebenso verdutzt wie sie.
»Mona? Die Psychologin im Bodengården wusste, dass Ihre Mutter Sie Dannyboy genannt hat?«
Der junge Mann nickt knapp. Im nächsten Moment rinnt ihm eine vereinzelte Träne über die Wange. Er schlägt sich fast ins Gesicht, als er sie wegwischt.

Es ist ihr noch nie so schwergefallen, ihr Frühstück hinunterzuwürgen. Agnes zwingt die letzten Löffel Dickmilch in sich hinein, weil sie weiß, dass Mutter sich wundert, wenn sie nicht alles aufisst. Sie traut sich auch nicht, die Reste in den Abfluss zu spülen, weil sie nicht einschätzen kann, ob Mutter kontrolliert, was dort hineinkommt. Deshalb hat sie nur eine Möglichkeit: zu essen. Sich so zu verhalten wie immer, normal, demselben Muster zu folgen wie jeden Tag. Mutter muss glauben, dass heute ein Tag ist wie jeder andere auch, sonst ist es aus, noch bevor es begonnen hat.

Agnes spült die Dickmilchschale und das Saftglas aus, stellt beides in die Holzkiste und diese zurück in die Schleuse. Sie muss sich zwingen zu atmen, es ist fast, als würden die Muskeln in ihrem Brustkorb nicht mehr von allein funktionieren. Einatmen, ausatmen, einatmen, ausatmen, ganz normal gehen, ganz normal stehen, alles so machen wie immer.

Als sie die innere Luke zuschiebt, wirft sie einen Blick auf das Schloss. Das kleine Waagenfüßchen aus Metall liegt in seinem Spalt. Sie kann es nicht sehen, der Spalt ist annähernd doppelt so tief wie das Füßchen, aber Agnes weiß, dass es da ist, dass es dort drin sitzt, seit sie es am Vortag dort hineingeschoben hat. Die Falle kann deshalb auch nicht ganz eingerastet sein, als Mutter heute früh das Frühstück in die Durchreiche gestellt hat. Wenn das Schloss blockiert hätte, hätte Agnes es gehört. Sie war schließlich wach und hat auf die Schritte gelauscht. Sie hat gehört, wie die Kiste hineingestellt wurde, und weiß mit Sicherheit, dass das äußere Schloss gesurrt hat.

Als es im Lautsprecher knackst, bricht ihr der Schweiß aus.

»Guten Morgen, Agnes.«

Womöglich bildet sie es sich nur ein, aber das Geräusch klingt härter als sonst, als wüsste der Lautsprecher an der Decke genau, was sie vorhat.

»Guten Morgen, Mutter.«

Es knackst zwei- statt nur einmal. Alles, was von der üblichen Routine abweicht, muss ein Zeichen sein, dass Mutter ihr auf die Schliche gekommen ist.

»Hat das Frühstück geschmeckt?«

»Sehr gut, ja.«

Kurze Stille. Die Panik braust in jeder Zelle ihres Körpers.

»Ich mag Dickmilch.«

Agnes weiß auch nicht, warum sie das sagt. Sie steht reglos vor der Schleuse und traut sich nicht mehr, das Schloss mit dem Füßchen anzusehen.

»Schön zu hören. Benötigst du heute noch etwas?«

Lass mich hier raus, alte Hexe! Ich muss raus hier!

»Nein danke, ich brauche nichts.«

Neuerliches Knacken. Agnes schließt die Augen und sieht Joanna vor sich, die lange Nägel in Mutters Augen drillt.

»Dann hören wir uns zum Mittagessen wieder. Ich habe heute Nachmittag eine Überraschung für dich.«

Agnes nötigt sich ein Lächeln ab, obwohl ihr Körper von Kopf bis Fuß dagegen Widerstand leistet.

»Okay, bis später.«

Dann ist das Knacken weg.

Agnes kehrt in ihr Zimmer zurück. Sie legt sich rücklings aufs Bett und hat ein komisches Gefühl in der Hüfte; ihre Gelenke protestieren allmählich, wenn sie den Rücken durchstreckt. Sie schließt die Augen und zählt, beginnt bei eins und schafft es bis dreihundertsiebenundvierzig, ehe das Schloss in der Zimmertür einrastet. Sie schlägt die Augen auf, blickt zur Decke und bleibt dort liegen, bis Schritte im Tunnel zu hören sind. Erst dann schließt sie die Augen wieder, spitzt die Ohren und konzentriert sich ganz auf die Geräusche außerhalb der Schleuse.

Die Schritte halten inne.

Die Schleuse klickt – ein Schloss rastet ein. Dreißig Sekunden verstreichen, dann geht das zweite Schloss auf. Es klingt alles wie sonst auch, trotzdem bekommt Agnes auf ihrem Bett kaum noch Luft. Die Angst davor, dass sie scheitern könnte, ist ihr bis in die Kehle gestiegen. Sie kneift Augen und Lippen zusammen, damit die Gefühle nicht aus ihr herausplatzen. Sie muss sich jetzt zusammenreißen, sich beherrschen und an den Gedanken gewöhnen, dass es möglicherweise nicht funktioniert.

Es klappert leise, als Mutter die Frühstückskiste aus der Schleuse nimmt, der Löffel schlittert in der Dickmilchschale hin und her. Es folgen ein paar Sekunden Stille. Agnes könnte nicht sagen, wie lange es dauert, die Sekunden verstreichen unkontrolliert, sie hat vergessen, wie man zählt. Die Luke geht nicht zu – sie bleibt offen stehen, wie immer. Und dann verschwinden die Schritte durch den Tunnel.

Ein paar Minuten später klickt das Schloss in der Zimmertür. Agnes darf sich wieder frei zwischen ihrem Zimmer und dem Aufenthaltsraum bewegen. Sie sieht auf die Uhr, ohne wahrzunehmen, wie viele Minuten vergangen sind, muss ihren Tunnelblick wegatmen, ehe sie sich wieder traut aufzustehen. Wenn sie jetzt ohnmächtig wird, ist alles vorbei.

Erst als ihr Sichtfeld fast wieder normal ist, steht sie auf. Sie zieht die Zimmertür auf und tapst in den Aufenthaltsraum. Ohne zu wissen, warum, zählt sie die Schritte bis zur Schleuse. Es sind sieben, ehe sie vor der Gitterwand steht. Sie geht in die Hocke, sieht, dass die Falle zwar vorgeschnellt ist, aber nicht so weit, dass das Schloss verriegelt hätte. Etwa die Hälfte der Falle ist noch sichtbar. Auf der anderen Seite des Gitters liegt der Tunnel im Dunkeln. Der Lichtschein der Lampe über dem kleinen Esstisch reicht nur ein kleines Stück in den Tunnel hinein.

Ihre Hand zittert heftig, als sie sie ausstreckt. Zaudernd tastet sie über die innere Luke, glaubt erst, dass sie festsäße, doch ein Ruck reicht: Die Luke bewegt sich, die Falle gleitet ein Stück zurück, es knirscht, als sie mehr Kraft hineinlegt.

Agnes dämmert, dass es ein Geräusch machen wird, wenn die Luke zu Boden kracht. Deshalb steht sie auf und holt sich das Geschirrtuch, das am Haken neben der Spüle hängt. Sie rollt es von der langen Seite her auf, setzt sich wieder auf den Boden und mustert die Luke von der Seite. Per Augenmaß versucht sie, abzuschätzen, wo die Luke aufschlagen wird. Komisch, dass sie es nicht weiß, und sie ärgert sich über sich selbst, dass sie nicht schon früher darüber nachgedacht hat.

Sie kneift ein Auge zusammen und visiert die Stelle an, wo das Geschirrtuch liegen sollte. Dann hat sie einen Geistesblitz und muss fast lachen. Sie rennt in ihr Zimmer und holt ihr Kissen. Zurück vor der Schleuse, legt sie es vor die Luke auf den Boden, setzt sich davor und ignoriert ihre schmerzenden Gelenke. Sie schiebt die Finger durchs Gitter, packt fest zu, rutscht ein Stück näher und setzt die Füße neben den grob gezimmerten Holzrahmen. Erst zieht sie zögerlich, und die Luke rührt sich nicht, doch die Falle gleitet eindeutig ein Stück weiter heraus. Ein ums andere Mal späht sie in den Tunnel, um vorbereitet zu sein, falls Mutter gelaufen käme. Davor hat sie am meisten Angst – dass sie erwischt wird, während sie noch drinnen ist, weil sie nicht wüsste, wie sie dann je wieder die Chance hätte, auszubrechen.

Ihre Hände tun weh, das Gitter schneidet in ihre Haut. Sie rutscht noch ein Stück näher, setzt die Füße ein Stück höher an, sodass die Fersen auf Höhe des Schlosses sitzen. Dann zieht sie erneut, sie zieht, so fest sie nur kann, stemmt die Füße in die Wand und lehnt sich zurück.

Mit einem dumpfen Geräusch geht die Luke auf. Agnes kippt hintüber und reißt verwundert den Mund auf. Im nächsten Augenblick fängt sie an, zu lachen und gleichzeitig zu heulen. Es hat funktioniert! Die Luke ist aufgegangen, die Schleuse ist zu beiden Seiten offen!

Eilig kommt sie auf alle viere und versucht hinauszukriechen, doch sie passt nicht hinein, legt sich auf den Bauch, aber auch das funktioniert nicht, und sie wälzt sich auf die Seite. Jetzt geht es – und hektisch schlängelt sie sich durch die Schleuse, drückt die Füße auf den Steinboden, bekommt die Hände hindurch, versucht, das äußere Gitter zu greifen, stemmt dann die Hände in den Boden. Es ist eng und schwierig und geht nur langsam voran. Sie wimmert, ohne dass sie es selbst hören würde, und ahnt, dass ihr wieder der Tunnelblick droht. Sie presst die

Lippen zusammen, versucht, tief in den Bauch zu atmen, wie Mona es ihr empfohlen hat, wenn eine Panikattacke droht. Gott, jetzt nicht ohnmächtig werden!

Als sie endlich begriffen hat, wie sie sich am besten vorwärtsschiebt, geht das letzte Stück besser. Und mit einem Mal steht sie auf der anderen Seite des Gitters. In die Panik mischt sich Euphorie. Sie darf jetzt keine Sekunde mehr verlieren.

Lautlos rennt Agnes auf die gegenüberliegende Wand zu und fährt mit der Hand über den Fels, als sie sich in Richtung Tunnel dreht. Hinter ihr verschwindet das Licht. Sie tastet sich vorwärts, kneift die Augen zusammen, um in der Dunkelheit besser sehen zu können, meint, vor sich eine Tür zu erkennen, und geht ein bisschen schneller. Sie hat solche Angst, dass sie fast fürchtet, von ganz allein tot umzufallen. Längs auf dem Boden aufzuschlagen, um dann nie wieder aufzuwachen. Doch das passiert natürlich nicht. Stattdessen erreicht sie eine angelehnte Tür. Der Spalt ist nicht breit, trotzdem kann sie sich mit eingezogenem Bauch hindurchschieben.

Dahinter ist es kohlrabenschwarz. Sie tastet sich mit beiden Händen vorwärts, und ihr kommt eine Erinnerung an Emma, die sie erst von sich wegschieben will, doch dann dämmert ihr, dass sie ihr nützt. Weil Emma immerzu davon gesprochen hat, unter dem Radar zu fliegen. Den Ball flach zu halten, mucksmäuschenstill zu sein. Und genau das muss Agnes jetzt auch sein.

Das Treppenhaus riecht nach erwärmtem Plastik. Schweigend gehen Idun und Calle hoch in den vierten Stock. Idun hat Mitleid mit Maj, gleichzeitig ist sie stinkwütend auf sie. Sie weiß, es lag an ihrer Krankheit, dass Maj sich nicht um Elvira kümmern konnte – eine psychische Krankheit, an der sowohl die Gene als auch die Umwelt schuld sind. Mika hat mal gesagt, dass Nore das gleiche Gen habe, das erst ein seelisches Ungleichgewicht und dann für alle Beteiligten Leiden verursache. Ihre Mutter hat immer alles gegeben, um seine Unzulänglichkeiten zu vertuschen, die ihm selbst zufolge gar nicht existierten. Es muss ungeheuer anstrengend für Mama gewesen sein: das andauernde Beschönigen. All die Ausrutscher, die sie kleinreden oder erklären musste. Die Fassade zu wahren, wird wichtiger als der Vorfall an sich – ein Satz, den Idun mal in einem Ratgeber gelesen und bei dem sie sich sofort wiedererkannt hat.

Dann stehen sie vor der Tür. Calle drückt auf die Klingel, und auf der anderen Seite schrillt es. Im nächsten Moment sind Schritte und das Rasseln der Sicherheitskette zu hören, dann klickt das Schloss, und die Tür geht auf.

Maj steht auf dem Teppich im Flur. Sie hat eine Jogginghose und ein ausgewaschenes T-Shirt an. Ihr Gesicht ist grau und runzlig, die Wangen schlaff.

»Ich hab mich schon gefragt, wann du auftauchen würdest.«

Sie sieht Idun an. Ihre Stimme klingt nach Teer. Jahrzehnte des Rauchens haben einen chronischen Film über Stimmbänder und Schleimhäute gelegt.

»Hallo, Maj. Ich bin dienstlich hier. Das hier ist mein Kollege Calle Brandt.«

Iduns Tante bedenkt Calle mit einem trägen Blick.

»Was wollt ihr?«

»Dürfen wir ganz kurz reinkommen?«

Maj seufzt und macht einen Schritt zurück. Im Flur befinden sich eine Hutablage und ein Sprossenstuhl, weiter nichts.

Idun und Calle folgen ihr ins Wohnzimmer, das mit Siebzigerjahre-Möbeln vollgestellt ist: Das Sofa ist braun bezogen, der Couchtisch sehr niedrig und abgewetzt. Der Teppich war möglicherweise mal orange, ist aber zu Hellrosa ausgebleicht.

Maj setzt sich auf einen Sessel mit rissigem Lederbezug an der Balkontür. Auf dem Fensterbrett steht ein Aschenbecher. Bedächtig wählt sie eine der Kippen aus, angelt ein Feuerzeug aus ihrem BH und zündet die halb gerauchte Kippe an.

»Wollt ihr über Elvira reden?«

Ihre Stimme klingt breiig. Idun ahnt, dass die Todesnachricht Maj erschüttert hat; sie weiß, dass sie bereits am Samstagabend Besuch von der Polizei hatte. Calle nickt. Auf dem Weg hierher haben sie abgemacht, dass er die Befragung übernehmen soll. So ist es besser, weil Maj gegenüber Idun ganz sicher lang gehegte Vorbehalte hat. In ihrer Familie werden auch Konflikte vererbt, an denen man selbst unbeteiligt ist, ob man nun will oder nicht.

»Unser Beileid zum Tod Ihrer Tochter.«

Wie so oft sitzt Calle leicht vorgebeugt, mit verschränkten Händen und auf die Knie gestützten Ellenbogen da. Maj nimmt einen tiefen Zug und lässt den Rauch durch die Nase entweichen.

»Ich nehme an, dafür muss ich auch noch Danke sagen?«

Sie sieht Calle ausdruckslos an.

»Wir haben gehört, dass Sie am Wochenende von den Kollegen benachrichtigt wurden. Ich kann verstehen, wenn Sie seither nicht in bester Verfassung sind. Ein Kind zu verlieren, gehört mit zum Schwersten, was man erleben kann.«

Maj zieht erneut an der Kippe und hustet heftig. Die Glut hat den Filter bereits erreicht. Sie wischt sich Tränen von den Wangen. Idun könnte nicht sagen, ob es Tränen der Trauer sind oder ob die ohnehin teerschwarze Lunge schmerzt.

»Wann haben Sie zuletzt mit Elvira gesprochen?«

Maj sieht Calle von der Seite an.

»Keine Ahnung, aber das ist sicher schon Jahre her. Sie ist seither durch mehrere Heime gewandert. Aus dem Kind ist nie was geworden.«

Idun ahnt, dass Maj die Pflegefamilien sowie den Bodengården meint. Und ausnahmsweise reißt sich Calle am Riemen und korrigiert sein Gegenüber nicht.

»Dann haben Sie in den letzten Jahren keinerlei Kontakt mehr gehabt?«

»Nein.«

Maj späht zu Idun und will erneut an der Zigarette ziehen, ehe sie feststellt, dass sie erloschen ist. Verärgert stopft sie sie in den Aschenbecher und wühlt darin nach der nächsten Kippe.

Idun sieht sich um. Die Tapete ist nikotingelb, fast braun. Die Fenster sind schmutzig. Keine Gardinen. Ihre

Tante lebt ein erbärmliches Leben, das von Krankheit und Einsamkeit gekennzeichnet ist. Iduns Mutter hat schon früh beschlossen, den Kontakt zu ihrer Schwester abzubrechen, sowohl aufgrund tief greifender Konflikte als auch aufgrund des Umstands, dass Maj nie ins heile Familienbild passte. Mama und Papa haben sich deshalb mitunter gestritten, wenn Papa versuchte, Mama klarzumachen, dass die psychische Erkrankung nicht Majs Schuld war, woraufhin Mama jedes Mal ungehalten reagierte: Selbst psychisch Kranke könnten ja wohl Verantwortung übernehmen? Verbittert schießt Idun durch den Kopf, dass dies für alle anderen, nur nicht für Nore galt.

»Wussten Sie, dass Selbstmordgedanken erblich sind?«

Aus Majs Mund klingt es nach einem beiläufigen Kommentar. Calle nickt.

»Wie kommen Sie darauf?«

Maj zieht an der nächsten Kippe.

»Elviras Vater hat sich umgebracht. Er hat sich zu Hause im Keller erhängt, und Elvira hat ihn gefunden.«

Idun muss sich zusammenreißen, damit man ihr nichts anmerkt. Sie wusste, dass er Selbstmord verübt, aber nicht, dass Elvira ihren Vater tot aufgefunden hatte.

»Wir glauben, dass Elvira ermordet wurde.«

Calle spricht überdeutlich. Er sieht Maj dabei unverwandt an. Langsam hebt sie die Kippe an die Lippen, überlegt es sich anders und lässt die Hand sinken.

»Ermordet?«

Ein Hauch Verblüffung, vielleicht sogar Misstrauen.

»Wissen Sie, ob Elvira Feinde hatte?«

Das Timing ist nicht sonderlich gut. Maj sieht Calle ins Gesicht.

»Ich hab keine Ahnung. Meine Tochter ist wie gesagt

jahrelang von einem Heim zum anderen gezogen. Ich kann Ihnen dazu nichts weiter sagen. Warum sind Sie überhaupt hier?«

Ihr Blick flackert. Auf ihrer Stirn bilden sich Schweißperlchen. Sie nimmt noch ein paar Züge, bis die Glut erneut den Filter erreicht, verbrennt sich die Finger und flucht. Irgendwas hat sich verändert, plötzlich strahlt Maj eine andere Energie aus.

»Alles, was Sie uns erzählen, könnte wichtig sein, auch wenn es sich für Sie wie eine Nebensächlichkeit anfühlt. Wussten Sie, dass Elvira vor drei Jahren aus dem Bodengården verschwunden ist? Dass sie dort abgehauen ist?«

Maj reibt sich die Stirn.

»Ich weiß nicht ... Damals war ich eingewiesen, glaub ich zumindest, ich kann mich nicht erinnern ...«

Sie presst sich die Fingerspitzen auf die Augenbrauen, sodass sich die Lider nach oben verziehen.

»Ich will jetzt nicht mehr reden ...«

Sie legt den Kopf in den Nacken und schlägt sich mit der halb gespreizten Hand zweimal an die Stirn.

»*Maul halten!*«

Idun ist sich nicht sicher, ob Maj Calle und sie meint.

»Maj, möchten Sie vielleicht jemanden anru...«

Calle kann seine Frage nicht mal mehr aussprechen, als Maj von ihrem Sessel aufspringt. Es geht so schnell, dass er und Idun zusammenzucken. Maj fängt an zu brüllen – wortlos, aber laut, ein lang gezogener Schrei, und sie starrt Calle an. Ihr Blick ist wild, als drehte sie vollkommen durch, und immer wieder schlägt sie sich an die Stirn. Als ihr irgendwann die Luft ausgeht, atmet sie einmal tief durch – und brüllt weiter.

Langsam stehen Calle und Idun auf. Maj verstummt augenblicklich. Sie setzt sich wieder, wischt sich den Schweiß von der Stirn und klatscht sich ein paarmal auf die Wangen. Das Klatschen hört sich unbehaglich an.

»Ich will, dass ihr jetzt geht. Tschüss, tschüss, tschüss.«

Sie wackelt von einer Seite zur anderen, starrt einen Punkt hinter Calle an, und Tränen kullern ihr übers Gesicht. Idun zückt ihr Handy, während Calle einen kleinen Schritt auf Maj zu macht.

»Maj, können wir vielleicht jemanden anrufen?«

Maj sieht Calle an. Ihr Blick ist verdattert, als hätte sie soeben erst bemerkt, dass sie nicht allein ist. Es dauert kurz, dann schüttelt sie den Kopf.

»Ich muss schlafen. Ich hab nicht mehr geschlafen, seit Elvira gestorben ist, mein geliebtes Mädchen …«

Sie weint jetzt heftig. Idun hält mit dem Handy in der Hand inne.

»Ich lasse meine Visitenkarte draußen im Flur auf dem Stuhl liegen. Sie können mich jederzeit anrufen, in Ordnung?«

Maj nickt zwar, allerdings glaubt Idun nicht, dass sie wirklich verstanden hat, was Calle sagt.

Sie verlassen die Wohnung. In einer knappen Stunde sollen sie eine Hebamme im Krankenhaus Sunderby treffen und ihr Fragen zu Dannes Ultraschallbild stellen.

Auf dem Weg nach unten ruft Calle Siv an und erzählt ihr kurz, was während ihrer Unterhaltung mit Maj vorgefallen ist. Siv soll den Sozialdienst anrufen. Dort hat Maj eine Vertrauensperson. Wer so brüllt wie sie, läuft Gefahr, seine Wohnung zu verlieren, sofern er nicht schleunigst Hilfe bekommt – auch wenn sowohl Idun als auch Calle ahnen, dass für Majs Wohnung ohnehin das Sozialamt aufkommt; soweit Idun weiß, ist Maj ihr ganzes Erwachsenenleben lang nie arbeiten gegangen. Sie lebt am Rande der Gesellschaft, ist in ihrem seelischen Zustand gefangen, was Idun einerseits leidtut, andererseits verachtet sie sie zutiefst. Ein paar Jahre zuvor hat Idun mit all diesen kaputten Verbindungen gebrochen; sie war nach und nach zu dem Schluss gekommen, dass nicht alle Familienangehörigen auch wirklich Familie sind – auch wenn es natürlich beschämend ist, jemanden von sich wegzustoßen, nur weil die Krankheit ein Hindernis darstellt. Für eine Krankheit kann man nichts, trotzdem ist man für seine Beziehungen selbst verantwortlich.

Insofern war es von vornherein falsch, dass Idun mit zu Maj gefahren ist. Aber jetzt ist es zu spät, um sich noch anders zu entscheiden.

Vorsichtig tastet Agnes sich durch die Dunkelheit. Sie zwingt sich zu tiefen, langsamen Atemzügen, weiß, dass sie Sauerstoff braucht, kann sich nicht mehr genau daran erinnern, was ihr Sportlehrer mal gesagt hat, nur, dass die Atmung entscheidend sei. Die ganze Zeit über lauscht sie auf Geräusche und hat Todesangst, dass Mutter ihr nachstellen könnte.

Agnes versteht partout nicht, warum sie in diese Lage geraten ist. Sie hatte bereits eine Chance, zu fliehen, aus dem Gefängnis zu entkommen, weg von Beata und Knut und den anderen, quer über den Parkplatz und über den Spielplatz, ehe das Wohnhaus jede Menge Eingänge bot, in denen sie sich hätte verstecken können. Jetzt im Nachhinein weiß sie nicht, ob es das Wohnheim war oder der Termin für die Abtreibung, vor dem sie geflüchtet war. Es war alles vernebelt, eine nasse Decke aus purem Stress. Sie schlief im Keller eines der Treppenaufgänge, wachte hungrig auf, und ziemlich bald dämmerte ihr, dass es keinen Sinn hätte, sich weiterhin zu verstecken. Sie beschloss, in die Einrichtung zurückzukehren, besann sich spontan eines Besseren und fuhr zum vereinbarten Termin nach Sunderby – obwohl ihr ganzer Körper ihr zuschrie, dass sie nicht wollte. Das Letzte, woran sie sich noch erinnert, ist der Geruch von Putz- und Desinfektionsmitteln. Vielleicht hat sie den nur im Traum wahrgenommen – vielleicht aber auch nicht. Das Nächste, woran sie sich erinnert, ist, dass sie auf dem Steinboden vor der Schleuse aufgewacht ist und Elvira neben ihr gesessen hat.

Agnes hält beide Hände ausgestreckt vor sich. Sie geht langsam und mit kleinen Schritten, hat Angst, zu stolpern, irgendwo anzustoßen und Geräusche zu machen, die verraten könnten, wo sie sich befindet. Sie spürt, dass auch hier die Wände aus Stein sind. Es riecht feucht und nach etwas, was sie nicht benennen könnte; die Luft fühlt sich schwerer an, als wäre die Lüftung schlechter, je tiefer sie in den Tunnel vordringt. Als wäre die Luft zäher, dickflüssig und feucht. Als wäre irgendwo in der Nähe Wasser.

Ihre Hände treffen auf eine weitere Wand. Diese fühlt sich anders an. Agnes fährt mit den Fingern darüber und spürt, dass sie aus rauem Metall besteht. Sie hat keine Ahnung, wo sie gerade ist, kneift die Augen in der Dunkelheit zu, gibt sich alle Mühe, sich zu beherrschen, doch dann bricht sich ein Schluchzer Bahn. Sie schlägt die Hand vor den Mund. *Scheiße, Agnes, du musst leise sein!*

Sie fährt mit den Händen über die Wand, bis ihr dämmert, dass die Wand eine Tür ist, mit einer Art kreisrunden Klinke. Sie legt beide Hände darauf. Man muss an diesem Handlauf drehen, das hat sie schon in amerikanischen Filmen gesehen.

Doch der Handlauf sitzt bombenfest. Agnes zieht und zerrt daran, setzt beide Hände ein, kneift die Augen zu und legt alle Kraft hinein, bis es in Händen, Armen und bis hoch in den Hals wehtut. Und dann urplötzlich gibt er nach – und Agnes wird hektisch. Die letzten Umdrehungen gehen sogar ganz leicht. Mit einem leisen Knistern gleitet die Tür schließlich auf, und Agnes hält den Atem an. Sie tastet sich mit den Füßen vor, stößt auf eine

Schwelle, hebt den ersten Fuß darüber. Die Angst hat sich wie ein Eisenband um ihre Kehle gelegt. Ein gutes Stück voraus entdeckt sie schwaches Licht, so schwach, dass es kaum zu erkennen ist. Agnes blinzelt – und dann sieht sie ihn. Der Mann steht am anderen Ende des Tunnels. Sie hat schlagartig solche Angst, dass ihr regelrecht übel wird. Sein Körper zeichnet sich vor dem schwachen Licht ab, er hat breite Schultern und eine komische Kopfform, rund mit scharfkantig vorstehenden Ecken auf Ohrenhöhe.

Agnes steht wie gelähmt da. Sie hält die Luft an und presst die Lippen zusammen, um nicht laut zu wimmern. Dann wird sie also hier sterben? Der Anfang ihrer Flucht ist zugleich das Ende gewesen.

Der Mann steht genau wie sie stocksteif da. Sie weiß nicht mal, ob er sich ihr zu- oder von ihr abgewandt hat, kann es unmöglich erkennen. Sie überlegt kurz kehrtzumachen, aber die Frage ist, ob sie die Tür zuziehen oder sie offen stehen lassen soll. Und schafft sie es, den Handlauf wieder zuzudrehen, ehe der Mann sie eingeholt hat? Kann sie ihn aussperren und zurücklaufen, oder gibt es noch einen anderen Ausweg? Warum zur Hölle hat sie auf dem Weg hierher nicht besser aufgepasst? Ihre Gedanken rasen, und verzweifelt versucht sie, eine Lösung zu finden, fühlt, wie sich ihr Sichtfeld an den Rändern erneut zu verengen droht. Der Mann steht ihr im Weg, ihre Flucht ist gescheitert. Aber warum steht er immer noch reglos da?

Sie will gerade umkehren und zurückschleichen, als sie aus ihrem Innern heraus ein Geräusch hört. Der Schlag gegen den Hinterkopf ist hart, tut aber kaum weh. Der Schmerz ist eher wie ein Knipsen, das sich durch Mark und Bein fortpflanzt – doch weh tut es nicht.

Agnes sackt zu Boden. Sie spürt den kalten Stein an den

Schenkeln, dann an Wange und Stirn. Das Letzte, was sie noch sieht, ist die Silhouette des Mannes. Er steht immer noch still am Ende des Tunnels, blockiert das Licht wie ein schwarzer Schatten zwischen Agnes und dem, was sie sich mehr als alles andere herbeisehnt, aber nicht erreichen wird.

Die Freiheit.

Die Hebamme stellt sich ihnen als Lisa Modig vor. Sie ist klein, stämmig und strahlt, als hätte sie gerade erst eine Rubbellos-Million gewonnen. Calle teilt ihr mit, dass sie mit einer gewissen Hannelore Ek verabredet seien, doch Lisa winkt nur fröhlich ab und sagt, sie übernehme den Termin.

»Hannelore wurde zu einem Notkaiserschnitt gerufen, deshalb müssen Sie wohl oder übel mit mir vorliebnehmen.«

Sie trägt orthopädische Latschen, die ein leises Quietschen von sich geben, als sie Idun und Calle in Richtung Besucherraum führt. Auf dem Weg dorthin kommen sie am Wartezimmer vorbei, in dem ausschließlich Frauen sitzen. Die Wände sind hellblau, die Leuchtmittelröhren an der Decke gleißend hell.

Lisa hält ihnen die Tür auf und schiebt sie hinter ihnen ins Schloss. Dann setzt sie sich an einen Schreibtisch, der seitlich zur Wand ausgerichtet ist. Idun und Calle setzen sich auf zwei brettharte Besucherstühle. Idun hat nie ein Kind bekommen, fragt sich aber nichtsdestoweniger, ob das hier ernsthaft die Stühle sind, die einer frischgebackenen Mutter angeboten werden.

»Sie wollten über ein Ultraschallbild reden?«

Lisa lächelt ununterbrochen. Sie schlägt ein Bein über das andere und lehnt sich aufmunternd vor.

»Wir haben einen richterlichen Beschluss, der Sie von der Schweigepflicht entbindet.«

Lisa nickt beifällig.

»Hat die Klinikleitung mir bereits mitgeteilt. Es ging um Elvira Lind, nicht wahr?«

Sie dreht sich zu ihrem Rechner um und loggt sich in die Datenbank ein. Idun diktiert ihr Elviras Personennummer. Lisa konzentriert sich lange auf den Bildschirm, schüttelt dann aber den Kopf.

»Die steht nicht im System ...«

»Dann war sie nicht hier in der Klinik?«

Lisa scrollt ein bisschen weiter.

»Nein, hier ist nichts ... Elvira Lind war nie hier bei uns.«

Calle zückt eine Kopie des Ultraschallbilds und legt es auf den Schreibtisch. Lisa sieht darauf hinab.

»Das ist ein Bild eines Embryos, ja.« Sie bedenkt beide Ermittler mit einem freundlichen Blick. »Und Sie glauben, das wurde hier aufgenommen?«

Calle übernimmt die Antwort.

»Genau das versuchen wir gerade herauszufinden. Wurde das Bild hier aufgenommen?«

Obwohl sie einen Hauch verwirrt aussieht, lächelt Lisa weiter.

»In diesem Raum, meinen Sie? Nein, hier werden keine Ultraschallbilder gemacht. Das machen wir in einem speziellen Raum ...«

Idun späht zu Calle und kann ihm ansehen, dass er Lisa Modig für nicht sehr helle hält.

Im selben Moment muss die Hebamme über ihren Fehler selbst lachen.

»Ich glaube, ich habe Ihre Frage nicht richtig verstanden.«

Ihre Stimme klingt wie Vogelgezwitscher. Calle lächelt schief und schüttelt den Kopf.

»Ich habe mich nicht genau genug ausgedrückt. Was ich eigentlich wissen will: Kann man erkennen, in welchem Krankenhaus es aufgenommen wurde?«

Lisa lacht wieder. Es klingt nach einem sprudelnden Bach.

»Aaaah, haha, was für ein dummes Missverständnis, bitte entschuldigen Sie!«

Calle wartet reglos ab.

»Aber nein, das kann man nicht erkennen. Normalerweise stehen Datum der Aufnahme und Name der Klinik sowie der Name der Patientin in der oberen Ecke – so ist das in sämtlichen schwedischen Gesundheitseinrichtungen. Aber ich sehe schon, dass die Information hier abgeschnitten wurde.«

Sie tippt auf das Bild.

»Wir glauben, dass das Bild aus dem Jahr 2019 stammt. Speichern Sie diese Aufnahmen ab? In der Gesundheitsakte der Mutter beispielsweise?«

»Nein, wir speichern nur andere Daten, Maße und so, aber nicht das Bild selbst.«

»Kann man die Datenbanken von anderen Krankenhäusern einsehen? Um in so einem Fall festzustellen, wo das Bild aufgenommen wurde?«

Lisa lächelt weiter, auch wenn ihre Mundwinkel ganz leicht nach unten wandern.

»Leider nicht.«

»Könnte man der Aufnahme Maße entnehmen und danach suchen?«

»Es tut mir wirklich sehr leid, aber die Maße würden uns nicht weiterhelfen – außerdem kann man von einem

Ausdruck keine Maße abnehmen, das würde uns nichts bringen. Die Maße werden zwar mittels Ultraschall ermittelt, das Bild an sich ist dann aber bloß ein schöner Nebeneffekt für die werdenden Eltern.«

Idun fühlt sich nicht mal enttäuscht. Es wäre auch weit hergeholt gewesen, darin waren Calle und sie sich bereits im Auto einig.

Lisa sieht sich das Bild noch eine Zeit lang an.

»Und Sie sind sicher, dass dies hier in unserer Klinik entstanden ist?«

»Nein, ehrlich gesagt wissen wir es nicht.«

Lisa betrachtet das Bild eingehend. Langsam streicht sie sich mit den Fingerspitzen über die Lippen und schüttelt dann den Kopf.

»Tut mir leid, dass ich nicht mehr beitragen kann. Wenn es noch etwas gibt, womit ich helfen kann, kommen Sie gern wieder vorbei. Es wäre mir ein Vergnügen – ein ungewohntes, aber ja, ein Vergnügen.«

Sie danken Lisa Modig dafür, dass sie sich Zeit für sie genommen hat, und verlassen das Krankenhaus. Auf dem Weg nach draußen kommen sie abermals am Wartezimmer vorbei. Idun späht zu den Schwangeren, die dort auf ihren Untersuchungstermin warten. Sie fragt sich, ob sie alle dieselbe Vorfreude verspüren, auf die auch Mika spekuliert, oder ob eine von ihnen ihre Entscheidung womöglich bereut. Am Schwarzen Brett hängt ein Aushang zum Thema Abtreibung. Auf dieser Station werden Schwangerschaften also sowohl betreut als auch beendet. Die Entscheidung bleibt einzig der werdenden Mutter vorbehalten, solange man sich nur rechtzeitig vor der neunzehnten Woche entscheidet. So lautet das Gesetz – zumindest noch, denkt Idun.

Auf dem Rückweg zur Dienststelle besorgen sie drei Salate. Im Besprechungsraum hat Siv bereits Wasser, Servietten und Pappbecher bereitgestellt. Gemeinsam setzen sie sich mit ihren Laptops an den Besprechungstisch. Idun schiebt sich eine Kirschtomate in den Mund.

»Sunderby hat nichts ergeben. Allein anhand des Bildes kann man die Datenbank nicht durchforsten. Und Elviras Personennummer zufolge war sie dort nie in Behandlung.«

Siv nimmt den letzten Schluck aus ihrem Pappbecher, streckt sich nach der Karaffe aus und befüllt ihn erneut.

»Das Bild könnte also von überallher stammen.«

Calle schmiert sich ein Butterbrot. Siv schenkt Idun Wasser ein.

»Habt ihr schon mal online gesucht?«

Idun schluckt ihr Stück Lachs hinunter.

»Online?«

Siv schiebt ihre Brille hoch auf die Stirn.

»Per Bildersuche.«

Sie streckt sich nach dem Ausdruck des Ultraschallbilds aus, fotografiert es mit dem Handy ab und ruft eine Bildersuch-App auf.

»Da soll Google mal schön für uns arbeiten ... Wollt ihr auch Kaffee?«

Calle sagt Ja, Idun lehnt ab, gähnt aber im nächsten Moment herzhaft. Es ist halb zwei. In zehn Stunden landet Tareqs Flieger in Luleå. Halb verzehrt sich Idun nach ihm, halb hat sie eine Heidenangst.

Siv kommt gerade mit dem Kaffee zurück und setzt sich, als ihr Handy das Suchergebnis vermeldet. Sie beugt sich darüber, starrt aufs Display, setzt sich die Brille auf und sieht abermals hin.

»Was zum …«

Sie hält das Handy so, dass Idun und Calle es sehen können.

»Was ist das?«

Siv nickt.

»Das Bild stammt aus einem amerikanischen Blog und ist 2006 entstanden.«

Sie legt das Handy beiseite, rückt ihren Laptop zurecht und ruft den Blog auf.

»Die Bloggerin heißt Laura White, ist Mutter von acht Kindern, aus Ohio, scheint Lehrerin zu sein. Und Mormonin.«

Calle und Siv ist deutlich anzusehen, dass sie ebenso enttäuscht sind, wie Idun sich fühlt.

»Dann ist das gar nicht Elviras Bild? Irgendwer hat es sich von diesem Blog heruntergeladen, an Danne geschickt und behauptet, es wäre Elviras und sein Baby?«

Siv zieht ihre Strickjacke aus und legt sie auf den Stuhl neben ihr.

»Aber warum? Elvira war schließlich schwanger. Wer druckt ein beliebiges Ultraschallbild aus und schickt es an den werdenden Vater? Zu welchem Zweck?«

»Es könnte Elvira selbst gewesen sein«, überlegt Idun laut. »Oder jemand anders. Der- oder diejenige wusste, dass Elvira schwanger und Danne der Erzeuger war. Aber warum ein Fake-Bild schicken und nicht das echte?«

Calle kratzt sich am Hals.

»Vielleicht weil der- oder diejenige Angst hatte, dass das Originalbild irgendwo abgespeichert werden könnte? Oder die Person hatte keinen Zugriff auf das echte. Abgesehen davon ist das doch sehr komisch …«

Siv schiebt ihren inzwischen leeren Kaffeebecher hin und her; er kratzt leise über die Tischplatte.

»Vielleicht gab es ja gar kein Originalbild?«

Sekundenlang denken sie über Sivs Einwand nach.

»Elviras Geburtsverletzungen waren schwerwiegend und sind schlecht versorgt worden. Gehen wir mal davon aus, dass sie nicht in einem Krankenhaus niedergekommen ist. Trotzdem hat jemand versucht, ihr zu helfen, und dieser Jemand muss anatomische Kenntnisse gehabt haben, denn genäht wurde ja immerhin. Das könnte aus dem Gesundheitswesen quasi jeder gemacht haben – Ärzte ebenso wie eine ganze Reihe von Pflegekräften. Und dann gibt es ja auch noch Tierärzte und vielleicht noch mehr Berufsgruppen, die infrage kämen?«

Das Trio sitzt eine Zeit lang stumm da.

»Vielleicht hat Elvira die komplette Schwangerschaft in ihrem Versteck verlebt? Und da konnte sie eben kein Ultraschallbild verschicken, weil überhaupt keins gemacht wurde.«

Calle pfeift angesichts seiner Schlussfolgerung leise durch die Zähne. Dann streckt er sich nach der Keksdose aus, die Siv aus ihrer Tasche genommen hat.

»Aber warum schickt ihm überhaupt jemand dieses Bild? Und will, dass er weiß, dass er Vater wird? Was soll er denn mit der Information – er konnte sich ja doch nie um das Kind kümmern?«

Idun nimmt Calles Überlegungen auf.

»Könnte es trotz allem Danne gewesen sein, der Elvira gefangen gehalten hat? Die Spurentechniker haben das komplette Anwesen abgesucht, sogar Cecilia und Spürhund Lajka waren vor Ort. Dass sie nichts gefunden haben, kann natürlich bedeuten, dass er sie andernorts eingesperrt hat.«

Bevor einer der anderen die Frage beantworten kann, gibt sie sich die Antwort selbst.

»Natürlich nicht. Weil er immer noch im Bodengården gewohnt hat, als Elvira verschwand. Allerdings könnte er Helfershelfer gehabt haben, die sie gekidnappt haben, ehe er selbst freigelassen wurde. In dem Fall das perfekte Alibi ... Aber ehrlich gesagt glaube ich nicht, dass er an Elviras Verschwinden beteiligt war. Ein Kiffer mit drögem Kopf und kaputtem Background ... Dass er wildert, ist wahrscheinlich das Nächste, was ihn mit einem schwereren Verbrechen in Verbindung bringt.«

Siv sieht Idun vielsagend an.

»Na ja, zwei Polizisten mit dem Elchstutzen zu verfolgen, ist schon ein bisschen schlimmer, finde ich.«

Idun lächelt schief.

»Ich glaube jedenfalls, dass Elvira gefangen gehalten wurde. Außerdem gibt es eine Verbindung zwischen dem Bodengården und der Kirche – und wenn sie nur geografisch ist. Es kann doch kein Zufall sein, dass sie so nah bei der Einrichtung zu Tode kam. Die Frage ist nur, warum sie sich in der Kirche befand. Dort kannte sie niemand oder hätte gewusst, wie und wann sie hoch auf den Turm gekommen wäre. Und ich glaube, dass ihr Kidnapper das Ultraschallbild an Danne geschickt hat, damit er erfährt, dass er Vater wird – auch wenn er am Leben des Kindes nie teilhaben würde.«

Calle nimmt sich einen Karamellkeks aus Sivs Keksdose.

»Aber es muss doch auch ein Motiv geben. Was hat der Kidnapper damit bezweckt?«

Idun fängt seinen Blick auf.

»Mit *damit* meinst du das Bild? Vielleicht wollte er oder sie Danne schaden. Oder ihn auf eine gewisse Weise beeinflussen? Keine Ahnung. Aber wer immer ihm das Bild geschickt hat, wusste, dass Danne und Elvira zusammen waren und er der Vater des Kindes war.«

Calle schluckt den Keks hinunter und nimmt sich den nächsten.

»Aber das wussten mehr oder weniger alle im Bodengården. Auch Elvira könnte es herumerzählt haben – das bringt uns nun wirklich nicht weiter.«

Siv klatscht in die Hände und sieht die beiden aufmunternd an.

»So. Ihr zwei seid die besten Ermittler in Norrbotten. Ich bezweifle keine Sekunde lang, dass ihr dieses Rätsel lösen werdet. Sollen wir diese Woche noch mal zusammen zu Abend essen und dann weiterreden? Ein, zwei Gläser Wein klaren sogar die wirrsten Gedanken auf.«

Calle sagt sofort zu, Idun jedoch schüttelt den Kopf.

»Ich kann nicht. Gern ein andermal. Aber sollten wir heute Abend noch mit dieser Mona reden? Ich bin neugierig, was hinter dieser Dannyboy-Sache steckt, und inzwischen sollte sie doch wohl wieder fit sein.«

Letzteres ist an Calle gerichtet, der nickt.

»Yes. Wir fahren direkt zu ihr, wo immer sie gerade ist. Wenn wir sie erst einbestellen, könnte sie misstrauisch werden, und das will ich vermeiden. Siv, findest du heraus, wo sie derzeit steckt?«

Auf dem Weg zu ihrem Dienstzimmer wirft Idun einen Blick auf die Uhr. Sie fragt sich, ob sie noch einen kurzen Zwischenhalt in der Innenstadt schafft, bevor Tareq in Kallax landet. Sie sollte einkaufen, vielleicht einen vegetarischen Auflauf kochen – den mit Knoblauch und Kräutern, den Mika so gern mag. Wein muss sie keinen besorgen, weil Tareq keinen Alkohol trinkt. Aber was sollen sie stattdessen Gutes zum Abendessen trinken? Vielleicht einen alkoholfreien Wein?

Sie schiebt die Tür zu ihrem Arbeitszimmer hinter sich

zu, macht ihren Gürtel auf, zieht den Hosenbund ein Stück vom Bauch weg und blickt nach unten. Ihr Slip ist okay, vielleicht nicht der schönste, den sie besitzt, aber völlig in Ordnung. Zumindest wenn man schwarze Baumwolle mit hohen Hüften mag. Vielleicht sollte sie sich allmählich eins dieser Sets aus Slip und BH anschaffen?

In der nächsten Sekunde muss sie über sich selbst lachen. Ein Spitzenslip – an Idun Lind! Schönen Dank auch!

Idun presst den Kopf gegen die Nackenstütze und das Kinn auf die Brust, dehnt ihre Nackenmuskulatur, und es zieht bis hoch zu den Ohren. Sie hält den Kopf still, bis der Schmerz abklingt.

»Dann war Mona also gerade in der Kirche, als Siv angerufen hat? Was für ein Zufall.« Calle wirft einen Blick in den Rückspiegel. »Sie hat vorgeschlagen, dass wir uns im Bodengården treffen, aber Siv hat ihr gesagt, wir kommen zur Kirche. Ob das so eine gute Idee war?«

Vor dem Fußgängerüberweg an der Kvarnängen tritt er auf die Bremse. Eine ältere Frau mit Rollator schlurft über die Straße.

»Da sind ja vielleicht noch andere Leute. Wollen wir nicht ungestört mit ihr sprechen? Sie hat uns jedenfalls einiges zu erklären, wenn sie es war, die das Bild geschickt hat. Und kann es wirklich ein Zufall sein, dass sie sich gerade ausgerechnet am selben Ort befindet, wo Elvira zu Tode gestürzt ist? Das klingt fast makaber.«

Die Dame mit dem Rollator hat den Gehweg erreicht. Idun folgt mit dem Blick den Tippelschrittchen.

»Leute gehen nun mal in die Kirche, Calle. Und wir wissen nicht, ob Mona das Bild verschickt hat. Dannes Cannabishirn funktioniert nicht so wie das von anderen. Er könnte der ganzen Welt erzählt haben, dass seine Mutter ihn Dannyboy genannt hat.«

Als die Alte auf dem Gehweg in Sicherheit ist, gibt Calle vorsichtig Gas. Langsam fährt er an der Wiese und an dem leeren Parkplatz vorbei, wo früher das Jugendzentrum stand. Ein paar Hundert Meter weiter zweigt die Zufahrt zur Kirche ab. Calle parkt auf einem der zahlreichen leeren Parkplätze.

Sie haben Glück. Das Gotteshaus ist annähernd menschenleer. Nur vorn am Altar steht eine Pfarrerin und spricht leise mit einem älteren Mann, und in einer der vorderen Kirchenbänke sitzen zwei Frauen mit gesenkten Köpfen und beten. Eine blonde Frau mit runder Brille sitzt ganz hinten. Sie winkt den Ermittlern zögerlich zu.

Idun und Calle gehen auf Mona zu. Sie begrüßen einander, und Idun und Calle setzen sich in die Bank vor Mona. Sie drehen dem Altar den Rücken zu, was zwar unbequem ist, aber so schirmen sie die Besucher weiter vorn im Kirchenraum ab.

Mona sieht die beiden ruhig an.

»Sehr nett von Ihnen, dass wir uns hier treffen konnten, aber es wäre auch kein Problem gewesen, rüber in mein Arbeitszimmer zu gehen.«

Ihr Blick ist warmherzig. Die Haare locken sich, sind fast schon kraus. Hinter den Brillengläsern ist sie dezent geschminkt. Sie trägt eine dünne Hose und Strickjacke, beides in Pastellfarben. Die Bluse unter der Strickjacke schimmert, und auf der Brust sitzt eine Brosche, eine Spinne mit kleinen Steinchen.

»Hier ist es völlig in Ordnung, wir fassen uns auch kurz.«

Was nicht die ganze Wahrheit ist.

»Zuallererst kann ich Ihnen mitteilen, dass wir einen richterlichen Beschluss über die Enthebung von der

Schweigepflicht haben, aber das wissen Sie wahrscheinlich schon, oder?«

Mona nickt.

»Ja. Was möchten Sie hören?«

Ihre Stimme klingt entspannt, doch ihr Blick huscht kurz zum Altar. Idun und Calle wissen, dass es ihrem Berufsethos widerspricht, über Vertraulichkeiten zu sprechen. Die Schweigepflicht und damit das unverbrüchliche Recht jedes Menschen, die eigenen Krankendaten geschützt zu wissen, gehören mit zum Wichtigsten innerhalb des Gesundheitswesens.

»Sie waren hier in der Kirche, als unsere Kollegin Siv Sie vor einer knappen Stunde angerufen hat ...?«

»Ja.«

»Gehen Sie oft in die Kirche?«

»Dreimal in der Woche.«

Idun wartet ein paar Sekunden zu lange, was aber Wirkung erzielt.

»Mir ist schon klar, dass die Kombination seltsam wirken könnte – ausgebildete Psychologin und gläubige Christin. Eine akademische Ausbildung sollte mit dem Glauben an Gott nicht vereinbar sein.«

Idun sieht Mona in die Augen.

»Ich bin mir sicher, das lässt sich wunderbar miteinander vereinbaren.«

Mona lächelt milde.

»Ich habe beides mit der Muttermilch aufgesogen, könnte man sagen. Ich bin in einem christlichen *und* akademischen Elternhaus aufgewachsen: Meine Eltern waren gut ausgebildet *und* Kirchgänger. Als Teenager habe ich lange überlegt, ob ich Dominikanerin werden oder studieren soll. Ich habe mich für Letzteres entschieden.«

»Dominikanerin?«, hakt Calle nach.

»Es gibt ein Kloster außerhalb von Lund. Ich habe darüber nachgedacht, Nonne zu werden, aber die Erwartungen an ein Studium waren dann doch größer.«

»Haben Sie die Entscheidung jemals bereut?«

»Nicht bereut, aber womöglich manchmal betrauert.«

Calle macht eine Kopfbewegung, die mit viel Fantasie als verständnisvolles Nicken durchgehen könnte.

»Aber Sie waren nicht hier, als Elvira vom Turm stürzte?«

Der Übergang ist abrupt, doch Mona scheint damit klarzukommen.

»Ich gehe samstags nicht in die Kirche.«

»Grundsätzlich nie?«

»Wenn ich auf eine Hochzeit oder eine Taufe eingeladen bin, schon, aber sonst nicht.«

»Und Sie haben am Samstag auch nicht gearbeitet?«

»Ich habe einen mehr oder weniger normalen Angestelltenjob. Ich arbeite montags bis freitags zu normalen Bürozeiten.«

Calle rutscht auf der Kirchenbank hin und her. Auch Idun spürt die verdrehte Sitzhaltung. Entspannt sitzt sie nicht.

»Wo waren Sie am Samstag?«

»Ich war zu Hause.«

»Den ganzen Tag über?«

»Ja.«

»Kann das jemand bestätigen?«

»Ich fürchte nicht, nein. Am Sonntag hab ich mich leicht kränklich gefühlt, und in der darauffolgenden Nacht ging es mir wirklich schlecht. Deshalb konnte ich auch nicht zu einer Veranstaltung nach Südschweden fahren – eine Gemeindetagung.«

Ganz bewusst wechselt Idun das Thema, nimmt sich aber vor, Monas gelinde gesagt dürftiges Alibi zumindest hinsichtlich der Tagung zu überprüfen.

»Wir würden uns gern auch über Agnes unterhalten. Was können Sie uns über sie erzählen?«

Mona blinzelt auffällig langsam.

»Agnes ist Agnes ... Sie ist vor zwei Monaten verschwunden, auf dem Weg zu einem Supermarkt in der Innenstadt. Aber ich dachte, das wüssten Sie schon?«

»Wie würden Sie Agnes als Person beschreiben?«

Darüber denkt Mona kurz nach.

»Rastlos ... und zornig auf die Welt. Einsam. Trotzdem hat sie das Herz am rechten Fleck. Nun war sie ja nur zwei Monate bei uns, aber in der kurzen Zeit, die ich mit ihr gearbeitet habe, hatte ich durchaus das Gefühl, dass sie sich im Leben zurechtfinden würde. Ich hatte Hoffnung für sie. Es tut weh, dass sie verschwunden ist.«

»Gibt es irgendwas an ihr, was Sie als außergewöhnlich beschreiben würden? Wenn Sie sie mit anderen Mädchen vergleichen?«

»Na ja, ich weiß nicht ... Sie sind ja alle gewissermaßen verschieden ...«

»Danne Svärd – können Sie sich an den noch erinnern? Er ist vor zweieinhalb Jahren aus dem Bodengården entlassen worden, ein paar Monate nachdem Elvira verschwunden war.«

Mona rückt ihre Brille zurecht. Die Fingernägel sind kurz geschnitten.

»An Danne kann ich mich noch gut erinnern. Was möchten Sie über ihn wissen?«

Die Frauen, die ganz vorn gesessen haben, schlendern an ihnen vorbei und verschwinden durch eine Tür. Idun dreht sich kurz um und sieht, dass die Pfarrerin und der Mann ebenfalls weg sind. Die beiden Ermittler und Mona sind jetzt allein im Altarraum.

»Hatte Danne eine Beziehung mit jemandem aus dem Heim?«

Mona muss gar nicht überlegen, obwohl es schon Jahre her ist.

»Danne war in Elvira verschossen.«

»Verschossen?«

»Sie hatten so was wie eine Beziehung – keine Ahnung, wie tief das wirklich ging. Aber sowohl er selbst als auch Elvira haben in ihren jeweiligen Therapiestunden davon erzählt, Danne sogar in der Gruppentherapie, allerdings auf eher angeberische Art.«

Aus den Augenwinkeln sieht Idun, dass Calle seinen kleinen Notizblock aus der Gesäßtasche zieht. Dann klickt er seinen Kugelschreiber an.

»Womit hat er denn angegeben?«

»Dass er und Elvira Geschlechtsverkehr gehabt hätten.«

Idun nimmt an, dass Danne sich etwas anders ausgedrückt haben dürfte.

»Wie lange waren die beiden zusammen?«

»Das weiß ich nicht.«

»Wann haben Sie von der Beziehung erfahren?«

»Vielleicht ein paar Wochen vor Elviras Verschwinden? Es ist wie gesagt ein Weilchen her, aber ich kann es in ihrer Akte nachschlagen, wenn Sie möchten.«

»Wie haben Sie es erfahren?«

»Im Rahmen der Gruppentherapie. Danne hat angefangen, davon zu erzählen, und die Reaktion der übrigen Jungs war natürlich heftig.«

»Inwiefern?«

»Die Jugendlichen dürfen untereinander keine sexuellen Beziehungen pflegen. Und in unserer Obhut dürfen Jungen und Mädchen keinen Kontakt miteinander haben.«
»Trotzdem haben die beiden sich bei mehreren Gelegenheiten getroffen.«
Idun hört selbst, wie vorwurfsvoll sie klingt, doch Mona nimmt es gelassen.
»Ja, und zu den Umständen dürfte das Heimpersonal mehr sagen können. Ich bin Therapeutin und nicht dafür verantwortlich, dass in der Einrichtung die Regeln befolgt werden.«
»Wie haben die anderen Jungs reagiert, als Danne davon erzählt hat?«
»Mit Gejohle und tausend Fragen. Ich musste sie regelrecht einbremsen, damit sie sich nicht nach jedem noch so kleinen Detail erkundigen konnten.«
»Und wie haben Sie selbst reagiert?«
»Was meinen Sie damit?«
»Was haben Sie dazu gesagt, als Danne davon erzählt hat?«
Mona nickt bedächtig.
»Ich habe die Gruppe gebeten, sich zusammenzureißen, und zu Danne gesagt, dass dies eher ein Thema fürs Einzelgespräch sei, weil ich es unangemessen fand, dass er dasaß und vor den anderen Jungen über Elvira redete. In der Therapie darf man grundsätzlich über alles reden, aber das Mädchen ist gewissermaßen vorgeführt worden, und das wiederum kann zu Kränkungen führen. Deshalb habe ich vorgeschlagen, das Thema unter vier Augen zu besprechen.«
»Was hat er von Ihrem Vorschlag gehalten?«
»Wenn ich mich recht erinnere, war er zunächst amü-

siert und redete noch ein bisschen weiter, hat das Thema dann aber fallen lassen.«

»Und haben Sie später unter vier Augen weiter darüber gesprochen?«

»Kaum. Ein paar Wochen später ist Elvira verschwunden, und da hat Danne dichtgemacht. Er wollte sich nicht mehr über sie unterhalten, und da habe ich ihn natürlich zu nichts gedrängt.«

»Warum nicht?«

Mona behält ihren neutralen Gesichtsausdruck bei. Sofern sie sich kritisiert fühlt, lässt sie es sich zumindest nicht anmerken.

»Mein Job besteht nicht darin, herauszufinden, gegen welche Regeln die Jugendlichen verstoßen haben.«

So viel zum Thema Arbeit und dem eigenen Tellerrand. Idun gesteht Mona durchaus Professionalität zu, aber sie ist eben auch trocken und langweilig.

»Worüber hat Danne stattdessen geredet? In der Einzeltherapie?«

Mona sieht sich um und stellt sicher, dass sie immer noch allein in der Kirche sitzen. Trotzdem senkt sie die Stimme. Idun muss sich vorbeugen, um sie zu verstehen.

»Wir haben über so vieles gesprochen ...«

»Hat er erzählt, dass Elvira schwanger war?«

Mona blinzelt zweimal.

»Dass sie schwanger war? Nein, das hat er nicht erwähnt.«

»Sind Sie sich sicher? Oder müssen Sie vielleicht in der Akte nachsehen? Ich meine, es sind seit diesen Gesprächen ja ein paar Jahre vergangen.«

Mona rückt abermals ihre Brille zurecht. Diesmal zittert ihre Hand leicht.

»Daran würde ich mich erinnern, das kann ich Ihnen versichern. Danne hat die Schwangerschaft mir gegenüber nie erwähnt.«

»Aber Sie wussten, dass Elvira schwanger war?«

»Natürlich. Aber wenn *Danne* es erwähnt hätte, dann würde ich mich daran erinnern.«

»Wie können Sie sich da sicher sein?«

»Eine so umwälzende Nachricht hätte ich in der Therapie bearbeiten müssen.«

»Was wissen Sie über Dannes Mutter?«

Die pastellgekleidete Psychologin muss kurz nachdenken. Idun versteht das, immerhin wechseln ihre Fragen abrupt die Stoßrichtung.

»Über sie weiß ich ein bisschen mehr. Allerdings müsste ich da tatsächlich einen Blick in die Akte werfen, um meine Erinnerung ein wenig aufzufrischen. Aber wollen Sie etwas Bestimmtes wissen?«

»Wie seine Mutter ihn nannte, beispielsweise.«

Mona sieht Idun aufmerksam an.

»Haben Sie Danne schon selbst dazu befragt?«

»Wir fragen gerade Sie.«

Sie nickt bedächtig.

»Daran kann ich mich tatsächlich erinnern. Sie hat ihn Dannyboy genannt.«

»Wie kommt es, dass Sie sich ausgerechnet daran so genau erinnern?«

Mona lächelt traurig.

»Dannes Kindheit war alles andere als schön. Darüber haben wir oft gesprochen – und über seine Mutter.«

»Haben Sie irgendjemandem erzählt, wie ihr Kosename für ihn war?«

»Nein. Was in der Therapie besprochen wird, ist absolut

vertraulich. Ich rede nie mit jemandem über die Dinge, die da zutage kommen.«

Man kann ihr ansehen, dass sie fast verletzt ist. Diese Frau hat ein hohes Berufsethos.

»Haben Sie Danne je einen Brief geschrieben?«

Mona runzelt die Stirn.

»Einen Brief?«

»Ja, einen Brief.«

»Ich habe ihm nie einen Brief geschrieben … Hat er das etwa behauptet?«

»Er sagt, Sie seien die Einzige, die wüsste, wie seine Mutter ihn als Kind genannt hat.«

Mona schiebt das Kinn leicht vor.

»Das stimmt nicht ganz. Das kam auch mal in der Gruppentherapie zur Sprache.«

Kluger Schachzug. In diesem Fall wüssten sämtliche Jungen aus der Einrichtung, wie sein Kosename gelautet hat. Die Frage ist nur – ist das auch wahr?

»Es stand so in diesem Brief.«

»Jetzt komm ich nicht mehr mit … Was stand in diesem Brief? Dannyboy?«

»Genau. Und wie gesagt waren Sie laut Danne die Einzige, die wusste, dass seine Mutter ihn so genannt hat.«

Mona überlegt kurz.

»Und weil Dannes Mutter seit Langem tot ist, nehmen Sie an, dass ich diesen Brief geschrieben haben soll.«

»Ja.«

Mona lächelt scheu.

»Ich habe Danne nie einen Brief geschrieben. Tut mir leid, wenn ich Sie enttäuschen muss oder Ihnen jetzt Mehrarbeit verursache – aber ich bin nicht die Absenderin. Und er hat den Namen in der Gruppentherapie fallen lassen. Aber vielleicht hat er das ja vergessen? Sie wissen, dass Danne bereits Drogen nahm, als er bei uns untergebracht wurde? Das hat mitunter einen Effekt auf die Gedächtnisleistung.«

Calle rutscht erneut auf der Kirchenbank herum, gibt schließlich auf und stellt sich hin.

»Ich muss kurz aufstehen. Mein Rücken.«

Idun lässt Mona nicht aus dem Blick.

»Könnten Sie sich vorstellen, für uns ein paar Zeilen per Hand zu schreiben? Damit unsere Spurentechniker Ihre Handschrift mit besagtem Brief vergleichen können?«

Mona nickt. Eine Locke fällt ihr in die Stirn.

»Natürlich. Ich habe auch handgeschriebene Unterlagen im Büro, die Sie vergleichen können, wenn Sie auf Nummer sicher gehen wollen.«

»Das ist sehr freundlich, aber machen wir es uns einfach.«

Mona nickt in Richtung Fußboden.

»Ich habe einen Block in der Tasche. Was soll ich schreiben?«

Doch Calle reicht ihr seinen Notizblock.

»Schreiben Sie doch bitte da rein. Einfach den ersten Vers der Nationalhymne.«

Mona sieht ihn lange an, tut dann aber wie geheißen. Als sie fertig ist, nimmt Calle den Block wieder entgegen.

»Sind Sie verheiratet?«

Mona sieht wieder zu Idun.

»Verwitwet. Mein Mann ist vor sechs Jahren bei einem Autounfall ums Leben gekommen.«

»Mein Beileid.«

»Danke.«

»Und leben Sie allein?«

»Ja.«

»Haben Sie Kinder?«

»Meine Tochter wohnt in Uppsala und studiert dort Theologie. Aber ich habe gute Freunde, insofern fühle ich mich hier nicht allein.«

»An welchen Tagen gehen Sie in die Kirche?«

»Sonntags, mittwochs und freitags.«

»Und Sie arbeiten Vollzeit?«

»Ja.«

»Fühlen Sie sich wohl im Bodengården?«

»Sehr.«

»Mögen Sie Ihre Kolleginnen und Kollegen?«

Mona überlegt kurz, bestimmt wie sie es formulieren soll.

»Überwiegend schon.«

»Was soll das heißen?«

Die Psychologin kneift hinter den runden Brillengläsern leicht die Augen zusammen.

»Es kommt ein wenig darauf an, worauf Sie hinauswollen.«

»Ihre Chefin beispielsweise, Viveca. Was halten Sie von ihr?«

»Sie ist eine gute Vorgesetzte.«

»Und Beata?«

»Beata ist gut und aufrichtig an den Jugendlichen interessiert.«

»Aber?«

»Aber ... sie ist nicht immer recht sie selbst, wenn ich es so sagen darf. Wer bin ich andererseits, darüber zu urteilen?«

»Aber gerade sind wir an Ihrer Meinung interessiert. Was genau meinen Sie damit – Beata sei nicht sie selbst?«

Mona seufzt leise.

»Beata hat ihre Lieblinge, und das finde ich unprofessionell. Man muss die Jugendlichen alle gleich behandeln, das ist wichtig, damit sie Erwachsenen gegenüber Vertrauen fassen. Dass Beata da Unterschiede macht, ist mitunter zu spüren – nicht oft, aber doch ein bisschen *zu* oft.«

»Wer sind denn ihre Lieblinge?«

»Es ist eine im Speziellen. Emma.«

»Und die anderen kann sie nicht leiden?«

»Nein, nein, so war das nicht gemeint. Aber Emma ist ihr besonderer Liebling, und es ist womöglich auch gar nicht so ernst, wie ich es mitunter wahrnehme. Aber Sie haben gefragt, deshalb erwähne ich es.«

»Wissen Sie, warum Emma ihr spezieller Liebling ist?«

»Keine Ahnung. Ich weiß nur, dass Beata nie eigene Kinder wollte, und das will Emma auch nicht. Vielleicht sind es solche Kleinigkeiten, die den Unterschied ausmachen – dass sie sich irgendwie verbunden fühlen. Beata hat oft von ihrer Kindheit erzählt. Sie waren eine ganze Horde Geschwister, alles in allem neun, wenn ich mich nicht irre, und ich glaube, Beata war die Älteste. So viele Geschwister zu haben, wirkt sich oftmals darauf aus, wie sehr man um die Aufmerksamkeit der Eltern wetteifert – im Guten wie im Schlechten. Emma ist diejenige, die jetzt am längsten bei uns lebt und sich auch am besten angepasst hat. Vielleicht fühlt sie sich Beata auch deshalb näher.«

Idun späht zu Calles Block, sieht, dass sein Gekritzel inzwischen fast die komplette Seite füllt.

»In dieser Hinsicht ist Knut tatsächlich besser.«

»In welcher Hinsicht?«

Mona zuckt mit den Schultern.

»Er ist zumindest ehrlich. Das Ganze ist für ihn nur ein Job, eine Einnahmequelle.«
»Dann hat er keine Lieblinge?«
Mona verzieht das Gesicht.
»Nein, nicht direkt. Er hat ein Auge auf Kajsa, aber ich glaube, weil sie die Jüngste in der Gruppe und ein bisschen außen vor ist. Kajsa hat es nicht leicht, sie wird oft Opfer von Joannas Mobbingattacken.«
»Aber Kajsa ist nicht Knuts Liebling, so wie Emma Beatas Liebling ist?«
»Nein, das nehme ich nicht so wahr. Knut ist … einfach Knut.«
»Und wie ist man als Knut?«
Mona kratzt sich an der Schulter.
»Leicht schroff. Und vielleicht ein bisschen … kurzsichtig, was das Mitdenken angeht. Aber auch hier maße ich mir kein Urteil an.«
»Treffen Sie sich auch in der Freizeit?«
»Beata und ich treffen uns manchmal. Nicht oft, aber manchmal.«
»Ergreifen Sie die Initiative zu diesen Treffen oder Beata?«
»Beata.«
Idun wartet auf eine Fortsetzung, doch als die ausbleibt, steht sie langsam auf und bedankt sich bei Mona, dass die sich Zeit für dieses Gespräch genommen hat. Die Psychologin des Bodengården antwortet freundlich, dass sie sich gern wieder melden dürften, sofern sie noch etwas beitragen könne. Idun und Calle verlassen die Kirche. Mona bleibt dem Altar zugewandt mit entspannt herabhängenden Schultern und weichen Gesichtszügen auf ihrer Kirchenbank sitzen.

Erst als sie ins Auto einsteigen, platzt es aus Calle heraus.

»Scheiße noch mal – wie verkniffen kann ein Mensch bitte sein? Die hatte ja wohl einen Stock im Arsch!«

Er lässt den Motor an, lässt aber den Fuß auf der Bremse liegen und sieht Idun an, bis sie antwortet.

»Ja, wenn sie unsere Täterin ist, dann spielt sie ihre Rolle mit Bravour.«

Calle sieht aus dem Fenster und murmelt etwas Unverständliches vor sich hin.

»Was hast du gesagt?«

Er sieht erneut Idun an.

»Psychologin und gläubige Christin? Eine echt bemerkenswerte Kombination, muss ich schon sagen.«

Das frische Pflaster auf seiner Stirn sieht besser aus als die Kompresse samt Tape, das seine Augenbraue nach oben gezogen hat.

»Ach was, Calle. Klar kann man sowohl gut ausgebildet als auch gläubig sein.«

Calle verzieht das Gesicht.

»Klar kann man. Ich wollte dich auch nur provozieren. Du bist heute so verdammt träge. Sollen wir noch eine Runde laufen gehen?«

Er legt den Gang ein, wirft einen Blick über die Schulter und fährt auf die Straße.

»Das schaffe ich nicht mehr.«

Sie fahren an dem Fußgängerüberweg und an der Ampelanlage vorbei, lassen Boden hinter sich und fahren zügig in Richtung Luleå. Aus den Augenwinkeln sieht Idun, dass Calle immer wieder zu ihr herüberspäht, trotzdem sagt er nichts mehr. Die fünfundzwanzigminütige Fahrt verbringen sie schweigend.

Nach dem Abendessen setzt Knut sich an den Computer. Als er gerade nicht hersieht, zeigt Joanna ihm den Stinkefinger. Emma hat sich auf dem Sofa zusammengekauert. Kajsa setzt sich neben sie und seufzt schwer, als ihr dämmert, dass die Fernbedienung zu weit weg liegt und sie abermals aufstehen muss, um sie zu holen. Sie sieht Joanna an, die inzwischen mit beiden Mittelfingern in Knuts Richtung fuchtelt.

»Wenn der sie erwischt, landet sie in der Iso.«

Emma sieht flüchtig zu Joanna, die jetzt überdies die Zunge herausstreckt.

»Ich find sie ja ehrlich gesagt ziemlich nervig«, murmelt Kajsa.

Emma lehnt den Kopf an die zerschlissene Sofalehne.

»Nervig?«

Sie unterhalten sich so leise, dass Joanna sie nicht hören kann. Im Unterschied zu Kajsa hat Emma keine Angst vor Joanna. Allerdings will sie in keinen Streit geraten. Die Mädchen haben sich für diesen Abend erneut zwei Stunden nach Zapfenstreich in der Waschküche verabredet. Sie machen es wie beim letzten Mal. Außerdem hat Emma eine Idee, wie sie das Gespräch von sich selbst weglenken kann, sodass sich die nächtliche Schwesternschaftsunterhaltung nicht um sie, sondern um Kajsa dreht. Sie hat fast den ganzen Vormittag gebraucht, um darauf zu kommen, aber als sie die Idee endlich hatte, war sie brillant.

»Ich glaube, dass Joanna Knut abgrundtief hasst.«
Emma dreht den Kopf in Kajsas Richtung.
»Was?«
»Warum hasst sie ihn so sehr? Er ist doch eigentlich ganz nett.«
»Willst du Knut jetzt allen Ernstes in Schutz nehmen?«
Emma grinst betont schelmisch, damit klar ist, dass sie Witze macht. Trotzdem läuft Kajsa puterrot an.
»Mach ich doch gar nicht! Aber ich bin Joannas Gemaule so was von leid.«
Die Röte breitet sich bis über den Hals aus. Die Haut über den Schlüsselbeinen bekommt wütende Flecken. Emma seufzt mitleidig.
»Sieh es mal so: Joannas Ansichten haben mit dir und mit uns im Allgemeinen gar nichts zu tun.«
»Wie meinst du das?«
»Joannas Wut – die hat weder mit dir noch mit mir oder Knut zu tun. Die liegt einzig und allein an ihr selbst.«
Kajsa reibt sich fest über den Oberschenkel.
»Dann bin ich es eben leid, dass sie ihre Wut an ihm auslässt. So blöd ist er nämlich wirklich nicht.«
Kajsas Stimme hat einen verletzlichen Unterton. Emma schafft es nicht mehr, zu antworten, weil Joanna sich zu ihnen gesellt. Sie macht einen kleinen Hopser und lässt sich neben Emma aufs Sofa fallen.
»Ihr wisst, was heute Abend passiert?«
Joanna lehnt sich vor und sieht sie abwechselnd an. Emma und Kajsa nicken stumm.
»Gut. Wir gehen direkt runter in den Raum mit den Betten, also, im Pulk natürlich.«
Emma erwidert darauf nichts. Kajsa schiebt die Unterlippe vor.

»Und was, wenn wir erwischt werden? Ich krieg Bauchweh, wenn ich nur daran denke!«

Und natürlich explodiert Joanna.

»Du blöde Heulsuse! Willst du lieber in deinem Zimmer bleiben, oder was?«

Kajsa saugt die Unterlippe ein und schüttelt den Kopf.

»Verdammt noch mal, Kajsa-Schmajsa! Rede lauter, damit wir dich hören können!«

Emma schlingt die Arme um die angezogenen Knie. Joanna ist selbst viel zu laut geworden, und im Glaskasten sitzt Knut, der ihnen zwar immer noch den Rücken zugekehrt hat – trotzdem.

»Nein, ich will dabei sein.«

Kajsa spricht wesentlich leiser, aber Joanna nickt zufrieden.

»Gut. Und habt verdammt noch mal eine gute Erklärung parat für den Fall, dass ihr erwischt werdet. Ich hab nicht vor, euretwegen in der Iso zu landen. Jeder ist seines eigenen verdammten Glückes Schmied.«

Eine Phrase, die Beata gern benutzt – mal abgesehen von dem Schimpfwort. Emma mag den Ausspruch nicht, weil die Realität leider nicht ganz so einfach ist.

Joanna steht auf, geht auf den Glaskasten zu und streckt Knut, als sie hinter ihm vorbeigeht, erneut den Stinkefinger entgegen. Emma und Kajsa sehen ihr hinterher, als sie um die Ecke verschwindet. Ein paar Sekunden lang herrscht Stille, ehe Kajsa ausspricht, was sie denkt.

»Ich hasse sie.«

Emma sieht Kajsa an. Tränen steigen ihr in die Augen und laufen über ihre Wangen.

»Ach, pfeif doch auf sie. Sollen wir uns einen Film angucken?«

Kajsa zieht den Ärmel ihres Hoodies über die Faust und wischt sich damit die Tränen ab. Dann nickt sie langsam.

Emma streckt sich nach der Fernbedienung aus. Kajsas Schweißgeruch steigt ihr in die Nase, und sie rutscht ein Stück weg, allerdings nicht so weit, dass Kajsa es bemerken würde. Dann schaltet sie den Fernseher ein. Auf einem Sender läuft ein Naturkatastrophen-Actionfilm. Kajsa ist wie gebannt von der riesigen Monsterwelle, die die Menschheit auszulöschen droht, während Emma an etwas ganz anderes denkt. Sie hält den Blick unverwandt auf die Mattscheibe gerichtet, ist aber in Gedanken bei Molly. Sie baden gemeinsam im Meer – vielleicht in Thailand, vielleicht auch im Himmel.

Thailand 2017

Zu Beginn der zweiten Ferienwoche fahren Emma, Molly und ihre Eltern für zwei Tage nach Bangkok. Die Hauptstadt ist riesig, und der Lärm und die zighundert Gerüche wollen gar kein Ende mehr nehmen. Der Straßenverkehr, die Geräusche, die Menschen werden von einem anhaltend hohen Puls angetrieben, riesige Shoppingmalls wechseln sich mit kleineren Geschäften und einfachen Straßenständen ab. Es riecht nach Asphalt, Reis und Gewürzen. Die drückende Schwüle, der Staub und der Sand in der Luft erschweren das Atmen.

Sie besuchen einen Markt, auf dem Kleider, Stoffe, Nahrungsmittel und Keramik verkauft werden. Die Mutter sieht sich Teller an, und der Vater probiert T-Shirts, während Molly und Emma mit großen Augen versuchen, alle Eindrücke in sich aufzunehmen. Tausende Sarongs, weite Hosen aus luftigen Stoffen, schlecht verarbeitete Raubkopien von Markenhandtaschen, die im Original ein Vermögen kosten. Als Molly gerade einen Sarong anprobiert, entdeckt Emma zwei frische Narben an ihrem Handgelenk. Es fühlt sich an, als würde tief in ihr drin etwas mit der Wucht einer Lawine verrutschen. Ihr rauscht das Blut in den Ohren, und sie kriegt kaum noch Luft. Sie schubst Molly vor sich her hinter die nächste Ecke, und eine Thailänderin reißt wütend schimpfend – auch wenn die Zwillinge kein Wort verstehen – Molly den Sarong aus den Händen.

»Molly ...«

Emma bekommt kein Wort heraus. Molly sieht sie verdattert an, folgt dann Emmas starrem Blick auf ihr Handgelenk und versteckt eilig die Hände hinter dem Rücken.

»Sag nichts zu Mama und Papa!«, piepst Molly nervös. Emma sieht sie mit gehetztem Blick an.

»Wann hast du das da gemacht?«

Molly schließt die Augen und schüttelt den Kopf. Ihre Unterlippe fängt an zu zittern.

»Gestern. Bitte verrat mich nicht, bitte, bitte!«

Emma kann sich nicht beherrschen.

»Gestern?!«

Die Panik steht Molly ins Gesicht geschrieben.

»Psst! Mama und Papa stehen da bei den Tellern, bitte, Emma, erzähl ihnen nichts!«

Molly sieht sie flehentlich an. Emma spürt, dass sich ihre Wut mit Tränen vermischt, und ihr dämmert, dass sie nur deshalb so zornig ist, weil sie Todesangst hat.

»Ich hatte auf dem Rückweg vom Strand eine Panikattacke. Deshalb hab ich mich in der Dusche mit der Nagelschere geritzt, aber es hat nicht geholfen ... Es hatte keinen Effekt, ich schwöre es dir, deshalb hab ich nach zwei Versuchen aufgehört und mache es auch nie wieder. Emma, ehrlich, das war ein Rückfall, aber der hat nichts zu bedeuten, die Angst war deshalb kein bisschen weniger da. Erst als ich kalt geduscht hatte, wurde es ein bisschen besser.«

Die ganze Zeit sieht Emma ihrer Zwillingsschwester in die Augen und versucht, abzuschätzen, ob sie die Wahrheit sagt.

»Den Tipp hat mir die Psychologin gegeben – kalt zu duschen oder spazieren zu gehen. Alternativen für das Ritzen zu finden, die mir nicht schaden. Die Dusche hat geholfen, die hat wirklich geholfen, Emma – erzähl Mama und Papa nichts davon, sonst ist die Reise im Eimer, und das will ich nicht, ich brauche das hier, bitte, bitte, bitte, Emma!«

Molly bettelt und fleht sie an. Emma legt die Hände auf deren Ellenbogen und drückt sie kurz, damit sie den Mund hält.

»Ich verspreche dir, nichts zu erzählen, wenn du mir versprichst, dass du das nie wieder machst!«

Molly nickt hektisch, späht über Emmas Schulter und setzt ein gekünsteltes Lächeln auf. Als Emma sich umdreht, kommen ihre Eltern gerade auf sie zu.

»Habt ihr was Schönes gefunden, Mädels?«

Molly schüttelt den Kopf.

»Hier gibt's Millionen Sarongs, aber die können wir auch am Hotelstrand kaufen, wenn wir zurück sind. Habt ihr die Teller gekauft?«

Eigentlich ist die Frage an ihre Mutter gerichtet, weil Molly natürlich gesehen hat, dass ihr Vater die Teller im Arm hält. Ihre Mutter nickt begeistert.

»Fünf Stück, so haben wir auch einen für Oma, wenn sie es noch mal schafft, aus dem Heim rauszukommen.«

Sie schlendern weiter über den Markt, an einem Stand nach dem anderen vorbei – überall gibt es Billigprodukte in unterschiedlichster Qualität … und Tiere in Käfigen. Hunde, Meerschweinchen, scharenweise zahme Ratten. Sie klettern übereinander, rutschen mit ihren kleinen Pfötchen an den Gittern hinab, haben weder Wasser noch Futter. Emma bleibt mitten in der Bewegung stehen und will gerade die Hand ausstrecken, um Molly aufzuhalten und um zu verhindern, dass sie es ebenfalls sieht – aber es ist zu spät. Emma dreht sich im selben Moment nach ihr um, als Molly die Hände vor den Mund schlägt. Sie reißt die Augen auf, Emma packt sie am Oberteil und versucht – vergeblich –, sie von dort wegzuziehen. Jetzt haben ihre Eltern die Tiere ebenfalls entdeckt. Ihr Vater springt regelrecht auf Molly zu.

»Guck nicht hin!«

Doch Molly kann gar nicht anders. Sie stößt einen erstickten Laut aus, ihr laufen Tränen übers Gesicht, die Mutter eilt ebenfalls auf sie zu und legt ihr den Arm um die Schultern.

»Sie haben hier eine andere Art, Tiere zu halten, es ist wirklich schlimm. Die Armen – und wir Armen!«

Ihre Eltern nehmen Molly in die Mitte und schieben sie zurück zwischen die Marktstände. Molly weint inzwischen ungehemmt. Emma ist schlecht, ihre Mutter wirkt wütend und fuchtelt zornig mit der Hand in Richtung der Thailänder, die ihr Waren hinhalten und sie zum Einkauf animieren wollen.

Jenseits des Marktes brennt die Sonne auf sie nieder. Autos rasen an ihnen vorbei, viele hupen, auch wenn nirgends ein Grund ersichtlich wäre. Molly weint immer noch, ist verzweifelt, kratzt sich über die Schnittwunden an ihrem Handgelenk. Ihr Vater hat seinen Arm um ihre Schultern gelegt, während er in der anderen Hand die Teller zu balancieren versucht. Emma eilt hinter ihnen her. Sie hält sich die Ohren zu, um das Getöse ringsum nicht hören zu müssen.

Sie kommen zwei Blocks weit, als ihre Mutter stehen bleibt. Sie dreht sich um, nimmt Molly fest in die Arme, schiebt sie dann ein Stück von sich weg und umklammert ihre Oberarme.

»Und jetzt versuchen wir, uns wieder zusammenzureißen. Das hier ist doch der pure Stress. Wir müssen uns wieder beruhigen. Ich schaff das nicht, wenn wir in dieser Hitze so aufgewühlt sind, das geht einfach nicht.«

Sie lässt Molly los, wischt sich den Schweiß von der Stirn und sieht beunruhigt zu ihrem Mann. Der versucht, Ruhe zu bewahren.

»So, und jetzt machen wir uns einen schönen Nachmittag. Oder, mein Lieblingstrio?«

Mollys Tränen versiegen. Stumm und mit zusammengepressten Lippen steht sie neben ihrem Vater und starrt nur mehr den dreckigen Asphalt an. Ihre Mutter streicht ihr mit beiden Händen übers Haar.

»Ich brauche jetzt ein Glas Wein. Nach dem ganzen Elend muss ich meine Nerven beruhigen. Kommt, Mädels, da vorn ist eine Bar.«

Sie geht vorneweg, und der Vater eilt mit Molly an der Hand hinterher. Emma schließt eilig zu ihnen auf und nimmt wortlos Mollys andere Hand. Molly sagt nichts mehr und starrt weiter zu Boden, während sie den Gehweg entlangmarschieren.

Dann stehen sie vor der kleinen Bar. Davor liegt ein Hund mit zotteligem, aber nicht ungepflegtem Fell; träge hebt er den Kopf.

»Was für ein süßer Hund!«

Ihre Mutter sagt es so übertrieben, dass es für Emma so klingt, als müsste sie es sich mühsam einreden.

»Molly, Liebling, du bist doch so eine große Tierfreundin, stell dich doch neben den niedlichen Hund, damit ich ein Foto machen kann. Das wird Oma gefallen, wenn sie das geschenkt bekommt.«

Molly sieht ihre Mutter widerwillig an, tut aber dann wie geheißen. Ist sicher besser so. Emma stellt sich neben ihren Vater und sieht zu, wie die Mutter in ihrer Tasche nach ihrem Handy kramt.

»Bestellt ihr schon mal was? Für mich ein Glas Weißwein – und frisch gepressten Saft für die Mädchen, am besten Mango und Ananas. Und bestellt auch etwas zum Snacken – vielleicht Knoblauchbrot und Oliven? Du magst doch Oliven, oder, Molly?«

Ihre Mutter ist so gestresst, dass ihre Stimme brüchig klingt. Molly sieht zu Emma, und die Zwillinge denken ein und dasselbe – dass ihre Mutter sich schleunigst beruhigen sollte. Emma hat vollstes Verständnis dafür, dass es Molly aufgrund des Anblicks auf dem Markt schlecht geht. Molly erträgt es nun mal nicht, wenn es Tieren nicht gut geht, weder in der Realität noch in den Nachrichten oder in Spielfilmen. Als sie jünger waren, hat ihr Vater immer den Abspann anhalten und laut vorlesen müssen, was da irgendwann stand: *Für diesen Film wurden keine Tiere gequält oder nicht ihrer Art entsprechend behandelt.* Manchmal wachte Emma trotzdem auf, weil Molly nachts weinte, nachdem sie sich einen Film angeguckt hatten. Wenn Emma dann fragte, was los sei, antwortete Molly, dass es der Film sei, den sie gerade gesehen hatten und bei dem keine Tiere zu Schaden gekommen waren – aber wie könne man sich sicher sein, dass das bei anderen Filmen auch der Fall sei?

Ihre Mutter tippt die Handykamera an und gibt Molly mit einem Wink zu verstehen, dass sie sich in Position bringen soll. Vorsichtig geht Molly auf den Hund zu. Der sieht sie mit müdem Blick an und setzt sich langsam auf, als sie sich neben ihn stellt, schnüffelt an ihrem Bein. Molly streckt die Hand aus und lässt ihn an ihren Fingern schnuppern. Die ganze Zeit über ist der Hund vollkommen ruhig und bewegt den Kopf nur langsam, als wäre er schon sehr alt.

»Steh gerade, Molly! Ich mache am besten gleich mehrere Fotos, und dann setzen wir uns in die Bar. So, und jetzt ein kleines Lächeln – für Oma.«

Molly lächelt in die Kamera. Der alte Hund wedelt träge mit dem Schwanz und leckt Molly über die Hand. Die dunkelrosa Zunge erwischt auch die roten Striemen am Handgelenk. Emma ist müde, würde am liebsten ins Hotel zurückkehren, kann aber nicht umhin, von der Szene fast schon gerührt zu sein. Es ist, als wollte der Hund Molly trösten, als hätte er ihre Trauer gespürt und wollte ihr alles Traurige abschlecken.

Als ihre Mutter fertig ist, tätschelt Molly dem Hund den Kopf, und sie betreten die Bar. Der Vater hat einen Tisch ausgewählt und sitzt dort bereits vor zwei beschlagenen Weißweingläsern und zwei Säften. Die Mutter redet auf Molly ein, sie solle sich an den Oliven bedienen, Emma nimmt sich ein Stück Knoblauchbrot, und ihr Vater nippt an seinem Wein. Sie sind in Bangkok – und endlich wirkt Molly ein klein wenig fröhlicher. Morgen fahren sie wieder zurück ins Resort mit dem großen Pool und nur ein paar Metern Entfernung zum Strand. Als Molly spontan sogar zum Knoblauchbrot greift, muss Emma schier wegsehen und an etwas anderes denken. Es fühlt sich an, als würde endlich alles gut werden, als wäre Molly auf dem Weg zurück ins Leben. Emma ist unendlich dankbar, weil Molly Hilfe bekommen hat, weil die Psychologin gut zu sein scheint und die Schwestern – zwar zögerlich, aber immerhin – angefangen haben, über ihre Mutter und das Problem zu sprechen, das sie für sie darstellt. In fünf Jahren werden sie volljährig, da können sie von zu Hause ausziehen, in eine eigene Wohnung, in einer anderen Stadt, wenn sie wollen. Emma hat vor, Molly zum Einzug einen Hund zu kaufen, oder zumindest eine Katze. Gemeinsam werden sie alles schaffen, einfach alles.

Idun hat gerade Kerzen auf dem Wohnzimmertisch angezündet, als ihr Handy klingelt. Auf dem Weg in den Flur stellt sie die Musik leiser und wirft einen flüchtigen Blick in den Spiegel. Sie hat abgenommen. Mika wird mindestens achtzehn dumme Sprüche machen und ihr vorhalten, dass sie besser essen müsse. Die Essstörung, die sie als Teenager entwickelt hat, scheint für ihre Schwester wie eine juckende Narbe zu sein, obwohl Idun seit vielen Jahren als geheilt gilt. Sie nimmt an, dass gewisse Gewitterwolken einfach nie komplett vorüberziehen. Zumindest nicht an Mikas Himmel.

Sie kramt in ihrer Tasche, findet das Handy, und es ist ihr privates, das klingelt. Unbekannte Nummer. Weil Tareq jeden Moment mit dem Taxi vorfährt, denkt sie kurz darüber nach, nicht ranzugehen, tut es dann aber doch.

»Idun Lind?«

Es bleibt still im Hörer.

»Hallo?«

Weiter Stille. Idun will den Anruf gerade wegdrücken, als es in der Leitung raschelt.

»Idun?«

Sie richtet sich gerade auf.

»Maj?«

Abermals Rascheln.

»Störe ich gerade?«

Idun presst sich die Finger an den Kiefer.

»Ich kriege jeden Moment Besuch. Du hast auf meiner privaten Nummer angerufen.«

Maj schmatzt leise.

»Ja, gut, ich weiß ... Ich fasse mich auch kurz.«

»Okay ...?«

Die Stille klingt scharf in beider Ohren. Idun will am liebsten nur noch auflegen.

»Hat Ann von mir gesprochen?«

Also bitte. Will Maj jetzt wirklich über Iduns Mutter reden?

»Es tut mir leid, Maj, aber ich habe jetzt keine Zeit, zu reden. Könntest du morgen noch mal anrufen? Während der Arbeitszeit und auf der Handynummer, die Calle dir gegeben hat – die auf der Visitenkarte in deinem Flur?«

»Aber das war nicht deine Nummer.«

Sobald Tareq klingelt, will Idun auflegen.

»Sag, was du auf dem Herzen hast, aber ich hab's wie gesagt ein bisschen eilig.«

Sie hört, wie Maj lange einatmet.

»War Elvira wirklich schwanger?«

»Ja.«

Majs Atemzüge sind unüberhörbar. Idun nimmt an, dass sie irgendwas eingenommen hat.

»Hat sie das Kind bekommen?«

»Es scheint so, ja.«

Maj hustet. Es rasselt in der Lunge.

»Und wo ist das Kind jetzt?«

Idun sieht durchs Flurfenster nach draußen. Ein Auto fährt unten vorbei, und ihr Herz reagiert komisch, als sie sieht, dass es kein Taxi war.

»Idun? Wo ist Elviras Kind?«

»Das wissen wir nicht.«

Maj schnieft demonstrativ.

»Aber ihr müsst das doch wissen! Idun, bitte, wir reden hier von meinem Enkelkind!«

Die Wut lodert in ihren Schläfen. Maj hat sich selbst kaum je um Elvira gekümmert. Wie kommt sie darauf, dass sie ein Anrecht auf ihr Enkelkind hätte? Das Jugendamt würde ihr niemals den Umgang erlauben. Oder vielleicht doch?

»Wir tun, was wir können. Sowohl, was die Ermittlungen zu Elviras Tod angeht, als auch bei der Suche nach dem Kind.«

»Ich glaub dir kein Wort.«

Der Vorwurf hat durchaus seine Berechtigung. Wie sucht man nach einem Kind, von dem man nicht einmal weiß, ob es lebt?

»Ich habe jetzt keine Zeit mehr, zu reden. Ruf morgen an, wenn du noch Fragen hast, auf der Nummer, die Calle dir dagelassen hat.«

Jetzt weint Maj, und zwar lauthals.

»Idun! Ich hab deine Mutter geliebt, dich und Mika und Nore – und Elvira natürlich auch –, aber keiner von euch wollte was mit mir zu tun haben, keiner hat sich um mich geschert!«

Letzteres kreischt sie fast. Idun macht sich aufs Schlimmste gefasst. Ihr tut Maj leid, gleichzeitig macht sie sie unendlich wütend.

»Der Konflikt zwischen dir und Mama hat mit mir nichts zu tun, und ich habe nicht vor, ihn mir zu eigen zu machen. Und auch deine Rolle als Mutter geht mich nichts an. Ich verstehe, dass es dir schlecht geht, Maj, aber du musst dich an jemand anders wenden.«

Dann drückt sie den Anruf weg. Verdammt noch mal, irgendwer muss diesem Irrsinn doch ein Ende setzen. Selbst Nore muss sein Päckchen allein tragen. Idun hat seit Jahren nicht mehr an ihn gedacht – aber natürlich hat Mika ihn Anfang der Woche wieder zur Sprache bringen müssen. Idun selbst will nicht über die Probleme in ihrer Familie sprechen, sie ist daran einfach nicht mehr interessiert und will sie auch weiterhin weit von sich weghalten.

Sie spürt, wie ihr die Tränen kommen, stellt das Handy ab und wirft es in ihre Tasche. Tareq hat die Adresse, und wenn er sie erreichen muss, kann er ja auf ihrem Diensthandy anrufen, das Idun so gut wie nie ausschaltet.

Sie wischt sich die Wangen mit dem Handrücken trocken, schafft gerade einmal zwei tiefe Atemzüge, als es an der Tür klingelt. Erschrocken zuckt sie zusammen, presst sich die Fingerknöchel an die Wangenknochen und wischt sich mit den Zeigefingern über den unteren Wimpernkranz. Sie geht zur Tür, hält den Atem an, ohne dass sie es bemerkt, dreht den Schlüssel im Schloss herum und drückt die Klinke nach unten.

Und dann steht er vor ihr. Der gelbe Schein der Wandleuchte im Treppenhaus taucht seine Haut in einen warmen Schimmer. Der Bart ist dunkel, die Schultern sind breit, der Blick tief wie ein Brunnen. Seine Haut hat einen dunklen Teint, obwohl er nicht gern in die Sonne geht. Er ist nach wie vor verheiratet, die Scheidung ist immer noch nicht rechtskräftig. Er und seine Ehefrau Isa sind gute Freunde, geliebt hat er sie jedoch nie.

»Hej.«

Seine Stimme weht zu ihr rüber.

»Hej.«

Sie hört, dass ihre Stimme zittert. Tareq lächelt und will gerade etwas sagen, als sie ihm zuvorkommt.

»Ich hab gestern zwei Vögel gesehen.«
Zwischen seinen Augenbrauen bildet sich eine kleine Furche.
»Okay ...?«
»Diese Sache – dass Vögel teils ihr Leben lang zusammenbleiben und einer vor Trauer eingeht, wenn der andere stirbt ... Wusstest du, dass das bloß ein Mythos ist?«
Er sieht sie an.
»Nein, wusste ich nicht.«
Idun lächelt schief. Bedächtig neigt Tareq den Kopf seitlich.
»Hast du geweint?«
Die Frage führt augenblicklich dazu, dass alle Dämme brechen. Zu ihrer eigenen Verwunderung spürt Idun, wie ihr Gesicht sich verzieht, und im nächsten Moment strömen erneut die Tränen.
Mit zwei Schritten ist er bei ihr. Er lässt seine Tasche auf den Boden fallen, nimmt sie in die Arme und zieht sie an sich. Idun presst ihr Gesicht an seinen Hals, spürt seine warme Haut an ihrem Mund, den Bart, der ihr über die Stirn kratzt. Und dann weint sie, wie sie es nicht mehr getan hat seit jenem Nachmittag, als ihre Mutter den Kampf gegen den Krebs verloren hat.

Emma hat Schwierigkeiten, sich zu entspannen. Sie liegt im Bett, weil sie muss, ist aber kein bisschen müde. Die Uhr hinter dem Gitter über der Zimmertür tickt unendlich langsam. Sie folgt dem Sekundenzeiger mit dem Blick und spürt seine Bewegung bis in ihren Körper. Es juckt sie in den Beinen, und so kennt sie sich gar nicht, normalerweise kann Emma in aller Seelenruhe abwarten, ist nie zu spät dran, hat es aber auch nie eilig. Sie tut, was von ihr erwartet wird, ist pünktlich vor Ort, wenn sie irgendwo sein soll. Es ist, als bestünde ihr Leben aus einem Raster aus Terminen und Routinen, in dem ein Ereignis die Voraussetzung für das nächste ist. Mona lobt Emma gern genau dafür – dass sie die Regeln der Einrichtung und die der Schule befolgt, weil hier alle ihre festen Zeiten benötigen und weil Emma sich so brav darauf einstellen kann.

Brav.

Dieses Wort ist das Schlimmste, was sie sich vorstellen kann. Weil es impliziert, dass jemand die Fassade wahrt und alles dafür gibt – eine Eigenschaft, von der Emma weiß, dass sie einen das Leben kosten kann. Trotzdem lebt sie ihr Leben exakt so, weil ihr Aufenthalt im Bodengården auf diese Weise weit einfacher ist.

Ein Geräusch von draußen vor ihrer Zimmertür lässt sie aufhorchen. Sie lauscht in die Dunkelheit, doch draußen ist es wieder still. Sekunden später sind leise, aber aufgeregte Stimmen zu hören. Es sind zwei – eine helle, die nach Kajsa klingt, und eine Männerstimme.

Emma setzt sich auf und schiebt eilig die Decke zur Seite. Sie hat Jeans und ihr Schlafanzugoberteil an, Letzteres für den Fall, dass Beata noch mal kommt, um ihr etwas mitzuteilen. Nicht dass sie normalerweise so spät vorbeischaut, aber man kann schließlich nie wissen.

Noch zwanzig Minuten, bis sie in der Waschküche verabredet sind. Emma schleicht auf die Zimmertür zu, legt das Ohr ans Türblatt und lauscht. Das einzige Geräusch ist das Rauschen der Lüftung. Sie sieht erneut auf die Uhr. Noch neunzehn Minuten. Wer war das, der da draußen gesprochen hat? Sie geht in die Hocke, die Tür ist in der Mitte dünner. Dann lehnt sie den Kopf erneut an und schließt die Augen. Bunte Flecken flirren auf der Innenseite ihrer Lider, und wenn sie die Augen zusammenkneift, wird das Bunt stärker. Molly hat mal gesagt, dass die Farben Teil des Regenbogens seien und Engel sie schickten, die über die Zwillinge wachten. »Das sind unsere Schutzengel«, erklärte sie, »die darauf aufpassen, dass es uns gut geht.« So unfassbar naiv. Im Frühling hat Emma gelernt, dass diese Farben, die man durch die geschlossenen Lider sieht, in Wahrheit dadurch entstehen, dass die Rezeptoren in den Augen spontan reagieren und einem vorgaukeln, dass man Farben und Lichter sähe. Emma weiß noch, wie enttäuscht sie war. Nicht weil sie an Mollys Engeltheorie geglaubt hätte, sondern weil jemand Molly widersprochen hat, ohne dass sie sich hätte wehren können.

Wieder ist draußen etwas zu hören. Emma reißt die Augen auf. Das ist Knuts Stimme!

Sie macht zwei schnelle Schritte aufs Bett zu, bleibt dann aber stehen. Von hier bräuchte sie nur eine Sekunde, um ins Bett zu springen, die Decke liegt genau richtig, sie müsste sie nur über ihre Beine ziehen. Emma ist Profi darin, sich schlafend zu stellen, niemand würde merken, dass sie noch wach ist.

Die Stimmen sind jetzt klarer zu hören. Die von Knut und die von jemand anderem. Beide Personen stehen ein Stück entfernt, nicht direkt vor Emmas Zimmertür, aber doch in der Nähe. Sie macht kehrt, geht erneut vorsichtig auf die Tür zu und konzentriert sich voll und ganz auf ihr Gehör. Knut spricht mit jemandem, entweder mit Joanna oder Kajsa, es klingt jedenfalls nicht nach Beata. Oder könnte das Mona sein?

Aufgeregtes Flüstern. Die Neugier nimmt überhand, und vorsichtig legt Emma die Hand an die Klinke. Es läuft ihr eiskalt den Rücken hinunter, als sie die Klinke nach unten drückt – quälend langsam, damit niemand sie hört. Das lautlose Klicken ist eher zu spüren denn zu hören, als die Klinke den Anschlag erreicht und die Tür ein paar Zentimeter weit aufgleitet. Emma ist so nervös, dass ihr der Puls bis hoch in die Schläfen schlägt. Sie hört ihren Herzschlag wie eine Trommel und spürt, wie ihre Handflächen schweißnass werden.

Sie kneift ein Auge zu und späht mit dem zweiten durch den schmalen Spalt. Draußen ist niemand. Sie lässt die Tür ein paar Zentimeter weiter aufgleiten und beugt sich leicht zur Seite. Jetzt kann sie Knuts Rücken erahnen. Er steht vor Kajsas Zimmer, deren Tür steht auf, und zwischen Knut und dem Türrahmen entdeckt sie Kajsas Hoodie. Außerdem hört sie, dass Kajsa weint. Was Knut sagt, kann sie nicht verstehen. Wo ist Beata? Warum steht Knut um diese Uhrzeit vor Kajsas Tür? Männliches Personal darf die Mädchenzimmer nicht betreten, die Regel gilt für sämtliche geschlossenen Jugendhilfeeinrichtungen in ganz Schweden, auch wenn sie nicht immer befolgt wird. Doch Kajsa hat sexuelle Gewalt erlebt. Hunderte Male. Als sie davon in der Gruppentherapie erzählt hat, hat Emma erstmals ernsthaft überlegt, darum zu bitten, nicht mehr an den Gruppensitzungen teilnehmen zu müssen. Doch dann riss sie sich zusammen, dachte an etwas anderes als an Kajsas Erzählung, weil die beste Art, sich mit etwas nicht beschäftigen zu müssen, nun mal ist, es gar nicht erst an sich heranzulassen.

Kajsa schnieft. Knut sagt etwas, es klingt nach halb unterdrücktem Gebrummel, und Emma kann kein Wort verstehen. Sie denkt fieberhaft nach. Dann wirft sie einen Blick auf die Uhr über der Tür. Nur noch fünfzehn Minuten bis zu ihrer Verabredung in der Waschküche. Knut muss verschwinden, zurück in seinen Glaskasten, damit sie rechtzeitig dorthin kommen.

Erst in diesem Moment fällt Emma auf, dass Kajsa normale Kleidung trägt. Sie hat sich keinen Schlafanzug angezogen, trotzdem steht sie vor Knut. Allein wie sie aussieht, verrät doch, dass sie sich nie ins Bett gelegt hat. Da kapiert Knut doch, dass etwas im Busch ist!

Emma dreht das Ohr zum Türspalt, um zu verstehen, was die beiden sagen. Sie nimmt an, dass Knut Kajsa ausfragt, dass er wissen will, warum sie angezogen ist, wo sie hinwill und was sie vorhat, wann genau und mit wem. Jetzt sind sie geliefert. Die Schwesternschaft ist Geschichte, noch ehe sie richtig angefangen hat. Verdammt, Joanna wird ausrasten.

Was als Nächstes passiert, dauert bloß ein paar Sekunden, trotzdem ätzt sich der Ablauf glasklar und messerscharf in Emmas Netzhaut.

Knut legt die Arme um Kajsa, obwohl er das absolut nicht darf. Kajsa weint, steht stocksteif da und lässt die Arme an den Seiten herabhängen. Emmas Magen krampft sich zusammen, sie weiß nicht, wie sie reagieren soll. Knut sieht sich um – und eilig zieht Emma den Kopf ein. Sie atmet tief in den Bauch, wartet noch ein paar Sekunden und setzt dann alles auf eine Karte. Langsam beugt sie sich wieder vor.

Sie kann es gerade noch sehen – Kajsas zu Tode verängstigen Blick, der zwischen Knut und dem Fußboden hin- und herflackert, das Make-up, das ihr über die Wangen läuft. Knuts steroidbreiter Rücken, der in Kajsas Zimmer verschwindet, während sie heulend vor ihm zurückweicht. Und Emma sieht den Schlüsselbund in Knuts Hand.

Dann geht die Tür hinter den beiden zu. Er und Kajsa sind jetzt unter sich, in Kajsas Zimmer.

Als das Schloss in Kajsas Zimmertür klickt, schlägt die Angst über Emma zusammen. Soll sie Alarm schlagen, Hilfe rufen? Damit müsste sie aber erklären, warum sie selbst wach war. Wo ist Beata? Was passiert, wenn Viveca von alledem hier erfährt? Was macht Knut gerade mit Kajsa? Die Polizei, diese Idun – vielleicht sollte Emma sie anrufen? Nur wie?

Sie fängt heftig an zu zittern. Sie will sich gar nicht ausmalen, was gerade hinter Kajsas geschlossener Tür vor sich geht, ihre Fantasie würde sonst mit ihr durchgehen. Als sie erneut auf die Uhr sieht, sind es noch elf Minuten, bis die Schwesternschaft sich in der Waschküche trifft.

Das Erste, was Agnes wahrnimmt, ist der salzige Geschmack im Mund. Erst als sich die Bewusstlosigkeit noch ein bisschen mehr verzieht, stellt sie fest, dass ihr Mund komplett ausgedörrt ist. Die Zunge klebt am Gaumen. Vorsichtig macht sie den Mund auf, die Zunge löst sich und plumpst regelrecht auf die untere Zahnreihe. Mit geschlossenen Augen liegt sie rücklings auf hartem Untergrund. Ihre Füße sind eiskalt, die Beine ebenso. Ihr Kopf tut weh wie nie zuvor im Leben, als hätte sie einen aufgesprengten Krater im Gehirn. Sie kann ein schwaches Geräusch hören, das gegenläufig zu den Lichtpunkten auf ihrer Netzhaut anzuschwellen scheint, eine Choreografie, in der nichts zusammenpasst.

Stöhnend wälzt sie sich zur Seite. Ihr Schulterblatt tut weh, allerdings nicht annähernd so sehr wie der Kopf. Übelkeit steigt in ihr auf wie eine Farbe, wie eine dunkelrote Flut, die langsam, zäh und träge durch ihren Brustkorb schwappt.

Dann taucht sie wieder in die Bewusstlosigkeit ab. Sie dämmert weg, weiß nicht, für wie lange, wacht wieder auf und hat keine Ahnung, wie viel Zeit inzwischen vergangen ist. In ihrem Kopf rauscht es noch immer, jetzt aber anders, wie eine Aspirintablette, die schäumt und hinter der Stirn Kohlensäure freisetzt. Geräusche kommen verzögert bei ihr an, die Übelkeit ist so schlimm wie zuvor, der Kopfschmerz hat sich weiter über den Nacken fortgesetzt. Er liegt wie ein festes Elastikband um ihre Schultern. Agnes ist es egal – und wenn der Schmerz sich über ihren ganzen Körper ausbreitet. Dann spürt sie den Druck auf dem Schädel vielleicht nicht gar so schlimm.

Sie versucht, sich zurück auf den Rücken zu wälzen, aber es funktioniert nicht. Der Schmerz ist wie eine Pistolenkugel, eine Fleischwunde unter den Haarwurzeln. Sie bleibt auf der Seite liegen, spürt, dass ihre Schulter einzuschlafen und in ein Wespensurren abzutauchen droht, das von den Muskeln herrührt, die nicht mehr genügend Sauerstoff bekommen.

Es vergeht abermals Zeit. Vielleicht Minuten, vielleicht Stunden, es ist Agnes egal, sie schließt die Augen und spürt, wie ihre Gedanken quälend langsam aufklaren. Der Mann im Tunnel, der starr wie eine Statue dastand und mit dessen Kopf etwas komisch war … Hatte der sie entdeckt? Hat er sie niedergeschlagen?

Langsam schlägt sie die Augen auf. Obwohl sie sich schlimm fühlt, kann sie sofort etwas sehen. In ihrem Bauch krampft sich alles zusammen, die Angst ist körperlich spürbar. Agnes liegt auf dem Steinboden im Aufenthaltsraum. Sie ist zurück in ihrem Gefängnis, liegt mit dem Gesicht zur Gitterwand da, dahinter erstreckt sich der dunkle Tunnel. Direkt vor ihr auf Augenhöhe befindet sich die Schleuse. Die äußere Luke ist offen, die innere geschlossen. Ohne hinzusehen, weiß sie, dass sie verriegelt ist. Verriegelt und verrammelt – und das Füßchen der Waage ist unter Garantie verschwunden.

Agnes fängt an zu weinen. Diesmal laufen Tränen der Trauer über ihr Gesicht, und sie ist verzweifelt wie schon lange nicht mehr. Sie füllt ihre Lunge mit Luft, ignoriert den Kopfschmerz, der sie lautstark zu warnen versucht, ballt die Hände zu Fäusten und presst die Fingerknöchel auf den Steinboden. Dann brüllt sie aus tiefster Seele. Füllt den ganzen Raum mit ihrer Angst, lässt alle Luft aus ihrem Brustkorb entweichen.

Die Schlacht ist verloren, die Freiheit in unerreichbare Ferne gerückt. Womöglich wird Agnes nie wieder frei sein.

Emma wartet exakt elf Minuten, ehe sie ihr Zimmer verlässt. Lautlos schließt sie die Tür hinter sich, schleicht über den Flur und behält die ganze Zeit Kajsas Tür im Blick. Knut ist immer noch dort drin, und Emma ahnt, dass sie Hilfe rufen oder hier und jetzt eine Szene machen sollte, und zwar so lauthals, dass das Nachtpersonal von den Jungs rüberkommen würde. Sie hat schon von männlichen Angestellten gehört, die in staatlichen Einrichtungen untergebrachte Mädchen vergewaltigt haben, die mit Geld oder Drogen für Sex bezahlen und im Großen und Ganzen nie für ihre Taten zur Rechenschaft gezogen werden. Emma weiß, dass Kajsa keine Drogen nimmt, daher nimmt sie an, dass Knut ihr Geld gibt. Oder ihr irgendwie droht.

Als sie die Waschküche erreicht, ist Joanna schon da. Sie hat den Trockenschrank beiseite geschoben und die unteren Schrauben herausgedreht. Sie sieht Emma vergnügt an und scheint gar nicht zu bemerken, wie beunruhigt die ist.

»Du bist pünktlich, super.«

Emma hat die Ärmel hochgeschoben und kratzt über die Narben. Sie hat die verbrannten Hautstellen eingecremt, trotzdem jucken sie fürchterlich. Joanna runzelt die Stirn. Emma zeigt ihre Unterarme sonst niemals her.

»Was ist los?«

»Kajsa kommt nicht.«

Joannas Gesichtsausdruck wechselt im Bruchteil einer Sekunde von überrascht zu sauer.

»Was? Verdammt!«

»Halt jetzt den Mund, Joanna. Das hier ist wichtig!«

Joanna ist die Verblüffung deutlich anzusehen.

»Los, rein da, dann erzähl ich es dir.«

Vielleicht liegt es am Überraschungsmoment, vielleicht an Emmas schneidendem Tonfall, aber ohne zu protestieren, tut Joanna wie geheißen. Sie bückt sich, zieht das Blech hoch, Emma kriecht zuerst hindurch, streckt die Hand aus und hilft Joanna herein.

Als sie die Luke loslässt, ist die Dunkelheit allumfassend. Sie stehen nebeneinander und atmen die feuchtklamme Luft ein, während Joanna sich die Taschen nach ihrer Taschenlampe abklopft. Sie schaltet sie an, und der gelbe Lichtkegel wandert über den Gitterboden und die kahlen Felswände.

Still steigen sie die Treppe hinunter. Emma spürt, wie das Brausen in ihrem Kopf allmählich nachlässt. Es ist, als bliebe die Angst oben zurück, als würde sie zusehends gedämpft, je tiefer unter der Erde sie sich befindet.

Als sie durch den Gewölbetunnel eilen, schlägt ihnen der Geruch von Salzwasser und Rost entgegen. Und noch etwas anderes hat sich daruntergemischt – es riecht fast nach einem Hauch Essen. Emma streckt die Hand aus und packt Joanna am Arm, und beide bleiben wie angewurzelt stehen.

»Was ist?«, flüstert Joanna leise.

Emma atmet durch die Nase ein.

»Hier riecht es nach Essen, merkst du das nicht?«

Joanna sieht Emma an, als wäre die völlig durchgeknallt. Der Lichtkegel huscht über Wände und Boden.

»Essen? Wovon redest du?«

Doch Emma gibt nicht klein bei.

»Riech doch mal – da hängt Essensgeruch in der Luft. Hier unten! Warum?«

Joanna reckt die Nase in die Luft, schüttelt dann aber den Kopf.

»Ich rieche nichts. Du willst mir doch nur Angst einjagen. Was zum Teufel ist mit dir los?«

Emma dreht sich um und blickt zurück in die Richtung, aus der sie gekommen sind. Der Tunnel hinter ihnen ist stockfinster, weil Joanna die Taschenlampe in die andere Richtung hält.

»Ich finde trotzdem, dass es nach Essen riecht.«

Joanna befreit sich aus Emmas Griff. Emma wiederum dämmert es erst jetzt, dass sie Joanna die ganze Zeit festgehalten hat.

»Wenn du mal die Klappe hältst, riecht's vielleicht besser. Und jetzt komm endlich!«

Sie erreichen das Zimmer mit den Betten. Joanna legt die Taschenlampe auf dem zerkratzten Tisch ab und lässt sich auf einen der Stühle fallen. Der Steinboden ist kalt, deshalb legt sie die Füße auf den benachbarten Stuhl.

»Wir hätten Decken mit runternehmen sollen.«

Auch Emma setzt sich. Ihr läuft es eiskalt den Rücken hinunter.

»Und jetzt erzähl endlich, wo Kajsa steckt, verdammt. Hat sie den Schwanz eingekniffen, oder was?«

Emma zieht ihre Ärmel lang, sodass die Narben verdeckt sind. Ihre Haut juckt bestialisch. Sobald sie wieder oben sind, muss sie sich erneut eincremen.

»Sie ist mit Knut zusammen.«

»Wie, mit Knut zusammen?«

Emma schluckt.

»Ich hab sie gesehen, kurz bevor wir verabredet waren. Er hat bei Kajsa geklopft, sie hat geheult, er hat sie in den Arm genommen und ist dann mit ihr in ihrem Zimmer verschwunden.«

Joanna klappt die Kinnlade runter.

»Er hat sie *in den Arm genommen*?«

Emma nickt.

»Kapierst du, was das bedeutet? Der vögelt sie doch! Scheiße, Emma – Knut ist einer dieser Scheißficker!«

Emma würde am liebsten losheulen.

»Wir müssen etwas unternehmen!«

»Was denn? Wir sollten ihn umbringen, verdammt!«

Ihre Hand schnellt zu ihrer Augenbraue hoch. Sie schiebt die Sicherheitsnadel vor und zurück, sodass sich über der Augenbraue schräge Falten bilden. Emma kann keinen klaren Gedanken mehr fassen.

»Aber warum ist er zu ihr gegangen? Hat Kajsa ihn freiwillig reingelassen?«

»Ich weiß nicht ...«

Joanna beißt sich auf die Lippe.

»Das ist doch gestört!«

»Es war irgendwie komisch ...«

Emma spürt, dass sie dringend nachdenken muss, doch Joanna kann anscheinend nicht warten.

»*Was* war komisch?«

Emma blickt ihr ins Gesicht.

»Kajsa hat geheult. Sie war traurig, war wegen irgendwas traurig – und sie hat ihn auch umarmt und ihn dann irgendwie zu sich reingebeten. Es sah wirklich fast ... freiwillig aus.«

Joanna runzelt die Stirn.

»Sie hat ihn freiwillig in ihr Zimmer gelassen? Du willst damit sagen, dass Kajsa *wollte*, dass Knut zu ihr kommt und sie vögelt?«

Emma schüttelt erst den Kopf, nickt dann aber.

»Keine Ahnung, jedenfalls hat sie ihn auch umarmt und ihn reingelassen … Was weiß denn ich, ob das wirklich freiwillig war.«

Und endlich hält Joanna den Mund. Man kann ihr ansehen, dass auch sie nachdenken muss – und irgendwo tropft Wasser. Fast rhythmisch, wie ein Ticken in weiter Ferne. Joanna holt Luft und will gerade etwas sagen, als sich ein weiteres Geräusch dazugesellt. Es hallt gespenstisch zwischen den Steinwänden wider und verklingt dann ebenso schnell, wie es gekommen ist. Trotzdem besteht nicht der geringste Zweifel: Joanna reißt die Augen auf, und Emma schlägt beide Hände vor den Mund.

»Das klang, als hätte jemand geschrien«, flüstert Joanna.

Emma hat das Gefühl, als wäre plötzlich kein Sauerstoff mehr in der Luft.

»Die haben gemerkt, dass wir weg sind!«

Sie steht auf und lauscht in die Dunkelheit, hört aber nur mehr das Rauschen in ihrem eigenen Kopf und die Wassertropfen.

»Wir müssen zurück!«

Joanna steht ebenfalls auf.

»Aber du hast auch gehört, dass da jemand geschrien hat?«

Emma nickt hektisch.

»Irgendwas war da jedenfalls … Was, wenn Knut uns schon sucht?«

Joanna stürzt auf die Tür zu.

»Komm! Wir müssen zurück, bevor er uns findet! Wenn

er oder Beata von diesem Zimmer hier Wind bekommen, schließen sie den Durchgang für immer ab, und wir werden lebenslänglich in die Iso gesteckt!«

Emma erwidert nichts, findet aber insgeheim, dass sie dieses Versteck ebenso gut entdecken und für alle Zeiten zusperren dürften. Sie versteht ohnehin nicht, was sie hier unten sollen, und weiß auch beim besten Willen nicht mehr, wie sie das hier je für eine gute Idee halten konnte.

Auf dem Weg zurück durch den Tunnel atmet Emma durch die Nase. Es riecht immer noch nach Rost, aber der Essensgeruch ist weg. Den muss sie sich eingebildet haben. Ihr Gehirn spielt ihr Streiche. Hätte es wirklich nach Essen gerochen, hätte Joanna das doch genauso gemerkt. Scheiße, Emma muss sich zusammenreißen. Mehr denn je muss sie einen kühlen Kopf bewahren.

Boden 2018

In der letzten Nacht der Weihnachtsferien wacht Emma von einem Geräusch auf. Drei Tage zuvor sind sie aus Thailand zurückgekommen, sieben Tage zuvor hatten Molly und sie Geburtstag. Ihr Tag-Nacht-Rhythmus hat sich gerade wieder halbwegs normalisiert, als Emmas Schlaf jäh unterbrochen wird.

Sie setzt sich im Bett auf. Ihr Herz schlägt wie eine Trommel. Sie muss schlecht geträumt haben, hat Molly im Schlaf reden hören, streckt die Hand nach dem Schalter aus und knipst ihre Nachttischlampe an. Das Licht ist brutal. Emma muss kurz die Augen zukneifen, ehe sie sich vorsichtig umsieht. Molly liegt auf der Seite und hat ihr das Gesicht zugewandt. Ihre weit aufgerissenen Augen glänzen fiebrig.

»Emma ... Ich hab ...«

Molly bekommt kaum ein Wort heraus. Emma springt aus dem Bett und eilt zu ihrer Schwester, setzt sich auf die Bettkante und nimmt Mollys Hände. Sie versucht, Blickkontakt mit ihr herzustellen, aber es funktioniert nicht.

»Molly, hör mir gut zu. Du brauchst dir keine Sorgen zu machen. Du hattest einen Albtraum. Ich hab auch irgendwie schlecht geschlafen.«

Sie weiß nicht, ob Molly hört, was sie sagt, aber es macht nicht den Anschein – Molly dreht sich bloß auf den Rücken und starrt zur Decke empor. Ihr Blick huscht dermaßen hin und her, dass zwischendurch nur das Weiß in ihren Augen zu sehen ist. Dann steigt ein Gurgeln aus ihrer Kehle. Es klingt fast, als würde sie gleich ersticken. Sie dreht den Kopf zur Seite, und Speichel strömt aus ihrem Mundwinkel.

»Mama! Papa!«

Emma ist schlagartig panisch. Es dauert nur wenige Sekunden, bis die Schlafzimmertür aufgeht und ihre Eltern in Schlafanzügen herübergerannt kommen.

»Was ist los?«

Ihre Mutter stürzt auf Mollys Bett zu, fällt auf die Knie und nimmt Mollys Gesicht in beide Hände.

»Ich glaube, sie kriegt keine Luft mehr, vielleicht eine Panikattacke?«

Emma sagt es so deutlich, wie sie nur kann, während sie sich gleichzeitig gerade aufrichtet. Ihre Mutter versucht, mit Molly Kontakt herzustellen.

»Molly, guck mich an! Ruhig atmen! Warum hat sie denn so viel Speichel im Mund?«

Ihr Vater rennt zurück ins Elternschlafzimmer, um sein Handy zu holen. Emma setzt sich aufs Bett, sieht die ganze Zeit Molly an, die nach Luft ringt, während ihr gleichzeitig weiter Speichel aus dem Mund strömt, im Laken versickert und sogar bis auf den Fußboden tropft.

»Ruf einen Notarzt!«

Der Vater kommt zurück ins Zimmer der Zwillinge. Er ist kreidebleich und presst sich das Handy ans Ohr. Er spricht mit jemandem aus der Notrufzentrale.

Als der Rettungswagen kommt, legen die Sanis Molly einen venösen Zugang in der Ellenbeuge. Sie bekommt Morphium und Sauerstoff, ehe sie sie auf eine Trage legen und nach draußen in den Rettungswagen bringen. Ohne ein Wort steigt ihre Mutter mit ein. Emma und ihr Vater sollen im eigenen Auto nachkommen.

In der Notaufnahme ist die Hölle los. Nach einem Verkehrsunfall mit mehreren Beteiligten kurz hinter Kalix sind die Behandlungsbetten alle voll. Mehrere Alarme piepen. Im Wartezimmer sitzen Verletzte mit Gehirnerschütterungen, kleineren bis mittelschweren Schnittwunden und fiesen Blutergüssen von den Sicherheitsgurten, die ihnen das Leben gerettet haben. Die Betten in den Schockräumen sind alle belegt, trotzdem bekommt Molly sofort Hilfe: Die ganze Familie wird hinter einen Raumteiler gescheucht, und dort befestigt eine Krankenschwester EKG-Elektroden und misst Mollys Blutdruck. Als sie sichergestellt hat, dass Molly sich selbst mit Sauerstoff versorgen kann und ihr Herz anscheinend normal schlägt, werden sie grässlich lange allein gelassen. Die Mutter sitzt an Mollys Bettkante, tätschelt deren Arm und versucht, sie zum Reden zu bringen, der Vater sitzt auf dem Stuhl, den er ans Fußende gezogen hat, und streicht Molly fast schon apathisch übers Bein. Emma steht ein Stück abseits an der Wand und hat nur mehr einen Gedanken: Dies hier ist etwas anderes als die Anorexie. Molly hat auch schon früher Ängste gehabt, Panikattacken – aber so wie jetzt war es noch nie.

Molly selbst wirkt vollkommen geistesabwesend. Sie liegt auf der Seite, starrt blicklos vor sich hin, und immer noch läuft ihr Speichel aus dem Mund. Wenn das so weitergeht, fürchtet Emma, dass Molly vollkommen austrocknet.

Irgendwann wird sie auf eine andere Station verlegt. Ein Arzt nimmt sie in Empfang und teilt der Familie mit, dass sie weitere Tests machen wollen. Er glaubt auch nicht, dass es eine Panikattacke ist. Dass Molly dermaßen weggetreten ist, deutet auf etwas anderes hin, allerdings braucht das gar nichts Dramatisches zu sein. Molly wird offiziell eingewiesen, und der Arzt erklärt ihnen, dass ein Elternteil im Krankenhaus übernachten dürfe, der andere bitte zusammen mit Emma zurück nach Hause fahren möge. Er lächelt nachsichtig in deren Richtung. Emma erwidert das Lächeln nicht. Die Vorstellung, Molly allein zu lassen, ist unerträglich. Ihr Vater fragt, warum Molly nicht mehr schlucken könne, und der Arzt sieht ihn besorgt an. Ausgerechnet das sei ein ungewöhnliches Symptom; wenn sie eine Halsentzündung hätte oder einen Abszess, wäre das eine Erklärung, aber darauf deute nichts hin. Der Arzt versucht, sie zu beruhigen, und versichert ihnen, dass sie hoffentlich bald die Ergebnisse der Labortests bekämen. Die kämen spätestens tags darauf oder noch in der Nacht, wenn sie Glück hätten. Emma weigert sich heimzufahren, und schließlich bleiben sie alle.

Tatsächlich kommen die Ergebnisse noch in der Nacht. Molly hat Tollwut – und zwar derart fortgeschritten, dass sie sowohl die typischen Schluckbeschwerden als auch schon eine Hirnhautentzündung hat. Tollwut, Rabies, früher auch Hundswut genannt, verläuft zu einhundert Prozent tödlich.

Als sie die Diagnose hört, kippt die Mutter fast um. Der Vater fängt sie auf und schleppt sie zu einem Stuhl. Er legt ihr seine Jacke um, streicht ihr über den Arm und weint dann selbst wie ein Kind. Emma versteht die Welt nicht mehr. Sogar der Arzt wirkt sichtlich angeschlagen. Er erklärt ihnen, dass die Erkrankung in aller Regel durch einen Tierbiss übertragen werde, überwiegend im Ausland und üblicherweise durch infizierte Hunde oder Katzen. Molly könne auch einfach nur abgeleckt worden sein, wenn sie irgendwo eine Wunde gehabt habe, oder das Tier habe sie übers Gesicht geschleckt und sei mit ihren Lippen oder Augen in Berührung gekommen – Schleimhäute nähmen das Virus leicht auf.

Mehr hört Emma nicht mehr. Sie sieht zwar, dass der Arzt weiterredet, dass er und ihr Vater sich unterhalten, doch Emma hört nichts mehr, kein einziges Wort. Sie hat aufgehört zu atmen, die Wände rücken näher, kippen bedrohlich schnell auf sie zu und kreischen ihr regelrecht zu, dass sie sie gleich zerdrücken und zermalmen werden ... Der Hund vor der Bar in Thailand. Der Molly über den Arm geleckt hat, der mit der Zunge ihre Schnittwunden berührt hat, als wollte er sie trösten. Dieser Hund hat Molly mit Tollwut angesteckt. Deshalb ist sie völlig weggetreten und kann nicht mehr schlucken, und deshalb sagt der Arzt jetzt, dass er nichts weiter tun kann, als ihr Morphium und Angst dämpfende Medikamente und Sauerstoff zu verabreichen ...

Molly wird auf die Intensiv gebracht. Ihre Eltern weinen und sind verzweifelt, eine Krankenhausseelsorgerin kommt und bietet ihnen Unterstützung an. Sie redet vom Leben, von Trauer und von der Liebe, die sie alle für Molly empfinden, doch Emma hört nichts mehr. Worte können ihnen nicht mehr helfen. Nichts kann ihnen mehr helfen.

Emma weigert sich, ihrer Schwester von der Seite zu weichen. Sie liegt neben ihr im Bett oder sitzt auf einem Stuhl an der Bettkante, so nah es nur geht, ohne auch nur wahrzunehmen, was ihre Eltern, die Ärzte und Schwestern tun oder sagen. Nur noch Molly zählt, alles andere ist nicht mehr wichtig, ist null und nichtig.

Dass Molly Tollwut hat, erfahren sie an einem Montag.
Zwei Tage später ist sie tot.

Als Idun aus dem Aufzug steigt, sitzt Siv bereits an ihrem Schreibtisch am Eingang. Mit der Brille auf der Nasenspitze studiert sie irgendeine Unterlage. Idun überlegt kurz, unauffällig an ihr vorbeizuschlüpfen, kommt aber kaum zwei Schritte weit, als Siv auch schon aufblickt. Sie lächelt schelmisch und tippt auf ihre Armbanduhr.

»Na, ausgeschlafen?«

Idun umrundet den Empfangstresen und setzt sich auf einen freien Stuhl.

»Mein Überstundenkonto quillt ohnehin über. Ich hab mir bloß ein Stündchen zurückgeholt.«

Die Wahrheit ist: Tareq und sie haben bis in die frühen Morgenstunden zusammengesessen und geredet. Idun hat knapp vier Stunden geschlafen, trotzdem hat sie sich lange nicht mehr so fit gefühlt.

»Gut gemacht. Wir wollen ja nicht, dass die Personalabteilung ständig Druck machen muss.«

Idun nickt auf das Dokument in Sivs Hand hinab.

»Was liest du gerade?«

Siv schaut nach unten, als würde sie eben erst feststellen, dass sie ein Blatt Papier in der Hand hält. Resigniert winkt sie ab.

»Elviras Obduktionsbericht – den hat Svetlana endlich geschickt. Leider keine neuen Erkenntnisse.«

»Überhaupt nichts?«

Siv schüttelt den Kopf.

»Elvira hatte keine Drogen im Blut, nicht mal Spuren von Schmerzmitteln oder anderen Medikamenten. Sie ist bei dem Sturz ums Leben gekommen, war keiner Gewalt ausgesetzt, weder Schlägen noch sexuellen Übergriffen. Ihre Haut weist keinerlei Spuren von Einstichen auf, und es gibt keine Abwehrverletzungen: keine fremde Haut unter den Fingernägeln, einen Hauch Steinstaub auf der Kopfhaut, aber so wenig, dass das nicht besonders viel aussagt.«

»Nicht besonders viel oder gar nichts? Was genau hat Svetlana dazu geschrieben?«

Siv überfliegt erneut den Bericht.

»Nichts weiter, als dass Elvira sich irgendwo aufgehalten hat, wo es blanken Stein oder Fels gegeben haben muss. Vielleicht ein alter Keller, ein altes Haus mit Steintreppe oder irgendein Verschlag mit Steinwänden. Hier in der Gegend gibt es davon ja so einige – vor allem im Stadtteil Sanden, sofern wir uns mal nur auf Boden konzentrieren. Allerdings wissen wir nicht, ob sie in den letzten Jahren wirklich hier war. Andererseits werden Wohnhäuser heutzutage eher aus Zement gebaut, oder? Stein ist doch eher ungewöhnlich, wenn du mich fragst – aber ich hab vom Häuserbauen auch keine Ahnung, das ist jetzt reinste Spekulation. Trotzdem muss ich zugeben, dass ich kurz an die Kirche gedacht habe ...«

»Die Kirche?«

Siv zuckt mit den Schultern.

»Ist die nicht auch aus Stein gebaut? Vielleicht gibt's da ja einen Keller?«

Idun bläht die Wangen auf und hält kurz die Luft an, ehe sie sie langsam entweichen lässt.

»Ja, es gibt einen. Calle hat ihn am Samstag durchsucht. Er ist in der Regel abgeschlossen und war das auch an dem Tag, als Elvira dort vom Turm gestürzt ist. Calle ist trotzdem runter, hat aber dort nichts von Interesse entdeckt – nur ein paar leere Kammern, die nicht einmal als Lager verwendet werden können, weil es dort unten so feucht ist.«

Siv legt den Bericht auf den Schreibtisch.

»Dann war es also kein Kirchenstaub auf Elviras Kopfhaut.«

»Vermutlich nicht.« Sie nimmt das Blatt Papier wieder hoch und legt es umgedreht vor sich hin. »Aber ich hab noch was anderes. Malmen hat sich zu Monas handgeschriebenem Zettel gemeldet.«

Unwillkürlich hält Idun die Luft an.

»Zu einhundert Prozent lässt es sich natürlich nicht sagen, aber er geht nicht davon aus, dass Mona den Brief an Danne geschrieben hat.«

Idun lässt die Luft wieder entweichen.

»Ich hab's geahnt. Aber einen Versuch war es wert.«

Siv zuckt mit den Schultern.

»Und übrigens … ist Maj hier.«

Idun runzelt die Stirn.

»Was? Wieso?«

»Sie will mit dir reden. Soll ich sie bitten, später wiederzukommen? Ich finde ja, dass Calle sich darum kümmern sollte, aber der ist gerade draußen und besorgt sich ein Mittagessen. In einer Viertelstunde müsste er wieder zurück sein.«

Idun steht auf. Wenn Maj nach ihr gefragt hat, dann wird sie das Gespräch nicht Calle überlassen. Das wäre ja, als würde sie laut herausschreien, dass sie befangen ist und nur deshalb die Unterredung mit ihrer Tante scheut.

»Sie hat mich gestern angerufen, aber da konnte ich nicht reden ... Ich kümmere mich darum. Wo ist sie?«

»In Besprechungsraum vier.«

Idun macht sich direkt auf den Weg. Als sie die Tür aufschiebt, steht Maj mit dem Rücken zu ihr am Fenster, dreht sich aber sofort um und sieht Idun mit nichtssagendem Blick an.

»Hallo, Maj.«

Maj schweigt.

»Du wolltest mit mir reden?«

Idun will gerade die Tür hinter sich zumachen, als Siv dazueilt, Maj freundlich grüßt und sich auf einen der Stühle setzt. Maj sieht unfassbar müde aus. Ihre Augen sind wässrig – womöglich vom Alkohol, vielleicht auch von Tabletten. Sie sieht eindeutig krank aus.

Mit einer Geste gibt Idun ihr zu verstehen, dass sie sich ebenfalls setzen soll, doch Elviras Mutter bleibt am Fenster stehen. Idun setzt sich neben Siv.

»Was hast du auf dem Herzen?«

Maj verlagert das Gewicht auf den anderen Fuß.

»Hier drin ist es warm. Können wir den Balkon aufmachen?«

Idun steht auf und öffnet die Loggia-Tür. Warme Spätsommerluft strömt ihr entgegen. Die Loggia selbst ist leer.

»Willst du nicht kurz Platz nehmen?«

Maj schüttelt den Kopf.

»Elviras Baby ... Ich kann nicht aufhören, darüber nachzudenken.«

Sie presst die Lippen zusammen.

»Das kann ich gut verstehen. Wir tun alles, um das Kind zu finden.«

»Und wie wollt ihr das anstellen?«

»Die Herausforderung ist gerade, herauszufinden, wo Elvira in den letzten Jahren gesteckt hat. Wenn wir dieses Puzzle zusammengefügt haben, wissen wir hoffentlich auch, wo sie das Kind zur Welt gebracht hat – und wo es sich inzwischen befindet.«

Maj beißt sich auf die Lippe. Irgendwas an ihren Gesichtszügen erinnert Idun an ihre Mutter. Die Augen. Und der Haaransatz.

»Wurde das Kind als vermisst gemeldet?«

»Ja, aber wir wissen derzeit nicht mal, ob es noch lebt.«

Sie kann genauso gut ehrlich sein.

»Aber was macht ihr in dem Fall? Was unternehmt ihr, um mein Enkelkind zu finden?«

Maj blinzelt nervös, fängt an, von einem Fuß auf den anderen zu treten, während sie Idun unverwandt anstarrt.

»Du musst doch etwas unternehmen, Idun! Tu etwas!«

Idun hebt die Hände zu einer beschwichtigenden Geste.

»Wir tun, was wir können und was wir tun müssen. Das verspreche ich dir.«

Maj glaubt ihr nicht, das ist deutlich zu sehen.

»Ich kann nicht mehr ... Idun ... Ich kann ...«

Mitten in der Bewegung erstarrt sie. Ihre Hand schnellt an den Mund, sie kratzt sich über den Kiefer, und zwar so fest, dass rote Striemen zurückbleiben.

»Bitte, Maj. Magst du dich nicht hinsetzen?«

Majs Blick huscht durch den Raum.

»Du bist genau wie deine Mutter – eine Verräterin der allerschlimmsten Sorte!«

Idun rührt sich nicht.

Siv geht dazwischen.

»Gibt es jemanden, den wir für Sie anrufen könnten?«

Aus heiterem Himmel schlägt Maj sich so fest auf die Wange, dass es klingt wie ein Peitschenschlag.

»Halt die Klappe, Maj! Halt die Klappe!«

Aus den Augenwinkeln sieht Idun, dass Siv vorsichtig ihr Handy zückt. Sie wählt eine Nummer und nimmt das Handy ans Ohr. Idun zuckt zusammen, als Maj weiterbrüllt.

»Blöde Kuh! Ann, verrecken sollst du – immer nur tun, was für dich am besten ist und für niemanden sonst! Ich bring dich um!«

Dann wirbelt sie zu der Loggia herum. Idun springt auf und rennt ihr nach, hört hinter sich noch, wie Siv über den Flur nach Verstärkung ruft.

»Maj! Warte – ich bin's nur, Idun, Ann ist doch gar nicht da!«

Sie reißt die Tür weit auf, sieht, dass Maj sich in die entfernte Ecke drückt und Idun den Rücken zudreht. Es sieht aus, als hätte der Lehrer sie in die Ecke beordert, wo sie sich schämen soll. Idun macht zwei Schritte auf sie zu und spürt mehr, als dass sie hört, wie auch Siv nach draußen kommt.

»Maj, du brauchst keine Angst zu haben.«

Idun spricht leise und beruhigend. Sie sieht, dass Maj zittert, und macht abermals einen Schritt auf sie zu.

»Maj? Ich bin's, Idun. Komm, gehen wir wieder rein.«

Sie starrt den Rücken ihrer Tante an, und die Sekunden verstreichen quälend langsam und zugleich rasend schnell.

Zu guter Letzt dreht Maj sich um. Sie sieht klein aus, lässt die Schultern hängen, und die Gesichtshaut ist fast transparent. Idun kann ihr ansehen, dass es ihr miserabel geht, sehr viel schlechter, als Idun angenommen hat.

Langsam hebt Maj den Blick und sieht Idun ins Gesicht. Hinter ihr wird die Tür zur Loggia noch ein Stück weiter aufgeschoben. Trotzdem dreht sie sich nicht um, sondern hält den Blick starr auf Maj gerichtet.

»Dass Elvira gestorben ist, ist deine Schuld!«

Maj flüstert fast tonlos, dann blinzelt sie langsam, und ihr Kinn zittert heftig.

»Und dafür hasse ich dich!«

Dann beugt Maj sich weit zur Seite. Idun begreift nicht rechtzeitig, dass sie Schwung nehmen will, als Maj auch schon mit Wucht zur anderen Seite schnellt und den Kopf gegen die Ziegelwand schlägt. Es knallt einmal dumpf, dann ein zweites Mal, und Blut strömt ihr über die Schläfe. Sie wirft sich erneut zur Seite, will ein drittes Mal ansetzen, als Idun dazwischengeht, Maj bei den Schultern packt, sie auf den Boden zieht und von Siv Hilfe bekommt, die Frau zu fixieren.

Maj brüllt aus vollem Hals, wie ein angeschossenes Tier. Zwei Kollegen eilen zu Hilfe, und einer ruft in sein Funkgerät, dass sie einen Rettungswagen brauchen.

Boden 2019

Emma wird an einem Samstag vierzehn. Am Morgen umarmt ihr Vater sie. Er hat ihr zwei Geschenke gekauft: einen Pullover, den Emma sich gewünscht hat, und einen silbernen Armreif mit der Gravur *Molly* ♥ *Emma.* Gemeinsam sitzen sie auf der Küchenbank und weinen. Dann kocht ihr Vater Kaffee und warmen Kakao. Bis die Mutter in die Küche kommt, haben sie bereits gefrühstückt. Emmas Mutter setzt sich neben den Vater. Seit einem kompletten Jahr ist sie grau im Gesicht. Sie sieht Emma nicht an. Ihr Ehemann streicht ihr über den Rücken, fragt, ob sie ein bisschen Rührei essen wolle, und nickt nur knapp, als sie den Kopf schüttelt.

»Gibt's Kaffee?«

Er steht sofort auf, um ihr Kaffee zu holen, steht kurz mit dem Rücken zum Küchentisch und zu Emma und ihrer Mutter da und sieht deshalb nicht, wie die Mutter Emma erstmals an diesem Tag ansieht. Der Blick zerschneidet die Luft, lodert vor Hass und Verachtung und einer für immer erloschenen Liebe, die womöglich nie existiert hat. Molly hat das mal gesagt – oder eher geflüstert, als sie eines Abends in ihren Betten lagen. Unten in der Küche stritten die Eltern – sie schrie ihn an, dass er sie weder liebe noch ihr hinreichend Aufmerksamkeit schenke –, und da flüsterte Molly, dass er doch wohl nichts anderes tue, als ihr Aufmerksamkeit zu schenken. Sein ganzes Leben bestehe doch nur darin, sicherzustellen, dass sie zufrieden sei. Und dann sagte Molly das andere – dass ihre Mutter doch selbst gar nicht imstande sei, jemanden zu lieben, nicht einmal ihre eigenen Kinder.

Nicht imstande ...

Emma hatte den Ausdruck damals nie zuvor gehört. Trotzdem ahnte sie, dass Molly recht hatte.

Der Vater befüllt den Kaffeebecher der Mutter und setzt sich wieder. Als sein Blick zu Emma huscht, kann sie die Scham in seinen Augen erahnen. Emma hat Geburtstag – zum ersten Mal ohne Molly –, und ihre Mutter denkt nicht mal daran, ihr zu gratulieren. Ihre Mutterschaft ist zusammen mit Molly gestorben. Emma weiß, dass sie nie wieder aufflammen wird.

Ihre Eltern fahren zu Ikea. Die Mutter will sich einen neuen Schreibtisch für ihr Arbeitszimmer kaufen. Emma sitzt zu Hause auf dem Sofa und surft auf dem Handy durchs Internet. Die Trauer schnürt ihren Brustkorb zusammen, doch an diesem Tag sind ihre Ängste nicht ganz so schlimm wie sonst. Es ist, als wären gewisse Gefühle an einigen Tagen verstärkt, während sie an anderen kaum zu spüren sind. Vielleicht ist Trauer ja so: eine Achterbahnfahrt, bei der man die nächste Kurve nicht vorausahnen kann.

Sie tippt mit dem Finger aufs Handydisplay, scrollt durch ihre Social-Media-Accounts, Freunde gratulieren ihr, einige gratulieren sowohl ihr als auch Molly, stellenweise sind ihrer beider Namen getaggt. Emma antwortet mit einem Herzchen, mit zweien, wo Molly genannt wird, so als würde sie sich in ihrer beider Namen bedanken.

Plötzlich ist durchs Fenster hinter dem Sofa ein Knall zu hören, Emma zuckt zusammen, wirbelt herum und sieht gerade noch, wie eine hellgraue Feder hinter der Scheibe aufs Fensterblech segelt. Ein Vogel muss gegen das Fenster geflogen sein. Sie steht auf und beugt sich vor, kann aber draußen auf dem Kiesweg nichts erkennen. Sie lässt das Handy auf dem Couchtisch liegen, geht in den Flur, steigt in die Gummistiefel ihres Vaters. Eine Jacke nimmt sie sich nicht, sie zieht bloß die Haustür auf und erschaudert, als ihr kalte Luft entgegenschlägt. Es ist Januar und eisig. Sie schlingt sich die Arme um den Leib und eilt um die Hausecke.

Der Vogel liegt direkt unter dem Fenster im Schnee. Er ist auf der Seite gelandet, atmet flach und hektisch, ringt allem Anschein nach um seinen letzten Atemzug. Vorsichtig geht Emma näher. Sie betrachtet den Todeskampf des Tieres, die Angst, die ihm in die kleinen tiefschwarzen Augen geschrieben steht.

Und mit einem Mal ist die Panik wie ein Tsunami: Sie rauscht mit unbändiger Kraft über Emma hinweg. Draußen in der Winterkälte schluchzt Emma auf, und ihr kommen die Tränen – völlig unvorbereitet und unkontrolliert. Molly hat auch gekämpft, gegen die ewige Finsternis, sie hat gelitten und keine Luft mehr bekommen, genau wie der kleine Vogel auf dem verschneiten Boden.

Emma geht noch ein Stück näher. Das Gefühl von Panik ist dermaßen heftig, dass es kaum noch zu ertragen ist – und tausend Überlegungen, wie sie ihrem Leben am besten ein Ende setzen könnte, rauschen ihr durch den Kopf. Sie verspürt das komplette Gefühlsregister auf einen Schlag, winselt laut, ohne dass sie es hört, dreht das Gesicht zum bereits nachtschwarzen Himmel empor und brüllt laut auf. Die Januarluft ist so kalt, dass sie sie bis hinein in die Zähne spürt. Ihre tränennassen Wimpern gefrieren und sind binnen ein, zwei Sekunden von einer dünnen Schicht aus Eiskristallen überzogen. Sie sieht wieder den Vogel an, er atmet noch immer so flach wie zuvor. Bestimmt weiß er, dass es mit ihm zu Ende geht.

Der Vogel.

Ein Tier.

Ein Tier hat ihr Molly entrissen.

Erst ist der Hass eine winzige Flamme, die sie kaum spürt. Sie entsteht in der Brust, flackert schwach, wird aber zusehends stärker. Emma schließt den Mund, spürt, dass die Flamme trotzdem Sauerstoff bekommt, anwächst und höher und wilder und immer übermächtiger auflodert. Anschließend könnte sie nicht mal mehr sagen, warum – aber vorsichtig streckt sie die Hand aus und berührt das Tier, spürt, wie die Flügel zittern, spürt den kleinen Körper, der um sein Leben kämpft und seinem Schicksal doch nicht mehr entgehen kann.

Langsam nimmt Emma den Vogel hoch. Sie hält ihn in ihren offenen Händen und spürt die Winterkälte durch die dünnen Gummistiefelsohlen.

Ein Vogel.

Ein Tier.

Ein anderes Tier als der Hund in Thailand.

Emma schließt die Augen. Überlegt, was sie jetzt machen soll. Nicht weil sie den Vogel von seinem Leid erlösen will, sondern weil sie etwas tun muss, um die Feuersbrunst in ihr zu stoppen, die sie von innen aufzufressen droht. Ihr kommt eine Erinnerung, von früher, als sie jünger waren und Molly einem verletzten Vogel helfen wollte, der auf dem Heimweg von Oma im Straßengraben lag. Emma weiß nicht mehr, wie es mit dem Vogel ausging, weil ein Fremder am Straßenrand hielt und die Mädchen daraufhin die Flucht ergriffen.

Sie schlägt die Augen auf. Sieht noch kurz das Tier an, ehe sie ihm die Finger einer Hand um den Hals legt. Vorsichtig drückt sie zu, erst ganz leicht, dann immer fester. Es dauert einige Zeit, ihn zu erdrosseln, und stumm zählt Emma die Sekunden. Das Tier zittert, gibt ein paar letzte Geräusche von sich, ein lang gezogenes Pfeifen, das garantiert von der Todesangst herrührt. Das Pfeifen geht in ein Gurgeln über, das aus dem dünnen Hals bis in den Schnabel emporsteigt. Emma drückt zu, drückt fester, um sicherzugehen, dass der Vogel stirbt. Erst als es in seinem Hals knackst, spürt sie, dass der gefiederte Körper in ihrer Hand erschlafft.

Dann liegt der Vogel reglos da. Endlich ist er tot. Das Feuer in ihr lodert schwächer, geht zwar nicht ganz aus, ist aber endlich wieder kontrollierbar. Sie fürchtet, dass es nie ganz erlöschen wird, aber so ist es jetzt eben. Dagegen kann sie im Moment nichts tun.

Auf dem Rückweg nach drinnen wirft sie den toten Vogel in einen Busch auf dem Nachbargrundstück. Dann duscht sie lange und warm, schrubbt sich mit Duschgel ausgiebig die Hände, sodass der Schaum in weiten Kreisen um ihre Füße zieht, ehe er zu guter Letzt im Abfluss verschwindet.

Die Stimmung am Frühstückstisch ist gedrückt. Kajsa schmiert Butter auf eine Scheibe Toast. Joanna lässt sie dabei nicht aus den Augen, schweigt aber untypischerweise. Emma rührt mit ihrem Löffel im Joghurt, isst jedoch nichts. Beata lehnt mit einem Teebecher in der Hand an der Spüle und sieht die drei bekümmert an.

»Wie geht es euch, Mädels? Ihr seid so still, habt ihr gestritten?«

Joanna verschränkt die Arme vor der Brust und sieht Kajsa demonstrativ finster an. Emma späht zu ihnen hinüber, und vor Nervosität zieht sich ihr der Magen zusammen. Beata darf nicht erfahren, dass Kajsa der Grund für die angespannte Stimmung ist – da würde sie Fragen stellen, und Kajsa ist nicht gerade bekannt dafür, dass sie solchen Druck gut verträgt.

Deshalb antwortet Emma.

»Wir hatten gestern nur einen kleinen Disput, aber der ist jetzt ausgeräumt.«

Aus den Augenwinkeln sieht sie Joannas flüchtigen Seitenblick.

Kajsa hüstelt leise.

»Was bedeutet Disput?«

Joanna seufzt und streckt sich nach der Milch aus, stellt dann aber fest, dass die Packung leer ist.

»Verfickt noch mal!«

Beata stellt ihren Teebecher auf die Arbeitsplatte.

»Es gibt bessere Ausdrücke, mit denen du mitteilen könntest, dass die Milch leer ist.«

»Wie *Fotze*? Das sag ich nächstes Mal.«

Beata macht den Kühlschrank auf, nimmt einen frischen Milchkarton heraus und drückt ihn Joanna in die Hand.

»Ich gehe Wäsche aufhängen. Morgen hast du Waschtag, Emma. Denk daran, dass du direkt nach der Schule deine Handtücher wäschst. Seid ihr in zwanzig Minuten bereit?«

Kajsa antwortet nicht, Joanna schenkt sich Milch ein, und nur Emma nickt in Beatas Richtung.

»Wir sehen zu, dass wir bis dahin fertig sind.«

Beata verschwindet in Richtung Waschküche. Der Glaskasten ist leer und die Tür abgeschlossen. Knut fängt heute später an, er hat die Spätschicht.

Joanna nimmt Kajsa ins Visier.

»Wir haben dich gestern Abend vermisst.«

Ihre Worte sind schneidend, und Kajsa windet sich auf ihrem Stuhl.

»Wir wissen, dass Knut gestern bei dir war, deshalb war es womöglich nicht schlecht, dass du nicht gekommen bist. Ich hoffe, du hast ihm nichts von unserem kleinen Geheimnis erzählt?«

Kajsa schüttelt den Kopf.

»Natürlich nicht!«

Joanna sieht in Richtung Glaskasten. Beata ist immer noch weg.

»Okay. Gut, dass du die Klappe gehalten hast. Auf dich ist Verlass, Fettie.«

Emma beißt die Zähne zusammen. Sie findet es nicht in Ordnung, dass Joanna Kajsa wegen ihrer Figur aufzieht. Sie gibt sich einen Ruck.

»Hör auf damit.«

Joanna verzieht das Gesicht zu einer schwer zu deutenden Grimasse.

»Gehen wir?«, fragt Kajsa hoffnungsvoll, doch Joanna holt sie auf den Boden der Tatsachen zurück.

»Erst reden wir darüber, was Knut gestern bei dir gemacht hat.«

Kajsa ringt die Hände.

»Was?«

Ihre Stimme klingt wie die eines kleinen Kindes. Joanna reckt ihr Kinn vor.

»Du weißt genau, dass er nicht in dein Zimmer darf, und das weiß er verdammt noch mal auch!«

Kajsa fährt sich nervös mit den Fingern übers Gesicht.

»Mhm, trotzdem müssen wir jetzt los …«

»Emma und ich wissen, was er bei dir gemacht hat.«

Statt einzuschreiten, hält Emma den Atem an. Sie will es nicht wissen, sie will einzig und allein, dass Kajsa unversehrt ist. Sie sollten es Beata erzählen – oder Mona. Oder der Polizistin.

»Wir haben gar nichts gemacht.«

Kajsas Kinn beginnt zu zittern.

»Vögelt ihr?«

Die Röte schießt Kajsa ins Gesicht und bis hoch zum Haaransatz.

»Nein!«

Emma sieht Joanna an.

»Hör sofort auf. Wenn Beata sieht, dass Kajsa geweint hat, stellt sie bloß Fragen. Jetzt ist nicht der richtige Zeitpunkt.«

Joanna lässt Kajsa nicht aus den Augen, aber man sieht, dass sie hin- und hergerissen ist. Am Ende lenkt sie ein.

»Okay, dann lassen wir es fürs Erste auf sich beruhen. Aber heute Abend trifft sich die Schwesternschaft. Selbe Zeit wie immer. Kapiert?«

Emma nickt, auch wenn sie es nicht so meint. Sie will mit den Ausflügen aufhören. Heute Abend sagt sie den anderen, dass sie nicht mehr mitmacht. Die Schwesternschaft ist zu riskant. Irgendwer wird ihnen auf die Schliche kommen.

Emma will gerade aufstehen, als Joanna erneut Kajsa anspricht.

»In der Gruppentherapie heute Nachmittag sagt keiner ein Wort darüber, dass Knut bei dir war. Mona darf das nicht wissen. Die Psychotante muss glauben, dass alles wie immer ist, sonst verschärfen sie die Überwachung, und dann ist die Waschküche Geschichte.«

Was jetzt gut wäre, denkt Emma, wäre jemand, der Kajsa vor Knut retten könnte.

»Es ist nämlich einfach zu geil, gegen Regeln zu verstoßen. Wie ein *fucking* Protest gegen dieses verdammte Hurenhaus.«

Emma ahnt, was Joanna damit meint: das Gefühl, zumindest irgendwas im Leben unter Kontrolle zu haben. Kontrolle ist das Größte, was einem in einer geschlossenen Einrichtung passieren kann. Nur behagen ihr die Bedingungen nicht. In ein paar Monaten hat sie einen Termin mit dem Jugendamt, an dem auch Mona teilnehmen wird. Bis dahin erfährt Emma zwar nicht, worum es gehen wird, aber sie ahnt bereits, was auf der Tagesordnung steht: Sie werden darüber reden wollen, ob eine andere Einrichtung für sie besser wäre, eine Pflegefamilie vielleicht oder betreutes Wohnen. Mona glaubt, dass Emmas Zwang, Tiere zu quälen, inzwischen kontrollierbar ist. Dass sie mittlerweile so weit ist, dass sie sich im Griff hat und tief im Innern weiß, dass unschuldige Tiere nicht schuld sind an Mollys Tod. Und insgeheim weiß Emma, dass Mona recht hat. Das Loch in ihrer Brust heilt allmählich, wenn auch unendlich langsam, aber nach und nach heilt es zu, was laut Mona ein riesiger Fortschritt ist. Emma selbst macht dieser Fortschritt eher Angst. Denn wer ist sie ohne ihren Hass? Und wer ist Molly, wenn Emma ernsthaft überlegt, all das hinter sich zu lassen?

Idun sitzt auf dem Sofa im Pausenraum. Obwohl es warm ist, friert sie leicht. Die Sanis haben Majs Wunden versorgt und Iduns Tante anschließend mitgenommen. Mit wohlmeinender Sorge hat Siv vorgeschlagen, dass Idun sich den restlichen Tag freinehmen soll, worauf Idun nicht eingegangen ist. Weiterzuarbeiten ist die einzige Art der Krisenbewältigung, die sie kennt. Einen Moment zuvor hat sie ihr Telefonat mit der Gynäkologie des Krankenhauses Sunderby beendet. Was die Krankenschwester am Telefon gesagt hat, geht Idun ebenso wenig aus dem Kopf wie die gewaltsamen Vorkommnisse draußen in der Loggia.

Siv setzt sich neben Idun aufs Sofa. Sie hat belegte Brötchen aufgetischt, Saft und ein paar Bananen. Calle und Anders sitzen auf den Sesseln gegenüber.

»Maj wird in Sunderby versorgt, das wird schon werden, ihr werdet sehen.«

Idun hört, dass Anders selbst nicht an das glaubt, was er sagt. Calle und Siv nicken zwar beifällig, doch Idun sieht Anders finster an.

»Du kriegst jetzt bestimmt Ärger von oben, weil du mich an dem Fall hast mitarbeiten lassen.«

Anders beugt sich über den Tisch und sucht sich ein belegtes Brötchen aus.

»Möglich, aber darüber müssen wir heute noch nicht nachdenken.«

Er nimmt sich das größte, zieht die Frischhaltefolie ab und nimmt einen beherzten Bissen. Dann nickt er Siv anerkennend zu.

»Truthahn, sehr gut.«

Auch Siv nimmt sich ein Brötchen, wickelt es aber nicht aus.

»Der Meinung bin ich auch. Was die Interne sagt, sehen wir später. Noch planen wir nicht um, sondern machen fürs Erste genauso weiter. Was steht heute noch auf dem Programm?«

Sie zieht ihren Schreibblock aus der Tasche. Auch Calle nimmt sich ein Brötchen, reicht es an Idun weiter, die aber den Kopf schüttelt.

»Das alles hat mit dem Bodengården zu tun. Ich weiß, dass es so ist – es weist alles dorthin.«

Anders fährt sich mit der Hand durch sein störrisches Haar. Ein Fitzelchen Truthahn bleibt an seinem Haaransatz hängen, allerdings hat niemand die Energie, ihn darauf hinzuweisen. Langsam und mit erschöpfter Stimme fährt Idun fort.

»Elvira ist von dort ausgebrochen. Sie war schwanger, hat das Kind bekommen – an einem unbekannten Ort – und ist geraume Zeit später gestorben. Vermutlich hat sie in der Zwischenzeit in einem Versteck gelebt, und das wohl kaum freiwillig, allerdings können wir Letzteres nicht belegen. Agnes war ebenfalls im Bodengården untergebracht, als sie verschwunden ist. Keiner weiß, wo sie derzeit steckt, aber ich hatte von Anfang an den Verdacht, dass auch sie schwanger sein könnte.«

Anders hält mit dem Brötchen auf halbem Weg zum Mund inne.

»Wie kommst du darauf?«

»Weil sie angeblich Magenprobleme hatte, kurz bevor sie in den Bodengården verlegt wurde. Ihr war schlecht, und sie hat sich in den letzten Tagen in der Stockholmer Einrichtung ständig übergeben müssen.«

Siv nimmt einen Schluck Saft.

»Und du glaubst, das war Schwangerschaftsübelkeit und keine Magenverstimmung?«

Idun saugt Luft zwischen den Zähnen ein. Sie will gerade antworten, als Calle mit dem Brötchen nach ihr winkt.

»Jetzt iss endlich etwas, sonst erzähl ich deinem Chef, dass du depressiv bist und nichts mehr zu dir nehmen willst.«

Anders sieht ihn verwirrt an. Idun bedenkt Calle mit einem langen Blick, ehe sie das Brötchen entgegennimmt und es demonstrativ vor sich auf dem Tisch ablegt.

Dann dreht sie sich wieder zu Siv um.

»Ich glaube es nicht – ich weiß es.«

Siv schiebt sich die Brille ins Haar.

»Du hast *Beweise* dafür, dass Agnes schwanger war?«

»Ich habe gerade mit Sunderby telefoniert. Agnes hatte dort einen Termin für eine Abtreibung, zwei Tage nachdem sie verschwunden war. Sie ist dort allerdings nie aufgetaucht.«

Siv pfeift imponiert durch die Zähne.

»Schau einer an. Gute Arbeit!«

»Wir wissen nur nicht, ob Agnes zu dem Termin verhindert war oder ob sie es sich anders überlegt hat. Vielleicht hat ihr gedämmert, dass ein Termin im Krankenhaus ein ziemliches Risiko darstellen würde, zurück in den Bodengården gebracht zu werden. Sie muss schließlich damit gerechnet haben, dass nach ihr gesucht wird. Aber abgesehen davon ist es doch ein irrer Zufall, dass sowohl Elvira als auch Agnes schwanger waren, als sie verschwunden sind.«

Idun legt eine kleine Kunstpause ein.

»Die erste Möglichkeit wäre, dass sie beide das Kind behalten wollten, aber wussten, dass das im Bodengården nicht möglich gewesen wäre. Der Abtreibungstermin zeugt genau genommen nur davon, dass Agnes darüber *nachgedacht* hat, die Schwangerschaft zu beenden. Und wenn die Schwangerschaft der gemeinsame Nenner für ihrer beider Verschwinden ist, dann hängen die Fälle zusammen.«

Siv lehnt sich vor, nimmt eine Banane aus der Obstschale und reicht sie an Idun weiter, ohne sie dabei anzusehen. Idun nimmt sie entgegen und zieht die Schale ab. Calle verdreht die Augen.

»Und damit ist auch der Bodengården automatisch ein gemeinsamer Nenner. Außerdem ist er in der Nähe des Ortes, an dem Elvira wieder aufgetaucht ist.«

»Na, ob *auftauchen* die richtige Wortwahl ist ...«

Niemand geht auf Calles Einwurf ein. Idun beißt in die Banane.

»Wer in der Einrichtung wusste, dass Agnes einen Abtreibungstermin hatte?«, erkundigt sich Calle.

Idun sieht ihn an.

»Viveca wusste es. Direkt im Anschluss an mein Telefonat mit Sunderby habe ich sie angerufen. Tatsächlich wussten es alle im Team, sogar Mona. Die Frage ist nur, ob die Information relevant ist, weil Agnes ja nicht zu dem Termin erschienen ist.«

»Aber irgendwer muss doch eingeteilt worden sein, um mit Agnes zum Krankenhaus zu fahren?«

Idun presst die Lippen zusammen, ehe sie antwortet.

»Das hätte Viveca übernehmen sollen. Einer der Angestellten aus der Jungsabteilung war eben erst – Wochen vor dem berechneten Termin – Vater geworden, daher waren sie in der Zeit unterbesetzt. Nur deshalb sollte die Leiterin der Einrichtung Agnes persönlich in die Klinik fahren. Aber daraus ist wie gesagt nichts geworden.«

Calle reißt die Hände hoch.

»Und warum zur Hölle hat uns das niemand erzählt? Dass Agnes einen Abtreibungstermin hatte?«

Idun zuckt mit den Schultern.

»Das frage ich mich auch. Vielleicht hat niemand mehr daran gedacht? Vielleicht haben wir uns auch zu wenig nach Agnes erkundigt? Immerhin ermitteln wir vorrangig im Fall Elvira.«

»Dann sind wir selbst schuld? Willst du das damit sagen?«

»Ja, das will ich damit sagen.«

Calle seufzt.

»Die Jugendlichen, die inzwischen im Bodengården untergebracht sind, sind andere als damals zu Elviras Zeiten. Die einzige Ausnahme ist Emma, aber dass eine andere Jugendliche in das Verschwinden verwickelt gewesen sein könnte, fühlt sich ziemlich weit hergeholt an. Wie hätten sie das denn einfädeln sollen? Außer sie hatten Hilfe von außen – und da kommt möglicherweise Danne ins Spiel. Aber ich weiß nicht ... Er macht nicht den Eindruck, als wäre er zu so etwas imstande, gerade was Planung und dann ein so ausgeklügeltes Kidnapping angeht.«

Idun nimmt noch einen Bissen Banane.

»Trotzdem ist das mit dem Ultraschallbild unter seinem Bett komisch«, fährt Calle fort. »Aus einem Blog runtergeladen ... Das hat doch mit Elviras Kind nichts zu tun.

Andererseits wollte der Absender oder die Absenderin anscheinend, dass Danne erfuhr, dass Elvira schwanger war. Dazu der Brief, der ihn aufgefordert hat, sich am Riemen zu reißen ...« Calle kratzt sich am Hals. »Die Frage ist doch, zu welchem Zweck Danne sich hätte zusammenreißen sollen. Es ist ja nicht so, als hätte das Familiengericht ihm das Kind beizeiten anvertraut – einem ehemaligen Bewohner der Geschlossenen mit anhaltender Suchtproblematik?«

Idun legt die halbe Banane auf den Tisch.

»Das weiß man nie. Das Jugendamt kann Kinder natürlich bei den suchtkranken Eltern unterbringen. Es wäre nicht das erste Mal.«

Calle knetet sich resigniert den Nacken.

»Das hier ist doch eine verdammte Sackgasse. Und außer den Jugendlichen sind da auch noch die Betreuer, Beata und Knut und Mona, die hauptsächlich für die Mädchen verantwortlich sind. Vivecas Rolle ist mir auch immer noch nicht ganz klar – irgendwas stimmt mit ihr nicht, wenn ihr mich fragt. Aber natürlich kann sie die Ausnahme sein, die die Regel bestätigt. Mona ist Psychologin und Christin – verdammt fragwürdig, finde ich. Beata wirkt zumindest nicht auf natürliche Weise fürsorglich ... Ich kann noch nicht recht den Finger darauf legen – aber so ist es doch. Und Knut hat sich Steroide reingepfiffen, nicht in diesem und auch nicht im vergangenen Jahr, aber früher, verdammt, und vorbestraft ist er auch.«

Calle holt tief Luft.

»Und dann gibt es ja auch noch Personal in der Schule und in der Jungenabteilung. Aber wer sollte daran interessiert sein, Mädchen aus dieser Einrichtung zu verschleppen, schwangere obendrein? Das klingt irgendwie verquer ... und wie ein verdammt schlechtes Drehbuch.«

»Was wissen wir über ihre Backgrounds?«, fragt Siv. »Also, über die Herkunft der Betreuer?«

Idun übernimmt die Antwort.

»Ich hab mit Beata darüber gesprochen, während Calle sich mit Knut unterhalten hat: Sie wohnt allein, keine Kinder. Hat ziemlich offen darüber geredet, dass sie als kleines Mädchen den Tod einer Freundin miterleben musste, was sie anscheinend schwer mitgenommen hat. Laut Beata war der Tod eine direkte Folge der häuslichen Umstände. Beata hat ein Feuer in sich – sie brennt für vernachlässigte Kinder und Jugendliche. Auf mich hat das ehrlich gewirkt. Sie will für diese Jugendlichen einen Unterschied ausmachen. Trotzdem bin ich derselben Meinung wie Calle, also, dass irgendwas an ihrem Verhalten gekünstelt wirkt – ein bisschen, als glaubte sie nur, dass sie eine aufrichtig nette Person wäre. Ach, ich weiß auch nicht …«

Calle übernimmt.

»Der Typ, Knut, ist wegen Besitzes von anabolen Steroiden verurteilt worden. Er arbeitet im Bodengården, weil das nun mal eine Art ist, Geld zu verdienen. Allerdings ist er nicht von allein damit rausgerückt. Der Muskelmann ist ziemlich verschlossen, bei ihm musste ich schon ein bisschen nachbohren. Sowohl Knut als auch diverse Angehörige sind in sozialen Netzwerken aktiv und erzählen teils auch ziemlich frei von der Leber weg. Er ist jedenfalls mit Mutter, Vater und einer großen Schwester aufgewachsen. Die Eltern haben oft Pflegekinder bei sich aufgenommen, es gibt Fotos von ihnen, unter anderem auf Facebook. Sie wohnen in Smedsbyn. Ich hab das dortige Jugendamt angerufen, das widerwillig zugegeben hat, dass die Eltern jahrzehntelang Pflegeeltern waren. Es hat nie Probleme gegeben, und wenn ich die Tags auf den Facebook-Fotos anklicke, dann sieht man, dass mehrere dieser Kinder inzwischen erwachsen sind und immer noch engen Kontakt zu Knuts Eltern halten.«

Siv kneift hinter der Brille die Augen zusammen.

»Und Knuts leibliche Schwester?«

»Wohnt in den USA, ist mit einem US-Amerikaner verheiratet und hat drei Kinder. Sie war seit der Pandemie nicht mehr zu Hause, das habe ich bei der Einreisebehörde abgefragt. Die Schwester dürfte mit diesem Durcheinander wohl kaum etwas zu tun haben, selbst wenn Knut daran beteiligt wäre.«

»Und Mona?«

Idun schnalzt mit der Zunge.

»Mona scheint aus gediegenen Verhältnissen zu stammen. Ist studierte Psychologin und in einem christlich geprägten Akademikerhaushalt aufgewachsen. Sie ist Witwe, geht dreimal die Woche in die Kirche, was sie natürlich halbwegs interessant macht. Sie behauptet, am Samstag nicht dort gewesen zu sein, was sowohl der Pfarrer als auch der Organist bestätigt haben – die scheinen sie gut zu kennen. Mona hat kein Alibi, macht aber einen ruhigen, gelassenen Eindruck, der zumindest auf mich recht authentisch wirkt. Trotzdem ist sie irgendwie ... aalglatt und entzieht sich einem. Sie hat eine erwachsene Tochter, die woanders wohnt und von der sie nur ausweichend gesprochen hat. Ihr kommt man nicht so leicht nahe. Sie hält eine gewisse Distanz.«

Idun sieht zu Calle, der beifällig nickt.

»Finde ich auch. Die Psychologin ist ... langweilig, aber glaubwürdig. Was Eigenschaften sind, auf die ich nur ungern vertraue.«

Eine Zeit lang sagt niemand etwas. Am Ende nimmt Idun den Faden wieder auf.

»Ich habe sämtliche Angestellten in der Einrichtung als irgendwie gekünstelt erlebt – selbst Viveca, auch wenn sie die Widerspenstigste von allen ist, oder wie immer ich es ausdrücken soll. Sie antworten alle auf unsere Fragen, das ist nicht das Problem – aber alles wirkt irgendwie aufpoliert. Ihre Antworten sind wahnsinnig gut durchdacht. Da kommen wir nicht weiter, weil wir nun mal nicht hinter die Fassade gucken können.«

Anders nimmt sich noch ein Brötchen. Siv trommelt sich mit dem Stift ans Kinn.

»Und wie machen wir jetzt weiter?«

Idun und Calle sehen einander an. Erstmals seit geraumer Zeit sind sie sich mal wieder einig, dass sie eine Grenze überschreiten müssen. Sie haben sich noch am Vorabend darauf verständigt und wissen schon jetzt, dass Anders dagegen sein wird. Am Morgen haben sie deshalb noch mal telefoniert, während Idun im Bad stand, sich fertig machte und Calle bereits unterwegs zur Arbeit war.

»Wir gehen undercover rein.«

Genau wie erwartet, klappt Anders die Kinnlade runter. Krümel rieseln ihm aus dem Mundwinkel, ohne dass er es zu bemerken scheint.

»Oh nein, macht ihr nicht!«

Als er in Iduns und Calles entschlossene Gesichter blickt, steht er auf, und die Frischhaltefolie seines Brötchens segelt zu Boden.

»Ich hab schwören müssen, dass wir so etwas *nie wieder* machen! Keiner von euch ist dafür ausgebildet, solche Einrichtungen zu infiltrieren – und ich habe nicht vor, euch oder mich diesem Chaos noch einmal auszusetzen. Ihr wisst genau, was ich mir zuletzt dafür anhören musste, als Idun und Tareq sich bei Hannes Vinge eingeschlichen haben. Ihr geht nirgends undercover rein, habt ihr mich verstanden?«

Idun wartet, bis er ausgeschimpft hat, und ergreift seelenruhig das Wort.

»Nein, *wir* gehen nirgends rein, da hast du recht.«

Sie kann es Anders augenblicklich ansehen, als der Groschen fällt und er begreift, dass Idun und Calle ein Hintertürchen gefunden haben. Er seufzt tief und setzt sich wieder.

»Ich gebe euch kein grünes Licht. Aber raus mit der Sprache – was für einen Irrsinn habt ihr euch diesmal ausgedacht? Egal, was es ist – ich werde mit der Faust auf den Tisch hauen und Nein sagen.«

Idun sieht ihrem Vorgesetzten unverwandt in die Augen.

»Tareq geht rein.«

Anders winkt müde ab.

»Nein. Ich fliege nicht schon wieder einen Ermittler ein, wenn ich zwei eigene habe. Da müsst ihr euch schon etwas anderes ausdenken.«

»Er ist bereits hier.«

»Wie bitte?«

Idun sagt es genau so, wie Calle und sie es sich vorab zurechtgelegt haben.

»Wir möchten, dass Tareq sich in den Bodengården einschleust. Unsere erste Idee war, dass er als Pädagoge reinsoll, als Neuanstellung. Aber wir können Viveca nicht übergehen, erst recht nicht, da wir sie nicht richtig einschätzen können.«

Anders schnaubt.

»Dann wird das auch nichts mit dem Undercovereinsatz, habt ihr gehört?«

Siv sagt keinen Mucks. Idun legt die Fingerspitzen aneinander und presst sie sich unters Kinn.

»Anders, denk doch mal nach. Außer dem Mord an Elvira gibt es eine schwangere Jugendliche, die seit Monaten vermisst wird. Wir glauben, dass sie gegen ihren Willen festgehalten wird und der Bodengården mit ihrem Verschwinden zusammenhängt. Die Zeit läuft – unsere Ermittlungen sind festgefahren. Eine Person sitzt wegen Wilderei in U-Haft, während eine andere sich hier draußen den Kopf an der Ziegelwand blutig geschlagen hat. Irgendwer druckt Ultraschallbilder aus dem Internet aus und schickt sie dem mutmaßlichen Vater. Wir wissen nicht gut genug über das Personal Bescheid, aber zumindest wissen wir, dass einer dort früher illegale Substanzen zu sich genommen hat. Wusstest du das übrigens? Dass man keine weiße Weste haben muss, wenn man für eine intensivtherapeutische Jugendhilfeeinrichtung arbeiten will? Ganz ungewöhnlich ist es nicht, dass einstige Knastis sich dort anstellen lassen. Oft heißt es dann, dass sie für andere, die in eine ähnliche Lage geraten sind, etwas bewegen wollen – dabei bringen sie in Wahrheit Drogen dort rein, sind übergriffig und begehen alle möglichen Schweinereien.«

Calle gebietet ihr mit erhobener Hand Einhalt. Idun verstummt. Sie weiß selbst, dass sie sich verrannt hat. Sie schluckt und besinnt sich wieder aufs Thema.

»Wir müssen irgendwas tun, um weiterzukommen, gerade weil wir ja davon ausgehen, dass Agnes noch lebt und eventuell gefangen gehalten wird.«

Sie verstummt erneut, obwohl sie noch mehr zu sagen hätte, doch sie ahnt, dass Anders einen Moment braucht, um all das erst mal zu verdauen. Erst als er widerwillig nickt, kann sie fortfahren.

»Tareq wird sich nur kurz dort aufhalten. Er gibt an, von Gerichts wegen eine Kontrolle durchzuführen. Er wird einfach nur dasitzen, zuhören und Fragen stellen und ansonsten die Füße stillhalten.«

Anders reibt sich fest die Stirn, entdeckt, dass er Butter an den Fingern hat, und wischt sie sich an einer Serviette ab.

»Und ihr glaubt nicht, dass das Personal misstrauisch wird, wenn plötzlich ein Kontrolleur auftaucht?«

Idun beugt sich leicht vor.

»Doch. Aber es könnte genauso gut auch einen potenziellen Täter aus der Ruhe bringen. Genau so hatten wir es uns mit Danne gedacht, als wir ihn nach dem Ultraschallbild gefragt haben. Aber dann ist nichts passiert, und kurz darauf haben wir erfahren, dass das Bild gar nicht von Elvira stammen kann. Allerdings hätten wir es Danne angemerkt, wenn er irgendwie an ihrem Verschwinden beteiligt gewesen wäre. Du weißt ebenso gut wie wir, dass eine hinreichend große Bedrohung früher oder später jeden aus der Reserve lockt ... Na ja, zumindest fast jeden.«

Anders schweigt eine Zeit lang. Die anderen warten unterdessen geduldig ab.

»Dann geht Tareq als Kontrolleur rein ... Und für welches Amt, meintest du?«

»Für das Familiengericht, als Sachbearbeiter für intensivtherapeutische Einrichtungen.«

Anders wischt sich erneut über die Stirn.

»Manchmal seid ihr beiden echt schwer zu ertragen.«

Calle schnaubt theatralisch.

»Was glaubst du denn, was passieren könnte? Tareq hat jahrelang Erfahrung, das wissen wir von früher. Auch wenn es beim letzten Mal fast schiefgegangen wäre.«

Anders seufzt tief und sieht Idun an.

»Was macht er überhaupt hier?«

Sie spürt, wie ihre Wangen heiß werden.

»Er ist für ein paar Tage bei mir zu Besuch.«

Anders nickt bedächtig und nimmt sein Brötchen hoch. Er führt es an den Mund und kann sich ein kleines Schmunzeln nicht verkneifen, als er hineinbeißt.

Boden 2019

Mitte Februar klappt Emmas Vater auf der Terrasse einfach zusammen. Ihr Mutter kreischt panisch und schreit Emma zu, sie möge einen Notarzt rufen. Es dauert mehrere Minuten, bis der Rettungswagen da ist, aber dann geht alles ganz schnell. Ihr Vater muss ins Krankenhaus. Emma fühlt sich an jenen Januarabend zurückversetzt, an dem sie mit ihm hinter Mollys Rettungswagen hergefahren ist. Zwar ist es diesmal taghell vor den Autofenstern, doch in ihr herrscht die gleiche nachtschwarze Sorge wie damals. Emma hat nie auch nur darüber nachgedacht, dass ihre Mutter und sie mal allein zurückbleiben könnten. Die Vorstellung macht ihr mehr Angst als alles andere.

Doch ihr Vater überlebt. Der Schlaganfall raubt ihm die Sprechfähigkeit und die Beweglichkeit in der linken Körperhälfte. Nach sechs Wochen im Krankenhaus bekommt er einen Platz in einem Pflegeheim, das nur wenige Kilometer von zu Hause entfernt ist. Am selben Tag, als er dort einzieht, nehmen Emmas Ängste erneut Fahrt auf. Sie schläft nicht mehr, kann nicht zur Schule gehen und treibt sich stattdessen allein in der Stadt herum. An einigen Tagen schlendert sie einfach ziellos durch den Wald. Der Klassenlehrer ruft ihre Mutter an, ihre Schulgeldförderung wird eingefroren, ein paar Wochen später zitiert der Schuldirektor sie zu einem Gespräch, doch weder ihre Mutter noch Emma geht hin.

Als die Ängste so stark werden, dass Emma schon überlegt, sich auf die Bahngleise zu legen, erinnert sie sich wieder an den Vorfall mit dem Vogel, der gegen die Scheibe geflogen ist. Sie fängt an, im Wald Fallen aufzustellen, fängt Mäuse, die sie entweder totschlägt oder in einem Eimer ertränkt. Unterdessen hasst sie sich selbst, spürt die Selbstverachtung in sich lodern, und sie weiß insgeheim, dass sie ein furchtbarer Mensch ist. Molly ist tot, ihr Vater ein Pflegefall und die Mutter eine Person, die noch nie imstande war, ihre Kinder zu lieben. Immer hat sich alles um sie gedreht, und jetzt, da ihr Vater nicht mehr da ist, um den Boden zu küssen, auf dem die Mutter geht, fällt zu guter Letzt alles in sich zusammen. Irgendwann hört Emma auf, Angst zu haben: Sie kann einfach nicht mehr auf Zehenspitzen gehen, ignoriert ihre Mutter auf die gleiche Weise, wie diese zuvor Molly und Emma ignoriert hat.

Die Einsamkeit ist noch nicht mal das Schlimmste. Keine Freunde und keine Familie zu haben – damit kann sie leben. Wenn Emma das Bedürfnis nach Nähe hat, geht sie bei Oma im Seniorenheim vorbei. Oma ist alt und dement, hat keine Ahnung mehr, wer Emma überhaupt ist, aber sie lässt zu, dass Emma neben ihr sitzt und ihr über den Handrücken streichelt. Sanft hält Emma die runzligen Finger, flüstert ihrer Oma zu, dass sie sie liebe, und manchmal, wenn schönes Wetter ist, nimmt sie sie sogar im Rollstuhl auf einen Spaziergang mit. So verschmelzen Tage zu Wochen und Wochen zu Monaten. Emma kommt halbwegs klar und verbringt so wenig Zeit wie nur möglich zu Hause. Sie bringt weiterhin Mäuse und Vögel um, spürt jedes Mal, dass die Angst dann ein klein wenig nachlässt und der Schmerz in ihr drin erstarrt, dumpfer wird, tiefer unter die Oberfläche absinkt, verhärtet, bis er sich irgendwann anfühlt, als wäre er dauerhaft versteinert.

Als Emma in der Garage die Katze der Nachbarn vergast, ist der Teufel los. Ein anderer Nachbar ruft die Polizei, und das Jugendamt wird eingeschaltet. Was Emma getan hat, ist ein Verbrechen – und ein verabscheuungswürdiges obendrein. Emma erfährt nicht, was ihre Mutter zu der Sachbearbeiterin sagt, aber die Frau vom Amt entscheidet, dass Emma fürs Erste bei Pflegeeltern untergebracht wird. Sie kommt bei einem älteren kinderlosen Paar unter, auf einem Bauernhof weitab der Stadt. Emma schafft es nicht mal, in sich hineinzuspüren, ob sie sich dort wohlfühlt oder nicht, sie spürt nicht, wie das Loch in ihrem Bauch größer wird und der Schmerz sie wie Flammen verzehrt. Er nagt an ihrem Körper, erzeugt ein Vakuum aus aufgestauter Trauer, mit der die vierzehnjährige Emma nicht umgehen kann. Die Pflegemutter nimmt sie mit auf Wanderungen durch den Wald. Emma lernt, welche Pilze man essen kann und Vögel am Gesang zu unterscheiden. Der Pflegevater bringt ihr bei, wie man mit der Schrotflinte schießt, und nachts schleicht Emma sich nach draußen und zielt auf die Vögel, die sie jetzt problemlos am Gesang erkennen kann. Dieses Wissen ist vollkommen unnötig, setzt sich trotzdem tief in ihr fest.

Als sie eines frühen Morgens den kleinen Hund des Paares in der Wassertonne hinter dem Stall ertränkt, bekommt sie Panik, ohne recht zu verstehen, warum. Doch wie ferngesteuert, eilt sie in die Werkstatt, findet einen Benzinkanister, den sie mit in den Wald nimmt. Sie legt den toten Hund in eine Kuhle und kippt reichlich Benzin darüber, nestelt kurz mit ein paar Streichhölzern herum und braucht mehrere Versuche, ehe die ersten Flammen hochschlagen.

Was anschließend passiert, bekommt sie nicht mehr richtig zusammen; sie atmet einmal kurz verdattert ein, und plötzlich sind überall Flammen, die ihr über die Hände lecken. Sie glaubt, dass sie schreit, weiß es aber nicht sicher. Die Flammen zischeln an ihr empor, sie spürt, wie ihre Haut sich kräuselt, hört, wie wässrige Blasen aufplatzen. Trotz der Schmerzen meint sie zu spüren, dass ihre Arme kochen.

Sie rennt zurück zum Hof, entdeckt ihren Pflegevater und stürzt auf die Wassertonne zu, die an der Ecke des Wohnhauses steht. Genau dort wird sie ohnmächtig.

Sie hat schwere Brandverletzungen an beiden Armen. Einen guten Monat lang liegt sie im Krankenhaus und wird dort ärztlich versorgt. Zu den Pflegeeltern kehrt sie nicht mehr zurück. Sie wird wegen mehrfachen Verstoßes gegen das Tierschutzgesetz verurteilt und auf richterlichen Beschluss im Bodengården untergebracht. Es dauert ein paar Monate, bis sie einsieht, dass das jetzt ihr Zuhause ist. Dort ist sie eingesperrt, kann keine Tiere mehr quälen. Sie trifft Mona, die Emma für das, was sie erzählt, nicht verurteilt. Beata ist freundlich, Knut vorhersehbar, und auch mit den übrigen Mädchen in der Einrichtung kann sie leben. Eins der Mädchen, Elvira, ist sogar richtig nett. Sie versucht öfter, sich mit Emma zu unterhalten, akzeptiert aber auch, wenn Emma lieber vor sich hin schweigen will.

Ohne seinen Zwilling Zwilling sein zu müssen, ist eine lebenslange Bestrafung. Doch im Bodengården darf Emma zumindest trauern und sich an Molly erinnern, so wie sie war – die Beste auf der ganzen Welt. Zumindest sagt Mona das im Einzeltherapiegespräch über Molly: *Für dich, Emma, war Molly das Beste überhaupt.*

Elvira verschwindet. Es kommen neue Jugendliche, die irgendwann gehen und durch wieder andere ersetzt werden. Am Ende ziehen Joanna und Kajsa ein, die nach und nach sogar Emmas Freundinnen werden, hauptsächlich weil es nun mal niemand anders gibt, mit dem sie sich anfreunden könnte. Irgendwann kommt Agnes dazu. Auch sie will Emma nahe sein, ohne dass Emma verstehen würde, warum.

In der Einzeltherapie redet sie unablässig über ihr Bedürfnis, Tiere zu quälen, damit Mona gar nicht erst auf die Idee kommt, sie wieder gesundzuschreiben. Emma will nicht in eine Realität zurückkehren, in die sie nicht hineinpasst. Das Leben außerhalb erinnert sie zu sehr an Molly.

Joanna, Kajsa und Agnes hassen den Bodengården. Emma hingegen findet, dass es der beste Ort ist, den es überhaupt gibt.

Zu Hause in Iduns Küche lehnen Calle und sie an der Spüle. Warme Luft weht durchs gekippte Fenster, und die dünnen Leinenvorhänge, die Mika für Idun ausgewählt hat, blähen sich in der Brise.

Tareq sitzt an der Kücheninsel, auf demselben Stuhl, den Mika sonst nimmt, wenn sie und Idun zusammen kochen. Er sieht die beiden Ermittler an, die Schulter an Schulter dastehen.

»Ihr habt das gut durchdacht, muss ich sagen. Ein staatlicher Kontrolleur in einer staatlichen Einrichtung – das könnte als Deckmäntelchen funktionieren.«

Er sagt es mit seiner ruhigsten Stimme – und Idun ist auf der Hut, will nicht noch mehr Druck auf ihn ausüben, als sie es bereits getan haben. Calle hat die Hände seitlich auf die Arbeitsfläche gelegt.

»Wir finden keinen besseren Zugang, deshalb setzen wir alle Hoffnungen auf dich.«

Tareq sieht Calle konzentriert an.

»Dass ich Erfahrung in Undercovereinsätzen habe, stimmt natürlich. Aber bisher ging es da eher um kriminelle Organisationen, und die Einsätze dauerten jeweils länger. Hier handelt es sich um eine ziemlich kleine Einrichtung mit verhältnismäßig wenigen Akteuren. Und wenn ich ehrlich sein soll, wissen wir nicht einmal, ob unser Täter dort in der Einrichtung zu erwarten ist.«

Aufmerksam hören Idun und Calle seinen Einwänden zu.

»Es ist wirklich nicht so, dass ich mir *nicht* vorstellen könnte, dort reinzugehen, ich wüsste nur ehrlich gestanden nicht, was euch das bringen sollte. Wie soll eine Art Aufsicht die Art von Informationen hervorlocken, auf die ihr spekuliert?«

Calle will schon antworten, als Idun ihm die Hand auf den Arm legt.

»An sich sind wir deiner Meinung, und wir glauben auch nicht, dass wir den Fall auf diese Art lösen können. Weder das Personal noch die Jugendlichen werden einem Kontrolleur irgendetwas erzählen. Aber irgendjemand wird so vielleicht nervös – und wer nervös wird, gerät unter Stress.«

Tareq fährt mit der Hand über die Tischplatte.

»Wer unter Stress gerät, macht Fehler – und darauf zielt ihr ab?«

Idun und Calle nicken synchron, sodass es fast eingeübt aussieht.

»Mir ist schon klar, dass ihr zwei für so einen Schachzug auch selbst hinreichend kompetent wärt. Idun hab ich ja sogar schon in Aktion erlebt.«

Der Kommentar entlockt Calle ein amüsiertes Grinsen. Idun lächelt pflichtschuldig. Nur widerwillig erinnert sie sich an das, gelinde gesagt, unbehagliche Fest in der Vinge-Villa.

»Aber euch kennt man dort schon. Es muss also jemand reingehen, der dort noch nicht in Erscheinung getreten ist.«

Idun windet sich leicht.

»Dann könntest du dir vorstellen, für uns einzuspringen?«

»Ja.«

Calle fängt an, die Eingangsmelodie von *Star Wars* zu pfeifen.

»Was meint ihr – wie schnell bekommt ihr den Beschluss von oben? Es ist absolut unerlässlich, dass in der Einrichtung niemand von meinen wahren Absichten erfährt. Es reicht das mindeste Leck, und der ganze Einsatz ist null und nichtig.«

»Die Sache ist wasserdicht, das garantiere ich dir. Wir setzen alles auf eine Karte, zumindest solange Agnes verschwunden ist.«

»Okay. Dann tragt sämtliche Infos zusammen, die ich brauche, um glaubwürdig aufzutreten.«

Begeistert klatscht Calle in die Hände.

»*Yeah, man!*«

Er zieht einen Barhocker näher und setzt sich Tareq gegenüber.

»Der Einsatz beginnt nachts – das ist wohl der überzeugendste Zeitpunkt für eine unangemeldete Kontrolle. Derlei Geschichten dauern normalerweise vierundzwanzig bis achtundvierzig Stunden, aber die Intensivbefragungen kann auch jemand anders für dich übernehmen.«

Tareq blickt ratlos drein, und Calle winkt ab.

»Sorry. Ich fange noch mal anders an.«

Im selben Moment klingelt das Handy in Iduns Gesäßtasche. Als sie es hervorholt, steht Mikas Name im Display, und sie gibt Calle und Tareq ein Zeichen, dass die beiden ohne sie weitermachen sollen. Sowie Calle anfängt, Tareq über die Einrichtung Bodengården ins Bild zu setzen, nimmt Idun den Anruf entgegen und geht raus in den Flur.

»Mika, es passt gerade nicht gut, können wir vielleicht morgen telefonieren?«

»Ich hab die Zusage für das Vorgespräch, Idun! Den ersten Termin!«

Es sprudelt nur so aus Mika heraus, sodass Idun kaum noch mitkommt.

»Nächste Woche Mittwoch – hast du da Zeit?«

Idun kramt in ihrem Gedächtnis. Hat sie Mika versprochen, irgendwohin mitzugehen? In der Küche hört sie Calle und Tareq reden, verstehen kann sie allerdings nicht, was sie sagen.

»Stopp, Mika ... Tut mir leid, ich bin echt kaputt und müde. Wohin soll ich mitkommen?«

»Soll das heißen, du hast es vergessen?!« Mika ist laut geworden – als würde Lautstärke ihrer Schwester eher auf die Sprünge helfen. »Die künstliche Befruchtung! Ich hab den ersten Termin, Idun – ein Vorgespräch und Tests und die Untersuchung! Es geht los!«

Idun schließt die Augen und massiert sich die Stirn.

»Ist doch super. Du, Mika ... Ich sitze in einer Besprechung, können wir ...«

»Du *musst* mitkommen! Ich soll am ersten Tag meiner Menstruation auf der Station anrufen – das ist heute in einer Woche, der Termin am Mittwoch passt also perfekt! Kannst du dir da freinehmen? Das Gespräch ist gleich morgens um halb acht.«

Idun kann kaum zwei Sekunden darüber nachdenken.

»Idun?!«

»Ja, entschuldige ... Natürlich komme ich mit. Halb acht. Du kannst auf mich bauen.«

»Du wirst eine fantastische Tante! Die beste überhaupt! Sag Papa nichts, bitte! Übrigens ist nächsten Sonntag Essen bei ihm – mit Erna –, da wollte ich es ihm erzählen, also, wenn der Termin am Mittwoch gut läuft. Ich ruf dich morgen an, ciao, und noch frohes Schaffen!«

Dann ist sie weg, bevor Idun noch etwas dazu sagen

kann. Sie steht mit dem Handy in der Hand im Flur, und es rauscht in ihrem Kopf, allerdings nicht auf gute Art.

Sie hat bis jetzt keine Sekunde lang darüber nachgedacht, doch urplötzlich kreisen die Gedanken wie ein Wespenschwarm. Idun versucht, sich den Sommer in Erinnerung zu rufen. Sie ist in der Woche vor Mittsommer nach Stockholm gefahren, hatte jede Menge Resturlaub genommen und trotzdem noch zig Tage übrig. Sie kramt im Gedächtnis, geht ihre Urlaubstage durch, versucht, das Puzzle zu einem Gesamtbild zusammenzulegen – vergeblich.

Ihr Handy schaltet auf Stand-by. Sie tippt die PIN ein, ruft ihren Kalender auf und scrollt rückwärts durch August, Juli und Juni. Am Ende findet sie, wonach sie gesucht hat, und spürt, wie der Flur um sie herum ins Wanken gerät. Es ist, als würde der Boden sich unter ihr auftun.

Sie hatte zuletzt Mitte Juni ihre Periode. Das ist bereits mehr als zwei Monate her. Natürlich ist so etwas auch zuvor schon passiert – wenn sie zu viel gearbeitet oder zu viel trainiert hat. Aber so war es in diesem Sommer nicht. Natürlich, sie hat trainiert, aber nicht im selben Maße wie sonst. Stattdessen hat sie den längsten Urlaub ihres Lebens gemacht. Zusammen mit Tareq.

Es fühlt sich an wie ein Faustschlag in den Solarplexus. Mit dem Handy in der Hand schimpft sie sich einen Schwachkopf sondergleichen. Sie ist nicht überarbeitet, sie wird auch nicht krank, ist weder ausgebrannt noch psychisch instabil. Tareq und sie haben während des Urlaubs schon mal die Nacht zum Tag gemacht – aber nicht deshalb ist sie ständig müde, ganz gleich, wie viel Schlaf sie nachzuholen versucht.

Sie ist müde, weil sie schwanger ist.

Emma schießt gerade noch durch den Kopf, wie merkwürdig es ist, dass Joanna sich verspätet, als sie auch schon in der Tür zur Waschküche auftaucht. Kajsa hat sich unterdessen dermaßen frenetisch die Fingernägel abgekaut, dass das Nagelbett an mehreren Stellen blutet. Sie verzieht das Gesicht, als sie sich die Hand an ihrer hellgrauen Jogginghose abwischt. Auf dem noppigen Stoff bleiben rosa Streifen zurück.

Joanna und Emma schieben den Trockenschrank beiseite. Es geht ganz leicht, Joanna hat den Dreh inzwischen raus und kippelt den Schrank annähernd lautlos einen halben Meter zur Seite. Als die Luke dahinter freiliegt, grinst sie vergnügt und schraubt routiniert die unteren Schrauben los. Emma ist sich mittlerweile ganz sicher: Heute Abend wird sie der Schwesternschaft den Rücken kehren. Seit sie im Bodengården eingezogen ist, hat sie sich geschworen, unter keinen Umständen in Schwierigkeiten zu geraten. Die Schwesternschaft widerspricht diesem Vorsatz, und deshalb muss damit Schluss sein. Bereits heute Abend geht sie zu Ende.

Sie kriechen durch die Öffnung, Emma vorneweg, Joanna als Letzte. Kajsa darf in der Mitte gehen, weil sie sowohl jemanden vor sich als auch eine Nachhut braucht. Joanna schaltet die Taschenlampe an, und sie überqueren den länglichen Absatz. Dann gehen sie die klagend quietschende Treppe hinunter. Wie immer riecht es nach Feuchtigkeit und Rost, und die Felswände sind bedrohlich dunkel. Die Schatten, die die Taschenlampe wirft, kriechen die Wände empor und enden an der Gewölbedecke. Auch die scheint aus dem Fels herausgeschlagen zu sein und ist meterhoch, wie ein grauer, undurchdringlicher Himmel. Erst im Tunnel selbst kann man die Decke berühren, wenn man sich danach ausstreckt. Das Gefühl ist klaustrophobisch.

Sie haben die Treppe kaum hinter sich gelassen, als sich etwas in der Luft verändert. Es ist, als würden die Geräusche oder das Licht ins Wanken geraten. Die Veränderung ist minimal – doch alle drei bemerken es.

Emma dreht sich als Erste um. Nur den Kopf – und ihr Blick fährt über die Steinwände. Ihr Gehirn nimmt zur Kenntnis, dass oben durch die Luke in der Wand Licht fällt, und sie weiß theoretisch, dass dieses Licht aus der Waschküche kommt, auch wenn das gar nicht sein kann, weil das Blech doch die Öffnung verdeckt. In der nächsten Sekunde spürt sie, dass auch die anderen verdutzt sind, und sieht aus den Augenwinkeln, wie Joanna sich umdreht.

In der Öffnung taucht ein schwarzer Umriss auf. Emma steht wie versteinert da, während sie noch versucht, zu begreifen, was sie dort oben vor sich sieht. Joanna und Kajsa tun es ihr gleich, starren nach oben, wo die Luke plötzlich offen steht, der Umriss größer wird, bis Sekunden später das Licht vollends verschwunden ist, weil etwas Großes sich davorgeschoben hat. Die Bewegung ist träge – womöglich ist sie das aber auch nur in Emmas Kopf. Sie hat kein bisschen Angst, ist trotzdem wie gelähmt, weil sie ihre Sinneseindrücke nicht sortieren und verstehen kann.

Dann ist die Luke wieder zu. Über ihnen ist es stockdunkel, Schatten fressen die Blechluke auf. Vorsichtig atmet Emma ein, will gerade Joanna zuflüstern, dass sie die Taschenlampe nach oben richten soll, kommt aber nicht mehr dazu, weil Joanna es von ganz allein macht.

Der Lichtkegel wandert die Treppe hinauf. Es geht schnell und langsam gleichermaßen, die Felswände schreien stumm, als das Licht über das harte Grau hinweghuscht.

Und dann steht er dort – mitten im Lichtkegel, mit all seinen Muskeln und seiner Härte und einem Gesichtsausdruck, in dem sich Verwunderung und so viel Wut vermischen, dass Emma spürt, wie die Beine unter ihr nachgeben. Irgendwas rauscht durch ihren Körper, ein Wasserfall, der laut dröhnt und sie zur Flucht auffordert.

Knut legt die Hand an den Handlauf und sieht auf die drei Mädchen hinab, die direkt vor ihm stehen. Es vergeht ein Moment, sein Blick ist wie Eis, das Gesicht lodert wie Feuer, obwohl der Lichtschein dafür sorgt, dass seine Haut so weiß aussieht, dass sie fast durchsichtig wirkt.

Emma glaubt, dass sie noch einen Atemzug schafft. Irgendwas füllt jedenfalls ihre Lunge. Gleichzeitig explodiert ein einziges Wort in jeder Zelle ihres Körpers. Sie rührt sich keinen Millimeter, sieht lediglich, dass Knut zwei Schritte macht, dass er den Fuß auf die nächste Stufe setzt – und unsicher zu sein scheint, ob die Treppe sein Gewicht tragen kann. Die Bewegung beschert Emma neue Energie, und in der nächsten Sekunde kreischt sie, sodass es von den Wänden widerhallt: »Rennt!«

Idun hält den leeren Becher unter den Wasserhahn. Warmes Wasser läuft über ihre Hände, als Calle sich zu ihr gesellt und seinen Becher in die Spüle stellt.

»Wo warst du denn so lange?«

Sie blickt auf.

»Hm?«

Er mustert sie skeptisch.

»Du bist mit dem Kopf ganz woanders. Ich wüsste gern, wo.«

Sie hört die Fürsorge in seiner Stimme, dreht das Wasser kalt und hält die Finger in den Strahl.

»Willst du auch Wasser?«

Er schüttelt den Kopf.

»Iddan, verdammt noch mal, reiß dich am Riemen. Tareq geht dort heute Nacht um Punkt ein Uhr rein. Ich hab Siv geschrieben, die mit Anders gesprochen hat – wir haben von Sandberg grünes Licht und müssen nur noch auf dem Revier vorbei, um Tareqs Fake-Ausweis abzuholen.«

»Ein Uhr nachts – ist das wirklich eine so gute Zeit für eine unangemeldete Kontrolle?«

Er runzelt die Stirn.

»Das haben wir doch schon besprochen. Idun, was ist eigentlich los?«

Sie antwortet nicht. Calle seufzt.

»Ich hab Siv danach gefragt, aber laut der Tante vom

Amt, mit der sie gesprochen hat, ist das eine geeignete Zeit. Da ist nur die Nachtschicht vor Ort, die üblicherweise allein arbeitet, während die Jugendlichen schlafen. Sind doch gute Voraussetzungen für ein ausführliches Gespräch.«

Idun knetet sich den Nacken. Ihre nasse Hand hinterlässt Tropfen am T-Shirt-Ausschnitt. Calle packt sie bei der Schulter und drückt sie sanft. Die Schulter tut nach ihrem Sturz im Wald immer noch weh.

»Ist etwas mit Mika? Oder mit Tareq?«, fragt er leise. »Du weißt, wenn du reden willst, bin ich für dich da.«

Idun späht in Richtung Wohnzimmer. Tareq ist nirgends zu sehen.

»Der Anruf gerade ... Das war Mika. Sie hat vor, sich künstlich befruchten zu lassen und alleinerziehende Mutter zu werden. Das ist gerade ein bisschen viel.«

Calle pfeift leise durch die Zähne.

»Ach, du Schande ... Na dann, schöne Grüße und Glückwunsch.«

Tareq betritt die Küche. Idun füllt abermals ihren Becher und nimmt ein paar große Schlucke, obwohl sie gar keinen Durst mehr hat.

»Ich wäre so weit.«

Er hat sich umgezogen und trägt eine schwarze Anzughose und ein dunkelblaues Hemd. Der Bart sieht aus, als hätte er ihn frisch geölt. Calle verschränkt die Arme vor der Brust, was er immer macht, wenn er entweder genervt oder beeindruckt ist.

»Anders meint, wir bräuchten mehr Vorbereitungszeit, aber ich habe ihm gesagt, dass du die nötige Routine hast. Hoffentlich hab ich ihn nicht angelogen.«

Idun spürt, wie sie weiche Knie bekommt.

»Du hast nicht gelogen. Undercover in eine geschlossene Einrichtung zu gehen, dürfte kein Problem sein. Wenn dort irgendetwas zu holen ist, dann hole ich es mir. Siv hat mir massenhaft Fragen geschickt, die ich stellen kann ... Sagt man das so? Sich etwas holen?«

Calle zuckt mit den Schultern.

»Wir verstehen schon, was du meinst. Sollen wir mit meinem Auto zur Dienststelle fahren? Dann fahren wir mit zwei Wagen weiter zur Einrichtung, du in einem und Idun und ich im zweiten. Ich habe Siv erzählt, dass wir vor der Kirche parken. Wenn wir binnen einer Stunde nichts mehr von dir gehört haben, fahren wir wieder. Du weißt ja, wie du uns erreichen kannst, falls es Probleme geben sollte.«

Tareq hört Calle aufmerksam zu und wartet mit seiner Antwort, bis der Kollege fertig ist.

»Wissen wir, wer heute Nacht Dienst hat?«

»Knut plus jemand aus der Jungenabteilung. Siv hat mit der Chefin telefoniert, mit Viveca. Die Frau verursacht mir eine Gänsehaut – diese rockige Verkleidung und das aufgesetzte Verhalten ... Ich traue ihr nicht, genauso wenig, wie ich Mona und Beata traue. Die sind allesamt Fakes – während Knut einfach nur leicht unterbelichtet ist.«

Idun hört Calle nur mit halbem Ohr zu. Sie ist in Gedanken immer noch bei dem, was er zuvor gesagt hat – dass nur ein einziger Erwachsener nachts vor Ort ist. Wie weiß Viveca eigentlich, dass die Nachtschicht ihren Job anständig macht? Und wer glaubt den Jugendlichen, wenn sie behaupten, das Gegenteil wäre der Fall?

Das Trio geht raus auf den Flur.

»Ist die Nachtschicht eigentlich immer allein?«

Calle zieht seine Schuhe an.

»So hab ich's verstanden, ja. Es gibt natürlich Ausnahmen, wenn etwas Besonderes vorfällt. Wenn neue Jugendliche einziehen, sind in den ersten Wochen immer rund um die Uhr zwei Erwachsene da. Aber die Belegung in der Mädchenabteilung ist seit geraumer Zeit unverändert – mal abgesehen davon, dass eine von ihnen abgehauen ist.«

Sie verlassen die Wohnung. Idun atmet hörbar die kühlere Treppenhausluft ein. Calle sieht sie stirnrunzelnd an. Zur Antwort schüttelt Idun kaum merklich den Kopf.

Auf dem Weg hinaus hat sie große Lust, Tareq am Arm zu berühren, reißt sich dann aber im letzten Moment zusammen. Sie überqueren den Parkplatz und setzen sich ins Auto, Calle hinters Steuer, Idun auf den Beifahrersitz und Tareq auf die Rückbank. Routiniert steuert Calle den Wagen hinaus auf die Straße und dann durch den späten Augustabend.

Wie ein einziges Durcheinander aus schwingenden Armen und Beinen stürzt das Mädchentrio durch die erste Tür. Emmas Panik fühlt sich wie eine offene, pulsierende Fleischwunde an. Die Dunkelheit hinter ihnen ist kompakt, Joannas Taschenlampenlicht wippt vor ihnen auf und ab, während sie durch den Tunnel rennen. Die Steinwände neigen sich bedrohlich nach innen. Es fühlt sich an, als wäre alles in Bewegung, als würde der Tunnel mal weiter, mal enger werden.

Sie stürzen durch die nächste Tür, strecken sich nacheinander aus, versuchen, mucksmäuschenstill zu sein, was aber unmöglich ist. Sie wissen nicht genau, wo Knut bereits ist – aber natürlich ist er längst hinter ihnen her.

Emma steht hinter den anderen, dreht sich um, packt mit beiden Händen die schwere Tür und versucht, sie so schnell wie nur möglich zuzuziehen. Als Joanna ihr zu Hilfe eilt, stoßen sie mit den Schultern aneinander. Sie rackern sich ab, doch der runde Türgriff rührt sich keinen Millimeter. Die Panik rauscht regelrecht in ihrem Kopf.

»Wir müssen uns aufteilen«, flüstert Emma – oder vielleicht kreischt sie es auch, sie weiß es selbst nicht genau. Im Schein der Taschenlampe sieht sie, dass Joanna hektisch nickt.

Dann wirbeln sie herum – nur Kajsa bleibt stehen und presst sich die Hände an die Wangen.

»Ich kann hier nicht allein sein!«
Joanna packt sie am Arm.
»Wir verstecken uns in dem Zimmer mit den Betten.«
Emma nickt, während ihr ein Gedanke durch den Kopf schießt.
Wenn man allein ist, hat man die besten Chancen, nicht gehört zu werden.
»Ihr findet euch auch ohne Licht zurecht. Gib mir die Taschenlampe.«
Sie hat einen komischen Geschmack im Mund. Tausend Ameisen krabbeln ihr über die Beine. Joanna wirft ihr die Taschenlampe zu und zieht Kajsa hinter sich her durch den Tunnel. Einen Augenblick später werden die beiden von der Dunkelheit verschluckt.
Emma wirbelt herum. Verzweifelt sieht sie sich nach einem Versteck um und entdeckt ein niedriges Gitter auf Fußbodenhöhe in der Steinwand. Es ist fast doppelt so breit wie das Blech in der Waschküche. Sie eilt darauf zu, beugt sich vor, zerrt mit der freien Hand daran, und die rostigen Schrauben geben sofort nach. Allerdings hat sie zu fest gezogen, sodass sie mitsamt Gitter in der Hand rücklings auf dem Fußboden landet. Verwundert sieht sie darauf hinab. Dann hört sie ein Geräusch, das von der anderen Seite der Tür zu kommen scheint, nimmt an, dass Knut sich nähert, will vor Angst am liebsten schreien, hält dann aber den Mund. Stattdessen schaltet sie die Taschenlampe aus, geht auf alle viere und kriecht durch die Öffnung in der Wand. Emma ist schlank, sie passt problemlos hindurch, streckt die ganze Zeit über die Hand vor sich aus, damit sie nicht irgendwo anstößt, und kriecht, so schnell sie kann, vorwärts. Der Durchlass ist einen guten Meter breit, und obwohl sie nur die Beine und einen

Arm einsetzt, ist sie im Handumdrehen auf der anderen Seite.

Mit einem Arm über Kopf als Puffer richtet sie sich vorsichtig auf. Sie kann aufrecht stehen, und wenn sie die Arme nach oben ausstreckt, kann sie gerade so die Decke berühren. Lautlos macht sie zwei Schritte zur Seite, erreicht eine weitere Felswand, versucht, die Panik hinunterzuschlucken, und geht mit ausgestreckter Hand an der Wand entlang. Sie hat nur Strümpfe an und tritt behutsam auf. Sie weiß genau, dass sie totenstill sein muss. Zögerlich tastet sie sich voran, hat Angst, über irgendwas zu stolpern, traut sich nicht, die Taschenlampe wieder anzuschalten, weil sie entdeckt werden könnte. Sie hat keine Alternative, als sich zu verstecken, Knut ist ihnen auf die Schliche gekommen, die Strafe wird hart, das ist klar. Trotzdem fühlt es sich lebenswichtig an, dass sie jetzt unentdeckt bleibt, warum, weiß Emma nicht, sie kann nicht mehr klar denken, all dies hier widerspricht ihren sonstigen Überlebensstrategien. Sie hätte nie mit nach unten gehen dürfen – und doch befindet sie sich jetzt auf der Flucht, statt einfach die Füße still zu halten. Scheiße, *gottverdammte Scheiße*, hätte Agnes gesagt.

Mit der Hand ertastet sie eine Ecke. Die Felswand vor ihr knickt nach links ab. Zaudernd umrundet sie die Ecke und versucht weiterzugehen. Sie hat die Hand immer noch vor sich ausgestreckt, tastet mit den Fingern durch die Luft – und nach gut zehn Metern stößt sie etwa auf Brusthöhe auf einen Gegenstand. Irgendwas zittert, und es folgt ein Knacken. Emma hat solche Angst, dass sie sich beinahe einnässt. Sie bleibt reglos stehen, lässt mehrere Sekunden verstreichen, ehe sie sich traut, erneut die Hand auszustrecken. Sie ist ganz vorsichtig und umgeben von tiefster Dunkelheit. Ihre Hand stößt gegen etwas Zitterndes. Auch der Gegenstand scheint sich auszustrecken. Er liegt auf einem breiten Podest auf und ist größer als Emma. Sie klemmt sich die ausgeschaltete Taschenlampe zwischen die Oberschenkel, um beidhändig tasten zu können, so geht es einfacher – und schon im nächsten Moment stellt sie fest, dass der Gegenstand aus Plastik ist. Sie atmet wieder ein wenig ruhiger, hat sich halbwegs im Griff, lauscht aber immer noch auf Geräusche. Wenn Knut ihr nachsetzt, dann muss sie sofort tiefer in den Tunnel hinein. Sie will nicht die Erste sein, die er sich schnappt. Denn was, wenn Joanna trotz allem recht hat? Was, wenn er ein Vergewaltiger ist?

Nachdem sie den Gegenstand eine Zeit lang mit beiden Händen abgetastet hat, dämmert ihr, dass es sich um eine Anziehpuppe handeln muss, um eine Schaufensterpuppe, wie sie in Klamottenläden stehen. Wie bescheuert ist das denn? Wer hat die hier hingestellt? Und warum? Die Puppe ist breit gebaut, wenn auch leicht wackelig, und hat die Gestalt eines Männerkörpers. Emma tastet ihn von Kopf bis Fuß ab. Die Kleidung besteht aus grobem Stoff, fast wie die Jute, mit der sie in der Vorschule gebastelt haben. Über der Schulter hängt eine Art Gewehr, glaubt Emma, und vorsichtig zieht sie es herunter. Es ist schwer – womöglich ist es sogar echt? Sie geht ein paar Schritte zurück, bis sie mit dem Gewehr in der Hand und dem Rücken zur Wand dasteht. Sie muss dringend nachdenken. Emma weiß, wie man ein Gewehr benutzt, das hat sie bei ihren Pflegeeltern auf dem Bauernhof gelernt. Aber wie klug wäre es wohl, wenn sie hier unten um sich schießen würde, wo alles aus Stein ist? Der Rückschlag könnte fatal sein.

Sie schultert das Gewehr und geht weiter hinein in den Tunnel.

Die Waffe fühlt sich schwerer an als jene, die sie auf dem Bauernhof benutzt hat, und nötigt sie, ein wenig langsamer zu gehen. Sie spürt den kalten Steinboden durch die Strümpfe, streckt erneut eine Hand nach der Wand und die andere vor sich aus. Dieser Tunnel ist länger, und die Geräusche sind komisch – als würde sie durch eine Konservenbüchse hindurchgehen. Es klingt irgendwie dumpf, aber es riecht nicht annähernd so feucht, und die Wände hier sind trocken.

Emma hofft inständig, dass Joanna und Kajsa sich im Schwesternschaftsraum verstecken konnten und Knut sie noch nicht entdeckt hat. Sie hat keine Ahnung, was nach alldem hier passieren wird, aber garantiert landen sie in der Iso – und Mona wird von einer Vertrauenskrise reden und davon, wie wichtig es sei, die Verantwortung für seine Handlungen zu übernehmen. Am meisten enttäuscht wird Beata sein: Sie wird die Mädchen stumm ansehen, ihnen wortlos ein Frühstück vorsetzen und wäre zutiefst verletzt, weil sie sie derart hintergangen haben. Emma kann Beatas Enttäuschung nur schwer ertragen, weil ihre Schweigsamkeit sie an die ihrer Mutter erinnert.

Sie erreicht eine weitere Ecke, bleibt jäh stehen und sieht aus der entgegengesetzten Richtung ein schwaches Licht. Sie blinzelt ein paarmal, glaubt, dass sie es sich nur einbildet, aber ganz gleich, wie oft sie die Augen schließt und wieder aufmacht: Das Licht ist immer noch da. Es erstreckt sich als schmaler warmgelber Streifen über den Steinboden. Emma hat keine Ahnung, wo über ihr inzwischen der Bodengården liegt, sie hat ohnehin einen schlechten Orientierungssinn, doch auf der Flucht vor Knut hat sie diesmal keinen Gedanken an Richtungen verschwendet. Sie weiß nur, das aber mit Sicherheit, dass sie in diesem Tunnel nie zuvor gewesen ist.

Emma weicht hinter die Ecke zurück. Ihr Kopf fühlt sich leicht benebelt an. Sie ist wahnsinnig müde und hat immer noch Todesangst. Doch irgendwann muss sie sich schließlich einen Ruck geben.

Vorsichtig geht sie in die Hocke. Beugt sich vor – ganz, ganz behutsam, damit das Gewehr nicht über die Wand schabt. Sie setzt beide Hände flach auf den Steinboden, spürt, wie sich die Kälte durch ihre Unterarme fortsetzt, es läuft ihr eisig den Nacken und Rücken hinunter, trotzdem beugt sie sich noch ein Stück weiter vor. Ihre Beine zittern, als sie um die Ecke späht.

Dahinter liegt ein weiterer, kürzerer Tunnelabschnitt. Die Wände sind merkwürdig abgerundet und mit einem buckligen Blech verkleidet. Emma kann sich nicht mehr erinnern, wie das richtig heißt – es ist aber auch egal. Unter der Decke hängt dieselbe Art Leitung wie im allerersten Tunnel, mit Keramikbechern entlang fest montierter Kabel.

Am Ende befindet sich ein großes Gitter, das von einer Wand zur anderen und vom Boden bis zur Decke reicht, mittendrin ein Stahlrahmen und eine Tür, auch die aus groben Gitterstäben. Auf der linken Seite der Tür befindet sich eine Öffnung mit zwei Luken, die ebenfalls vergittert sind. Die äußere Luke ist offen und auf den Boden herabgekippt, während die innere geschlossen ist.

Emma versucht, zu begreifen, was sie dort vor sich sieht. In ihrem Kopf entsteht ein merkwürdiges Brausen. Hinter dem Gitter entdeckt sie einen Tisch und vier Stühle, eine kleine Kochnische und ein altes Ecksofa. Sie glaubt schon, dass sie träumt, dass all dies nicht echt ist. Und sie hat vollends aufgehört, auf Geräusche zu achten. Jeden Moment könnte Knut hier auftauchen, doch das ist Emma inzwischen egal.

Denn hinter dem Gitter liegt jemand auf dem Boden. Auf der anderen Seite der Gittertür, schräg vor dem Tisch, genau hinter dieser komischen Durchreiche mit den Luken. Es ist ein Mädchen. Sie trägt ein langes Nachthemd, liegt mit angezogenen Beinen und mit dem Rücken zu Emma auf der Seite, und trotzdem weiß Emma sofort, um wen es sich handelt.

Agnes.

Das Mädchen, das hinter dem Gitter liegt, ist Agnes.

Während Calle und Tareq den Aufzug nach unten nehmen, um Tareqs Ausweis abzuholen, geht Idun in ihr Arbeitszimmer. Sie schiebt die Tür hinter sich zu, denkt sogar darüber nach, abzuschließen, lässt es dann aber bleiben. Stattdessen lehnt sie sich bloß von innen gegen die Tür und schließt die Augen.

Sie weiß nicht mehr, was sie tun soll. Natürlich muss sie einen Termin für eine Abtreibung vereinbaren – aber was dann? Sie hat nicht vor, Tareq einzuweihen, und Mika erst recht nicht. Wird man anschließend krankgeschrieben, oder arbeitet man einfach weiter? Siv wird ahnen, dass etwas vorgefallen ist, Calle ebenfalls. Letzterem kann Idun aus dem Weg gehen – normalerweise geht er von selbst auf Abstand, wenn Idun ihm deutlich genug zu verstehen gibt, dass sie nicht reden will. Siv ist da schwieriger, aber diesem Problem will Idun sich stellen, wenn es so weit ist.

Ohne zu wissen, warum, legt sie die Hände an ihren Bauch. Er ist immer noch flach, weder spürt sie die Schwangerschaft, noch kann man sie ihr ansehen. Und so muss es auch bleiben.

Sie schlägt die Augen wieder auf, tritt an ihren Schreibtisch, lässt sich auf ihren Schreibtischstuhl fallen und kramt ihr Handy hervor. Eilig ruft sie die Krankenhaus-Website auf. Die Telefonzentrale ist tags darauf erst ab acht Uhr wieder besetzt. Sie fragt sich, ob man noch am selben

Tag dort einen Termin bekommen kann. Sie könnte sich selbst für ein paar Tage krankmelden – eigentlich sollte das kein Problem sein, die Frage ist nur: Was macht sie unterdessen mit Tareq? Er hat immer noch Urlaub und wollte die Woche über bleiben. Sollte sie mit dem Termin vielleicht warten, bis er wieder nach Hause gefahren ist? Das hieße, sie würden die nächsten Tage zusammen verbringen, während sie mit seinem Kind schwanger ist, das sie unter gar keinen Umständen austragen will.

Sie schließt erneut die Augen – und ist selbst verwundert, als sich ihr der Hals zuschnürt. Eilig steht sie auf, und zwar so abrupt, dass ihr Stuhl nach hinten rollt und gegen das Bücherregal stößt. Ein Bilderrahmen fällt herunter und geht zu Bruch. Scherben prasseln überallhin.

Idun seufzt. Sie beugt sich vor und nimmt den kaputten Rahmen hoch. Es ist ein Foto von Mika und ihr, vom Tag ihres Examens an der Polizeihochschule. Papa hat es geschossen, und Idun weiß noch, dass Mama neben ihm und Nore schräg hinter ihm stand.

Die Trauer schlägt um in Wut. Idun reibt sich fest die Schläfen. Da ist so vieles, was sie nie verarbeitet hat, was tief in ihr festsitzt und was sie nie rausgelassen hat. Gewisse Dinge musste sie einfach begraben. Idun verabscheut niemanden so sehr wie ihren großen Bruder.

Sie stellt das Bild zurück ins Regal. Ein paar Scherben sitzen noch im Rahmen fest, und Mikas Kleid scheint weiße Risse zu haben. Idun nimmt sich vor, es neu abzuziehen, die Bilddatei hat sie noch zu Hause in ihrem Rechner. Zwei Schwestern, die in die Kamera strahlen. Idun weiß noch, dass Mika so stolz war, dass sie sogar weinen musste, und niemand sonst nahm sie dermaßen fest in die Arme. Nore umarmte sie ebenfalls und flüsterte ihr leise ins Ohr, dass sie jetzt sogar als Erwachsene Räuber und Gendarm spielen könnten.

»Was für ein Glück, dass sie die Zugangsvoraussetzungen runtergesetzt haben, so konntest sogar du dort studieren.«

Flüsterte Nore. Obwohl er genau wusste, dass Iduns Noten weitaus besser gewesen waren als seine.

Ein paar Jahre später saß Idun in einer Fortbildung zum Thema Psychopathie und Narzissmus. Als der Dozent über das Bedürfnis von Betroffenen sprach, die Leistungen anderer kleinzureden, dämmerte ihr, was Nore war. Endlich hatte sie eine Erklärung für seine Gemeinheiten, einen Namen für seine Neigung, immerzu alle schlechtzumachen. Und dann erwähnte der Dozent überdies, dass das Krankheitsbild erblich sei.

Eilig huscht Emma zurück um die Ecke und kauert sich abermals an die Steinwand, starrt zu Boden und versucht fieberhaft nachzudenken. Nach einer Weile lehnt sie sich zurück, und das Gewehr schabt leise über den Fels. Sie presst die Fingerspitzen auf die Augenlider, sieht Lichtflecken herumwirbeln und Gestalt und Farbe ändern. Einen Augenblick später vermindert sie den Druck, und ihr Gesichtsfeld wird von schwarzen Flecken umrahmt. Sie dreht den Kopf nach rechts, lauscht im Dunkeln in die Richtung, aus der sie gekommen ist, aber da ist nichts. Es ist wirklich kohlrabenschwarz hier unten, das einzige Licht stammt aus dem vergitterten Raum, in dem Agnes liegt. Emma traut sich nicht, die Taschenlampe anzuschalten.

Agnes ist eingesperrt. Irgendwer hat sie hier unten eingesperrt. Emma hat keinen Schimmer, wer das gewesen sein könnte – allerdings hat sie so eine Ahnung, dass es Knut gewesen sein muss. Deshalb war er ihnen auch auf den Fersen – weil er wusste, dass sie Agnes' Gefängnis zu finden drohten. Aber warum hat er die Luke hinter dem Trockenschrank dann nicht besser getarnt? Sie mit einem Schloss versehen oder zumindest einer Art Alarm? Joanna glaubt, dass er sich an Kajsa vergreift, und Emma hat den Verdacht, dass es bei Agnes das Gleiche gewesen sein könnte.

Verzweifelt versucht sie, zu entscheiden, ob sie wieder

hoch in die Einrichtung laufen sollte, um Hilfe zu rufen ... Aber wie soll das funktionieren? Irgendwo wartet Knut und lauert ihnen auf. Andererseits kann sie ja auch nicht ewig hier unten bleiben.

Sie zittert, als sie abermals um die Ecke späht, dann nach rechts blickt und entdeckt, dass der Tunnel nur wenige Meter weiter endet – mit einer Tür, die aussieht wie jene direkt hinter der Treppe. Unter Garantie ist sie abgeschlossen. Ob sie sie trotzdem irgendwie aufkriegt? Das Gewehr hängt schwer an ihrer Schulter, der Gurt schneidet ihr in die Achsel. Was wäre das Schlimmste, was passieren könnte? Die Antwort lautet: Knut. Dass er Emma entdecken und zusammen mit Agnes hier unten einsperren würde – das wäre das Schlimmste. Und das Beste? Was wäre das?

Natürlich weiß Emma, dass sie Agnes hier unten nicht allein lassen kann. Agnes allein zurückzulassen, so wie Molly sie allein zurückgelassen hat, kommt in ihrer Vorstellungswelt schlichtweg nicht vor. Molly wurde zum Engel – und Emma? Wurde zur Zwillingsschwester ohne ihren Zwilling. So etwas kann Emma Agnes nicht antun.

Sie schluckt trocken und spürt, wie erneut Wut in ihr aufflammt. Sie steht auf, hält den Atem an, macht ein paar lautlose Schritte von der Wand weg. Jetzt steht sie mitten im Tunnel. Die Tür hinter ihr ist zu, und wenn sie aufginge, würde sie es hören. Vor ihr liegt eine Gitterfront, die von einer Wand zur anderen reicht. Einen Ausweg gibt es hier nicht, die einzige Alternative ist der Weg zurück, den Emma gekommen ist, durch das Loch in der Wand, vor dem das lose Gitter saß.

Sie macht noch einen Schritt vorwärts. Ihr Blick ist die ganze Zeit auf Agnes gerichtet. Deren Rücken hebt und senkt sich. Kaum merkliche Bewegungen mit jedem Atemzug. Als Emma vor dem Gitter steht, betrachtet sie es eine Zeit lang. Sie wüsste nicht, wie sie die Tür oder auch nur die untere Luke aufbekommen sollte. Dann nimmt sie das Gewehr in die Hand und studiert es ausgiebig. Dreht und wendet es – und es sieht tatsächlich echt aus. Emma weiß nicht viel über Waffenarten, allerdings sieht sie, dass dies hier ein älteres Baujahr ist, eins, bei dem man die Munition von oben lädt. Als sie die schmale Metalllade aufschiebt, ist das Patronenlager leer. Das Gewehr ist nicht geladen. Die Enttäuschung schmeckt bitter auf der Zunge.

Sie wendet sich der Durchreiche mit den zwei Luken zu. Sie sieht aus wie eine Art Schleuse. Emma geht in die Hocke, um besser zu sehen, und versucht, zu verstehen, wie die Schleuse funktioniert, als Agnes sich plötzlich bewegt. Langsam wälzt sie sich auf den Rücken, entdeckt Emma, setzt sich auf und starrt sie an, als hätte sie ein Gespenst gesehen.

»Emma?!«

Ihr kommen die Tränen. Hektisch kriecht sie auf das Gitter zu und krallt die Finger darum.

»Emma, hol mich hier raus!«

Emma steht auf, und Agnes tut es ihr gleich. Durch das Gitter legen sie ihre Finger aufeinander. Beide zittern wie Espenlaub in einem Herbststurm. Emma bekommt kaum noch Luft, doch mit einem Mal ist die Wut verpufft, und sie verspürt nur noch Panik.

»Gott, Agnes, wer hat dir das angetan?«

Erst jetzt bemerkt Emma, dass sie ebenfalls weint.

Agnes wischt sich die Tränen aus dem Gesicht. Mit weit aufgerissenen Augen schüttelt sie den Kopf.

»Bist du echt, Emma? Bist du real? Sag, dass du real bist, sag es, bitte, bitte, bitte, Emma!«

Ihre Stimme bricht. Emma versucht zu antworten, bringt aber kein Wort heraus. Sie muss alle Kraft zusammennehmen.

»Ich bin real ... Aber ... Agnes ... Was ist hier passiert?«

Agnes rüttelt am Gitter, das ein lautes Rasseln von sich gibt.

»Wir müssen uns beeilen! Der Mann mit dem eckigen Kopf ist mir hier runter gefolgt – du musst mir sofort hier raushelfen!«

Agnes ist so gestresst, dass ihr das Sprechen beinahe die Luft zum Atmen raubt. Emma ist zu verwirrt, um zu denken, und schüttelt nachdrücklich den Kopf, um wieder einen klaren Gedanken zu fassen.

»Eckiger Kopf? Wovon redest du? Wie kriege ich die Tür auf?«

Sie lässt Agnes' Finger los, packt das Gitter, zerrt und zieht daran, ohne dass sich die Tür einen Millimeter rühren würde. Agnes' Finger rund um die Gitterstäbe sind schon ganz weiß, und sie heult jetzt aus vollem Hals.

»Elvira war auch hier! Du musst mir helfen!«

Emma erstarrt.

»Elvira?«

Agnes heult immer lauter.

»Hol mich hier raus!«

Emma versucht, sie zu beruhigen. Sie nimmt das Gewehr hoch und ruft Agnes zu, dass sie ein paar Schritte zurückgehen soll. Agnes lässt das Gitter los und macht zwei Schritte rückwärts. Emma nimmt Anlauf und hämmert den Kolben fest gegen das Schloss. Ein metallisches Klappern hallt zwischen den Wänden wider – so laut, dass es in den Ohren wehtut. Agnes' Weinen wird immer verzweifelter.

»Beeil dich!«

Die Panik rauscht durch ihren Körper. Nach weiteren harten Schlägen muss Emma einsehen, dass sie so nicht weiterkommt. Die Tür wird nicht nachgeben. Sie geht in die Knie und hämmert stattdessen mehrmals gegen das Schloss der Schleuse. Hier ist das Scheppern dumpfer, und sie schlägt den Gewehrkolben abwechselnd und mit aller Kraft gegen das Gitter und den Schleusenrahmen. Jeder Schlag tut in den Händen und Armen weh, und ihre Schultern werden zusehends taub. Auf der anderen Seite geht auch Agnes vor der Schleuse in die Knie, flicht die Finger ins Gitter und zieht daran, während Emma von außen darauf einhämmert. Sie konzentriert sich darauf, nicht Agnes' Finger zu treffen, weil sie genau weiß, sie würde sie zertrümmern, wenn sie sie träfe.

Als die Luke zu guter Letzt nachgibt, kippt Agnes nach hinten. Emma wirft das Gewehr beiseite, kriecht halb hindurch, packt Agnes bei den Schultern und zieht sie näher, während Agnes sich mit den Füßen vorwärtsschiebt. Sie kratzt sich die Wange auf, Blut tropft auf ihr Nachthemd, und auf dem letzten Stück wimmert sie laut. Doch dann rutscht sie durch die Schleuse und sackt neben Emma zu Boden. Im nächsten Moment rappeln beide sich auf und fallen einander um den Hals. Agnes weint in Emmas Haare. Emma spürt, dass Agnes' Bauch sich wölbt, schiebt sie ein Stück von sich weg und blickt nach unten.

»Oh Gott! Er hat dich geschwängert!«

Agnes antwortet nicht, nimmt nur Emmas Hand. Ihr Gesichtsausdruck grenzt an Hysterie.

»Wie bist du hier runtergekommen?«

Statt zu antworten, zieht Emma sie hinter sich her. Sie haben jetzt keine Zeit für lange Erklärungen.

Im Laufschritt umrunden sie die Ecke – und dann bleibt Emma stehen und drückt Agnes rücklings gegen die Felswand.

»Wir müssen ganz still sein! Knut ist irgendwo hier unten – und Joanna und Kajsa auch. Er sucht nach uns!«

Agnes presst sich die Hände vor den Mund und nickt. Tränen laufen über ihre Wangen. Emma kann im Dunkeln kaum etwas sehen, das Licht aus dem Gitterraum reicht nur schwach bis zur Ecke.

»Bleib ganz dicht hinter mir, okay? Ich hab eine Taschenlampe, kann sie aber noch nicht anmachen.«

Agnes nickt stumm. Emma macht einen Schritt an ihr vorbei, legt die Hand an die Steinwand und greift mit der anderen nach Agnes. Langsam und vorsichtig arbeiten sie sich in die Richtung vor, aus der Emma gekommen ist. Agnes bleibt ihr dicht auf den Fersen, und Emma spürt ihren hektischen Atem im Nacken. Sie kann nicht fassen, dass Knut so etwas tun konnte. Hat er auch Elvira auf dem Gewissen? Bei der Vorstellung krampft sich alles in ihr zusammen. Denn wenn Knut Elvira ermordet hat, dann wird er sicher nicht zögern, einen weiteren Mord zu begehen.

Leise schleichen sie durch den Tunnel. Sie sehen nichts, Geräusche nehmen sie allerdings auch keine wahr. Beide atmen durch den Mund, haben die Ohren gespitzt, und ihr Puls schlägt so heftig, dass es richtiggehend wehtut.

Als sie das Ende des Tunnels erreichen, streift Emma mit der Hand über die harte Felswand. Sie bleibt stehen, beugt sich vor, tastet durch die Dunkelheit, braucht aber zum Glück nicht lange zu suchen, bis sie die Öffnung entdeckt.

Sie packt Agnes am Oberarm, zieht sie zu sich heran und beugt sich an Agnes' Ohr.

»Da ist ein Durchlass«, flüstert sie kaum hörbar. »Wir kriechen da durch, und dann gehst du mir weiter nach.«

Agnes nickt. Emma sieht es zwar nicht, kann aber die Bewegung in der Luft spüren.

Sie schieben sich durch die Öffnung. Auf der anderen Seite dauert es kurz, ehe Emma das Gitter ertastet. Mit zitternden Fingern setzt sie es zurück vor das Loch in der Wand.

Dann setzen sie ihren Weg durch den zweiten Tunnel fort. Emma geht vorneweg, hält die ganze Zeit Agnes' Hand fest umklammert und spürt, dass ihrer beider Hände schweißnass sind. Emma hat keine Ahnung, wo Joanna und Kajsa sind, vielleicht haben sie es ja tatsächlich geschafft, sich in dem Zimmer mit den Betten vor Knut zu verstecken – oder aber Knut hat sie sich gegriffen. Gut möglich, dass er sie dort entdeckt hat, wie sie sich unter die Betten gekauert haben. Vielleicht hat er sie an den Füßen hervorgezerrt und dann irgendwo hier unten eingesperrt. Oder aber sie sind zurück nach oben geschlichen und haben eigenständig Hilfe gerufen. Vielleicht ist die Polizei ja schon unterwegs – mit Blaulicht und Sirenen? In diesem Fall dürfte Knut allmählich dämmern, dass Agnes freigekommen ist. Möglicherweise hat er sogar schon entdeckt, dass jemand die Luke aufgebrochen und ihr zur Flucht verholfen hat.

Plötzlich bleibt Emma wie angewurzelt stehen. Der Stopp ist derart abrupt, dass Agnes in sie hineinrumpelt. Das Gewehr! Sie hat das Gewehr liegen lassen!

Agnes berührt Emma an der Schulter. Emma nickt. Sie ahnt, dass Agnes sie auffordern will weiterzugehen. Noch während sie sich wieder in Bewegung setzen, versucht Emma, zu überlegen, was sie jetzt am besten tun sollen. Nach rechts gehen? Zurück zu der Treppe, die hoch in die Waschküche führt? Oder weiter in Richtung des Raumes mit den Betten – in der Hoffnung, dass Joanna und Kajsa immer noch dort sind? Aber was dann? Wo sollen sie von dort aus hin? Sie müssen Hilfe rufen, müssen irgendeinen Erwachsenen alarmieren, bevor Knut sie hier aufspürt.

Zu guter Letzt beschließt Emma, sich links zu halten. Zum Glück bleibt Agnes still, hält bloß Emmas Hand, macht aber keinen Mucks. Wenn sie Kajsa und Joanna finden, dann können sie sich aufteilen – nachdem sie hoffentlich einen Plan geschmiedet haben. Knut kann nicht zwei Gruppen gleichzeitig verfolgen. Wenn sie nur eine Idee hätten, wie sie Hilfe rufen könnten …

Die Wand ist kalt und leicht bemoost, ein paar Stellen fühlen sich ölig an, als würde irgendein Fett die Wände hinabtriefen. Die Dunkelheit ist allumfassend, doch dann treten aus der Schwärze die Konturen von Möbeln heraus, allerdings ist nicht zu erkennen, ob es echte Möbel oder nur eingebildete sind. Emma will die Hand nicht von der Wand wegnehmen. Sie weiß, wo sie sich inzwischen befinden, und hat gleichzeitig Todesangst, dass sie sich verlaufen.

Dann haben sie das Ende des Tunnels erreicht, vor ihnen – die weiß lackierte schwere Tür. Langsam zieht Emma sie auf. Sie haben Glück, weil sie kaum quietscht. Eilig steigen sie über die hohe Schwelle. Emma drückt zweimal fest Agnes' Hand und hofft, sie versteht, dass sie weiterhin still sein muss, obwohl Emma selbst gleich etwas wird sagen müssen ...

»Joanna?«

Emma flüstert, so leise sie kann. Agnes' Griff um ihre Hand verstärkt sich. Sie bekommen keine Antwort.

»Kajsa?«

Wieder so leise, wie es nur geht. Schweiß strömt ihr über den Rücken. Auch diesmal – keine Reaktion.

»Joa...«

Jemand berührt sie leicht am Schienbein, trotzdem fällt Emma bei der Berührung beinahe in Ohnmacht.

»Psst!«

Über das Grauen und das Rauschen in ihrem Kopf hinweg hört sie Joannas Stimme. Emma geht in die Knie, spürt, wie ihr die Tränen kommen. Sie zieht Agnes vorsichtig mit nach unten, und die Erleichterung prickelt wie Kohlensäure in ihrer Brust. Joanna liegt unter dem linken Bett, und ihre Silhouette tritt wie eine schwarzblaue verschwommene Linie aus dem Dunkeln hervor. Wo Kajsa steckt, weiß Emma nicht. Sie können nicht reden, weil sie nicht wissen, ob Knut immer noch in der Nähe ist.

Joanna tippt Emma vorsichtig auf den Fuß. Emma versucht, ihr im Dunkeln ins Gesicht zu sehen, aber es geht nicht. Trotzdem versteht sie, dass Joanna will, dass sie sich ein Stück zurückbewegen.

Sie hört ein Rascheln, als sich Joanna aus ihrem Versteck unter dem Bett schiebt. Emma und Agnes richten sich wieder auf. Als Joanna vor ihnen steht, folgt weiteres Rascheln. Vom Bett gegenüber. Kajsa kämpft sich aus ihrem Versteck und stößt ein gedämpftes Ächzen aus, als sie sich hinstellt. Erleichterung rollt über Emma hinweg.

Joanna berührt sie an der Schulter. Emma antwortet, indem sie Joanna am Ärmel zupft. Sie müssen jetzt buchstäblich zusammenhalten und dürfen die Taschenlampe nicht benutzen. Mit winzigen Schritten ziehen sie sich tiefer in den Raum zurück. Als sie an Kajsa vorbeikommen, ahnt Emma, dass Kajsa weint: Ihr ganzer Körper bebt unter unterdrückten, lautlosen Schluchzern. Kajsa tastet nach Emmas Arm, was sich komisch anfühlt, weil Agnes sie an der Hand hält. Niemand sagt etwas, sie tapsen lediglich ungeschickt hinter Joanna her.

Es geht langsam voran, aber sie kommen vorwärts.

Erst als Joanna innehält, erkennt auch Emma, dass sie vor einer weiteren Tür stehen. Sie wirkt im Dunkeln grau, obwohl auch diese Tür sicher weiß sein dürfte. Emma streckt die Hand zur Seite aus und ertastet ein Etagenbett ohne Matratze. Das metallene Bettgestell ist eisig. Joanna schiebt die Tür auf, und es quietscht leise. Die Panik ist wieder zum Greifen nah, und Emmas Blase ist schlagartig kurz vor dem Bersten. Sie bleiben kurz reglos stehen, lauschen, doch das einzige Geräusch sind ihre eigenen angsterfüllten Atemzüge.

Eng zusammengedrängt treten sie über die Schwelle.

Kaum hörbar flüstert Joanna Kajsa zu, dass sie die Tür hinter sich zuschieben soll. Emma weiß nicht, ob es Kajsa ist oder Agnes, die es letztlich macht, es ist zu dunkel, um irgendwas zu erkennen.

Und dann warten sie.

»Emma?«, flüstert Joanna leise. »Mach die Taschenlampe an.«

Niemand sonst sagt ein Wort.

Emma zaudert, nickt dann aber. Sie greift sich unter den Pulli und zieht die Taschenlampe aus dem Hosenbund. Dann hält sie den Atem an und schaltet die Lampe ein. Licht streut über den Steinboden. Es schmerzt in den Augen, und alle vier kneifen die Lider zusammen. Joanna und Kajsa heben die Hände ans Gesicht, und es dauert einen Augenblick, bis sie heftig nach Luft schnappen. Sie haben Agnes entdeckt – und Kajsa schlägt die Hände vor den Mund. Ihre Augen sind groß wie Untertassen, trotz des grellen Lichts. Agnes' Gesicht ist streifig vor Schmutz, das Nachthemd ebenso. Auf dem Wangenknochen hat sie eine Schürfwunde, seit sie durch die Schleuse gerobbt ist. Das Blut ist auf der Haut getrocknet.

»Oh Gott ...«

Joanna hat als Erste die Sprache wiedergefunden. Die Hand schnellt zu ihrer Augenbraue, und sie fängt wieder an, die Sicherheitsnadel vor und zurück zu ziehen, während sie gleichzeitig Agnes anstarrt, ohne ein einziges Mal zu blinzeln. Vorsichtig streckt Kajsa die Hand nach Agnes aus, als hätte sie Angst, dass diese sich jeden Moment in Luft auflösen könnte.

»Hier können wir nicht bleiben«, flüstert Emma nach ein paar Sekunden.

Joanna fängt deren Blick auf und nickt.

»Knut ist in die andere Richtung gelaufen. Wir haben gehört, wie er in Richtung Treppe gerannt ist. Da können wir also nicht hin.«

Emma blinzelt.

»Er hat Agnes hier unten gefangen gehalten. Wir müssen Hilfe rufen.«

Kajsa fängt erneut an zu weinen, zum Glück aber tonlos. Mit der Taschenlampe fährt Emma die Wand entlang. Und erwischt einen weiteren Tunnel. Wie viele davon gibt es denn noch? Dieser hier hat eine niedrige Decke und ist schmaler als die vorigen.

»Los, gehen wir.«

Niemand protestiert gegen Joannas Aufforderung, vielleicht weil sie es nicht anders gewohnt sind, vielleicht aber auch, weil der Ernst der Stunde eine Entscheidung erfordert. Emma drückt Joanna die Taschenlampe in die Hand. Schweigend gehen sie hintereinander her, Joanna vorneweg, dann Kajsa und Emma und ganz hinten Agnes. Sie kommen jetzt schneller voran, gehen jetzt, da sie etwas sehen können, ein höheres Tempo als zuvor. Der Tunnel zieht sich, und es fühlt sich an, als wären sie bereits minutenlang unterwegs, als er unvermittelt eine Rechtskurve beschreibt. Joanna späht um die Ecke, und die anderen hören, wie sie überrascht Luft durch die Zähne zieht. Vor ihnen liegt eine schmale Treppe. Auch diese ist rostig, und sie führt hoch in die Dunkelheit. Joanna richtet die Taschenlampe nach oben. Dort befindet sich ein Treppenabsatz, der aussieht wie der hinter der Waschküche.

Joanna dreht sich flüchtig zu Emma um, die auffordernd nickt. Sie müssen alles auf eine Karte setzen und hoffen, dass dies ihr Ausweg ist. Emma dreht sich um und sieht Agnes betont aufmunternd an, obwohl sie selbst eine Heidenangst hat.

Dann nehmen sie die Treppe in Angriff. Sie quietscht lauter als die hinter der Waschküche, und der Absatz ist wesentlich schmaler. Dahinter befindet sich eine niedrige Tür. Die Angst fühlt sich an wie ein Wackerstein in Emmas Magen.

»Keine Ahnung, was dahinterliegt ...«

Sie flüstert es leise. Insgeheim findet sie, dass das, was sie hier tun, vollkommen verrückt ist. Der Lichtkegel von Joannas Taschenlampe wandert über die Tür – eine Holztür, die nicht annähernd so schwer wirkt wie die weißen Metalltüren unten im Tunnel.

»Dahinter könnte unser Untergang warten ...«

Natürlich wieder Joanna. Emma will gerade antworten, als Agnes' brüchige Stimme dazwischengeht.

»Die Hölle ist dort unten, glaubt mir.«

Die anderen sehen sie an. Agnes' Kinn zittert, und ihre Augen sehen aus wie die eines zu Tode verängstigten Tieres. Sie sieht aus, als wäre sie in den vergangenen zwei Monaten um Jahre gealtert. Emma ahnt, dass Agnes recht hat: Das Schlimmste wäre jetzt, zurückzugehen, zurück in Richtung des Gefängnisses.

»Wir gehen da jetzt durch.«

Auf Emmas Entscheidung erwidert Joanna zwar nichts, aber es ist ihr deutlich anzusehen, dass sie derselben Meinung ist. Agnes tritt an die Tür. Niemand protestiert, nicht einmal Joanna. Als Agnes erneut das Wort ergreift, klingt ihre Stimme verändert, fester, möglicherweise sogar ein bisschen tiefer.

»Ich gehe zuerst. Wenn Knut auf der anderen Seite steht, mache ich die Tür einfach hinter mir zu, ohne etwas zu sagen. Dann müsst ihr euch einen anderen Fluchtweg suchen.«

Ein guter Plan. Emma umarmt Agnes. Sie ist überrascht, wie sehr sie sie vermisst hat. Dann schiebt sie Agnes ein Stück von sich weg.

»Wir holen Hilfe, Ehrenwort.«

Sie flüstert so leise, dass nur Agnes sie hören kann. Die antwortet nicht, dreht sich lediglich zu der Tür um, und die anderen weichen zurück. Kajsa schlägt die Hände vors Gesicht, und mit dem Zeigefinger an den Lippen gibt Joanna allen zu verstehen, dass sie jetzt still sein müssen. Wenn Knut hinter der Tür wartet, dann darf er sie nicht hören. Dann müssen sie die Treppe runterlaufen und auf andere Weise Hilfe holen – wie immer das funktionieren soll.

Agnes drückt die Klinke nach unten. Es quietscht leise in den Angeln, als die niedrige Tür aufschwingt. Emmas Magen krampft sich zusammen. Von der anderen Seite fällt schwaches Licht herein. Agnes zieht leicht den Kopf ein und tritt über die Schwelle. Das Trio hinter ihr bleibt lautlos stehen, niemand traut sich zu atmen.

»Hier ist niemand.«

Sie eilen Agnes hinterher: erst Joanna, dann Kajsa, dann Emma. Sie sehen sich um und begreifen erst nicht, wo sie gelandet sind. Der Raum ist klein, hat aber ein unverhältnismäßig großes, halbkreisförmiges Fenster hoch unter der Decke. Draußen ist die Sommernacht tiefschwarz. Der Mond schimmert durchs Fenster.

Vor ihnen steht ein brauner Schreibtisch und ein mit grünem Leder bezogener Sessel. An den Wänden hängen weiße Kittel – aufgereiht wie zu einem Lucia-Festzug. In einem hohen Spind hängen breite Stoffbänder in verschiedenen Farben, an der Wand hängt ein kleines Kruzifix.

»Wir sind in der Kirche«, stellt Kajsa leise fest, und Emma nickt bedächtig.

»Wir müssen hier raus!«

Joanna drückt die Klinke der abgewetzten Tür auf der anderen Seite des Schreibtischs herunter. Die Tür ist unverschlossen.

Die Mädchen eilen aus dem Büro auf einen kurzen Flur. Die Wände sind weiß getüncht, und auf einer Seite hängt ein Dutzend Schlüssel an Haken. Ein Stück weiter steht eine Tür offen, und als sie dort hindurchlaufen, stehen sie urplötzlich hinter dem Altar. Mit großen Augen sehen sie sich um. Der hohe, gespenstisch stille Altarraum hat eine unfassbar hohe Decke und auf den ersten Blick unendlich viele Reihen mit zerschlissenen Bänken.

Joanna hat sich als Erste wieder im Griff. Sie eilt auf das Kirchenportal zu. Es ist schwarz und riesig, erstreckt sich meterweit in die Höhe. Und es knarzt ohrenbetäubend laut, als sie daran rüttelt. Es ist verschlossen – ein nachtschwarzes Hindernis, das sie von der Freiheit trennt.

»Die Tür ist zu ...«

Kaum dass Joanna es ausgesprochen hat, hören sie Knuts entfernte verdatterte Stimme.

»Mädels?«

Seine Stimme klingt irgendwie merkwürdig, womöglich ist er auf dem Weg die Treppe herauf – und sie haben die Tür zum Pfarrbüro nicht hinter sich zugemacht!

»Hallo?«

Seine Stimme klingt komisch hohl. Kajsa quietscht erschrocken auf, während Agnes auf eine Tür rechter Hand der Orgel zurennt.

»Kommt!«

Sie drückt die Tür auf, Joanna kommt über den Mittelgang zurückgesprintet, und auch Emma und Kajsa eilen auf Agnes zu. Hinter der Tür führt eine Treppe nach oben, doch im Unterschied zu den anderen ist diese gemauert. Warme Nachtluft schlägt ihnen entgegen. Agnes atmet verwundert ein. Emma hingegen spürt, wie sich ihr die Nackenhaare aufstellen.

So schnell sie nur können, rennen die Mädchen die Treppe hoch. Kajsa keucht abgehackt, und Joanna stemmt ihr die Hände in den Rücken, um sie schneller vorwärtszuschieben, als sie selbst laufen kann. Joanna hört erst damit auf, als Kajsa schon anfängt, vor Anstrengung zu würgen.

»Los, weiter!«

Kajsa zieht sich am Handlauf nach oben.

»Ich muss kotzen ...«

»Dann kotz, aber renn weiter, verdammt!«

Sie erreichen den oberen Treppenabsatz und eine offene Tür. Sie stehen auf dem Kirchturm. Neben ihnen hängen die zwei schweren Kirchenglocken stumm in der Nacht.

»Hier kommen wir nicht mehr weg!«

Agnes rennt um die Glocken herum und sucht nach einem Fluchtweg. Das Geländer ist niedrig, dahinter – freier Fall.

»Wir müssen um Hilfe rufen!«

Sie holt tief Luft und will gerade losschreien, als sie Schritte auf der Treppe hören. In der nächsten Sekunde taucht Knut im Türrahmen auf. Für Emma verstummt die Welt um sie herum. Agnes schiebt sich hinter sie, und Emma streckt die Arme aus, damit Knut sie nicht sieht. Kajsa keucht und wimmert, ihre Beine geben nach, und sie lässt sich auf den schmutzigen Betonboden fallen, schlägt die Hände vors Gesicht und fängt an, von einer Seite zur anderen zu schwanken.

Joanna macht einen kleinen Schritt auf Knut zu.

»Du verdammtes Arschloch!«

Sie sagt es laut, trotzdem scheint Knut sie nicht zu hören. Er starrt bloß mit großen Augen Agnes an, und sein Gesicht wird dunkelrot.

»Agnes?«

Sie fängt seinen Blick auf.

»Wo zur Hölle bist du gewesen?«

Calle parkt auf einem der weiß umrandeten Parkplätze vor der Kirche. Idun sieht durchs Seitenfenster, wie Tareq quer über den Parkplatz auf sie zuhält. Er zieht die hintere Wagentür auf und rutscht auf die Rückbank.

»Dann geht's jetzt gleich los. Klug von euch, hier zu parken – ich habe meinen Wagen gleich drüben am Bodengården abgestellt. Wie lange wollt ihr hier warten?«

Idun wirft einen Blick auf die Uhr am Armaturenbrett.

»Eine Stunde. Wenn danach noch etwas sein sollte, gib einfach Laut. Wir fahren zu mir nach Hause, das ist ja nicht weit.«

Tareq will gerade antworten, als Calles Handy losklingelt. Auf dem Display des Bordcomputers leuchtet Sivs Name auf. Calle geht per Freisprechanlage dran.

»Siv, du bist auf Lautsprecher.«

Es knistert in der Leitung.

»Gut. Ich will nämlich mit euch beiden sprechen.«

Idun meldet sich und teilt ihr mit, dass Tareq ebenfalls im Auto sitzt. Siv kommt direkt zur Sache.

»Ich habe ein paar komische Infos für euch. Es geht um alle drei Mädchenbetreuer.«

Das Trio im Auto spitzt die Ohren.

»Wir fangen mit Beata an. Sie hat – bei eurem Gespräch, Idun – nicht die ganze Wahrheit gesagt.«

Idun beugt sich auf ihrem Sitz nach vorn. Calle dreht

die Lautstärke hoch, obwohl Siv problemlos zu verstehen ist.

»Ich kann nirgends Infos zu einem Kind finden, das im selben Alter wie Beata gewesen und in ihrem Heimatdorf gestorben wäre, oder anders: In Beatas Kindheit ist überhaupt kein Kind gestorben – mal abgesehen von ihrer kleinen Schwester, Elisabet, im Alter von sieben.«

»Was? Beatas *Schwester* ist gestorben? Woran?«, hakt Idun sofort nach.

»Ein Unglücksfall, im häuslichen Zusammenhang. Sie ist am zweiten Weihnachtsfeiertag 1996 draußen in der Nähe des Elternhauses tot aufgefunden worden. Ich habe die Ermittlungsakte aufgerufen und den Eindruck, dass damals gründlich ermittelt wurde, zumindest für Neunzigerjahre-Verhältnisse. Das Ganze konnte zwar nur aufgrund mangelnder Aufsicht passieren – allerdings nicht so, dass irgendwer zum damaligen Zeitpunkt zur Rechenschaft gezogen werden konnte. Die drei Schwestern wohnten zu der Zeit bei ihrem Vater, und der ist nie angeklagt worden. Ihr könnt die Protokolle einsehen, wenn ihr wieder zurück in der Dienststelle seid.«

»Drei Schwestern? Mona hat erzählt, dass Beata mit einer ganzen Geschwisterschar aufgewachsen sei.«

Ein paar Sekunden lang herrscht im Auto Stille. Dann ist wieder Sivs ernste Stimme zu hören.

»Ich weiß – und das ist ebenfalls komisch. Denn diesbezüglich hat Mona gelogen.«

»Was die Zahl von Beatas Geschwistern angeht?«

»Genau. Beata hatte zwei Schwestern, von denen eine wie gesagt ums Leben kam. Ich hab jetzt nicht wahnsinnig lange darüber nachgegrübelt, aber da hat Mona jedenfalls nicht die Wahrheit gesagt.«

Idun denkt fieberhaft darüber nach.

»Aber warum sollte Mona hinsichtlich Beatas Kindheit lügen? Was hätte sie davon?«

Sie wirft Calle einen Blick zu und kann ihm ansehen, dass auch er sich das Gehirn zermartert.

»Kennen sich Mona und Beata von früher?«

Siv geht – zu Recht – davon aus, dass die Frage an sie gerichtet ist.

»Ich habe nichts gefunden, was darauf hindeuten würde. Mona ist in Örnsköldsvik aufgewachsen, also ein gutes Stück entfernt.«

»Und hat Mona Geschwister?«

»Nein.«

»Hatte Beata eine Mitschuld am Tod ihrer kleinen Schwester?«

Es knistert in der Leitung, als würde die Verbindung gleich abbrechen.

»Sowohl Beata als auch die zweite Schwester und der Vater sind durchleuchtet worden. Es gibt diverse Einträge zum Thema Verwahrlosung; die Schule hatte mindestens zweimal das Jugendamt eingeschaltet. Die Mutter war nie mit im Bild und hatte ein Alibi – sie war zum entscheidenden Zeitpunkt anderthalbtausend Kilometer entfernt. Sie hat die Familie sitzen gelassen, kurz nachdem die jüngste Tochter, also Elisabet, zur Welt gekommen war. Der Vater hatte das Sorgerecht, trotz eines anhaltenden Alkoholproblems. Es gibt mehrere Aktenvermerke beim Jugendamt, Beata hat selbst öfter dort wegen der Zustände zu Hause angerufen, hauptsächlich in den letzten zwei Jahren, aber ihr wisst ja selbst, wie durchlässig das Sicherheitsnetz zu der Zeit war.«

Idun späht zu Tareq auf der Rückbank, während Siv weiterredet.

»Das war das eine. Aber es gibt noch mehr Merkwürdigkeiten.«

Erneut spitzen die drei im Auto die Ohren.

»Knut ist anscheinend in einer richtigen Merinowollfamilie aufgewachsen – obendrein auf einem Pferdehof. Die Eltern sind immer noch verheiratet und wohnen noch dort, auch wenn sie beide inzwischen über siebzig sind. Keiner in der Familie – außer Knut – ist jemals straffällig geworden. Knuts Schwester wohnt in den USA und arbeitet dort in der Kinderpflege, insofern haben sie beide mit Kindern und Jugendlichen zu tun – ein Engagement, das sie anscheinend mit der Muttermilch aufgesogen haben.«

»Mit der Muttermilch?«

Idun dreht sich zu Tareq um, der leicht verwirrt dreinblickt.

»So sagt man das, wenn jemand eine Eigenschaft, eine Überzeugung oder Ansicht schon von klein auf hat. Rede weiter, Siv.«

Eine Taube watschelt über den Parkplatz. Sie hüpft auf den Rasen und verschwindet unter dem Eisenzaun hindurch in Richtung Kirche.

»Knuts Eltern haben gut dreißig Jahre lang Pflegekinder bei sich aufgenommen, und trotz ihres hohen Alters wohnen selbst jetzt noch zwei Jugendliche bei ihnen, zwei afghanische Jungs, die unbegleitet in Schweden eingereist sind.«

»Haben sie über die Jahre unterschiedliche Altersgruppen bei sich untergebracht?«

Idun weiß selbst nicht, warum sie sich danach erkundigt. Sie hört, wie Siv mit Unterlagen raschelt.

»Nach allem, was ich vom Jugendamt zugeschickt bekommen habe, scheinen es nie Kleinkinder gewesen zu sein. Das jüngste Kind war zwölf und hat bis vor zwei Jahren bei ihnen gewohnt. Und jetzt kommt etwas, was mal so richtig komisch ist.«

Siv legt eine kleine Kunstpause ein.

»Auch Kajsa hat bei Knuts Familie gewohnt. Ein gutes Jahr lang, ehe sie in die geschlossene intensivtherapeutische Einrichtung verlegt wurde, was hauptsächlich an ihrem selbstschädigenden Verhalten lag.«

Die Stille im Auto ist regelrecht mit den Händen greifbar. Am Ende hakt Tareq nach.

»Kajsa?«

Im Rückspiegel fängt Calle Tareqs Blick auf.

»Kajsa ist eine der Jugendlichen, die im Augenblick im Bodengården wohnen.«

Calle ist hörbar verärgert.

»Also, jetzt begreife ich gar nichts mehr. Mona lügt, was Beatas Geschwister angeht. Beata lügt, was ihre tote Sandkastenfreundin angeht. Knut war Kajsas Pflegebruder, Kajsa wohnt mittlerweile im Bodengården, wo er wiederum arbeitet. Mona ist Psychologin, Christin und geht an unserem Tatort von allen am häufigsten ein und aus. In welchem verdammten Wespennest stochern wir da gerade herum?«

Idun rafft ihre Haare am Hinterkopf zusammen, zieht sich das Haargummi vom Handgelenk und wickelt es dreimal um ihren Dutt.

»Ich weiß es nicht, aber ich bin derselben Meinung wie Siv – das alles ist wirklich komisch.«

Mit knappen Phrasen verabschieden sie sich.

»Calle und ich grübeln weiter, während du, Tareq, in den Bodengården gehst. Haben wir jetzt alle einen guten Überblick über die Lage?«

Calle und Tareq nicken, und Letzterer wirft Idun einen flüchtigen Blick zu, ehe er die Tür aufschiebt und aussteigt, die Tür dann aber nicht zuschlägt.

Calle lehnt sich zurück, um zu sehen, was Tareq noch aufhält.

»Gehst du jetzt, oder …?«

Es dauert einen Augenblick, bis Tareq antwortet, aber als es so weit ist, sagt er ein wenig zu laut: »Da sind Menschen oben auf dem Kirchturm.«

Knut macht einen behutsamen Schritt über die Schwelle. Sofort brüllt Joanna aus vollem Hals: »Bleib, wo du bist! Komm bloß nicht näher, sonst schlagen wir dich tot!«

Sie klingt verängstigt und wütend. Knut tut wie geheißen, bleibt stehen und nimmt beide Hände hoch. Dann sieht er Joanna ratlos an.

»Was macht ihr hier?«

Joanna tobt vor Wut.

»Die Frage ist eher: Was machst *du* hier? Wir wissen, dass du sie eingesperrt hast!«

Knut starrt Joanna an. Kajsa heult inzwischen wie ein Schlosshund und kauert mit den Händen vor dem Gesicht am Boden.

»*Wen* hab ich eingesperrt?«

Joanna schnaubt.

»Halt die Klappe, du Scheißpädo! Wir wissen auch, dass du Kajsa vögelst!«

Ihm klappt die Kinnlade runter.

»Wie bitte?!«

Joanna macht einen Schritt zur Seite, sodass sie näher bei Emma und Agnes steht.

»Wir wissen, dass du ein Pädo bist, ein verdammter Vergewaltiger! Also halt bloß die Klappe!«

Knut starrt Agnes an, und sein Blick huscht zwischen ihrem Gesicht und ihrem Bauch hin und her.

»Was geht hier vor sich? Agnes, wo warst du die ganze Zeit?«

Emma hört, wie Agnes Luft holt, trotzdem ist es Joanna, die antwortet.

»Du bist ja wohl verdammt noch mal der Vater!«

Mittlerweile weint sie ebenfalls – Tränen der Wut, und ihre Stimme bebt vor Hass. Knut sieht vollkommen verwirrt aus.

»Der ... Vater?«

Hinter Emmas Rücken murmelt Agnes: »Nein, ist er nicht.«

Knut blinzelt ein paarmal.

»Agnes ... Bist du schwanger?!«

»Du lügst! Scheiße, du lügst doch!«

Joanna heult und spuckt und zischt, doch Knut schüttelt nur weiter den Kopf. Er steht immer noch mit erhobenen Händen da, und Kajsa heult laut auf.

»Ehrlich, Joanna, ich weiß nicht, wovon du redest.«

Joanna schnaubt abermals.

»Nee – aber Kajsa weiß es!«

Verwirrung und Kummer stehen ihm ins Gesicht geschrieben.

»Ihr müsst jetzt mit runterkommen. Ihr dürft nicht hier oben sein.«

Im selben Moment explodiert Joanna. Sie brüllt so laut, dass Kajsa sich die Ohren zuhält: »Wir machen verdammt noch mal, was wir wollen! Du dreckiges Schwein – du sagst uns nicht, was wir tun sollen, verreck doch, du Ekel, du Dreckspädo – Kajsa ist verdammt noch mal noch ein *Kind*!«

Sie kreischt so laut, dass ihre Stimme bricht. Knut steht wie gelähmt da.

»Knut ist mein Pflegebruder ...«

Obwohl Kajsa flüstert, hat Emma genau gehört, was sie gesagt hat.

Joanna sieht sie mit loderndem Blick an.

»Was war das gerade? Sprich lauter, Fettie!«

Die Luft bebt vor Anspannung. Emma und Agnes stehen zitternd nebeneinander. Kajsa atmet zwischen den Fingern Luft ein, und ihre Stimme ist wacklig, als sie es ein zweites Mal und obendrein ein wenig lauter sagt.

»Er ist mein Bruder.«

Alle verstummen. Knut sieht Kajsa an. Joanna klappt den Mund zweimal auf und wieder zu, ehe sie sich wieder halbwegs unter Kontrolle hat. Agnes umklammert Emmas Hand.

»Was hast du gerade gesagt?«

Mühsam steht Kajsa auf. Sie versucht, sich Schmutz von der abgewetzten Jogginghose zu klopfen. Ihre Hände zittern heftig.

»Knut ist mein Bruder. Mein Pflegebruder.«

Erst zeitverzögert spürt Emma, dass auch ihr die Kinnlade runtergeklappt ist. Agnes krallt sich in ihre Hand, und ihrer beider Handflächen sind schweißnass. Knut schließt die Augen.

»Kajsa, du musst es ihnen nicht erzählen.«

Kajsa presst sich die Hände an die Wangen. Ihr Gesicht scheint zu zerknittern.

»Ich will aber. Die glauben, du wärst pädophil und dass du Agnes eingesperrt hättest.«

»Agnes eingesperrt? Mal ernsthaft, Mädels, wovon zum Teufel redet ihr?«

Er dreht sich um, sieht aus, als würde er in Richtung Treppe horchen, und macht dann einen Schritt zur Seite, um jemanden durchzulassen. Als Beata in der Tür auftaucht, spürt Emma, dass Erleichterung durch sie hindurchströmt. Endlich – jetzt kann er sie nicht mehr da unten einsperren. Endlich kommt Hilfe.

Beata sieht sich verwirrt um. Als sie Agnes entdeckt, schlägt sie die Hände vors Gesicht. Sie reißt die Augen weit auf, und vor Schreck wird sie kreidebleich. Ihre Lider flattern – als glaubte sie, dass Agnes wieder verschwinden könnte, wenn sie die Augen zu häufig zumachte. Am Ende holt sie tief Luft, und ihre Stimme ist eher ein Keuchen.

»Agnes!«

Dann fängt sie an zu weinen.

Idun rennt auf das Kirchenportal zu. Sie zerrt und reißt daran, doch die Tür gibt nicht nach.

»Es ist abgeschlossen!«

Calle kommt um die Ecke.

»Hinten auch! Ich rufe Siv an!«

Tareq läuft rückwärts über den Kiesweg und versucht, oben auf dem Turm etwas zu erkennen.

»Da stehen Leute ... Wie viele es sind, kann ich nicht sehen, aber vorhin waren es eindeutig mehrere!«

Idun läuft auf ihn zu und versucht ebenfalls, etwas zu erkennen.

»Ist Mona da oben? Jetzt bloß nicht rufen – nicht, dass jemand vorhat, zu springen oder jemanden runterzustoßen!«

Sie weichen noch ein Stück zurück und bleiben erst an der Rasenkante stehen. Tareq kneift die Augen zusammen.

»Ich kann blonde Haare sehen ... könnte eine Frau sein ...«

»Sieht sie aus wie Agnes?«

»Wer ist Agnes?«

Calle kommt im Laufschritt den Kiesweg entlang.

»Siv hat den Pfarrer angerufen. Der Hausmeister wohnt in der Nähe, er sollte in wenigen Minuten hier sein.«

Idun und Tareq starren weiter zum Kirchturm empor. Calle tut es ihnen gleich und fragt, obwohl sie alle das Gleiche sehen: »Wie viele sind es?«

»Wissen wir nicht. Tareq hat jemand Blondes gesehen – und er ist sich sicher, dass es eben noch mehrere waren.«

Nach sage und schreibe zwei Minuten fährt der Hausmeister mit dem Fahrrad vor.

»Hast du auch Verstärkung angefordert?«

Calle sieht Idun, die die Frage gestellt hat, missmutig an.

»Natürlich.«

Tareq hebt eine Hand.

»Ich bleibe hier stehen und nehme die Kollegen in Empfang. Ruft an, wenn ich darüber hinaus etwas tun kann.«

Idun und Calle antworten nicht. Sie wissen beide, dass Tareq hier nicht als Polizist auftreten kann, wenn er noch undercover in den Bodengården gehen soll.

Sowie der Hausmeister das Kirchenportal aufschließt, können Idun und Calle endlich zur Tat schreiten. Doch im selben Moment, da sie den kühlen Altarraum betreten, krampft Iduns unterer Rücken. Der Schmerz fühlt sich dumpf an, setzt sich fest und breitet sich obendrein über die Hüften aus. Es tut nicht wahnsinnig weh, ist aber unangenehm. Sie eilt Calle nach, der durch den Altarraum auf die Tür neben der Orgel zuläuft, von der sie beide wissen, dass dahinter die Treppe zum Kirchturm führt.

»Ich rede, und du hörst zu!«

Sie muss gar nicht antworten, und Calles Vorschlag kommt ihr gut zupass. Als sie die Tür erreichen, ziehen sie beide ihre Dienstwaffen. Dann krampft es erneut im unteren Rücken, und Idun verzieht das Gesicht, als der Schmerz an Stärke zunimmt.

»Ich gehe vor und nach rechts, du hältst dich links, okay?«

Sie eilen die Treppe hoch und haben die halbe Treppe

geschafft, als ihr ein stechender Schmerz in den Rücken fährt. Diesmal tut es so weh, dass es Idun die Luft verschlägt. Sie will noch etwas sagen, doch stattdessen kommt nur ein Stöhnen. Idun bleibt mitten in der Bewegung stehen, und Schweiß tritt ihr auf die Stirn. Sie hat weiche Knie und muss sich keuchend an der Wand abstützen.

»Was ist?«

Calle ist stehen geblieben, hält aber den Blick weiter nach oben gerichtet.

»Ich muss kurz ...«

Dann setzt heftige, jähe Übelkeit ein. In der nächsten Sekunde spürt sie den Schmerz wie einen Peitschenschlag im Rücken. Er ist unerträglich, kommt von tief in ihr drin und breitet sich wie Feuer bis runter in die Beine aus. Im nächsten Moment rauscht Blut in ihre Unterhose.

»Jetzt mach schon, Idun!«

Ihr treten Tränen in die Augen. Sie ahnt, dass es der Schock ist – es tut wahnsinnig im Rücken weh, ein gellender Schmerz, der bis hinab in die Oberschenkel strahlt.

»Du musst allein gehen ... Ich muss stehen bleiben ...«

Ihre Stimme trägt kaum noch. Als die nächste Schmerzenswelle kommt, spürt sie, wie weiteres Blut aus ihr hinausrauscht. Calle dreht sich um und starrt sie an.

»Was ist los mit dir, verdammt?«

Idun verzieht das Gesicht.

»Ich glaub ... eine Fehlgeburt ... Geh allein!«

Calle starrt sie an und macht einen Schritt auf sie zu. Idun spürt, wie in ihr Verärgerung aufflammt.

»Geh endlich!«

Er zaudert noch eine Sekunde, gibt sich dann aber einen Ruck. Aus den Augenwinkeln sieht sie noch, wie er die Treppe hochläuft. Sie schließt die Augen und spürt, wie der Schmerz allmählich nachlässt. Sie weiß, dass sie jetzt nicht stehen bleiben kann, keine Ahnung, wer sich oben auf dem Turm befindet, sie versucht aufzustehen, aber es tut zu sehr weh, und ihre Beine wollen sie nicht mehr tragen. Sie sollte Siv anfunken, doch ihr Körper gehorcht ihr nicht mehr. Ihr schwirrt der Kopf, und sie versucht, auszumachen, was sie fühlt, nur um im nächsten Moment zu beschließen, dass sie jetzt keine Zeit hat, in sich hineinzuspüren.

Langsam richtet sie sich gerade auf. Sie hält sich krampfhaft am Handlauf fest und spürt, wie ihr der Schweiß über den Rücken strömt. Allmählich klingen die Schmerzen ab. Sie sieht an sich hinunter, ihre Hose ist rund um die Oberschenkel feucht. Zum Glück ist sie schwarz, sodass man das Blut nicht erkennen kann.

Auf zitternden Beinen geht sie weiter die Treppe hinauf, hält sich mit einer Hand am Handlauf fest, während sie mit der anderen ihre Dienstwaffe umklammert. Dann setzt ein neuerlicher Krampf ein, Teufel, wie das wehtut, und verdammt noch mal, dass sie Calle allein hat hochgehen lassen! Idun hat sich geschworen, *hoch und heilig geschworen*, dass ihr das nie wieder passieren wird. Trotzdem hat sie es soeben zugelassen.

Weiter kann sie nicht denken, weil der nächste Krampf einsetzt.

Als Idun sich endlich nach oben gekämpft hat, sieht sie, dass Calle draußen auf dem Absatz des Glockenturms steht. Er lässt die Hände ruhig an den Seiten herabhängen und hat seine Waffe zurück ins Holster geschoben. Idun macht einen Schritt über die Schwelle und sieht sich um. Bis auf eine Person kennt sie alle hier oben. Beata ist neben Kajsa in die Hocke gegangen. Das Mädchen ist total verheult, und Beata hat ihr den Arm um die Schultern gelegt. Knut steht auf der anderen Seite der Glocken und hält sich mit beiden Händen am Geländer fest. Er wirkt weggetreten. Sein sonst so ausdrucksloses Gesicht ist kreideweiß, und sein Blick flackert zwischen Calle und Beata hin und her. Ein paar Meter weiter stehen zwischen ihm und Kajsa drei Mädchen: Emma und Joanna und ein weiteres, das Idun nie zuvor gesehen hat.

»Idun?«

Calle sieht sie nicht an, als er sie anspricht. Sie ahnt, dass er sie die Treppe heraufkommen gehört hat. Sie macht einen kleinen Schritt vor, damit er sie zumindest aus den Augenwinkeln sehen kann.

»Das ist Agnes.«

Er sagt es ganz ruhig. Idun wendet sich der Jugendlichen zu, die neben Emma steht und deren Hand fest umklammert. Agnes ist klein, von Natur aus gertenschlank, hat zerzauste Haare und trägt ein Nachthemd, unter dem sich ihr Bauch abzeichnet. Sie sieht aus, als wäre sie mehrere Monate schwanger. Tränen haben Spuren in ihrem schmutzigen Gesicht hinterlassen, und an der Wange entdeckt sie ein wenig Blut.

»Hallo, Agnes. Wie schön, dich hier anzutreffen. Wir haben schon nach dir gesucht.«

Idun hört selbst, wie ihre Stimme zittert. Sie hat immer noch Schmerzen im Kreuz und in der Hüfte und ahnt, dass sie dringend einen Arzt aufsuchen sollte. Agnes sieht Idun an. Die Hand, mit der sie sich an Emma klammert, ist über den Fingerknöcheln ganz weiß.

»Ich will, dass wir jetzt alle zusammen die Treppe runtergehen. Wir reden unten weiter, in Ordnung?«

Idun macht einen kleinen Schritt rückwärts, um den anderen den Weg zu weisen, doch Kajsa schüttelt den Kopf.

»Nein, wir gehen nicht runter. Dann geben Sie Knut nur für alles die Schuld.«

Beata drückt Kajsas Schulter. Idun spürt, wie ihre Dienstwaffe in der Hand brennt. Die Lage fühlt sich immer noch bedrohlich an, ohne dass sie recht wüsste, warum.

»Wir geben niemandem die Schuld. Wir rufen unten zuallererst den Notarzt an. Ich will, dass sich ein Arzt jede von euch ansieht und sicherstellt, dass es euch gut geht. Wie hört sich das an?«

Kajsa weint wieder heftiger. Joanna übernimmt.

»Wir haben nicht vor, nach unten zu gehen! Wir wissen genau, was dann passiert: zurück in den Bodengården und in die Iso, nur weil wir die Schwesternschaft durchgezogen haben! Wir glauben der Polizei kein Wort!«

Sie ist so wütend, dass sie die Worte regelrecht ausspeit. Idun nickt, um ihr zu verstehen zu geben, dass sie nachvollziehen kann, was Joanna sagt – obwohl das nicht wirklich der Fall ist. Schwesternschaft? Wovon redet das Mädchen? Sie sieht die vier reihum an, eine nach der anderen. Diese Jugendlichen vertrauen niemandem, und Idun ahnt, dass sie umsichtig vorgehen muss.

»Es fühlt sich aber nicht gut an, wenn wir hier oben bleiben. Ich hätte gern, dass wir gemeinsam nach unten gehen. Ich verspreche, dass ihr ins Krankenhaus gefahren werdet, noch bevor wir überhaupt auch nur darüber nachdenken, ob ihr zurück in den Bodengården kommt. Dafür sorge ich persönlich.«

Joanna schnaubt laut vernehmlich.

»*Fuck you.* Wir gehen nirgendshin!«

Idun schluckt. Ihr schwirrt der Kopf. Sie muss sich hinsetzen, aber das würde jetzt komisch aussehen. Stattdessen macht sie einen kleinen Schritt auf Calle zu. Er streift sie mit dem Blick, sagt aber nichts, bleibt nur weiter mit herabhängenden Händen und entspanntem Gesichtsausdruck stehen. Idun weiß, dass das Fassade ist, dass er so lediglich für Ruhe sorgen will.

Beata, die immer noch neben Kajsa kauert, räuspert sich leise.

»Mädchen, ihr seid durch den Wind, und das kann ich verstehen. Ist der Vorschlag der Polizistin nicht doch ziemlich gut? So schaut ein Arzt nach euch. Wir können uns später zusammensetzen und reden. Ich backe Brötchen auf und koche Kakao – und heute landet ganz gewiss niemand mehr in der Iso.«

Knut dreht sich halb um. Idun sieht, dass er immer noch beide Hände am Geländer hat und sich nach außen lehnt.

»Agnes, bist du verletzt?«

Endlich kann Idun wieder mehr Kraft in ihre Stimme legen. Sie sieht, wie Knut den Kopf dreht, um sie zu mustern, allerdings ist sein Blick merkwürdig leer. Erst jetzt sieht Idun, dass Emmas Fingerknöchel blutig sind und die Hose ganz schmutzig, als wäre sie irgendwo auf allen vieren herumgekrochen.

Zögerlich schüttelt Agnes den Kopf.

»Nein, ich bin nicht verletzt.«

Ihre Stimme klingt kläglich. Auch ihr Nachthemd ist schmutzig. Agnes lehnt sich an Emma, sodass ihre Köpfe sich berühren. Kajsa schwankt im Sitzen von einer Seite zur anderen. Idun muss alle Kraft zusammennehmen, um ein Lächeln hervorzupressen.

»Gut, dass du unverletzt bist. Sollen wir dann runtergehen? Emma, Agnes und ich gehen vorneweg. Calle wartet hier mit den anderen. So machen wir eins nach dem anderen, ganz ohne Stress.«

Aus dem Augenwinkel sieht sie, wie Calle sein Gewicht von den Fersen auf die Zehenspitzen verlagert. Emma wirft Joanna einen verstohlenen Blick zu. Die inoffizielle Anführerin der Gruppe schüttelt abermals den Kopf.

»Warum verhaften Sie Knut nicht? Er ist ein Scheißpädo und Vergewaltiger!«

Joanna ist die Wut überdeutlich anzuhören. Niemand kann antworten, weil Kajsa sofort dazwischengeht: »Jetzt halt endlich deine Klappe, du blöde Kuh!«

Ihr schrilles Kreischen sorgt dafür, dass alle anderen erstarren. Joanna klappt erneut die Kinnlade runter, und sie starrt Kajsa an. Emma und Agnes tun es ihr gleich. Kajsa reißt die Arme hoch, ihr Gesicht ist inzwischen flammend rot. Sie zieht sich hoch, Beata hält sie noch am Oberarm fest, doch sie reißt sich von ihr los.

»Du blöde Schlampe! Jetzt ist ein für alle Mal Schluss mit dem Scheiß! Kapiert?«

Ihr stiebt Speichel aus dem Mund.

»Ständig attackierst du alle – dafür, wie man aussieht oder was man sagt. Sobald jemand nicht macht, was du willst, hasst du alles und jeden. Du bist eine verdammte Mobberin, hörst du? Eine Mobberin! Und dafür hasse ich dich! Nenn mich nie wieder Fettie, kapiert? Ich schlag dich verdammt noch mal tot, wenn du das noch einmal sagst! Noch ein einziges Mal, und ich schlag dich tot!«

Kajsa kreischt so laut, dass ihre Stimme sich überschlägt, und Joanna ist sichtlich erschüttert. Sie steht stocksteif da, mit offenem Mund, versucht mehrmals, die Arme vor der Brust zu verschränken, aber es will ihr nicht gelingen. Am Ende schnaubt sie nur wütend und schiebt die Hände stattdessen in die Hosentaschen.

Aber Kajsa ist noch nicht fertig.

»Knut ist mein Bruder, mein Pflegebruder, du blöde verdammte Scheißkuh!«

Und dann zerknittert erneut ihr Gesicht. Im nächsten Moment strömen die Tränen wieder, was sie aber nicht daran hindert, weiterzukreischen.

»Er war in der Nacht bei mir, weil ich eine Panikattacke hatte. Wie kannst du nur etwas anderes glauben – du blöde Kuh mit deiner Scheißfantasie! Ich hasse dich, und ich hasse den Terror, den du hier verbreitest! Ja, ich bin dick – *so fucking what*? Lieber bin ich dick als so ätzend wie du. Du blöde Schlampe, du verdammtes Aas!«

Es ist fast, als würde die Luft oben im Turm brodeln. Idun ist hoch alarmiert. Himmel, wie wütend dieses Mädchen ist! Emma und Agnes stehen dicht beieinander und starren ihre Freundin erschüttert an.

»Du brauchst trotzdem nicht gleich so laut zu werden.«

Joanna klingt beleidigt, allerdings sieht man ihr an, dass

sie zurückrudert. Kajsa seufzt und fährt in normaler Lautstärke fort.

»Halt endlich den Mund. Blöde Kuh.«

Und damit ist Kajsa fertig. Erdrückende Stille entsteht. Emma und Agnes sehen einander an. Joanna steht sichtlich verlegen ein Stück entfernt. Mit leerem Gesichtsausdruck dreht Knut sich am Geländer weg und lässt den Blick über die Stadt schweifen.

Beata räuspert sich leise. Behutsam legt sie die Hand auf Kajsas Schulter, fast als erwarte sie, sich an dem Mädchen zu verbrennen.

»Gut, dass du es aussprichst, Kajsa. Gut, dass du sagst, was in dir vor sich geht.«

Idun sieht, dass zwischen Agnes' Augenbrauen eine Falte entsteht.

»Ich finde, die Polizistin hat recht«, fährt Beata fort. »Ein Arztbesuch und dann ein Abendessen sind doch eine gute Idee, dann können wir dieses Durcheinander gemeinsam besprechen.«

Beata sieht Idun ins Gesicht.

»Es fühlt sich nicht gut an, hier oben zu stehen. Von hier ist Elvira runtergestoßen worden. Ihr Lieben, ich möchte, dass wir jetzt alle nach unten gehen.«

Irgendwas macht bei Idun klick. Im selben Moment schießt Agnes eine Frage ab, die sich anfühlt wie ein Projektil.

»Wie bitte? Elvira ist hier runtergestoßen worden? Wo ist sie jetzt?«

Idun lässt Beata nicht aus den Augen. Beata sieht Agnes traurig an.

»Ich erzähle es euch, wenn wir unten sind. Liebe Agnes, wie haben wir dich vermisst!«

Die Anspannung ist schier körperlich spürbar. Idun muss diese Mädchen umgehend nach unten bringen, allerdings bringt sie kein Wort heraus, ehe Emma auch schon dazwischengeht.

»Woher weißt du, dass Elvira gestoßen wurde?«

Beata sieht sie blinzelnd an. Als sie antwortet, hat ihre Stimme einen etwas härteren Ton angenommen.

»Dafür ist jetzt nicht der richtige Zeitpunkt, Emma. Jetzt nicht.«

»Aber woher weißt du, dass sie gestoßen wurde?«

Genau dieselbe Frage hätte auch Idun ihr stellen wollen.

Agnes macht einen kleinen Schritt vorwärts, steht jetzt Schulter an Schulter mit Emma da und lässt deren Hand los. Verwundert sieht Emma sie an.

»Und … warum sagst du das so?«

Beata sieht Agnes an.

»Warum sage ich was?«

Agnes hebt die Hand und zeigt mit zitterndem Finger auf Beata.

»Warum sagst du alles immer zweimal?«

Beata schüttelt den Kopf und lächelt schief.

»Was meinst du, Agnes?«

Tränen schimmern in Agnes' Augen.

»Du warst das …«

Ihre Stimme zittert heftig. Sie starrt Beata an, die verwundert die Augenbrauen hochzieht. Mit einer weichen Bewegung nimmt sie die Hände hoch.

»Wie geht es dir überhaupt, Agnes?«

»Du warst das …«

»Was war ich?«

Agnes macht erneut einen Schritt vorwärts. Idun sieht

noch, dass Calle die Schultern strafft. Die Lage droht außer Kontrolle zu geraten.

»Du bist *Mutter*.«

Agnes fängt an, heftig zu zittern. Emma versucht, nach deren Hand zu greifen, doch Agnes zieht sie weg. Beata schüttelt verwirrt den Kopf.

»Ich bin keine Mutter, und das weißt du auch, Agnes.«

Sie klingt fast verletzt, sieht erst Idun und dann Calle an. Kajsa wiederum starrt Beata an, und Knut lässt das Geländer los und dreht sich zu Kajsa um. Idun muss an ihr Telefonat mit Siv denken – Mona hat über Beatas Background gelogen, und weder sie selbst noch Calle oder Tareq haben verstanden, aus welchem Grund. Aber vielleicht hatte Beata ja zuvor Mona belogen?

»Du redest wie Mutter, sagst Sachen immer zweimal hintereinander ...«

Beata verschränkt die Hände vor dem Bauch.

»Agnes, jetzt mache ich mir langsam Sorgen.«

Sie sagt es mit Wärme in der Stimme. Idun atmet durch die Nase ein.

»Ich will, dass wir jetzt runtergehen, und zwar alle miteinander.«

Der Schmerz in ihrem unteren Rücken hält immer noch an, und nach wie vor ist ihr schlecht. Calle macht einen Schritt vor und strafft die Schultern.

»Idun hat recht. Und genau das machen wir jetzt.«

Seine Stimme klingt autoritär. Idun sieht, wie er zu Knut hinüberspäht, der immer noch mit den Händen am Geländer dasteht. Aus einiger Entfernung sind Sirenen zu hören, Siv muss Verstärkung geschickt haben. Tareq wird die Kollegen unten auf dem Kiesweg einweisen.

Dann schüttelt Agnes den Kopf.

»Ich gehe nirgendshin, bevor Beata nicht alles erzählt hat. *Du* hast Elvira und mich da unten gefangen gehalten, stimmt's? Und Elvira ist tot, nicht wahr?«

Ihre Stimme zittert, womöglich aus Grauen, vielleicht auch, weil sie sich verraten fühlt. Idun will einen Schritt zur Seite machen, um Beata – falls nötig – in der Schusslinie zu haben, doch sie kommt nicht vom Fleck, hat das Gefühl, ihre Beine könnten sie kaum noch tragen. Die Übelkeit ist übermächtig und zwingt sie, in einem fort zu schlucken, und sie spürt, wie ihr immer noch Blut an den Beinen hinabläuft.

»Ich weiß wirklich nicht, wovon du redest. Aber jetzt gehen wir runter.«

Beata macht einen Schritt auf die Tür zu, doch Agnes ist blitzschnell und tut es ihr gleich. Beata zuckt zurück.

»Erzähl, wie du in die Kirche gekommen bist.«

Agnes scheint inzwischen die Ruhe selbst zu sein. Emma steht einen knappen halben Meter hinter ihr und mustert ihrerseits Beata. Idun schlussfolgert, dass die Mädchen zuerst oben auf dem Turm gewesen sein müssen und Knut und Beata erst später dazugekommen sind. Und dann muss sie erneut daran denken, dass nicht Mona gelogen hat – dass Mona nur wiedergegeben hat, was sie für die Wahrheit hielt. Dass sie nur wiedergegeben hat, was Beata ihr zuvor weisgemacht hatte.

Beata scheint zu zögern.

»Ich bin auf demselben Weg gekommen … wie … Knut.«

»Und welcher Weg war das?«

Das hier kann so nicht weitergehen. Agnes kann nicht ihre eigene Befragung durchführen, Idun und Calle müssen die Gruppe sofort nach unten bringen.

»Beata?«

Idun wartet, bis Beata ihr in die Augen sieht. Sie muss jetzt sowohl die Mädchen als auch Beata davon überzeugen, dass sie ihr Gespräch sinnvollerweise auf festem Boden fortsetzen. Beata weicht Iduns Blick aus. Ihre Nasenflügel beben.

»Sie haben mir erzählt, dass Sie im Bodengården arbeiten, weil Sie als Kind ein traumatisches Erlebnis hatten. Weil Ihre Sandkastenfreundin in jungen Jahren infolge der Umstände in ihrem Elternhaus sterben musste.«

Beatas Hand zittert, als sie sie an die Wange hebt.

»Das habe ich Ihnen im Vertrauen erzählt!«

»Ich weiß. Aber ich muss Sie jetzt trotzdem fragen: War dies das Ereignis, das Sie dazu gebracht hat, für ein besseres Leben für andere Jugendliche zu kämpfen?«

Wenn Idun ganz vorsätzlich Beatas Vertrauen verspielt, könnte es möglicherweise dazu führen, dass die Jugendlichen Vertrauen zu ihr fassen. Sie müssen nach unten, und Idun muss die Mädchen davon überzeugen, dass sie auf ihrer Seite steht.

Beata beißt sich in die Unterlippe.

»Ich hab nicht gelogen.«

Aus den Augenwinkeln sieht Idun, wie Emma einen kleinen Schritt auf Agnes zumacht. Calle hat sich unterdessen nicht vom Fleck gerührt, steht immer noch halb vor den riesigen Kirchenglocken, und Knut lehnt am Geländer. Abwesend starrt er Beata an, scheint gar nicht mitzubekommen, was gerade um ihn herum vor sich geht. Idun schießt durch den Kopf, dass dieser Gesichtsausdruck womöglich doch eine bewusste Entscheidung ist.

»Sie hatten zwei Schwestern, von denen eine jung gestorben ist.«

Alle Farbe rauscht aus Beatas Gesicht. Sie hebt die Hand an die Lippen und reibt sich hart über den Mund.

»Wie kommen Sie darauf?«

»Wir haben ein Foto – vom Mord an Elvira, von dem Moment, da sie hier oben auf dem Turm übers Geländer gestoßen wurde. Ich will, dass wir jetzt runtergehen, damit ich Ihnen das Foto zeigen kann. Vielleicht können Sie uns ja helfen, zu klären, wer noch auf dem Foto zu sehen ist. Sie und Mona – die kennt ja viele hier aus der Kirche. Ich weiß, dass Sie beide mir helfen können. Jedenfalls besser als Knut.«

Idun dreht ganz bewusst an der Wahrheit. Calle sieht sie von der Seite an. Ihr ist klar, dass sie gerade zu weit geht, dass sie eine Grenze überschreitet. Aber sie muss endlich Oberwasser kriegen – sie muss die Mädchen davon überzeugen, dass sie mit nach unten gehen, muss sie mit irgendwas locken ... und wenn es eine Lüge ist.

Eine Träne rinnt über Beatas Wange.

»Ich hab versucht zu rufen ...«

Beata spricht so leise, dass es kaum hörbar ist. Idun muss sich wahnsinnig konzentrieren.

»Ich hab immer wieder versucht zu rufen – laut und deutlich, bis irgendwer zugehört hätte.«

Ihre Unterlippe zittert.

»Aber da war nur Schweigen, totales Schweigen – dabei hätte ich das genaue Gegenteil gebraucht.«

Inzwischen laufen die Tränen ungehindert über ihr Gesicht. Sie hat die Augen weit aufgerissen, nimmt aber nichts mehr wahr, als hätte sie plötzlich alle Sinne nur mehr nach innen gerichtet. Idun will gerade etwas sagen, als Emma einen Schritt nach vorn macht.

»Woher konntest du wissen, dass Elvira gestoßen wurde?«

Auch Emma spricht leise, doch dass Beata sie gehört hat, ist ihr deutlich anzusehen. Idun flucht lautlos in sich hinein. Emma muss jetzt den Mund halten.

Beata zögert kurz, ehe sie den Blick von Idun losreißt und stattdessen Emma ansieht. Idun schluckt. Beatas Blick ist immer noch merkwürdig geistesabwesend.

»Was hast du gesagt, Schätzchen?«

»Woher konntest du wissen, dass Elvira gestoßen wurde?«

Beata schüttelt den Kopf.

»Ich weiß nicht, wovon du redest. Komm, liebe Emma, komm, jetzt gehen wir nach unten.«

Emma zupft nervös an ihrem Pulli. Idun erhascht einen Blick auf die Narben unter den Pulloverärmeln.

»Sag nicht Schätzchen zu mir.«

Beata blinzelt. Idun geht dazwischen, und zwar diesmal nachdrücklich.

»Emma, wir gehen jetzt nach unten. Das ist ein Befehl.«

Aber Emma ist noch nicht fertig.

»Du bist die einzige Erwachsene, die ich jemals gemocht habe. Außer meiner Oma.«

Langsam schüttelt Beata den Kopf. Sie macht den Mund auf, sagt aber nichts, und mit einem Mal dämmert es Idun, dass Beata auch hinsichtlich Danne gelogen haben könnte: Er ist nie auf dem Motorrad an ihnen vorbeigefahren, als Agnes verschwand. Das hat Beata nur erzählt, um den Verdacht in eine andere Richtung zu lenken.

»Aber auch du hast gelogen. Und du hast Elvira von hier runtergestoßen ... und Agnes gefangen gehalten.«

Idun will am liebsten die Augen zumachen, lässt es aber bleiben. Emma hat eins und eins zusammengezählt, genau wie Idun ein paar Sekunden zuvor. Sie muss diese Mädchen jetzt sofort von diesem Turm runterkriegen. Augenblicklich.

»Wo ist Elviras Baby?«

Beata zuckt zusammen, als Agnes die Frage stellt. Sie antwortet nicht, reibt sich nur abermals fest über die Lippen.

Und diesmal wird Idun laut.

»Wir gehen jetzt runter, alle zusammen – sonst rufe ich Verstärkung. Meine Kollegen schleifen auch gern eine nach der anderen einzeln nach unten, wenn es nötig sein sollte.«

Calle kommt ihr zu Hilfe.

»So, runter jetzt!«

Er macht eine herrische Geste, und Beata sieht Idun mit leerem Blick an, als würde sie schlafwandeln.

»Sie ist weggeschwemmt ... Es war Dezember, trotzdem ist sie weggeschwemmt ... Niemand hat mich gehört, alle haben geschwiegen, obwohl ich gerufen hab ...«

Emma wiederholt ihre Frage. Ihre Stimme klingt tränenschwer, doch sie betont jedes Wort.

»Wo ist Elviras Baby?«

Statt Emma anzusehen, schüttelt Beata nur traurig den Kopf in Iduns Richtung.

»Elvira wäre keine gute Mutter geworden. Manche werden einfach keine guten Mütter, und alle wissen das, trotzdem herrscht Schweigen.«

Ihr rinnen erneut Tränen übers Gesicht und tropfen auf ihr Oberteil.

»Elvira hätte sich nicht um sie kümmern können ... Ich ...«

Emma fällt ihr ins Wort.

»Hast du Agnes deshalb eingesperrt? Weil sie schwanger war und eine schlechte Mutter geworden wäre?«

»Emma!« Idun muss das Mädchen dazu bringen, endlich den Mund zu halten. »Ich verhafte dich gleich, wenn du noch eine einzige Frage stellst!«

Ein neuerlicher Krampf im unteren Rücken. Idun sieht flüchtig zu Calle, der immer noch wie angewurzelt neben den Kirchenglocken steht. Ein warmer Wind umweht den Turm und trägt einen undefinierbaren Duft heran.

Beata schüttelt erst den Kopf, dann nickt sie.

»Nein.«

Agnes fängt an zu zittern. Als Beata erneut das Wort ergreift, wimmert sie in sich hinein.

»Das Jugendamt wird sich um das Kind kümmern … und es bei einer Familie unterbringen … die nicht gut ist. So ist es immer, ganz egal wie laut man ruft. Keiner hört zu … kein Einziger.«

Emmas Arm zittert heftig.

»Du kannst doch gar nicht wissen, wie Elvira als Mutter geworden wäre!«

Calle muss endlich eingreifen, er muss Emma zum Schweigen bringen. Die Schmerzen in Iduns Kreuz und Becken sind kaum noch zu ertragen. Sie kann nicht mehr denken, geschweige denn reden.

»Calle, du musst … Sie muss still …«

Idun hofft, dass sie laut genug spricht. Sie gerät ins Wanken, ein neuerlicher Krampf krallt sich in ihren unteren Rücken und zwingt sie, durch den Mund zu atmen.

»Du hättest es unmöglich wissen können. Trotzdem hast du erst Elvira und dann auch noch Agnes eingesperrt – während du gleichzeitig so nett zu mir warst! Warum warst du zu mir so nett?«

Verdammt, Emma, halt endlich den Mund!

Durch die Schmerzen hindurch hört Idun Calles Stimme.

»Emma, ich lege dir gleich Handschellen an, wenn du nicht sofort aufhörst zu reden!«

Beata fährt sich mit den Händen über den Hals, kratzt sich unterm Kinn.

»Weil du nicht ...«

Agnes versucht, Emmas Hand zu nehmen, doch Emma presst die geballten Fäuste vor ihre Brust. Als Calle weiterspricht, hat er die Stimme gehoben.

»Ab jetzt halten *alle* den Mund! Und jetzt *sofort die Treppe runter!*«

Doch Beata hat anscheinend immer noch mehr zu sagen.

»Weil du keine Kinder willst, Emma.«

Knut lehnt sich bedenklich weit übers Geländer. Calle macht einen Schritt in seine Richtung und streckt die Hand nach ihm aus.

»Knut?«

Der Muskelmann schließt die Augen. Emma nickt bedächtig, und Idun sieht, dass Calle vorsichtig sein Holster öffnet. Sie müssen Beata festnehmen, und sie müssen sich Knut schnappen, ehe er noch übers Geländer fällt. Sonst geht hier alles zur Hölle.

»Wir gehen jetzt runter! *Calle!*«

Ein weiterer Krampf. Idun taumelt rückwärts, spürt, dass sie sich übergeben muss, und beugt sich zur Seite, aber es kommt nichts. Beata weicht bis ans Geländer zurück. Idun nimmt beide Hände hoch, um ihr Einhalt zu gebieten.

»Warten Sie! Beata, sagen Sie uns, wo Elviras Baby steckt!«

Beata lässt Emma nicht aus dem Blick. Idun hört Calles Holster leise rascheln, als er seine Waffe zieht. Er hat den

Blick auf Beata gerichtet und streckt sich gleichzeitig weiter nach Knut aus.

»Elvira wäre eine schlechte Mutter geworden, und Agnes auch. Du warst die Einzige, Emma, auf die ich vertrauen konnte.«

Sie sehen einander kurz an. Dann schließt Beata die Augen. Im Nachhinein wird Idun denken, dass dies womöglich das Zeichen war, das Emma brauchte. Alternativ war es der unterbrochene Blickkontakt, der dazu führte, dass das Band riss.

»Du bist doch keine Kängurumutter!«

Beata öffnet die Augen und schaut Emma an. Mit einem Mal sieht sie gefährlich entspannt aus.

»Du bist eine Spinne! Eine Schwarze Witwe, die dem Elternteil den Kopf abbeißt, der in deinen Augen zu nichts taugt!«

Beata holt tief Luft, wohl um zu antworten, als Emma plötzlich nach vorn schnellt. Idun ahnt, was gleich passieren wird, kann aber nicht mehr rechtzeitig reagieren. Es geht zu schnell – von null auf hundert binnen eines Wimpernschlags. Emma rennt vorwärts, stößt Beata vor die Brust, und zwar so fest, dass ihr mit einem lauten Ächzen alle Luft aus der Lunge entweicht. Beata verliert das Gleichgewicht, Calle gelingt noch ein explosiver Sprung nach vorn, als sie auch schon mit der Hüfte gegen das niedrige Geländer kracht. Der Aufprall ist heftig, Beata schreit auf und rudert mit beiden Armen durch die Luft, bekommt Emmas lange Haare zu fassen, ehe sie rücklings über das Geländer kippt. Emma blickt leicht verdattert drein, als der Ruck sie auch schon mit über das Geländer zieht.

Calle reißt seine Waffe hoch – warum, kann sich keiner

erklären. Agnes kreischt, Kajsa ebenfalls. Knut sackt mit den Händen am Hals zu Boden. Joanna steht wie versteinert und mit schockstarrem Gesicht da.

Idun schafft noch zwei Schritte nach vorn, als von unten bereits ein harter Aufprall zu hören ist. Er scheint durch die Sommernacht zu hallen und sich an der Kirchenmauer empor fortzusetzen. In der Sekunde darauf sind entfernte Schreie zu hören, Schritte über Kies. Danach nur noch eisige Stille.

Als Idun und Calle unten ankommen, sind Sanitäter und mehrere Kollegen von der Polizei bereits im Einsatz: Um Emma und Beata herum, die auf der Kirchentreppe aufgeschlagen sind, hat sich ein dichter Kreis gebildet. Vier Polizeibeamte kommen ihnen entgegengerannt und kümmern sich um die geschockten Mädchen und um Knut. Tareq kommt auf Idun und Calle zu. Idun entdeckt sogar Siv ein Stück zurückversetzt auf dem Kiesweg. Sie spricht konzentriert in ihr Handy.

»Tareq und ich fahren. Kommst du allein klar?«

Calle winkt irritiert ab. Sie haben sich auf dem Weg die steile Wendeltreppe hinab kurz beratschlagen können, und beide sind der Ansicht, dass noch eine winzige Chance besteht, dass Elviras Kind am Leben sein könnte – dass Beata es womöglich am Leben erhalten hat.

»Fahrt los. Siv schickt euch gleich die Adresse.«

In derselben Sekunde, da sie sich ins Auto setzen, bekommt Idun die Adresse aufs Handy, und Tareq gibt Gas. Idun sitzt auf dem Beifahrersitz und fährt mit den Fingerspitzen über ihre Hose. Ihre Finger werden rot.

»Idun ...«

Sie schüttelt den Kopf.

»Ich will jetzt nicht darüber sprechen.«

Tareq biegt auf die Kungsgatan ab und tritt erneut das Gaspedal durch. Er sieht sie bekümmert an, sagt aber nichts mehr. Doch schließlich setzt Idun dem Schweigen ein Ende.

»Wie kann man ein Kind drei Jahre lang am Leben erhalten, wenn man allein wohnt und überdies einen Vollzeitjob hat?«

Tareq weiß darauf keine Antwort. Auch er kann die einzelnen Puzzlestücke nicht zusammenfügen.

Nach ein paar kurzen Minuten haben sie die Adresse erreicht, die Siv ihnen geschickt hat. Es handelt sich um einen kleinen Bungalow: gelber Ziegel, rostbraunes Blechdach, ein spartanisch bepflanzter, aber gepflegter Garten. Idun steigt aus, schlägt nicht mal die Beifahrertür zu, sondern überquert eilig die Straße und rennt auf das Haus zu. Konzentriert zückt sie ihre Waffe. Tareq bleibt ihr dicht auf den Fersen. Dann stehen sie vor der Eingangstür und sehen sofort am Türspalt, dass nicht abgeschlossen ist. Idun stellt sich schräg an die Scharnierseite, während Tareq die Tür an der Klinke aufstößt.

»Polizei!«

Auch er nimmt seine Waffe in den Anschlag. Nirgends in Beatas Haus brennt Licht. In dem düsteren Flur schlägt ihnen schwacher Schimmelgeruch entgegen. Die Einrichtung stammt aus den Sechzigern, nichts scheint seither modernisiert worden zu sein. Die Wände sind mit dunkel gebeiztem Holz verkleidet, und auf dem Boden ist Teppichboden verlegt, der vermutlich mal grün war. Eine Treppe führt in den Keller. Über der Tür hängt eine Art Wandteppich mit einem christlichen Motiv: die Straße des Lebens, die aus Liebe, Loslassen und Vergebung besteht.

Es ist gespenstisch still im Haus. Idun und Tareq suchen mit den Waffen im beidhändigen Griff sämtliche Zimmer im Erdgeschoss ab, und hier und da muss Idun die Zähne zusammenbeißen, um die Krämpfe im Rücken in Schach zu halten. Es tut inzwischen nicht mehr so weh wie oben auf dem Turm, aber die Schmerzen wollen noch nicht vollends abklingen.

Die Küche ist über Eck gebaut und unmodern, der Herd uralt und die Fliesen Sechzigerjahre-rot. Im Fenster werden Blumen von Spitzengardinchen umrahmt.

Sie durchqueren das Wohnzimmer. Das breite Bücherregal enthält massenhaft Bücher, allerdings keine Fotos. Das Schlafzimmer könnte man glatt als ordentlich bezeichnen: ein Einzelbett mit gehäkeltem Überwurf, ein Wandtelefon über dem Nachttisch und ein Teppich, der handgewebt aussieht. Nirgends Spuren eines dreijährigen Kindes.

Sie gehen die Kellertreppe hinunter – Tareq vorneweg, Idun hinterher – und stoßen auf eine Art Hobbyraum samt zweigeschossigem Pflanztisch voller Blumentöpfe in verschiedenen Größen. Hier unten gibt es einen offenen Kamin, der seit Urzeiten unbenutzt aussieht, und eine abgewohnte Sauna, aus der es muffig riecht.

»Hier ist das Kind nicht.«

Die Enttäuschung brennt in den Schläfen. Idun lehnt sich an den Saunatürrahmen und beißt auf die Zähne. Sie blutet noch immer und weiß insgeheim, dass sie schleunigst in die Notaufnahme fahren sollte. Was, wenn sie so viel Blut verliert, dass es gefährlich werden könnte?

Tareq will gerade etwas sagen, als Iduns Handy klingelt. Eilig zieht sie es aus der Tasche und geht per Lautsprecher ran.

»Siv, Tareq und ich hören beide mit.«

»Beatas Schwester – die ältere – lebt noch. Sie heißt Lisa

und wohnt zwei Blocks von Beata entfernt. Ihre Adresse schicke ich euch auch.«

Zwei Nachrichten gehen ein. Idun überfliegt das Display, sieht den Namen und runzelt die Stirn.

»Lisa Modig?«

Sie hört, dass Siv einen Kiesweg entlanggeht, und schlussfolgert, dass sie sich immer noch in der Nähe der Kirche befindet.

»Ja?«

»Lisa Modig ist Hebamme in Sunderby! Calle und ich haben sie getroffen, als wir versucht haben, herauszufinden, ob das Ultraschallbild von Elvira war oder nicht.«

Sivs blecherne Stimme kommt durch den Lautsprecher.

»Calle hat gerade mit Agnes gesprochen. Beata hat während ihrer Gefangenschaft unter anderem von ihr verlangt, dass sie sich den Bauch vermisst. Wenn man eine Hebamme als Schwester hat, hätte diese die Maße deuten können.«

Idun sieht Tareq an.

»Was, wenn Agnes trotz allem im Krankenhaus war? Vielleicht sind sie und Lisa sich dort begegnet?«

Auch wenn er nicht vollends vertraut mit ihrer Ermittlung ist, schüttelt Tareq den Kopf.

»An solche Zufälle glaube ich nicht. Und du doch ebenso wenig, Idun.«

»Sie arbeiten zusammen, die beiden Schwestern Beata und Lisa. Aber warum?«

Siv mischt sich erneut ein.

»Das könnt ihr später herausfinden. Verstärkung ist unterwegs – und Anders will, dass ihr auf die Kollegen wartet. Sie sind vor drei Minuten in Luleå losgefahren.«

Idun nickt erneut.

»Ich kann hören, dass du nickst, Idun«, sagt Siv leise. »Und es ist nicht nett, mich anzulügen.«

Idun drückt den Anruf weg.

»Zwei Blocks. Wenn wir hintenrum laufen, sind wir in ein paar Minuten da.«

Idun und Tareq umrunden Beatas Haus. Hinten wird das Grundstück von einer niedrigen Hecke umsäumt. Als Idun hinüberspringt, zieht es in der Hüfte. Sie schleichen quer über das Nachbargrundstück und kommen an einem Trampolin mit Schutznetz vor üppigem Gebüsch vorbei. Auf dem Rasen liegt eine Hundeleine. Im angrenzenden Garten steht ein Spielhäuschen, das schon bessere Zeiten gesehen hat. Ein Eimer und zwei Schaufeln liegen ordentlich nebeneinander auf dem verwitterten Verandageländer.

Lisa Modigs Haus ist ein Bungalow wie der ihrer Schwester, sieht aber aus, als wäre er renoviert worden. Die Tür ist neu, die Fassade frisch gestrichen, und kleine Aufkleber auf den dreifach verglasten Fenstern weisen darauf hin, dass das Haus alarmgesichert ist. Vornübergebeugt eilen Idun und Tareq an den Hecken um das Haus herum und folgen dann einem gesäumten Gartenweg zur Eingangstür.

»Vielleicht sollten wir wirklich auf die Kollegen warten?«

Idun geht über Tareqs Einwand hinweg, drückt auf die Klingel, und aus dem dunklen Haus ist eine lang gezogene Tonfolge zu hören. Dann wird es wieder still. Ein Auto fährt auf der Straße vorüber. Idun klopft fest an, aber aus dem Haus ist kein Mucks mehr zu hören. Ein leichter

Druck auf die Klinke, und sie müssen einsehen, dass abgeschlossen ist.

»Wir gehen uns hinten umsehen.«

Sie kehren der Haustür den Rücken und umrunden das Haus. Seitlich sind nirgends Fenster, doch auf der Rückseite befindet sich eine große Terrasse mit Gartenmöbeln aus künstlichem Rattan. Vorsichtig spähen sie durch die Terrassentür und zwei weitere Fenster: ein Wohnzimmer, in dem kein Licht brennt, und ein Schlafzimmer mit ungemachtem Bett. Das Bad hat ein Milchglasfenster. Nirgends Licht. Von Lisa keine Spur.

Tareq beugt sich zu einem Kellerfenster hinab und drückt dagegen. Es geht nach innen auf.

»Hier wäre offen ...«

Stumm wägen sie ihre Optionen ab, und Tareq scheint eine Entscheidung zu treffen: Er setzt sich vors Fenster, schiebt sich mit den Beinen voran hindurch und landet mit einem dumpfen Geräusch auf dem Kellerboden. Idun tut es ihm gleich, Tareq fängt sie auf, verschmiert sich die Hand an ihrem Blut und wischt sie an seiner Hose ab.

Mit abermals gezückten Waffen suchen sie den Keller ab, finden aber nichts von Interesse. Auch hier nirgends ein Hinweis darauf, dass ein Kind hier gewohnt haben könnte. Idun denkt kurz darüber nach, dass Lisa Elviras Verletzungen versorgt haben könnte – dass Elvira nur deshalb so ungenügend verarztet wurde, weil Lisa nun mal Hebamme ist und für derart schwere Verletzungen nicht ausgebildet wurde. Bei so schweren Geburtsverletzungen wäre wahrscheinlich ein Chirurg vonnöten gewesen.

Sie wollen gerade zurück ins Erdgeschoss gehen, als Idun eine niedrige Tür entdeckt. Sie befindet sich auf der Querseite des Hauses zuhinterst in der Wäschekammer und sieht aus, als führte sie in eine Art Lager oder Vorratsraum. Tareq legt die Hand an die Klinke. Sie ist verschlossen. Idun findet das merkwürdig. Wer, der allein wohnt, verschließt seinen Vorratsraum?

Sie sehen sich eine Zeit lang um, ehe Tareq den Schlüssel in einer Blechdose auf dem Kaminsims entdeckt.

»Vielleicht sind ja wirklich nur Kartoffeln da drin …«

Idun weiß, dass er das nur sagt, um die potenzielle Enttäuschung abzufedern. Scheitern ist nicht seine Stärke, diesbezüglich sind sie sich sehr ähnlich.

Iduns Handy piept. Sie zieht es hervor und sieht, dass Siv geschrieben hat.

»Lisa Modig ist nicht bei der Arbeit. Habe sie telefonisch nicht erreichen können, bleibe aber dran. Anders lässt ausrichten, dass ihr auf die Verstärkung warten sollt.«

Tareq schließt die verriegelte Tür auf. Idun muss sich vorbeugen, um hineinzusehen, und die krampfenden Muskeln in ihrem unteren Rücken machen sich erneut mit Wucht bemerkbar.

Hinter der Tür befindet sich ein alter Erdkeller. Er liegt im Dunkeln, nur der schwache Schein aus der Waschküche wirft Licht über den gestampften Boden. Es riecht muffig und nach feuchtem Sand. Idun schaltet die Taschenlampenfunktion ihres Handys ein, hält das Handy vor sich und leuchtet den Raum aus.

Er ist größer als gedacht. An der Wand sind niedrige Regale befestigt, auf denen alterstrübe Vorratsgläser stehen. Auf dem Boden stehen Holzkisten, die mit Spinnweben und Staub überzogen sind. In einer Ecke steht eine einfache Destillationsapparatur zum Schnapsbrennen, die aber lange nicht mehr benutzt worden zu sein scheint.

Die Decke ist niedrig, und Idun kann gerade so aufrecht stehen. Spinnweben verfangen sich in ihren Haaren, und sie tritt auf eine Glasscherbe, die unter ihrem Schuh zerknackt. Die ganze Zeit über hält sie die Pistole vor sich ausgestreckt.

»Etwas gefunden?«

Obwohl Tareq leise spricht, zuckt sie zusammen.

»Nichts außer Spinnweben.«

Er steht immer noch in der Türöffnung, weil zwei Polizisten niemals einen Raum betreten, der mit einer Tür von außen verschlossen werden kann. Idun tritt vor das letzte Regal in der Reihe und sieht, dass sich der Raum dahinter nach rechts erweitert. Hier ist Putz von der Wand gebröselt und liegt wie eine dünne Schicht Mehl auf dem Boden. Aus der Nische fällt schwaches Licht.

Als Idun einen Schritt vorwärts macht und vorsichtig um die Ecke späht, bleibt die Welt ringsum stehen. Alle Geräusche verstummen, Gedanken erstarren. Sie spürt nicht mal mehr die Schmerzen im Rücken. Ihr ganzer Körper ist wie versteinert. Langsam lässt sie die Pistole sinken.

An der Rückwand steht ein Bett mit einem rosa Überwurf. Eine Nachttischlampe steht auf dem Boden und verbreitet einen weichen Schein. Auf dem Bett sitzt ein kleines Mädchen. Es sieht aus, als wäre es etwa drei Jahre alt, hat blonde Haare, große Augen und sieht Elvira als Kind täuschend ähnlich.

Idun spürt, wie sie anfängt zu zittern. Ihr Hals schnürt sich zusammen, und sie bekommt kaum noch Luft. Das kleine Mädchen sieht sie an, hält eine Puppe mit gelben Wollhaaren in der Hand, am Daumen klebt ein Bärchenpflaster.

Idun stammelt vor sich hin. Dann reißt sie sich zusammen und stößt das einzige Wort aus, das ihr einfallen will.

»Hallo.«

Das Mädchen sieht sie mit großen Augen an, antwortet aber nicht. Idun ahnt, dass die Kleine Angst hat. Sie selbst fühlt sich, als würde die Stille der ganzen Welt sich auf sie herabsenken, ehe ihr dämmert, dass sie weitersprechen muss. Langsam geht sie in die Hocke, auch wenn ihre Beine kaum gehorchen wollen.

»Ich heiße Idun. Und wie heißt du?«

Es folgt lang anhaltende Stille. Die Unterlippe des Mädchens zittert leicht. Idun will nicht näher auf sie zugehen, weil sie fürchtet, dass sie dem Kind sonst noch mehr Angst einjagt.

Doch dann kommt die Antwort. Das Piepsen eines Kleinkinds, von dem Idun weiß, dass es nicht hierhergehört.

»Ich heiße Elisabet.«

Als Lisa Modig abbiegt, sieht sie es direkt vor sich: das schwarze Auto, das ein Stück von Beatas Haus entfernt parkt. Nirgends ein Fahrer in Sicht, trotzdem steht die Wagentür sperrangelweit offen. Merkwürdig. Ist hier irgendetwas passiert? Lisa ist jederzeit auf der Hut, schon ihr Leben lang, und umso mehr, seit sie beschlossen haben, sich um Elviras Kind zu kümmern.

Dass sie Elvira einsperren würden, war Beatas Idee. Sie hat sie in die Waschküche und weiter durch das Loch in der Mauer gelockt. Sie wolle ihr etwas Ungewöhnliches zeigen, ein heimliches Versteck, das Beata gefunden habe, einen Ort im Bodengården, den Elvira besuchen könne und an dem sich kein Personal aufhalte. Und Elvira nahm es ihr ab, ließ sich verleiten und schließlich einsperren. Danach gab es kein Zurück mehr.

Mit Agnes war es weitaus schwieriger. Lisa wollte ihren Augen nicht trauen, als das Mädchen plötzlich in ihrer Sprechstunde stand. Sie wusste natürlich, dass Agnes einen Termin für eine Abtreibung ausgemacht hatte, und hatte eine Spritze vorbereitet für den Fall, dass das Mädchen wider Erwarten auftauchen würde. Nicht dass sie ernsthaft damit gerechnet hätte, nachdem Agnes einige Tage zuvor aus eigenem Antrieb aus der Einrichtung geflüchtet war. Doch dann stand sie urplötzlich vor ihr.

Immerhin war ihr rechtzeitig eingefallen, dass die Kollegin am Empfang den Vermerk im Terminplan, dass Agnes von der Polizei gesucht werde, entdecken könnte. Nur sicherheitshalber hatte Lisa deshalb ein frühes Mittagessen eingenommen und draußen im Treppenhaus Wache gehalten. Und tatsächlich, Agnes trat aus dem Aufzug, schmutzig und griesgrämig, und ihr Blick huschte hin und her, als hätte sie sich dazu durchringen müssen, etwas gegen ihren Willen zu tun. Lisa war sofort klar: Dieses Mädchen würde die Abtreibung niemals durchführen lassen. Man konnte es ihr von Weitem ansehen, dass sie sich bereits entschieden hatte, es nur selbst noch nicht wusste.

Sie fing Agnes noch am Aufzug ab. Erzählte ihr, dass die Station aufgrund eines Wasserschadens habe geräumt werden müssen und vorübergehend eine Etage tiefer untergebracht sei. Agnes war natürlich misstrauisch, sah Lisa mit abwägendem Blick an, willigte dann aber ein, mit dem Aufzug wieder nach unten zu fahren, wenn auch nur für ein Beratungsgespräch. Lisa führte sie durch eine Station, die tatsächlich vorübergehend stillgelegt worden war, weil in der Folgewoche die Lüftungsanlage ausgetauscht werden sollte. Sie betraten ein Zimmer, und Agnes sollte sich auf ein Krankenbett legen. Lisa wusch sich die Hände in dem kleinen Waschbecken, nahm reichlich Desinfektionsmittel, lächelte Agnes freundlich an und fragte, was sie für sie tun könne.

Lisa ist gut in ihrem Job. Und darin, einen warmherzigen und respektvollen Eindruck zu erwecken – und das, obwohl sie dauerhaft auf der Hut ist.

Agnes sah auf ihre Hände hinab und schien um die richtigen Worte zu ringen. Ohne dass es weiter aufgefallen wäre, schob Lisa die Hand in ihre Kitteltasche und zog die Kappe von der Narkosespritze.

»Ich kann dir ansehen, dass du nervös bist, Agnes. Aber das ist gar nicht nötig. Du bist hier in guten Händen.«

Ein warmer Blick und eine sanfte Hand an der Schulter des Mädchens. Agnes blickte auf, sah Lisa zweifelnd an und wandte den Blick wieder ab, was für Lisa das entscheidende Zeichen war, schleunigst zu Werke zu gehen. Sie stieß Agnes die Spritze in die Schulter, fing deren verblüfften Blick auf und schubste sie dann so heftig von sich, dass sie gegen die dahinterliegende Wand donnerte. Das Narkosemittel wirkte fast unmittelbar. Lisa war schon besorgt, dass sie zu viel genommen haben könnte.

Sie bugsierte das zierliche Mädchen auf die Untersuchungsliege und rief dann Beata an. Anschließend rollte sie die Liege durch die stillgelegte Station, nahm den Aufzug bis runter in die Tiefgarage, wo Beata schon mit dem Auto wartete. Gemeinsam verluden sie Agnes auf die Rückbank, legten eine Decke über sie und fuhren bis vor die Rückseite der alten Militäranlage.

Das Ultraschallbild an Danne zu schicken, war ebenfalls Beatas Idee gewesen. »Damit er sich endlich zusammenreißt«, hatte sie gesagt. Lisa fand die Idee schwachsinnig, doch Beata zog die alte Emanzipationskarte und verwies darauf, dass auch Jungs irgendwann erwachsen werden müssten. »Auch Männer müssen lernen, Verantwortung zu übernehmen, besonders wenn ein Kind mit im Spiel ist.« Und wie hätte die Hebamme Lisa dagegen Einspruch erheben sollen?

Für Beata hatte sich stets alles um ihre kleine Schwester Elisabet gedreht. So war es immer und würde auch immer so bleiben. Lisa weiß bis heute nicht, ob Beata tatsächlich beabsichtigt, andere Kinder zu retten, oder ob es ihr in Wahrheit eher nur darum geht, ihre eigene Schuld zu sühnen. Sie konnten Elisabet nicht retten, obwohl sie es beide versuchten, Beata zweifellos am allermeisten. Sie hatte sogar im Jugendamt angerufen, sowohl anonym als auch unter ihrem echten Namen, hatte versucht, zu schildern und ihnen dort klarzumachen, dass ihr Vater nicht imstande sei, seine eigenen Kinder zu versorgen; dass es Elisabet schlecht gehe, sie Hilfe benötigten, und das am besten sofort. Doch niemand hörte zu, kam vorbei oder half ihnen.

Lisa selbst hat ihre Schuld auf andere Weise gesühnt und begriffen, dass Kinder nicht füreinander verantwortlich sein können. Was damals passiert ist, war einzig und allein die Schuld ihres Vaters und die der Behörden. Das hat ihre Trauer nicht erträglicher gemacht, trotzdem ist sie damit besser klargekommen, und zu guter Letzt konnte Lisa sie dorthin ablegen, wo sie hingehörte.

Beata ging in die Jugendhilfe, Lisa machte eine Ausbildung zur Hebamme. Die Arbeit war regelrecht magisch: mit dabei sein zu dürfen, wenn das Leben begann, das große Glück mitzuerleben, wenn erst zwei Familienmitglieder in einem Raum waren und dann plötzlich wie von Zauberhand drei. In ihrer Ausbildung redeten sie auch von den großen Krisen im Leben, von der Möglichkeit, als Hebamme mitzuerleben, wie ein Kind tot geboren wurde oder unmittelbar nach der Entbindung starb. Dies sei das Allerschwerste – ganz gleich, wie gut man sich auf diese Möglichkeit vorbereitet habe. Lisa hat mehrmals tote Kinder entbinden müssen. Wenn man auf einer Entbindungsstation arbeitet, ist das unvermeidlich. Trotzdem ist das für sie bei Weitem nicht das Schlimmste. Das Schlimmste ist, wenn ein lebendes Baby zu Eltern kommt, denen man vom ersten Augenblick an ansieht, dass sie sich nicht um das Kind kümmern können. Eltern mit verminderter Funktionsfähigkeit, wie es heutzutage so schön heißt. Dabei handelt es sich in den meisten Fällen um Erwachsene, für die alles andere wichtiger ist als ein Kind: das eigene Leben, Vergnügungen, die nicht selten auf Alkohol oder auf Drogen basieren. Die Öffentlichkeit glaubt, dass abhängige Eltern automatisch das Sorgerecht für ihre Kinder verlieren, aber Lisa weiß, dass das nicht stimmt.

Andere Eltern haben eine tief verwurzelte Neigung zu Gewalt; sie tun sich gegenseitig Gewalt an – oder dem Kind, ohne auch nur ansatzweise zu verstehen, dass das neue Leben alle Liebe und Fürsorge braucht, die es bekommen kann. Manchmal ist es genetisch bedingt, dass das Verständnis dafür fehlt, etwa wenn Eltern so minderbegabt sind, dass sie sich weder um sich selbst noch um ein Kleinkind kümmern können. Trotzdem dürfen sie das Baby mit zu sich nach Hause nehmen – ein Neugeborenes, das nichts falsch gemacht hat. Das ist für Lisa das Schlimmste: dass sie Eltern hinterherwinken muss, die ein Kind mit heimnehmen, um das sie sich nicht kümmern können. Vonseiten des Krankenhauses geht da meist ein Hinweis ans Jugendamt, doch Lisa weiß auch, dass das selten etwas nützt.

Ein Kind aus einem Krankenhaus zu entwenden, ist quasi ein Ding der Unmöglichkeit; es einer Jugendlichen in einer geschlossenen Einrichtung wegzunehmen, ist da bedeutend einfacher. Und mit ihrem einstigen Teenager-Ferienjob als Fremdenführerin durch Bodens stillgelegte Militäranlagen war es umso leichter, den perfekten Ort zu finden. Alles lief reibungslos – bis Elvira die Flucht gelang. Während eines Stromausfalls gingen die Türen auf, und Beata setzte ihr bis hoch auf den Kirchturm nach.

Lisa und Beata haben immer gut auf Elviras Kind aufgepasst. Dass beide im Schichtdienst arbeiten, war dabei wesentlich: Die Stunden, in denen das Mädchen allein bleiben musste, konnten sie an einer Hand abzählen. Und keiner der Nachbarn wunderte sich; Lisa erzählte herum, dass sie Elisabets Tante sei, und Beata erzählte ihren Nachbarn das Gleiche. Auf diese Weise wächst das Mädchen zwar ohne Eltern auf, hat aber zwei erwachsene Vorbilder. Die Lüge ist so viel leichter zur Wahrheit geworden, als Lisa es sich je hätte vorstellen können. Trotzdem ist sie es leid, ständig herumgeschubst zu werden; Beata führt ein strenges Regiment, fasst sämtliche wichtigen Beschlüsse allein, mitunter sogar, ohne darüber mit Lisa zu reden. Das ärgert sie, und so hat sie allmählich angefangen, in anderen Bahnen zu denken.

Trotzdem ist das Auto, das jetzt vor Beatas Haus parkt, ein beunruhigender Anblick. Sie haben beide gearbeitet; es kommt nur selten vor, dass sie gleichzeitig zum Dienst müssen, doch Lisa wurde außerplanmäßig zur Schicht eingeteilt. Zwei Stunden hat sie es ausgehalten, dann hat sie Halsschmerzen und ein beginnendes Fieber vorgetäuscht. Mit Fieber auf der Entbindungsstation zu arbeiten, ist strengstens verboten, weil das Infektionsrisiko für die Neugeborenen zu hoch ist.

Sie biegt noch vor Beatas Haus links ab, fährt zwei Blocks weit und dann in ihre Straße. Parkt in der Auffahrt und wirft einen Blick durch ihr Küchenfenster. Alles sieht aus wie immer, alles ist normal, das Haus liegt im Dunkeln, so wie sie es zurückgelassen hat.

Sie stellt den Motor ab, steigt aus, geht auf die Vordertreppe und auf ihre Haustür zu. Sie hasst es, Elisabet im Keller einzusperren, besonders nachts, fühlt sich dann immer selbst wie einer dieser unfähigen Elternteile, die die Station mit einem neugeborenen Kind im Arm verlassen. Mitunter denkt Lisa darüber nach, zu kündigen. Beata kann ja gern weiter im Bodengården arbeiten, mit nur einem Gehalt würden sie sicher klarkommen, wenn sie ihre Häuser verkaufen und zusammenziehen würden, vielleicht in irgendeine Hütte im Wald. Beata ist gut darin, Gemüse zu ziehen. Sie könnten sich selbst versorgen, Hühner halten, vielleicht ein paar Schafe und sogar Schweine. Wenn sie in den Süden ziehen würden, wären die Sommer länger und die Winter milder; und irgendwann müssten sie ohnehin ins Ausland ziehen. Sie können Elisabet nicht für immer versteckt halten, aber noch stellt sich dieses Problem nicht. Lisa überlegt, ob sie Beata anrufen und sie vorwarnen sollte, dass da ein schwarzer Wagen an ihrer Straße steht. Vielleicht müssen sie eine Zeit lang die Füße still halten.

Oder vielleicht sollte sie das Gegenteil tun: anonym bei der Polizei anrufen und ihnen von dem verrammelten Raum in dem alten Bunker erzählen, damit sie Beata für die Verbrechen festnehmen und verurteilen, die die Schwestern gemeinsam verübt haben. Beata würde niemals verraten, dass Lisa daran beteiligt war. Sie ist viel zu verschossen in das kleine Mädchen und würde nie zulassen, dass es im Kinderheim landen könnte. Lisa wiederum könnte mit dem Auto rüber nach Finnland flüchten, Elisabet mitnehmen und nie wieder zurückkommen. Sie hat schon öfter darüber nachgedacht. Und wenn sie ganz ehrlich sein soll, weiß sie insgeheim, was sie sich am meisten wünscht: dass aus dreien nur mehr zwei werden. Nur sie und Elisabet, ohne Beata.

Lisa holt tief Luft und versucht, das unbehagliche Gefühl abzuschütteln, das sie beschlichen hat. Sie lächelt in sich hinein, als sie sich ausmalt, wie froh Elisabet sein wird, wenn Lisa gleich runter in den Keller kommt. Morgen backen sie Pfannkuchen und sehen sich einen Zeichentrickfilm an. Den mit den Hühnern, die von einem Hühnerhof flüchten, den Elisabet so gern mag.

Lisa schiebt den Schlüssel ins Schloss und dreht ihn herum. Der Flur riecht muffig, trotzdem macht sie die Tür sofort hinter sich zu. Sie trampelt sich die Schuhe ab und stellt die Handtasche auf das Sideboard am Fenster. Als sie sich umdreht, bleibt ihr beinahe das Herz stehen. Ein Mann steht auf der obersten Stufe zum Keller. Lisa stößt einen erstickten Schrei aus. Sie hat schlagartig solche Angst, dass ihr fast schwarz vor Augen wird, und sie muss sich an der Wand abstützen, um nicht umzukippen. Der Mann sieht sie seelenruhig an. Seine Wangen sind mit einem schwarzen Bart bedeckt. In der Hand hält er eine Pistole, die er auf Lisas Bein gerichtet hat.

»Lisa Modig?«

Sie nickt. Ihr rauscht der Kopf, und sie fühlt sich wie gelähmt. Der bärtige Mann sieht sie intensiv und ruhig an.

»Ich heiße Tareq Shaheen und arbeite für die Polizei. Meine Kollegin Idun Lind ist ebenfalls hier, im Keller, zusammen mit Elviras Tochter. Ich will, dass Sie sich jetzt ganz ruhig umdrehen und beide Hände an die Wand legen.«

Epilog

Heiligabend 1996

Die siebenjährige Elisabet sitzt auf der Rückbank auf dem Platz in der Mitte. Im Auto riecht es nach nasser Wolle und Gewürzen. Links und rechts von ihr sitzen ihre großen Schwestern Lisa und Beata. Sie haben dauergewellte Haare, hören am liebsten Glam Metal und rauchen heimlich hinter der Spielhütte, wenn Papa gerade nicht hinsieht.

Lisa und Beata sind die liebsten Menschen, die Elisabet sich vorstellen kann. Sie kommen immer zu ihr, wenn zu Hause gestritten wird. Wenn Papa seine lauten Kumpels mit heimbringt, die Schnaps direkt aus der Flasche trinken und nächtelang lautstark Musik hören, kommen Lisa und Beata in Elisabets Zimmer, kriechen zu ihr ins Bett und flüstern ihr zu, dass alles gut sei, dass sie weiterschlafen könne und nicht hinhören müsse, wie Papa und seine Kumpels wie die Räuber unten im Erdgeschoss rumoren. Elisabet liegt dann noch ganz kurz wach, atmet den billigen Parfümduft ihrer Schwestern ein und spürt deren Körperwärme. Nach einer Weile schläft sie wieder ein, manchmal aber auch erst, wenn Lisa ihr eine Geschichte erzählt hat oder nachdem Beata wütend vor sich hin gefaucht hat, was für einen erbärmlichen Vater sie hätten.

Im Unterschied zu ihren Schwestern ist Elisabet nicht wütend auf Papa. Er ist nett, wenn er nicht betrunken ist, auch wenn das nicht allzu oft vorkommt, aber wenn, dann nimmt er Elisabet in die Arme, setzt ihr Müsli mit Milch vor, streicht ihr über die Haare und sagt, dass er sie mehr liebe als alles andere auf der Welt. Manchmal sagt er auch, dass Elisabet wie ihre Mutter sei, dass sie deren Augen habe, dass sie sich ähnlich bewege. Elisabet selbst hat ihre Mutter nie kennengelernt. Sie verschwand, als Elisabet vier Tage alt war, schlich sich nachts aus dem Krankenhaus und kam nie wieder zurück.

Das Auto fährt in einen Kreisverkehr und dann weiter über die schneebedeckte Straße. Als sie eingestiegen sind, hat Elisabet gesehen, dass das Auto gar keins dieser viereckigen Schilder auf dem Dach hatte, das Taxis sonst immer haben. Beata murmelte in Papas Richtung, dass er ein Geizkragen sei, wenn er ein schwarzes Taxi nehme; dass für Schnaps immer Geld da sei, aber nicht dafür, dass sie in einem verkehrssicheren Fahrzeug transportiert würden. Elisabeth hat nicht ganz verstanden, was sie damit gemeint hat, will aber auch nicht darüber nachdenken. Sie ist zu müde, um sich anzuhören, worüber sie gerade wieder streiten, will nur noch heim in ihr Bett und unter die Decke kriechen, und zwar mit dem neuen Teddy, den Tante Karin ihr zu Weihnachten geschenkt hat. Sie feiern Weihnachten immer bei Karin, die macht Köttbullar und Würstchen und Weihnachtsschinken, zündet rote Kerzen an, die sie zusammen mit der Nachbarin selbst gezogen hat, Elisabet, Beata und Lisa bekommen Weihnachtsgeschenke, und Papa kriegt Weihnachtsmost zu trinken, nie etwas Stärkeres. Doch an diesem Abend hatte Papa sein eigenes Getränk dabei, und irgendwann war es so spät und Papa so betrunken, dass Karin beschloss, sie nur noch mit dem Taxi heimfahren zu lassen. Zuvor hatten sie sich den Donald-Duck-Weihnachtsfilm angesehen, Weihnachtsessen gegessen und Geschenke aufgemacht. Elisabet war überglücklich, dass sie wieder bei Karin Weihnachten feiern durften. Ein paar Wochen zuvor hatte sie Beata und Papa in der Küche streiten hören. Beide hatten geglaubt, Elisabet würde schon schlafen, dabei hörte sie genau, wie Beata wütend fauchte, dass die Tante vom Jugendamt hoffentlich endlich dafür sorgen werde, dass sie bei Papa ausziehen könnten. Dass sie hoffentlich bei einer anderen Familie einziehen dürften, eine ohne Schnaps und Streit und eklige fremde Männer. Genau das schrie Beata Papa ins Gesicht, der zurückschrie, dass sie dankbar sein solle für alles, was er für sie tue. Elisabet hatte schreckliche Angst. Was, wenn diese andere Familie ganz furchtbar weit weg von Tante Karin wohnte? Wie sollten sie denn da Weihnachten feiern?

Aber dann waren sie zum Glück ja bei Karin zu Hause. Papa hat sich betrunken, aber immerhin hatten sie bis dahin fertig gefeiert, und jetzt haben sie sich auf den Heimweg gemacht. In einem illegalen Taxi. Elisabet streicht mit der Hand über ihr rotes Kleid. Das hat Lisa ihr schon im September in einem Secondhandladen gekauft und gesagt, es passe perfekt für die Schulfeier und für Weihnachten. Es sei ein bisschen zu groß, aber Lisa fand, das sei egal, und wenn sie Glück hätten, würde es im Jahr darauf sogar immer noch passen.

Ihr Bein tut ein bisschen weh – das Bein, das bei Kälte oft muckt und in dem das Knie ganz steif wird und erst im Frühling wieder auftaut. Der Arzt sagt, das sei eine Muskelkrankheit, Elisabet hat vergessen, wie sie heißt, und es gibt zwar Medikamente dagegen, aber die kann Papa sich nicht leisten. Elisabet sagt dann immer, dass das egal sei, dass die Schmerzen gar nicht so schlimm seien, und wenn Papa in der Nähe ist, versucht Elisabet, weniger zu hinken. Wenn sie den Fuß ein bisschen höher anhebt, kann sie die Steifheit meistens ganz gut verheimlichen.

Das Auto hält am Straßenrand. Elisabet schreckt auf, sieht, dass sie bereits zu Hause sind, reibt sich die Augen, und ihr dämmert, dass sie eingeschlafen sein muss. Papa sitzt auf dem Beifahrersitz und reicht dem Fahrer einen Geldschein. Beata brummelt in sich hinein, sie und Lisa und Papa steigen aus und streiten draußen auf dem Gehweg weiter. Elisabet sitzt immer noch auf dem Rücksitz, und der Taxifahrer sieht sie im Rückspiegel an. Er hat freundliche Augen, und Elisabet lächelt, obwohl sich die Tränen schon anbahnen. Eilig rutscht sie über den Sitz. Ihr Bein tut jetzt wirklich weh, und sie wünschte, es könnte irgendwann auch mal wieder gut werden.

Sie schiebt die Autotür weiter auf und steigt aus. Es schneit mittlerweile ordentlich, große weiße Flocken schweben vom nachtschwarzen Himmel. Der Streit geht draußen weiter, Beata und Lisa müssen morgen zu ihren Jobs, sie übernehmen Sonderschichten im Altersheim in der Stadt, ein gutes Zubrot, weil die Führungen durch die Militäranlage in der Weihnachtspause nicht stattfinden.

»Du wirst bis morgen früh verdammt noch mal nüchtern, damit du auf Elisabet aufpassen kannst!«

Papa schwankt und wischt sich über die Nase. Seine Wangen sind vom Schnaps aufgeschwemmt.

»Ja, ja, krieg ich hin.«

Er lallt heftig. Beata stemmt die Hände in die Hüften.

»Du trinkst heute Abend keinen Schluck mehr, verstanden?«

Papa nickt zerstreut. Dann sieht er zu Elisabet, versucht,

ihr den Kopf zu tätscheln, verschätzt sich und patscht unbeholfen mit der Hand durch die Luft.

»Wir gehen morgen eisfischen, wir zwei. Unten am Fluss, das wird lustig.«

Er lallt jetzt nur noch, sein Atem riecht beißend, die Bewegungen sind fahrig.

In dieser Nacht schläft Elisabet zwischen Lisa und Beata. Sie wacht auf, als deren Wecker klingelt, bleibt selbst verschlafen liegen und hört zu, wie ihre Schwestern sich anziehen. Beata gibt ihr ein Küsschen auf die Wange und sagt noch, dass sie sich warm anziehen und ordentlich frühstücken soll.

»Wir kommen erst spät wieder nach Hause, aber dann können wir Weihnachtsfilme gucken, du, Lisa und ich. Ich kaufe auf dem Heimweg Hefeteilchen, die mit Safran, die du so gern magst.«

Als Papa aufwacht, kocht Elisabet Kaffee. Sie ist sieben Jahre alt und weiß genau, wie man Frühstück macht. Sie essen schweigend – Brotscheiben mit Wurst in dünnen Scheiben, damit die Wurst länger reicht.

Unten am Fluss bohrt Papa ein Loch ins Eis. Dann legt er sich auf ein Rentierfell und nimmt einen Schluck aus dem Flachmann. Elisabet, lallt er, solle so viele Fische rausziehen, dass es fürs Abendessen reiche. Es ist nicht wahnsinnig kalt, der Wind weht mäßig aus Norden, es sind nur wenige Grad unter null.

Nach einer Weile schläft Papa ein. Elisabet sitzt an ihrem Eisloch und blickt in die Schwärze hinab. Sie hält die kurze Angelrute in der Hand und wippt damit auf und ab. Als sie vier Fische gefangen hat, ist sie es leid. Papa liegt auf dem Rücken, hat sich die Pelzmütze tief über die Augen gezogen, und sein Atem bildet vor seinem Gesicht weiße Wölkchen. Elisabet hat Hunger. Sie weiß, dass Lisa zwei Tage zuvor Pfannkuchen gebacken hat, und mit ein bisschen Glück liegen noch Reste im Kühlschrank. Außerdem muss sie aufs Klo, und zwar allmählich dringend. Das schmerzende Knie und die Kälte sind eine schlechte Kombination. Elisabet kann nicht schnell gehen, und weil sie es eilig hat, nimmt sie die Abkürzung an der Wake vorbei, auch wenn sie weiß, dass sie das nicht tun soll.

Die Wake ist nicht groß, tatsächlich kleiner denn je und fast viereckig und sieht aus, als wäre sie ins Eis hineingesägt worden. Wenn es kälter ist, qualmt es dort raus, doch heute liegt sie still vor ihr wie ein schwarzer, blanker Spiegel. Elisabet ist schon in sicherem Abstand daran vorbeigelaufen, als sie plötzlich etwas im schwarzen Wasser aufblitzen sieht. Sie bleibt stehen, kneift die Augen zusammen, weiß, dass sie nicht näher herangehen sollte, will es auch gar nicht. Sie dreht sich um, sieht, dass Papa immer noch auf seinem Fell liegt. Sein Atem steigt über ihm auf wie ein rauchiger Beweis dafür, dass er zumindest noch lebt. Und dann erinnert ihre Blase sie wieder daran, dass sie es eilig hat. Humpelnd geht sie weiter in Richtung Zuhause.

Erst sieht sie die Bewegung nur aus den Augenwinkeln. Sie ist so unerwartet, dass sie kurz aufschreit. In der nächsten Sekunde richtet er sich auf, und Panik rollt über Elisabet hinweg. Ein Elch. Er muss direkt am Flussufer gelegen haben, ist furchtbar groß und schnaubt laut. Feuchte Atemwolken wehen aus seinen Nüstern. Langsam senkt er den Kopf und starrt Elisabet an. Er hat die Ohren schon angelegt, muss geschlafen, kann sie nicht kommen gehört haben, hat sich also genauso sehr erschreckt wie sie selbst. Elisabet weiß, dass angelegte Ohren Gefahr bedeuten. Ein

Elch kann einen Menschen tottreten, das weiß jeder, der hier oben wohnt.

Langsam weicht Elisabet zurück. Sie weiß, sie darf jetzt nicht losrennen, meint, sich zu erinnern, dass man Geräusche machen soll, um den Elch zu verwirren. Mit zitternder Stimme fängt sie an zu singen.

»Als die Trollmama ihre elf Trollkinder ins Bett gebracht und am Schwanz festgemacht hat ...«

Der Schnee knarzt unter ihren Sohlen. Sie macht einen Schritt nach dem anderen, rechts, links, dann wieder rechts.

»... und als die Trollmama ihren elf Trollkindern ein Liedchen gesungen hat ...«

Unvermittelt stürzt sie nach hinten. Sie fuchtelt kurz mit den Armen – und dann ist plötzlich überall Wasser. Es ist so schmerzhaft kalt, dass es wie Feuer auf der Haut brennt. Sie schlägt um sich, die Arme sind jetzt schon bleischwer, doch dann kommt sie wieder an die Oberfläche, will Luft holen, will gerade die Lunge füllen, als es sie nach unten zieht. Um sie herum ist es kohlrabenschwarz. Elisabet wälzt sich herum, kann nicht mehr denken, das Wasser tut unbeschreiblich weh, sticht wie tausend Nadeln. Sie wird schwer, Kleider und Schuhe saugen sich mit Wasser voll. Obwohl sie keinen klaren Gedanken mehr fassen kann, ahnt sie, dass sie in die Wake gestürzt ist. Ihr geht die Luft aus, sie versucht, sich die Schuhe von den Füßen zu treten, der eine geht ab und sinkt auf den Grund, doch der andere weigert sich abzugehen. Ihr Kopf tut weh, es fühlt sich an, als würde ihre Haut durchlöchert, als schnitte jemand ihr mit einem Messer Löcher ins Gesicht.

Ihre Lunge kreischt nach Sauerstoff, doch am Ende kann

sie nicht mehr dagegenhalten. Überall ist Wasser. Trotzdem zwingt ihr Körper sie, erst aus- und dann wieder einzuatmen. Ihre Lunge füllt sich mit Wasser, es tut grässlich weh, sprengt ihr den Brustkorb und den Hals. Elisabet hört, wie jemand unter Wasser schreit, und ahnt nicht mal, dass sie es selbst ist.

Einen Tag später, am Morgen des zweiten Weihnachtsfeiertags, wird ihre Leiche ein paar Kilometer südlich der Wake ans Flussufer gespült. Ein pensioniertes Pärchen hat sie entdeckt. Elisabet liegt an der Eiskante. Dort vor Ort ist die Strömung ganz ordentlich, deshalb ist es hier auch nie ganz zugefroren. Ihre Kapuze ist an einem Ast hängen geblieben, der vom Ufer in den Fluss hineinragt, ihre Haare breiten sich im schwarzen Wasser aus wie ein wogender Heiligenschein. Ein Winterschuh sitzt noch am Fuß, am anderen Fuß sind sowohl der Schuh als auch der Strumpf verschwunden.

Am selben Tag, da Elisabet gefunden wird, ziehen Beata und Lisa bei Papa aus. Sie kehren nie wieder zurück, doch die tote Schwester begleitet sie ihr Leben lang. Sie schwören sich, für andere da zu sein – das ist ihr Versprechen an Elisabet. Ein Versprechen, das ihnen kein Erwachsener je gegeben, geschweige denn gehalten hätte. Jahrelang konzentriert sich Beata darauf, Mädchen zu helfen, die aus problematischen Familienverhältnissen stammen. Die nie eine echte Chance hatten, genau wie Elisabet nie eine Chance hatte. Lisa macht eine Ausbildung im Gesundheitswesen, weil sie frischgebackene Eltern dabei unterstützen will, sich ihrer Verantwortung zu stellen, von der sie mit der Zeit ahnt, dass einige ihr nie gerecht werden können, ganz gleich, wie viel Hilfe sie bekommen.

Irgendwann kommt Beata zu dem Schluss, dass es andere gibt, die sie und Lisa umso mehr brauchen – nämlich die ungeborenen Kinder defizitärer Eltern.

Beata weiht Lisa in ihre Überlegungen ein – zunächst zögerlich, dann immer ausführlicher. Aus der Asche ihrer eigenen Kindheit erwächst ein Plan: ein Plan, der eine Jahre andauernde Verantwortlichkeit erfordert. Lisa hört aufmerksam zu, zweifelt zunächst, doch dann dämmert ihr, dass Beatas Rettungsaktion womöglich das einzig Richtige ist.

Jedes Kind hat ein Recht auf Eltern, aber nicht alle Eltern haben ein Recht auf ein Kind.

Darin sind die beiden Schwestern sich erstaunlich einig.

Emma liegt in ihrem Krankenbett. Die Leuchtstoffröhre über ihr ist abgeschaltet, doch durch die Jalousien fällt warmes Spätsommerlicht. Die Luft im Zimmer riecht leicht nach Putz- und Desinfektionsmittel. An ihrer Bettkante sitzen Agnes, Joanna und Kajsa. Sie haben sich je einen Stuhl herangezogen, und Agnes hat die Füße auf den Metallrahmen gelegt, der rings um die Matratze verläuft. Ihr Strumpf hat ein Loch an der Ferse. Die Mädchen sprechen ganz leise, obwohl Emma davon gar nicht wach werden könnte: Das Koma ist abgrundtief.

Draußen auf dem Flur steht Mona und betrachtet das Viergespann. Agnes erzählt etwas, die anderen lachen verhalten. Kajsa streicht Emma eine Haarsträhne aus der Stirn. Nach einer Weile dreht Mona sich zu Idun um. Die lehnt an der Wand, hat die Hände in die Hosentaschen und ihr armeegrünes T-Shirt in den Hosenbund gestopft.

»Nett von Ihnen, dass Sie vorbeigekommen sind.«

Durch den Glaseinsatz sieht Idun, dass Emma mit geschlossenen Augen im Bett liegt.

»Wissen die Ärzte schon, wann sie in etwa aufwachen könnte?«

Mona schüttelt den Kopf.

»Das wissen sie nicht. Der Sturz war heftig, und Emma hat nur deshalb überlebt, weil sie auf Beata gelandet ist. Sonst wäre sie ebenfalls gestorben.«

Es sieht aus, als würde Emma schlafen. Die Wimpern über den blassen Wangen sind dunkel, die Stirn vollkommen glatt.

Mona zieht ihre pastellrosa Strickjacke enger um ihren Leib.

»Und was passiert, wenn sie aufwacht?«

Idun will ehrlich sein.

»Dann wird sie angeklagt. Vermutlich wegen Körperverletzung mit Todesfolge.«

Mona schüttelt den Kopf. Es sieht eher aus, als würde sie erschaudern.

»Die Arme.«

Idun weiß selbst, wie tragisch das Ganze ist. Doch Tatsache ist nun mal, dass Emma Beata über das niedrige Turmgeländer geschubst hat. Im selben Moment, da Beata unten auf der Kirchentreppe aufschlug, war sie tot. Der Schädel platzte auf, das Rückgrat brach an vier Stellen. »Jetzt geht die Schlachterei wieder los«, war Calles erster Kommentar, als sie den Obduktionsbericht erhielten.

Zwei Krankenschwestern gehen an Idun und Mona vorbei, die eine schiebt einen Tropfgalgen vor sich her. Idun wartet, bis sie außer Hörweite sind.

»Und wie geht es Agnes?«

Mona verschränkt die Hände vor dem Bauch.

»Besser als erwartet, sagen die Ärzte. Die Werte sehen ordentlich aus, dem Baby geht es gut. Sie wollen sie noch ein paar Tage hierbehalten. Joanna und Kajsa haben Knut ein Ohr abgekaut, weil sie herkommen wollten, deshalb haben wir auf eine kurze Stippvisite vorbeigeschaut. Und schön, dass auch Agnes bei Emma vorbeigucken darf. Knut sitzt unten im Café, falls Sie noch mit ihm reden möchten.«

»Ist er gar nicht vom Dienst befreit?«

Mona erwidert die Frage mit der für sie typischen Ruhe.

»Es ist nicht illegal, in einer Abteilung zu arbeiten, in der ein früheres Pflegekind der eigenen Eltern untergebracht ist. Moralisch kann man natürlich darüber streiten, aber juristisch betrachtet, hat Knut sich nichts zuschulden kommen lassen.«

Idun widersteht dem Impuls, die Arme zu verschränken.

»In Ihrer Einrichtung scheint es so einige Regeln zu geben, über die man diskutieren könnte.«

Mona wackelt mit dem Kopf.

»An sich haben Sie recht – aber das bleibt bitte unter uns. Man warnt und warnt in einem fort, aber die Mühlen mahlen nun mal sehr langsam, auch wenn die Medien hin und wieder tapfer versuchen, auf die Mängel in staatlichen Einrichtungen hinzuweisen. Ich persönlich habe beschlossen, nur das zu verändern, was ich selbst verändern kann – also das System, wie ich es vor Ort erlebe. Ich weiß ehrlich nicht, was ich sonst noch tun könnte.«

Darauf weiß Idun nichts zu erwidern. Die Situation ist einfach nur beschämend. Eingesperrte Jugendliche, die ausgenutzt und erniedrigt werden und nicht die Hilfe bekommen, auf die sie ein Recht hätten. Erst tags zuvor hat sie einen Artikel über eine Zwölfjährige gelesen, die sich in der Isolation vor Angst die Seele aus dem Leib gekotzt hat; das Personal hat sie erst wieder rausgelassen, nachdem sie geputzt hatte. Welche Zwölfjährige wird durch so eine Behandlungsweise wirklich rehabilitiert?

Auf der anderen Seite des Glaseinsatzes lachen die Mädchen. Ihre Freude ist befreiend – drei junge Frauen, die um ihre Freundin herumsitzen und sich über Erlebtes oder womöglich sogar über die Zukunft unterhalten. Letzteres ist natürlich reine Spekulation.

»Was wird aus Agnes' Baby?«, fragt Idun leise, und mit einem Mal fühlt sich ihr Hals ganz rau und wund an.

»Das weiß ich nicht. Darüber entscheidet das Familiengericht.«

»Und wissen Sie, wer der Vater ist?«

»Jemand vom Personal aus Agnes' voriger Unterkunft. Ich würde fast wetten, dass er Agnes gegen sexuelle Gefälligkeiten Drogen verschafft hat.«

Sie sagt es so, als wäre dies das Natürlichste auf der Welt. Die Fortsetzung indes klingt deutlich ernster.

»Er ist vom Dienst suspendiert worden. Und hat natürlich eine Anzeige bekommen. Wussten Sie, dass in den letzten fünf Jahren fünf Angestellte geschlossener Einrichtungen wegen Vergewaltigung verurteilt wurden?«

Idun konzentriert sich darauf, langsam zu atmen, und nickt. Man muss nur ein bisschen googeln, um jede Menge Artikel zum Thema Missbrauch in schwedischen Jugendhilfeeinrichtungen zu finden.

Durch die Fensterscheibe sieht sie, dass Joanna Knuts Bewegungen imitiert. Sie strafft die Schultern, runzelt die Stirn und zieht die Arme leicht an, als hätten die Muskeln sonst keinen Platz. Agnes und Kajsa kringeln sich vor Lachen.

»Wussten Sie übrigens, dass Beata ein gefaktes Ultraschallbild an Danne geschickt hat?«

Idun ist klar, dass sie gerade zu viel preisgibt. Doch Mona nickt, was nicht recht zu ihrer Antwort passt.

»Nein, das wusste ich nicht. Aber ich habe so eine Ahnung, dass Beata sehr krank gewesen sein muss.«

Oder von Trauer zerfressen, denkt Idun, sagt das aber nicht laut.

»Haben Sie eine Theorie, wie sie darauf kam, Danne Dannyboy zu nennen?«

Mona lässt die Mädchen nicht aus den Augen.

»Danne hat ständig lang und breit über alles Mögliche geredet, auch in der Gruppentherapie und vermutlich auch außerhalb. Ich würde meinen, dass er das Beata selbst mal erzählt hat. Aber sicher weiß ich es natürlich nicht.«

»Aber das waren nicht Sie, die es ihr gegenüber erwähnt hat?«

»Nein, ganz gewiss nicht.«

Idun wirft einen Blick auf die Wanduhr.

»Ich muss weiter, zu einem Termin. Aber wir hören uns bald.«

Mona streckt ihre Hand aus. Die Fingernägel sind pastellgrün lackiert.

»Rufen Sie jederzeit an – oder kommen Sie mal wieder im Bodengården vorbei. Ich glaube, die Jugendlichen und Knut würden sich freuen.«

Idun bedenkt die Mädchen mit einem letzten Blick, stellt Blickkontakt mit Agnes her und winkt ihr durch die Scheibe zu. Agnes winkt nicht zurück.

Idun macht sich auf den Weg. Sie geht den langen Krankenhausflur entlang und nimmt den Aufzug runter in den dritten Stock. Dort drückt sie auf die Klingel zur Gynäkologie. Mit einem Surren geht die Tür auf.

Fünfundzwanzig Minuten später ist die Untersuchung beendet. Mit ihren grauen Augen sieht die Entbindungshelferin, eine ältere Frau, Idun ins Gesicht.

»Der Embryo hat sich vollständig abgelöst, wir brauchen also keine Ausschabung mehr vorzunehmen.«

Idun kann nicht mal antworten, sondern nickt nur knapp.

»Möchten Sie vielleicht noch ein Gespräch mit unserem Sozialbetreuer?«

»Nein danke.«

»Haben Sie sonst noch Fragen oder Überlegungen?«

Idun steht auf, spürt, dass sie es hier keine Minute länger aushält, geschweige denn weitere Routinefragen beantworten kann.

»Dann gibt es rein medizinisch nichts weiter zu beachten? Ich bin hier fertig?«

Die Frau nickt.

»Wir empfehlen in der Regel, mindestens eine Periode lang abzuwarten, ehe man es erneut versucht. Eine Fehlgeburt ist an sich aber kein Hinderungsgrund, erneut schwanger zu werden.«

Idun verlässt den Untersuchungsraum, ohne sich zu verabschieden. Sie nimmt den Aufzug ins Erdgeschoss, marschiert am Empfang vorbei und durch die Ausgangstür. Die Wärme draußen fühlt sich wie eine Wand an. Kann es bitte endlich wieder kühler werden?

Calle lehnt immer noch an derselben Stelle, wo sie ihn stehen gelassen hat, an ihrem Wagen. Sie wissen immer noch nicht, wie genau Elvira sich aus dem Bunkerverlies befreien konnte, glauben aber, dass einige der elektronischen Schlösser aufgegangen sind, als die Stromversorgung unterbrochen war. Die Kirche und die stillgelegte Militäranlage teilen sich die Elektrik, und in der Kirche kommt es seit Jahren immer mal wieder zu Stromausfällen. Zigmal ist darüber geredet worden, die kompletten Installationen zu erneuern, allerdings war dem Hausmeister zufolge nie genügend Geld dafür da. Doch wie dem auch sei – Beata ist Elvira auf die Schliche gekommen: Sie müssen den Turm hochgerannt sein, als sonst niemand in der Kirche war. Beata hat Elvira über das Geländer gestoßen, vermutlich weil ihr gedämmert hat, dass sie sie nie zurück in ihr Verlies bringen könnte, nicht ohne Gefahr zu laufen, dass Elvira um Hilfe riefe. Lieber sollte sie sterben, als die Möglichkeit zu haben, jemandem die Wahrheit zu erzählen. Und somit hat die jetzt dreijährige Tochter auch nie die Möglichkeit gehabt, mit ihrer leiblichen Mutter aufzuwachsen. Bei der Vorstellung schnürt es Idun die Kehle zu.

Als sie auf den Wagen zugeht, sieht Calle ihr bereits mit fürsorglichem Blick entgegen. Idun findet das ungewöhnlich und ein bisschen komisch, aber eigentlich auch ganz nett.

»Alles gut gegangen?«
Sie nickt.
»Ist Tareq bei dir daheim?«
Sie schüttelt den Kopf.
»Und wo …?«
»Er ist heute Morgen zurück nach Stockholm geflogen.«
Calle lässt sie nicht aus den Augen.
»Ich dachte, er wollte länger bleiben?«
Sie zuckt mit den Schultern.
»Willst du darüber reden?«
»Nein.«
»Aber du hast vor, mit Tareq darüber zu reden?«
Neuerliches Schulterzucken. Calle seufzt.
»Ach, Scheiße. Wie soll das gehen, Idun?«
Er zieht die Autotür auf.
»Ich will, dass du jetzt mit deinen Fragen aufhörst.«
Ihr Tonfall ist scharf. Calle hebt die Hände zu einer beschwichtigenden Geste und presst die Lippen zusammen.
»Und im Übrigen will ich dich grün und blau prügeln.«

Er sieht sie ein paar Sekunden lang wie versteinert an, ehe sich ein Grinsen auf seinem Gesicht breitmacht und sein flammend roter Bart sich in alle Richtungen spreizt.

»Prügeln, sagst du?«

Sie zwinkert ihm zu. Er lacht leise.

»Scheiße, dich werd ich dermaßen vermöbeln, Iddan, mach dich aufs Schlimmste gefasst.«

Lachend setzt er sich ins Auto und schlägt die Tür mit einem lauten Knall hinter sich zu. Idun bleibt an der Beifahrerseite stehen. Ein älteres Pärchen überquert den Parkplatz. Der Mann schiebt einen Rollator vor sich her, die Frau hat ihre Handtasche in den Korb gelegt. Das Paar unterhält sich leise, sodass Idun nicht hören kann, worüber.

Als sie vorbeigegangen sind, hebt Idun das Gesicht gen Himmel. Sie atmet die warme Augustluft ein und entdeckt zwei Schwalben hoch oben am Himmel, der wie ein klarblauer Hintergrund wirkt. Sie folgt ihnen lange mit dem Blick, sieht, wie sie die spitz zulaufenden Flügel ausstrecken, und ihr schießt durch den Kopf, dass sie höher fliegen als andere Vögel; außerdem folgt eine völlig synchron den Bewegungen der anderen.

Nach einer Weile verschwinden sie hinter dem Satteldach des Krankenhausgebäudes außer Sicht. Jetzt ist der Himmel nur noch blau und leer. Idun lässt den Blick darüberschweifen. Nirgends ein einziger Vogel mehr zu sehen.

Danksagung

Am 10. Januar 2023 legte die von der schwedischen Regierung eingesetzte Enquetekommission für Gesundheits-, Pflege- und Betreuungswesen (*Inspektionen för vård och omsorg*, IVO) einen viel beachteten Bericht über die Situation in staatlichen intensivtherapeutischen Jugendhilfeeinrichtungen (*Statens institutionsstyrelses särskilda ungdomshem*, SiS) vor. Ein besonderes Augenmerk galt dabei Einrichtungen, in denen Mädchen betreut werden. Keine einzige Einrichtung hielt den gesetzlichen Anforderungen stand. Junge Mädchen sind in staatlichen Einrichtungen demnach Drohungen, Übergriffen, Gewalt und Maßregelungen ausgesetzt, die jeder rechtlichen Grundlage entbehren. In neunzehn von einundzwanzig untersuchten Jugendhilfeeinrichtungen stellte die IVO ernst zu nehmende Fehlentwicklungen fest, unter anderem zwei Fälle, in denen trotz laufender Ermittlungen zu potenziellen Sexualdelikten Angestellte weiterhin eng mit den betreuten Kindern und Jugendlichen arbeiten durften. Einige der von der IVO aufgezeigten Mängel waren bereits durch frühere Untersuchungen bekannt. Dennoch war es in den SiS nicht gelungen, besagte Probleme zu beheben. *Schattenschwester* ist zwar ein fiktiver Roman, trotzdem handelt er von einem realen und überaus ernsten gesellschaftlichen Problem.

Der Roman spielt hauptsächlich in Boden. Mir war es wichtig, diesem Ort treu zu bleiben, trotzdem musste ich aus erzähltechnischen Gründen diverse Örtlichkeiten und Gebäude »versetzen«. Zudem ist mir wichtig, zu betonen, dass sämtliche Figuren sowie der Bodengården meiner Fantasie entsprungen sind.

Mein Dank gilt zuvorderst all jenen, die mir einige der schwierigsten Fragen, die ich je im Leben gestellt habe, offen und ehrlich beantwortet haben. Aus diversen Gründen möchten sie nicht, dass ihre Namen hier abgedruckt werden, aber ich will ihnen an dieser Stelle versichern, dass sie mit ihrem Mut und der Bereitschaft, über gewisse Verhältnisse Auskunft zu erteilen, die Grundlage für *Schattenschwester* geschaffen haben. Ohne sie hätte ich bloß im Nebel gestochert.

Meinen herzlichsten Dank an Timo Lundin, der couragiert und offenherzig seine Geschichte mit mir geteilt hat. Deine Erlebnisse sind für diesen Roman unschätzbar wertvoll gewesen, und dafür bin ich dir auf ewig dankbar.

Ein riesiges Dankeschön an Sofia Brattselius Thunfors und Katja Sundén vom Polaris-Verlag: Ihr seid mein Fels in der Brandung. Chapeau!

Herzlichen Dank an Magdalena Olofsson und Mattias Eriksson, die meine Fragen zur Polizeiarbeit, zu Jagdwaffen sowie die Frage beantwortet haben, wie man ein totes Ren am besten lagert. In diesem Zusammenhang möchte ich noch mal betonen, dass ein Roman reine Fiktion ist. Was immer in *Schattenschwester* sachlich falsch ist, habe daher ich allein zu verantworten.

Ein herzliches Dankeschön auch an Rudi Urban Rasmussen und Sigrid Stavnem von der Politiken Literary Agency, die dafür sorgen, dass Idun Lind und ihr Team auch über die schwedische Landesgrenze hinweg Leserinnen und Leser finden. Ihr habt mich auf eine Reise mitgenommen, von der ich nie zu träumen gewagt hätte.

Danke an meine Familie, an meinen Freundeskreis und all meine Kolleginnen und Kollegen, die *Schattenschwester* bejubeln und sich mit mir darüber freuen: Ich bin ein Glückspilz, dass ich euch in meinem Leben habe!

Ein besonderer Dank gilt Manuel: Du bist mein Leuchtturm, mein Motor und meine Rettungsboje. Du gibst mir Mut – und du steuerst zu Hause den Schoner durch wilde Wasser, wenn ich mich zurückziehe und in die Tasten haue. Ohne dich hätte ich kein einziges Buch geschrieben.

Last but not least einige Worte an Tove:
Es ist jetzt zehn Jahre her, dass du hinter die Wolken verschwunden bist. Es ist schon komisch, ohne die große Schwester weiterhin die kleine Schwester zu sein. Es vergeht kein Tag, an dem ich nicht an dich denke. Ich vermisse dich an Feiertagen ebenso sehr wie im Alltag, doch am allermeisten fehlen mir Gespräche, zu denen es nie mehr kommen wird. Ich denke oft an vieles, was du mal gesagt hast, und nicht selten stelle ich fest, dass du recht gehabt hast. *Schattenschwester* ist für dich.

Tina N. Martin, im Mai 2023

Eine verbotene Liebe,
ein dunkles Familiengeheimnis
und ein toter Teenager …

448 Seiten. ISBN 978-3-8090-2781-2

Trelleborg, Südschweden. Zwei Paare, wie sie unterschiedlicher nicht sein können: Jari und Maria sind beruflich erfolgreich und gesellschaftlich etabliert, Sasho und Linda arbeiten im Supermarkt und führen ein bescheidenes Leben. Als sich ihre Kinder Amanda und Niko ineinander verlieben, prallen ihre Welten aufeinander. Gegen den Willen ihrer Eltern werden die beiden ein Paar. Doch dann wird Amanda mitten in der Nacht auf einem Pier erschossen aufgefunden und Niko zum Hauptverdächtigen. Statt sich zu verteidigen, schweigt er. Schon bald wird klar, dass diese Tragödie ein noch viel dunkleres Geheimnis verbirgt …

Lesen Sie mehr unter: **www.limes-verlag.de**

Hoch aufragende Klippen, knarrende Docks, malerisch rote Bootshäuser – und ein Mord.

544 Seiten. ISBN 978-3-7341-1338-3

Ein Sturm nähert sich dem verschlafenen Ort Hovenäset. In der Nacht, als das Unwetter über der idyllischen schwedischen Westküste niedergeht, passieren zwei Dinge: Die Lehrerin Agnes verschwindet spurlos, und ein neuer Bewohner taucht in Hovenäset auf. Der Stockholmer August Strindberg hat das lokale Bestattungsunternehmen gekauft – samt Leichenwagen –, um einen Secondhand-Laden zu eröffnen. Während August sein neues Fahrzeug gelb lackiert, um sein schauriges Domizil angenehmer zu gestalten, wird ihm klar, dass sein Haus im Zentrum um Agnes' Verschwinden steht. Er beginnt auf eigene Faust zu ermitteln.

Lesen Sie mehr unter: **www.blanvalet.de**

Zwischen Moltebeeren, Mittsommernächten und Mördern ...

416 Seiten. ISBN 978-3-7341-1234-8

Buchhändlerin Ina hat die Großstadt Potsdam hinter sich gelassen und auf dem Tingsmålahof eine neue Heimat gefunden. Doch so idyllisch das Leben in Småland auch scheinen mag, sie kommt nicht so schnell zur Ruhe: Nach dem Fund eines aufsehenerregenden antiken Schwerts tummeln sich schon bald äußerst merkwürdige Gestalten auf dem Hof. Als Ina dann noch in einem uralten Grabhügel auf eine bemerkenswert frische Leiche stößt, beginnt sie prompt, wieder selbst zu ermitteln – sehr zum Missfallen von Polizist Lars. Aber was bleibt ihr anderes übrig, wenn der sonst so kluge Ermittler ausgerechnet den wichtigsten Hinweis ignoriert?

Lesen Sie mehr unter: **www.blanvalet.de**